형사 콜롬보 1

형사 콜롬보 1

- ◆ 두 개의 얼굴
- ◆ 제3의 미로
- ◆ 권력의 무덤
- ◆ 초읽기 살인

리처드 레빈슨 · 윌리엄 링크 지음

김석희 옮김

One more thing...

섬앤섬

차 례

옮긴이 머리말 · 6

제1편 두 개의 얼굴
제1장 저주받은 쌍둥이 · 13
제2장 무례한 난입자 · 53
제3장 죽은 자의 복수 · 105

제2편 제3의 미로
제1장 살인의 연출 · 163
제2장 화려한 함정 · 218
제3장 사제 폭탄 · 253
제4장 새로운 사실 · 295

제3편 권력의 무덤
제1장 살의 없는 살인 · 315
제2장 수중 매장 · 372
제3장 위장된 함정 · 421

제4편 초읽기 살인
제1장 작별 · 471
제2장 수사 · 511
제3장 추적 · 543
제4장 대결 · 583

옮긴이 머리말

소설로 만나는
20세기 최고의 추리 드라마 '형사 콜롬보'

 이 책은 드라마 〈형사 콜롬보〉의 소설판을 우리말로 옮긴 것이다.
 〈형사 콜롬보〉는 20세기 후반에 미국에서 텔레비전 드라마로 제작된 범죄수사물로, 그 양과 질, 인기에서 최고의 걸작으로 평가받고 있다.
 이 드라마는 원래 2편의 파일럿으로 제작되었다가(각각 1968년 2월과 1971년 3월에 방영), 1971년 9월부터 본격 시리즈로 제작되어 1978년 5월까지 43편이 NBC에서 방영되었고, 11년의 긴 휴지기를 거친 뒤 1989년 2월부터 2003년 1월까지 24편이 ABC에서 방영되었다. (우리나라에서는 1974년 4월부터 9월까지 KBS에서, 1981년 9월부터 1982년 10월까지 KBS에서, 1994년 1월부터 1995년 1월까지 SBS에서 주말 저녁이나 심야에 방영되었다.)
 작년(2021년)에는 〈형사 콜롬보〉의 런칭 50주년을 기념하여 NBC에서 재방을 했는데, 북미 전역에 콜롬보 열풍이 새삼 일었다고 한다. (우리나라에서도 '월드 클래식 무비'에서 방영되었다.)
 〈형사 콜롬보〉가 이처럼 인기를 얻어 성공을 거둔 이유는 많겠지만, 요약하면 다음 세 가지를 들 수 있겠다.

첫째는 '형사 콜롬보'라는 캐릭터의 매력(여기에는 콜롬보 역을 맡은 배우 피터 포크의 뛰어난 연기가 큰 몫을 했다). 170센티미터도 안 되는 작은 키에 후줄근한 레인코트를 걸친 채, 고물 승용차인 '털터리'푸조를 타고 사고 현장을 돌아다닌다. 어디에든 불쑥 나타나 실내에서도 독한 시가 연기를 연신 뿜어대지만, 그 멍청한 표정과 어눌한 말투, 꾀죄죄한 옷차림 등 형사답지 않게 어리숙해 보이는 몰골 때문에 범인(아직은 용의자)은 그만 경계심을 풀고 만다. 그런 범인을 상대로 콜롬보는 별 의미도 없는 일을 가지고 잡담을 늘어놓다가 떠나려고 출입문으로 다가간다. 범인이 마음을 놓을 때쯤 콜롬보는 돌연 몸을 돌리면서 "그런데 한 가지만 더…" 하면서 의표를 찌르는 질문을 던진다. 에피소드마다 클라이맥스를 이루는 대표적인 장면이다.

둘째는 스토리의 전개 방식. 〈형사 콜롬보〉는 특이하게도 도입부에서 살인범이 누구인지 시청자(책의 경우는 독자)에게 밝히고, 콜롬보가 용의자를 물색하고 범인을 잡아내는 과정을 보여준다. 미스터리 기법 중에서 '도서추리'라고 불리는 형식인데, 도서는 '도치서술倒置敍述'의 줄임말로, 서술의 전후를 뒤바꿨다는 뜻이다. 추리물은 결말부에 이르러 "범인은 바로 너다!"를 밝혀내는 것이 보통인데, 초반부에 미리 "범인은 바로 나다!"라고 답을 내놓았으니, 시청자의 흥미와 호기심은 '콜롬보는 어떻게 꼬리를 잡아서 범인을 궁지로 몰아넣을까'에 따르는 콜롬보와 범인의 심리적 밀당과 대결, 궁지에 몰리는 범인의 내적 갈등과 초조함 같은 감정에 쏠리게 되는 것이다. 범인은 처음부터 밝혀져 있지만, 그 범행의 트릭을 간파하는 과정이나 동기를 알기 위해서는 마지막까지 보고 싶어지게 마련이고, 이런 욕구를 자극하는 것이야말로 〈형사 콜롬보〉의 매력이라고 할 수 있다.

셋째는 미국 상류층의 탐욕과 비리를 고발하는 주제의식. 일반적인 추리물에서는 살인범이 악당이거나 전과자인 경우가 많은 반면, 〈형사 콜롬보〉에서는 살인범이 의사나 변호사, 회사 중역, 스타 등 지위나 명성이 있는 지식인이나 유명인사인 경우가 많고, 범행 동기도 권력욕이나 유산을 노린 탐욕인 경우가 많다. 그래서 범인은 콜롬보 때문에 궁지에 몰리면서도 멀리 달아날 수도 없고, 그러면서도 지위와 돈을 이용하여 콜롬보의 추적을 용케 피해간다. 물론 여기에는 지능범인 그들의 주도면밀한 음모와 계략도 한몫하지만, 기득권층의 타락한 세계를 엿볼 수 있는 것, 그리고 그들이 획책한 완전범죄가 뒤엎어지는 것을 보면서 콜롬보와 마찬가지로 서민층인 시청자들은 일종의 카타르시스를 느끼게 되는 것이다.

공동 저자인 리처드 레빈슨$^{Richard\ Levinson(1934~1987)}$과 윌리엄 링크$^{William\ Link(1933~2020)}$는 미국 펜실베이니아주 필라델피아에서 태어났다. 그들은 중학교에 입학한 첫날 만났는데, 마술 트릭을 취미로 가진 게 두 사람을 친구로 만들었다. 죽이 맞은 그들은 함께 글을 쓰기도 했는데, 고등학교 시절에는 라디오 대본을 썼고, 펜실베이니아 대학에 다닐 때는 대학신문에 영화평론을 썼으며, 함께 쓴 단편소설이 《엘러리 퀸 미스터리 매거진》과 《플레이보이》에 발표되기도 했다. 둘은 이렇게 공동 창작을 통해 희곡과 라디오 드라마 대본을 쓰다가 1968년부터 〈형사 콜롬보〉라는 텔레비전 드라마 시리즈를 공동 집필하기 시작했고, 때로는 제작에도 참여했다.

그 밖에 〈권총〉, 〈내 사랑 찰리〉, 〈그해 여름〉, 〈판사와 제이크 와일러〉를 비롯한 여러 편의 텔레비전용 영화에서 협력했으며, 〈힌덴부르크〉와 〈롤러코스터〉라는 두 편의 장편 극영화에서도 파트너로 협력했다. 레빈슨과 링크는 이따금 '테드 리턴$^{Ted\ Leighton}$'이라는 필명을 쓰기도 했는데, 이 필명을 사용한 작품으로 가장 주목할 만한 것은 텔레비전용 영화인 〈엘러리 퀸: 돌아보지 마〉(1971)와 〈형사 콜롬보〉였다. 〈형사 콜롬보〉의 경우, 그들이 제안한 줄거리를 바탕으로 공저자들이 대본을 썼을 때는 테드 리턴이라는 필명을 사용했다.

〈형사 콜롬보〉의 소설판은 1972년부터 'MCA'출판사에서 나왔는데(드라마는 MCA 산하의 '유니버설 영화사'에서 제작), 소설화 작업은 출판사에서 고용한 작가들이 진행하고 레빈슨과 링크는 프로듀서이자 스토리 제안자로서 이름을 올린 것으로 보인다.

2022년 초여름, 제주 애월에서
김석희

두 개의 얼굴
Double Shock

One more thing...

차례

제1장 저주받은 쌍둥이
제2장 무례한 난입자
제3장 죽은 자의 복수

주요 등장인물

클리퍼드 패리스 : 슈퍼마켓 체인 경영자
덱스터 패리스: 클리퍼드의 조카, 요리연구가
노먼 패리스 : 클리퍼드의 조카, 은행원
페크 부인 : 패리스 저택의 가정부
리자 체임버스 : 클리퍼드의 약혼녀, 미용체조 강사
마이클 해서웨이 : 클리퍼드의 고문 변호사
마레 형사: 콜롬보의 부하
콜롬보 경위: 로스앤젤레스 경찰청 강력계 수사반장

제1장

저주받은 쌍둥이

1

"까불지 마!"

덱스터는 한마디 외치고는 액셀을 힘껏 밟았다. 그 순간 빨간색 포르쉐 승용차는 뒷바퀴를 공회전시키며 태평양 연안 고속도로 바닥에 눌어붙은 타이어 자국을 남겼다. 포르쉐는 급격한 가속으로 꼬리를 흔들면서 태평양으로 불쑥 튀어나간 커다란 굽이를 향해 맹렬한 속도로 돌진했다.

앞유리창 너머에 새하얀 가드레일이 자동차의 진로를 가로막듯 박혀 있고, 그 뒤에 햇빛을 받아 반짝이는 태평양이 보인다. 급류처럼 흘러가는 시야의 중심에서 그 한 점만이 선명한 영상이 되어 빠르게 다가왔다. 덱스터는 문득 불안에 사로잡혔다. 저 굽이를 제대로 돌지 못하면 차는 가드레일을 뚫고 허공으로 날아가겠지. 그리고 바위를 세차게 때리는 거친 파도를 향해 죽음의 다이빙을 하게 될 거야. 이 속도로 저렇게 심한 굽이를 돌 수 있을까?

"그만둬!" 옆자리에 앉은 노먼이 비명을 질렀다.

공포로 날카로워진 그 목소리를 듣고 덱스터는 자신감을 되찾았다. 문제없어. 저 정도 굽이라면 얼마든지 돌 수 있어. 덱스터는 다시 액셀을 밟았다. 이 자극에 포르쉐는 민감한 여인의 육체처럼 반응하여 속도를 올렸다. 엔진의 진동과 길바닥의 충격 때문에 가늘게 떨리기 시작한 푸른 바다는 그 자체가 강력한 힘을 가진 거대한 스크린처럼 덱스터를 향해 돌진해왔다.

덱스터는 눈을 크게 뜨고 기어를 움켜잡았다. 그 자세를 유지한 채 굽이와의 거리를 눈으로 쟀다. 덱스터는 포르쉐의 성능을 몸으로 알고 있었다. 아슬아슬한 거리에 도달한 것을 눈이 알아차린 순간 덱스터의 왼발은 자동적으로 클러치를 밟고, 그와 동시에 오른발은 액셀을 공회전시켰다. 더블 클러치를 조작하는 그 짧은 순간을 재빨리 포착하여 오른손은 기어를 5단에서 단번에 2단으로 내렸다. 이 순간을 놓치지 않고 클러치를 연결한다. 엔진은 요란한 굉음을 내고 속도계 바늘은 한계선 가까이까지 튀어 올랐다.

갑자기 엔진 브레이크의 저항을 받은 자동차는 앞으로 고꾸라질 듯 기우뚱거리며 비명을 질렀다. 그 충격으로 옆자리에 앉은 노먼은 대시보드에 머리를 부딪혔다. 덱스터는 노먼이 고통과 공포로 여자처럼 신음하는 것을 힐끗 보고는 핸들을 힘껏 꺾는 동시에 다시 액셀을 밟았다.

그가 계산한 대로 차는 옆으로 미끄러지기 시작하여, 차체를 가드레일에 비벼대면서 예각으로 굽이를 돌았다. 타이어는 금방이라도 찢어질 것 같은 비명을 질렀다. 옆자리의 노먼은 원심력의 가중을 받아 자동차 문 쪽으로 바싹 붙여지고 머리는 열린 창밖으로 반쯤 나가 있었다. 그 뒤로 반짝이는 푸른 바다가 질풍처럼 흘러간다.

덱스터는 싱긋 웃었다. 차는 이제 직선 코스에 들어서 있었다. 위협하는 건 이쯤 해둬도 좋겠지. 덱스터는 액셀을 늦추고 허스키한 목소리로 다시 한번 말했다.

"까불지 마!"

속도계 바늘은 시속 80마일로 돌아왔다. 덱스터는 속도계에서 얼굴을 들고 앞을 바라본 채 말을 이었다.

"큰아버지를 죽여버리는 건 형이 할 일이야. 형이 스스로 그렇게 결정했잖아. 이 계획은 형이 세웠으니까, 마지막까지 책임지고 해줘."

노먼은 대시보드에 부딪힌 이마를 문지르며 애처로운 소리를 질렀다.

"난폭 운전은 제발 그만 둬. 위험하잖아."

"차에서 의논하기로 결정한 것도 형이야."

"차 안에서는 무슨 말이든 할 수 있어. 남이 엿들을 염려도 없고⋯ 하지만 그렇게 난폭하게 운전하면⋯"

"내 솜씨를 믿지 않는군. 형은 냉정한 사람이야. 친형인 주제에 동생을 전혀 믿지 않으니⋯"

"난 절대로⋯"

"형은 어릴 적부터 나한테 명령만 했어. 명령만 하고, 내가 하는 일은 아무것도 인정하려고 하지 않아. 형이 늘 잘난 체만 하니까 때로는 위협해주고 싶어져."

"나는 절대로⋯"

"사실이 그렇잖아. 지금도 그래. 죽이는 역할을 느닷없이 나한테 떠넘기려고 하는 건 도대체 무슨 꿍꿍이야? 이 얘기를 먼저 꺼낸 건 나지만, 그때 형은 뭐라고 했지? 넌 덜렁이니까 모든 걸 나한테 맡기라고⋯ 거드름을 피우면서 그렇게 말했잖아? 물론 형은 머리가 좋아. 언뜻 보기에는 제법 그럴듯한 살인 계획도 세웠지. 하지만 정작 중요한 살인 역할을 이제 와서 나한테 떠넘기려는 건 무슨 수작이야? 그것도 잘난 체하는 명령조로⋯ 죽이는 건 형의 역할이었잖아?"

노먼은 아무 대답도 하지 않았다. 대답할 수 있을 턱이 없다고 덱스터는 생각했다. 대답하려면 자신의 소심함을 동생 앞에 드러내야 할 테니까…

그거야 어쨌든 노먼은 정말 싫은 녀석이다. 그렇게 불쾌한 녀석과 용모가 판에 박은 듯이 똑같으니 더욱 화가 난다. 함께 있기만 해도 속이 메슥거린다. 남들이 구태여 지적해주지 않아도 둘이 닮았다는 건 알고 있다. 닮아도 너무 닮았다. 굵은 눈썹 모양도, 두툼한 입술의 미묘한 곡선도 똑같다. 그래서 덱스터는 제 눈썹과 입술을 몹시 싫어했다. 노먼도 같은 생각을 품고 있는 모양이다. 마주 보며 이야기할 때면 노먼의 시선은 덱스터의 눈썹이나 입술 언저리를 불안하게 헤매곤 한다. 저주받은 일란성 쌍둥이… 옛날부터 그들은 서로 미워했고, 지금은 더욱 미워하고 있다.

빨간색 포르쉐는 태평양 연안 고속도로를 따라 달렸다. 맑게 갠 푸른 하늘과 햇빛에 반짝이는 푸른 바다. 살인을 의논하기에는 어울리지 않는 화창한 봄날 오후였다. 바다를 보고 있던 노먼이 덱스터에게 시선을 돌려 낮은 목소리로 말했다.

"너도 알다시피 난 폭력과는 인연이 없는 세계에서 살아왔어. 폭력은 네 영역이야. 안 그래?"

흥, 점잖은 척하고 있네. 정말 은행원다운 말투야. 덱스터는 생각했다. 생색내는 태도로 남을 속여서 자기한테 편리하게 일을 처리할 속셈이겠지.

"제멋대로군!"

"난 사실을 지적하고 있을 뿐이야. 그러지 말고 내 말 들어."

"계속 잘난 체하면 또 비명을 지르게 해줄 거야."

덱스터는 액셀을 가볍게 밟았다. 노먼은 당황하여 대시보드를 움켜잡고 몸을 바싹 움츠렸다. 덱스터는 높은 소리로 웃으며 액셀을 늦추었다.

"형이 겁쟁이라는 건 알고 있어. 거드름피우지 말고 순순히 인정해."

노먼은 창백한 얼굴로 덱스터를 돌아보았다.

"위험한 운전은 그만둬. 아버지 어머니가 교통사고로 돌아가셨다는 걸 잊지 말아줬으면 좋겠어."

"잊지 않아. 그리고 우리가 그 쩨쩨한 큰아버지가 흘린 국물을 받아먹으면서 간신히 살아온 것도 잊지 않아."

"적어도 큰아버지를 미워한다는 점에서는 우리 입장이 똑같군." 노먼은 고개를 끄덕이며 맞장구를 쳤다.

"드물게 의견이 일치했다는 거야?"

"그래. 그러니까 우리가 공동작업을 할 수 있는 거야. 그리고 돈이 필요하다는 점에서도 우리는 같은 생각이고."

"아름다운 형제애로군."

"하지만…" 노먼은 어깨를 으쓱했다. "이번 계획은 상당히 신중하게 하지 않으면 안 돼. 이 계획에는 우리 일생이 달려 있어. 성공하면 평생 귀족처럼 살 수 있지만 실패하면 죽을 때까지 콩밥이나 먹으면서 살아야 해."

"사이 나쁜 형제가 감옥에서 낯짝을 맞대고 살아야 한다면 그거야말로 지옥이지."

이렇게 말하고 덱스터는 웃었지만, 노먼은 그 말에 아무 반응도 보이지 않고 말을 이었다.

"아무리 사소한 실수도 용납되지 않아. 그렇다면… 객관적으로 생각하고 냉정하게 판단해보면 실제로 손을 대는 건 네가 더 적임이라는 결론이 나와. 이건 논리적인 귀결이야. 너도 알다시피 나는 폭력에는 익숙지 않아. 범죄를 꾸밀 수는 있지만 실행은 아무래도… 어떤 실수를 저지를지 몰라. 물론 나도 도와주겠어. 하지만 실제로 큰아버지를 해치우는 건…"

"그러니까 형은 자신이 겁쟁이라는 걸 인정한다는 말이군. 그렇다면 얼빠진 겁쟁이인 주제에 나한테 이래라저래라 명령할 자격이 없다는 것도 인정하겠군. 안 그래?" 이렇게 말하고 덱스터는 노먼을 바라보았다. 노먼은 고개를 숙이고 입술을 깨물었다. "어때? 혼자서 잘난 체는 다 하지만 천성적으로 칠칠치 못한 겁쟁이라는 걸 인정할 거야?"

"하지만 나한테 그렇게 함부로 말해도 될까?" 노먼은 속삭이듯 낮은 소리로 말을 이었다. "어차피 내 도움이 없으면 너는 이 계획을 실행할 수 없어."

"기어오르지 마!" 덱스터는 고함을 지르고 나서 내뱉듯이 말했다. "이런 일은 겁쟁이의 도움을 받지 않아도 얼마든지 할 수 있어. 나 혼자 해치우겠어!"

"그래?" 노먼은 고개를 숙인 채 말했다. "하지만 네가 혼자 한다 해도 넌 나한테 약점을 잡히게 되잖아. 나는 네가 죽을 때까지 입을 다무는 대가로 계속 돈을 요구할지도 몰라."

"사기꾼 같은 자식!"

"그게 너의 나쁜 버릇이야. 흥분하면 앞뒤를 분간하지 못하게 돼. 그래서 지금까지 실패만 거듭한 거라고."

"잘난 척하지 마. 흥분하면 형도 나랑 다를 게 없어. 노름에 너무 빠져서 터무니없는 빚을 진 건 어디 사는 누구지? 노름빚은 은행원에게는 치명적인 약점이 아니던가?"

"좋아." 노먼은 조금도 동요하는 빛을 보이지 않고 중얼거렸다. "우리는 둘 다 결함을 가진 형제야. 그러니까 큰아버지를 죽이지 않으면 안 돼. 서로 미워하고 있어도 우리는 협력할 수밖에 없어. 그게 우리의 숙명이야."

"잘난 척하지 마!" 이렇게 쏘아붙였지만 덱스터는 자기가 형의 설득에 차츰 굴복하고 있다는 것을 알아차렸다.

결국에는 적당히 설득당해 넘어가고 마는군. 하지만 노먼의 지적은 옳아. 옳기 때문에 더욱 화가 나지만, 실수가 용납되지 않는다는 건 틀림없는 사실이야. 한번 실패하면 다시 할 수는 없어. 이것이 부와 영광을 손에 넣을 수 있는 마지막 기회야. 내일이면 너무 늦어. 큰아버지는 내일 결혼해. 결혼식이 끝난 뒤에 큰아버지를 죽인다 해도 유산은 몽땅 마누라 것이 되어버릴 거야. 아무래도 오늘 밤에 해치우지 않으면 안 돼. 말다툼이나 하고 있을 여유는 없어. 그리고 겁쟁이 노먼한테 살인 역할을 떠맡겨 터무니없는 실수를 저지르게 할 수도 없어. 결국 노먼의 말대로 하지 않으면 안 돼. 화는 나지만 겁쟁이의 명령을 받아들일 수밖에 없어. 하지만 이게 마지막이야. 이 일이 끝나면 노먼과는 깨끗이 인연을 끊겠어. 덱스터는 앞을 바라본 채 고함을 질렀다.

"겁쟁이 같으니! 좋아, 죽이는 역할은 내가 맡겠어. 그 대신, 도중에 겁이 나서 도망치면 안 돼!"

"걱정 마. 어쨌든 내 제안을 받아줘서 고맙다."

"고마워하는 건 너무 이르잖아? 사례는 나중에 듬뿍 받아줄 테니까. 유산을 나눌 때 내 몫을 더 받아야겠어."

노먼은 고개를 숙인 채 잠자코 있다.

"어때? 그렇게 할 거야?"

노먼은 말없이 고개를 끄덕였다.

"좋아! 겁쟁이 형을 둔 걸 진심으로 고마워해야겠군. 마지막 의논은 이걸로 끝이야."

덱스터는 왼쪽 깜박이를 켜고는 브레이크도 밟지 않고 느닷없이 핸들을 꺾었다. 빨간색 포르쉐는 원심력 때문에 바깥쪽으로 크게 기울어진 채 비명을 지르며 반대 방향으로 돌았다. 산 쪽 벼랑에 보닛을 스치면서 간신히 돌아서자, 로스앤젤레스 시내를 향해 달려갔다.

2

페크 부인은 부엌에서 저녁 설거지를 하고 있었다. 부엌이라 해도 보통 집의 거실만큼이나 넓다. 패리스 저택에서는 식사를 100인분이나 준비할 때도 있다. 그만한 식기를 넣어두는 것만으로도 넓은 공간이 필요했다.

페크 부인은 더러운 식기를 모두 씻은 다음, 접시와 은식기를 하나씩 정성껏 닦아서 제각기 정해진 서랍이나 찬장에 집어넣었다. 크리스털 유리잔들도 유리 진열장 속에 나란히 늘어놓았다.

페크 부인은 진열장에서 한 걸음 물러나 즐비하게 늘어서 있는 유리잔들을 바라보았다. 마지막으로 놓은 유리잔이 몇 인치 앞으로 나와 있어서 질서정연한 대열을 흩트리고 있다. 페크 부인은 그 잔으로 손을 뻗었다.

그 순간, 어찌된 셈인지 손이 미끄러지면서 유리잔이 바닥으로 굴러떨어졌다. 유리잔은 무참하게 박살이 나버렸다.

"어머나, 내가 왜 이러지?" 페크 부인은 입을 손으로 틀어막고 조그맣게 비명을 질렀다.

페크 부인은 초조해져 있었다. 오늘은 특별한 밤이었다. 33년 동안 이렇다 할 파란도 없이 평화롭게 이어져온 패리스 집안의 나날이 오늘 밤을 끝으로 막을 내리려 하고 있었다. 내일부터는 그 막돼먹고 음탕한 계집애가 마님이 되어 이 집에 들어온다. 패리스 집안의 조용한 분위기는 싹 달라져버릴 것이다. 싫다고 생각해봤자 어쩔 도리가 없다. 가정부라는 고용인의 입장에서는 잠자코 마님으로 모시지 않으면 안 된다.

페크 부인은 부엌 한구석에서 작은 의자를 가져다가 조리용 탁자 앞에 놓았다. 그러고는 의자에 앉아 두 손을 얌전히 탁자 위에 올려놓았다. 그것은 일이 일단 끝난 뒤에 페크 부인이 휴식을 취하는 자세였다. 지금까지는 이런 자세로 자신의 작은 행복을 찬찬히 음미하고 신에게 감사 기도를 드렸다. 그러나 오늘 밤에는 왠지 원망스러운 생각만 치밀어오른다.

주인 나리도 어떻게 된 게 분명해. 하필이면 그런 천박한 계집애를 아내로 맞이하다니… 손녀라고 해도 좋은 나이인데… 그 계집애가 노리는 건 돈이야.

페크 부인은 턱밑까지 감싼 하얀 옷을 약간 흔들며 등을 곧게 폈다. 그리고 살며시 한숨을 내쉬었다. 가슴에 단 작은 진주 브로치가 가늘게 떨렸다.

페크 부인은 클리퍼드 패리스를 모시게 된 뒤 나리의 '여사님'을 몇 명이나 보았다. 패리스는 지금까지 많은 여자와 관계를 맺었지만 어느 여자와도 결혼하려고는 하지 않았다. 패리스에게 여자는 저녁 식사 때 맛보는 한 잔의 와인과 마찬가지였다. 한때의 위안에 불과했다. 맛에 싫증이 나면 당장 '브랜드'를 바꾸었다. 적어도 페크 부인의 눈에는 그렇게 보였다. 그렇기 때문에 페크 부인은 패리스를 좋아했다. 나리는 정말 사나이다운 분이라고 페크 부인은 생각했다. 패리스는 가정이라는 굴레에 묶이려 하지 않고 오로지 사회의 거친 파도에 맞서 사업이라는 투쟁을 계속해왔다. 그리고 마침내 거대한 슈퍼마켓 체인을 일구어 미국에서도 손꼽히는 부호가 되었고, 롱비치에 방이 20개나 되는 저택을 짓기에 이르렀다. 그것은 그야말로 찬란하게 빛나는 사나이의 일생이었다.

그런데 왜 이제 와서… 페크 부인은 패리스의 결혼을 나리가 노망이 든 증거라고 판단했다. 그래서 슬펐다. 그래서 마님이 될 아가씨가 미웠다.

페크 부인은 무거운 한숨을 내쉬고 고개를 들었다. 그 순간 바닥에 흩어진 유리잔 파편이 눈에 띄었다.

"어머나, 내 정신 좀 봐!"

페크 부인은 얼른 일어나 유리잔 파편을 하나씩 주워 모았다. 그다음에는 청소기를 가져다가 유리 부스러기를 빨아들였다. 그리고 다시 냅킨을 물에 적셔서 정성껏 바닥을 닦았다. 냅킨을 빠는 김에 싱크대를 다시 한번 닦았다. 그러고는 냅킨을 넷으로 반듯이 접어 세탁소에 보낼 바구니 속에 얌전히 집어넣었다.

페크 부인은 원래의 자리로 돌아와 부엌을 둘러보았다. 모든 것이 깨끗이 닦여 있고, 모든 것이 반짝반짝 빛나고 있다. 부엌은 페크 부인의 왕국이었다. 부엌만이 아니라 패리스 저택 전체가 그녀의 왕국이었다. 페크 부인은 패리스 저택을 구석구석까지 닦았다. 깨끗하고 아름답고 티끌 하나 없는 것이 페크 부인의 자랑이었다. 페크 부인은 마치 제 자식을 돌보듯 패리스 저택을 보살폈다.

노먼과 덱스터… 그들도 페크 부인에게는 자식이나 마찬가지였다. 두 아이가 다섯 살 때 부모가 교통사고로 죽었다. 그로부터 24년 동안 페크 부인은 쌍둥이 형제를 키웠다.

그 두 아이의 장래가 걱정스러워. 주인 나리는 물론 두 아이의 장래에 대해서도 상당한 배려를 해주시겠지. 하지만 지금까지와 같을 수는 없어. 지금까지는 두 아이가 주인 나리와 가장 가까운 친척이었지만, 아내를 맞이하게 되면 사정은 달라지고 말아. 정말 걱정이야… 페크 부인은 굳은 표정으로 손을 바라보았다.

노먼은 그래도 걱정이 없어. 주인 나리가 좋아하는 조카니까. 주인 나리의 주선으로 걸맞은 지위도 얻었지. 하지만 덱스터는… 주인 나리는 그 애를 싫어해. 그래서 그 아이는 대학에도 가지 않고 스스로 길을 개척해 왔어. 지금은 꽤 날리는 텔레비전 스타야. 요리연구가도 스타는 스타지. 하지만 인기를 먹고 사는 직업이니까 언제 내리막길로 들어설지 몰라.

페크 부인은 덱스터를 귀여워했다. 어릴 적에는 감당할 수 없을 만큼 거친 개구쟁이였지만, 패리스 나리의 씩씩한 피를 이어받고 있었다. 패리스 나리는 그걸 인정하려고 하지 않지만, 두 형제 가운데 하나가 패리스 집안의 후계자가 된다면 그건 덱스터 쪽이야.

하지만 패리스 집안에 아이가 생기면 덱스터만이 아니라 노먼도 귀찮은 존재가 될 건 뻔해. 내 귀여운 자식들이… 페크 부인은 눈물을 글썽이며 어깨를 축 늘어뜨렸다.

33년 동안… 33년 동안이나 이어져온 평온한 인생이 그런 계집애 때문에 무너져버리다니… 그런 계집애 따위는 오늘 밤에라도 죽어주면 좋을 텐데… 페크 부인은 황급히 고개를 젓고 조용히 중얼거렸다.

"어머나, 내가 왜 이러지? 터무니없는 생각을 다 하고… 하느님, 제발 용서해주세요."

그때 자동차 소리가 들렸다. 덱스터야! 페크 부인의 표정이 등불을 켠 것처럼 밝아졌다. 그녀는 벌떡 일어나 하얀 드레스 자락을 펄럭이며 창가로 달려갔다. 페크 부인은 자동차에 대해서는 아무것도 모른다. 그러나 엔진 소리만 듣고도 누구 차인지 분간할 수가 있었다. 패리스 나리의 차, 노먼의 차, 덱스터의 차가 모두 제각기 특징이 있었다. 그중에서도 덱스터의 차는 유난히 독특한 소리를 냈다. 거칠고 못된 자식에게 어울리는 난폭한 소리였다. 그래도 유리창을 뒤흔드는 그 소리를 들으면 페크 부인은 왠지 기뻐진다. 오늘은 비참하고 쓸쓸한 밤이기 때문에 덱스터가 찾아온 것이 더욱 반갑다.

창문의 레이스 커튼을 열자, 아니나 다를까 덱스터의 차가 보였다. 빨갛고 납작한 차체가 현관 쪽으로 미끄러져 들어온다.

페크 부인은 현관으로 종종걸음을 쳤다.

"내 사랑하는 아줌마!" 현관으로 들어서자 덱스터는 다시 한 번 요란한 소리를 지르며 페크 부인을 끌어안았다. "날이 갈수록 아름다워지는 것 같아요. 오늘 밤에는 더욱 아름답네요. 아, 나의 연인, 나의 태양, 사랑하는 페크 아줌마…"

덱스터는 다시 페크 부인을 끌어안았다. 조금은 거칠고 조금은 과장되게… 결국 여느 때와 다름없는 사랑스러운 덱스터가 거기에 있었다.

"이제 그만해둬." 조용히 타이르긴 했지만 그래도 페크 부인은 역시 기쁘다. "오늘은 또 무슨 일로 왔니?"

"무슨 일이냐고요? 정말 냉정하시군요. 사랑하는 아줌마를 위해 케이크를 구우러 왔지요. 이 세상 주부들의 우상, 덱스터 패리스 쿠킹쇼의 주역인 덱스터 패리스 선생께서 특제 케이크를 만들러 일부러 왔다고요. 그렇게 약속했잖아요?"

"어머나, 그랬었지."

페크 부인이 쓴웃음을 짓자 덱스터는 자못 실망한 듯 두 팔을 벌리며 쾌활한 목소리로 말을 이었다.

"덱스터 패리스 선생과의 약속을 잊다니, 너무한 거 아녜요? 사랑하는 페크 아줌마가 내일부터 열흘 동안 여동생 집에 가시니까 선물 대신 덱스터 패리스 선생이 케이크를 만들어주기로 되어 있었잖아요?"

"어머나, 내 정신 좀 봐… 까맣게 잊고 있었어."

"바로 그거예요. 아줌마의 입버릇… '어머나, 내 정신 좀 봐.' 그 말을 들으면 난 가슴이 뜨거워져요. 언제 들어도 좋아요. 그 말투, 그 가련한 울림… 아아, 못 견디겠어."

나불나불 지껄이면서도 덱스터는 부엌을 껑충껑충 뛰듯이 돌아다니며 재빨리 오븐에 불을 붙이고, 케이크를 만드는 데 필요한 재료를 하나씩 차례로 조리용 탁자 위에 늘어놓았다.

마치 텔레비전의 요리교실을 보고 있는 것 같다고 페크 부인은 생각했다. 아주 경박한 직업처럼 보이지만 이 아이한테는 잘 어울려. 오래 계속할 수 있을지가 걱정이지만… 입으로는 계속 지껄이고 잠시도 쉬지 않고 손사래를 치며 현란하게 움직이는 덱스터의 모습을 눈으로 좇으면서, 페크 부인은 문득 덱스터에게 처음 쿠키 만드는 법을 가르쳐주었을 때가 생각났다.

덱스터는 거칠고 감당하기 어려운 아이였다. 그러나 어찌된 셈인지 부엌 일에는 이상한 흥미를 보였다. 부엌 안에서는 딴 사람처럼 얌전해졌다. 공부는 싫어했지만 요리는 좋아했다. 페크 부인은 덱스터가 아직 초등학생일 때 쿠키와 햄버그스테이크 만드는 법을 가르쳐주었다. 그 후에도 여러 가지 요리를… 그리하여 페크 부인이 자기가 알고 있는 요리법을 모두 가르쳐주었을 무렵 덱스터는 할리우드의 레스토랑에서 일하기 시작했다.

클리퍼드 패리스 씨는 격분했다. 사내자식인 주제에 요리사라니! 그러나 페크 부인은 덱스터를 편들었다. 하고 싶은 일을 하게 내버려두세요. 그리고 덱스터는 자기가 좋아하는 일에서 일단 명성을 얻었다.

이걸로 잘된 걸까? 페크 부인은 자신이 없었다. 패리스 나리가 덱스터한테 레스토랑이라도 한 채 선물해준다면 이야기는 달라진다. 그것으로 덱스터는 편안한 인생을 보낼 수 있다. 그러나 지금처럼 사기꾼 같은 말솜씨에 기대어 살아가는 것은 아무래도 불안하다. 물론 요리 솜씨는 일류다. 그러나 사업을 시작할 만한 돈이 없는 것이 불안하다. 그 계집애만 아니라면 이런 걱정도 필요 없을 텐데. 그 계집애만 죽어준다면… 또 터무니없는 생각을 하다가 페크 부인은 속으로 하느님께 용서를 빌었다.

덱스터는 오븐을 닫고 페크 부인을 돌아보았다.

"그런데 큰아버지는 어디 계세요?" 이렇게 말했지만, 표정이 갑자기 굳어졌다.

이 아이도 역시 불안한 거야. 형 노먼과는 달리 큰아버지한테 귀염받지 못하고 있는 걸 잘 알기 때문에 큰아버지 얘기는 별로 입 밖에 내지 않는데, 오늘 밤에는 일부러 인사를 하러 갈 작정인 모양이군.

"나도 때로는 큰아버지한테 인사를 해야죠. 어쨌든 오늘 밤은 경사스러운 결혼식 전날 밤이고…" 이렇게 말하고 덱스터는 웃는 표정을 지었지만 그 눈은 웃고 있지 않았다.

페크 부인은 가슴이 두근거리는 것을 느꼈다. 설마 난폭한 짓을 하려는 건 아니겠지만, 그래도 주인 나리의 비위에 거슬리는 말을 해서 두 사람 사이가 더욱 불편해질지도 모른다.

"지금 손님이 와 계셔." 페크 부인은 신중하게 말했다.

"손님요? 이런 날에요?" 덱스터는 의아한 표정으로 되물었지만, 이윽고 쾌활한 목소리로 말을 이었다. "알았어요. 해서웨이 변호사지요? 지하 체육실에서 큰아버지한테 곤욕을 치르고 있겠군요."

페크 부인은 쓴웃음을 지으면서도 할 수 없이 고개를 끄덕였다.

덱스터는 손을 들면서 말했다.

"잠깐 가서 인사하고 올게요. 하지만 곧 돌아올 거예요. 어쨌든 오늘 밤에는 케이크를 구우러 왔으니까요. 위대한 덱스터 패리스 선생이 사랑하는 페크 아줌마한테 드릴 특제 케이크를…" 덱스터는 손을 흔들면서 노래하듯 외치고는 부엌에서 나갔다.

페크 부인은 한숨을 내쉬며 오븐을 바라보았다. 케이크를 저렇게 많이 만들다니… 저건 도저히 다 먹을 수 없겠어. 페크 부인은 고개를 저으면서 조용히 웃었다.

3

지하 창고를 개조한 체육실에서 변호사 마이클 해서웨이는 고전을 면치 못했다. 고전이라기보다 완전히 일방적인 승부였다. 클리퍼드 패리스에게 억지로 끌려 들어올 때까지 해서웨이는 펜싱 따위는 해보기커녕 구경조차 해본 적이 없었다.

해서웨이의 몸은 이미 땀으로 흠뻑 젖어 있었다. 숨은 가빠지고 다리는 꼬여서 비틀거렸다. 그래도 패리스는 잠시의 여유도 주지 않고 공격을 거듭했다. 하얀 마스크에 가려져 있어서 얼굴은 보이지 않았다. 그러나 그 단정한 얼굴은 빈정거리는 웃음을 띠고 있을 게 분명하다. 하얀 마스크 속에서 패리스의 냉정한 목소리가 흘러나왔다.

"왜 그래, 해서웨이? 자넨 나보다 젊잖아? 왜 그래? 그 꼴이 도대체 뭐야?"

이렇게 외치는 동시에 패리스는 발을 구르며 돌진해왔다. 칼이 은빛 곡선을 그리며 춤을 추고, 깜짝 놀라 뒷걸음쳤을 때 칼끝은 이미 해서웨이의 가슴팍에 닿아 있었다.

"형편없군그래, 해서웨이." 패리스의 하얀 마스크에서 자랑스러운 목소리가 흘러나온다. 패리스는 몸을 뒤로 빼면서 말을 이었다. "자, 한 번 더. 힘을 내, 변호사 양반."

펜싱 따위는 조금도 재미없어. 해서웨이는 패리스의 눈앞에서 칼을 부러뜨리고 싶은 충동에 사로잡혔다. 그러나 그럴 수는 없었다. 상대가 소중한 고객인 이상, 열심히 봉사해주지 않으면 안 된다. 교양 없는 벼락부자 같으니! 속으로는 이렇게 경멸하고 있어도 돈의 위력에는 이길 수 없다. 경멸하는 남자의 심심풀이 상대가 되기 위해 움직이는 표적 구실을 다하지 않으면 안 된다. 그러나 그것은 공포를 수반하는 일이었다. 자칫 잘못하면 다친다. 상대는 원래 짐승처럼 사나운 남자였다. 칼을 쥐면 그 사나움은 더욱 심해진다. 마치 원한이라도 품고 있는 것처럼 전력을 다해 공격해온다. 잔인한 방식으로 순간적인 빈틈을 찔러 공격해온다.

해서웨이는 이미 체력의 한계에 이르러 있었다. 피로가 공포에 박차를 가하고, 공포가 더 심한 피로를 부른다. 어쩔 수 없는 악순환 속에서 눈이 침침해졌다.

"잠깐만!" 해서웨이는 마침내 더 이상 견디지 못하고 비명을 질렀다.

패리스는 그 틈을 놓치지 않고 깊숙이 쳐들어와 칼끝을 해서웨이의 가슴에 댔다. 이걸로 벌써 다섯 번째다. 나는 오늘 밤 패리스의 칼에 다섯 번이나 찔려 죽은 셈이군. 빌어먹을. 정말 재미없어. 그러나 해서웨이는 마스크를 벗고 어깨로 숨을 몰아쉬면서도 얼굴에 알랑대는 웃음을 지었다.

"도저히 못 당하겠는데요. 제가 졌습니다." 이렇게 말하는 것이 고작이었다. 그런 다음에는 가쁜 숨을 고르기 위해 입을 크게 벌리고 헐떡일 뿐이었다.

패리스는 천천히 마스크를 벗었다. 예순 살이라고는 여겨지지 않는 젊은 얼굴이 나타났다. 머리는 반백이지만 피부에는 윤기와 탄력이 있다. 당연하다고 해서웨이는 생각했다. 패리스는 돈을 듬뿍 들여서 체력 단련에 열중하고 있었다. 돈과 시간만 있으면 지하 창고를 스포츠클럽 못지않은 체육실로 개조하고, 영양가 높은 음식만 먹고, 자신에게 맞는 규칙적인 생활을 하고, 신경을 갉아먹는 일은 모두 남에게 떠맡기고, 미용체조 강사인 팔팔한 아가씨를 자기 것으로 만드는 것쯤 아무것도 아니지. 그게 바로 졸부 취미라는 거야. 한심하게도 나는 이 졸부 녀석이 흘린 국물을 받아먹으며 살고 있지… 해서웨이는 그런 자신을 저주했다. 차라리 패리스가 죽어준다면 얼마나 좋을까. 누군가가 악취미를 가진 이 녀석을 죽여준다면….

"해서웨이, 장수하는 비결을 가르쳐주지." 패리스가 장밋빛 얼굴에 함박웃음을 떠올렸다. "바로 단백질이야. 문제는 단백질이라고. 그리고 끊임없는 운동. 그리고 젊은 여자. 젊은 여자를 가까이에 두고 그 정기를 호흡하는 것…" 그리고 나서 패리스는 싱긋 웃었다. "어때? 한 번 더 할까?"

"아니, 나는 도저히…"

해서웨이가 고개를 젓자 패리스의 얼굴이 불쾌한 듯 흐려졌다.

"뭐야, 칠칠치 못하게…" 패리스는 상대를 괴롭힐 수 있는 기회를 잃고 낮은 목소리로 욕설을 퍼부었다. 마치 과보호를 받고 자란 어린애처럼 난폭하다.

저 자식의 장밋빛 뺨을 후려칠 수만 있다면 얼마나 기분이 통쾌할까… 해서웨이는 끓어오르는 분노를 감추려고 다시 억지웃음을 지었다.

"회장님께는 도저히 못 당하겠어요. 좀 더 배우고 나서 다시 합시다. 젊은 여자의 정기라도 빨아들인 다음에…"

그때 1층으로 통하는 계단문이 열리더니 스웨이드 잠바를 걸친 덱스터가 뛰어들어왔다.

"큰아버지, 아니 신랑께서 내일에 대비해 몸을 단련하고 계시군요."

덱스터는 텔레비전 요리교실에 출연하고 있을 때처럼 부자연스러운 미소를 지으며 다가왔다. 졸부가 흘린 국물을 받아먹고 살아가는 또 한 사내… 해서웨이는 덱스터를 볼 때마다 속이 메슥거린다. 마치 자신의 꼬락서니를 보고 있는 듯한 기분이 들기 때문이다.

"뭐야? 너냐?"

패리스가 내뱉듯이 말하자 덱스터의 미소에 비굴한 그림자가 드리워졌다.

"너무하신데요. 친애하는 큰아버지한테 축하 인사를 드리러 왔는데…"

덱스터는 패리스에게 다가가서 어깨를 토닥였다. 주인 앞에서 꼬리를 흔드는 가련한 강아지… 덱스터는 해서웨이를 돌아보며 말했다.

"어떻습니까, 해서웨이 씨? 우리 큰아버지, 꽤 멋지지요? 예? 젊은 아가씨를 자기 것으로 만들었으니 멋지지 않습니까?"

"덱스터, 자네 큰아버님은 훌륭한 스포츠맨이야."

해서웨이가 씁쓸하게 고개를 끄덕이자 패리스는 벌레 씹은 표정을 노골적으로 드러내며 덱스터 곁을 떠났다. 덱스터는 그 뒤를 쫓아가면서 말했다.

"큰아버지, 축하드립니다. 그렇게 냉정한 표정은 짓지 마시고, 손녀딸 같은 아가씨를 아내로 맞아들이는 멋진 사나이의 모습을 천천히 우러러보게 해주세요." 이렇게 말하고 덱스터는 해서웨이에게 한쪽 눈을 찡긋해 보였다. "그런데 신부 이름이 뭐라고 했지요? 그리고 신혼여행은 어디로 가십니까?"

히죽히죽 웃으며 알랑대는 덱스터의 가련한 꼴에 해서웨이는 오히려 화가 나서 저도 모르게 목소리가 거칠어졌다.

"덱스터! 그만두게. 자네 큰아버님은 결혼하시는 거야. 아무 여자나 낚아서 주말여행을 떠나는 것과는 달라. 자네 말투는 너무 무례하군. 그런 말투로 친밀감을 보일 작정인지는 모르지만…"

"됐네, 해서웨이. 너무 까다롭게 잔소리하진 말게." 패리스는 너그러운 태도를 보였다. 제 조카가 남에게 핀잔을 받는 게 불쾌한 것일까? 패리스는 어색한 미소를 지으며 말을 이었다. "이 녀석은 그래도 축하를 하러 와주었으니까."

그리고 나서 패리스는 덱스터의 얼굴을 똑바로 바라보며 말했다.

"그런데 노먼은 함께 오지 않았나? 그 녀석을 만난 지도 한참 된 것 같은데, 오늘도 와주지 않을 건가?"

덱스터의 표정이 순식간에 굳어졌다. 무리도 아니다. 패리스의 말에는 바싹 달라붙는 강아지를 걷어차버리는 듯한 증오가 담겨 있다. 그러나 덱스터는 간신히 분노를 삼켜버린 듯 고개를 숙이고 바닥을 내려다보았다. 그러다가 갑자기 얼굴을 들고 말했다.

"큰아버지, 노먼이 오겠다면 굳이 막지는 않겠지만, 노먼이 온다면 저는 여기 오지 않을 겁니다. 그렇게 불쾌한 녀석과 얼굴을 마주칠 바에는 차라리 혼자 쓸쓸히 텔레비전이나 보고 있는 게 나아요."

"덱스터…" 해서웨이는 주제넘은 짓이라는 것을 알면서도 굳이 끼어들었다. "자네 형제는 이제 어린애가 아니야. 서로 욕하는 짓은 그만두는 게 어때. 꼴불견이잖아."

"해서웨이 씨…" 덱스터는 해서웨이에게 손가락을 쑥 내밀면서 말했다. "당신은 훌륭한 사람이에요. 유능한 변호사이기도 하지요. 하지만 나와 그 불쾌한 형을 화해시키는 재판 따위는 아예 생각도 하지 않는 게 좋을 겁니다. 대법원까지 올라가도 결말이 나지 않을 테니까요. 하기야 무슨 절박한 필요가 생기면 할 수 없이 손을 잡을 수는 있겠지만…"

이렇게 말하고 덱스터는 싱긋 웃었다. 어린 시절과 조금도 변함이 없다. 꾸중을 들었을 때 보이던 그 뻔뻔스러운 웃음과 똑같다. 아무리 세월이 흘러도 덱스터는 여전히 못된 꼬마라고 해서웨이는 생각했다.

덱스터는 거의 강제로 패리스의 손을 잡고는 자못 다정하게 악수를 하면서 말했다.

"그럼 큰아버지의 건승을 빌겠습니다. 그 글래머 아가씨의 엉덩이에 깔리지 않도록 조심하세요. 신혼여행에서 돌아오면 제가 특제요리로 신혼부부를 환영할 테니까요."

"요리는 페크 부인이 다 알아서 하고 있으니까 그런 염려는 하지 않아도 돼."

패리스가 차갑게 말하자 덱스터는 크게 손을 내저었다.

"아, 그렇지. 깜박 잊고 있었군요. 페크 아줌마를 위해 케이크를 굽고 있었는데…"

"덱스터!" 패리스는 까다로운 표정을 지었다. "페크 부인을 아주머니라고 부르는 건 오늘부터 금지하겠다. 너희들한테는 이제 진짜 아주머니가 생기니까 말이다."

"알았어요. 새로 오시는 우리의 아주머니를 환영합니다. 어쨌든 대단한 글래머에다 대단한 미인이니까…"
"덱스터! 리자한테 무례한 태도를 보이는 건 용서하지 않겠다."
"알겠습니다. 큰아버지한테는 못 당한다니까요. 어쨌든 억센 사나이니까… 하지만 몸조심하세요."
 이 말을 남기고 덱스터는 춤추는 듯한 걸음걸이로 체육실을 나갔다.
 그런 덱스터의 뒷모습을 향해 패리스는 내뱉듯이 말했다.
"건달 같은 놈!"
 이 집에 모이는 사람들은 하나같이 서로 미워하고 있군. 해서웨이 변호사는 생각했다. 패리스라는 거목 주위에서 서로 증오하며 으르렁거리고 있다. 그 천사 같은 페크 부인은 예외지만…

 페크 부인은 부엌 한구석에 놓인 의자에 인형처럼 반듯이 앉아 덱스터를 지켜보고 있었다. 페크 부인의 꽃무늬 앞치마를 두른 덱스터는 오븐에서 케이크를 꺼내어 조리용 탁자 위에 놓고는 거품 이는 크림을 듬뿍 발랐다.
"아줌마, 어때요? 보기 좋지요? 지금까지는 최고 솜씨예요. 이 케이크 이름이 뭔지 아세요?"
 케이크에서 얼굴을 든 덱스터에게 페크 부인은 미소를 보내며 대답했다.
"덱스터 스타일 케이크겠지."
"정답에 가까워요. 하지만 아줌마가 이 케이크 이름을 몰라도 나무랄 수는 없지요. 지난 목요일에 텔레비전 프로그램에서 발표한 신작이니까요. 가르쳐드릴까요? 레 타르테 스트로베리 덱스터 패리스 스타일 케이크예요."
 페크 부인은 고개를 끄덕이면서 말했다.
"멋진 이름이구나. 하지만 늙은이가 기억하기에는 너무 길어."
"안 그래요. 내 팬인 주부들은 금방 기억하는걸요. 레 타르테 스트로베리 덱스터 패리스 스타일 케이크…"

상송이라도 부르듯 거드름을 피우며 말하는 덱스터를 보고 있는 동안 페크 부인은 왠지 화가 났다. 그것은 덱스터를 추켜올리는 '주부들'에 대한 질투였는지도 모른다.

"나리께서 이런 케이크를 보시면 '시시하다!'고 한마디 하고는 쓰레기통에 던져버릴 거야. 그리고… 네 텔레비전 쇼는 악취미야. 요리를 가르친다기보다 말을 가르치는 시간 같아서… 그런 프로그램을 좋아하는 여자치고 쓸 만한 여자는 없어."

이렇게 말하고 나서 페크 부인은 후회했다. 어머나, 내가 왜 이러지! 점잖지 못한 말을 해버리다니… 오늘 밤에는 내가 어떻게 됐나 봐. 그러나 덱스터는 전혀 마음에 두고 있지 않는 것 같았다. 그는 기쁜 듯이 한숨을 내쉰 다음, 두 팔을 벌리며 페크 부인에게 미소를 보냈다.

"자, 다 됐어요. 내일 아침에는 큰아버지 눈에 띄지 않도록 몰래 차에 실으세요. 쓰레기통에 던져버리면 큰일이니까요. 그리고 여동생 집에 도착하거든 문에 자물쇠를 채우고 창문 커튼을 전부 닫고 서둘러 먹어주세요. 누가 덱스터 패리스의 케이크를 보면 큰일이니까요. 백 달러를 내도 좋으니 덱스터 선생의 케이크를 한입만 먹어보고 싶다는 여자들이 널려 있거든요."

덱스터는 손에 묻은 크림을 핥고 나서 앞치마를 벗었다.

페크 부인은 의자에서 일어났다.

"어머나, 케이크도 좋지만 너무 심하게 어질러놓은 거 아니냐? 자, 내가 치울 테니까 어서 나가거라. 네가 어질러놓은 걸 내가 뒤처리하기 시작한 게 몇 년 전이지?"

"20년하고 조금 더 됐잖아요?"

"그만큼 했으니 이젠 싫증이 날 때도 됐지. 이 부엌은 아까 깨끗이 치워놓았는데…"

"사랑하는 페크 아줌마…" 덱스터는 도망치듯 뒷걸음질하면서 익살스러운 어조로 말했다. "그렇게 화내지 마세요. 오늘 밤에라도 큰아버지 신부가 와서 그 팔팔한 젊음으로 부엌이고 뭐고 번쩍번쩍 빛나게 닦아줄지도 모르잖아요. 아줌마도 이젠 편안한 은퇴 생활을 해야죠."

"그런 건 내가 용납하지 않아!" 페크 부인은 소리를 질렀다. 누르고 눌렀던 감정이 마침내 폭발하여 눈물까지 글썽거렸다. "내 생각엔 나리가 하려고 하시는 일은 남자의 수치야. 꼴불견이지. 상대는 손녀라고 해도 좋을 만큼 어린 계집애야. 그런 계집애가… 33년 동안이나 나리를 모셔온 나보다 더 잘할 수 있다고 생각한다면 큰 오산이야!"

덱스터의 쾌활한 얼굴에 당혹스러운 빛이 떠올랐다. 덱스터는 페크 부인을 가만히 바라보고 있다가, 이윽고 그녀의 손을 다정하게 잡으며 말했다.

"아줌마, 미안해요. 그런 뜻으로 말한 게 아닌데… 하지만 여자가 새로 들어와도 큰아버지는 아줌마가 없으면 해나갈 수 없을 거예요. 33년 동안의 습관을 그렇게 간단히 바꿀 수는 없는 법이니까요. 그렇게 젊은 여자가 큰아버지를 만족시킬 수 있을 리가 없어요."

"애써 위로하지 않아도 괜찮아!" 페크 부인은 목메인 소리로 말을 이었다. "하지만 나는 이 나이에 다른 집으로 갈 생각은 추호도 없어. 죽어도 이 집에 붙어 있을 거야."

마침내 견딜 수 없게 된 페크 부인은 소리 내어 울기 시작했다. 덱스터는 가늘게 떨리는 페크 부인의 어깨를 감싸 안으며 말했다.

"걱정하지 않아도 괜찮아요, 아줌마. 아줌마를 이 집에서 쫓아내다니… 그런 일은 내가 용납하지 않겠어요. 맹세해도 좋아요. 절대로 그런 짓을 하게 내버려두진 않겠어요."

"정말?"

페크 부인은 기뻤다. 덱스터가 이렇게 상냥한 말을 해준 적이 한 번도 없었기 때문에 더욱 기뻤다. 푸념을 들어주었을 뿐 아니라 다정하게 위로까지 해주다니, 이 아이도 이제 어엿한 어른이 다 됐구나… 페크 부인은 덱스터의 가슴에 머리를 기대고 또 울었다. 이번에는 기쁜 울음이었다.

4

그로부터 30분 뒤… 덱스터는 기운을 되찾은 페크 부인에게 손을 흔들며 부엌에서 나갔다. 현관까지 바래다주겠다는 페크 부인을 말리면서 그는 말했다.

"아줌마는 부엌을 청소해주세요. 더러운 부엌을 그대로 두는 건 아줌 마답지 않아요."

"그래? 그럼 네 말대로, 개구쟁이 도련님이 어지럽힌 부엌을 뒤처리하기로 할까?"

덱스터는 페크 부인의 뺨에 가볍게 입을 맞추고 부엌문을 닫았다.

그는 급히 현관홀로 갔다. 홀 중앙에서 완만한 곡선을 그리며 위로 뻗어 있는 계단 앞까지 오자 덱스터는 걸음을 멈췄다.

그는 주위를 살피고 인기척이 없는 것을 확인한 뒤, 계단 밑에 만들어진 벽장문을 열었다. 덱스터는 작은 벽장 속에서 자기와 똑같은 모습의 남자를 보았다. 그와 똑같은 검은 스웨이드 잠바에 검은 줄무늬 바지, 그리고 뒤로 빗어넘긴 머리… 그는 마치 전신 거울을 보고 있는 듯한 착각에 사로잡혔다.

벽장 속에 숨어 있던 노면이 눈부신 듯 눈을 가늘게 뜨며 말했다.

"너무 늦었잖아. 예정보다 5분이나 늦었어."

"지껄이고 있을 틈이 없어. 빨리 나와." 나지막한 목소리로 말하고 덱스터는 자동차 열쇠를 노먼에게 건네주었다. "이게 열쇠야. 나처럼 기세 좋게 엔진을 고속으로 회전시키면서 달려가야 해. 알겠지? 은행원처럼 달리면 안 돼. 그리고 되도록 부엌과 가까운 곳을 지날 때 클랙슨을 두 번 울려. 그리고 페크 아줌마 쪽을 돌아보면서 손을 크게 흔들어. 크고 힘차게… 알았지?"

"그런 건 말할 필요도 없어. 이 계획은 모두 내가 세운 거니까. 쓸데없는 말은 집어치우고, 넌 모든 걸 나한테 맡겨두면 돼."

"잘난 척하지 마! 안색이 창백하군. 겁쟁이인 주제에 억지로 체면을 세우려고 하는 짓은 그만두는 게 어때. 형이 겁쟁이라는 건 이미 알고 있으니까."

"너는…"

"우물쭈물하지 말고 빨리 가! 그리고 예정 시간에 늦지 않게 돌아와야 해!"

덱스터는 노먼의 몸을 문 쪽으로 떠밀었다. 노먼은 문 앞에서 고개를 돌려 번쩍번쩍 빛나는 눈으로 덱스터를 노려보았다.

"잘 기억해둬. 네 머릿속은 텅 비어 있어. 넌 무능한 건달일 뿐이야."

"당장 꺼져! 하지만 돌아오는 건 잊지 마. 부들부들 떨면서 와도 좋으니까 제시간에만 돌아와!" 덱스터는 숨죽인 소리로 욕설을 퍼부었다.

자신과 똑같은 노먼의 뒷모습이 문 저편으로 사라지는 것을 지켜본 뒤 덱스터는 계단 밑 벽장으로 숨어 들어갔다. 그리고 안에서 문을 닫았다. 현관 쪽에서 포르쉐의 굉음이 들려왔다. 이윽고 클랙슨 소리가 두 번 울렸다. 페크 부인이 기쁜 목소리로 뭐라고 외치는 소리가 들렸다.

이걸로 나는 이 집을 떠난 것이 돼.

덱스터는 어둠 속에서 손목시계를 보았다. 야광 문자판은 7시를 가리키고 있었다. 앞으로 두 시간 남았다. 큰아버지 패리스는 매일 밤 9시에 목욕을 한다. 그때가 기회였다. 앞으로 두 시간… 그것이 노먼이 만든 시간표였다.

빌어먹을. 나를 골 빈 무능력자라고 욕하다니… 덱스터는 화가 나서 몸이 부들부들 떨렸다. 마음만 먹으면 나도 살인 계획쯤 세울 수 있어. 그 잘난 체하는 녀석의 상판대기를 보면 왜 이렇게 울화통이 치밀어오를까?

덱스터는 어둠 속에 웅크리고 앉아 머릿속에서 노먼의 모습을 쫓아내려고 했다. 그러나 노먼의 독특한 말투와 사소한 몸짓이 묘하게 되살아나, 덱스터는 소화가 안 되는 음식을 씹듯 증오를 씹어야 했다. 노먼에 대한 증오는 거의 생리적인 것이었다.

앞으로 두 시간… 그 두 시간을 노먼에 대한 증오만 곱씹으며 보내야 하다니. 덱스터는 오싹 소름이 끼쳤다.

노먼은 이제 곧 아파트에 도착할 것이다. 아파트에 도착하면 노먼은 형을 찾아온 동생 덱스터인 척하면서 관리인에게 인사하기로 되어 있다. 쌍둥이란 참 편리하다. 옷만 바꿔 입으면 얼마든지 남을 속일 수 있다. 이윽고 방에 돌아간 노먼은 자기 옷으로 갈아입고 머리 모양을 원래대로 바꾼 다음 창문으로 나간다. 편리하게도 노먼의 방은 1층에 있었다. 그리고 현관으로 돌아가서 관리인에게 손을 흔들고 동생이 찾아왔느냐고 묻는다. 관리인은 동생이 방에서 기다리고 있다고 대답할 것이다. 노먼은 고맙다고 말하고 자기 방으로 들어간다. 그러고는 그대로 방안에 틀어박힌다. 관리인은 쌍둥이 형제가 방안에 함께 있다고 생각할 것이다. 알리바이 공작의 준비는 그것으로 끝난다. 노먼은 그 후 다시 창문으로 나가서 패리스 저택으로 돌아온다. 그리고 범행을 끝낸 뒤… 노먼은 아파트로 돌아가 창문을 통해 방으로 들어간다. 덱스터는 이튿날 아침 패리스 저택을 나가서 노먼의 아파트 창문으로 들어갔다가 정면 현관으로 나간다. 관리인은 덱스터가 밤새 노먼의 방에서 잤다고 생각할 것이다. 그것으로 알리바이는 완성된다.

창문으로 몰래 들락거리려면 꽤나 바쁘겠군… 덱스터는 어두운 벽장 속에 웅크리고 앉아서 노먼의 분주한 움직임을 상상했다. 자기가 직접 짠 계획이니까 노먼은 쉽게 하고 있을 것이다. 바보 같은 자식! 그렇게까지 할 필요는 없는데… 큰아버지는 심장 발작으로 죽은 것처럼 보이도록 되어 있으므로 알리바이를 조작할 필요는 없었다. 그런데 노먼은 은행원답게 이중삼중의 안전장치를 원했다. 좋아, 멋대로 하라지. 소심한 겁쟁이 자식!

덱스터는 어두운 벽장을 손으로 더듬었다. 자온 가방이 손에 닿는다. 그 속에 노먼이 발명한 흉기가 들어 있다. 조리용 전기 믹서기다. 덱스터는 가방을 끌어당겨 그 안으로 손을 집어넣었다. 새로 산 믹서기가 거기에 들어 있었다. 그러나 '개량'한 제품이다. 믹서기 본체의 코드에 작은 상처가 나 있다. 비닐 절연체를 칼로 벗겨내어 속에 들어 있는 철사가 드러나 있다. 효과에 대해서는 이미 실험이 끝났다. 덱스터는 아파트에서 그것을 실험해 보았다. 코드를 콘센트에 꽂은 다음 믹서기 본체를 물이 가득 든 양동이에 던져넣었다. 그러자 엄청난 충격과 함께 방의 퓨즈가 끊어졌다.

그 쩨쩨한 큰아버지는 엄청난 충격과 함께 그 쩨쩨한 인생을 끝낸다. 좋잖아요, 큰아버지? 당신은 벌써 충분히 인생을 즐겼어요. 이번에는 내가 즐길 차례예요.

유산이 손에 들어오면 어디에 쓸까? 우선 차를 사야지. 덱스터는 싱긋 웃었다. 낡아빠진 포르쉐와는 작별하고 신형 페라리를 사는 거야. 페라리 365GTC-12기통 380마력. 도로에서 달리는 자동차로는 세계에서 가장 빠르다. 상품안내서에 나와 있는 최고속도는 시속 180마일. 자동차회사의 시험주행 트랙에서는 그 이상의 속도를 기록했다. 시속 190마일… 덱스터는 낮게 웅얼거렸다. 시속 190마일로 달리는 차가 손에 들어온다고 생각하면 어둠 속에서 기다리는 것쯤 견딜 만하다.

벽장 밖에서 인기척이 났다. 덱스터는 몸을 바싹 긴장시켰다. 큰아버지와 해서웨이 변호사였다. 두 사람의 목소리가 들려온다.

"폐가 많았습니다."

"자네도 좀 더 몸을 단련하는 게 좋아. 야채 주스 만드는 법을 배웠으니까 실천해보게."

"아무래도 그 풋내가…"

"노력하게, 해서웨이. 무슨 일이든 노력이 필요해."

"알겠습니다."

두 사람은 현관문 앞에 멈춰 섰다.

"해서웨이, 여행에서 돌아오는 대로 연락하겠네."

"그렇게 해주세요. 동부 진출 문제로 급히 손써야 할 일이 몇 가지 있기 때문에…"

"알았네."

"그럼 신랑의 행운을 빕니다."

"고맙네. 내 실력이 어느 정돈지 지켜보게나."

이어서 패리스의 음탕한 웃음소리가 들려오고, 그 웃음이 채 가라앉기 전에 문이 닫혔다. 노인네 주제에 억센 사나이인 척하고 있군… 덱스터는 속으로 비웃었다. 당신이 자랑하는 육체미도 이제 곧 전기 충격을 받아 넝마 꼴이 될 거야.

갑자기 또 다른 발소리가 들려왔다.

"페크 부인, 아직도 있었소?" 패리스의 목소리다.

"예, 나리." 페크 아줌마의 목소리가 슬퍼 보였다.

저 아줌마를 괴롭히면 가만두지 않겠어. 덱스터는 패리스가 이제 곧 죽을 운명이라는 것도 잊어버리고 몸을 긴장시켰다.

"벌써 동생한테 간 줄 알았지."

"저한테 시키실 일이 있을까 해서요. 이 집안의 일은 누구보다도 제가 잘 알고 있고… 물론 새로 오실 마님은 저 같은 게 없어도 나리 시중을 잘 드실 테지만…"

"아니요, 페크 부인. 집안일은 지금까지와 마찬가지로 모두 페크 부인이 알아서 해줘요. 리자 생각도 그럴 거요. 그럼 문단속 잘하고, 좋아하는 텔레비전 프로그램이라도 보도록 해요."

"예, 나리" 페크 부인의 목소리는 명랑함을 되찾고 있었다.

빌어먹을. 저 늙은이의 인정 따위는 걷어차버리면 좋을 텐데… 저 늙은이는 착한 아줌마의 상냥함을 이용해서 값싼 봉급으로 부려먹을 속셈이야. 계단을 올라가는 패리스의 발소리를 향해 덱스터는 속으로 욕설을 퍼부었다.

페크 부인의 조심스러운 발소리가 문으로 다가가 자물쇠를 채웠다. 잠시 후 문 옆에 붙어 있는 도난방지 경보장치를 켜는 희미한 소리가 들려왔다. 그 순간 덱스터는 자신의 중요한 임무를 생각해냈다. 진정해! 흥분해서 할 일을 잊어버리는 얼빠진 짓을 저지르면 안 돼.

오후 9시.

덱스터는 벽장문을 살며시 열었다. 현관홀은 이미 불이 꺼져 있었다. 외벽에 켜진 전등 불빛이 현관 유리를 통해 희미하게 흘러들고 있다. 덱스터는 계단 밑에 서서 등을 곧게 폈다. 몸이 아프다. 오랫동안 꼼짝도 않고 웅크려 있었기 때문이다. 걸음을 내딛자 다리가 후들거렸다. 그러나 마음은 냉정했다. 산중 호수처럼 잔파도 하나 일지 않고 조용하다.

덱스터는 현관 옆에 섰다. 주머니에서 가죽장갑을 꺼내어 손에 끼었다.

경보기에 달린 유리창을 열고 빨간 스위치를 내렸다. 그리고 현관문을 살며시 열었다.

현관 옆에 심어진 나무가 바스락거리더니 노먼이 뛰어들어왔다. 두 손에 구두를 들고, 발은 맨발이었다. 노먼이 그 구두를 바닥에 떨어뜨렸다.

"조용히 해! 바보 같으니!" 덱스터는 가라앉은 목소리로 말했다. 노먼의 모습을 본 순간, 호수처럼 잔잔했던 마음에 당장 파도가 일었다.

"그 상판대기는 대체 뭐야!" 덱스터는 노먼에게 대들었다. "죽은 사람처럼 새파랗게 질린 꼴이라니! 죽는 건 형이 아니라 2층 욕실에 있는 큰아버지야. 게다가 죽이는 것도 형이 아니라 내가 할 거야. 형은 그냥 도와주기만 하면 돼. 부들부들 떨지 말고 좀 냉정해져!"

"난 냉정해. 쓸데없는 걱정은 하지 마. 이 계획을 생각한 건…"

"생각? 그래, 형이 할 수 있는 건 생각하는 것뿐이지. 이럴 때 중요한 건 생각하는 게 아니라 배짱이라고. 형이 할 일은 알고 있겠지?"

"그래. 그보다 이런 데 서서 이야기하는 건 좋지 않아."

"할 일은 알고 있겠지?" 덱스터는 노먼의 말을 무시하고 다그쳤다. "알고 있지? 지하실에서 대기하는 거야. 퓨즈가 끊어지면 10초 뒤에 퓨즈를 갈아 끼워!"

"알고 있어. 이 계획을 세운 건…"

"그래, 형이 세운 계획이지. 계획을 가슴에 끌어안고 뒈져버려!"

덱스터는 계단 밑의 벽장문을 열고 검은 가방을 꺼냈다. 노먼이 어색한 걸음으로 지하실로 내려가는 것을 지켜보고 나서 덱스터는 천천히 계단을 올라갔다.

페크 부인의 작은 방 앞을 지나갔다. 텔레비전 소리가 새어 나온다. 작은 방안의 작은 세계… 페크 아줌마의 유일한 즐거움은 텔레비전 드라마를 시청하는 것이다. 아줌마, 텔레비전을 즐겨주세요. 나쁘게 하진 않을 테니까. 유산이 들어오면 아줌마한테도 나눠줄게요. 노먼의 몫을 일부 가로채서 몽땅 드릴게요. 그리고 아줌마를 페라리에 태우고… 덱스터는 어두운 복도를 걸어갔다. 방이 20개나 되는 대저택에 살고 있는 사람이라고는 패리스와 페크 부인뿐이다. 이런 사치는 악취미다. 복도를 왼쪽으로 돌아서면 그 복도 막다른 곳에 패리스의 전용 욕실이 있다. 대리석으로 만든 커다란 욕실. 그것도 악취미다. 이런 집은 당장 팔아치우는 게 좋다. 대리석 욕실 따위는… 덱스터는 욕실문을 열었다. 대리석과 타일과 눈부신 조명에 감싸인 호화로운 공간이 눈을 찌른다. 눈부신 불빛 속에서 패리스는 왕처럼 욕조에 드러누워 휘파람을 불고 있다. 맙소사! 그것은 해병대의 행진곡이었다. 패리스가 알고 있는 음악은 고작 그 정도였다. 기분이 좋은 패리스는 덱스터가 들어온 것을 알아차리지 못한다. 비누거품을 손으로 떠서 근육이 발달한 팔에 문지르고 있다.

"큰아버지, 덱스터 선생이 또 찾아왔습니다."

덱스터가 애써 쾌활하게 말을 걸자 패리스는 휙 뒤를 돌아보았다.

"덱스터! 깜짝 놀랐구나."

그 얼굴에 희미하지만 공포의 그림자가 스친다. 무방비 상태이기 때문에 불안할 것이다. 덱스터는 안심시키듯 미소를 보냈다.

"깜짝 놀란 건 접니다. 모처럼 가져온 결혼선물을 깜박 잊고 드리지 않았으니까요. 그래서 급히 돌아온 거예요."

"선물? 그게 뭔데?" 별 흥미도 없다는 듯이 패리스는 덱스터의 얼굴을 쳐다보았다.

멋진 선물이지. 지옥행 특급 승차권… 덱스터는 조급해지는 마음을 억누르며 검은 가방을 열었다.

"가정용 믹서기예요. 덱스터 선생이 추천하는 만능 믹서기…"

패리스의 얼굴에 낙담과 경멸의 빛이 떠올랐다.

"믹서기라고? 거기 놔둬라. 리자가 좋아하겠군."

"그럴 거예요. 특히 주부들한테 인기 좋은 상품이니까요. 사용법을 가르쳐드릴게요."

"아니, 됐다. 거기 그냥 놔둬."

"아니에요…"

덱스터는 욕조 바로 옆에 있는 콘센트에 코드를 꽂았다. 그러고는 스위치를 넣었다. 믹서기 날이 윙윙 소리를 내며 돌아간다.

"이게 저속 회전이고, 이 레버를 조금 움직이면…"

믹서기 날이 회전속도를 높였다. 은빛으로 반짝이는 날이 눈부시다.

"이게 중간 속도. 레버를 한 단 더 올리면…"

믹서기 날은 회전속도를 더욱 높였다. 모터 소리가 더욱 높아지고, 회전하는 날은 그 자체가 강력한 발광체처럼 보였다.

"이게 고속 회전입니다. 여러 가지 요리에 쓸 수 있어요. 요리 재료를 섞거나 잘게 부수거나… 하지만 좀 더 재미난 사용법도 있지요."

이렇게 말하고 덱스터가 싱긋 웃었을 때 패리스는 드디어 덱스터의 심상치 않은 기색을 알아차린 모양이다.

"덱스터!"

이렇게 외치고 패리스는 공포로 얼굴을 일그러뜨리며 욕조에서 몸을 일으키려 했다. 그런 패리스의 몸을 덱스터가 힘껏 눌렀다. 패리스의 엉덩이가 욕조 바닥에서 미끄러졌다. 패리스의 몸뚱이가 물속에 반쯤 잠겼다. 일그러진 얼굴이 물보라를 뒤집어쓰고 더욱 추하게 일그러진다. 너무나 무력한 최후의 발버둥이었다.

이제는 젊음으로 빛나는 얼굴이 아니라 추한 주름살이 생생히 새겨진 얼굴이 구원을 찾아 흔들렸다. 입이 크게 벌어져 금방이라도 비명을 지르려는 순간, 덱스터는 패리스의 머리를 움켜잡고 욕조 속으로 밀어 넣었다. 반백이 된 패리스의 머리카락이 물속에서 쫙 펴져 수많은 촉수처럼 움직였다.
"어때요? 기분 좋지요?" 덱스터가 외쳤다. "하지만 감사하는 건 아직 일러요. 마지막으로 견딜 수 없는 자극을 맛보게 해줄 테니까요."

덱스터가 손을 늦추자 패리스는 물속에서 고개를 들고 헐떡거렸다. 그러고는 캑캑거리며 기침을 했다. 그러나 눈은 크게 뜨인 채 덱스터를 똑바로 쳐다보고 있었다. 그 푸른 눈을 향하여 덱스터는 고속으로 회전하고 있는 믹서기를 쑥 내밀었다. 패리스의 시선이 빨려들듯 믹서기 날 쪽으로 움직였다.

"이걸 갖고 싶으시죠? 이제 곧 드릴게요. 선물에 대한 감사 편지는 지옥에서 보내주세요!"

이렇게 외치고 덱스터는 믹서기를 욕조 속으로 던져넣었다. 무시무시한 광경이 눈앞에 펼쳐지다가 잠시 후 어둠 속으로 사라졌다. 눈 깜짝할 순간이었다. 욕조 가득 퍼진 불꽃과 크게 튀어 오른 패리스의 알몸뚱이⋯ 막대기처럼 굳어버린 알몸 꼭대기에서 생기를 잃은 얼굴이 일그러진 채 흔들렸다. 그리고 새하얀 이가 맞물려 바위를 두드리듯 딱딱 울렸다.

그 순간의 광경을 어둠이 삼켜버렸다. 욕실의 모든 전등이 꺼졌다. 대리석도 타일도 경직된 시체도, 모두 검은 장막에 덮여버렸다. 덱스터는 물속으로 손을 집어넣어 코드를 잡고 믹서기를 꺼냈다.

페크 부인은 방의 전등을 끈 채 텔레비전을 보고 있었다. 그것은 페크 부인이 텔레비전을 볼 때의 버릇이었다. 그래서 텔레비전이 갑자기 꺼졌을 때 페크 부인은 퓨즈가 나간 것을 알아차리지 못했다. 텔레비전이 고장난 모양이라고 생각했다.

"어머나, 이건 너무해!" 페크 부인은 텔레비전으로 다가가서 주먹으로 쾅쾅 두드렸다. 그러다가 문득 손을 멈추고 중얼거렸다. "어머나, 내가 왜 이러지? 이런 경망스러운 짓을 하다니."

페크 부인은 텔레비전 곁을 떠나 전등 스위치를 올렸다. 그러나 전등은 켜지지 않았다. 정전인가? 오늘 밤에는 불쾌한 일만 일어나는군… 이렇게 생각했을 때 전등이 갑자기 켜졌다. 꺼져 있었던 시간은 불과 10초 정도였다.

텔레비전에 화면이 나오기 시작하자 페크 부인은 다시 전등을 끄고 의자에 주저앉았다. 그러고는 몸을 쑥 내밀고 열심히 화면을 들여다본다. 그러나 화면은 전체적으로 보라색을 띠고 있었다.

"어머나, 또 보라색이네."

전압이 급격히 변화하면 이 텔레비전은 화면이 보라색으로 변한다고 수리공은 말했었다. 수리할 수는 없고 새것을 사지 않으면 안 된다는 것이다.

"지독한 색깔이야!" 페크 부인은 중얼거렸다.

정말 불쾌한 밤이라고 페크 부인은 생각했다. 이것도 그 못된 계집애 때문이야.

욕실에 전등이 켜진 순간 덱스터는 우선 패리스를 바라보았다. 패리스는 분명 죽어 있었다. 욕조의 물속에 길게 뻗어 있다.

덱스터는 믹서기기를 재빨리 가방에 넣었다. 그리고 노먼을 기다렸다.

상당히 오래 기다린 듯한 기분이 들었지만, 어쨌든 노먼은 왔다. 욕실 문이 살며시 열리고, 하얗게 질린 노먼의 얼굴이 안을 들여다보았다.

"꾸물거리지 말고 빨리 들어와!" 덱스터는 호통을 쳤다.

노먼이 조심조심 안으로 들어왔다. 패리스를 힐끔 바라보고는 황급히 시선을 돌렸다.

"무서워? 겁쟁이 같으니." 덱스터는 싱긋 웃고 나서 노먼의 말투를 흉내

냈다. "이 계획은 내가 세운 거야… 이렇게 말하고 싶겠지? 형의 계획대로 큰아버지는 뒈졌어. 훌륭한 계획이야. 그렇게 생각지 않아?"

덱스터가 욕조 바닥에 늘어져 있는 패리스를 가리키자 노먼은 고개를 숙였다. 덱스터는 그런 노먼을 참을 수가 없었다.

"다음에 할 일은 뭐야? 지시해주지 않으면 모르잖아? 어쨌든 계획을 세운 건 형이야. 착한 사람인 척 후회하는 척할 필요는 없어. 아니면 무서워서 그래?"

"다음에 할 일은 너도 알고 있잖아. 계획을 세부적으로 검토할 때는 너도 가담했으니까." 노먼은 고개를 숙인 채 말했다.

"갑자기 겸손해지셨군." 덱스터는 목소리를 높였다. "아까까지만 해도 혼자서 계획을 세운 것처럼 말하더니… 왜 그래? 응? 대체 무슨 일이야?"

"그렇게 소리 지르지 마." 노먼은 손을 들어 덱스터를 제지했다. 눈은 불안하게 주뼛거리고, 공포의 빛으로 가득 차 있다.

"알았어. 그럼 지시를 내려줘. 다음에는 뭘 해야 돼?"

"저걸 지하 체육실로 옮겨." 노먼은 아래를 내려다본 채, 알아듣지 못할 만큼 낮은 소리로 말했다.

덱스터는 의뭉스러운 미소를 지었다.

"저거? 저게 뭔데?"

"저기 있는… 저거…" 노먼의 목소리는 점점 더 낮아진다.

"안 들려. 똑똑히 말해봐. 저게 뭐야? 응? 뭐냐고?"

"시체 말이야! 시체를 옮기는 거야! 알았어?" 노먼이 갑자기 큰 소리를 지르며 욕조로 다가갔다.

"그래? 큰아버지의 시체를 옮기라는 거지?" 이렇게 중얼거리면서 덱스터도 욕조로 다가갔다.

두 사람은 패리스의 얼굴이 내려다보이는 곳에 나란히 섰다.

패리스는 투명한 물 밑바닥에 입을 딱 벌리고 눈을 부릅뜬 채 누워 있었다. 그 눈은 해초처럼 흔들리는 반백의 머리카락에 반쯤 가려져 있었지만, 유리알처럼 번쩍거렸다.

노먼이 갑자기 캑캑거리기 시작했다.

이 자식, 토하는 거 아냐? 덱스터는 옆에 있는 노먼의 얼굴을 들여다보았다. 노먼은 손을 입에 대고 필사적으로 구역질을 참고 있었다.

"겁쟁이 같으니! 빨리 일어나 해치우자고."

덱스터는 허리를 굽혀 패리스의 겨드랑이 밑으로 손을 집어넣었다. 그리고 힘껏 끌어올렸다. 패리스의 얼굴이 소리를 내며 수면 위로 솟구쳤다. 그러나 그 이상은 올라오지 않는다. 무겁다. 덱스터는 물속으로 끌려 들어갈 것 같았다.

"좀 도와줘!" 덱스터가 신음하듯 말했다.

그러나 노먼은 바위처럼 움직이지 않는다.

"이 바보야! 빨리…"

그러나 덱스터는 마침내 힘이 빠져 패리스의 몸을 놓아버렸다. 물이 튀기는 요란한 소리가 나고, 패리스의 윗몸은 물보라를 날리며 다시 물속으로 잠겨버렸다. 머리가 대리석 욕조 바닥에 부딪혀 둔탁하고 무거운 소리를 냈다.

"이 겁쟁이…"

그러나 목소리가 나오지 않아서 덱스터는 노먼의 멱살을 움켜잡고 거칠게 흔들었다. 흔들거리는 노먼의 얼굴을 향해 주먹을 날렸다. 확실한 반응이 덱스터를 더욱 흥분시켰다. 그는 다시 주먹을 휘둘렀다. 노먼의 입술 끝이 찢어져 피가 배어 나왔다.

덱스터는 그제야 노먼의 멱살을 놓았다. 그러고는 욕조 옆에 걸린 수건을 벗겨 노먼에게 던졌다.

"겁쟁이 자식… 어서 피를 닦고 일을 거들어."

노먼은 입술을 손으로 누르며 비틀비틀 일어나더니, 주머니에서 새하얀 손수건을 꺼냈다. 그리고 덱스터가 던져준 수건을 발끝으로 걷어찼다.

"피가 묻으면 곤란하잖아. 수건은 원래 있던 곳에 돌려놔."

그러자 덱스터는 가라앉았던 분노가 다시 부글부글 끓어올랐다.

"잘난 척하기는…"

"싸움은 나중에 하자." 노먼이 냉정하게 말했다. "난 이제 괜찮아. 자, 일을 시작하자. 페크 아줌마가 눈치채기 전에 처리하지 않으면…"

노먼은 욕조 옆에 쪼그려 앉았다. 덱스터는 다시 끓기 시작한 분노를 꿀꺽 삼키고 물속으로 손을 쑥 집어넣었다.

패리스는 무거웠다. 두 사람이 달라붙어도 역시 무거웠다. 시체가 이렇게까지 무거울 줄은 미처 몰랐다. 도저히 감당할 수 없는 무거운 짐이었다. 몸에 상처를 남기면 안 되기 때문에 더욱 다루기가 어려웠다.

패리스를 욕조에서 끌어내어 타일 위에 눕히자 두 사람은 수건으로 꼼꼼히 물기를 닦아냈다. 사이좋은 형제처럼 둘이 힘을 합쳐 닦았다. 그러나 그것은 오래가지 않았다.

노먼이 갑자기 얼굴을 들고 소리쳤다.

"아뿔싸!"

"왜 그래?"

"큰아버지 운동복을 가져오는 걸 깜박 잊었어."

"바보 같으니! 도대체 왜 그 모양이야?"

덱스터가 소리를 질렀을 때 노먼은 이미 일어서 있었다.

"빨리 가서 가져올게." 이 말을 남기고 노먼은 욕실에서 나갔다.

얼빠진 녀석 같으니. 자기가 계획을 세운 주제에…

덱스터는 큰아버지의 시체와 마주 앉아 기다렸다. 쓸데없는 시간이 흘러간다. 덱스터는 젖은 수건을 모아 세탁물 바구니에 던져넣었다. 그리고 선반에서 새 수건을 꺼내어 욕조 옆에 걸었다.

문이 열리고 노먼이 푸른색 운동복을 가지고 들어왔다. 덱스터는 그것을 잡아채듯 노먼의 손에서 받아들고 재빨리 패리스에게 입혔다.

이제 허연 살덩어리에 불과한 패리스는 화려한 운동복에 감싸여 서투르게 만든 마네킹처럼 타일 위에 너부러져 있었다.

30분 뒤.

텔레비전 멜로드라마가 비극적으로 막을 내렸다. 페크 부인이 눈에 손수건을 댄 바로 그 순간, 현관에서 초인종이 울렸다. 페크 부인은 또다시 즐거움을 방해받았다. 정말 불쾌한 밤이다. 창문으로 밖을 내다본 페크 부인은 키 큰 여자의 모습을 발견하고 눈살을 찌푸렸다.

그 계집애다. 패리스 저택에 택시를 타고 오다니⋯ 게다가 결혼식 전날 밤에⋯ 리자 체임버스는 운전사에게 소리를 지르고 있었다.

"금방 올 테니까 잠깐만 기다려줘요! 잠깐이면 돼요. 부탁해요."

리자는 다시 초인종을 울려 페크 부인을 재촉했다.

"정말 시끄러운 여자군."

페크 부인은 텔레비전을 끄고 현관으로 내려갔다.

계단 밑 벽장에 덱스터가 숨어 있는 것을 페크 부인이 알 리가 없었다. 몇 분 전에 덱스터가 경보기를 끄고 노먼을 내보낸 것도 페크 부인은 알지 못했다.

경보기는 제대로 켜져 있었다. 노먼을 내보낸 뒤 덱스터가 경보기 스위치를 원래대로 올려놓은 것도 페크 부인은 알지 못했다.

페크 부인은 경보기를 끄고 나서 현관문을 열었다.

문이 열리자마자 리자가 뛰어들어왔다. 키가 크다. 페크 부인을 내려다보며 리자는 쳇소리를 질렀다.
"안녕하세요, 페크 부인."
가슴이 깊이 파인 하얀 블라우스. 옷깃 사이로 무르익은 과일처럼 풍만한 젖가슴이 들여다보인다. 일부러 남들 눈에 띄도록 젖가슴을 드러내고 있다. 페크 부인은 다시 눈살을 찌푸렸다.
"이런 시간에 찾아와서 미안해요. 하지만…" 리자는 현관문을 가로막고 서 있는 페크 부인을 향하여 약간 변명조로 말을 이었다. "갑자기 그이를 만나고 싶어졌어요. 지금 집에 계시죠?"
"나리께 말씀드릴 테니까 잠깐 기다리세요." 되도록 냉정하게 말하고 페크 부인은 리자에게 등을 돌렸다.
"아니, 괜찮아요. 택시를 대기시켜놨기 때문에 좀 급해요. 내가 가서 찾아볼게요." 리자가 말했다.
페크 부인이 황급히 돌아보았을 때, 하얀 블라우스와 하얀 바지에 감싸인 젊은 육체가 그 옆을 빠져 달려갔다.
"아니, 이게 무슨 짓이람." 페크 부인은 황급히 그 뒤를 따라가며 말했다. "제발 기다려주세요. 이건 내 일이니까… 제발 나한테 맡겨줘요."
그러나 리자는 들은 척도 않고 계단을 두 단씩 뛰어 올라간다. 천박한 계집애 같으니라고! 아무리 체조 강사라 해도 계단을 뛰어서 올라가다니… 페크 부인은 계단 밑에서 다시 소리를 질렀다.
"기다려주세요! 나리는 목욕을 하고 계실지도 몰라요."
리자는 걸음을 멈추고 계단 위에서 페크 부인을 내려다보며 싱긋 웃었다.
"페크 부인, 우리는 이제 어린애가 아니에요." 이렇게 내뱉고 리자는 복도 쪽으로 사라졌다.
어머나, 이게 무슨 짓이람! 페크 부인도 계단을 뛰어 올라갔다. 그녀는 경보기 스위치가 내려져 있는 것을 까맣게 잊고 있었다.

페크 부인이 2층 복도에 닿자마자 계단 밑 벽장문이 열리고 검은 가방을 든 덱스터가 나타났다. 덱스터는 계단 위를 힐끔 바라보고 나서 재빨리 현관으로 걸어갔다. 그는 경보기 스위치가 내려져 있는 것을 확인하고 현관문을 열었다. 그러고는 미끄러지듯 밖으로 빠져나갔다. 아침이 되기 전에 경보장치가 풀린 뜻밖의 행운에 감사하면서…

페크 부인은 뒤쪽에서 일어나고 있는 일에 신경 쓸 겨를이 없었다. 문제는 앞쪽이었다. 천박한 계집애가 달려간 앞쪽… 그러나 도저히 리자를 따라잡을 수는 없었다. 욕실문이 열리는 소리가 나고 리자의 웃음소리가 들려왔다.

"문 열게요. 빨가벗었어요?"

페크 부인은 두 손으로 귀를 틀어막았다. 저렇게 천박한 말을 하다니… 33년 동안 이런 일은 한 번도 없었어. 이렇게 천박한 일은… 갑자기 리자의 커다란 모습이 페크 부인의 눈앞에 나타났다.

"욕실에는 안 계신데요."

"그러면 체육실에 계실 거예요."

페크 부인은 약간 안심하고 앞장서서 계단을 내려갔다.

틀림없이 체육실에서 그 요상한 자전거를 타고 계실 거야. 그건 체조 강사인 리자가 패리스에게 선물한 자전거였다. 자전거라 해도, 바닥에 붙박여 있어서 타고 달릴 수는 없다. 모터의 힘으로 페달이 회전하고 핸들과 안장이 앞뒤로 흔들린다. 그것을 타고 있으면 온몸의 근육이 부드러워진다지만, 페크 부인이 보기에는 고문 도구였다.

그만두면 좋을 텐데, 나리는 그 고문 도구를 애용하고 계시니…

현관까지 돌아온 페크 부인은 깜박 잊고 경보기를 켜지 않은 것을 깨달았다. 페크 부인이 경보기 스위치를 올리고 있을 때 리자는 초조한 듯

지하실로 통하는 계단을 뛰어 내려갔다.

페크 부인도 급히 그 뒤를 따라갔다. 지하실로 내려가자 모터 소리가 들렸다. 역시 짐작한 대로야. 페크 부인은 속으로 생각했다. 이 집안의 일이라면 나는 뭐든지 다 알고 있지. 모든 걸 꿰뚫어보고 있어. 그런데 이 계집애는…

눈에 거슬릴 만큼 커다란 리자의 몸뚱이 뒤에서 페크 부인은 체육실 안을 들여다보았다. 핸들에 기대어 파도치듯 흔들리는 패리스의 모습이 보였다.

"클리퍼드, 내일에 대비해서 그렇게…" 말을 하다 말고 리자가 목소리를 삼켰다.

그와 동시에 페크 부인도 뭔가 이상한 낌새를 느꼈다.

자전거는 온몸의 근육을 부드럽게 풀어주기 위한 것이라지만, 아무리 그렇다 해도 저건 효과가 너무 지나친 게 아닐까? 목의 근육이 저렇게 풀려버리다니… 나리의 목이 저렇게 심하게 흔들리다니…

앞쪽으로 시선을 모은 페크 부인은 패리스가 눈을 부릅뜬 채 격렬한 진동에도 전혀 반응을 보이지 않는 것을 깨달았다. 그 눈에는 빛이 전혀 없었다. 유리알로 만든 의안 같았다.

"클리퍼드!" 리자가 외쳤을 때 페크 부인도 비명을 지르고 있었다.

리자가 달려가 패리스의 어깨에 손을 댔다. 그 순간 푸른 운동복에 감싸인 몸이 자전거에서 거꾸로 굴러떨어졌다.

지하 체육실에 리자와 페크 부인의 비명이 메아리쳤다. 주인을 잃어버린 자전거는 여전히 모터 소리를 내면서 헛되이 페달을 돌리고 헛되이 안장과 핸들을 흔들고 있었다.

제2장

무례한 난입자

1

패리스 저택은 온갖 소음에 휩싸여 있었다. 자발 없는 웃음소리까지 들렸다.

하지만 참아야 한다고 페크 부인은 자신을 타일렀다. 정원까지 순찰차가 밀고 들어와도, 티끌 하나 없는 바닥이 경찰관들의 흙 묻은 구두로 온통 더럽혀져도, 형사들이 가구를 뒤집어놓아도 꾹 참지 않으면 안 된다고 생각했다. 나는 33년 동안 이 집을 책임지고 관리해왔어. 나리가 돌아가셨다 해도, 아니 돌아가셨기 때문에 오히려 마지막 임무도 충실히 수행하지 않으면 안 돼. 뒤에 남은 두 아이를 위해서라도… 페크 부인은 아직도 패리스의 시체를 목격한 충격에서 벗어나지는 못한 모양이다. 그 증거로 페크 부인은 슬픔을 느끼지 못했다. 그저 멍해 있을 뿐이었다. 그러나 이제 곧 혼자 남게 되면 견디기 어려운 슬픔이 밀려오리라는 것을 페크 부인은 예감하고 있었다. 지금은 옆에서 신경질적으로 울부짖는 리자의 꼬락서니에 화가 날 뿐이다. 이게 다 이 못된 계집애 때문이야.

페크 부인은 하얀 헝겊에 덮여 실려 나가는 패리스의 시체를 멍한 눈으로 지켜보았다. 리자가 울부짖으며 시체 뒤를 따라간다. 패리스의 시체와 리자는 열려 있는 현관문을 통해 밖으로 나갔다. 그것을 맞이하듯 더러운 자동차가 달려와 현관 앞에 멈춰 섰다. 그리고 차 안에서 지독한 차림새의 작달막한 사내가 나타났다. 앞을 풀어헤친 후줄근한 레인코트, 헝클어진 머리카락, 목에는 매듭을 짓지 않은 넥타이가 더러운 끈처럼 늘어져 있다. 게다가 사내는 취해 있었다. 적어도 페크 부인에게는 그렇게 보였다.

사내는 차에서 나오자 현관을 경비하고 있던 덩치 큰 경찰관의 어깨를 붙잡고 헐떡거렸다. 페크 부인은 저 사내한테서 눈을 떼면 안 되겠다고 생각했다. 어쩌면 이 소동을 틈타 패리스 저택에 들어와 뭔가를 훔쳐 갈 작정인지도 몰라. 불난 집에 들어가는 도둑처럼… 그래, 틀림없어. 그래서 술에 취한 척하고 있는 거야. 취한 척하고 집 안으로 몰래 들어올 작정인 게 분명해.

페크 부인은 급히 현관으로 갔다. 저 사람을 내쫓아주세요. 경비하는 경찰관에게 그렇게 부탁하려고 하는데, 경찰관은 수상쩍은 사내의 어깨를 두드리며 말하고 있었다.

"이런 시간이니까요. 졸리는 게 당연하지요. 경위님 기분은 충분히 이해합니다."

경위라고? 페크 부인은 숨을 죽였다. 저 너저분하고 궁상맞은 꼴을 한 사내가 경위라니? 그 사내는 제복 경찰관의 어깨에 매달린 채 사자처럼 커다랗게 하품을 했다. 페크 부인은 눈앞에서 벌어지고 있는 일을 도무지 믿을 수가 없었다. 마치 악몽 같은 광경이었다. 패리스 저택 현관에서 더러운 사자가 하품을 하다니!

그 사자가 고개를 들고는 울고 있는 리자를 보았다. 정말 지독한 눈이군! 사팔에다 마치 죽은 사람처럼 퀭한 눈이었다.

사내는 공중변소 벽에 기대듯 경찰관 어깨에 기댄 채 쉰 목소리로 소리를 질렀다.

"어이, 마레, 그 부인은 누구신가?"

"사망자의 약혼녀입니다, 반장님." 리자를 보호하고 있던 마레 형사가 대답했다.

반장이라고? 설마 그럴 리가. 반장이란 저 남정네의 별명인지도 몰라. 적어도 도둑놈은 아닌 모양이라는 것을 알고 페크 부인은 적이 안심했지만, 저렇게 너저분한 사내가 패리스 저택 현관에 있다는 것만으로도 몹시 불만스러웠다.

"콜롬보 반장님…" 마레 형사가 말을 걸었다. "혹시 손수건 갖고 계신 거 있으세요? 이 아가씨가 눈물을 닦느라 손수건을 두 장이나 적셔버려서…"

콜롬보라고 불린 사내는 이상하게 굼뜬 동작으로 코트 주머니를 뒤졌다. 다음에는 재킷 주머니, 그다음에는 코트를 뒤로 들어 올리고 바지 주머니에 손을 찔러 넣었다. 찾고 있는 것은 끝내 발견되지 않은 모양이다.

어머나, 손수건도 갖고 다니지 않나 봐. 페크 부인은 콜롬보라는 사내를 도저히 똑바로 바라볼 수가 없어서 현관에 등을 돌렸다. 계단까지 와서 돌아보니 콜롬보가 유령 같은 걸음으로 들어오는 게 보였다. 페크 부인은 하마터면 비명을 지를 뻔했다. 콜롬보는 현관문을 들어서자 벽에 기대어 헐떡이고 있었다. 깨끗이 닦은 벽에 걸레나 마찬가지인 코트를 눌러대다니… 나중에 소독해야겠어.

"콜롬보 반장님…" 리자를 보낸 마레 형사가 돌아와서 말했다. "죄송합니다, 이런 시간에 나오시라고 해서… 현장을 판단한 바로는 반장님을 부를 필요까지는 없다고 생각했지만, 아까 그 약혼녀가 이건 살인이라고 주장하기 때문에… 뭔가 수사할 필요가 있지 않을까 해서 일단 반장님을…"

수사할 필요? 반장? 그렇다면 저 사내가 수사반장이란 말인가? 페크 부인은 몸을 떨었다.

"약혼녀라니, 자네 약혼녀 말인가?" 콜롬보는 벽에 기댄 채 멍한 눈을 들었다.

"아, 아닙니다. 아까 현관에서 울고 있던 그 육체파 아가씨…"

"육체파? 그런 건 보지 못했는데…"

"반장님은 주무시고 계셨나보군요. 사망자와 내일 결혼하기로 되어 있던 아가씨인데…"

"그래? 그런데 그 육체파 아가씨가 뭐라고 했지?"

"이건 병사가 아니라 타살이라고…"

"호오, 그 육체파 아가씨가 의사라도 돼?"

"아니…"

"의사는 뭐래?"

"사인은 심장 발작이라고…"

"그럼 우리 강력계와는 상관이 없겠군." 이렇게 말하고 콜롬보는 마레 형사에게 등을 돌렸다.

그러자 마레 형사는 재빨리 콜롬보 앞을 가로막았다.

"약혼녀 얘기로는, 패리스 씨는 아주 건강해서 죽을 리가 없다고…"

"그래도 인간의 목숨은 덧없는 거야. 언제 어느 때…" 말을 하다 말고 콜롬보는 문득 페크 부인 쪽을 바라보았다. 그는 사팔눈을 가늘게 뜨고 굵은 손가락을 쑥 내밀었다. 페크 부인은 저도 모르게 움찔했다. 콜롬보는 손가락을 내민 채 물었다. "저 여잔 누구지?"

"이 집 가정부인데 시체를 처음 발견한 분입니다. 페크 부인, 이분은 콜롬보 형사님이세요. 살인사건을 맡고 있답니다."

정식으로 소개를 받자 페크 부인은 할 수 없이 고개를 끄덕였다.

"하아, 야아." 콜롬보가 손을 들며 인사를 했다.

저렇게 천박한 인사를 하는 사람은 33년 동안 이 집에 온 적이 없어. 페크 부인은 그 점을 어떻게든 상대에게 알려주고 싶었다.

"형사님, 코트를 이리 주세요. 어수선하지만 여기는 집 안이니까요."

이렇게만 말하면 조금은 깨닫는 바가 있을 거라고 생각했다. 그런데 콜롬보는 묘하게 일그러진 미소를 띠며 손사래를 쳤다.

"아니, 괜찮습니다. 재킷이 더러워지면 안 되니까 코트는 입은 채로 있겠습니다."

페크 부인의 뺨은 분노로 붉게 타올랐다. 마레 형사가 거북한 듯 헛기침을 했다. 그러나 콜롬보는 시치미 뗀 얼굴로 말을 이었다.

"그럼 일단 조사해보세. 우선 현장부터…" 콜롬보는 마레를 재촉했다.

두 사람은 지하실로 내려간다. 페크 부인은 그들을 따라갔다. 조사에 협조할 작정이 아니라, 패리스 저택의 책임자로서 콜롬보를 감시할 의무가 있다고 생각했기 때문이다. 좀 뒤늦게 페크 부인이 체육실로 들어가자 독한 시가 냄새가 방안에 가득 차 있었다. 콜롬보의 시가… 그것은 그야말로 악취였다. 페크 부인은 얼굴을 찡그렸다.

그 고문 자전거가 여태 돌아가고 있었다. 마레 형사가 자전거를 타고 있다.

"이런 상태였답니다."

"그렇군."

콜롬보는 시체의 모습을 재현해 보이는 마레 형사에게는 아무 관심도 보이지 않고 오로지 요상한 자전거만 바라보고 있었다.

"목은 이런 식으로 흔들리고 있었고…"

마레 형사가 자못 괴로운 듯 눈을 부릅뜨고 목을 끄덕끄덕 흔들었지만, 콜롬보는 거기에도 관심을 보이지 않고 그 자리에 쪼그려 앉아서 회전하는 페달을 바라보았다.

"그래?"

"그때 페크 부인과 약혼녀인 리자 양이 들어와서…"

마레 형사가 목을 앞뒤로 흔들면서 헐떡이자, 콜롬보는 건성으로 고개를 끄덕였다.

"그래? 마레, 잠깐 모터를 멈춰보게."

마레 형사가 핸들에 달린 스위치를 끄자 자전거가 정지했다. 콜롬보는 감탄한 듯 더욱 큰 소리로 말했다.

"그렇군."

"뭘 좀 알아내셨습니까?" 마레 형사가 자전거에서 내려와 무뚝뚝하게 물었다.

"아니, 모르겠어. 무엇 때문에 이렇게 복잡한 기계를 만들었는지, 난 전혀…"

콜롬보는 한 걸음 뒤로 물러서서 자전거를 바라보다가, 시가를 손가락 끝으로 톡톡 두드려 담뱃재를 바닥에 떨어뜨렸다. 새빨간 카펫 위에!

아니, 저게 무슨 짓이람! 카펫 위에 담뱃재를 털다니! 페크 부인은 콜롬보에게 성큼성큼 다가가서 분노로 떨리는 목소리로 말했다.

"이봐요, 여기가 어딘 줄 알고 있는 거예요! 여긴 더러운 뒷골목이 아니라고요!"

콜롬보는 왜 야단을 맞고 있는지 전혀 모르는 모양이다. 멍하니 입을 벌리고 페크 부인을 바라보고 있다. 그 모습이 페크 부인의 부아에 불을 붙였다. 페크 부인은 콜롬보의 시가를 가리키며 말했다.

"그거! 그 담뱃재! 이봐요, 당신은 집에서도 담뱃재를 아무 데나 털면서 돌아다니나요? 게다가 더러운 싸구려 시가를… 칠칠치 못하게! 너무하는 거 아녜요?"

"아, 죄송합니다. 이거 정말…" 콜롬보는 당황하여 어쩔 줄 모르고 그저 머리만 조아릴 뿐이었다.

페크 부인은 더 이상 자신을 억누를 수가 없었다. 너무 불쾌한 일이 잇따라 일어났기 때문이다. 자신을 누르고 또 누르면서 인내를 거듭해왔지만, 콜롬보의 등장으로 마침내 한계선을 넘어섰다. 페크 부인은 화면이 보랏빛으로 변해버린 텔레비전에 대한 원망, 못된 계집애에 대한 분노, 패리스 나리의 갑작스러운 죽음에 대한 슬픔과 충격, 그리고 두 아이에 대한 걱정, 그 밖에 모든 불쾌한 일을 콜롬보에 대한 분노로 폭발시켰다.

"당신은 도대체… 당신은…"

"죄송합니다. 그만 깜박했네요. 아직 잠이 덜 깨어서요. 한밤중에 일어났기 때문에…"

"밤중이든 낮이든, 남의 집에 올 때는 좀 단정히 차리고 오세요. 당신은 얼굴도 씻지 않은 것 같군요."

"죄송합니다. 사실이 그렇습니다. 용서하세요. 지금 곧 깨끗이 치울 테니까…"

콜롬보는 바닥에 쭈그리고 앉아 투박한 굵은 손가락으로 재를 긁어모으려고 했다.

"그만둬요!" 페크 부인이 소리쳤다. "그렇게 하면… 재가 카펫 속으로 스며들 뿐이잖아요!"

콜롬보는 튕기듯 벌떡 일어나, 불안과 공포를 담은 눈으로 방을 둘러보았다.

"정말 죄송합니다. 내 나쁜 버릇으로…"

콜롬보는 다시 재가 떨어지려는 시가를 손으로 감싸고 체육실 한쪽 구석으로 달려갔다. 페크 부인은 콜롬보가 달려가는 쪽을 눈으로 좇았다. 작은 탁자 위에 작은 크리스털 접시가 놓여 있었다. 나리가 넥타이핀이나 커프스버튼 따위를 넣어두는 데 사용하는 접시다.

"이봐요! 그건 재떨이가 아니에요!" 페크 부인은 이렇게 외치면서 콜롬보를 뒤따라갔다.

그러나 이미 늦었다. 콜롬보는 크리스털 접시에 시가를 비벼 끄고는 자못 기쁜 표정으로 페크 부인을 돌아보았다.

"어머나, 이게 무슨 짓이람!"

페크 부인은 콜롬보의 손에서 접시를 빼앗으려고 했다. 콜롬보는 당황하여 접시를 놓았다. 그 바람에 크리스털 접시는 바닥에 떨어져 산산조각이 났다.

"어머나! 나리가 아끼는 소중한 물건을…"

페크 부인은 마침내 울음을 터뜨렸다. 콜롬보는 이마에 깊은 주름을 새기며 안타까운 목소리로 말했다.

"울지 마세요. 제발 부탁입니다. 울지 마세요. 내가 잘못했어요."

"나가요!" 페크 부인은 두 손으로 얼굴을 덮은 채 소리를 질렀다. "나가요! 당장 나가요!"

콜롬보는 풀이 죽어 물러갔다.

페크 부인은 울면서 체육실을 나왔다. 마레 형사가 뒤따라오면서 열심히 변명했다.

"죄송합니다, 페크 부인. 그 형사는 좋은 사람이지만, 좀… 엉뚱한 데가 있어서… 이제 곧 돌아갈 테니까… 이야기만 좀 더 듣고 우리는 물러가겠습니다. 제발 진정하시고…"

페크 부인은 대답할 기력도 없었다. 페크 부인은 마레의 변명을 묵살하고 거실문을 열었다. 그곳에 덱스터가 있었다. 페크 부인은 안도의 한숨을 내쉬며 덱스터에게 달려갔다.

"덱스터! 좀 도와다오."

덱스터는 페크 부인을 끌어안고 마레 형사의 얼굴을 바라보았다.
"나는 이 집 주인의 조카인 덱스터 패리스라고 합니다. 이 페크 아줌마한테 전화를 받고 달려왔는데…"
"그러시군요." 마레 형사가 고개를 숙였다.
덱스터는 페크 부인의 어깨를 감싸 안고 의자로 데려가 앉힌 다음 말을 이었다.
"믿을 수가 없군요. 큰아버지는 아주 건강했고 오늘 밤에도 만났는데… 심장 발작이라니…"
의자에 앉은 페크 부인은 덱스터를 쳐다보았다. 이 아이가 와줘서 다행이야. 아까 이 아이 아파트에 전화했을 때는 통화가 안 됐지만, 노먼한테 전해 듣고 달려온 거겠지. 노먼은 아직 오지 않았지만 덱스터만 곁에 있어도 마음이 편해졌다. 페크 부인은 만족하여 미소를 지었다. 그러나 그 미소는 오래가지 않았다. 마레 형사의 뒤에 그 너저분한 사내가 또 모습을 나타냈기 때문이다. 게다가 나리의 목욕수건을 팔에 걸고 있었다. 나리의 목욕수건을!
"콜롬보 씨! 멋대로 욕실에 들어갔나 보군요?" 페크 부인이 일어나면서 외쳤다.
콜롬보는 마치 뺨이라도 한 대 얻어맞은 것처럼 얼굴을 일그러뜨렸다.
"아, 저어… 아시겠지만, 나는 형사로서 직무상 당연히…"
"그 더러운 팔에 걸고 있는 건… 나리의 수건이 아닌가요?"
"네, 그런 것 같습니다만…" 콜롬보는 턱을 위아래로 흔들어 과장되게 고개를 끄덕이고 나서 말을 이었다. "솔직히 말씀드리면… 직무상 욕실을 잠깐 들여다보고… 그러고 나서 아까 같은 꼴사나운 짓을 해서는 안 되겠다고 생각해서 얼굴을 좀 씻었습니다. 머리를 맑게 하려고… 물론 더럽히거나 하진 않았어요. 그저 세면대를 잠깐, 기껏해야 1분쯤 빌린 것뿐이니까요."

콜롬보는 깊이 고개를 숙였다.

덱스터는 페크 부인의 어깨를 부드럽게 토닥이면서 콜롬보를 바라보며 말했다.

"그런 걸 다 솔직히 털어놓다니 용기가 대단하시군요. 우리 페크 아줌마는 큰아버지의 물건을 함부로 쓰는 사람을 절대로 용서하지 않아요. 그런데 그 수건은… 계단을 내려오면서 얼굴을 닦으려고…"

"아니, 얼굴은 위층에 있는 수건으로 닦았습니다. 이건 세탁물 바구니에 들어 있던 건데, 젖어 있네요. 자, 보세요…"

콜롬보는 수건을 팔에서 벗겨 덱스터 쪽으로 내밀었다. 덱스터는 더러운 물건이라도 보는 것처럼 몸을 뒤로 뺐다.

"아니, 괜찮습니다…" 덱스터는 손을 내저었다.

그러자 페크 부인은 더욱 견딜 수가 없었다. 콜롬보라는 사내는 더러울 뿐만 아니라 거짓말까지 하고 있다.

"그게 무슨 소리예요? 이 저택은 언제나 깨끗이 정돈되어 있어요. 그러니 욕실에 젖은 수건이 남아 있을 까닭이 없죠. 오늘 오후 4시에만 해도 욕실에 있는 수건들은 모두 바싹 마른 상태로 정해진 곳에 걸려 있었어요. 내가 분명히 점검했다고요. 그 후 나리께서는 그 욕실을 사용하지 않으셨어요."

"예, 그건 뭐… 부인이 하시는 일이니까 틀림없을 거라고 생각합니다만…"

"당신은 거짓말쟁이에요!"

이렇게 외치고 페크 부인은 2층으로 뛰어 올라갔다. 더 이상 콜롬보와 함께 있다가는 미쳐버릴 것만 같았다. 자기 방에서 실컷 울고 싶었다.

덱스터는 잠시 망설였다. 페크 부인을 따라 2층으로 올라갈 것인가? 아니면 거실에 남아 있어야 할 것인가? 망설이는 동안 페크 부인의 모습은 사라졌다.

덱스터는 콜롬보에게 눈길을 돌렸다. 콜롬보는 입을 딱 벌린 채 2층 쪽을 쳐다보고 있다. 이 얼간이 같은 사내가 형사라고? 분명히 형사라고 했다. 그런데 형사가 왜 왔지? 어두운 불안의 그림자가 덱스터의 가슴을 스쳤다. 큰아버지는 심장 발작으로 죽은 것처럼 보였을 텐데, 무엇 때문에 형사가 끼어들었을까? 그 계획에… 노면의 계획에 무슨 중대한 결함이라도 있었던 게 아닐까? 아니면 시체를 처리하는 방법에… 그러나 불안의 그림자는 순식간에 사라졌다. 콜롬보의 모습을 보고 있으면 불안 따위는 말끔히 사라져버린다. 이런 얼빠진 얼굴을 가진 사내가 무얼 할 수 있겠어? 아무짝에도 쓸모없는 얼굴이야. 남에게 욕이나 먹고 놀림이나 당하기에 딱 좋은 가련한 얼굴… 덱스터는 그 가련한 얼굴을 향해 말을 걸었다.

"형사님, 이젠 밤도 깊었으니…"

콜롬보는 덱스터의 얼굴을 쳐다보았다. 그러나 아무 말도 하지 않는다. 시간이 남아도는 사람처럼 턱만 문지르고 있다. 이 자식은 단순한 얼간이가 아니라 바보천치가 아닐까?

"형사님, 졸리신 것 같군요. 이제 그만 돌아가시는 게…"

그러자 콜롬보가 느닷없이 큰 소리로 마레 형사를 불렀다.

"마레! 부검 수속을 밟아주게."

"부검요? 아니, 무엇 때문에…" 덱스터가 깜짝 놀라서 물었다.

"아니, 아무것도 아닙니다. 형식적인 절차지요. 그러니 제발 소동 같은 건 피우지 말아주세요."

콜롬보는 커다란 손을 내저으며 덱스터를 제지했다. 그러나 덱스터는 불안을 분노로 감추고 계속 소리를 질렀다.

"부검이라니, 그게 무슨 소립니까? 사인은 확실한데 무엇 때문에…"

"조용히, 제발 조용히 하세요. 나도 그 부인을 더 이상 화나게 하지 싶진 않으니까."

"말도 안 돼. 부검이라니…" 덱스터는 마레 형사 쪽으로 시선을 옮겼다. 이쪽이 좀 더 똑똑해 보인다. 이 녀석을 설득하면 어떻게든 되겠지. "형사님, 부검 같은 건 왜 합니까? 그런 건 필요 없잖아요?"

그러나 마레 형사는 당혹스러운 듯 바닥을 내려다보며 낮은 소리로 중얼거렸다.

"그걸 결정하는 건 콜롬보 경위입니다. 우리 경위님이 하라고 하면…"

경위? 덱스터는 다시 콜롬보 쪽으로 시선을 돌렸다. 이 사람이 그냥 형사가 아니라 경위라고? 덱스터의 머리가 혼란스러워졌다. 혼란스러운 나머지, 저도 모르게 날카로운 소리로 외쳤다.

"말도 안 돼요! 나와 형은 큰아버지와 가장 가까운 친척이에요. 나는 친척으로서 부검 같은 건 허락할 수 없어요. 형도 물론…"

"안됐지만, 그건 우리 반장님 의향에 달려 있습니다." 마레가 바닥을 내려다본 채 말했다.

"왜요? 저 사람한테 그럴 권한이 있다는 겁니까?"

덱스터가 콜롬보를 가리키자 마레 형사가 갑자기 얼굴을 들고 단호한 어조로 말했다.

"살인사건의 경우에는 전담 수사반장의 권한으로…"

"아니…" 콜롬보가 마레 형사의 말을 가로막듯 끼어들었다. "아무것도 아닐 겁니다. 아마 단순한 병사겠지요. 하지만 형식상… 그저 형식뿐이지만, 일단 절차만은 밟게 해주세요. 마레, 알았나?"

마레 형사는 고개를 끄덕이고 문 쪽으로 돌아섰다. 그러자 콜롬보가 다시 그를 불러 세웠다.

"마레, 잠깐 기다리게. 그 부인을 귀찮게 하고 싶지 않아서 자네한테 묻고 싶은데, 경보장치에 관해서 그 부인은 뭐라고 했지?"

"그 문제라면 아까 물어보았습니다. 스위치를 넣은 건 오후 7시 30분 경이래요. 그 장치를 설치한 이후 14년 동안 항상 그렇게 해왔답니다."

"알았네. 돌아가기 전에, 누군가에게 경보장치를 점검하라고 말해주게. 그리고 창문도… 창문을 전부 조사하고, 바깥에 난 발자국도 조사하라고 해."

지시를 내리고 있는 모습은 제법 반장다워 보이는군. 덱스터는 여전히 반신반의했지만 그렇게 일단 경의를 표해놓고, 콜롬보의 생각을 떠보기로 했다.

"경위님, 이건 대체 무슨 소동입니까? 어째서 수사를 하시는 거죠?"

"저어, 번거롭게 해서 죄송하지만, 좀 도와주시지 않겠습니까? 내가 집 안을 이리저리 돌아다녀도 당신이 함께 있어주면 그 과민한 부인한테 쓸데없는 자극을 주지 않아도 될 것 같은데…"

이렇게 말하고 콜롬보는 알랑대는 웃음을 지어 보였다.

2

콜롬보는 체육실 안을 돌아다녔다. 동물원 우리에 갇힌 곰처럼 비실비실… 덱스터는 콜롬보의 움직임을 눈으로 쫓으면서 물었다.

"경위님, 왜 부검을 해야 하는지, 그 이유를…"

그러나 콜롬보는 덱스터의 질문을 무시하고 바벨을 잡았다.

"과연… 패리스 씨는 힘이 상당히 셌던 모양이군요. 나는 도저히 들어올릴 수가 없는데요."

"경위님, 부검 말인데요…"

콜롬보는 말없이 바벨을 놓고 시체가 타고 있던 자전거로 다가갔다. 그러고는 덱스터에게 등을 돌린 채 말했다.

"몇 가지 마음에 걸리는 게 있는데 말이에요…"

콜롬보는 이마에 손을 대고, 머릿속에 들어 있는 이물질을 끌어내리는 것처럼 이마를 북북 긁었다.

"뭐가요? 뭐가 걸립니까?"

덱스터가 묻자 콜롬보는 이마에 손을 댄 채 덱스터를 돌아보았다.

"뭐 대단한 건 아니지만… 결혼식 전날 밤에 여기서 격렬한 운동을 한다는 건 아무래도… 좀 이상하지 않습니까?"

덱스터는 안심했다. 뭐야? 그것 때문이야? 이 형사의 머릿속에 들어 있는 의문이란 게 고작 그 정도야?

"큰아버지는 몸을 단련하는 일에 이상한 열정을 갖고 있었어요. 그분에게는 몸을 단련하는 게 유일한 삶의 보람이었지요. 그러니까 결혼식 전날 밤에 격렬한 운동을 해도 별로 이상할 건 없습니다."

"그래요?" 콜롬보는 가볍게 고개를 끄덕이고 나서 말을 이었다. "펜싱도 했다던데, 그 뒤에 또 운동을 하다니…"

"큰아버지는 좀 괴짜라서요."

"아아, 괴짜요…"

콜롬보는 고개를 끄덕이며 웃었다. 야릇한 미소였다. 눈을 위로 치켜뜨고 웃기 때문에 천박해 보이는지도 모른다. 비굴한 미소 같기도 하고, 속으로 덱스터를 비웃고 있는 것 같기도 하다. 덱스터는 초조해졌다. 이 얼간이는 도대체 무슨 생각을 하고 있는 걸까? 덱스터는 한 걸음 더 밀고 들어갔다.

"경위님, 그 밖에도 마음에 걸리는 일이 있습니까?"

"그게 말이죠… 분명히 말씀드리면 클리퍼드 패리스 씨의 죽음에는 의심스러운 점이 있어요."

"그렇다면…" 덱스터는 막연했던 불안이 뚜렷한 모습을 띠고 나타난 것에 당황하면서도 조용한 어조로 말했다. "사인이 심장 발작이라는 건 거짓말인가요?"

"그게… 그게 바로 내 고민거리지요. 내가 보기엔 아무래도 심장 발작으로 보이질 않아요. 그래서 부검 수속을 밟으려는 겁니다."

"심장 발작이 아니라면 대체…"

"글쎄요, 아직은 나도 모르겠습니다." 콜롬보는 과장되게 손사래를 치면서 말을 이었다. "우선 욕실로 가볼까요? 단서는 거기에 있을 것 같은데…"

번쩍거리는 대리석으로 만든 욕실에 들어가자 콜롬보의 코트는 더욱 더러워 보였다. 레인코트만이 아니라 콜롬보의 모습 전체가 커다란 넝마 더미처럼 보인다.

콜롬보는 욕조 옆에 놓인 비누를 집어들었다.

"비눗갑에 든 비누가 젖어 있군요." 그러더니 이번에는 세탁물 바구니를 들어 올렸다. "젖은 수건이 여기 들어 있었어요. 그게 무엇을 의미하는지 아시겠습니까?"

"대단하십니다. 과연 민완 형사답군요." 이렇게 외치고 텍스터는 빈정거리는 미소를 지었다. "그러니까 큰아버지가 욕조에 들어갔다는 사실을 알아내신 거군요. 하지만 격렬한 운동을 한 뒤에 땀을 씻어내는 건 당연하잖습니까? 문명인이라면 당연히 그렇게 할 겁니다. 경위님은 어떻습니까?"

"물론 나도…" 콜롬보는 애매하게 웃었다.

그때 마레 형사가 들어왔다.

"반장님, 창문도 출입문도 모두 이상 없습니다. 억지로 열거나 한 흔적은 없는데, 발자국이 있더군요. 현관 옆 나무 사이에요. 그 발자국이…" 마레 형사는 잠깐 사이를 두었다가 말을 이었다. "맨발 자국입니다. 게다가 평발이에요."

덱스터는 노인을 저주했다. 발자국을 남기다니! 그 겁쟁이 자식은 분명히 구두를 두 손에 들고 현관으로 뛰어들어왔어. 그 자식은 부드러운 흙바닥 위에서 부들부들 떨고 있었던 게 분명해. 그 바보 멍청이가!

그러나 덱스터는 필사적으로 반격했다.

"평발이라고요? 경찰관들 중에도 평발인 사람이 많다더군요."

콜롬보가 갑자기 얼굴을 들어 덱스터를 바라보았다. 그 얼굴은 무엇 때문인지 기쁨으로 빛나고 있다.

"아니, 그건 속설입니다. 평발을 가진 경찰관은 본 적이 없어요. 우선 나부터도…"

콜롬보는 세탁물 바구니 위에 걸터앉아 구두끈을 풀기 시작했다. 이 자식이 도대체 뭘 하려는 거지? 덱스터는 당황했다. 콜롬보는 덱스터를 쳐다보며 말했다.

"내 발은 대단해요. 평발이기는커녕 멋진 아치를 갖고 있어서… 의사도 특제라고 칭찬했을 정도지요."

콜롬보는 마침내 구두를 벗었다. 그러고는 보기에도 더러운 양말에 감싸인 발을 덱스터 쪽으로 쑥 내밀었다.

"어때요? 당신도 한번 벗어보시죠? 당신 발과 내 발을 비교해봅시다. 그러면 내 발이 얼마나 멋진지…"

덱스터는 그제야 콜롬보의 의도를 알아차렸다. 속이 빤히 들여다보이는 수법을 쓰고 있군.

"좋습니다. 수고를 덜어드리지요."

콜롬보는 제 발을 잡은 채 덱스터를 쳐다보았다. 쾌활한 미소가 얼굴에서 사라졌다.

덱스터는 콜롬보의 그 얼굴에 침을 뱉는 듯한 어조로 말했다.

"경위님은 유능한 형사니까 나와 노먼이 큰아버지의 재산을 물려받게 된다는 건 알고 계시겠죠. 총액이 3백만 달러나 됩니다. 그 정도면 분명히 살인 동기가 되겠지요. 그리고 나는 평발입니다… 어떻습니까? 수고가 많이 절약되었지요?"

"정말요?"

콜롬보는 자못 놀란 듯이 두 팔을 벌려 보였지만, 그것도 속이 빤히 들여다보이는 연기였다. 덱스터는 마레 형사를 돌아보았다.

"곤란한데요. 이렇게 진지하게 나오면… 이 양반은 본격적으로 살인사건을 날조하려는 모양이에요." 이렇게 말하고 덱스터는 웃었다.

콜롬보는 아치를 갖춘 발을 구두 속으로 넣으면서 말했다.

"날조라니, 당치도 않습니다. 의심스러운 점은 분명히 있습니다. 펜싱을 해서 실컷 땀을 흘린 뒤에 또 땀을 흘리러 체육실에 가다니… 이상해. 아무리 봐도 이상해." 뒷말은 혼잣말처럼 낮은 소리로 중얼거렸다.

덱스터는 노먼의 살인 계획에 중대한 결함이 있었다는 것을 깨달았다. 생각하는 데에는 자신 있다고 잘난 척하더니… 그 바보 같은 자식!

그때 욕실문이 열렸다. 얼굴을 내민 것은 분명 노먼이었다. 겁쟁이 노먼! 그러나 덱스터는 쾌활하게 외쳤다.

"형사님, 형 노먼을 소개합니다."

콜롬보는 구두끈을 다 매고 얼굴을 들었다. 노먼을 본 콜롬보가 입을 딱 벌렸다. 입을 벌린 채 노먼과 덱스터를 번갈아 쳐다본다.

"노먼, 이분은 콜롬보 경위님이셔. 머리가 예리한 형사분이시지. 살인사건을 전담하는…"

"살인 전담?" 노먼의 얼굴이 창백해졌다.

이 자식, 부들부들 떨고 있잖아? 괜찮아, 조금은 겁먹게 해두는 게 좋아. 자기가 얼마나 바보인지를 깨닫게 해주는 게 좋아.

"경위님, 우리는 일란성 쌍둥이예요. 노먼도 평발이지요. 어떻습니까?"

제2장 무례한 난입자 69

덱스터는 도전장을 던지고 소리 높여 웃었다. 콜롬보는 입을 딱 벌린 채 여전히 두 사람을 번갈아 쳐다보고 있었다.

3

선셋 대로에 면해 있는 하이베니아 은행 선셋 지점. 그 견고한 석조 건물의 구석진 금고실 안에서 노먼과 콜롬보는 100달러짜리 지폐 묶음과 마주 앉아 있었다.
노먼은 아무렇게나 지폐뭉치를 센다.
"쉰셋, 쉰넷, 쉰다섯… 좋아, 55만 달러야."
콜롬보 옆에 서 있던 젊은 은행원이 노먼에게 서류와 펜을 내밀면서 말했다.
"서명해주십시오. 현금으로 55만 달러…"
그때 콜롬보의 목에서 묘한 소리가 났다. 노먼은 서류에 서명하고 나서 콜롬보를 돌아보았다.
"경위님, 왜 그러십니까?"
"아니, 놀라서요. 100달러짜리 지폐를 이렇게 많이 보는 건 난생처음이거든요."
"돈뭉치 따위는 익숙해지고 나면 휴지나 마찬가지예요."
노먼이 차갑게 말하자 콜롬보는 또다시 목구멍으로 묘한 소리를 냈다.
"나한테는 어림없는 일이지요. 이 돈뭉치는 아무리 봐도 휴지로는 보이지 않는데요."
"조지, 자넨 할 일이 있을 텐데?" 노먼은 젊은 은행원을 쫓아내고 나서 말을 이었다. "그런데 부검 결과는 단순한 심장마비가 아니라고 하셨지요?"

"그래요. 사인은 분명… 필리브… 아니, 파이블…"

"심실의 파이브릴레이션이겠지요."

"맞아요. 난 아무래도 발음하기가 어려워서… 어쨌든 격렬한 발작이랍니다. 마치 심장에다 강펀치를 먹인 듯한… 그러니까 외부에서 강한 충격을 받고…"

"충격에도 여러 가지가 있는데, 물리적인 충격인가요? 아니면 심리적인…"

콜롬보는 대답이 궁해서 잠깐 입을 다물고 있다가 이윽고 턱을 문지르며 자신 없는 어조로 말했다.

"글쎄요, 어느 쪽일까요? 어쨌든 쾅 하고 한 방…"

"그럼 스트레스일 가능성도 생각할 수 있겠군요. 아니면 역시 지나친 운동 때문일까요?"

콜롬보는 점점 자신을 잃은 듯 눈길을 바닥으로 떨구며 화제를 바꾸었다.

"그거야 어쨌든, 참 대단하십니다. 내가 이렇게 많은 돈에 둘러싸여 있다면 완전히 손을 들어버렸을 거예요. 아니, 이상한 의미로 말하는 건 아닙니다. 나 같으면 책임의 막중함을 도저히 견딜 수 없을 것 같다는 거지요."

"말씀하시는 의도는 알고 있습니다. 경위님은 슬쩍 내 생활방식을 조사하러 오셨겠지요? 동생과 내 생활방식의 차이에 특히 흥미를 가지신 것 같군요."

"왜 내가 그런…"

"이유는 간단합니다. 경위님은 타살일 가능성에 매달려 있어요. 그래서 여기저기 냄새를 맡고 다니는 겁니다. 요컨대 용의자로 여겨지는 사람의 주변을 냄새 맡고 다니는 거지요. 안 그렇습니까?"

"논리적이군요. 당신은 논리적이에요."

"그렇습니다. 나는 논리적인 사람입니다. 이왕 말이 나온 김에 좀 더 내 소개를 하지요. 나는 변덕쟁이도 아니고 경박하지도 않습니다. 여자 꽁무니를 쫓아다니거나 남의 재산을 상속할 꿈이나 꾸는 비열한 사람이 아니에요. 이것으로 동생과 나의 차이는 분명해졌을 겁니다. 논리적으로 추구해가면 결론은 저절로 나옵니다. 범인은 누구인가? 잘 생각해보세요. 그럼 이만 실례합니다."

노먼은 콜롬보에게 등을 돌리고 금고실에서 나갔다. 콜롬보가 황급히 그 뒤를 따라간다.

"한 가지만 더… 이건 좀 사적인 얘기라서 죄송하지만…"

노먼은 손목시계를 힐끗 보고 나서 말했다.

"알고 있습니다. 경위님이 무엇에 흥미를 가지고 있는지, 잘 압니다. 아마 유산 문제겠지요. 큰아버지가 결혼 전에 돌아가셨으니까 나는 당연히 유산의 절반을 물려받게 됩니다. 하지만 그걸 살인 동기와 결부짓는 건 억지예요. 보시다시피 나는 안정된 지위를 갖고 있고 나름대로 재산도 있습니다. 게다가 이건 가설이지만… 만약 내가 불법으로 돈을 손에 넣으려 한다면 큰아버지를 죽이는 것보다는 차라리 공금횡령 쪽을 택할 겁니다. 그게 더 안전하니까요. 동생은 어떨지 모르지만요. 그럼 실례합니다. 앞으로 45분 뒤에 샌프란시스코행 비행기를 타야 하기 때문에…"

노먼은 사무실로 들어가 콜롬보의 코앞에서 문을 닫았다. 문에 코끝이 부딪힌 콜롬보는 당혹스러운 듯 머리를 긁적이며 문에 붙은 명판을 쳐다보았다.

명판에는 '부지점장 노먼 패리스'라고 적혀 있었다.

"훌륭하군." 콜롬보는 이렇게 중얼거리고 한숨을 내쉬었다.

4

'덱스터 패리스 쇼'의 공개녹화 스튜디오에는 여느 때처럼 수많은 방청객이 모여 손뼉을 치거나 웃고 있었다.

덱스터는 부엌처럼 꾸며진 무대 위를 이리저리 돌아다니며 방청객을 향해 손을 흔들고 카메라를 향해 미소를 지었다.

"그러면 이번에는 오늘의 특별교실입니다. 영양도 듬뿍, 맛도 듬뿍… 네덜란드 소스 만드는 법… 남편에게 이것을 한입 맛보여 드리면 남편의 바람기도 단번에 붙잡을 수 있습니다."

방청석에서 웃음소리가 일어나자 덱스터도 재빨리 소리 내어 웃었다.

"바람기에 대해서는 책임질 수 없지만, 만드는 법은 아주 간단하니까 남편들께서도 만들 수 있습니다."

여기서 덱스터는 카메라를 향해 애교 떠는 웃음을 지어 보였다.

"어떻습니까, 주부 여러분. 오늘 밤에는 남편이 만든 네덜란드 소스를 사용해보시는 게… 가정을 화목하게 만들어주는 네덜란드 소스…"

덱스터는 다시 방청석으로 시선을 돌렸다.

"그래서 오늘은 남자분의 도움을 받기로 하겠습니다. 아, 부인은 손을 내려주세요. 덱스터 선생의 조수 역할을 맡고 싶어 하는 심정은 충분히 이해하지만 오늘은 좀 참아주십시오. 어느 남자분께서…"

덱스터는 방청석을 둘러보았다. 시간이 남아도는 주부들의 화려한 옷차림 속에 묘하게 꾀죄죄한 차림새가 하나 끼어 있다. 덱스터는 그 한 점에 시선을 모았다. 설마 했지만 역시 콜롬보였다. 콜롬보는 맨 뒷줄, 맨 구석 자리에 앉아서 자못 기쁜 듯이 주위를 둘러보고 있었다. 언제부터 와 있었을까? 도대체 뭘 냄새 맡고 다니는 거지? 카메라 앞이라 미소는 잃지 않았지만, 시선은 저절로 방청석을 떠나 부엌처럼 꾸민 무대 위를 이리저리 헤맸다.

"자, 저를 도와주실 남자 분은 안 계십니까?"

얼굴을 들자 콜롬보와 시선이 마주쳤다. 쥐새끼처럼 나를 냄새 맡고 다니다니! 시궁쥐 같은 자식. 이리로 끌어내서 혼꾸멍을 내줘야지!

"아아, 거기 계시는 분…" 덱스터는 발돋움하며 콜롬보를 가리켰다.

콜롬보는 자기가 지명받은 줄도 모르고 주위를 두리번거렸다.

"거기, 맨 끝에 앉아 계시는 분… 참신한 디자인의 레인코트를 입으신 …"

그래도 콜롬보는 알아차리지 못한다. 두리번두리번 주위를 둘러보며 남의 일처럼 웃고 있다.

"카메라, 저분을 잡아주세요." 이렇게 말하고 덱스터는 방청객 사이로 뛰어들었다. "카메라, 이쪽으로… 이분입니다."

덱스터는 콜롬보 앞에 서서 팔을 잡아 일으켰다.

"아!" 콜롬보는 당혹감을 감추지 못하고 이상한 소리를 질렀다.

방청석에서 쿡쿡 웃는 소리가 들린다.

"자, 어서 나오세요." 덱스터는 콜롬보의 팔을 억지로 잡아끌었다. 창피를 당하게 해주지. 이 더러운 시궁쥐야! "여러분, 박수로 맞아주세요."

킥킥거리는 웃음의 소용돌이 속에서 박수가 일어났다. 덱스터는 콜롬보를 무대장치 속으로 데려갔다. 콜롬보는 눈부신 조명을 받고 눈을 가늘게 떴다.

"여러분, 용감한 남자분이 등장했습니다. 다시 한번 박수를…" 덱스터는 방청객들의 박수를 유도한 다음, 콜롬보의 헝클어진 머리를 토닥이며 말했다. "자, 어서 인사하세요."

"아!" 콜롬보는 고개를 숙였다.

방청석에서 웃음이 터졌다.

"보아하니 당신은 미국의 전형적인 남편 같군요. 선량하고 평화적이고 부인을 끔찍이 생각하는… 안 그렇습니까?" 그러면서 덱스터는 콜롬보의 얼굴을 들여다보았다.

"아!"

"당신은 '아!'라는 말밖에 모르시나요? 무대가 너무 화려해서 급성 실어증에라도 걸리신 모양이군요."

방청석은 폭소로 뒤덮였다.

"그러면 좀 도와주십시오. 이건…" 덱스터는 큰아버지를 지옥으로 보낸 믹서기를 집어들었다. "만능 믹서기입니다. 어떤 믹서기라도 상관없지만, 이건 특별히 사용하기 편하게 만들어져 있으니까 나는 이걸 사용하겠습니다. 됐습니까? 섞는 건 내가 하지요. 당신은 재료를 넣어주세요. 믹서기는 내가 조작하겠습니다. 선량한 남편을 다치게 할 수는 없으니까요."

덱스터는 콜롬보 앞에 달걀 네 개를 늘어놓았다.

"그럼 우선 달걀을 깨뜨려서 이 그릇에 넣어주세요. 그렇게 긴장하지 마시고… 아아, 그렇지. 그 아름다운 코트가 더러워지면 안 되니까."

덱스터는 뒤에서 콜롬보의 목덜미를 잡고 힘껏 잡아당겼다. 코트와 함께 저고리까지 벗겨졌다. 방청석의 웃음에 웃음으로 답하면서 덱스터는 제 앞치마를 벗어 콜롬보에게 입혀주었다.

"잘 어울리는데요. 그게 더 편하지요?"

"아!"

"그럼 됐습니까? 달걀을 깨뜨려서 노른자위와 흰자위를 분리해주세요. 재료는 달걀 네 개, 소금과 후추 약간, 그리고 버터와 레몬주스…"

그때 갑자기 콜롬보가 카메라를 가리키며 물었다.

"지금 저걸로 찍고 있나요?"

"물론이지요. 당신의 멋진 모습을…"

콜롬보는 텔레비전 카메라를 향해 손을 흔들었다. 그러고는 달걀을 깨뜨렸다. 덱스터는 믹서기로 손을 뻗는 척하면서 콜롬보의 손을 자기 팔로 쳤다. 콜롬보의 손이 튀어 오르면서 깨진 달걀이 앞치마로 쏟아졌다.

"아!" 콜롬보가 비명을 질렀다.

꼴좋다! 그러나 덱스터는 마음속의 기쁨을 간신히 숨기고 자못 미안한 듯이 말했다.

"이거 미안합니다. 제가 부주의해서 그만… 하지만 앞치마로 갈아입은 게 다행이군요. 그 아름다운 레인코트를 더럽혔다면 그야말로…"

방청석에서 또 웃음이 터졌다. 콜롬보는 방청석을 향해 손을 흔들고 달걀을 깨뜨렸다. 네 개의 노른자위가 그릇에 담기자 덱스터는 거기에 레몬주스를 부었다. 그다음에는 녹인 버터를 넣고 믹서기를 그릇에 넣어 휘저었다.

"자, 이제 거의 다 됐습니다. 이 만능 믹서기가 마지막 마무리를 하고 있으니까요. 어떻습니까? 빨리 맛을 보고 싶지요?"

"아!" 콜롬보는 입소리를 내고는 방청객을 향해 웃어 보였다.

"자, 다 됐습니다. 그러면 소금을 넣어주세요. 나는 후추를 넣을 테니까."

덱스터는 콜롬보에게 소금병을 건네주었다. 콜롬보가 병을 한 번 흔들자 덱스터는 손으로 가로막았다.

"됐습니다. 그럼 내가 후추를…" 덱스터는 후추병을 힘껏 흔들었다.

적정량의 10배 정도가 들어간 것을 확인한 뒤 덱스터는 허리를 펴고 말했다.

"자, 드디어 완성됐습니다. 누구나 쉽게 만들 수 있는 네덜란드 소스…"

덱스터는 숟가락으로 소스를 듬뿍 떠서 콜롬보에게 건네주었다. 콜롬보는 그것을 받아 단번에 입에 넣었다. 순간 그 얼굴이 가련하게 일그러졌다. 이어서 콜롬보는 격렬하게 기침을 하기 시작했다. 눈에 눈물이 그렁그

렁해졌다.

"카메라, 클로즈업 부탁해요! 덱스터 패리스의 요리 솜씨에 감격의 눈물을 흘리고 있는 이 선량한 남편의 얼굴을 화면 가득 잡아주세요."

방청석의 웃음이 최고조에 이르렀을 때, 때마침 프로그램이 끝난 것을 알리는 음악이 들려왔다.

"아무래도 운명의 음악이 들려오는 것 같군요. 그럼 주부 여러분, 오늘은 이만 작별하겠습니다. 또 만나요."

덱스터는 카메라 앞으로 다가가 프랑스어처럼 발음을 부드럽게 바꾸어 속삭이듯 말했다.

"주부 여러분, 사랑하는 그이가 돌아오시면 네덜란드 소스를 잊지 마세요. 그럼 여러분에게 사랑을 보내며 덱스터 패리스는 물러가겠습니다. 안녕!"

방청객들이 떠나고 조명이 꺼지자, 조금 전까지 화려한 분위기에 휩싸여 있던 스튜디오는 창고처럼 썰렁해졌다. 덱스터는 이 순간을 좋아했다. 영업용 미소를 가면이라도 벗듯 벗어던지고 이제 어디로 갈까 또는 무엇을 할까를 생각한다. 특별히 갈 곳도 없고 대단한 일도 할 수 없지만, 그래도 일에서 해방된 순간은 즐겁다. 불과 30분짜리 프로그램이지만 그것을 혼자서 해나가는 것은 상당한 중노동이다. 게다가 방청객한테서는 끊임없이 웃음을 끌어내야 하고, 텔레비전 앞에 앉아 있는 시청자들의 관심을 줄곧 붙들어놔야 한다. 30분이 지나면 하루 종일 일한 것처럼 녹초가 된다. 피곤해서 저절로 얼굴이 찌푸려지지만, 그래도 쇼가 끝났다는 사실 때문에 즐겁다. 힘든 생활 속에서 그 순간만은 어느 정도 충일감을 맛볼 수 있었다. 그러나 오늘은 그 즐거운 한때를 망쳐버렸다. 콜롬보가 있기 때문이다.

콜롬보는 달걀 얼룩이 묻은 앞치마를 입은 채 말했다.

"내가 텔레비전에 나오다니, 꿈을 꾸고 있는 것 같군요. 아직도 믿을 수가 없어요. 완전히 흥분해서, 뭐가 뭔지 전혀…"

그의 얼굴에는 아직도 웃음이 가득 남아 있다. 덱스터는 억지웃음을 지을 수밖에 없었다.

"아니, 정말 잘하셨어요."

"천만에요. 나는 완전히 겁이 나서, 그냥 정신없이…"

텔레비전에 출연했다는 흥분이 아직도 가라앉지 않는 걸까? 창피를 당하게 해주었는데 그걸 전혀 느끼지 못하는 모양이다. 덱스터는 콜롬보의 얼굴을 한 대 후려갈기고 싶은 충동에 사로잡혔다. 이 자식은 부끄러움을 몰라. 정말 둔감하기 짝이 없어. 수치심으로 상처를 입을 만큼 섬세한 마음은 갖고 있지 않아. 폭력을 써서 아프게 해주지 않으면 깨닫질 못해. 빌어먹을!

"어쨌든 경위님 덕분에 쇼가 살아났어요."

덱스터가 빈정거리자 콜롬보는 고개를 저었다.

"정말 괜찮았나요?"

"그럼요."

"아니, 내가 알고 싶은 건 화면에 비친 내 모습이 어땠을까 하는 거예요."

"나무랄 데 없이 좋았어요."

"햐아, 이거 정말 놀랐는데요. 내가 텔레비전에 출연하고, 게다가 나무랄 데 없는 연기를 하다니…"

"경위님…" 덱스터는 진저리가 나서 불쾌하게 소리를 질렀다. "그런데 여긴 뭐하러 오셨습니까?"

"실은 집사람이 당신 팬이라서요. 당신을 처음 만났을 때는 그걸 까맣게 잊고 있었는데… 집에 돌아가서 집사람한테 당신 얘기를 했더니 그야말로 소동이 벌어졌지 뭡니까." 콜롬보는 손가락을 딱 울리며 말을 이었다.

"아뿔싸! 모처럼 텔레비전에 출연했는데 집사람한테 한마디라도 해주었으면 좋았을걸. 그 좋은 기회를 놓치다니…"

말을 빙빙 돌리는군. 정말 지겨워. 그게 이 형사의 수법이라는 건 알지만, 그 때문에 시간이 헛되이 흘러가는 건 참을 수가 없어. 덱스터는 초조하게 말했다.

"경위님, 요점만 간단히 말해주세요. 나는 경위님의 용건을 알고 싶을 뿐이지, 경위님 부인이 어떻다는 따위는…"

"저어… 집사람의 요리법에 문제가 있는 모양이에요. 집사람이 당신 강의대로 요리를 만들면 언제나 맛이 형편없거든요. 도저히 먹을 수가 없어요. 당신 말대로 하는데도 그게 완전히 죽을 맛이어서…"

"경위님, 내 강의에 불평하러 오셨다면 다음 기회에 듣기로 하지요. 오늘은 피곤하니까…"

"무슨 까닭일까요? 수플레(거품을 낸 달걀흰자에 치즈와 감자 따위를 섞어 구운 과자)는 납작하게 찌그러져서 꼭 죽은 것 같고, 케이크는 딱딱해서 꼭 냉동실의 시체 같으니…" 콜롬보는 덱스터의 초조감을 무시하고 계속 지껄였다. "그런 음식을 먹는 건 재난이라니까요. 그래서 내가 집사람한테 말했지요. 요리기구가 나쁘다고… 도구 탓이라고…"

"경위님 말씀은 무슨 소린지 전혀…"

"그래서 부탁인데, 좋은 요리기구를 추천해주셨으면 해서… 예를 들면 그 믹서기라든가…"

드디어 본론이 나왔군. 아주 간단한 질문으로 끝낼 수 있는 일을 시시한 잡담으로 길게 늘이다니… 아니면 느닷없이 내 허를 찔렀다고 생각하는 걸까? 그런 수법에는 넘어가지 않아. 덱스터는 차갑게 말했다.

"믹서기는 어느 거나 다 마찬가집니다. 문제는 도구가 아니에요. 보통 정도의 이해력을 가진 부인이라면 내 말대로 해서 실패할 리가 없습니다만…"

"아, 그렇습니까? 그렇군요. 그럼 본론으로 들어가서…"

뭐야? 아직도 할 얘기가 있나? 저 시궁쥐의 머릿속에는 쓸데없는 이야기가 얼마나 많이 들어차 있는 거야? 덱스터는 콜롬보의 머리에 증오 어린 시선을 던졌다.

그러나 콜롬보는 여전히 느긋한 어조로 말을 이었다.

"오늘 여기까지 찾아온 것은 패리스 씨가 전기 충격으로 돌아가셨다는 게 확실해졌기 때문에… 그래서 잠깐 알려드릴 겸…"

덱스터는 콜롬보의 말에 약간 충격을 받았다. 그러나 노먼에 대한 저주가 앞섰다. 역시 그 녀석의 계획에 결함이 있었던 거야. 그 녀석이 완전 범죄 따위를 생각해낼 수 있을 리가 없지. 애당초 그 녀석의 계획을 믿은 게 잘못이야.

"그건 또 무슨 소리죠? 그 자전거 모터에 감전된 걸까요?"

"전기 전문가가 조사해봤지만 자전거에는 문제가 없어요."

"이상하군요. 그래서 경위님은 어떻게 추리하고 계십니까?"

"대충 짐작은 하고 있지요. 패리스 씨는 살해당했어요. 이건 확정적인 사실이라고 생각합니다."

덱스터는 달아나기로 마음먹었다. 이대로 콜롬보와 마주 보고 있으면 노먼에 대한 분노가 강해질 뿐이다. 분노 때문에 자제심을 잃고 엉뚱한 짓을 저지르게 될 것 같은 기분이 들었다.

"나는 볼일이 있어서… 경위님의 탐정 이야기는 나름 재미있지만, 너무 오래 듣고 있으면 머리가 이상해질 것 같군요. 죄송하지만 나는 이만…"

덱스터는 콜롬보에게 등을 돌리고 걸음을 내딛기 시작했다. 그러나 콜롬보는 뒤를 바싹 따라오면서 끈질긴 세일즈맨처럼 말을 걸었다.

"내 탐정 이야기를 조금만 더 들어주세요. 예를 들면 2층 욕조 말인데요. 패리스 씨가 그 욕조 안에 들어가 있을 때 누군가 악당이 들어와서 무슨 전기기구를 욕조에 던져넣었다고 합시다. 물론 욕조 안에는 뜨거운 물이 가득 들어 있지요. 그 물속에 풍덩 하고 던진 겁니다. 그러면 어떤 일이 일어날까요?"

덱스터는 걸음을 멈추고 콜롬보를 바라보았다. 콜롬보는 눈을 치켜뜨고 덱스터의 안색을 살피고 있다. 노먼에 대한 분노가 콜롬보에 대한 분노로 바뀌어 덱스터의 가슴에 치밀었다.

"이보세요, 경위님. 내가 어떤 믹서기를 쓰고 있는지 조사하고 싶다면, 말을 빙빙 돌리지 말고 분명히 그렇게 말하는 게 어때요?"

"아니, 당신을 귀찮게 하기가 미안해서 당신 비서한테 물어보았지요. 그랬더니 당신이 지난주에 믹서기를 하나 구입했다고 하더군요."

덱스터는 묘한 것에 생각이 미쳤다. 콜롬보의 지적이 너무나 날카롭다. 노먼의 계획에 무슨 결함이 있었다 해도, 이 얼간이 같은 사내가 믹서기에 정확히 초점을 맞춘 건 아무래도 이상하다. 누군가가 슬쩍 암시한 게 분명해. 그게 누구냐고? 말할 필요도 없잖아? 바로 그 겁쟁이 자식이지.

"노먼이 경위님을 부추겼군요?"

"아니, 아닙니다."

덱스터는 무대장치로 돌아가서 믹서기를 조리대 위에 내던졌다.

"이게 지난주에 구입한 믹서기입니다. 이걸 산 가게에 물어보세요. 마음에 걸린다면 이걸 가져가서 이상이 있는지 없는지 조사해보세요. 경찰에는 전기 전문가도 있겠죠? 해체해서 조사해보든 욕조에서 실험해보든, 마음대로 하세요!"

이 말의 절반은 허세였다. 만약 코드가 다른 것보다 짧다는 게 밝혀지면 이 믹서기는 중요한 증거물이 된다. 그러나 상대는 우둔한 형사다. 그렇게까지 하지는 않을 거라고 덱스터는 판단했다. 그 판단은 옳았다. 콜롬보는

제2장 무례한 난입자 81

믹서기에는 아무 관심도 보이지 않았다. 그저 덱스터의 분노에 겁을 먹고 거북처럼 목을 움츠리고 있다. 덱스터의 충격요법이 효과를 거둔 것이다.

덱스터는 만족하여 미소를 지었다.

"경위님은 여기 오기 전에 노먼이 있는 은행에 들르셨지요?"

덱스터가 부드러운 어조로 말하자 콜롬보는 애매한 미소를 지으며 대답했다.

"예, 잠깐 들렀지요. 그저 몇 분쯤…"

"경위님을 부추기다니 과연 노먼답군. 그가 이렇게 말하지 않던가요?" 덱스터는 노먼의 거드름피우는 표정을 흉내 내면서 거드름피우는 어조로 말했다. "덱스터요? 비열하고 변덕스러운 놈인데, 유산이 탐나서 큰아버지가 죽기를 바라고 있지요. 그 녀석한테 눈을 떼지 않는 게 좋을 겁니다. 논리적으로 말하면 그렇다는 거지요. 그럼 난 일이 급해서 이만…" 덱스터는 노먼의 말투를 흉내 낸 뒤 큰 소리로 웃었다. "어떻습니까, 비슷하지요?"

"아니…" 콜롬보는 눈을 크게 떴다. "이거 정말 놀랐습니다. 똑같아요. 당신은 과연 재능이 있군요. 그리고 이야기 내용도 대충 같았어요."

역시 그 자식이 한 짓이야. 그 겁쟁이는 형사가 찾아간 것만으로도 잔뜩 겁에 질려서 부들부들 떨었을 거야. 콜롬보가 얼간이라는 것도 꿰뚫어보지 못했겠지. 형사가 찾아왔다는 그 사실만으로 자기가 의심받고 있다고 생각하고, 콜롬보의 주의를 나한테 돌린 거야. 그 자식은 제 안전을 지키기 위해서라면 친동생쯤 얼마든지 경찰에 팔아넘기고도 남을 놈이야. 빌어먹을! 덱스터는 노먼에게 복수하기로 맹세했다. 좋아, 네가 그런 더러운 수법을 쓴다면 나도…

"경위님은 노먼을 의심하는 태도를 보였겠지요?"

"예… 하지만 노먼 씨한테는 패리스 씨를 죽일 만한 동기도 없는 것 같고, 나름 재산도 있고…"

"좋은 걸 알려드리지요. 노먼에게는 나쁜 버릇이 있는데, 도저히 고칠 수 없는 나쁜 버릇이지요. 오늘은 수요일인데… 혹시 노먼이 사업 때문에 샌프란시스코에 간다고 말하지 않던가요?"
"이거 놀랐는데요. 아니, 정말로…"
"그럴 줄 알았어요. 경위님, 두어 시간쯤 시간이 있으세요?"
"예, 하지만…"
"그럼 같이 갑시다."
덱스터는 콜롬보에게 레인코트를 건네주고는 콜롬보의 팔을 잡고 스튜디오를 나왔다.
콜롬보는 바깥의 햇빛을 받고 눈을 가늘게 뜨면서 말했다.
"대체 어디로…"
"노먼을 만날 수 있는 곳으로 가는 겁니다. 노먼에게도 살인 동기가 있어요. 그걸 경위님께 가르쳐드리지요."

5

로스앤젤레스 공항을 떠난 TWA 정기 여객기는 1시간 10분 뒤에 사막 한가운데에 홀연히 꽃을 피운 라스베이거스에 도착했다.
덱스터는 공항에서 택시를 타고 스트립 대로를 곧장 달려, 카지노가 밀집해 있는 프리몬트 거리로 들어섰다. 그리고는 대낮부터 붉은 네온을 켠 카지노 앞에 차를 세웠다.
덱스터는 콜롬보의 팔을 잡고 안으로 들어갔다.
"하아, 이거 정말 굉장한데요." 콜롬보는 감탄의 소리를 연발했다. 슬롯 머신의 요란한 소음 속에서는 목소리도 잘 들리지 않는다.

덱스터는 고함을 치듯 목소리를 높였다.
"라스베이거스에는 처음이세요?"
"2년 전 여름휴가 때…"
"오셨었군요?"
"아니, 올 계획이었지요. 그런데 떠나기 직전에 집사람 마음이 변해서 … 동물원에 갔답니다. 이곳과는 전혀 다르지요."
슬롯머신이 늘어서 있는 구역을 빠져나가자 룰렛 테이블이 있었다.
"경위님, 저기 있는 저 테이블을 잘 보세요."
"예? 어디요?"
"저기, 룰렛 테이블이 늘어서 있지요. 오른쪽에서 두 번째 테이블을 잘 보세요." 이렇게 말하면서 덱스터는 창백한 얼굴로 우두커니 서 있는 노먼을 가리켰다.
"저건 노먼 패리스 씨인데…" 콜롬보는 그제야 노먼을 알아보았다. "아니, 샌프란시스코에 간다고 말한 게 여길 말한 겁니까? 이거 놀랐는데요…"
"노먼은 수요일마다 샌프란시스코에 가는 것으로 되어 있지요. 그런데 실제로는 북쪽의 샌프란시스코가 아니라 남쪽의 라스베이거스에 있지요. 아마 공금을 많이 쓴 모양이에요. 어쨌든 비가 오나 눈이 오나 매주 빠짐없이 다니고 있으니까요. 건강도 아랑곳하지 않아요. 병에 걸렸다는 것도 깨닫지 못하고…"
"병이라고요?"
"도박벽이라는 불치병요. 내버려두면 얼마 안 가 폐인이 되는 무서운 병이지요." 이렇게 말하더니 덱스터는 콜롬보를 돌아보며 싱긋 웃었다. "경위님, 내가 노먼으로 둔갑해 보일 테니 잘 보세요."
덱스터는 콜롬보를 데리고 출납창구로 다가갔다. 창살문 너머에 젊은 여자 얼굴이 나타났다. 그 얼굴은 잠시 어리둥절한 빛을 띠었지만, 이윽고 애교스럽게 웃는 얼굴로 바뀌었다.

"어머나, 선생님이셨군요?" 여자는 덱스터의 얼굴을 찬찬히 바라보며 말을 이었다. "넥타이를 안 맨 모습은 지난 3년 동안 처음 보는 것 같아요. 깜짝 놀랐어요. 그런데 오늘은 무슨 일이시죠?"

"아니, 부채상환기한을 연기해달라고 부탁하러 온 건 아니오. 나도 그런 짓은 괴로워서 더 이상 할 수가 없어요. 실은…" 덱스터는 노먼의 말투를 흉내 내어 말하더니, 뒤에 서 있는 콜롬보를 가리켰다. "이분이 내 부채를 청산할 수 있는 입장에 계시기 때문에… 그래서 실은…"

이렇게 말하고 콜롬보를 돌아보자 콜롬보도 장단을 맞추었다.

"뭐 그렇게 대단한 일은 할 수 없지만, 우선 현재의 부채 상태를 정확히 파악해둬야 하기 때문에… 죄송하지만 장부가 있나요?"

과연 형사로군. 이런 일에서는 묘한 연기력을 발휘하니… 그런데 저 궁상맞은 꼬락서니는 아무리 봐도 뒷돈을 대주는 스폰서로는 보이지 않지만, 이 세상에는 지저분한 백만장자도 있는 모양이다. 출납을 담당하는 여자는 순순히 장부를 펼쳤다.

"네, 여기 총액이 적혀 있습니다. 노먼 패리스 씨가 빌린 돈은 모두 합해서 3만 7천5백 달러입니다."

"고맙습니다."

덱스터는 콜롬보의 팔을 잡고 출납창구 앞을 떠났다. 그러고는 북적거리는 사람들 사이를 지나 룰렛 테이블 쪽으로 걸어가면서 말했다.

"어떻습니까? 살인 동기는 노먼에게도 있다는 걸 아시겠지요?"

덱스터는 룰렛 테이블로 다가가서 테이블을 사이에 두고 노먼과 마주 보는 자리에 섰다. 노먼은 당장 덱스터를 알아보았다. 덱스터는 싱긋 웃으며 손을 흔들었다. 노먼은 화가 난 듯한 시선을 보내왔을 뿐, 덱스터를 무시할 낌새를 보였다. 그러나 덱스터 옆에 있는 콜롬보의 모습은 싫어도 눈에 들어온다. 노먼은 눈을 크게 뜨고 콜롬보와 덱스터를 번갈아 바라보고 있다.

꼴좋다! 이게 앙갚음이야. 겁쟁이 자식, 더러운 수법을 쓰면 얼마나 값비싼 대가를 치르는지 이제 조금은 알겠지?

"형, 어때? 오늘도 재수가 없는 거 아냐? 안색이 별로 안 좋은데…" 이렇게 말하고 덱스터는 소리 높여 웃었다.

6

자연의 일은 인간의 희극이나 비극과는 아무 관계도 없이 진행된다. 초상을 당한 패리스 저택도 비정할 만큼 화창한 봄빛에 감싸여 있다. 스페인풍 저택의 하얀 벽들이 햇빛에 반짝인다.

그러나 해서웨이는 화창한 봄날 아침을 즐길 겨를도 없이 패리스의 재산목록을 작성하는 일에 쫓기고 있었다. 재산 관리를 맡아온 변호사로서 당연히 해야 할 일이었지만 해서웨이는 약간 싫증이 나 있었다. 오늘 할 일은 패리스가 수집한 골동품 목록을 만드는 일이었는데, 그 수가 너무 많아서 일이 진척되질 않는다.

패리스의 서재는 페르시아산, 중국산, 유럽산 인형과 접시와 항아리로 가득 차 있었다. 그것들은 페크 부인의 편집광적 보살핌과 손질 덕분에 모두 다 번쩍번쩍하게 닦여 있었지만, 대부분은 가짜라고 해서웨이는 판단했다. 패리스가 수집한 골동품들은 모두 그럴듯한 상처가 나 있거나 그럴듯한 일화로 꾸며져 있어서, 생전의 패리스는 그런 상처나 일화를 자랑거리로 삼고 있었다.

그러나 해서웨이는 그런 것을 조금도 믿지 않았다. 원래 패리스에게는 고미술품을 감정할 만한 식견도 능력도 없었다. 골동품상의 그럴듯한 언변에 속아서 사들였을 뿐이다. 그래도 패리스는 파티 석상 같은 데서는 "내 취미는 운동과 골동품"이라고 말하면서, 수박 겉핥기식으로 얻어들은 고미술품에 관한 이야기를 큰 소리로 떠벌이곤 했다. 골동품은 패리스의 장식품이었다. 천박한 인격을 감추기 위한 싸구려 장식품. 그러나 감추어야 할 인격이 지옥으로 여행을 떠나버린 지금은 그 골동품도 눈에 거슬리는 잡동사니에 불과했다.

해서웨이는 조개껍데기 모양을 본뜬 은접시를 집어들고 무게를 확인한 뒤 목록에 메모했다. '은접시 1개'라고 적은 다음 다시 한번 조개껍데기 모양의 접시를 바라본다. 어디선가 본 적이 있는 조개껍데기 모양이다. 그래, 그 명화에 그려진 조개껍데기와 똑같다. 르네상스 시대의 거장 보티첼리가 그린 〈비너스의 탄생〉. 알몸의 비너스를 태우고 파도 사이를 떠도는 거대한 조개껍데기… 그 조개껍데기를 본떠 만든 접시다.

해서웨이는 목록의 '은접시'라는 글자 밑에 '비너스의 조개껍데기'라는 말을 덧붙였다.

옆구리에 바싹 붙어 따라온 페크 부인이 그 '비너스의 조개껍데기'를 집어들고 창문으로 비쳐드는 햇빛에 비추어 보았다. 그러고는 새하얀 냅킨으로 접시를 닦는다. 내 지문이 묻었나? 해서웨이는 쓴웃음을 지었다. 패리스가 이 여자를 재산 관리인으로 해두었다면 좋았을걸. 이 여자라면 패리스의 잡동사니를 죽을 때까지 지킬 거야. 페크 부인은 그리 많지 않은 패리스의 숭배자, 아니 어쩌면 유일한 숭배자일지도 몰라. 패리스와 결혼하려 했던 그 아가씨도 목적은 재산뿐이었을 테니까.

"페크 부인." 해서웨이가 슬쩍 말을 걸었다.

페크 부인이 '비너스의 조개껍데기'를 내려놓고 얼굴을 들었다.

"패리스 씨는 아주머니와 결혼했더라면 좋았을 거예요."

페크 부인은 눈을 똥그랗게 뜨고 해서웨이를 바라보다가 소리쳤다.

"어머나, 무슨 그런 말씀을!" 그리고는 불쾌한 목소리로 덧붙였다. "그런 농담은 그만두세요."

페크 부인은 해서웨이에게 등을 돌리고 멀어져갔다. 해서웨이는 몰래 비웃었다. 나잇살이나 먹은 주제에 얼굴 붉힐 필요는 없잖아. 당신의 헌신적인 노력은 바로 사랑이었어. 33년 동안이나 남몰래 불꽃을 피워온, 그러나 보답 받지 못한 사랑… 딱하기도 하지. 패리스를 죽인 건 혹시 페크 부인이 아닐까? 질투에 눈먼 페크 부인이 덱스터를 부추겨 패리스를 죽인 게 아닐까? 생각할 수 없는 일도 아니지. 사건이 일어난 건 결혼식 전날 밤이었으니까.

이 집에 드나드는 사람은 누구에게나 다소는 패리스를 죽일 동기가 있어. 패리스를 사랑하든 증오하든, 그 감정은 남달리 격렬해질 수밖에 없어. 패리스는 남에게 그런 감정을 불러일으키는 불길한 개성을 갖고 있었지. 그리고 나도… 펜싱을 할 때면 언제나 움직이는 표적 역할을 강요받은 나도 누구한테 지지 않을 만큼 격렬하게 패리스를 증오하고 있었어.

서재문이 살며시 열리고 더러운 레인코트 차림의 사내가 마치 좀도둑처럼 발소리를 죽이며 들어왔을 때 해서웨이는 마침내 올 것이 왔구나 생각했다. 살인 동기는 나한테도 있어.

코트 앞자락을 아무렇게나 풀어헤친 사내는 페크 부인을 곁눈질로 힐끔거리면서 다가왔다. 키가 작은 사내다. 원래 작은 키에 새우등이라서 더욱 작아 보인다. 인생의 짐을 잔뜩 짊어지고 응달진 길만 터벅터벅 걸어온 타입이다. 그러나 몸집은 실팍하다. 비만하지는 않지만 다부지고 옹골차서, 작은 키에 비해서는 중량감이 있어 보인다. 생기가 없고 게다가 페크 부인에게 겁을 먹고 있는 모양이지만, 반면에 묘하게 뻔뻔스럽고 넉살맞은 데가 있다. 페크 부인이 말하는 것처럼 바보는 아닐지도 모른다고 해서웨이는 판단했다.

"저어, 죄송하지만 나는…" 생기 없는 사내가 자기소개를 시작하자 해서웨이는 손사래로 그 말을 가로막았다.

"콜롬보 형사님이시죠? 페크 부인한테 말씀 들었습니다."

콜롬보는 당황하여 페크 부인을 돌아보았다. 그러고는 친밀감을 보일 작정인지 한 손을 쳐들고 고개를 끄덕였다. 페크 부인은 얼굴을 딱딱하게 긴장시키고 콜롬보를 노려보았다. 콜롬보는 도움을 청하듯 곤혹스러운 얼굴로 해서웨이를 바라보았다. 딱하게도 페크 부인에게 호된 꼴을 당한 모양이군. 옷차림 탓이야. 특히 그 더러운 코트… 콜롬보는 코트 앞자락을 모아쥐고 알랑대는 웃음을 지었다.

"아니, 놀랐습니다. 정말 볼 만하군요." 콜롬보는 부자연스럽게 감탄하는 소리를 지르며 골동품을 둘러보았다. "요전에 왔을 때는 전혀 몰랐어요. 이렇게 훌륭한 물건이 있는 줄은… 정말 훌륭한 미술품들이군요."

해서웨이는 쓴웃음을 지었다. 패리스와 마찬가지로 저 사내도 감식안이 없는 모양이군. 여기 있는 것은 미술품도 골동품도 아니야. 모두 가짜에 잡동사니일 뿐이지. 그러나 해서웨이는 시치미뗀 얼굴로 말했다.

"고인은 안목이 높은 분이었으니까요. 특히 고미술품에 대해서는…"

"그러면 값도 엄청나겠지요?"

"나는 지금 그걸 계산하고 있는 중입니다. 정확한 목록을 만든 뒤에 이 분야의 전문가를 모셔다가 감정을 부탁할 작정이지만, 우선은 목록을…"

"그렇군요. 목록을 만드신다고요. 그런데 선생은 변호사인 해서웨이 씨지요?"

"예, 그렇습니다." 이렇게 말하고 해서웨이는 손을 내밀었다. "내 소개가 늦었군요. 나는 마이클 해서웨이라고 합니다. 클리퍼드 패리스 씨의 고문 변호사를 겸하고 있는 유품 관리 책임자지요."

콜롬보는 자못 놀란 듯한 표정으로 말했다.

"정말 대단하십니다! 무척 바쁘시겠군요. 죄송합니다. 나 같은 사람이 불쑥 찾아와 일을 방해해서…"

"아니, 천만에요. 괜찮습니다. 따분하던 참이니까 당신 같은 사람과 지적인 대화를 나누는 것도 즐겁겠지요."

"그렇습니까?" 콜롬보는 순순히 고개를 끄덕이며 말을 이었다. "하지만 책임이 무거우시겠어요, 이렇게 훌륭한 미술품을 관리하려면…"

"미술품 외에 저택도 있고, 그 밖에 부동산도 많이 있어서…"

"그렇군요. 부동산도요. 그런데 선생은 덱스터 씨나 노먼 씨를 잘 아십니까?"

드디어 탐색을 시작했군. 그 두 사람과 나를 결부지으려는 건가?

"아니, 그렇게 잘 알지는 못합니다. 내가 보기에 덱스터는 아무 쓸모도 없는 변변찮은 녀석이고, 노먼은 건방지고 잘난 체하는…"

그때 페크 부인이 끼어들 듯 두 사람 사이로 들어와 대리석으로 만든 말 장식품을 재빨리 닦은 다음 요란하게 헛기침을 하고는 구석 쪽으로 멀어져갔다.

해서웨이가 목소리를 낮추어 말했다.

"그 쌍둥이 형제는 저 아주머니가 키웠지요. 패리스 가족에 대한 페크 부인의 충성심은 대단하답니다. 페크 부인은 두 형제와 패리스 씨를 더없이 사랑하고 있지요. 아무 보답도 받진 못했지만…"

"나는 완전히 미운털이 박혀서… 무슨 까닭인지 나를 몹시 미워해요. 저 부인의 증오심을 피부로 느끼고 있지요." 콜롬보는 힐끔 뒤를 돌아보고 페크 부인의 찌르는 듯한 시선과 마주치자 찬물을 뒤집어쓴 것처럼 목을 움츠렸다. "저 부인은 아주 강렬한 개성을 갖고 있는 것 같더군요."

"패리스 집안과 관계있는 사람은 왜 그런지 모두 강렬한 개성을…"

"맞아요! 내가 말하고 싶은 건… 덱스터와 노먼도 개성이 너무 강한 것 같더군요. 형제 사이가 나쁜 것도 정도 문제지, 이야기를 들어보니 상당히 험악한 사이여서…"

"어느 쪽인가요?" 해서웨이는 콜롬보의 장광설을 가로막으며 선제공격을 개시했다.

콜롬보는 갑자기 뺨이라도 얻어맞은 것처럼 황급히 뺨에 손을 대고 입을 딱 벌린 채 해서웨이를 쳐다보았다.

"뭐라고요?"

"시치미떼지 마시고…" 이렇게 말하고 해서웨이는 싱긋 웃었다.

그러자 콜롬보도 따라 웃으면서 항복했다는 듯이 두 팔을 벌렸다.

"둘 다 동기는 있는 것 같은데… 어쨌든 나는 동기를 중요하게 생각하기 때문에…"

"심증으로는 덱스터가 수상하지만 노먼의 도박벽도 마음에 걸린다는 건가요?"

"이거 정말 놀랐는데요. 선생은 머리가 좋으시군요. 내가 졌습니다." 콜롬보는 머리를 득득 긁고 나서 말을 이었다. "노먼이 노름을 하는 것까지 알고 계시는군요."

"고인에게는 덮어두었지만… 패리스 씨는 노먼을 좋아했지요. 하지만 그날 밤 이 집에 온 것은 덱스터예요. 패리스 씨가 좋아하는 노먼은 오지 않았지요. 우리가 펜싱을 하고 있을 때 덱스터가 와서…"

"그렇군요." 콜롬보가 맞장구를 치면서 대리석 말의 머리를 쓰다듬었다.

그러자 뒤에서 페크 부인의 날카로운 목소리가 날아왔다.

"만지지 마요! 그렇게 더러운 손으로…"

콜롬보는 전류에라도 닿은 것처럼 황급히 손을 떼었지만, 페크 부인 쪽에는 눈길도 주지 않고 말을 이었다.

"곤란하게도 그 두 사람한테는 알리바이가 있습니다. 사이가 나쁜데도, 그날 밤 범행이 일어난 시간에는 둘 다 노먼의 아파트에 함께 있었어요. 두 사람이 잇따라 방으로 들어가는 것을 관리인이 목격했답니다."

그럴 리가! 해서웨이는 믿을 수가 없었다. 패리스 씨를 죽인 건 그 두 사람 가운데 하나가 분명하다.

"시간을 너무 많이 뺏은 것 같군요." 콜롬보가 고개를 숙였다. "나는 이만 가봐야겠습니다. 어쨌든 경찰은 모든 가능성을 검토하고 있으니까 조만간 범인이…"

"나에 대해서도 검토하셨나요? 나도 의심받는 용의자 가운데 하난가요?" 해서웨이가 물었다. 쌍둥이 형제에게 알리바이가 있다면, 그다음으로 의심받는 건 바로 나야. 해서웨이는 사태를 분명히 파악해두고 싶었다.

그러자 콜롬보는 코트 주머니에서 첫눈에 싸구려인 것을 알 수 있는 시가를 꺼내며 말했다.

"물론 선생한테도 동기가 있습니다. 유언장을 쓴 직후에 갑자기 죽었을 때는 유산 관리인이 단물을 빨아먹을 수 있는 경우가 많거든요."

"단물이라니, 그거 참 매력적인 단어군요. 이렇게 말하면 나도 용의자가 됩니까?"

"그날 밤 선생의 행동을 조사해봤습니다. 이 집에서 나간 뒤의 행동을 말입니다. 하지만 변호사회 파티에 참석하셨으니까 살인은 불가능합니다."

콜롬보는 쾌활하게 웃으며 시가에 불을 붙였다. 콜롬보는 성냥을 손가락 사이에 끼우고 주위를 둘러보다가 '비너스의 조개껍데기'로 다가가 그 순은제 접시 위에 타다 만 성냥개비를 놓았다.

그러자 페크 부인이 무시무시한 기세로 달려와 '비너스의 조개껍데기'를 움켜잡았다.

"이게 무슨 짓이에요! 나리의 미술품에다 이런…"

"아니, 또 실수했나 보군요. 이거 죄송합니다."

콜롬보는 '비너스의 조개껍데기'에서 성냥개비를 집어내려고 손을 뻗었다. 그러나 페크 부인은 그 손을 탁 뿌리치며 말했다.

"더러운 야만인!" 페크 부인은 한마디 외치고는 접시를 받쳐든 채 부엌 쪽으로 달려갔다.

"죄송합니다. 우리 집에 그것과 모양이 똑같은 재떨이가 있어서 그만…" 콜롬보는 변명하면서 페크 부인를 따라갔다.

해서웨이는 두 사람을 차가운 눈으로 지켜보았다.

저 형사는 뭐하러 여기 왔을까? 내 알리바이가 입증된 것을 알리러? 아니면 쌍둥이한테도 알리바이가 있다는 것을 알리러? 왜 그런 짓을? 아, 그래, 수사가 벽에 부딪힌 거야. 그 두 사람 가운데 하나가 범인이라고 생각했는데, 둘 다 알리바이가 확실해서 손을 댈 수 없게 된 거야. 둘 다… 그런 일이 있을 수 있을까. 그렇게 사이 나쁜 두 형제가 아파트에 마주 앉아 이야기를 나누다니… 해서웨이의 머리에 문득 어떤 생각이 떠올랐다.

그래, 1인 2역이야. 둘 중 하나가 1인 2역을 해서 알리바이를 조작한 게 분명해. 콜롬보는 두 사람이 잇따라 아파트에 들어갔다고 말했어. 두 사람이 함께 들어갔다고는 말하지 않았어. 틀림없이 1인 2역이야. 그렇다면 그 살인은 두 사람이 함께 저질렀다는 얘기가 돼. 사이 나쁜 두 형제가 협력해서 범죄를 저지른다? 그건 말도 안 돼! 하지만 그들은 바로 그걸 노린 게 아닐까? 두 사람의 협동작업은 있을 수 없다고 누구나 생각할 테니까, 바로 그 점을 역으로 이용해서… 해서웨이의 얼굴에 미소가 번졌다. 이 사건은 미궁에 빠질지도 몰라. 그 형사는 두 사람의 교묘한 계획을 파헤칠 수 없어. 알고 있는 건 나뿐이야. 그렇다면 나는 새로운 스폰서를 둘이나 얻은 셈이 되는군.

해서웨이는 어깨를 으쓱하고 산더미처럼 쌓인 잡동사니를 바라보았다. 자, 빨리 해치우자. 헤서웨이는 다시 목록을 만들기 시작했다.

7

페크 부인은 부엌 식탁에 은접시를 내려놓고 세제를 뿌렸다. 그러고는 냅킨으로 정성껏 닦았다. 콜롬보가 부엌문에 기대 있었지만 페크 부인은 눈에 거슬리는 그 남자를 아예 무시하기로 마음먹었다. 일일이 신경을 쓰다가는 신경이 도저히 견뎌내질 못한다. 저 문은 나중에 소독해야지.
"페크 부인!" 콜롬보가 소리를 질렀다.
이번에는 큰 목소리로 나를 위협할 작정인가? 페크 부인은 은접시를 닦는 손을 멈추지도 않았고 고개도 들지 않았다. 이런 사내는 상대하지 않는 게 좋아. 그러면 체념하고 돌아가겠지.
"페크 부인! 처음 뵈었을 때부터 아주머니의 비위를 거스르는 일만 해 왔네요. 그건 나도 잘 알고 있습니다. 그리고 나는 아주머니가 더없이 소중히 여기고 있는 이 저택에 서슴없이 들어와서 불쾌한 사건을 조사하기 시작했고요. 그러니 아주머니가 나를 싫어하는 것도 무리가 아니지요."
아니, 이 사람은 내 앞에서 고해성사라도 하려는 걸까? 멋대로 하셔. 그런다고 내가 당신 따위를 상대할 줄 알아. 페크 부인은 은접시를 계속 닦았다. 그러나 그 순간 콜롬보가 더 큰 소리로 버럭 고함을 질렀다.
"하지만 나한테도 감정이라는 게 있습니다!"
어머나, 숙녀 앞에서 소리를 지르다니… 페크 부인은 콜롬보의 목소리에 깜짝 놀라면서도 반격을 시작하려고 고개를 들었다.
"이봐요, 좀 조용히 해요!"
그러나 콜롬보는 페크 부인의 말이 귀에 들어오지 않는 모양이다. 그는 격렬하게 손사래를 치면서 계속 고함을 질러댔다.

"그야 물론 칠칠치 못했던 건 미안하게 생각하고 있습니다. 하지만 운 나쁘게도 덤벙대는 건 버릇이라서… 몇 번이나 고치려고 애썼지만 고쳐지질 않아요. 타고난 버릇인 걸 어떡합니까. 게다가 악의가 있어서 그런 것도 아니고…"

페크 부인은 콜롬보의 얼굴이 묘하게 일그러져 있는 것을 알아차렸다. 왼쪽 눈썹이 올라가고 반대로 오른쪽 눈썹은 내려와, 좌우의 눈썹 높이가 1인치쯤 차이가 난다. 무려 1인치나! 페크 부인은 콜롬보가 심장 발작이라도 일으킨 게 아닐까 생각했다. 그러나 일그러진 콜롬보의 입에서 생각지도 않은 욕설이 쏟아져 나왔다.

"페크 부인, 정말 너무하시는군요. 너무 심해요!"

그러면 이 사람은 나한테 화를 내고 있나? 저 표정은 성난 표정일까? 페크 부인은 강한 흥미를 가지고 콜롬보의 얼굴을 쳐다보았다. 이 세상에는 성난 표정도 참 가지가지로군.

"나는 아주머니한테 악의를 품고 있는 게 아닙니다! 나는 이 집 주인, 그러니까 패리스 씨를 살해한 악당 놈을 잡으려 애쓰고 있어요. 그런 나를 눈엣가시처럼 여기고 심술궂게 대하다니 그건 옳지 않습니다! 당신은 구제 불능의 심술궂은 할망구라고요!"

이 사람은 화가 나 있어. 정말로 화를 내고 있어. 페크 부인의 가슴에 갑자기 뜨거운 것이 치밀어 올라와, 다행히도 콜롬보의 마지막 말은 듣지 못했다. 여자에게 호통을 칠 수 있는 남자, 기백이 있는 남자… 요즘 미국에서는 거의 사라져버린 골동품 같은 남자다.

콜롬보에 대한 페크 부인의 견해가 홱 바뀌었다. 훌륭해. 이 사람이야말로 진짜 사나이야. 마치 패리스 씨 같아. 용모와 재산은 나리를 도저히 따라갈 수 없지만… 페크 부인은 이 진귀한 생물을 정중히 다루지 않으면 안 된다고 생각했다.

"형사님…" 페크 부인이 미소를 짓자 콜롬보는 벼락이라도 맞은 것처럼 움찔했다. "콜롬보 형사님, 그렇게 화를 내시면 배가 고프실 텐데, 우리 나리가 좋아하시던 쿠키와 우유를 좀 드릴까요?"

좌우의 높이가 다른 콜롬보의 눈썹 사이에 깊은 주름이 새겨졌다. 딱 벌어진 입에서는 코끼리의 콧김처럼 긴 숨소리가 새어 나왔다.

이번에야말로 심장 발작을 일으켰군. 페크 부인은 생각했다. 그러나 콜롬보는 간신히 알아들을 수 있을 만큼 작은 소리로 말했다.

"고맙습니다. 쿠키를 무척 좋아하거든요."

페크 부인은 자기 방으로 콜롬보를 불러들였다. 그리고 탁자 위에 쿠키를 가득 담은 바구니와 우유잔을 내려놓았다. 콜롬보는 쿠키를 씹으면서 말했다.

"솔직히 말하면 수사는 암초에 부딪혀 있습니다. 의심 가는 사람이 몇 명 있지만 모두 알리바이가 있어서…"

"덱스터와 노먼에게도 알리바이가 있나요?"

"예."

페크 부인은 적이 안심했다. 두 형제를 믿고 있지만, 엉뚱한 의심을 받아 불리한 상황에 몰리는 게 아닐까 하고 불안했었다. 특히나 동생 덱스터는 거친 사람으로 알려져 있고 평판도 좋지 않다. 하지만 나리를 죽인 건 덱스터가 아니야. 수상쩍은 사람은 또 있어.

"형사님, 리자의 알리바이는 조사하셨나요?"

"아직 조사하지 않았습니다. 하지만 그 사람은…"

페크 부인은 미소를 지으며 말했다.

"그 아가씨도 조사하는 게 좋을 거예요. 힌트를 하나 드릴까요? 그 고문 자전거는 그 아가씨가 선물한 거랍니다. 어떤 장치가 되어 있을지…"

"하지만 전기 전문가의 말로는 그 자전거에는 아무 이상도 없다고…"
"시체를 발견했을 때 원래대로 해놓을 수도 있잖아요?"
"아, 그렇군요. 나중에 그 사람한테 가보겠습니다. 아주머니 얘기를 들으니 크게 참고가 되는군요. 특히 수사가 벽에 부딪힌 지금 단계에서는 여러 가지로 도움이 됩니다." 콜롬보는 유리잔을 들어 우유를 마시고는 말을 이었다. "페크 부인, 이왕 말이 나온 김에 그날 밤의 일을 한 번 더 생각해봐 주세요. 리자 양이 오기 전에 뭔가 이상한 일은 없었나요? 뭐든지 좋습니다. 이상한 소리라든가…"
"그래요, 텔레비전이 꺼졌어요."
"텔레비전이?"
"예, 텔레비전이 꺼졌는데… 하지만 금방 켜졌어요. 그런데 화면 상태가 나빠져서…"
콜롬보는 생각에 잠긴 채 쿠키를 또 하나 집어서 입에 넣었다.
"텔레비전이 꺼졌을 때 전등도 함께 꺼졌습니까?"
"예, 전등은 원래 꺼져 있었지만, 텔레비전을 살펴보려고 스위치를 올려봤어요."
"그랬더니요?"
"전등도 들어오지 않았어요. 하지만 곧 켜졌어요. 텔레비전도…"
"그러니까 퓨즈가 나간 거군요." 콜롬보는 까다로운 표정을 지었다. "전등이 켜질 때까지의 시간은 얼마나 됩니까?"
"금방이에요. 기껏해야 10초쯤 될까? 어쩌면 5초 정도일지도 몰라요."
"페크 부인, 다시 한번 생각해봐 주십시오. 전등은 좀 더 오랫동안 꺼져 있지 않았나요? 예를 들면 1분이나 2분쯤…"
"내가 거짓말하는 것 같으세요?" 페크 부인의 안색이 달라졌다.
콜롬보는 황급히 일어났다. 그러자 코트 앞자락에 쌓여 있던 쿠키 부스러기가 바닥에 뿔뿔이 흩어졌다.

"진정하세요, 페크 부인. 제발요." 콜롬보는 페크 부인에게 손사래를 치면서 말을 이었다. "잠깐 실험을 해봅시다. 아주머니가 전등 스위치를 올릴 때까지 몇 초나 걸리는지 실제로 시험해보자고요. 아주머니는 그 의자에 앉아서 텔레비전을 보고 있었지요?"

"내가 거짓말을 한다고…"

"천만에요. 아주머니의 말을 믿습니다. 전기가 꺼져 있었던 건 5초나 기껏해야 10초였을 겁니다. 하지만 나는 몇 초인지 정확히 알고 싶어서…"

페크 부인은 약간 불만스러운 표정으로 고개를 끄덕였다.

"됐습니까? 내가 신호를 보내면 아주머니는 그날 밤과 똑같이 행동해 주세요."

콜롬보는 손목시계를 내려다보았다.

"자, 텔레비전이 꺼졌습니다."

어처구니없다고 생각하면서도 페크 부인은 일어나서 텔레비전 앞으로 다가가 캐비닛을 가볍게 두드렸다.

"나는 텔레비전 접속이 잘못된 줄 알고 이것을 두드려본 다음…" 페크 부인은 텔레비전 바로 옆벽에 붙어 있는 전등 스위치를 올리는 시늉을 했다. "이 스위치를 올리고 나서 몇 초 뒤에 전등이 켜졌어요."

"흐음." 콜롬보는 손목시계에서 눈을 들었다. 13초군요… 하지만 이상한데요. 퓨즈가 나가고… 페크 부인, 이 집의 두꺼비집은 어디 있습니까? 설마 욕실에 있는 건 아니겠죠?"

"지하실에 있어요. 지하 체육실 옆에 창고가 있는데, 그곳에 두꺼비집이 있어요."

"이상하군요. 점점 더 이상해요. 10초 남짓 만에 전기가 통한다는 건 있을 수 없는 일입니다."

페크 부인은 콜롬보의 우둔한 표정에 짜증이 났다.

"이봐요, 내 말을 믿을 수 없다는 거예요? 내 기억에는 틀림이 없어요. 전등이 켜진 뒤에 텔레비전도 켜졌고, 그 화면 색깔이 보라색으로 변했던 것까지도 똑똑히 기억하고 있다고요!"

"아니, 잠깐만요. 텔레비전 색상이 변했다고 하셨나요? 실은 내가 텔레비전 수리에는 일가견이 있는데, 색상 조절이라면 나한테 맡겨주세요."

콜롬보는 텔레비전으로 다가갔다.

"형사님, 수리공이 그러는데 그 텔레비전은 이제 고칠 수 없다고…"

"수리공한테 부탁하는 건 아까워요. 어쨌든 요즘에는 수리비를 턱없이 비싸게 뜯어내니까요. 그래서 나는 서점에 가서 텔레비전 수리 입문이라는 책을 사다가 일주일 동안 착실히 공부했답니다."

콜롬보는 텔레비전 스위치를 넣고 튜너를 좌우로 거칠게 돌렸다. 이윽고 화면에 비치기 시작한 영상은 전보다 더 심한 보라색이었다. 페크 부인은 비명을 질렀다.

"페크 부인, 진정하세요. 제발요."

콜롬보는 튜너 밑에 달린 색상 조정기의 손잡이를 잡고 황급히 돌렸다. 보라색은 이제 거무스름해졌다.

"이건 더 지독한데."

콜롬보는 왼손에 튜너, 오른손에는 색상 조정기 손잡이를 잡고 분주히 돌리면서 화면을 들여다보았다.

"걱정하지 마세요. 어떻게든 될 테니까. 마음을 느긋하게 먹고… 이 손잡이 뒤쪽에 먼지가 쌓이는 경우가 많지요. 그러니까 이것을 이렇게 빙글빙글 돌려서 먼지를 털어내면…"

조정기 손잡이가 뚝 소리를 내며 부러져버렸다. 콜롬보는 빠져버린 손잡이를 똑바로 바라보았다.

"아니, 이거 빠져버렸잖아!"

"이봐요, 대체 무슨 짓을!"

"페크 부인, 걱정하지 마세요. 제발 진정하세요. 이런 건 금방 고칠 수 있으니까…"

콜롬보는 부러진 손잡이를 구멍에 눌러 끼우고 마구 주물렀지만, 텔레비전은 이 난폭한 조작을 마침내 견딜 수 없게 되었는지 손잡이가 끼워져 있던 구멍에서 불꽃이 튀었다. 순간 펄쩍 뛰어오른 콜롬보는 부러진 손잡이를 페크 부인에게 내밀면서 말했다.

"이건 손잡이의 일부인데, 수리공을 부르면 눈 깜짝할 사이에 고쳐줄 겁니다."

페크 부인은 화가 나서 몸을 부들부들 떨면서 콜롬보에게 덤벼들었다.

"나가요!"

"예, 예, 이제 곧 돌아가겠지만, 우선 수리공을 불러서 이 손잡이를…"

"빨리 나가요!"

"예, 예, 곧 나갈게요… 수리비는 내가 낼 테니까 전화를…"

"나가요! 당장 나가지 않으면 경찰을 부르겠어요!"

콜롬보는 빠져버린 손잡이를 코트 주머니에 쑤셔넣고 풀죽은 모습으로 나갔다.

8

할리우드 근처의 윌셔가에 면해 있는 아파트 16층. 햇빛을 듬뿍 받은 그 아파트 테라스에서 리자는 일과로 삼고 있는 운동을 하고 있었다. 어깨와 두 팔꿈치만으로 몸을 지탱하고 푸른 하늘을 향해 하반신을 수직으로 세왔다. 풍만하고 탄력 있는 몸을 찰싹 달라붙는 검은 타이츠로 감싸고 있어서 알몸처럼 관능적이었다. 아니, 오히려 알몸보다 더 관능적인지도 모른다.

콜롬보는 거실 안에서 눈부신 듯 리자를 바라보며 말했다.

"대단하십니다. 그런 자세로… 용케도 견디는군요. 귀가 쾅쾅 울리지 않습니까? 그렇게 물구나무서 있으면 온몸의 피가 모두 머리로 쏠려버리지 않나요?"

리자는 물구나무선 자세를 조금도 흩트리지 않고 대답했다.

"그러기 위해 이러고 있는 거예요. 머리로 피를 보내려고요. 하루에 두 번씩… 건강법이죠. 머리로 피를 보내서…"

"페크 부인에게는 권하지 않는 게 좋겠군요." 콜롬보는 이렇게 중얼거리고 나서 말을 이었다. "저어, 아직도 한참 동안 그러고 있을 건가요?"

"기다리게 해서 미안해요. 하지만 이 자세로도 이야기는 할 수 있으니까 이쪽으로 오시는 게 어때요?"

"그럼 그렇게 할까요?" 테라스로 나간 콜롬보는 리자 옆을 그대로 지나쳐 테라스 밑을 내려다보았다. "햐아, 기막히게 좋군요."

"어머나, 여자 몸을 보면 흥분하시나 봐요?"

"아니, 나는…" 콜롬보는 당황하여 쩔쩔맸다. "나는 바깥 경치를 보고 칭찬한 겁니다."

"그럼 여자한테는 흥미가 없으신가요?"

"아니, 그런 건…" 콜롬보는 어디에 눈을 두어야 할지 모르는 듯 테라스 바닥을 내려다보면서 말했다. "몇 가지 묻고 싶은 게 있어서…"

"그 때문에 오셨잖아요? 어서 물어보세요."

"그러면 잠깐 실례하고… 노먼과 덱스터 형제에 관한 질문인데, 그 두 사람에 대해서…"

"그 두 사람은 쌍둥이에요."

"그건 알고 있습니다. 실은… 수사가 벽에 부딪혀버려서, 뭔가 참고가 될 만한 얘기를 들을 수 없을까 하고…"

"덱스터는 나와 같은 텔레비전 출연자예요. 나는 미용체조 시간에 출연하고 덱스터는 요리교실에 출연하죠. 남자인 주제에 요리를 가르치다니, 우스워요. 그리고 노먼은 착실한 은행원이고요…"

"그것도 알고 있습니다. 그 밖에는?"

"두 사람은 사이가 나빠요. 서로 미워하고 있죠."

"그런 것 같더군요."

"별로 도움을 드리지 못한 것 같군요. 미안해요." 이렇게 말하고 리자는 하반신을 구부렸다가 반동을 이용하여 벌떡 일어났다. "다 끝났어요. 안으로 들어가실래요?"

리자는 거실로 들어가자 가운을 걸치고 소파에 앉았다. 콜롬보는 리자의 검은 타이츠가 보이지 않게 되자 겨우 감정의 평형을 되찾은 듯 자못 느긋한 모습으로 의자에 걸터앉았다.

"그 체조는 날마다 하십니까?"

"네, 하루에 두 번씩, 정오와 저녁에 하고 있어요."

"그건 위험한데요."

"왜요?"

"테라스 난간이 너무 낮아요. 당신은 알아차리지 못하는지도 모르지만, 그렇게 물구나무를 서 있을 때 난간은 당신의 허리선보다 낮은 위치에 있어요. 만약 넘어지면 난간 밖으로 떨어질지도 몰라요."

"걱정 마세요. 넘어지거나 하진 않으니까. 그런데 무척 자세히 관찰하셨군요."

"그야 뭐…" 콜롬보는 웃고 나서 황급히 손사래를 쳤다. "아니, 이상한 뜻은 아닙니다. 나는 이래 봬도 형사니까 위험을 재빨리…"

"친절하시군요. 그런데 다른 이야기는요?"

"마음이 아프실 텐데 상처를 건드리는 질문을 해서 죄송하지만…"

콜롬보가 이렇게 말하자 리자는 눈물을 글썽거렸지만 쾌활하게 말했다.

"괜찮아요. 그이가 살아 있었다면 이럴 때야말로 기운을 내라고 할 거예요. 도전을 받으면 활력의 샘에서 생명력을 퍼내고, 어려움에 부닥치면… 그이라면 좀 더 잘 말할 수 있겠지만… 아아, 그이는 육체를 사랑했어요. 건강한 육체의 아름다움을 잘 알고 있었죠. 사람들은 모두 우리 두 사람을 이상한 눈으로 바라보았지만… 할아버지와 손녀 같다느니… 하지만 누군가와 진정한 애정으로 맺어졌을 때는 나이차 같은 건 의미가 없어지는 거 아닐까요? 어떻게 생각하세요?"

"동감입니다." 콜롬보는 고개를 끄덕이고 나서 말을 이었다. "그런데 패리스 씨는 두 조카와 사이좋게 지내고 있었나요? 한 사람을 특별히 귀여워하고 또 한 사람을 귀찮게 여겼다거나, 당신과 결혼하기로 결정한 뒤 갑자기 두 사람한테 차가워졌다거나…"

"난 잘 몰라요. 그이는 두 형제가 사이좋게 지내기를 바라고 있었지만…" 리자의 얼굴이 갑자기 굳어졌다. 그녀는 가운 앞자락을 여며 쥐고 벌떡 일어났다. "형사님, 대체 무슨 얘기를 듣고 싶으신 거예요? 분명히 말해 주세요. 노먼이나 덱스터가 아니라 나를 탐색하러 오신 거죠? 내가 첫 번째 용의자죠?"

"천만에요. 그런 건 생각해보지도 않았습니다. 진정하세요. 내가 알고 싶은 건 그 쌍둥이 형제…"

"클리퍼드는 내가 가장 사랑하는 사람이었어요. 그걸 똑똑히 기억해주세요. 당신과 이야기하고 있으면 왠지 속이 메스꺼워져요."

"그건 아마 내 인상이 나빠서…" 콜롬보는 머리를 긁적이며 말했다. "안심하십시오. 당신한테는 살인 동기가 없으니까요. 결혼한 뒤라면 당신한테 유산이 들어오게 되니까 그게 살인 동기가 되겠지만, 결혼 전에는…"

리자의 얼굴이 갑자기 창백해졌다. 그녀는 떨리는 목소리로 외쳤다.

"내가 당신한테 나가라고 말해도 당신은 계속 앉아 있을 수 있어요? 네? 어때요?"

리자는 목소리만이 아니라 몸까지 떨고 있었다. 콜롬보는 엉거주춤 일어나 코트 주머니에서 시가를 꺼내어 입에 물었다. 그러고는 또 분주하게 주머니를 뒤졌지만 성냥이 보이지 않는 모양이다. 겨우 뭔가를 끄집어냈지만, 그것은 페크 부인의 텔레비전 색상 조정기 손잡이였다.

"나가요!" 리자는 신경질적으로 소리쳤다.

콜롬보는 눈을 가늘게 뜨고 말했다.

"뭘 두려워하시죠? 당신에게도 살인 동기가 있다는 건가요?"

"여긴 내 집이에요. 나가라고 말할 권리는 있다고 생각하는데요."

"진정하세요, 솔직히 말해줄 수 없습니까? 무엇을 두려워하고 있는지…"

"말할 건 아무것도 없어요. 어서 나가요!" 리자는 콜롬보의 몸을 밀었다.

그 기세에 떠밀려 콜롬보는 오른손에 시가, 왼손에 조정기 손잡이를 쥐고 슬금슬금 뒷걸음질하면서도 자못 걱정스러운 얼굴로 말했다.

"나중에 차분해진 뒤에 경찰로 전화 주세요. 아시겠죠? 나는 당신이 무죄라는 것을 확신하고 있습니다. 그러니까 고민이 있으면 서슴지 마시고…"

그러나 그때 이미 콜롬보는 문밖으로 밀려나 있었다. 코앞에서 거칠게 닫힌 문을 향해 콜롬보는 말을 이었다.

"제발 냉정을 되찾고 나한테 말씀해주십시오."

문 안쪽에서 빗장을 거는 소리가 들렸다. 콜롬보는 어깨를 으쓱했다. 그 얼굴에는 불안의 어두운 그림자가 새겨져 있었다.

제3장

죽은 자의 복수

1

"할 얘기란 다름 아니라 리자 말인데…"

해서웨이 변호사는 와인을 홀짝거리면서 노먼의 안색을 살폈다.

노먼은 자기 술잔에 와인을 따르고 있는 중이었다. 은행원답게 자기 집에 있으면서도 양복을 단정히 차려입고 있다. 그리고 하얀 셔츠에 검은 넥타이…

노먼은 그런 사내였다. 언제 보아도 딱딱한 태도를 갖추고 있다. 위선자의 특징인지도 모른다. 방에는 재미도 없는 경영학이나 경제학에 관한 책들만 잔뜩 있을 뿐, 그 밖에는 장식다운 것이 전혀 없다. 작은 홈바에 늘어서 있는 술병도 모두 와인이다. 위스키나 버본은 없다. 귀족 취미라기보다는 귀족 콤플렉스다. 한 꺼풀만 벗기면 비열한 살인자인 주제에…

"리자요? 그 여자도 참 딱하게 됐어요." 노먼은 와인을 술잔에 따르면서 자못 안됐다는 듯이 무거운 한숨을 내쉬었다.

시치미떼지 마. 해서웨이는 속으로 욕을 퍼부었다. 너의 그 거들먹거리는 낯가죽을 홀랑 벗겨주마.

"그래, 안됐지. 하지만 노먼, 그 아가씨도 회장님의 유언으로 약간은 구원을 받을 거야."

해서웨이가 무심한 투로 말하자 노먼은 와인잔을 입까지 가져간 채 해서웨이를 똑바로 바라보다가 소리쳤다.

"유언요?" 그 목소리는 거의 비명에 가까웠다.

"그래, 유언." 해서웨이는 조용히 대답했다.

노먼의 술잔에 담긴 붉은 와인이 흔들리고 있다. 역시 반응이 있군. 너는 소심한 위선자야. 방비가 너무 허약해. 해서웨이는 미소를 지으면서 말을 이었다.

"패리스 회장님의 유언이지."

"유언이라고요? 그런 게 있었나요?"

"있었지. 결혼식을 올리기 며칠 전에, 즉 살해당하기 며칠 전에 쓴 유언장이… 갓 구워낸 빵처럼 달콤한 유언이지. 적어도 리자한테는…"

"유언은 어떤… 어떤 내용입니까?" 이렇게 외쳤을 때 노먼의 술잔에서 마침내 와인이 넘쳐흘렀다. 양복에 붉은 액체가 쏟아졌다. 그런데도 노먼은 알아차리지 못한다.

"노먼, 열이라도 나는 거 아냐? 술이 엎질러졌잖아."

노먼은 황급히 가슴주머니에서 손수건을 꺼냈다. 말끔히 다림질한 새하얀 손수건으로 양복을 닦았다.

"노먼, 우선 술잔을 내려놓는 게 좋겠군. 안 그러면 또 술을 엎지를 테니까. 열이 나서 추운 거 아냐? 그래서 그렇게…"

"예, 열 때문에…"

춥다고? 이 거짓말쟁이! 모처럼 저지른 살인이 헛수고로 끝날 것 같아서 떨고 있는 거겠지. 해서웨이는 야릇한 기쁨을 맛보고 있었다. 남의 동요나 두려움을 안전한 곳에서 구경하고 있는 건 즐거운 법이다. 특히 건방진 녀석을 마음대로 요리할 수 있다는 사실은 즐겁기 짝이 없다. 해서웨이는 지금이야말로 폭군 패리스에 대해 오랫동안 쌓이고 쌓인 원한을 풀 때라고 생각했다.

"유감이야, 노먼."

"유감이라고요? 나는 전혀…" 노먼은 창백한 얼굴로 방안을 돌아다니면서도 필사적으로 시치미를 떼고 있었다. 그는 떨리는 목소리로 말을 이었다. "리자한테 유리한 유언이 있었다면 오히려 기뻐할 일이지요. 나는 절대로 유감스럽다고는…"

"유감이야, 노먼." 해서웨이는 노먼의 변명을 무시하고 같은 말을 되풀이했다. "유감이고말고. 자네 고생이 물거품으로 돌아갔으니 말이야."

해서웨이가 차갑게 내뱉자 노먼이 갑자기 걸음을 멈추고 변호사의 얼굴을 뚫어지게 바라보았다. 그 눈이 가늘게 떨리고 있다.

"해서웨이 씨, 도대체 무슨 말을…"

"유감이라고 말하고 있네. 자네는 거기까지 꿰뚫어볼 힘은 없었지. 그래서 자네가 한 일은 헛수고였다는 말을 하고 있는 걸세. 자네와 덱스터가 한 짓은 헛수고였어."

노먼은 손을 부르쥐었다. 손가락이 핏기를 잃고 새하얘질 만큼 힘껏 쥐었다. 그는 그 주먹으로 이마를 문지르면서 말했다.

"해서웨이 씨, 설마…"

"목격한 건 아니야. 그저 추리했을 뿐이지. 나는 경찰이 아니니까 수사권은 없어. 하지만 경찰보다 유리한 점도 있지. 자네 형제와 오랫동안 사귀어왔기 때문에 자네들 머릿속에 무슨 생각이 들어 있는지 정도는 대충 짐작할 수 있어. 자네들의 알리바이를 추리로 허물어뜨릴 수도 있지."

"모르겠군요. 당신이 무슨 소리를 하고 있는지 전혀 모르겠어요! 무슨 소린지 전혀…"

"모르겠다고? 그럴 리가 없을 텐데!" 이렇게 되받고 해서웨이는 와인을 홀짝거렸다. 맛있는 와인이었다. 최고급 와인… 하지만 지금은 오히려 샴페인이 낫겠다고 해서웨이는 생각했다.

"진정하게, 노먼."

해서웨이가 차가운 미소를 지으며 말하자 노먼은 신경질적으로 소리를 질렀다.

"해서웨이 씨, 당신은 나를… 협박할 작정인 모양이군요. 난 협박받을 짓은 하지 않았어요. 나쁜 짓을 한 건 오히려 당신이죠. 큰아버지의 부동산을 매매할 때마다 몰래 사례금을 받고… 기회 있을 때마다 큰아버지 주머니에서 돈을 빼돌렸잖아요! 난 그걸 알면서도 큰아버지한테 말하지 않았어요. 잠자코 있었다고요! 그런데… 그런데 당신이 나를 협박하다니…"

"그래?" 해서웨이는 와인잔을 높이 들어 올렸다. "자네는 나를 감싸주었다고 말하고 싶은 거로군. 고마워. 하지만 나는 자네의 그 나쁜 버릇을 회장님께 감춰주었어. 자네의 미치광이 같은 도박벽을 말이야. 그러니까 자네도 나한테 감사하지 않으면 안 돼. 생각해보면 우리는 지금까지 상부상조해온 셈이군. 아름다운 우정이지. 그러니까 이번 사건에서도 서로 돕는 게 어때? 그게 내 제안일세."

노먼은 대답할 수가 없다. 그 제안의 참뜻을 파악하지 못하고 그저 해서웨이를 지켜보고만 있을 뿐이다. 해서웨이는 소리 높여 웃었다. 그러고는 빈 술잔을 내밀었다.

"와인을 한 잔 더 마시고 싶군."

노먼은 떨리는 손으로 와인을 따르면서 낮은 소리로 말했다.

"우선 유언장 내용을 들려주세요."

이제야 깨달은 모양이군. 해서웨이는 빈정거리는 미소를 노먼에게 보냈다.

"재산은 자네한테도 덱스터한테도 가지 않아. 전부 다 리자 것이 돼."

"전부 다! 그럴 수가…"

"그래, 노먼."

해서웨이는 안주머니에서 유언장 사본을 꺼내어 노먼에게 건네주었다. 노먼은 마치 폭탄이라도 받아들듯 조심스럽게 유언장을 받아들었다.

"리자는 별로 내켜 하지 않았어. 자네 같은 사람은 믿지 못하겠지만 리자는 돈에는 별로 관심이 없어." 해서웨이는 유언장을 읽고 있는 노먼에게 비정한 말을 던졌다. "그래서 큰아버지도 감동한 거야. 돈에 관심이 없는 여자를 처음 만났으니까. 큰아버지는 감동해서 화끈 달아올랐어. 그 뜨거운 감정이 시키는 대로 이 충격적인 유언장을 써버렸지. 리자의 순수한 마음을 믿는다는 걸 어떻게든 구체적인 형태로 표현하려고 이런 파격적인 행동을 한 거야. 결혼을 하든 말든 전 재산을 리자 체임버스에게 준다고…"

"이런 건 인정할 수 없어요!" 노먼은 소리를 질렀다. 핏기를 잃은 손에 힘이 들어간다. 유언장을 찢어버리려는 걸까?

"그만둬!" 해서웨이는 날카롭게 노먼을 제지했다. "찢어도 소용없어. 유언장은 그것 말고도 두 통이 더 있으니까. 하나는 내 금고에, 또 하나는 리자가 갖고 있지. 이 유언장은 회장님의 금고에서 꺼내온 건데, 그것 말고도 두 통이 더 있어."

노먼은 허물어지듯 의자에 주저앉아 어깨를 축 늘어뜨리고 고개를 떨구었다.

"유감이야, 노먼." 해서웨이는 중얼거리듯 말했다.

노먼은 더 이상 반박할 기력도 없는 모양이다. 해서웨이는 노먼의 어깨에 손을 올려놓았다.

"자네는 지금이야말로 변호사의 도움이 필요해. 안 그래? 새삼스럽지만 내 소개를 하지. 나는 유능한 변호사야. 그리고 자네 친구고. 지금까지 우리는 서로 도왔으니까, 앞으로도 서로 도울 수 있지 않을까? 자네 결심 여하에 따라서는…"

노먼이 멍한 얼굴을 들었다. 해서웨이는 와인잔을 내밀면서 말했다.

"그렇게 한심한 얼굴은 하지 말고 와인이나 마셔."

노먼은 기계장치가 된 인형처럼 와인을 받아들고 말없이 술잔을 비웠다.

"노먼, 나는 자네를 경찰에 팔아넘길 작정도 아니고, 리자가 회장님의 유산을 물려받는 것을 잠자코 보고만 있지도 않을 거야."

노먼의 얼굴에 희미한 반응이 나타났다. 사태가 호전되는 조짐을 느꼈을까? 그래, 절망하는 건 아직 일러. 인생은 긴 거야. 앞으로도 오래오래 즐기지 않으면 안 돼.

"노먼, 아까도 말했듯이 유언장 사본은 여기 있는 것을 포함해서 모두 세 통 있어. 아니, 세 통밖에 없어. 나머지 두 통은 리자의 아파트와 내 사무실에 있지. 문제는 리자가 갖고 있는 유언장이야. 문제는 그 한 통뿐이라고."

"그래서요?" 노먼이 열띤 어조로 뒷말을 재촉했다.

해서웨이는 싱긋 웃으며 말을 이었다.

"리자는 미인이야. 하지만 마음이 너무 착해. 게다가 영리하지도 않아. 유능한 변호사가 협박하면 당장 움츠러들 거야. 그 아가씨한테서 유언장을 빼앗는 건 식은 죽 먹기라고. 그런 다음 세 통의 유언장을 전부 태워버리는 거지. 그러면 당연히 자네와 덱스터가…"

"그래서… 그래서… 조건은…"

"유산의 3분의 1을 달라는 따위의 바보 같은 말은 하지 않겠네." 해서웨이는 다리를 꼬고 느긋한 자세를 취했다. "그저 계약서에 서명만 해주면 돼. 앞으로도 나를 고문 변호사 겸 재산 관리인으로 삼는다는 종신 계약을 맺어주기만 해. 다만 급료는 최고 수준으로 해줘야겠어. 그러면 자네도 걱정할 게 없지. 나는 자네 변호사니까 자네 비밀을 입 밖에 낼 수 없거든. 어때, 좋은 조건이지?"

 노먼은 말없이 고개를 끄덕였다. 은행원은 마침내 항복했다. 해서웨이는 승리에 도취했다. 꼴좋군! 앞으로 너희 형제는 내 꼭두각시가 될 거야. 죽을 때까지 나를 위해 돈을 벌어줘. 해서웨이는 노먼의 어깨를 토닥이며 말했다.

 "이야기는 끝난 거야. 자, 건배하세. 이 집에 샴페인은 없나? 없으면 좀 사다주지 않겠나?" 이렇게 말하고 해서웨이는 소리 높여 웃었다.

2

 덱스터는 노먼에 비하면 훨씬 단순했다. 해서웨이가 두 사람의 알리바이 이야기를 꺼내자 덱스터는 화부터 냈다. 그러나 그 분노는 해서웨이에 대한 것이 아니라 오로지 노먼에 대한 분노였다.

 그 겁쟁이 자식! 저 혼자 잘난 척하면서 금방 들통 날 알리바이 공작밖에 생각해내지 못하다니! 머저리! 겁쟁이!

 덱스터는 자기 방안에서 미쳐 날뛰었다. 발작을 일으킨 미치광이 같았다. 해서웨이는 그런 덱스터를 차갑게 바라보고 있었다.

 덱스터는 노먼을 실컷 욕한 뒤, 이번에는 리자를 저주하고 패리스를 저주했다. 리자는 좀도둑이야! 큰아버지는 어수룩하기 짝이 없어! 쩨쩨한 주제에 바보 멍청이야! 그런 계집애한테 재산을 주다니! 나잇살이나 먹어 가지고 그런 계집애의 뻔한 수작에 넘어가다니!

 덱스터는 분홍빛 스웨터를 입고 방안을 돌아다녔다. 그러나 실컷 고함을 지르고 호통을 친 뒤에는 힘이 빠진 듯 입을 다물어버렸다. 광기의 발작이 가라앉자 절망의 구렁텅이에 빠진 것 같았다.

해서웨이는 그 모습을 임상의처럼 냉정하게 바라보고 나서, 노먼에게 제시한 것과 같은 조건으로 같은 도움을 제의했다. 덱스터는 이해력이 좋다. 해서웨이의 제의를 듣자마자 얼굴을 들고 싱긋 웃었다.

"이번 일을 꾸밀 때부터 당신과 손을 잡았어야 하는 건데… 당신은 노먼보다 머리가 좋아요." 덱스터는 해서웨이의 머리를 토닥이면서 말을 이었다. "변호사 양반, 이야기는 알아들었어요. 하지만 계약서에 서명하기 전에 좀 더 자세히 말해줘요. 리자한테서 어떻게 유언장 사본을 빼앗을 작정인지, 그 점이 좀 더 확실치 않으면… 아시겠지요, 해서웨이 씨? 나도 신중하게 행동하고 싶어요."

해서웨이는 고개를 끄덕였다.

"알고 있네, 덱스터. 자네가 걱정하는 건 당연해. 하지만 안심하게. 나는 노먼 같은 실수는 저지르지 않아. 그 증거를 보여주지." 해서웨이는 눈앞의 탁자에 놓여 있는 전화기로 손을 뻗었다. "덱스터, 자네는 저기 있는 전화로 엿듣기만 하면 돼."

덱스터는 재빨리 일어나 다른 전화기의 수화기를 들었다. 해서웨이는 천천히 다이얼을 돌렸다. 상대는 곧 전화를 받았다. 마치 전화기 앞에서 기다리고 있었던 것 같았다.

"여보세요…" 리자의 목소리는 분명 겁에 질려 있었다.

타이밍이 좋았던 것 같다. 해서웨이는 싱긋 웃었다.

"여보세요, 나는 마이클 해서웨이인데…"

"아아, 오늘 아침부터 줄곧 당신을 찾았어요." 리자는 누르고 눌렀던 불안을 단번에 터트리듯 소리를 질렀다. "어디 갔었어요? 사무실에도 없고, 패리스 저택에도 없고… 나는 호된 꼴을 당했다고요! 이상한 형사가 찾아와서 이것저것 꼬치꼬치 캐묻고… 간신히 쫓아냈지만 난 무서워서…"

"그 문제로 할 얘기가 있는데, 아무래도 경찰은 당신을 첫 번째 용의자로 생각하고 있는 모양이에요. 확실한 건 모르지만 경찰의 움직임을 보면 아무래도…"

"역시… 역시 그렇군요! 하지만 나는 아니에요!" 리자는 히스테리를 일으키고 있었다.

콜롬보가 알맞은 역할을 해주었군. 고맙소, 콜롬보 씨… 해서웨이는 리자를 더욱 겁먹게 하는 말을 일부러 골랐다.

"변호사로서 충고하는데, 그들이 당신을 체포하러 가면…"

"체포라고요? 설마… 그런 당치도 않은 일이…"

이렇게 말하고 리자는 억지로 웃었지만, 해서웨이는 자기 말이 효과를 거둔 것을 알아차렸다.

"아니, 정황증거로는 당신이 결정적으로 불리해요. 불행히도 당신은 시체를 처음 발견한 사람이고… 게다가 살인 동기가 있어서…"

"동기요?" 리자의 목소리는 비명에 가까웠다.

"그 유언장 말입니다. 회장님이 죽어서 이익을 얻는 건 당신뿐이에요. 당신 한 사람뿐입니다. 게다가 당신은 그걸 미리 알고 있었어요. 그뿐만 아니라 당신과 회장님은 나이차가 너무 많아요. 구태여 노인과 결혼하지 않아도 큰돈이 굴러들어온다면…"

해서웨이는 즐거운 흥분을 맛보고 있었다. 변호사가 아니라 검찰관이 된 듯한 기분이었다. 상대의 약점을 잡고 약자를 괴롭히는 쾌감… 리자는 전화기 저편에서 신음하고 있었다.

해서웨이는 부드러운 어조로 위로하듯 말했다.

"알고 있습니다. 나는 당신이 무죄라는 걸 확신하고 있어요. 나는 다만 고인의 뜻을 받들어 당신을 곤경에서 구해주고 싶을 뿐입니다. 내가 도와

드릴 테니까 잘 들으세요…"

리자는 침묵하고 있었다. 충격 때문에 아무말도 못하고 있었다. 이걸로 충분하다고 해서웨이는 판단했다.

"내가 도와드릴게요. 가장 안전한 방법은 유언장을 내가 맡아서 보관하는 겁니다. 아시겠지요?"

그러나 대답은 돌아오지 않는다. 흐느껴 우는 소리뿐이다.

"정신 바짝 차리세요! 이제 시간이 별로 없습니다. 오늘 밤에라도 가택수색을 당할지 몰라요. 그러니까 유언장은 내가 맡겠습니다. 아시겠지요?"

"제발… 제발 빨리 와서…" 리자는 간신히 말하고 신경질적으로 울기 시작했다.

해시웨이는 손목시계를 보며 천천히 말했다.

"그럼 내가 그쪽으로 가겠습니다. 오후 5시에…"

해서웨이는 전화를 끊었다.

덱스터도 수화기를 내려놓았다. 그 얼굴은 기쁨으로 빛나고 있다.

"굉장해요, 해서웨이 씨! 훌륭해요. 이제 그 아가씨는 죽은 거나 마찬가지예요!"

3

리자는 수화기를 내려놓자 얼굴을 손으로 덮고 울음을 터뜨렸다. 그러나 리자는 곧 일어났다. 손바닥으로 눈물을 닦으면서 호두나무 책상으로 다가가 서랍을 열고 갈색 봉투를 꺼냈다. 그리고 선 채로 봉투 속에 든 유언장을 읽었다.

"오오, 클리퍼드! 상냥한 클리퍼드!"

리자는 유언장을 얼굴에 대고 울었다. 그러나 그 종잇조각에 수많은 바늘이 꽂혀 있기라도 한 것처럼 리자는 갑자기 작은 비명을 지르며 유언장을 얼굴에서 떼었다. 유언장은 리자의 손을 떠나 책상 위로 천천히 떨어졌다. 리자는 무서운 시체를 보는 듯한 눈초리로 유언장을 바라보고 있었다.

"지금이야말로 도전의 순간이야." 그녀는 낮은 소리로 중얼거렸다. "굳세게 버텨야 해… 생명의 샘에서 활력을 퍼내어 어려움에 맞서야 해… 자, 기운을 내."

그녀는 욕실로 들어가서 찬물로 얼굴을 씻었다. 그러고는 검은 타이츠를 입었다. 거울 앞에서 잠깐 포즈를 취하고 굳은 미소를 떠올렸다.

"리자, 힘을 내!" 리자는 거울 속의 자신에게 격려하는 말을 보내고 욕실에서 나왔다.

저녁 운동 시간이었다. 리자는 테라스로 통하는 커다란 유리문을 열어젖혔다. 어둑어둑한 풍경 밑바닥에 자동차 소음이 가라앉아 있었다. 월셔가에는 이미 가로등이 켜져 있었다. 성급한 조제식품 판매점이 붉은 네온사인을 벌써 깜박거리고 있었다. 봄날 저녁… 여느 때처럼 화창하고, 대기에는 달콤한 향기가 감돌고, 왠지 모르게 사람이 그리워지는 시간. 저녁은 마음의 상처를 건드리는 잔인한 시간이기도 했다.

리자는 또 눈물을 글썽거렸다. 뺨을 타고 흐르는 눈물을 닦으려고도 하지 않고 리자는 심호흡을 했다. 안아줄 남자를 잃어버린 풍만한 가슴은 봄날의 대기를 가득 빨아들여 높이, 그러나 헛되이 부풀어 올랐다.

다리를 활짝 벌리고 유연체조를 시작했을 때 리자는 가벼운 현기증을 느꼈다. 수면 부족이다. 지난 며칠 동안 거의 잠을 이루지 못했다.

그 사건만 일어나지 않았다면 지금쯤은 자메이카의 산호초 바다를 보면서 남편 가슴에 기대어 선잠을 자고 있을지도 모르는데… 자메이카의 상쾌한 낮과 뜨거운 밤 대신 리자가 얻은 것은 지옥과도 같은 낮과 잠들지 못하는 밤이었다. 가장 사랑하는 사람을 잃은 슬픔에 더하여 살인죄를 뒤집어쓸지도 모른다는 공포가 덮쳐왔다.

견뎌내야 한다고 리자는 생각했다. 클리퍼드 패리스 대신 씩씩하게 살아가지 않으면 안 된다. 수면 부족도 현기증도 쓸쓸함도 두려움도 모두 떨쳐버리고, 오로지 굳세게 살아가는 것, 그것이 고인의 사랑에 보답하는 유일한 길이었다.

"생명의 샘에서 활력을…" 주문을 외듯 중얼거리고 리자는 어깨를 바닥에 댔다.

하반신은 뚜렷한 곡선을 그리며 어둑어둑한 하늘을 향해 뻗어 올라갔다. 리자는 또다시 현기증을 느꼈다. 어둠이 희미하게 배어 나온 하늘에 수많은 불꽃이 흩어진다. 눈을 크게 뜨자 불꽃은 사라지고 현기증도 사라졌다.

바로 그때 리자의 머릿속에 무언가가 미끄러져 들어왔다. 마음에 걸리는 무언가가… 리자는 물구나무선 자세로 생각했다. 뭔가 중요한 것을 잊고 있는 것 같다. 예를 들면 가스레인지를 켜둔 채 내버려둔 듯한, 또는 수도꼭지 잠그는 걸 잊어버린 듯한… 잠이 모자라서 머릿속이 몽롱하다.

문득 선명한 기억이 떠올랐다. 그래, 문을 잠그지 않았구나! 아까 조제 식품 판매점으로 샌드위치를 사러 갔다가 돌아온 뒤 오렌지 주스를 깜박 잊고 사오지 않은 것을 깨달았다. 다시 판매점에 가려고 문을 잠그지 않은 채 부엌에 들어갔는데, 그대로 까맣게 잊고 있었던 것이다.

대단한 건 아니야. 이제 곧 해서웨이도 올 테고, 그냥 내버려두자. 리자는 그렇게 생각했다. 하지만 경찰이 오면 어떻게 되지? 해서웨이는 지금 당장이라도 가택수사를 받을 것 같은 말투였어. 유언장이 책상 위에 놓여 있는데 지금 오면 큰일이야.

리자는 물구나무서기를 중단하고 문을 잠그기로 결정했다. 그리고 반동을 이용하여 단번에 일어서려고 했다. 그 순간 현기증이 그녀를 덮쳤다. 이번의 현기증은 격렬했다. 막대기가 쓰러지듯 하반신이 기울어지는 것을 리자는 의식했다. 이대로 쓰러지면 타일 바닥에 하반신이 부딪힌다. 리자는 두 손으로 몸을 지탱하면서 중심을 이동시켰다. 몸이 테라스 난간 쪽으로 약간 다가갔다. 그러나 난간까지는 아직 충분한 거리가 있다고 리자는 판단했다. 겨우 자세를 똑바로 세운 뒤 리자는 팔을 구부렸다. 그리고 여느 때처럼 반동을 이용하여 단번에 일어나려고 했다. 그녀는 힘을 모은 뒤 팔을 힘껏 뻗었다. 아랫배를 활 모양으로 젖히고 무릎을 아래쪽으로 깊이 구부렸다. 그러나 발이 타일 바닥에 닿기 전에 허리에 심한 충격을 받았다.

난간에 닿았구나! 리자는 자신의 계산 착오를 깨달았다. 그러나 그 순간 유연한 팔은 바닥을 박차고 상반신을 튕겨 올리고 있었다.

리자의 몸은 테라스 밖의 어둑어둑한 하늘을 향하여 튕겨 나갔다.

리자는 믿을 수가 없었다. 이렇게 간단히 떨어진다는 게 무슨 농담처럼 여겨졌다. 그러나 어둠의 색을 띤 하늘이 머릿속에 깊이 파고드는 듯한 기세로 다가오고, 멀리서 깜박이는 별빛을 보았을 때 리자는 이제 모든 게 끝났구나 하고 생각했다.

그 생각은 오히려 안도감을 불러일으켰다. 고통을 견디며 살아가기를 포기하는 것은 다소 꺼림칙했지만, 리자는 패리스에게 어리광을 부리듯 죽음에 어리광을 부렸다. 어쩌면 이렇게 되기를 속으로 바라고 있었던 게 아닐까? 리자는 공포의 방을 뒤로 하고, 오히려 충족감을 동반하는 가속도에 이끌려 윌셔가의 딱딱한 아스팔트를 향해 추락해갔다.

해서웨이는 휘파람을 불면서 엘리베이터에서 내렸다. 이제부터는 만사가 나를 중심으로 움직일 거야. 나는 부와 영광으로 장식된 인생의 주인공이야. 단역이나 무대 뒤의 스태프가 아니라, 주인공이야. 문득 깨닫고 보니 해서웨이는 해병대 행진곡을 휘파람으로 불고 있었다. 그건 패리스 씨가 기분이 좋을 때 즐겨 불던 곡이었다. 그 휘파람 소리를 들을 때마다 해서웨이는 짜증이 나곤 했다. 그러나 지금의 해서웨이는 거기에 아무 저항감도 느끼지 못했다. 패리스, 이제야 당신 기분을 알 것 같군요. 이건 좋은 곡이요. 남을 진땀 빼게 하고 남을 부려먹는 입장에 있는 사람에게는 가장 좋은 행진곡이지.

해서웨이는 해병대 행진곡에 맞춰 춤추는 듯한 걸음으로 문을 향해 다가갔다. 문 앞에 서자 가볍게 문을 두드렸다. 아가야, 내가 왔다. 전지전능한 구원의 신… 해서웨이 씨가 유언장을 가지러 왔어.

대답이 없다. 해서웨이는 다시 한번 문을 두드렸다. 그러나 문 안쪽은 조용하다. 리자는 겁을 먹고 있는 거야. 경찰관이 가택수색을 하러 왔다고 생각하는지도 몰라.

"납니다. 해서웨이 변호사예요." 해서웨이는 소리쳤다.

그러나 여전히 대답이 없다. 못 들었나? 문밖의 소리조차 듣지 못할 만큼 겁을 먹고 있나? 딱하기도 하지. 감당할 수 없을 만큼 많은 재산이 손에 들어오기 때문에 겁을 먹고 있는 거야. 걱정하지 마, 리자. 내가 편하게 해줄 테니까. 너한테는 너무 부담스러운 재산을 내가 대신 짊어져줄게.

해서웨이는 시험 삼아 문손잡이를 잡았다. 손잡이가 부드럽게 돌아갔다. 뭐야? 열려 있잖아. 조심성이 없기는. 리자는 어지간히 당황해 있는 모양이군.

해서웨이는 안으로 들어갔다. 정면 책상 위에 무슨 서류가 있었다. 해서웨이는 첫눈에 알아봤다. 문제의 유언장이다. 해서웨이는 곧장 그쪽으로 다가갔다. 이건 내 통행권이야. 굴욕의 세계에서 탈출하기 위한, 권력의 높은 자리에 도달하기 위한, 그리고 안정된 노후에 이르기 위한 통행권이지.

해서웨이는 양복 안주머니에 유언장을 집어넣었다. 그러고는 가슴을 탁 치며 방안을 둘러보았다. 그런데 리자는? 욕실에 있나? 아니면 침실에? 해서웨이는 테라스 커튼이 바람에 흔들리고 있는 것을 보았다. 유리문이 열려 있었다. 아아, 그 묘한 물구나무서기 체조를 하고 있군. 해서웨이는 여전히 휘파람을 불면서 테라스로 다가갔다.

그러나 리자는 없었다.

"리자, 어디 숨었지?" 해서웨이는 테라스를 둘러보면서 중얼거렸다. 그러고는 싱긋 웃으며 농담조로 말했다. "설마 밑으로 떨어진 건 아니겠지?"

해서웨이는 휘파람을 불면서 춤추는 듯한 걸음으로 난간을 향해 다가가, 익살맞은 표정을 지으며 윌셔가를 내려다보았다. 그리고 반사적으로 얼굴을 안으로 끌어당겼다.

본 것은 아주 잠깐이었다. 그러나 그 잠깐 사이에 선명한 광경이 망막에 새겨졌다. 윌셔가의 보도 위에는 선명한 붉은 것이 있었다. 망가진 인형처럼 부자연스럽게 구부러진 몸에서 흘러나온 피가 가로등 불빛을 받아 빛나고 있었다. 몇몇 남자가 시체를 들여다보고 있었다. 순찰차와 구급차가 멈춰 서 있었다.

해서웨이는 난간에서 천천히 뒷걸음쳤다. 신중하게 처신하지 않으면 안 된다고 생각했다. 이건 함정이야. 그 쌍둥이가 나를 빠뜨리기 위해 준비한 함정이야. 해서웨이는 순간적으로 그렇게 판단했다. 신중하게, 그리고 재빨리 이곳을 빠져나가지 않으면 안 돼.

복도로 나가자 해서웨이는 문손잡이를 손수건으로 닦았다. 한시라도 빨리 도망치고 싶었지만, 해야 할 일은 빠짐없이 처리하지 않으면 안 된다고 자신을 타일렀다. 아무리 사소한 실수도 용납되지 않아. 나는 지금 중대한 갈림길에 서 있어.

해서웨이는 발소리를 죽여 걷기 시작했다. 손수건으로 손가락을 덮고 엘리베이터 버튼을 눌렀다. 여기까지는 잘됐다. 하지만 또 하나 난관이 있다. 아래층 로비를 몰래 빠져나갈 수 있을까? 어떻게든 해낼 수 있을 거라고 해서웨이는 생각했다. 해서웨이는 자신이 이상할 만큼 냉정한 것을 깨달았다. 좋아, 계속 그런 식으로 하는 거야. 그런 바보 같은 쌍둥이의 수법에 넘어간대서야 말이 되냐!

엘리베이터가 올라온 것을 알리는 차임벨이 울렸다. 드디어 왔나?

해서웨이는 올라탈 자세를 취했다. 그러나 문이 열렸을 때, 문 안쪽에 덩치 큰 경찰관 두 명이 서 있었다.

아무렇지도 않은 얼굴로 엘리베이터에 타면 된다. 그건 알고 있었다. 그러나 생각지도 않은 순간에 경찰관과 마주쳤다는 당혹감은 숨길 수가 없었다. 해서웨이는 황급히 눈길을 돌리고 비굴하게 고개를 숙이면서 반사적으로 뒷걸음쳤다. 그러나 이래서는 안 된다고 고쳐 생각하고 헛기침을 한 다음 엘리베이터를 향해 발을 내디뎠다. 경찰관들은 해서웨이의 동요를 알아차렸다.

그들은 거의 동시에 좌우에서 손을 뻗어 해서웨이의 팔을 움켜잡았다. 아무렇게나 뻗어온 손이었지만 힘은 강했다. 해서웨이는 다시 복도로 끌려나갔다.

해서웨이의 오른쪽에 선 경찰관이 낮지만 긴장한 목소리로 물었다.

"어디로 가십니까?"

해서웨이는 억지로 웃는 얼굴을 지으며 대답했다.

"로비로 내려가는 참인데요."

"그런데 어느 집에서 나왔죠?"

왼쪽에 선 경찰관이 틈을 주지 않고 날카로운 질문을 던졌다. 해서웨이는 대답할 수가 없었다. 거짓말을 해도 당장 탄로 날 게 뻔하다. 남은 길은 하나뿐이었다. 모든 사실을 있는 그대로 실토하는 것… 그러지 않고는 궁지를 벗어날 길이 없었다. 되도록 자신에게 유리해지는 방향으로 목격한 것을 모두 진술하는 것… 변호사로서 해서웨이는 사태의 심각성을 정확히 꿰뚫어보았다.

"이봐, 어느 집에서 나왔어?" 왼쪽에 있는 경찰관이 호통을 쳤다. 오른쪽에 선 경찰관은 권총집으로 손을 뻗었다.

해서웨이는 권총을 향해 뻗어가는 경찰관의 손을 바라보면서 말했다.

"우선 내 소개를 하지요. 명함을 꺼낼 테니까 팔을 놓아주세요."

그러나 경찰관들은 손아귀의 힘을 늦추지 않았다. 오히려 더 힘을 주었다. 그 순간 해서웨이는 마음의 여유를 잃었다.

"이거 놔! 이 바보들아! 놔!" 해서웨이는 고함을 지르면서 몸부림쳤다.

"까불지 마!" 이렇게 외치는 경찰관의 목소리를 들었지만, 그 순간 해서웨이의 몸은 복도 벽에 내팽개쳐지고 있었다. 오른쪽 어깨와 턱이 벽에 부딪혔다. 해서웨이는 신음을 토했다.

"계속 떠들면 쏜다!" 뒤에서 경찰관이 경고했다.

해서웨이는 벽에 얼굴을 댄 채 두 손을 들었다. 콘크리트 벽이 뺨에 차갑게 느껴졌다. 고통이나 공포가 아니라 굴욕감이 해서웨이의 가슴을 강하게 짓눌렀다. 경찰관 따위가 시키는 대로 하지 않으면 안 된다는 사실에 울화통이 터지고 수치스러워서 다리가 후들후들 떨렸다.

"다리 벌려!" 경찰관이 복사뼈를 걷어찼다.

해서웨이는 벽을 향해 네 발로 엎드린 꼴이 되었다. 가련하고 무력한 그 자세로 해서웨이는 헐떡거렸다. 경찰관의 손이 해서웨이의 가슴부터 다리까지 재빨리 더듬었다. 범죄자를 붙잡을 때 밟는 절차였다.

"그만 좀 해두쇼! 나는 변호사 해서웨이요!"

분노에 사로잡혀 뒤를 돌아본 순간 해서웨이는 경찰관의 일그러진 얼굴을 보았다. 얻어맞는구나 생각했다. 본능적으로 손을 들어 막으려고 했을 때는 이미 강렬한 일격을 얼굴에 받고 있었다. 해서웨이는 복도에 허물어지듯 쓰러졌다.

코피를 흘리면서도 해서웨이는 큰 소리로 외쳤다.

"그만둬! 이건 함정이야! 놈들이 꾸민 함정이라고!"

그러나 해서웨이를 내려다보는 두 경찰관은 차갑게 웃고 있을 뿐이었다. 해서웨이는 해병대 행진곡을 부는 휘파람 소리를 들은 듯한 기분이 들었다. 어딘가 멀리서, 우쭐해진 패리스가 신나게 휘파람을 불고 있는 것 같았다.

4

덱스터는 초조했다.

이제 곧 여자가 올 텐데 콜롬보가 눌러앉은 채 갈 낌새를 보이지 않는다. 하필이면 주말에 아파트까지 쳐들어오다니… 덱스터는 벽시계를 힐끗 바라보고 나서 말했다.

"경위님은 일에 열심이군요. 주말에도 일을 하다니, 정말 훌륭한 경찰관이에요."

"아니 뭐, 그런 칭찬을 받을 정도는…" 콜롬보는 멋쩍은 듯이 머리를 긁적거렸다.

덱스터는 한숨을 내쉬었다.

"무슨 이야기를 하러 오셨는지는 알았습니다. 리자는 참 딱하게 됐어요. 할 얘기는 그것뿐입니까? 실은 내가 할 일이 좀 있어서 바쁜데요. 죄송하지만…"

"아니, 당신도 주말에 일을 합니까?" 콜롬보는 자못 감동한 듯 소리를 질렸다. "주말에도 일을 하는 건 경찰뿐인 줄 알았는데, 당신도 일을 하다니… 텔레비전 출연자도 그리 편하진 않군요."

그러나 콜롬보는 일어날 기미를 보이지 않는다. 오히려 점점 더 느긋한 자세로 다리를 꼬고는 주머니에서 시가를 꺼냈다.

"저어, 죄송하지만 성냥 좀 빌릴 수 있을까요?"

덱스터는 라이터를 내밀었다.

"죄송하지만 경위님, 할 얘기가 끝났으면 얼른 돌아가주세요. 피차 시간을 낭비하고 싶진 않습니다."

콜롬보는 싸구려 시가 연기를 덱스터의 얼굴에다 내뿜고 나서 말했다.

"피차 시간을 낭비하는 건 그만둡시다. 나는 아무래도 조심스러워서 이야기를 빙빙 돌려서 하게 돼요. 나쁜 버릇인 줄은 알고 있지만…"

"반성하고 계시는 것 같군요. 솔직해서 좋습니다. 그럼 이쯤에서…"

"그럼 이쯤에서 더 이상 머뭇거리지 않고 단도직입적으로 묻겠습니다."

콜롬보는 몸을 앞으로 내밀면서 말했다.

덱스터는 진절머리가 나서 두 팔을 벌렸다.

"뭐든지 물어보세요. 하지만 제발 좀 간단히 해주세요."

"실은 해서웨이 씨가 말입니다, 리자 사건은 함정이라고 주장하고 있어서요. 당신이나 노먼 씨가 꾸민 함정이라는 겁니다. 그런 얘기는 물론 거짓말이라고 확신하지만, 만약을 위해서…"

"내가 꾸민 함정요? 어처구니가 없군요. 경위님은 머리가 좋은 분이니까 그런 얘기에 넘어가진 않겠지만…"

"그야 뭐…" 콜롬보는 넉살맞게 웃고는 턱을 쓰다듬으면서 말을 이었다. "하지만 해서웨이 씨 말로는 덱스터, 즉 당신이 알고 있었다는 겁니다."

"알고 있다니? 뭘 말입니까?"

"해서웨이 씨가 오후 5시에 리자 양의 아파트에 간다는 걸…"

덱스터는 웃음을 터뜨렸다. 이 사람은 그걸 확인하러 왔나? 설마 내가 리자를… 말도 안 돼.

"경위님은 아까 리자가 사고로 죽었다고 말했을 텐데요. 그런데 왜…?"

"예, 사고사인 건 맞습니다. 목격자도 있어요. 월셔가를 사이에 두고 맞은편에 있는 아파트 주민이 자초지종을 보고 있었지요. 그 사람은 남자인데, 리자의 방을 훔쳐보는 걸 취미로 삼고 있는 괴짜랍니다. 망원경까지 동원해서 그 체조를… 나는 아무래도 그런 취미를 이해할 수 없지만…"

"그만 좀 해두세요." 덱스터는 더 이상 견딜 수가 없어서 소리를 질렀다. "도대체 무슨 말을 하고 싶은 겁니까? 나한테 무슨 얘기를 듣고 싶은 거지요? 분명히 말씀해보세요!"

콜롬보는 입을 딱 벌리고 덱스터의 얼굴을 바라보고 있다가, 갑자기 당혹스러운 표정을 지으며 바닥으로 눈길을 떨어뜨렸다.

"그걸 나 자신도 전혀…"

"이봐요, 콜롬보 씨. 리자는 사고로 죽었습니다. 목격자의 증언도 받았다면서요. 망원경을 가진 괴짜의 증언 말입니다. 그런데 한편으로는 해서웨이의 진술에 넘어가서 내가 리자를 죽인 게 아닌가를 조사하고 있으니, 이건 모순이 아닙니까?"

"인간이 하는 일에는 으레 모순이 따라다니는 법이라서…" 콜롬보는 주눅 든 기색도 없이 내뱉고는 말을 이었다. "실은 내 마음이 몹시 혼란스러워서요. 나 자신도 수습할 수 없을 만큼 혼란되어 있답니다. 그래서 여러 사람을 만나면 뭔가 실마리를 잡을 수 있지 않을까, 그래서 이 찜찜한 가슴속도 후련해지지 않을까 해서…"

콜롬보는 후줄근한 코트에 덮인 가슴팍을 주먹으로 두드려 보였다.

"알았습니다, 경위님. 나는 바쁘니까 그 아름다운 가슴속에 있는 잠동사니를 어서 빨리 보여주시지요. 그러면 뭔가 실마리를 드릴 수 있을지도 모르니까."

"그래도 괜찮겠습니까?"

콜롬보는 가슴에 손을 댄 채 눈을 치켜뜨고 덱스터를 바라보았다. 눈을 치켜뜬다 해도, 위쪽을 보고 있는 건 왼쪽 눈뿐이고 오른쪽 눈은 감겨 있는 채였다.

덱스터는 고개를 끄덕였다.

"빨리 좀 끝내주세요."

"그럼 말씀드리지요. 실은 해서웨이 씨의 말에 자극을 받아 묘한 망상이 떠올라서요. 당신이 해서웨이 씨보다 먼저 리자의 아파트에 가서 그 변호사가 오기를 기다렸다가…"

"말도 안 돼!"

"해서웨이 씨가 오기로 되어 있는 5시 조금 전에 체조를 하고 있는 리자 양을 밀어 떨어뜨리고…"

"말도 안 돼."

"소동을 틈타서 뒷계단으로 도망쳤다…"

"정말 어처구니가 없군."

"하지만 해서웨이 씨는 그렇게 주장하고 있습니다. 경찰청 건물 전체가 쩌렁쩌렁 울릴 만큼 큰 소리로… 경찰관들은 귀를 손으로 틀어막고 꾹 참고 있지만 나는 좀 민감한 편이라 귀도 아프고 머리도 지끈거리더군요. 그래서 참다못해 이렇게 도망쳐 나온 겁니다만…"

콜롬보는 이마에 주름을 잡았다. 그러나 그 이마는 아주 튼튼하게 만들어져 있는 것처럼 보인다. 조금 시끄럽다고 해서 두통을 일으킬 것 같지는 않다. 속이 빤히 들여다보이는 연극을 하고 있군! 덱스터는 혀를 찼다.

"미안하게도 나는 경위님의 두통을 돌봐드릴 만큼 한가한 사람이 아니에요."

"당신이 바쁘다는 건 잘 알고 있습니다만…"

"나를 거짓말탐지기에 걸어서 자백을 시키는 게 어때요? 아니면 고문을 하든가…"

"천만에요. 하지만 해서웨이 씨가 오후 5시에 리자 양의 아파트에 간다는 걸 알고 있었던 사람은 당신뿐이니까…"

덱스터는 문득 생각이 났다. 그건 노먼도 알고 있었어. 그 겁쟁이 자식이 또 실수를 저지른 모양이군. 해서웨이한테 몫을 나눠주기가 아까워져서 저 혼자 일을 처리하려다가 터무니없는 실수를 저지른 거야. 바보 같은 자식! 그 자식하고는 이제 인연을 끊겠어!

"경위님, 생각이 났는데요, 해서웨이가 돌아가자마자 노먼한테 전화를 걸었어요."

콜롬보의 굵은 눈썹이 꿈틀 움직였다. 그러고는 딱딱한 어깨를 내밀 듯 몸을 앞으로 내밀었다.

"전화요?"

"그래요. 전화를 걸어서 해서웨이가 5시에 리자의 아파트에 갈 거라고 말했어요. 나는 분명히…"

"그게 정말입니까?"

"그래요. 노먼이 한 짓이에요! 그 노름에 미친 이기주의자, 바보, 겁쟁이, 잘난 체하는…" 덱스터는 숨이 차서 말을 끊었다.

콜롬보는 왼쪽 눈썹을 치켜올리고, 마치 윙크를 냉동시킨 듯한 눈초리로 덱스터를 똑바로 바라보고 있다. 그러나 덱스터는 점점 더 흥분할 뿐이었다. 한번은 노먼에 대한 증오심을 억누르려고 했다. 그러나 일단 폭발한 증오심은 억누르려 해도 억누를 수가 없다. 그것은 자제력이 미치지 않는 발작 같은 것이었다. 덱스터는 봇물이 터진 듯한 분노의 격류에 몸을 내맡기고 고함을 질렀다.

"그놈이 한 짓이에요. 노먼은 원래 그런 놈이니까, 내가 전화한 걸 극구 부인하겠지만…"

"그럴지도 모르지요. 원래 그런 사람이니까." 콜롬보는 태연한 얼굴로 맞장구를 쳤다. 그러나 좀 과장된 맞장구였다.

나를 유도하고 있구나. 덱스터는 순간적으로 판단했다. 그러나 노먼을 말살하고 싶은 생각은 콜롬보에 대한 경계심을 압도했다.

"그 빌어먹을 은행원 놈의 짓이에요. 해서웨이의 주장이 옳은지도 몰라요. 눈에 보이는 것 같군요. 겁쟁이 노먼 녀석이 부들부들 떨면서 리자를 난간 너머로 밀어 떨어뜨리는 모습이… 그게 분명해요. 그렇다면…"

"그렇다면?"

"그놈은 두 사람을 죽인 게 돼요. 이제 노먼은 나보다 더 유명해지겠군요."

"그렇군요. 그렇다면 패리스 씨를 죽인 것도 노먼이라는 겁니까?"

"정확히 말하면 그렇진 않아요…" 덱스터의 머리에 문득 떠오르는 것이 있었다. 묘안이었다. 머리가 좋다고 자랑하는 노먼도 생각해내지 못할 묘안이었다. 덱스터는 싱긋 웃으며 말을 이었다. "이건 내 추리지만… 큰아버지를 죽인 건 노먼과 리자예요. 노먼은 리자를 부추겨서 큰아버지를 죽이게 했어요. 두 사람은 불륜관계를 맺고 있었는지도 모르죠. 하지만 큰아버지를 죽인 뒤 노먼은 입을 막기 위해 리자를 처리했어요. 그놈이 할 만한 짓이죠!"

"그렇군요. 불륜관계라…" 콜롬보는 눈썹을 치켜올리고 맞장구를 쳤다. 그 맞장구도 너무 과장되어 있어서 부자연스러웠다.

덱스터는 콜롬보의 얼굴을 바라보았다. 부자연스럽게 과장된 연기 이외에 뭔가 반응이 있어도 좋을 텐데. 나는 중요한 실마리를 던져줬어. 콜롬보가 아무리 우둔한 두뇌를 갖고 있다 해도 이 실마리의 의미는 알아차릴 수 있을 거야. 배고픈 물고기 앞에 던져준 맛있는 미끼지. 덤벼들어 덥석 무는 것이 당연하잖아?

그러나 콜롬보는 먹이에 덤벼들 낌새를 보이지 않는다. 마치 들으나 마나 한 세상 이야기라도 들은 사람처럼 느긋하게 시가만 피우고 있다.

"경위님은 혹시…" 바보가 아니냐고 말하려다가 덱스터는 간신히 말을 삼켰다. 이 형사는 뭐하러 왔을까? 밤새도록 여기 붙어 앉아 있을 작정인가? 그럴 수는 없어. "콜롬보 씨, 내가 할 말은 이제 아무것도 없습니다. 생각은 경찰에서 해주시지 않겠습니까? 나는 바빠서요… 그럼 이만 실례합니다."

덱스터는 자리에서 일어나 콜롬보의 어깨를 두드렸다. 그렇게 노골적으로 쫓아내자 콜롬보도 드디어 무거운 엉덩이를 의자에서 들어 올렸다. 그러고는 피우다 만 시가를 끝까 말까 망설이듯 잠시 재떨이를 보고 있었다.

"자, 어서 돌아가시죠."

덱스터가 재촉하자 콜롬보는 짧아진 시가를 입에 문 채 문 쪽으로 다가갔다. 덱스터는 문을 열고 콜롬보의 딱딱한 어깨를 복도로 밀어냈다.

"그럼 경위님, 안녕히 가십시오."

콜롬보는 덱스터에게 등을 돌린 채 손을 높이 쳐들었다.

"폐가 많았습니다." 콜롬보는 그런 자세로 한두 걸음 앞으로 나가다가 갑자기 홱 돌아섰다. "아차, 중요한 걸 깜박 잊을 뻔했군!"

콜롬보는 럭비공을 움켜쥐고 적의 수비를 뿌리치며 돌진하는 포워드처럼 앞으로 몸을 굽힌 자세로 되돌아왔다.

그러나 덱스터는 문간에 막아서서 콜롬보를 안으로 들여보내려 하지 않았다. 적진의 두터운 수비벽에 가로막혀 콜롬보는 멈춰 섰다. 그는 멈춰 선 채 시가를 입에 물었다. 1인치나 되는 담뱃재가 복도의 카펫 위로 떨어졌다. 콜롬보는 카펫 위에 흩어진 담뱃재를 내려다보며, 시가를 입에 문 채 말했다.

"이거야 정말…"

콜롬보는 오른손을 양복 안주머니에 쑤셔 넣어 잠시 꼼지락거렸지만, 찾고 있는 것을 찾아내지 못한 모양이다. 이번에는 왼손을 양복 주머니에 쑤셔 넣었다. 역시 없는 모양이다. 덱스터는 호통을 쳐주고 싶은 마음을 간신히 억누르며 콜롬보의 코트를 가리켰다.

"찾는 물건은 그 멋진 레인코트 주머니에 들어 있는 거 아닙니까?"

"아?" 콜롬보는 이상한 소리를 내며 황급히 코트 주머니에 손을 넣었다. 그러고는 얼굴 전체를 일그러뜨리듯 싱긋 웃었다. "협조해주셔서 고맙습니다. 여기에 대해 묻는 걸 깜박 잊고 있었네요…" 콜롬보는 코트 주머니에서 종이쪽지를 끄집어내더니, 손가락 끝으로 튀기면서 말했다. "이건 변호사 해서웨이 씨가 경찰에 제출한 서류 사본인데… 이런 서류를 뭐라고 하지요? 계약서라고 하나요? 당신과 해서웨이 씨가 주고받은 서류인데, 물론 당신 서명도 있습니다."

덱스터는 분노로 피가 역류하여 얼굴이 붉게 물드는 것을 의식했다. 해서웨이란 놈, 그 계약까지 경찰에 일러바쳤나! 자기가 먼저 제의해놓고 이제 와서 발뺌하다니, 한심하기 짝이 없는 작자군. 좀 더 배짱이 있는 놈인 줄 알았더니, 그놈도 노먼과 똑같은 겁쟁이야. 노먼과 똑같은 겁쟁이!

콜롬보는 종이쪽지를 눈앞에 펼쳐 들고 거드름피우는 어조로 낭독했다.

"에에, 나 덱스터 패리스는 마이클 해서웨이 씨를 변호사 및 재산 관리인으로 종신 고용할 것이며… 그리고 봉급은 해서웨이 씨의 요청에 입각하여 별지와 같이 정하고, 매년 전년도의 봉급을 30% 인상하여 갱신하기로 한다…"

콜롬보는 서류에서 얼굴을 들었다. 그러고는 눈을 가늘게 뜨고 눈부신 듯 덱스터를 바라보았다.

"파격적인 대우군요."

그래, 파격적인 대우지. 덱스터는 화가 나서 몸이 부들부들 떨리는 것을 억누를 수가 없었다. 파격적인 대우를 수락해주었는데, 중요한 의뢰인을 경찰에 태연히 팔아넘기다니! 마이클 해서웨이는 해고야. 계약은 파기야.

그러나 덱스터는 우선 콜롬보에게 변명하지 않으면 안 되었다. 콜롬보는 계약서 문제로 탐색하러 온 게 분명해. 그런데 한 시간이 넘도록 꾸물거리면서 쓸데없는 이야기만 늘어놓다가, 내가 잠시 방심한 틈을 노려서 마침내 방문 목적인 계약서 이야기를 끄집어낸 거야. 허를 찌를 속셈이었겠지.

덱스터는 되도록 냉정한 어조로 말했다.

"그 계약서는 지극히 사무적인 겁니다. 니는 유산을 상속받을 거라고 생각했기 때문에 그걸 맡아서 관리해줄 사람이 필요했거든요. 그것뿐입니다."

"그것뿐이라 해도… 이 계약은 해서웨이 씨한테 지나치게 유리한 겁니다."

"그럴지도 모르지요. 그 사람이 내세운 조건을 그대로 수락했으니까요. 그 사람은 지금까지 줄곧 큰아버지를 위해 애써왔고… 은혜에 보답하는 의미도 있고…"

"그렇군요. 하지만…" 콜롬보는 이마에 손을 대고 말을 이었다. "이건 수학 문제인데, 봉급을 해마다 30%씩 올린다면 10년 뒤에는 도대체 얼마나 되리라고 생각하십니까?"

그런 건 나도 몰라. 덱스터는 말없이 콜롬보를 노려보았다. 당신도 정말 불쾌한 사람이군. 노먼과 비슷한 데가 있어. 수학 문제라니!

"글쎄요. 나는 수학에 약해서 말이지요. 머리를 쓰는 건 딱 질색입니다. 경위님은 물론 다 계산하고 있겠지요?"

콜롬보는 이마에 대고 있던 손을 내리고, 선생의 질문에 대답하는 우등생처럼 자신만만한 미소를 지으며 말했다.

"나도 수학적인 재능은 타고나질 못해서… 전혀 짐작도 가지 않는군요." 콜롬보는 목을 울리며 요란하게 웃고 나서 말을 이었다. "그런데 이 계약서에는 노먼 씨도 서명했단 말이에요." 대발견이라도 보고하는 듯한 어조였다.

덱스터는 속으로 비웃었다.

"그런 건 나도 알고 있습니다. 노먼도 유산이 들어올 줄 알고…"

"알고 있었다고요?" 콜롬보는 소리를 질렀다. 그러고는 사팔눈을 크게 뜨며 말했다. "알고 있었군요! 노먼 씨와 그렇게 사이가 나쁜 당신이! 그럼 노먼 씨와 화해한 겁니까?"

덱스터는 콜롬보한테서 눈길을 돌렸다. 마침내 함정에 빠진 듯한 기분이 들었다. 하필이면 이런 멍청한 녀석의 함정에 빠지다니!

"전화예요, 경위님." 덱스터는 바닥을 내려다본 채 말했다. "전화로 얘기했지요. 불쾌한 일이지만 이번 일만은 아무래도 의논하지 않을 수 없어서…" 이렇게 말하고 나서 덱스터는 다시 변명을 거듭했다. "전화한 건 2년 만에 처음이었어요. 노먼은 건방지고 앞으로도 계속 건방질 테니까, 노먼과 화해 따위를 할 생각은 조금도 없어요. 지난 2년 동안 전화 같은 건 한 번도 걸어본 적이 없었지만…"

"그렇군요. 전화라…" 콜롬보는 웅얼거리듯 말하고는 갑자기 휙 돌아서서 덱스터한테서 멀어져갔다.

문을 가로막고 서 있던 덱스터는 어안이 벙벙한 얼굴로 콜롬보를 지켜보고 있다가 큰 소리로 말했다.

"콜롬보 씨, 돌아갈 거라면 인사쯤은 하고 가시는 게 어때요? 바쁜데 실컷 눌어붙어 있다… 예의를 몰라도 분수가 있지!"

그러자 콜롬보가 구부정한 등을 약간 움직이며 손을 번쩍 쳐들었다.

제3장 죽은 자의 복수 131

그게 인사인 모양이다. 그러나 걸음은 멈추지 않는다. 콜롬보는 결국 한마디도 하지 않고, 뒤도 돌아보지 않은 채 계단 쪽으로 사라졌다.

덱스터는 내동댕이치듯 문을 닫았다. 화가 났다. 저런 멍청한 녀석 앞에서 꼴사납게 동요하거나 변명을 거듭한 자신에게 울화가 치밀었다. 덱스터는 닫힌 문을 안쪽에서 걸어찼다.

5

땅딸막한 콜롬보는 묘하게도 신바람이 난 듯 코트를 펄럭이며 계단을 뛰어 내려갔다. 땅딸막한 몸 전체가 기쁨을 나타내고 있었다. 그는 휘파람까지 불고 있었다. 그러나 얼굴 표정은 딱딱했다. 눈썹 사이에 깊은 주름이 새겨지고, 눈은 사나운 황소처럼 번득이고 있었다.

2층 층계참까지 내려왔을 때 콜롬보는 휘파람을 그쳤다. 동시에 사나운 빛을 띠고 있던 눈은 홱 바뀌어 부드러운 빛을 떠올렸다. 그 눈이 계단을 올라오는 여자의 모습을 바라보았다.

올라온 사람은 어디에나 흔히 있는 여자였다. 정확히 말하면 텔레비전 탤런트나 연예계 사람들이 드나드는 레스토랑이나 커피숍 같은 데라면 어디서나 볼 수 있는 여자였다. 얼굴보다 우선 몸매가 눈에 띄는 타입이고, 자신도 몸이 유일한 상품이라는 것을 알고 자부하는 타입의 여자였다.

여자는 보기 좋게 쭉 뻗은 다리를 아름답게 움직이고 통통한 엉덩이를 천천히 흔들며, 부자연스러울 만큼 가슴을 내세운 자세로 계단을 올라오다가, 층계참에 우뚝 서 있는 부랑자 차림의 사내를 보고는 걸음을 멈추었다.

콜롬보는 눈꼬리를 내리며 싱긋 웃었다.

"안녕하세요. 덱스터가 아가씨를 애타게 기다리고 있더군요. 보기에도 가련할 만큼 초조하게 기다리고 있답니다." 콜롬보는 윙크를 하고 나서 말을 이었다. "아가씨도 못할 짓을 하는군요. 남자를 기다리게 하다니…"

콜롬보는 한 걸음 옆으로 비켜서서 길을 열어주었다.

여자는 마치 폭탄을 피해 지나가듯 벽에 닿을 만큼 콜롬보한테서 되도록 멀리 떨어져 층계참을 돌았다. 그러고는 콜롬보에게 겁먹은 시선을 던졌다.

"덱스터의 친구이신가요?"

"예, 친구지요." 콜롬보는 또 윙크를 하면서 말했다. "친구 사이인데도 덱스터는 아가씨가 온다는 걸 나한테 숨기고 있었어요. 하지만 나는 눈치가 빠른 편이라서… 아 참, 덱스터한테 전해주실래요? 나는 모든 것을 다 꿰뚫어보고 있다고, 내 눈은 옹이구멍이 아니라고…"

콜롬보는 여자한테 손을 흔들고 계단을 내려갔다.

거리로 나오자 콜롬보는 더러운 자동차로 다가갔다. 그 차는 그야말로 오물이었다. 몇 년 동안이나 길바닥에 버려져 있는 고물차처럼 먼지를 뒤집어쓰고 있었다. 콜롬보가 문을 열자 안에서 녹이 벗겨지는 것처럼 요란하게 삐걱거리는 소리가 났다. 콜롬보는 그 손을 멈추고 주위를 둘러보다가, 반쯤 열린 문을 다시 요란하게 닫고는 가까운 공중전화로 다가갔다. 그리고 딱딱한 어깨를 억지로 밀어넣듯 부스 안으로 들어갔다.

"아아, 여보세요. 나야, 콜롬보. 마레 형사를 바꿔주게. 빨리!"

콜롬보는 수화기를 향해 소리를 질렀다.

"아아, 마레? 나야, 콜롬보… 부탁이 있는데, 노먼과 덱스터의 알리바이를 다시 조사해줘… 알고 있어. 자네가 일하는 방식에 불평하고 있는 게 아니야. 만약을 위해서 다시 한 번 조사해 달라고 부탁하는 거지… 그래, 다시 한 번 조사해주게. 좀 더 자세하게. 알았나? 놈들의 알리바이야. 이번에는 알리바이를 무너뜨리고야 말겠다는 의지를 갖고 해줘… 그래, 놈들이 범인이라고 생각하고 조사해… 그래, 나는 자네한테 기합을 넣고 있는 거야. 분명히 말하자면 그래. 불만 없겠지?" 한숨을 돌린 콜롬보는 황급히 수화기를 움켜쥐고 비명 같은 소리를 질렀다. "잠깐만. 이야기가 아직 안 끝났어. 잠깐 기다려! 끊으면 안 돼, 마레!"

콜롬보는 혀를 차고는 고개를 저으면서 다시 다이얼을 돌렸다.

"마레를 바꿔주게. 빨리… 뭐라고? 벌써 나가버렸다고?… 자네는 지금 내 기분을 알겠나?… 그게 아니라, 내 기분 말이야. 내 마음… 성미 급한 부하를 둔 형사의 가슴속을 이해하겠느냐고 묻는 거야… 무슨 소린지 모르겠다고? 그래? 자네도 섬세함이 부족하군… 알겠나? 마레한테 전해주게… 그래, 메모했다가 전해줘. 알겠나?… 전화회사에 물어봐. 지난 일주일 동안 몇 번이나 전화를 걸었는지… 아니야! 내 전화를 조사해서 어떡할 셈이야. 조사하는 건 덱스터와 노먼의 전화야. 그 두 사람이 서로 얼마나 자주 연락했는지, 그걸 조사하란 말이야! 알았나?… 그래, 노먼 패리스와 덱스터 패리스의 전화야. 서둘러줘!… 그게 아니야. 자네한테 조사해달라고 부탁하는 게 아니라고. 그 성급한 마레한테 급히 조사하라고 전해달라는 거지. 좋아! 그것만 알면 사태는 상당히 달라져."

콜롬보는 이마에 맺힌 땀방울을 손바닥으로 훔치면서 낮은 소리로 중얼거렸다.

"또 하나, 결정적인 단서가 필요해. 무언가가 있을 거야… 결정적인 무언가가…" 그러고는 큰 소리로 고함을 질렀다. "아니, 됐어! 방금 한 말은 내 혼잣말이야. 이야기는 그것뿐이야. 이제 끝났어… 그게 아니라니까! 이상으로 연락 끝. 그래, 끝났다고! 이젠 얘기할 게 없어!"

저쪽에서 수화기를 내팽개치듯 내려놓는 소리가 좁은 공중전화 박스 안에 울려 퍼졌다. 콜롬보는 수화기를 황급히 귀에서 떼고는 낮은 소리로 뭐라고 웅얼거렸다.

콜롬보는 고개를 저으면서 전화 부스를 나왔다. 그러고는 더러운 푸조에 올라타고 무거운 한숨을 내쉬었다. 콜롬보는 먼지로 뒤덮인 앞유리창을 바라보면서 중얼거렸다.

"자, 다음에는 그 할망구야. 가능하다면 두 번 다시 만나고 싶지 않지만…"

콜롬보는 변속기를 움켜잡고, 부서진 기계를 더욱 망가뜨리려는 기세로 난폭하게 기어를 넣었다.

푸조는 요란한 엔진 소리에 비해서는 상당히 느린 속도로 덱스터 패리스의 아파트를 떠났다.

페크 부인은 부엌 창문으로 더러운 차를 보았을 때 기절초풍할 만큼 놀랐다. 그 사람이야! 내 텔레비전을 망가뜨려놓고 또 찾아오다니, 뻔뻔스럽기도 하지! 보통 감정을 가진 사람이라면 이 저택에는 두 번 다시 올 수 없을 텐데… 저 사람은 어쩌면 감정이 있어야 할 곳이 텅 비어 있고, 거기에 먼지만 가득 들어차 있는지도 몰라. 무서운 사람이야.

하지만 져서는 안 된다고 페크 부인은 생각했다. 나는 이 패리스 저택을 꿋꿋이 지킬 의무가 있어. 인간이 아닌 동물이 이 집에 들어오지 못하도록 빈틈없이 감시하지 않으면 안 돼.

페크 부인은 설거지하고 있던 접시를 부엌 탁자에 내려놓고 황급히 현관 쪽으로 달려갔다.

현관문을 열었을 때는 더러운 차가 마침 눈앞에 멈춰 서는 참이었다. 페크 부인은 밖으로 나가서 손을 뒤로 돌려 문을 닫았다. 그러고는 가슴에 두 손을 대고 차에서 내린 콜롬보를 노려보았다.

"아…" 콜롬보는 이상한 입소리를 내고는 페크 부인의 얼굴에서 시선을 돌려 하늘을 쳐다보았다. "오늘은 날씨가 상쾌하군요."

"그래요? 나한테는 조금도 상쾌하지 않은데요!"

페크 부인이 내뱉듯이 말하자, 콜롬보는 하늘을 처다본 채 마치 하늘에 말을 거는 듯한 어조로 말했다.

"실은 부탁이 있어서…"

"콜롬보 씨…" 페크 부인은 더러운 차를 가리켰다. "저 더러운 차를 좀 치워주세요. 길이 더러워져요."

하늘을 처다보고 있던 콜롬보가 당황하여 푸조를 바라보았다.

"네? 아니, 이거 죄송합니다. 미처 알아차리지 못해서… 실은 나도 이 차를 싫어한답니다. 더럽고… 마치 세균이 우글거리는 것 같아서… 타고 있어도 목이 근질거리고…"

"저런 차를 타고 오는 사람은 남의 집에 흙발로 들어오는 거나 마찬가지예요!"

"그 기분, 충분히 이해합니다… 하지만 걱정하지 마세요. 이 차는 곧 밖으로 내보낼 테니까… 이런 더러운 똥차는…"

콜롬보는 허둥지둥 차에 올라탔다.

"콜롬보 씨, 그 더러운 차와 함께 당신도 밖으로 나가주세요. 당신이 있으면 공기가 더러워져요!"

콜롬보는 급히 차에서 나와 다시 하늘을 처다보았다.

"화를 내시는 기분은 충분히 이해합니다. 공기가 더러워지는 건… 내 담배 탓이지요. 그 문제라면 걱정하지 마세요. 솔직히 말하면 실은 나도 시가를 싫어한답니다. 냄새나는 공기는 더럽고…"

"시가도 차도 그리고 당신도 모두 밖으로 나가주세요!"

콜롬보는 고개를 하늘로 쳐든 거북한 자세를 허물어뜨리지 않은 채 말했다.

"나만은 어떻게 안으로 들어갈 수 없을까요? 10분이면 끝납니다. 그다음에는 이제 두 번 다시 아주머니 앞에 나타나지 않을 테니까⋯ 깨끗이 모습을 감추고⋯"

"사양하겠어요."

하늘로 향해 있던 콜롬보의 얼굴이 천천히 내려오기 시작했다. 콜롬보의 시선은 패리스 저택의 지붕 언저리를 지나 2층 창문께로 내려오고, 다시 현관문 위의 채광창으로 내려와 거기서 잠시 망설인 뒤, 마침내 페크 부인의 얼굴까지 내려왔다. 콜롬보는 페크 부인을 똑바로 바라보았다.

콜롬보의 좌우 눈썹의 높이가 달라져 있다. 페크 부인에게는 이미 낯익은 분노의 표정이었다. 하지만 이번에는 그 수법에 넘어가지 않겠어. 페크 부인은 속으로 다짐하고 차갑게 콜롬보를 쏘아보았다.

"페크 부인!" 콜롬보가 묘하게 새삼스러운 어조로 말했다. "나는 댁에 놀러 온 게 아니라 일하러 왔습니다. 결정적인 단서를 하나만 더 잡으면 그걸로 만사가 해결되는 중요한 단계에서 이 집에 일하러 온 거라고요. 나는 일을 끝까지 해낼 겁니다. 사내로서 당연한 일이지요. 일을 중간에 내 팽개치지 않을 겁니다."

내 비위를 맞추려고 속이 빤히 들여다보이는 연극을 하고 있군. 페크 부인은 생각했다. 그런 수법에는 안 넘어가. 누구를 바보인 줄 아나!

콜롬보는 새삼스러운 어조로 말을 이었다.

"남자한테는 남자의 집념이라는 게 있지요. 어떤 방해가 들어와도 해야 할 일은 반드시 하고야 맙니다. 그게 마음에 안 드는 사람한테는 '바보 자식'이라고 말해주겠어요. 여자인 아주머니는 모르겠지만 남자한테는 남자의 오기라는 게 있어서⋯"

"알고 있어요!" 페크 부인은 이렇게 외치고 나서, 콜롬보에게 찬성의 뜻을 표한 자신의 멍청함을 저주했다. 이런 사람의 뻔한 수법에 넘어가다니⋯

아니나 다를까, 콜롬보는 갑자기 아양 떠는 웃음을 떠올렸다.

"그렇습니까? 아주머니도 이해해주시는군요. 나의 이 기분, 남자의 오기라는 어쩔 수 없는 이 기분을…"

이 사람은 내 약점을 이용하고 있어. 이 사람은 남의 성격을 꿰뚫어보는 일에는 묘하게 날카로운 눈을 갖고 있군. 개처럼 예민한 후각과 교묘한 말로 환심을 사고 있어. 쫓아내버리자. 그러나 페크 부인의 입에서는 엉뚱한 말이 흘러나왔다.

"정말로 곧 끝나나요?"

"그럼요…"

기쁜 듯이 말하는 콜롬보의 목소리를 듣고서야 페크 부인은 결국 자기가 져버린 것을 깨달았다. 어머나! 내가 왜 이러지. 마치 유혹에 약한 여자처럼 이런 남자의 말에 넘어가다니…

그러나 일단 무너진 방벽은 두 번 다시 고쳐 세울 수 없었다. 상대는 그렇게 만만한 남자가 아니다. 벌써 차 곁을 떠나 이쪽으로 다가오는 콜롬보를 향해 페크 부인은 간신히 소리를 질렀다.

"그 차는 밖으로 내보내주세요! 눈에 거슬려요. 그리고 당신은 당신이 말하는 남자의 오기에 관한 일을 되도록 빨리 해치우고 여기서 나가주세요!"

"그야 뭐…" 콜롬보는 싱긋 웃으며 자동차 쪽으로 돌아갔다. "그럼 우선 눈에 거슬리는 이 차는 밖으로 옮기겠습니다. 더러운 똥차예요, 정말…"

페크 부인은 자기 방에 틀어박혀 텔레비전을 켰다.

설거지 일이 남아 있어서 부엌 탁자에는 접시가 산더미처럼 쌓여 있었다. 그것이 마음에 걸렸지만, 콜롬보가 집 안을 어슬렁거리고 있어서 신경이 곤두섰기 때문에 억지로 설거지를 하다가는 접시를 깨뜨려버릴지도 모른다.

마음에 걸리긴 하지만 일을 멈추고 가만히 앉아 있지 않으면 안 된다. 태풍이 지나가기를 기다리듯 방에 틀어박혀 있자.

텔레비전에서는 마침 저녁 연속극을 방영하고 있었다. 날마다 15분씩 방영하는 수사 드라마였다. 콜롬보와는 전혀 다른 멋진 형사가 활약한다. 배우 이름은 모르지만 콜롬보보다 훨씬 지적이고 섬세한 느낌을 주는 데다 우울한 그림자를 가진 남자였다. 그 형사가 클로즈업되더니, 쓸쓸한 미소를 지으며 중얼거렸다.

"미안한 소리지만 우리는 이제 어떻게 할 도리가 없어. 이건 숙명 같은 거야…"

페크 부인은 잘생긴 형사의 대사를 마지막까지 듣지 못했다. 텔레비전이 갑자기 꺼져버렸기 때문이다. 잘생긴 형사의 얼굴이 흔들리더니, 회색 화면의 중심에서 희미하게 반짝이는 점이 되었다가, 그것도 눈 깜짝할 사이에 꺼져버렸다. 페크 부인은 벌떡 일어났다.

"그 사람이야! 그 사람이 또…"

페크 부인은 문을 열고 복도로 뛰쳐나갔다. 욕실 쪽에서 콜롬보가 달려왔다. 콜롬보는 오른손에 스톱워치를 들고 있었다.

"이봐요!" 페크 부인이 신경질적으로 소리를 질렀지만, 콜롬보는 스톱워치를 바라본 채 "나중에요, 나중에…" 하고 중얼거리고는 페크 부인 앞을 그대로 지나쳐 계단을 뛰어 내려갔다.

페크 부인도 콜롬보를 따라 계단을 뛰어 내려갔다.

"기다려요! 이봐요, 당신은 도대체… 집 안을 뛰어다니다니, 도대체 무슨 일이에요?"

그러나 페크 부인은 수십 년이나 달려본 적이 없었기 때문에 당장 숨이 찼다. 그래도 달렸다. 앞을 달려가는 콜롬보의 등에 덤벼들어 그 더러운 코트를 갈기갈기 찢어주고 싶었다. 남의 집에 멋대로 들어와 제멋대로 굴다니… 콜롬보는 지하 체육실을 빠져나가 창고로 쓰고 있는 방으로 들어갔다. 전등은 꺼져 있었다.

페크 부인은 콜롬보를 겨우 따라잡았다. 그러나 콜롬보의 등에 덤벼들 수는 없었다. 콜롬보는 빈 상자 위에 올라가 벽에 달린 두꺼비집을 만지작거리고 있었기 때문이다.

"이봐요!" 페크 부인은 숨이 차서 헐떡거리면서도 소리를 질렀다. "당신을 집에 들여놓은 건 아무 짓도 않겠다고 약속했기 때문이에요! 그런데… 그런데 5분도 지나기 전에… 이건 도대체… 도대체 무슨 소동이에요! 전기가 나가고, 텔레비전도 꺼지고…"

여기까지 말하고 페크 부인은 벽에 기대어 가슴에 손을 댔다. 심장이 터질 것만 같았다. 마음은 급했지만 더 이상 아무 말도 할 수가 없었다. 입을 딱 벌리고 헐떡거릴 뿐이었다.

콜롬보는 두꺼비집 스위치를 올리고, 더러워진 손을 코트 자락에 닦으면서 상자에서 내려왔다. 이상하게도 콜롬보는 조금도 헐떡이지 않는다. 그렇게 달렸는데… 이 사람은 역시 인간이 아니야!

"당신은… 당신은 무슨…" 페크 부인은 뒷말을 이을 수가 없었다.

콜롬보가 스톱워치를 보면서 중얼거렸다.

"67초나 걸렸군. 역시…"

"67초가 어쨌다는 거예요? 텔레비전이…"

"텔레비전은 이제 켜져 있습니다. 걱정하지 마세요. 나는 이만 실례할 테니까…"

콜롬보는 페크 부인을 그 자리에 남겨두고 창고를 나갔다.

"당신이란 사람은 도대체…"

페크 부인은 뒤를 따랐다. 그러나 도저히 쫓아갈 수가 없었다. 콜롬보는 계단을 뛰어 올라가 도망쳤다. 페크 부인은 체념했다.

겨우 현관에 다다른 페크 부인은 문을 단단히 잠갔다. 그러고는 도난 방지용 경보장치 스위치를 올렸다. 이렇게라도 하지 않으면 그 사람의 침입을 막을 수 없다.

페크 부인은 천천히 2층으로 올라갔다. 자기 방 앞까지 오자 텔레비전 소리가 들려왔다. 그 잘생긴 형사의 우울한 목소리였다.

"우리가 전력을 다하지 않으면 또 한 사람이 죽게 될 거요…"

페크 부인은 기대에 부풀어 눈을 빛내면서 방안으로 들어갔다. 그러나 텔레비전을 본 순간 페크 부인은 신음을 토하며 쇳소리를 질렀다.

"또 보라색이야! 이제… 정말 죽여버리겠어!" 이렇게 외친 페크 부인은 황급히 입을 손으로 틀어막았다. 그러나 '어머나! 내가 왜 이러지!' 하고 말하지는 않았다. 그저 조그맣게 헛기침을 했을 뿐이다.

6

이튿날 오후… 패리스 저택 현관 앞에 화려한 마이크로버스가 미끄러져 들어왔을 때 페크 부인은 눈살을 찌푸렸다.

버스 옆구리에는 '딜러 TV 수리점'이라는 새빨간 글씨가 새겨져 있고, 그 밑에는 초록빛 글씨로 '텔레비전 수리는 딜러에 맡겨주세요'라고 적혀 있었다. 그리고 그 옆에 전화번호가 있다. 거기까지는 페크 부인도 어떻게든 참을 수 있었다. 그러나 버스의 차체 색깔이 지독했다. 그것은 술집 여자의 속옷 같은 핑크빛이었다. 온통 핑크빛이다.

수리공은 분명 페크 부인이 불렀다. 전화번호부를 조사해서 전화를 걸었다. 하지만 이렇게 천박한 차가 올 줄은 꿈에도 몰랐다. 게다가 수리공은 페크 부인의 텔레비전은 도저히 고칠 수 없다는 것이었다.

잠바에 청바지를 입고 수염이 거뭇거뭇 돋아난 중년 수리공은 페크 부인의 방에 들어가자, 수리공이 아니라 텔레비전 판매원으로 재빨리 변신했다. 이런 텔레비전은 수리해봤자 금방 또 고장이 나기 때문에 수리비를 시궁창에 버리는 거나 마찬가지니까 아예 새 텔레비전을 사라는 것이다.

"우리가 한국제 텔레비전을 소개하지요. 색깔 같은 건 눈이 번쩍 뜨일 만큼 훌륭하답니다. 실물보다 훨씬 멋진 색이 나와요. 그리고 가격도 대폭 깎아드릴 테니까…"

"나는 실물보다 색깔이 아름다운 텔레비전 따위는 필요 없어요. 나는 이걸 고치고 싶어서 댁에 전화한 거예요."

"그야 물론 고칠 수 있다면 저도 고쳐드리고 싶지만, 이 텔레비전은 무리예요. 그보다 멋진 한국제 텔레비전을…"

"당신 차에는 텔레비전 고장이라면 뭐든지 수리해준다고 쓰여 있던데, 그건 과대광고인가요?"

"텔레비전 고장이라면 뭐든지 수리하지만, 부인이 갖고 계신 이 잡동사니는 더 이상 텔레비전이라고 말할 수 있는 게 아닙니다. 그보다 한국제 텔레비전을…"

한국제 텔레비전을 선전하는 수리공의 열변을 듣고 있는 동안 페크 부인은 눈물이 나왔다. 나리가 돌아가시니까 모두 합세해서 나를 업신여기고 있군. 그 변변치 못한 형사도, 텔레비전 수리공도, 이 집에 살고 있는 사람은 나뿐이라는 걸 알기 때문에 이렇게 무례한 짓을 하는 거야. 용서할 수 없어. 더러운 차나 천박한 차를 현관 앞까지 몰고 들어와 제멋대로 굴다니, 절대로 용서할 수 없어.

눈물 한 줄기가 페크 부인의 뺨을 타고 흘러내렸다. 페크 부인은 나리의 죽음이 어떤 의미를 갖는지, 이제야 겨우 깨닫기 시작한 느낌이었다. 져서는 안 돼. 적에게 눈물을 보이면 안 돼. 페크 부인은 수리공에게 등을 돌리고 창가로 다가갔다. 그러고는 앞치마로 눈가를 살짝 훔쳤다.

그때 자동차 소리가 들려왔다. 덱스터의 차다! 페크 부인은 열변을 토하고 있는 수리공을 방에 남겨놓고 재빨리 현관으로 내려갔다. 그 아이는 어찌된 셈인지 내가 고통을 당하고 있을 때는 어김없이 와준다니까. 착한 덱스터! 페크 부인은 기쁨으로 얼굴을 빛내며 문을 열었다.

덱스터는 마침 차에서 내리는 참이었다.

"마침 잘 왔구나, 덱스터!"

그러나 덱스터는 우울하게 고개를 끄덕였을 뿐이다. 달려와서 안아줄 줄 알았는데 덱스터는 묘하게 냉정했다. 말없이 다가온 덱스터는 페크 부인 옆을 그대로 지나쳐 안으로 들어간다.

"덱스터, 왜 그래? 무슨 일이 있었니?"

덱스터는 여전히 굳은 표정으로 대답했다.

"대단한 일은 아니에요. 그 콜롬보인가 하는 형사가 이 집에서 새로운 사실을 발견했다면서 나를 이리로 불렀어요. 콜롬보는 무능한 형사니까 어차피 대단한 발견은 하지 못했겠지만, 역시 경찰에 거역할 수는 없으니까…"

"어머나, 그 사람은 너한테까지 폐를 끼치는구나!" 페크 부인은 덱스터의 손을 잡고 부엌 쪽으로 걸으면서 말을 이었다. "그런 사람은 상대하지 않는 게 좋아. 그 사람은 어쩌면 미치광이인지도 몰라. 아무리 봐도 정상이 아니야."

덱스터는 그제야 겨우 미소를 보였다.

"아줌마한테 걸리면 그 형사도 꼼짝하지 못해요."

페크 부인은 덱스터를 격려해주고 싶었다. 이 아이도 그 형사한테 시달림을 받고 있는 모양이야. 가엾기도 하지. 그런 사람한테 지다니, 말도 안 돼!

"덱스터, 그 형사에 대해서는 너무 걱정하지 마라."

"하지만 아줌마, 그 사람은 오늘 이 집에 올 거예요. 여기서 무슨 실험을 한대요."

"내가 허락하지 않겠어! 그 사람이 오면 내쫓아버릴 거야!"

페크 부인이 이렇게 내뱉었을 때 뒤에서 누군가가 웃었다. 부엌문 앞에서 뒤를 돌아보니 노먼이 서 있었다.

"아줌마, 그런 짓을 하면 공무집행 방해가 돼요. 멍청한 사람이지만 어쨌든 경찰이니까 너무 거역하지 않는 게 좋아요."

"넌 도대체…" 덱스터가 번쩍번쩍 빛나는 눈으로 노먼을 노려보았다.

페크 부인은 가슴이 두근거리는 것을 느꼈다. 덱스터의 그런 모습을 보는 건 오랜만이었다. 오랜만에 아들의 병이 재발한 것을 목격한 어머니처럼 페크 부인은 견딜 수 없는 기분을 느꼈다. 뭔가 말을 걸지 않으면 두 사람 사이에 재미없는 일이 일어난다. 이 자리의 분위기를 누그러뜨릴 만한 말을 해주지 않으면… 그러나 페크 부인은 적당한 말을 찾아내지 못하고 허둥거릴 뿐이었다.

"나가! 네놈 상통은 두 번 다시 보고 싶지도 않아!"

이렇게 외치고 덱스터가 한 발 앞으로 나서자 페크 부인은 덱스터의 팔을 붙잡고 늘어졌다.

"그만둬라, 덱스터! 제발 그만둬…"

그러나 덱스터의 귀에는 아무 소리도 들리지 않는 모양이다. 덱스터의 표정은 점점 더 험악해졌다.

"당장 꺼져! 나가지 않으면 때려죽이겠어!" 덱스터는 페크 부인의 손을 난폭하게 뿌리치고 더욱 앞으로 나섰다.

"그만둬! 제발 부탁이다, 덱스터…" 페크 부인은 그저 애원하는 것밖에는 아무 것도 할 수가 없었다.

페크 부인은 전혀 알지 못했다. 덱스터가 왜 이렇게 화를 내는지, 짐작도 가지 않았다. 물론 두 사람은 어릴 적부터 사이가 좋지 않았지만, 덱스터가 이렇게 노골적으로 적개심을 드러낸 적은 없었다.

"네놈의 상통을 보고 있으면 구역질이 나!"

덱스터가 외치자 노먼은 창백해진 얼굴에 차가운 미소를 지으며 말했다.

"내 얼굴을 보면 구역질이 난다고? 너는 우리가 콩알 두 쪽처럼 똑같은 쌍둥이라는 걸 잊었냐? 내 얼굴을 헐뜯는 건 바로 너 자신의 얼굴을 헐뜯는 거나 마찬가지야."

"이 새끼가!"

덱스터가 노먼에게 달려갔을 때 계단 위에서 멍청한 목소리가 들렸다.

"아주머니, 어떻게 하실래요?" 수리공이었다. 수리공은 난간에 기대어 이쪽을 내려다보면서 말했다. "아무래도 고쳐달라면 고쳐드리겠지만… 나로서는 한국제 텔레비전을…"

"마음대로 하세요!"

페크 부인은 소리를 지르고 노먼과 덱스터한테 달려갔다. 수리공의 등장으로 덱스터는 겨우 제정신을 차린 모양이다. 덱스터는 노먼의 멱살을 잡고 있던 손을 놓고 말했다.

"여긴 뭐하러 왔어?"

그러자 노먼은 어깨를 으쓱했다.

"너와 마찬가지로 그 형사의 초대를 받았지. 여기서 무슨 실험을 한다고… 그런데 그 형사가 오기 전에 너하고 몇 가지 의논해둘 일이 있어. 서재에서 얘기하자."

노먼은 앞장서서 서재 쪽으로 걸어갔다. 말없이 따라가는 덱스터의 팔을 잡고 페크 부인이 속삭였다.

"덱스터, 제발 부탁이니 난폭한 짓은 하지 마라."

제3장 죽은 자의 복수　145

덱스터는 귀찮다는 듯이 손을 뿌리쳤다.
"알았어요, 아줌마. 걱정할 필요 없어요. 콜롬보가 오면 알려주세요."
이 말을 남기고 덱스터는 서재로 들어갔다. 서재의 무거운 문이 꽉 닫혔다. 페크 부인의 발은 그 문을 향해 두세 걸음 나아가다가 겨우 멈추었다.
"아주머니…" 2층의 수리공이 쾌활하게 말을 걸었다. "새 텔레비전 말씀인데요, 예산은 어느 정도…"
"아 글쎄, 마음대로 하라고 했잖아요!"
"그러면 최고급으로?"
"중간요! 중간 정도면 되니까 적당한 걸 골라서 가져오세요."
"중간이라… 중간이라 해도 여러 가지가 있어서요. 한국제도 종류가 나앙하니까요. 카탈로그를 가져와 볼까요?"
"좋을 대로 하세요. 어쨌든 오늘은 이만 돌아갔다가 나중에 다시 와주세요."
수리공은 그제야 납득하고 계단을 내려왔다.
"그럼 내일이라도 카탈로그를 가져올 테니까…"
수리공은 웃는 얼굴로 손을 흔들며 현관을 향해 걷기 시작했다.
수리공이 문손잡이를 잡았을 때 페크 부인이 불러 세웠다.
"이봐요, 내일 올 때는 저 괴상한 차는 타고 오지 말아요."
"괴상하다니요?"
"밖에 세워둔 차 말이에요."
"불쾌하다고 하셔도… 저 차가 없으면 여기 올 수가 없는데요."
"그럼 자전거라도 타고 와요. 저 불쾌한 차를 타고 오면, 아무리 훌륭한 텔레비전을 가져와도 나는 사지 않을 테니까."
"잘 알았습니다." 수리공은 풀이 죽은 채 문밖으로 사라졌다.
페크 부인은 돌아서서 서재의 무거운 문을 바라보았다. 그러고는 부엌

문을 보았다. 어느 쪽으로 갈까 망설였다. 부엌에는 하다 만 일이 남아 있었다. 페크 부인은 오늘도 접시를 닦고 있었다. 패리스 저택의 장래와 자신의 장래가 어떻게 될지 전혀 짐작도 가지 않았지만, 페크 부인은 부엌 식기를 언제라도 사용할 수 있도록 해두고 싶었다. 갑자기 큰 파티가 열려도 곤란하지 않게 해둘 것, 그것이 자신에게 부과된 의무였다. 부엌 탁자 위에는 아직 닦지 않은 접시가 잔뜩 쌓여 있었다. 그게 마음에 걸렸다. 일을 하다 말고 내버려두면 기분이 찜찜했다.

그러나 서재도 마음에 걸렸다. 노먼과 덱스터는 저 무거운 문을 꽉 닫고 도대체 뭐하고 있는 걸까. 아들이라 해도 좋은 두 아이가 서로 으르렁거리며 싸우고 있는데 느긋하게 접시나 닦고 있을 수는 없었다.

페크 부인은 마음을 정하고 서재로 다가갔다. 하느님, 남의 말을 엿듣는 내 행동을 용서해주세요. 페크 부인은 얌전히 가슴에 십자가를 긋고 문에 귀를 바싹 갖다 댔다.

"나는 저 드가의 그림을 갖겠어."

뜻밖에도 침착한 덱스터의 목소리가 들렸다. 노먼이 맞장구치는 소리가 났다.

"알았어, 덱스터. 네가 드가를 갖겠다면, 저쪽 벽에 걸려 있는 피카소는 내가 가질게."

"형이 피카소의 그림을 어떻게 알아? 형한테는 피카소의 그림이나 로샤 테스트(잉크 얼룩 무늬를 이용해 성격을 진단하는 검사) 카드 그림이나 똑같이 보이는 거 아냐? 은행원은 피카소를 이해하지 못할 텐데."

"은행원은 그림의 값어치를 잘 알지."

"무엇을 보든 그저 돈이군. 형은 겁쟁이에다 심미안이라곤 없는 불행한 불구자야."

"너는 돈에 대한 이해력이 없는 불구자야. 너는 돈 쓰는 법을 몰라. 그래서 평생 가난이 따라다니겠지만."

"은행원이 될 수 있었던 게 그렇게도 좋아? 은행원 같은 건 천박한 직업이야. 하는 일이라고는 돈을 세는 것과 돈을 오른쪽에서 왼쪽으로 옮기는 것뿐이야. 더러운 직업이지. 시체를 쪼아먹고 다니는 독수리나 마찬가지야."

"호오, 그래? 그럼 너는 돈을 갖고 싶지 않냐?"

"돈은 갖고 싶지. 하지만 형과는 달리 돈을 사랑하진 않아. 돈에 홀딱 반하는 바보 같은 짓은 하지 않는다고."

"무리하지 마. 너는 할 수만 있다면 나처럼 자유롭게 돈을 다룰 수 있는 신분이 되고 싶은 거야."

"웃기지 마. 형은 돈을 자유롭게 다루고 있는 게 아니야. 형은 오히려 돈의 노예라고. 그러니까 노름꾼이나 되지!"

페크 부인은 문득 뒤에서 인기척을 느끼고 뒤를 돌아보았다.

현관에 콜롬보가 서 있었다.

"이봐요, 말도 없이 들어오다니!"

페크 부인이 큰 소리를 지르자 서재 안에서 말소리가 뚝 그쳤다.

"당신이란 사람은…"

페크 부인은 화가 나서 몸을 부들부들 떨면서 콜롬보에게 다가갔다. 콜롬보는 어머니한테 얻어맞을 것을 예상하고 황급히 자세를 갖추는 어린애처럼, 얼굴 앞으로 두 손을 쑥 내밀고 몇 걸음 물러섰다.

"페크 부인, 제발 진정하세요. 이게 마지막입니다. 더러운 차는 바깥 도로에 세워두었고, 시가도 전부 내버리고 왔어요. 부탁입니다… 이번이 마지막이에요. 제발요, 페크 부인. 어머니의 명예를 걸고 맹세할 테니까…"

"당장 돌아가요. 돌아가라고요!"

페크 부인이 외쳤을 때 뒤에서 덱스터가 쾌활하게 소리쳤다.

"어서 오세요, 경위님. 자, 이쪽으로…"

페크 부인은 덱스터가 갑자기 쾌활해진 것에 당황했다. 어안이 벙벙해진 페크 부인은 입을 딱 벌리고 덱스터의 얼굴을 쳐다보았다.

그 틈에 콜롬보는 원숭이처럼 재빨리 페크 부인 옆을 빠져나가 덱스터와 노먼의 뒤로 도망쳤다. 그러고는 두 사람 뒤에 까치발로 서서 페크 부인의 안색을 살피고 있다.

페크 부인은 고개를 푹 떨구고 한숨을 내쉬었다. 이제 늦었어. 이렇게 된 이상, 하느님도 콜롬보를 내쫓을 수는 없어.

7

"콜롬보 씨, 오늘은 경위님의 원맨쇼를 보여주겠다고…" 덱스터는 쾌활한 목소리로 말하면서 콜롬보의 어깨를 두드렸다.

콜롬보는 그 한마디로 페크 부인에 대한 공포심을 까맣게 잊어버린 모양이다. 그는 기쁜 듯이 웃으면서 말했다.

"아니, 도저히 당신의 요리 프로그램처럼 되지는 않을 겁니다… 그리고 지금부터 하는 건 원맨쇼가 아니라 모두 함께 하는 쇼지요."

"모두 함께?"

덱스터가 의아한 얼굴로 되묻자 노먼이 차갑게 말했다.

"경위님, 뭘 하려는지는 모르지만 나는 바쁜 몸입니다. 빨리 끝내주시면 좋겠어요. 이런 곳까지 불러내고… 도대체 용건이 뭡니까?"

"죄송합니다. 여러 번 폐를 끼쳐서…" 콜롬보는 동양인처럼 허리를 굽혀 절을 한 다음, 노먼과 덱스터를 번갈아 바라보고 있다가 말을 이었다. "실은 내가 다른 사람들보다 먼저 도착해버려서…"

"다른 사람들? 다른 사람들이라니, 그게 누구죠?" 노먼이 되물었다.

콜롬보의 얼굴에서 웃음이 사라졌다. 콜롬보는 노먼의 얼굴을 찬찬히 바라보며 대답했다.

"누구냐고요? 그야 뻔하잖습니까? 내 부하들이죠… 경찰들이 여기 올 겁니다."

페크 부인은 불길한 예감이 불쾌한 냄새처럼 풍겨오는 것을 느꼈다.

경찰들이라고? 무엇 때문에? 뭐하러? 페크 부인은 대답을 읽으려고 덱스터와 노먼의 안색을 살폈다.

그러나 덱스터도 노먼도 페크 부인과 똑같이 불길한 예감에 사로잡힌 모양이다. 둘 다 굳은 표정으로 말없이 콜롬보를 바라보고 있었다. 페크 부인은 두 사람의 답답한 침묵을 견딜 수가 없어서 입을 열었다.

"경찰들이 온다고요? 뭐하러요?"

콜롬보는 페크 부인에게 시선을 옮기고는 의미 있게 고개를 끄덕였지만, 부드러운 목소리로 말했다.

"오늘이야말로 사건을 해결하고 싶어서요. 요컨대… 범인을 체포하려고…"

"체포!" 덱스터와 노먼이 동시에 외치며 서로 얼굴을 마주 보았다.

그 순간 노먼의 표정에 동요하는 빛이 번져갔다.

"체포요? 도대체 누구를?" 노먼이 날카로운 목소리로 말하자 덱스터가 싱긋 웃었다. 웃으면서 콜롬보에게 윙크를 보냈다.

아아, 이 아이들은 대체 무슨 생각을 하고 있는 걸까. 페크 부인은 두 사람의 표정이 보이는 미묘한 차이에 마음을 빼앗겼지만, 도저히 떨쳐버릴 수 없는 불길한 예감에 부들부들 떨면서 몸을 딱딱하게 움츠리고 있었다.

콜롬보는 덱스터의 윙크를 보았을 것이다. 그러나 전혀 보지 못한 것처럼 표정을 바꾸지 않은 채 말했다.

"이야기가 좀 복잡해서… 두 분 다 욕실까지 함께 가주시겠습니까?"

그것은 부하에게 카페에나 가자고 말하는 듯한 경쾌한 어조였지만, 그와 동시에 거역할 수 없는 명령이 담긴 어조였다.

콜롬보는 앞장서서 계단을 올라갔다. 말없이 뒤따라가는 덱스터와 노먼을 따라 페크 부인도 계단을 올라갔다.

콜롬보가 물이 차 있지 않은 욕조에 누웠을 때 페크 부인은 조그맣게 비명을 질렀다. 이게 무슨 짓이람! 깨끗이 닦아놓은 대리석에 더러운 코트를 문지르다니! 그러나 페크 부인은 욕설을 퍼부을 수가 없었다. 사태가 바뀌어 있었다. 어디가 어떻게 바뀌었는지는 확실히 알 수 없지만, 어쨌든 페크 부인은 콜롬보에게 겁을 먹고 있었다.

콜롬보는 욕조 가장자리에 까치집 같은 머리를 얹고 묘하게 점잔을 빼는 표정으로 천장을 쳐다보고 있었다.

덱스터가 갑자기 웃음을 터뜨렸다. 깜짝 놀랄 만큼 큰 소리로 웃으면서 말했다.

"경위님은 배우예요. 대단한 희극배우요. 여러분, 콜롬보 경위의 원맨쇼에 박수를 보냅시다!" 이렇게 말하고 덱스터는 미친 듯이 손뼉을 쳤다.

콜롬보는 천장을 쳐다본 채 말했다.

"노먼 씨, 나를 좀 끌어올려 주세요."

"뭐라고요?" 노먼이 되물었다.

"형더러 자기를 끌어올려 달래." 덱스터가 노먼을 밀어내면서 말했다. "이런 일에는 익숙해져 있잖아? 경위님은 정말 눈이 높아."

노먼은 찌르는 듯한 시선으로 덱스터를 돌아보았다. 덱스터는 태연히 노먼을 마주 보면서 싱긋 웃었다.

"어서 해. 경위님이 애타게 기다리고 있잖아."

덱스터가 재촉하자 노먼은 천천히 욕조로 다가갔다. 그 걸음걸이가 뒤

틀리듯 어색한 것을 페크 부인은 알아차렸다.

"자, 부탁합니다. 나는 이렇게 하고 있을 테니까." 콜롬보가 천장을 쳐다보며 말했다.

노먼은 굳은 표정으로 콜롬보의 머리맡에 선 뒤, 허리를 구부려 콜롬보의 겨드랑이 밑으로 손을 집어넣었다. 노먼은 말없이 팔에 힘을 준다. 콜롬보의 몸은 약간 움직였지만 위로 올라오지는 않는다.

"힘을 내." 덱스터가 쾌활하게 소리를 질렀다. 쾌활한 사람은 덱스터뿐이었다.

노먼은 필사적으로 힘을 주었고, 콜롬보는 진지한 얼굴로 천장을 쳐다보고 있었다.

노먼은 마침내 힘이 빠져 콜롬보를 포대자루처럼 놓아버리고 허리를 폈다. 노먼은 어깨로 숨을 몰아쉬면서 말했다.

"경위님, 무엇을 위한 실험인지는 모르지만 이건 무리예요. 이 각도에서는 불가능한 일이에요."

"바로 그렇습니다." 콜롬보는 이렇게 중얼거리고 벌떡 일어나 욕조에서 나왔다. "나를 끌어내는 것은 역시 불가능했습니다. 적어도 혼자서는 안 돼요. 게다가 나는 보시다시피 옷을 입고…"

"예, 훌륭한 코트를 입고 계시죠."

덱스터가 빈정거리는 투로 말했지만 콜롬보는 덱스터의 말을 무시하고 말을 이었다.

"나는 옷을 입고 있기 때문에 미끄러지지 않습니다. 그런데도 혼자 힘으로는 끌어내지 못했어요."

그때 마레 형사가 성큼성큼 들어왔다. 손에 전기 믹서기를 들고 있었다.

믹서기! 모두 머리가 어떻게 돼버렸나? 페크 부인은 생각했다. 욕실에서 믹서기로 뭘 하려는 거지?

덱스터도 깜짝 놀란 모양이다. 덱스터의 얼굴에서 쾌활한 빛이 사라지고, 그 대신 부릅뜬 눈이 집어삼킬 듯이 믹서기를 노려보고 있었다.

콜롬보는 마레에게 가볍게 고개를 끄덕이고는 욕조의 수도꼭지에 손을 댔다. 우선 온수의 수도꼭지를 잔뜩 틀었다. 이어서 냉수의 수도꼭지도 잔뜩 틀었다. 두 개의 수도꼭지에서는 뜨거운 물과 차가운 물이 폭포처럼 떨어지고, 대리석 위에 엷은 수증기층이 퍼져갔다.

"경위님, 우리 앞에서 물에 빠져 죽는 시범이라도 보일 작정인가요? 그런 실험은 싫은데요. 딱해서 차마 볼 수가 없어요." 덱스터가 말하고 요란하게 웃었다. 덱스터의 감정은 어둠과 밝음 사이를 흔들이처럼 오락가락하고 있었다. 그것은 위험한 징조였다.

페크 부인은 덱스터의 초조감을 분명히 알 수 있었다. 무엇 때문에 초조해하고 있는지는 짐작도 가지 않았지만….

콜롬보는 마레 형사한테서 믹서기를 받아들고, 욕조에 떨어지는 물을 바라보며 말했다.

"물론 나는 익사하고 싶지 않습니다. 하지만 이게 실험이냐고 묻는다면, 확실히 실험입니다."

콜롬보는 갑자기 얼굴을 들고, 굵은 눈썹 밑에서 날카로운 시선을 덱스터에게 보냈다.

"당신 큰아버지가 화상도 외상도 입지 않고 어떻게 감전사했는가를 보여주는 실험이지요."

콜롬보는 수도꼭지로 손을 뻗었다. 온수와 냉수의 수도꼭지를 잠근 다음, 마레 형사를 돌아보며 말했다.

"콘센트를 끼워주게."

마레 형사는 믹서기의 코드를 잡고 욕조 옆에 있는 콘센트에 끼워 넣었다.

콜롬보는 짧은 팔을 힘껏 뻗어 믹서기를 몸에서 되도록 멀리 떼어내고는 턱 근육을 묘하게 일그러뜨렸다. 그것은 믹서기의 스위치를 넣기 위한 일종의 준비운동이었던 모양이다. 믹서기 칼날이 기세 좋게 돌아가기 시작하자 콜롬보는 갑자기 횡설수설하기 시작했다. 조금 전까지의 단호한 어조는 어디론가 사라져버렸다.

"저어, 이건 아주 위험한… 나는 별로 자신이 없지만… 어쨌든 나는 전기 전문가가 아니기 때문에… 여러분, 물러나주세요. 부탁합니다. 제발 뒤로 물러나주세요…" 콜롬보는 애원하는 빛을 띠고 사람들을 둘러보았다. "자 그러면, 이제 패리스 씨가 이 욕조 안에 들어가 있다고 가정합시다. 그때 누군가가 욕실에 들어왔다고 가정합시다…"

"그러면…" 노면이 창백한 얼굴로 말했다. "경위님은 누군가가 믹서기를 들고 욕실로 들어왔다는 겁니까?"

"아니, 반드시 믹서기라고 단정할 수는 없습니다. 이런 종류의 전기기구라면 뭐든지 마찬가지겠지만, 지금은 편의상 믹서기로 해두겠습니다." 콜롬보는 다시 사람들을 둘러보며 말을 이었다. "여러분, 됐습니까? 뒤로 물러나주세요… 위험하니까요… 나한테는 자신도 없고…"

콜롬보의 얼굴에 공포의 빛이 생생히 새겨져 있는 것을 보고 페크 부인은 문간까지 뒷걸음쳤다. 콜롬보는 팔을 힘껏 뻗은 채 믹서기를 욕조에 떨어뜨렸다. 떨어뜨리는 동시에 뒤로 펄쩍 뛰어 물러섰다.

욕조에서 무시무시한 불꽃이 튀었다. 페크 부인은 쇳소리로 비명을 질렀다. 욕실 전기가 꺼졌다. 창문으로 오후의 햇살이 흘러들어왔지만, 전등 불빛을 잃은 욕조의 대리석은 갑자기 색이 바래 보였다. 마치 납골당처럼 음산한 풍경이었다.

콜롬보가 사납게 문을 향해 돌진했다.

페크 부인은 저도 모르게 길을 비켜주었다.

"서둘러주세요. 여러분, 빨리 나를 따라오세요. 자, 어서요…"

이 말을 남기고 콜롬보는 복도로 뛰쳐나갔다. 마레 형사가 황급히 뒤를 따랐다.

덱스터와 노먼은 순간 얼굴을 마주 보았지만, 그들도 말없이 복도로 나갔다.

뭐가 뭔지 모른 채 페크 부인도 복도로 나갔다. 눈 속에서는 방금 본 무시무시한 불꽃이 아직도 번쩍번쩍 빛나고 있었다. 페크 부인은 눈을 비비고 숨을 헐떡이면서 계단을 뛰어 내려갔다.

그 사람 때문에 또 집 안을 뛰어다녀야 하다니! 그러나 왠지 지금은 그게 문제가 아니라고 외치는 목소리가 마음속에서 들려오고 있었다. 그렇게 태평스러운 말을 하고 있을 때가 아니야. 이제 곧 엄청난 일이 벌어질 거야. 형태가 분명치 않은 불길한 예감이 더욱 무겁게 덮쳐왔다. 어떻게든 하지 않으면 안 된다고 생각했지만, 페크 부인은 자신이 너무나 무력하다는 것을 깨닫고 있었다.

왠지는 모르지만 자기가 할 수 있는 일이라고는 불길한 운명의 결말을 지켜보는 것, 파국에 입회하는 것뿐이라는 기분이 들었다. 그래도 늦어서는 안 된다. 페크 부인은 숨을 헐떡이면서 지하실 계단을 내려가, 체육실을 가로질러 창고로 들어갔다.

창고 안쪽 벽에 있는 두꺼비집에 콜롬보가 매달려 있었다. 어제와 똑같이 빈 상자 위에 올라가 있었다. 두꺼비집이 탁 소리를 내더니 전등이 켜졌다. 콜롬보는 빈 상자에서 뛰어내려, 바로 옆에 놓아둔 스톱워치를 들여다본다.

"67초입니다. 정확히 67초…"

"브라보!" 덱스터가 빈정거리는 목소리로 외쳤다. "그런데 그 67초는 무슨 신기록입니까?"

콜롬보의 왼쪽 눈썹이 꿈틀하며 치켜올라갔다.
"신기록요? 그렇지 않습니다. 오히려 67초라면 시간이 너무 많이 걸린 거라고 말하고 싶군요. 이게 나의 새로운 발견이지요."
"훌륭한 발견이라고 말하고 싶지만, 그게 무슨 발견인지 나는 도무지…"
"알고 있을 텐데요…" 이렇게 말하고 콜롬보는 의기양양한 얼굴로 고개를 끄덕였다.
그러자 노먼이 걱정스러운 듯이 말했다.
"무슨 소립니까?"
콜롬보는 마침내 상담에 성공한 세일즈맨처럼 계속 손을 맞비비면서 기쁜 듯이 웃었다.
"이 사건에 관해서는 나도 무척 골치를 썩였답니다. 페크 부인이 경보장치 스위치를 넣어두었는데 범인은 어떻게 집 안으로 들어왔을까…"
"내 기억이 옳다면…" 노먼이 거드름피우는 어조로 말했다. "그 사건이 일어나기 조금 전, 그러니까 큰아버지가 살해당하기 조금 전에 어떤 사람이 이 집에 와 있었을 텐데요…"
노먼은 마치 손가락으로 가리키듯 덱스터의 얼굴을 바라보았다.
덱스터에게는 그게 느닷없는 기습이었던 모양이다. 덱스터는 입을 딱 벌리고 노먼을 바라보았다. 이윽고 그 얼굴에 분노의 빛이 퍼져갔다.
"까불지 마. 아무리 당황해도 그렇지, 동생한테 죄를 뒤집어씌우겠다는 거야! 어처구니가 없군…" 이렇게 말하고 나서 덱스터는 다시 콜롬보 쪽으로 돌아서서 변명하는 듯한 어조로 말했다. "그날 밤 나는 이 집에서 나갔습니다. 큰아버지한테 잠깐 인사를 하고는 곧바로 나갔어요."
그래, 맞아. 페크 부인은 생각했다. 나도 저 아이가 차를 타고 떠나는 것을 보았어. 페크 부인에게 약간의 안도감을 가져다주는 확신이었다. 그러나 그래도 페크 부인의 가슴속은 개운치 않았다. 왠지는 모르지만 그 자리에 있는 게 답답하고 찜찜해서 견딜 수 없었다.

덱스터와 노먼 사이에 서 있는 콜롬보는 기쁨을 감출 수 없다는 표정으로 두 사람을 번갈아 바라보며 말했다.

"나도 무척 고민했습니다. 범인이 한 사람이라고 믿고 있었기 때문에… 하지만 문득 어떤 생각이 떠올랐지요." 콜롬보는 의기양양하게 자기 이마를 가리켰다. "범인 한 사람이 미리 저택 안에 숨어들어와 있었다는 생각이 문득 떠오른 거예요. 섬광처럼 번쩍… 그 인물이 경보장치 스위치를 내렸고, 그런 다음 두 번째 인물을 집 안으로 끌어들여…"

"그럼 나는 해당되지 않아요." 덱스터가 말했다.

"아니, 당신은 해당자요. 당신은 큰아버지한테 인사를 한 뒤에 그대로 저택 안에 숨어 있다가, 적당한 기회에 경보기 스위치를 내렸지요."

"말도 안 돼!" 덱스터는 페크 부인을 가리키며 말했다. "페크 아줌마도 분명히 보았어요. 내가 차를 타고 떠나는 걸…"

그래, 맞아… 페크 부인은 크게 고개를 끄덕였다.

그러나 콜롬보는 페크 부인에게는 눈길도 주지 않았다.

"그건 거짓말입니다. 페크 부인이 본 건 덱스터가 아니라 노먼이니까요." 콜롬보는 내뱉듯이 말하고 노먼의 가슴에 손가락을 들이댔다. "노먼, 당신은 덱스터와 같은 옷을 입고 덱스터의 차를 타고 떠났어요. 일단 아파트로 돌아가서 알리바이를 만들어놓고는 다시 여기로 돌아왔지요. 그리고 덱스터의 도움을 얻어 집 안으로 들어왔던 겁니다."

"농담하지 마세요!" 덱스터가 내뱉듯이 말했다.

그러자 노먼이 맞장구를 치듯 말했다.

"그 주장은 도저히 받아들일 수 없습니다."

콜롬보는 싱긋 웃으며 덱스터를 바라보았다.

"당신이 그랬지요. 노먼과 전화로 통화한 건 2년 만에 처음이었다고.

그 경우에는 그렇게라도 얼버무리지 않으면 넘길 수가 없었겠지만, 사실은 그게 결정적인 단서가 되었던 겁니다. 전화회사에서 조사해봤더니 당신들은 지난 열흘 동안 스무 번이 넘게 통화했더군요. 덱스터 패리스와 노먼 패리스는 지난 열흘 동안 스무 번 이상이나 서로 연락한 거예요!"

콜롬보가 이렇게 호통을 쳤을 때 페크 부인이 신경질적으로 고함을 질렀다.

"형사님, 당신은 이 두 사람을 마치… 범죄자처럼 다루는군요. 둘 다 착한 아이예요! 이 아이들이 나리를 죽이다니… 그럴 리가 없어요. 그런 건… 그런 일이 어떻게 있을 수 있겠어요!" 이렇게 외치고 있는 동안 페크 부인은 불길한 예감의 정체를 알아차렸다. 설마! 그럴 수가! 나는 두 아이를 사랑했어. 나리도 존경하고 사랑했지…

콜롬보는 페크 부인을 바라보았다. 그 눈은 묘하게 쓸쓸해 보였지만 어딘지 모르게 따뜻한 빛을 띠고 있었다. 고뇌 끝에 체념에 도달한 사람의 눈이라고 페크 부인은 생각했다. 어디선가 이런 눈을 본 기억이 있었다.

"페크 부인…" 콜롬보가 부드럽게 말을 건넸다. "아주머니의 착한 아이들이 돈에 눈이 어두워진 나머지, 싸우는 것도 잠시 잊어버리고 서로 협력하여 아주 나쁜 짓을 저질러버렸습니다. 유감입니다. 정말 유감이에요…" 그러고는 페크 부인에게 스톱워치를 내밀었다. "자, 이걸 보세요. 67초가 걸렸어요. 끊어진 퓨즈를 갈아 끼우는 데 67초나 걸렸어요. 하지만 아주머니의 텔레비전은 그날 밤 고작 10초 정도밖에 꺼져 있지 않았습니다. 그렇다면… 이 집에 누군가가 기다리고 있다가 퓨즈를 갈아 끼웠다는 얘기가 됩니다. 그러니까 범인은 두 사람이었다는 결론이 나오지요. 두 사람이 아니면 불가능합니다. 그리고 욕조에서 시체를 끌어내는 일도, 시체에 운동복을 입혀 지하 체육실로 옮기는 일도 혼자서는 할 수 없습니다…"

"그만해요! 그만하세요!" 페크 부인은 소리를 질렀다.

콜롬보는 두 팔을 벌리고 무거운 한숨을 내쉬었다. 그 얼굴에는 피로한 기색이 배어나와 있었다. 콜롬보는 갑자기 폭삭 늙어버린 것 같았다.

"그만하세요! 이제 됐어요!" 페크 부인은 소리를 질렀다. 소리쳐도 아무 소용이 없다는 것은 알고 있었지만, 소리라도 지르지 않고는 그 자리의 무거운 분위기를 견딜 수 있을 것 같지 않았다.

"괜찮아요, 아줌마." 노먼이 창백한 얼굴을 일그러뜨리며 웃었다. "사실은 사실이에요. 형사님 말이 옳아요. 하지만 아줌마한테만은 보여주고 싶지 않았어요…"

페크 부인은 얼굴을 손으로 덮고 울음을 터뜨렸다.

덱스터가 뭐라고 외치면서 노먼에게 덤벼들었다.

그러나 페크 부인에게는 이제 더 이상 두 사람의 싸움을 말릴 기력도 없었다. 나는 저주받은 악마의 자식들을 키워버렸구나! 내가 존경하고 사랑하는 패리스 씨를 죽여버린 악마의 자식을! 그런데, 그런데 나는 악마의 자식들이 여전히 사랑스러워… 페크 부인은 차가운 바닥에 쪼그려 앉은 채 계속 흐느꼈다.

문득 얼굴을 들어보니 창고에는 아무도 없었다. 모두 가버렸구나. 내 귀여운 악마의 자식들도… 페크 부인은 천천히 일어섰다.

계단 옆에 콜롬보가 혼자 웅크리고 서 있었다. 기진맥진한 노인처럼 가련한 모습이었다.

"콜롬보 씨…" 입을 연 페크 부인은 자기 목소리가 잔뜩 쉬어 있는 것을 알아차렸다. "콜롬보 씨, 인생을 헛산 사람의 심정을 이해하시겠어요?"

콜롬보가 허리를 폈다.

"헛산 인생이라고요? 그런 건 없다고 생각합니다. 새로운 인생을 다시 시작할 수도 있고… 인간은 뜻밖에 강한 존재지요."

콜롬보는 상냥하게 웃으며 페크 부인의 어깨를 감싸 안고 계단을 올라갔다. 페크 부인은 콜롬보의 더러운 코트를 힐끔 바라보았다. 참자. 겉모습은 지저분해도 마음은 착한 사람이야.

페크 부인은 뺨에 흐르는 눈물을 살짝 닦았다.

차례

제1장 살인의 연출
제2장 화려한 함정
제3장 사제 폭탄
제4장 새로운 사실

주요 등장인물

라일리 그린리프 : 그린리프 출판사 사장
앨런 맬러리 : 베스트셀러 작가
에디 케인 : 작가 지망생
아일린 맥클레어 : 출판 에이전트
제프리 닐 : 닐 출판사 사장
해리 형사 : 콜롬보의 부하
콜롬보 경위 : 로스앤젤레스 경찰청 강력계 수사반장

제1장

살인의 연출

1

왼쪽은 반짝반짝 빛나는 태평양의 거친 물결, 오른쪽은 검붉게 메마른 사막…

무더운 날이었다. 그렇지 않아도 더운 캘리포니아의 여름날 중에서도 유난히 무더운 하루였다.

라일리 그린리프는 태평양 연안 고속도로를 따라 북쪽으로 차를 달리고 있었다. 로스앤젤레스 도심에서 한 시간 남짓 달려 샌타바버라 가를 빠져나갔을 때 라일리는 오른쪽으로 핸들을 꺾었다. 이쪽으로 향하면 사막 지대가 태평양을 등지고 펼쳐져 있다.

얼마 후 포장도로가 끝나고 돌투성이의 거친 길이 시작되었다. 백미러를 들여다보아도 차바퀴가 피워 올리는 붉은 모래 먼지에 가려 아무것도 보이지 않는다.

미친 짓이야! 라일리는 속으로 외쳤다.

보닛에 맞고 튕겨 나온 햇살이 눈을 찌른다. 거칠 것 없는 햇빛이 차체를 바작바작 태우고 있다. 보닛 위에 날달걀을 떨어뜨리면 당장 프라이가 될 것이다.

라일리는 선글라스를 꼈다. 에어컨으로 손을 뻗어 스위치를 '강'으로 바꾸었다.

길은 완만한 언덕 사이를 누비며 구불구불 뻗어 있었다. 열기 때문에 윤기를 잃은 관목들이 코끼리 머리를 덮은 빈약한 털처럼 검붉게 탄 언덕 위에 드문드문 서 있다. 언덕 하나를 돌아 넘으면 그 앞에 또 언덕이 있다. 황량한 풍경은 언제 끝날지 모르는 물마루처럼 앞유리창 너머에 끝없이 펼쳐져 있었다.

라일리는 꿀꺽 침을 삼켰다. 이런 데서 차가 고장이라도 나면 어떻게 될까? 에어컨이 고장 나면? 만약 그렇게 되면 갈증 때문에 미쳐버릴 거야. 도움을 청하려 해도 이런 곳에는 차도 지나다니지 않아.

"미친 짓이야!" 라일리는 마침내 소리 내어 외쳤다.

그는 미친놈이야. 정말 미친놈이야. 폭탄 제조법에 대한 책을 쓰고 싶다고 태연한 얼굴로 제의해오다니!

출판사를 경영하다 보면 기상천외한 원고를 가져오는 사람들에게도 상당히 익숙해지게 마련이지만, 〈폭탄 교본〉 같은 원고는 처음이었다.

길을 바라보고 있던 라일리는 모래 위에 타이어 자국이 어렴풋이 나 있는 것을 깨달았다. 소형 자동차의 가느다란 타이어 자국이었다.

라일리는 모래 먼지로 뒤덮인 앞유리창에 세제를 끼얹고 와이퍼를 작동시켰다. 앞유리창은 흙탕물에 덮여 잠시 아무것도 보이지 않게 되었다. 라일리는 다시 한번 세제를 끼얹었다. 와이퍼는 흙탕물을 조금씩 닦아내어, 이윽고 앞유리창에 부채꼴의 시야가 열렸다. 검붉게 탄 언덕들과 희미한 타이어 자국이 보인다.

그런데 왜 이렇게 지독한 곳에서 마지막 타합을 하지 않으면 안 되지?

라일리는 짜증이 났다. 누군가에게 분통을 터뜨리고 싶었다. 내가 남의 눈을 꺼리는 폭탄 실험에 입회할 필요는 없어. 이건 에디의 비위를 맞추기 위한 봉사야. 좀 더 고자세로 나갔어야 하는 건데…

그때 시야의 한쪽 구석에서 섬광이 춤을 추었다. 이어서 뱃속까지 울리는 요란한 소리가 닫힌 창문을 통해 들려왔다. 다시 섬광이 번득인다…

그놈은 언덕 하나를 통째로 날려버릴지도 몰라.

크게 굽이진 길모퉁이를 돌아서자 갑자기 시야가 트이고 메마른 골짜기가 모습을 나타냈다. 길은 골짜기 위를 따라 왼쪽으로 구부러져 있다. 골짜기의 한 모퉁이에 묘지가 있었다. 자동차들의 묘지다. 수많은 고물차가 사막의 단조로운 색조를 깨뜨리는 듯한 현란한 차체를 서로 맞댄 채 슬픈 죽음의 꽃을 피우고 있었다.

에디 케인은 산더미처럼 쌓인 고물차를 향해 폭탄 같은 것을 내던지고 있었다. 폭탄이 터질 때마다 고물차가 격렬하게 튀어 오르고, 찢긴 지붕이나 보닛이 종잇조각처럼 허공으로 높이 날아올랐다.

라일리는 에디의 왜건 옆에 차를 세웠다. 에디는 전혀 알아차리지 못한다. 일에 열중해 있기 때문이다. 풀색 전투복에 반짝거리는 군화를 신고 있다. 사제 폭탄을 골짜기에 던지면서 베트남 전쟁터를 꿈꾸고 있는지도 모른다.

미쳤기 때문에 제대를 당했을까, 아니면 제대를 당했기 때문에 미쳐버렸을까? 어쨌든 살인에는 딱 알맞은, 피에 굶주린 미치광이다.

라일리는 차에서 내렸다. 숨막힐 듯한 열기가 덮쳐와 몸은 당장 땀방울을 내뿜기 시작했다. 머리 위에는 하얗게 빛나는 태양, 발아래의 골짜기에서는 활활 타오르는 자동차들의 불길… 다시 섬광이 춤을 추더니 요란한 폭발음이 울렸다.

"훌륭해, 에디." 라일리는 에디의 뒷모습에 말을 걸었다. 거의 고함을 치듯 목청을 높였다. "정말 대단하군. 굉장한 파괴력이야."

에디는 그제야 뒤를 돌아보았다. 몽롱한 푸른 눈이 잠자고 있는 듯하다. 음탕한 꿈속을 헤매고 있는 듯한 눈빛이다.

라일리는 문득 불안에 사로잡혔다. 이 녀석이 과연 앨런 맬러리를 죽일 수 있을까? 내가 키워준 베스트셀러 작가. 섹스 소설은 이제 진저리가 난다면서 나를 배신하려 드는 건방지고 배은망덕한 놈… 그놈을 죽이는 것 자체는 식은 죽 먹기지만, 문제는 어떻게 죽이느냐야. 내가 꾸민 복잡한 각본대로 일을 처리해주지 않으면 곤란해. 한 치의 착오도 없이 가슴 두근거리는 복수의 완전범죄를 연기할 수 있는 배우가 아니면 곤란해.

그러나 라일리는 불안을 억누르고 애써 쾌활한 어조로 말했다.

"자네 기술은 최첨단을 달리고 있는 것 같군. 미국 군수산업의 최고 수준에 해당해."

어쨌든 치켜세우지 않으면 안 돼. 라일리는 속으로 생각했다.

"고물차에는 미안하지만, 실험을 생략할 수는 없으니까요." 에디의 파란 눈이 가늘어졌다. 아마 음탕한 꿈에서 깨어난 모양이다. 그러나 라일리의 찬사는 듣지 못한 듯 불쾌한 목소리로 중얼거렸다. "빨리 용건이나 말하세요."

"좋아. 다시 한번 확인할 테니까 잘 듣게." 라일리는 당장 싸울 듯이 덤벼드는 에디의 태도에도 기가 죽지 않고 입을 열었다. 이것이 마지막 연기 지도야. 이 녀석의 몽롱한 머릿속에 요점을 철저히 박아두지 않으면 안 돼. "에디, 중요한 건 시간이야. 시간이 모든 것의 열쇠라고."

그러자 에디는 라일리의 말을 가로막으며 소리쳤다.

"알고 있어요! 2230시잖아요!"

"뭐라고?"

"22시… 군대에서는 밤 10시 30분을 그렇게 말하죠."

에디의 눈이 다시 몽롱해지면서 꿈꾸듯 허공을 헤맸다. 그러나 적어도 요점만은 이해하고 있는 것 같다. 미치광이 나름의 방식으로 범죄 시간을 똑똑히 기억하고 있는 것이다. 라일리는 안도의 숨을 내쉬었다.

"그렇군, 2230시라…"

"사장님 시계와 제 시계를 맞춰둘까요?" 작전 전날 밤의 중대장이라도 된 듯한 말투였다.

그래, 오늘 밤에는 저 녀석의 행동과 내 행동이 같은 시간표에 따라 정확히 일어나지 않으면 안 돼. 이건 양동 작전이니까. 하지만 저 녀석은 좀 지나치게 서두르는 것 같군.

"그럴 필요는 없어." 이렇게 말하고 나서 라일리는 에디의 눈을 들여다보았다. "실수하진 않겠지?"

"아아." 에디는 멍하니 대답했다.

라일리는 다그치듯 말했다.

"결정적인 순간에 겁이 나서 주춤거리진 않겠지?"

에디는 라일리의 질문을 무시하고, 묘하게 완만한 동작으로 화염병을 손에 쥐었다. 빈 위스키병에 휘발유를 채우고 뚜껑에 도화선을 꽂아 만든 화염병이었다. 에디는 도화선에 불을 붙였다. 그러나 던지지는 않고 오른손에 화염병을 쥔 채 천천히 얼굴을 들어 라일리를 바라보았다. 도발하는 듯한 시선이다. 라일리는 에디를 마주 노려보았다. 도화선은 빠른 속도로 짧아져 간다. 그러나 에디는 그것을 전혀 알아차리지 못하는 것처럼 라일리만 바라보고 있다. 도화선의 불꽃이 뚜껑에 닿으려는 순간 에디는 라일리를 바라본 채 화염병을 던졌다. 골짜기로 포물선을 그리며 날아가던 화염병은 공중에서 폭발하여, 불길로 변한 휘발유를 고물차 위에 빗발처럼 쏟아부었다.

라일리의 입에서 저도 모르게 한숨이 새어 나왔다. 목덜미가 뻣뻣해져 있었다.

"죽이는 건 고작 한 사람이잖아요?" 에디의 어조에는 긴장한 빛은 털 끝만큼도 없었다. "베트남에서는 수백 명이나 죽였다고요."

"그렇게 흥분하지 말게, 에디. 쏘는 건 한 발뿐이야." 라일리는 타이르듯 천천히 말했다. "딱 한 발. 그 이상은 안 돼."

에디는 어깨를 으쓱하며 고개를 끄덕였다.

"간단해요."

"그래?"

라일리는 주머니에 손을 집어넣어 비닐봉지에 싼 권총을 살짝 꺼냈다. 손이 총에 닿지 않도록 비닐봉지를 쥐고 에디의 눈앞에 내밀었다. 이것이 또 하나의 중요한 점이다. 스미스웨슨 38구경. 각본에 따라 약간의 손질이 되어 있다.

라일리는 비닐봉지를 쥔 채 말했다.

"권총이야. 조심해, 이 손잡이에 묻은 지문이 지워지지 않게." 라일리는 에디의 눈을 바라보면서 권총을 건네주었다. "그리고 이건 열쇠."

맬러리의 작업실 열쇠였다. 그리고 작업실은 그가 오피스텔에 마련해 준 방이었다. 그 작업실에서 맬러리는 수많은 베스트셀러를 써냈다. 라일리의 지시대로 섹스 장면을 듬뿍 집어넣은 소설을… 그런데 녀석이 이제는 하드커버를 씌운 진지한 소설을 쓰고 싶다고 말했다. 분수도 모르는 자식. 그놈에게는 포르노가 어울려. 그런데 하드커버 책만 내는 닐 출판사로 옮기고 싶다고? 좋아, 더 이상 황금알을 낳지 않게 된 닭은 통째로 구워 먹으면 그만이야. 백만 달러의 보험금이라는 양념을 듬뿍 끼얹어서…

에디가 헛기침을 했다. 정신을 차린 라일리는 사무적인 어조로 말했다.

"고무장갑은?"

에디는 고개를 끄덕였다. 그러나 라일리는 아직도 불안했다.

"준비는 완전히 끝났겠지?"

"그럼요."

이제는 운을 하늘에 맡길 수밖에 없어. 내가 너무 신경을 곤두세우면 오히려 나쁜 결과가 초래될지 몰라. 지금은 그만 물러갈 때야.

라일리는 가볍게 손을 들어 보이고 자동차를 향해 걷기 시작했다. 그러자 뒤에서 에디의 목소리가 날아왔다. 단단히 결심한 듯한 울림이 담겨 있었다.

"내 책을 출판하는 문제는 어떻게 됐죠?"

그걸 깜빡 잊고 있었군. 나뿐만 아니라 미치광이 쪽에도 확인하고 싶은 일이 있었는데, 사람을 죽여주는 대가로 〈폭탄 교본〉을 출판해준다는 교환조건… 바보 같은 자식! 그런 조건을 누가 진지하게 받아들이겠어?

그러나 라일리는 돌아서서 고개를 끄덕여 보였다.

"아 참, 그렇지. 그걸 이야기할 생각이었는데…" 라일리는 주머니에 손을 집어넣었다. "자, 여기 예약금을 준비해왔네. 계약금 대신 받아두게. 천 달러야. 정식 계약은 며칠 내로…"

라일리한테 돈을 받아든 에디는 마치 명예훈장이라도 받은 것처럼 그것을 높이 치켜들었다. 그러고는 비로소 미소를 보였다. 가면처럼 차갑던 얼굴이 당장 천진난만한 어린애 얼굴로 변했다. 아빠한테 갖고 싶어 하던 장난감을 받은 귀염둥이 도련님 같은 얼굴이다.

"정말이에요?" 목소리까지 변해 있다. 비굴하다고까지 말할 수 있는 기쁨으로 목소리가 떨리고 있다. "굉장하군요. 과연 출판사 사장님이세요. 사람을 보는 눈이 있어요. 내 책으로 떼돈을 벌 수 있을 겁니다. 베스트셀러는 따놓은 당상이라고요. 어쨌든 3년이나 걸려서 쓴 책이니까요. 3년이나! 폭탄에 대해서라면 빠진 게 없이 다 쓰여 있어요. 제조법까지 자세하게…"

라일리는 에디의 발작적인 말에 멈칫하면서도 이야기를 빨리 끝내고 싶었다.

"에디, 자네는 천재야. 자네의 〈폭탄 교본〉은 세계를 바꾸어놓을 거야."

"그럼요. 그렇고말고요." 에디의 눈이 빛났다. 그러고는 이야기를 끝내

제1장 살인의 연출 169

기는커녕 열띤 어조로 말을 이었다. "요즘 젊은 애들은 뻐기기만 하려 드니까 시시껄렁한 폭탄을 만들다가 제 몸을 날려버리지만, 내 책을 읽으면 그 녀석들도 훌륭한 폭탄을 만들 수 있게 돼요. 그리고 나는 세계를 변혁하는 폭탄의 교조로 만족할 거예요."

"아아, 알았어." 라일리는 진저리를 내면서도 맞장구를 쳤다.

에디는 다시 미소를 지으며 라일리를 껴안기라도 할 것처럼 한 걸음 앞으로 다가섰다.

"나는 세계를 청소해주겠어요. 깨끗이 치울 거예요. 이 세상에 어울리는 건 죽음뿐이에요. 대량 죽음뿐이에요… 아시겠죠, 사장님? 내 심정을 이해하시죠?"

"알고 있네. 자네 말이 옳아."

라일리가 맞장구를 치며 고개를 끄덕이자 에디는 갑자기 손을 쑥 내밀었다. 라일리는 당황하면서도 그 손을 잡았다. 에디의 손에 힘이 들어갔다. 미친놈!

"사장님도 세계에 공헌하게 돼요."

"그런 것 같군. 하지만 에디, 그 전에 할 일은 제대로 해줘야 해."

"아아…" 에디의 열정이 식은 모양이다. 어린애 같은 웃음이 사라졌다. "걱정 마세요. 그놈은 벌써 죽은 거나 마찬가지예요."

라일리는 다시 한번 미치광이의 눈을 들여다보고 나서 가볍게 어깨를 두드렸다.

에디의 왜건이 클랙슨을 울리며 달려가는 것을 보고 나서 라일리는 자기 자동차 쪽으로 걸어갔다. 뭉게뭉게 피어오르는 모래 먼지 속에서 라일리는 얼굴의 땀을 닦았다. 그러고는 다갈색으로 물든 손수건을 내버리고, 주머니에서 드라이버를 꺼내어 자동차 문의 열쇠 구멍에 쑤셔 넣었다. 손에 반응이 오자 힘껏 비틀었다. 열쇠 구멍 속에서 무언가가 힘이 빠진 것처럼 툭 부러졌다.

　라일리는 드라이버를 빼냈다. 열쇠 구멍 옆의 파란 페인트에 드라이버를 대고 비스듬히 위쪽으로 미끄러뜨린다. 선명한 푸른색 페인트가 벗겨져 하얀 바탕이 드러났다. 라일리는 반 걸음 물러서서 문을 내려다보았다. 아무리 봐도 누군가가 문을 억지로 비틀어 연 것처럼 보인다. 이렇게 한 범인은 에디 케인이다. 그놈이 자동차 문을 비틀어 열고 글로브박스 안에서 내 권총과 맬러리의 작업실 열쇠를 훔쳐냈다. 각본에는 그렇게 쓰여 있다.
　라일리는 차에 올라탔다. 시동을 걸고 액셀을 밟는다. 막은 이미 올랐다. 치밀하게 계산된 범죄 드라마의 막이…

2

　로스앤젤레스는 거대한 프라이팬 같은 도시다. 언덕다운 언덕도 없고 그저 밋밋하게 넓기만 할 뿐 뚜렷한 특징이 없다. 다만 할리우드 근처에 완만한 구릉지가 있어서 그 언저리만 아름다운 모습을 보이고 있을 뿐이다.
　베벌리힐스. 로스앤젤레스 주민이라면 누구나 한번은 살아 보고 싶어 하는 고급 주택가다. 푸른 나무가 우거진 넓은 정원, 스페인풍의 하얀 벽이나 포르투갈풍의 타일 벽, 맑은 물이 가득 채워진 수영장, 그리고 밤마다 열리는 파티…
　닐 출판사 사장인 제프리 닐은 자신의 영지를 천천히 둘러보았다. 멋지게 차려입은 여자와 남자들이 샴페인을 마시며 담소를 나누고 있다. 피아노 발라드가 들려온다. 마음속에 부드럽게 스며드는 음색이다. 이게 음악이라는 거야. 내 저택에서는 로큰롤 따위는 연주하게 하지 않아. 닐은 콧수염을 비틀며 테라스로 나왔다.

정원은 촛불과 초롱불로 어렴풋이 밝혀져 있었다. 거기에도 많은 손님이 있었다.

닐은 테라스에 서서 배 위에 손을 올려놓았다. 쉰 살쯤 되면 살이 찌는 게 당연해. 비만은 오히려 만족스러운 노년으로 가는 패스포트야. 닐은 이렇게 자신을 타이르며 파이프에 불을 붙였다.

닐의 인생은 만족할 만한 것이었다. 오늘 밤은 특히 즐겁다. 베스트셀러 작가인 앨런 맬러리를 그린리프 출판사에서 빼내올 수 있을 것 같다. 사람은 누구나 큰 나무 아래 모이고 싶어 하지. 잘 팔리는 작가도 예외는 아니야. 일시적 유행을 노린 책만 출판하는 그린리프 출판사보다는 규모가 큰 닐 출판사가 좋을 건 당연하지. 라일리 그린리프가 아무리 분해서 발을 동동 굴러도 그게 인지상정이야.

닐은 최고급 파이프 담배의 부드러운 향기를 사방에 흩뿌리며 한껏 차려입은 손님들 사이를 걸어갔다.

앨런 맬러리가 에이전트이자 애인인 아일린 맥클레어와 어깨를 맞댄 채 서 있다.

아일린은 세련된 다갈색 이브닝드레스로 몸을 감싸고 있다. 서른 살을 넘긴 지가 오래인데도 단순한 옷을 우아하게 입을 수 있는 멋진 몸매를 갖고 있다. 하지만 맬러리의 옷차림은 꼴불견이야. 사십을 눈앞에 두고 있는데도 청재킷 따위를 입고 다니다니. 나이에 걸맞지 않게 젊은이 흉내를 내는 건 꼴불견이야. 게다가 청바지까지… 축 늘어진 배의 군살이 꼴사납게 튀어나와 있잖아. 그린리프 출판사에서는 저런 옷차림이 통할지 모르지만 닐 출판사에서는 통하지 않아. 언젠가 기회를 봐서 고치게 해야지. 하지만 당분간은 봐주자. 저 녀석은 이제부터 여러 가지를 배우지 않으면 안 돼. 진정한 베스트셀러란 어떤 것인가 하는 것부터…

닐은 미소를 지으며 두 사람에게 다가갔다.

"아일린." 닐이 말을 걸자 덩치 큰 여자의 얼굴이 닐을 돌아보았다. 밤색 머리카락에 감싸인 얼굴의 미소가 촛불빛을 받아 더욱 아름다워 보인다. "아일린, 오늘 밤에는 유난히 아름다워 보이는군요. 키스를 받고 싶은걸."

아일린은 웃으면서 다가와 닐의 뺨에 가볍게 입술을 댔다.

닐은 맬러리에게 변명하는 듯한 미소를 던지고는 어깨를 으쓱해 보였다. "이 나이가 되면 기회를 놓칠 수가 없다네. 요즘에는 '만났을 때'와 '헤어질 때' 외에는 좀처럼 키스를 받지 못하니까 말일세."

닐은 큰 소리로 웃고 나서, 아들을 격려하는 아버지처럼 맬러리의 어깨를 토닥였다.

"그런데 맬러리, 거물이나 거물인 척하는 사람들과는 벌써 이야기를 나누었나?"

"예, 사람이 너무 많아서 누가 누군지는 잘 모르겠지만…"

"이 파티는 솔직히 말해서 자네한테 마지막으로 못을 박는 게 목적일세. 닐 출판사에는 거물들만 모여 있다는 걸 자네한테 알려주려고…"

"아, 그런가요?" 맬러리는 성가신 듯한 표정을 지었다. 하지만 속이 빤히 들여다보이는 연기였다. 내심으로는 기뻐서 견딜 수가 없었다. 하드커버 작가들과 어깨를 나란히 하고 일할 수 있다는 기쁨은 도저히 숨길 수 없었다.

"닐 사장님…" 맬러리는 샴페인 잔을 들어 올리며 말했다. "나한테 신경 쓸 필요는 없습니다. 나는 벌써부터 그럴 생각이에요. 이상한 잔재주는 부리지 마십시오. 닐 출판사와 계약할 테니까."

"닐 사장님…" 아일린이 끼어들었다. 그녀는 맬러리의 애인으로서가 아니라 에이전트로서 거침없는 어조로 말했다. "우린 오늘 라일리 그린리프 씨를 만났어요. 그린리프와 맬러리의 계약은 앞으로 3주 뒤에 끝나고, 그때부터는 자유예요."

"라일리는 피가 머리끝까지 올라왔겠군."

"예, 정말 대단했죠." 아일린은 날씬한 팔로 맬러리의 허리를 감았다.

이번에는 애인 역할이군. 아마 어머니 역할도 겸하고 있을 거야.

"그건 무리도 아니에요. 베스트셀러 작가가 도망쳤으니까요. 그린리프의 유일한 베스트셀러 작가가 말이에요. 라일리는 화가 나서 부들부들 떨더군요."

닐과 아일린은 소리 내어 웃었다.

"아 참, 맬러리…" 닐은 지나가는 하녀에게 빈 술잔을 건네주며 말을 이었다. "자네가 새로 쓰고 있는 책 내용은 아일린한테 들었네. 언제쯤 마무리될 것 같나?"

"앞으로 한 달쯤 걸리지 않을까 싶은데요."

"그러면 라일리와의 계약이 끝난 뒤로군. 당연히 우리 출판사에서 내게 되겠지?"

이렇게 물으면서 닐은 맬러리의 반응을 살폈다. 문제없어. 맬러리는 그럴 작정이야. 우리 출판사에 어울리게 약간 손을 좀 보게 해서 내면 돼.

"마지막 장을 고쳐 쓴다는 이야기도 아일린한테 들었네. 멋진 결말이더군." 우선 칭찬을 해놓고 나서 닐은 다시 시원스럽게 말했다. "어떤가? 오늘 밤에 함께 식사하지 않겠나? 아일린도 함께… 할 이야기가 잔뜩 있으니까."

"유감이지만… 나는 안 됩니다." 맬러리가 고개를 저었다.

"맬러리는 밤중에 일을 하거든요." 아일린이 거들었다.

"밤은 조용하니까요. 아무한테도 방해를 받지 않고 글을 쓸 수 있지요." 맬러리가 웃으면서 말했다.

"그런가…" 닐은 더 이상 미련을 두지 않고 아일린을 바라보았다. "그럼 당신은 어떻소?"

"어머나, 영광이에요!" 아일린은 아름다운 미소를 지었다. 그러나 그 미소는 순식간에 사라졌다. 아일린의 눈은 닐의 뒤쪽을 바라본 채 움직이지 않는다.

"굉장한 거물이라도 왔소? 노먼 메일러(미국의 소설가)도 초대했으니까."

"저기 있는 저 사람도 초대하셨나요?" 아일린은 굳은 목소리로 중얼거렸다.

닐은 뒤를 돌아보았다. 테라스 주위에 많은 손님의 모습이 보인다.

"저기요."

아일린이 가리키는 쪽을 바라본 닐은 흠칫 놀랐다. 초대받지 않은 손님이 있었다. 벨벳 턱시도 차림으로 방금 하녀한테 샴페인 잔을 받아드는 사람은 분명 라일리 그린리프였다. 라일리는 술잔을 입으로 가져가면서 천천히 손님들을 둘러보고 있었다.

"저 사람을 초대한 기억은 없는데…" 닐은 불쾌감을 드러내며 내뱉듯이 말했다.

"헛술이라도 마시고 왔나?" 맬러리가 중얼거렸다. "상당히 취해 있는 모양인데. 상대하지 않는 게 좋겠군."

"하지만…" 아일린이 어깨를 으쓱하며 말했다. "우리가 상대하지 않아도 저쪽에서 시비를 걸어올 거예요."

라일리 그린리프는 술 취한 사람의 연기를 계속하면서 몰래 시계를 훔쳐보았다.

아직 시간은 충분하다. 그는 손목시계에서 얼굴을 들어 정원을 바라보았다. 맬러리 일행과 시선이 마주쳤다. 라일리는 그제야 비로소 그들을 알아본 척하면서 걸음을 떼어놓기 시작했다.

잘해야 해. 너는 헛술을 퍼마시고 몸도 가누지 못할 만큼 취했어. 그리고 술기운을 빌려서 놈들한테 욕설을 퍼붓는 거야. 불리한 정황증거를 일부러 만들기 위해…

"야아." 라일리는 세 사람 앞에 서자 소리를 질렀다. "여기 다들 모여 계시군. 성스러운 천사들이… 셋 다 눈부실 만큼 아름다워." 라일리는 패배자답게 비아냥대는 웃음을 지어 보였다.

그러자 잔뜩 굳어 있던 닐의 얼굴이 누그러졌다.

"잘 왔네, 라일리. 화해하자는 건가?"

가시 돋친 닐의 빈정거림을 무시하고 라일리는 술잔을 높이 들어 올렸다.

"천만에… 출판계의 거물인 닐 사장께서 도대체 어떤 미끼를 썼길래 내가 그토록 아끼는 인기 작가를 훔쳐갈 수 있었는지, 그 좀도둑 솜씨를 뒤늦게나마 좀 배우려고…"

"라일리, 그만둬요." 아일린이 아름다운 얼굴을 찌푸리며 속삭였다.

라일리는 술 취한 남자처럼 불필요할 만큼 오랫동안 아일린의 얼굴을 들여다보고 있었다.

안됐지만 네 애인의 목숨은 이제 얼마 남지 않았어. 작별 파티를 마음껏 즐기라고.

"아니, 이건…" 라일리는 그 자리에 어울리지 않는 환성을 질렀다. "아름다움의 여신, 아일린 여사군. 에이전트 겸 두 번째 부인으로서 여전히 거장 곁에서 시중을 들고 계시는군요. 영감의 원천인 풍만한 육체… 정말 보기 좋네요."

견디다 못한 맬러리가 몸을 앞으로 내밀었다.

기사라도 되는 척하고 있군. 라일리는 속으로 비웃었다. 힘으로 말하자면 너 같은 놈은 상대도 안 돼. 나보다 조금 나은 네 두뇌도 앞으로 몇 시간 뒤면 산산이 부서질 운명이야.

"그만둬요, 라일리." 무력한 기사 맬러리가 소리를 지른다. "이제 그만 단념하세요. 난 절대로 계약을 갱신하지 않을 겁니다. 꼬박 4년이나 당신을 위해 일했어요. 그렇게 시시껄렁한 소설만 쓰게 해놓고…"

"시시껄렁?" 라일리가 외쳤다. 내용이야 어떻든, 너는 그걸로 돈을 듬뿍 벌었고 이름도 날렸잖아… 연기가 아니라 진짜 분노가 걷잡을 수 없이 치밀어올랐다. 하지만 의식의 절반은 차갑게 식은 채, 이런 분노의 발작은 내 연기를 더욱 그럴듯해 보이게 해줄 거라고 계산하고 있었다.

"농담하지 마." 라일리는 누가 듣든 말든 거리낌 없이 고함을 질렀다. "섹스가 시시껄렁하다는 거야? 섹스야말로 현대 문학에 남겨진 유일한 과제야! 유일한 신비라고. 순수하고 단순한…"

"당신과의 계약은 앞으로 3주면 끝나요." 맬러리는 라일리의 말을 가로막으며 외쳤다. "앞으로 3주. 그걸로 당신과는 인연을 끊겠어요!"

아일린은 격분한 맬러리에게 매달려 열심히 달래고 있다.

라일리는 속으로 웃었다. 내 각본대로 아슬아슬한 긴장에 휩싸인 무대가 만들어졌어.

닐이 천천히 입을 열었다.

"라일리, 자넨 인간관계를 포함해서 모든 게 파탄을 맞은 것 같군."

라일리는 닐의 말을 무시하고 말을 이었다.

"기억하고 있겠지, 맬러리. 내가 자네를 발탁하기 전에 자넨 시시껄렁한 지방 신문에서 시시껄렁한 부고 기사나 쓰고 있었어. 작가가 된 게 누구 덕분인 줄 알아?"

맬러리가 가장 싫어하는 약점을 정확히 찌르고 라일리는 의기양양하게 웃었다.

그러자 아일린이 기특하게도 원군으로 나섰다.

"하지만 맬러리도 이제는 좀 더 좋은 글을 쓰고 싶어 해요. 거기에 대해서는 아무도 불평할 수 없어요. 맬러리는 틀림없이 좋은 소설을 쓸 거예요. 포르노 소설만 내는 군소 출판사가 아니라 닐 출판사에서…"

"말도 안 되는 소리!" 라일리는 한마디 외쳐 놓고 입을 다물었다. 이제 슬슬 준비해둔 대사를 꺼내야 할 때다. 이 녀석들한테 깊은 인상을 심어줄 대사를.

"친애하는 맬러리 선생!" 라일리는 한마디 한마디를 끊듯이 느릿느릿한 어조로 조용히 말했다. "그런 짓을 하면 자네는 더 이상 일을 할 수 없게 돼. 자넨 죽을 거야."

"쫓아내는 건 아니지만…" 닐이 손을 들어 라일리의 말을 제지하고 나서 덧붙였다. "이제 슬슬 이 즐거운 대화를 끝내고 싶군."

좋겠지. 마지막 한마디는 닐도 아일린도 분명히 들었을 거야. 나중에 그것을 증언해줘.

"하지만 명심해 둬. 이번 신작은 내 거야. 나와 맺은 계약이 끝나기 전에 쓴 거니까." 라일리가 말했다.

닐이 손을 뻗어 라일리의 어깨를 움켜잡았다.

"여긴 즐거운 파티장이니까, 이제 그만하게."

라일리의 손에서 술잔이 떨어져 바닥의 벽돌 위에서 요란한 소리를 내며 깨졌다. 손님들의 시선이 일제히 라일리를 향해 쏟아졌다.

3

라일리는 무모할 만큼 난폭하게 차를 몰아 베벌리힐스를 빠져나왔다. 취하지는 않았다. 어렴풋이 느끼고는 있었지만, 혼자가 되고 보니 부글부글 끓어오르는 분노를 어떻게 처리할 수가 없었다. 액셀을 밟는 발에 저절로 힘이 들어갔다. 자동차는 타이어를 마찰시키며 옆으로 미끄러졌다. 커브가 많은 조용한 주택가에 타이어의 요란한 비명 소리가 메아리쳤다. 샌디에이고 고속도로로 들어가 남쪽으로 내려가기 시작했을 무렵에야 라일리는 겨우 냉정을 되찾았다. 고속도로가 붐비는 시간은 벌써 지났다. 라일리는 시트에 머리를 기대고 담배에 불을 붙였다. 그리고 창문을 활짝 열었다. 밤공기를 얼굴에 받으며 담배 연기를 토해냈다. 샴페인이라도 다시 마시고 싶은 기분이었다.

로스앤젤레스 시내의 불빛이 바람처럼 흘러간다. 저 수많은 불빛 아래에 수많은 인생이 있다. 승자와 패자, 야망과 절망, 웃음과 눈물… 하지만 나는 아직 지지 않았어. 싸움은 아직 결판난 게 아니야. 전반전에는 졌지만 후반전이 남아 있어. 마지막에 웃는 자가 이기는 거야.

그래도 닐의 파티장에서 패배자를 연기하며 마신 샴페인은 역시 씁쓸했다. 그게 고급 샴페인이라는 것은 인정할 수밖에 없다. 하지만 씁쓸했다. 이제 다시 술을 마시지 않으면 안 된다. 승리의 술잔에 찰찰 넘치게 따른 맛좋은 술을.

다음 막의 무대를 어디로 할 것인지는 대충 생각해놓고 있었다. 하지만 사실은 어디라도 좋았다. 살인 현장에서 멀리 떨어져 있는 곳이라면 어디든 상관없다. 폭탄 미치광이 에디 케인이 스미스웨슨 38구경 권총의 총알을 맬러리에게 쏘는 것은 오후 10시 30분, 에디의 말투를 빌리면 2230시. 그 시각에 "그린리프 씨는 시골 술집에서 술을 퍼마시고 정신을 차리지 못할 만큼 취해 있었다"라고 증언해줄 누군가를 준비하는 것, 그것이 다음 막의 주제였다.

라일리는 대시보드의 시계를 보았다. 빨간 바늘은 야광 문자판의 9자를 가리키고 있었다. 다음 막을 10시에 올린다 해도 아직 한 시간의 여유가 있었다.

라일리는 속도계로 눈길을 돌렸다. 자동차는 시속 60마일로 달리고 있었다. 이 속도를 유지하면서 앞으로 한 시간 동안 달리면 뉴포트비치(로스앤젤레스 남쪽)까지는 너끈히 갈 수 있다. 어쩌면 라구나비치까지 갈 수 있을지도 모른다. 그 언저리까지 가면 밤새 영업하는 술집은 얼마든지 있다. 술집들은 주말 여행자를 끌어들이려고 휘황찬란하게 네온을 켜놓고 있을 것이다.

주말… 로스앤젤레스 주민들은 주말이면 누구나 다소는 변신한다. 평소에 검은 양복 차림으로 지내던 근엄한 공무원들은 모래언덕에 나가 요란한 굉음을 내며 모래밭용 자동차를 몰고 다닌다. 상냥한 주부들은 천 피트 상공에서 몸을 날려 화려한 낙하산의 꽃을 피운다. 겸손한 세일즈맨들은 오토바이 경주에 출전하여 난폭한 스피드광이 된다. 노부부는 캠핑 트레일러를 끌고 모래언덕으로 나가 야외생활을 즐기면서 젊은이가 된 기분을 맛본다. 항공기회사의 엔지니어와 아내들은 부부교환 파티에 나가 섹스 혁명의 일익을 맡는다. 그리고 출판사 사장 라일리 그린리프는… 나도 예외는 아니야. 나는 못된 주정뱅이가 되는 거야. 살인극에 등장하는 꼭두각시 인형을 조종하는 주정뱅이가…

그 무렵, 앨런 맬러리는 그리피스 공원(로스앤젤레스 북쪽) 근처의 프랭클린 가를 달리고 있었다. 대시보드의 시계는 9시 30분을 가리키고 있다. 오늘 밤에도 정각 10시부터 일을 시작할 수 있을 것이다. 맬러리는 상쾌한 취기를 느끼면서 작업실을 향해 차를 몰았다.

같은 무렵, 에디 케인은 흑인 주택가 변두리에 있는 잉글우드(로스앤젤레스 남서쪽)의 아파트에서 나와 전투복을 걸쳤다. 긴 소매 전투복은 더웠다. 그러나 에디 케인은 언제나 그렇듯이 그 더위를 참았다. 이런 차림으로 있어야 마음이 차분해진다. 에디는 갈색 종이봉지를 들고 왜건에 올라타 시동키를 돌렸다.

라일리 그린리프는 라구나비치에서 고속도로를 벗어났다. 그리고 해안을 향해 서쪽으로 천천히 차를 몰았다. 헤드라이트 불빛 속에 작은 도로 표지가 떠올랐다. 도로 표지판에는 '엔시노'라고 적혀 있었다.

이윽고 주크박스의 음악 소리가 들려왔다. 엔시노 시내를 빠져나간 곳에 술집 두 채가 마주 보고 서 있었다. 예상대로 술집은 주말 여행자들로 붐비고 있었다. 주차장은 양쪽 다 거의 가득 차 있었다.

오른쪽 술집은 붉은 네온을 켜놓고 있었다. 간판에는 '황금 천사들'이라고 적혀 있었다. 반대쪽 술집은 푸른 네온으로 '검은 까마귀'라는 글자를 점멸시키고 있었다. 라일리는 왼쪽 주차장으로 차를 몰아넣었다. 천사보다는 불길한 검은 까마귀가 좋겠어. 맬러리는 검은 까마귀와 함께 승천하는 거야.

카라디오의 음악이 끝나고 아나운서의 또렷한 목소리가 흘러나왔다.

"10시를 알려드립니다. 이어서 뉴스를…"

라일리는 엔진을 껐다. 손목시계를 내려다보고 나서 자동차 밖으로 나왔다. 그러고는 술집을 순례하느라 엉망으로 취해버린 사람처럼 갈지자걸음으로 비틀거리며 '검은 까마귀'로 다가갔다.

맬러리는 오피스텔 건물 계단을 올라가면서 손목시계를 보았다. 정각 10시였다. 가벼운 취기도 지금은 완전히 깨어 있었다. 컨디션은 좋다. 오늘 밤에는 일이 꽤 진척될 것 같다.

맬러리는 고풍스러운 젖빛유리를 끼운 문을 열었다. 그러고는 열쇠를 주머니에 집어넣고, 전등을 켰다.

에디 케인은 왜건에서 내려 오피스텔 건물 3층을 힐끔 바라보았다. 바로 그 순간 전등이 켜졌다. 타이밍이 아주 좋군. 에디는 자동차 문을 살며시 닫고 건물 뒤쪽으로 돌아갔다. 라일리가 말한 대로 도로에서 지하실로 통하는 계단이 있었다. 육중한 철제문을 밀자 약간 삐걱거리면서 열렸다. 이것도 라일리가 말한 대로다.

에디는 지하 보일러실로 들어갔다.

맬러리는 문간에 쪼그리고 앉아 커다란 봉투를 집어들었다. 테이프에 녹음한 내용을 타이피스트가 원고로 만들어 문틈으로 넣어둔다… 날마다 되풀이되는 습관이었다.

맬러리는 활자로 정리된 원고를 훑어보면서 천천히 책상으로 다가간다. 이것도 습관의 하나였다. 그것도 늘 이맘때만 되면 되살아나는…

맬러리는 초록빛 등갓을 씌운 탁상 램프를 켰다. 그러고는 가죽의자에 털썩 주저앉아 타자된 원고를 넘겼다.

그러다가 문득 얼굴을 들고 살풍경한 실내를 둘러보았다. 원고를 책상 위에 내던지고 벌떡 일어나 방구석으로 성큼성큼 걸어가서 에어컨 스위치를 만지작거리던 맬러리는 혀를 차며 에어컨을 발로 걷어찼다.

"또 고장이군. 돈을 쓰지 않으니까 이렇게 되는 거야!"

맬러리는 투덜거리면서 창문을 열어젖혔다. 그러고는 방 한가운데에 우뚝 서 있다가 문으로 다가가서 문도 활짝 열었다. 그리고 바람에 닫히지 않도록 손님용 의자로 문을 고정시켰다.

방에 고여 있던 열기가 밖에서 들어오는 산들바람에 가볍게 흔들렸다.

지하 보일러실로 들어간 에디는 뚜껑을 씌운 쓰레기통 위에 갈색 종이봉지를 내려놓았다. 그리고 봉지를 조심스럽게 열었다. 안에서는 스미스웨슨 38구경 권총과 열쇠 그리고 고무장갑이 나왔다. 에디는 고무장갑을 끼고 나서 권총을 집어들었다. 지문이 묻어 있는 개머리에는 손을 대지 않고 엄지와 검지만으로 총파를 잡고 겨냥해 보았다. 그 상태를 유지하면서 왼손 엄지손가락으로 공이를 세워본다. 어떻게든 될 것 같다. 그러나 총을 이런 식으로 쥐면 총을 쏘는 순간 총신이 흔들리는 것을 피할 수 없다. 겨냥은 자연히 부정확해진다. 따라서 가까운 거리에서 쏘지 않으면 안 된다.

에디는 권총을 쓰레기통 위에 도로 내려놓고 왼손에 낀 고무장갑을 젖혀 손목시계를 들여다보았다. 22시 05분. 앞으로 25분이나 기다리지 않으면 안 된다. 에디는 쓰레기통 옆에 쪼그리고 앉아서 몽롱한 눈으로 천장을 쳐다보았다.

'검은 까마귀'의 벽시계는 10시 10분을 가리키고 있었다. 라일리는 긴 카운터 끝에 앉아 지친 개처럼 고개를 흔들고 있었다. 그러다가 술잔을 들어 단숨에 들이키고는 한 잔 더 달라는 신호로 카운터 위에 탕 내려놓았다. 바텐더는 라일리의 신호를 무시하고, 주정뱅이는 상대하지 않겠다는 태도를 노골적으로 드러내며 카운터를 사이에 두고 단골인 듯한 몇몇 손님과 이야기에 열중해 있다. 라일리는 넥타이를 거칠게 늦추고 바텐더에게 고함을 쳤다.

"이봐, 거기 있는 형씨, 여자처럼 수다만 떨지 말고 조금은 성실하게 일해봐. 술을 따르는 건 당신이 할 일이잖아?"

바텐더는 라일리에게 차가운 시선을 던지고는 문간에 서 있는 지배인의 얼굴을 힐끔 바라보았다. 뚱뚱한 지배인이 고개를 끄덕였다. 그러자 바텐더는 술병을 들고 라일리에게 다가와 말없이 술을 따랐다.

라일리는 눈을 치켜뜨고 바텐더를 노려보았다. 바텐더는 시선이 마주치는 것을 피하며 술을 따른 다음 단골손님들 쪽으로 돌아갔다.

"얼간이 자식!" 라일리는 상대에게 들리도록 욕설을 내뱉고는 술잔을 집어들었다.

그리고 술잔을 든 채 잠시도 꼼짝하지 않았다. 이윽고 고개를 젖혀 술을 들이킬 때 그는 벽시계를 훔쳐보았다. 10시 15분이다.

맬러리는 가죽의자에 앉아서 파이프에 불을 붙였다. 열린 창문으로 들어오는 바람 때문에 파이프 연기가 천천히 옆으로 흐른다.

맬러리는 책상 위에 놓인 녹음기를 틀었다. 오른손에 파이프를 쥔 채 왼손으로 마이크를 집어든다. 맬러리는 의자에 깊이 몸을 묻고 마이크를 입가로 가져갔다.

"안녕, 애그니스…" 맬러리는 마이크를 향해 말을 걸었다. "어제 원고는 다 읽었어. 꽤 잘 나가고 있지만 몇 군데 수정하고 싶은 곳이 있어. 우선 947쪽부터 시작해서 이 장을 정리해버리자고."

맬러리는 잠깐 입을 다물고 천장을 쳐다보았다. 그러다가 천천히 구술을 시작했다.

"콘래드는 리첸을 힘껏 끌어안았다. 날씬하고 부드러운 몸이 그의 품 안에서 바르르 떨고 있다. 이건 사랑이다. 설령 한순간의 꿈이라 해도 전쟁이 끝날 때까지는 계속될 사랑…"

'검은 까마귀'의 시계가 10시 23분을 가리켰다.

라일리는 위스키가 절반쯤 남아 있는 술잔을 내팽개치듯 카운터 위에 내려놓았다. 그 충격으로 갈색 액체가 사방으로 튀었다. 옆에 앉은 손님이 고개를 돌려 라일리를 노려보았지만, 라일리는 주눅든 기색도 없이 주크박스의 음악 소리를 압도할 만큼 큰 소리로 호통을 쳤다.

"이봐, 바텐더! 이 사기꾼 놈아!"

손님들의 말소리가 뚝 그치고 호기심 어린 시선들이 라일리에게 쏟아졌다. 바텐더는 잠시 망설이다가 결심한 듯 라일리에게 다가왔다.

라일리는 눈앞에 다가온 바텐더에게 술잔을 가리키며 쇳소리를 질렀다. "이봐! 이 술잔에 뭘 넣었지?"

바텐더는 가볍게 혀를 차고 나서 카운터 안쪽에서 몸을 내밀어 허스키한 목소리로 말했다.

"스카치 더블인데요. 손님이 주문하신 대로…"

"사람을 우습게 보지 마! 말 오줌 같은 맛이 나는데 그래!"

라일리는 손바닥으로 술잔을 홱 뿌리쳤다. 카운터 안쪽으로 날아간 술잔은 유리 장식장에 부딪혀 장식장과 함께 깨졌다. 여자 손님이 짧은 비명을 질렀다.

뚱뚱한 지배인이 다가와 라일리의 팔을 잡았다.

"좀 과음하신 것 같군요." 지배인은 억지웃음을 지으며 라일리를 바라보았다.

"과음하든 말든 내 마음이야. 당신한테는 볼일이 없어. 저리 비켜! 나는 이 사기꾼 녀석한테…"

라일리의 팔을 움켜잡은 지배인의 손아귀에 힘이 들어갔다.

"내 몸에 손대지 마!" 라일리는 지배인의 손을 뿌리쳤다.

지배인은 엷은 미소를 지으며 라일리를 바라본 채 한 손을 들어 손가락을 딱 울렸다. 그러자 어디선가 딱딱한 어깨를 턱시도로 감싼 젊은 사내가 나타나더니, 느닷없이 라일리의 겨드랑이에 두 팔을 집어넣어 목 뒤로 죄어 올렸다. 젊은 경비원은 그런 자세로 라일리를 질질 끌어냈다.

"이거 놔! 내가 누군 줄 알고 그래? 이 술집은 손님을 이런 식으로 취급하나? 흥, 더러운 가게로군! 악취가 나! 시궁창처럼 냄새나는 더러운 술집이야! 말 오줌을 술이라고 내놓는 돼지우리처럼 말이야…" 질질 끌려나가면서도 라일리는 욕설을 퍼부었다.

문에서 쫓겨나기 직전에 라일리가 마지막으로 본 술집 시계는 10시 25분을 가리키고 있었다. 타이밍이 좋군. 라일리는 속으로 웃었다.

지하 보일러실에 웅크리고 앉아 있던 에디는 손목시계 바늘이 10시

제1장 살인의 연출 185

25분을 가리키는 것을 보고 일어섰다. 작전 개시다. 2230시까지 앞으로 5분. 에디는 보일러실 구석에 있는 계단을 올라갔다.

1층으로 나올 때 멈춰 서서 주위 상황을 살폈지만 인기척은 전혀 없었다. 에디는 발소리를 죽이며, 그러나 야수처럼 민첩하게 낡아빠진 계단을 올라갔다.

'검은 까마귀' 주차장은 점멸하는 네온 불빛에 잠긴 채 쥐죽은 듯 조용했다. 라일리는 비틀거리면서 자동차로 다가가 거칠게 문을 열고 올라탔다. 연기력은 더 이상 필요하지 않았다. 스카치 더블을 연달아 여섯 잔이나 들이켰기 때문에 약간 취기가 돌기 시작했다. 그러나 이성은 마비되지 않고 제대로 활동하고 있었다.

라일리는 대시보드의 시계를 보았다. 10시 26분이다. 맬러리의 죽음은 초읽기 단계에 들어갔다.

술집 문간에서 젊은 남녀가 모습을 나타냈다. 그들은 손을 맞잡고 노란 무스탕 쪽으로 걸어갔다. 라일리는 그 두 사람을 그냥 보내기로 했다. 노란 무스탕은 라일리의 차가 서 있는 위치에서는 너무 멀었다.

이어서 노인 부부가 나타났다. 노부부는 살이 축 늘어진 뚱뚱한 몸을 서로 맞대고 이쪽으로 다가오더니, 라일리 옆을 지나 뒤쪽으로 돌아갔다. 지나갈 때 여자가 입을 크게 벌리고 요란하게 웃었다. 틀니 냄새가 풍겨오는 것 같아서 라일리는 얼굴을 찡그렸다. 백미러를 들여다보니 두 사람은 라일리의 차에서 비스듬히 뒤쪽에 서 있는 마이크로버스의 문을 열고 있었다. 더러워진 희뿌연 차체가 무방비하게 옆구리를 드러내고 있다.

더없이 좋은 표적이다.

라일리는 시동키를 돌리고 액셀을 힘껏 밟았다.

에디는 3층 복도에 섰다. 305호실의 불빛이 복도로 새어 나오고 있었다. 에디는 벽에 등을 눌러대듯 하며 벽을 따라 나아갔다. 머리 위에서 헬리콥터 소리가 들린 듯한 기분이 들었다. 로켓포를 장착한 헬리콥터 UH-1(베트남전에서 활약한 헬기)의 굉음이 들렸다. 그리고 화약 냄새를 맡은 듯한 기분도 들었다. 에디는 깊은 한숨을 토해냈다.

305호실 안에서는 맬러리가 마이크를 향해 말하고 있었다.
"…콘래드는 그녀의 마음까지 원했다. 이것은 규칙 위반이었다. 그날 밤에는 잠을 이루지 못했다. 사이공까지 고작 60마일인데, 하고 그는 생각했다…"
맬러리는 자기 말에 도취해 있었다. 스스로 만든 비극의 종말에 도취해 있었다. 그는 운하가 얼기설기 뻗어 있는 메콩강 삼각주의 광활한 들판을 머리에 떠올리고 있었다. 남국의 뜨거운 햇살, 메마른 대기, 그리고 죽음과 등을 맞댄 사랑…

에디는 문간에서 망설이고 있었다. 왠지 문이 열려 있다. 손님이라도 기다리고 있는 것처럼. 에디는 준비해둔 열쇠를 도로 주머니에 집어넣고 방안으로 살짝 들어갔다. 맬러리의 뒷모습이 눈에 들어왔다.
"콘래드가 가야 할 길은 하나밖에 없었다… 들판 저쪽에 성이그나티우스 수도원이 보인다. 그것은 그에게 남겨진 유일한 희망이자 안식처였다…"
맬러리의 등 뒤로 몰래 다가간 에디는 엄지와 검지로 총파를 잡고 왼손으로 살며시 공이를 세웠다. 총구에서 불과 몇 인치 떨어진 곳에 맬러리의 뒤통수가 있었다.
맬러리는 다리를 바꿔 꼬면서 천천히 입을 열었다.
"…그는 돗자리 위에 잠들어 있는 리첸을 내려다보았다. 가련한 몸은 조용히 숨쉬고 있었다. 깨우는 건 그만두자… 창가에서… 그는 천천히 뒤를 돌아보았다…"

그 말에 맞추어 맬러리는 천천히 회전의자를 돌렸다. 그 순간 그는 전투복으로 몸을 감싼 해병대원의 모습을 보았다. 눈앞에 검게 빛나는 무언가가 있었다.

맬러리에게는 검게 빛나는 무언가가 권총이라는 것을 알아차릴 시간이 없었다. 전투복 차림의 사내와 라일리를 결부시킬 겨를도 없었다. 다만 시야 가득 퍼져가는 섬광을 보았을 뿐이다. 그것이 마지막이었다.

맬러리의 몸은 가까운 거리에서 총알을 받은 반동으로 크게 튀어 올랐다. 양미간으로 들어간 총알은 머리를 관통하고 뒤통수를 날려버렸다. 맬러리는 변형된 머리에서 피를 내뿜으며 몸을 뒤로 젖혔다.

책상 위의 녹음기는 계속 돌아가고 있었다. 맬러리의 마지막 말을 기록한 뒤 총소리를 기록하고, 이어서 에디가 열쇠를 바닥에 내던질 때의 작은 소리를 기록하고, 마지막으로 문이 닫히는 소리를 녹음했다. 그리고 바람에 흔들리는 블라인드의 한가로운 소리에 반응하여 녹음기의 음량계는 헛되이 바늘을 진동시키고 있었다.

지하 보일러실로 내려간 에디는 고무장갑을 벗었다. 빠뜨린 것은 없나? 에디는 잠시 그 자리에 우뚝 서 있었다. 라일리 그린리프의 지시대로 열쇠는 방에 남겨두고 왔다. 에디는 스미스웨슨 38구경 권총을 콘크리트 바닥에 살짝 내려놓았다. 됐어. 손잡이 지문은 건드리지 않았어. 임무는 모두 완수했어. 작전 완료!

에디는 시계를 보았다. 10시 33분이었다.

4

'검은 까마귀' 주차장에 엔진 소리를 울리며 라일리는 맹렬한 속도로 차를 후진시켰다. 마침 움직이기 시작한 회색 마이크로버스가 백미러 속에서 급속히 커졌다. 라일리는 충격에 대비하여 몸을 바싹 긴장시켰다.

그러나 충격은 예상했던 만큼 세지 않았다. 그 대신 커다란 북을 치는 듯한 요란한 소리가 났다. 충격으로 떨리는 백미러 안에서 마이크로버스의 유리창이 깨지는 것이 보였다.

라일리는 재빨리 자동차에서 뛰쳐나와 고함을 질렀다.

"도대체 눈을 어디다 달고 다니는 거야! 바보 같은 자식!" 라일리는 마이크로버스 운전석에 멍하니 앉아 있는 노인을 향해 주먹을 치켜들었다. "내 차를 망가뜨렸잖아!"

"정말 죄송합니다…" 운전석의 노인은 당황하여 사과했다.

라일리에게는 뜻밖의 상황이었다. 이 겁쟁이 영감아! 당신은 사과하면 안 돼. 나한테 수리비를 달라고 해야지. 그러면 나는 보험회사를 알려주는 거야. 그 줄거리를 멋대로 바꾸면 곤란해!

그러나 늙은 아내가 궤도를 수정하는 역할을 떠맡고 나섰다.

"뭐라고요? 잘못한 건 당신 쪽이잖아요! 눈을 감고 운전한 건 당신이라고요! 여보, 정신 똑바로 차려요. 할 말은 제대로 해야죠." 여자는 남편의 어깨를 두드리며 화가 나서 씨근거렸다.

"아아, 그래…" 남편은 낮은 소리로 중얼거렸다. 그러고는 라일리의 얼굴을 똑바로 바라보지도 못하고 시선을 땅바닥에 떨어뜨린 채 조심조심 말을 이었다. "당신은… 저어… 뒤도 안 보고 후진하다가…"

"뭐야? 그걸 말이라고 하는 거야?" 라일리는 남편에게 호통을 치고 나서, 이번에는 아내를 향해 손가락을 쑥 내밀었다. "당신은 바보야. 바보에다 거짓말까지 하고 있다고!"

"뭐라고요?" 여자는 남편의 등 뒤에서 발돋움하며 흥분했다. "여보, 저 깡패 녀석한테 뭐라고 말 좀 해요!"

"아주머니, 그렇게 천한 말을 쓰면 안 되죠." 라일리는 이렇게 빈정거리고 나서 힐끔 시계를 보았다. 10시 35분. 이만하면 충분해. "늙은이가 차를 몰고 다니니까 이렇게 되는 거라고! 노망난 영감태기는 집구석에나 틀어박혀 있어! 노망난 할망구도!"

"실례지만…" 여자가 점잖게 말했다. "그런 상태라면 경찰을 부르는 게 좋을 것 같은데요."

"실례지만 부인…" 라일리도 대꾸했다. "그런 얼굴이라면 성형수술을 받는 게 좋을 것 같은데요."

여자는 마침내 울기 시작했다. 쇳소리를 지르며 신경질적으로 울어댔다. 어느새 주위에는 구경꾼들이 모여들었다. 구경꾼들 속에서 '검은 까마귀'의 지배인이 앞으로 나섰다.

"여러분, 아무것도 아닙니다. 구경거리가 아니에요!"

"또 시궁쥐가 등장하셨군?"

라일리는 자못 짜증스러운 표정으로 지배인을 바라본 뒤 자기 차의 보닛 위로 몸을 굽혔다. 그러고는 수첩을 꺼내어 보닛 위에 올려놓고 자기 이름과 보험회사 전화번호를 적었다. 그리고 그 메모를 수첩에서 찢어낸 다음 다시 한번 찬찬히 확인해보았다. 실수한 건 없나? 어쨌든 이 쪽지가 나를 궁지에서 구해주게 될 테니까… 이건 내 알리바이를 증명해줄 유일한 단서야.

라일리는 겁을 먹고 주뼛거리는 노인에게 메모 쪽지를 내밀었다.

"잘못한 건 영감이지만 수리비는 내가 내겠소. 내일 아침에 이리로 전화하쇼. 내 보험회사요. 거기서 영감을 돌봐줄 거요." 메모를 받아들고 멍하니 앉아 있는 노인에게 라일리는 다시 한번 다짐을 받았다. "알았어요?

내 보험회사에서 자동차 수리비를 내줄 거라고."

노인은 그제야 겨우 고개를 끄덕였다. 그것을 확인하고 나서 라일리는 지배인에게 작별의 말을 던졌다.

"여긴 정말 지독한 곳이군. 말 오줌을 술이라고 내놓지 않나, 차를 망가뜨리지 않나… 이래서 시골은 딱 질색이라니까."

분노로 일그러진 지배인의 얼굴을 남겨놓고 라일리는 차에 올라탔다. 그러고는 액셀을 힘껏 밟아 요란한 타이어 소리를 내면서 도로로 뛰쳐나갔다.

지배인은 망가진 마이크로버스로 다가가서 손을 들었다.

"다치신 데는 없습니까?" 그리고 변명하는 듯한 어조로 말을 이었다. "그놈은 우리 집에 오기 전에 벌써 취해 있었어요."

주말을 망쳐버린 여자는 흐느끼면 말했다.

"저런 주정뱅이를 내버려두다니… 저런 상태라면 누군가를 죽일지도 몰라요."

라일리는 차 안에서 싱긋 웃었다. 올 때와 같은 길을 더듬어 샌디에이고 고속도로로 들어섰다.

미소는 발작적인 폭소로 바뀌었다. 그는 핸들을 두 손으로 움켜잡고 몸을 비틀며 웃었다.

베스트셀러 작가 맬러리는 나에게 보험금이라는 유산을 남기고 이미 승천했어. 에디는 틀림없이 잘 해냈을 거야. 라일리는 그렇게 확신하고 있었다.

맬러리의 작업실 지하에는 내 지문이 묻은 내 권총과 내 열쇠가 남아 있어. 누구나 라일리 그린리프가 범인이라고 생각하겠지. 게다가 내게는 동기도 충분해. 정황증거는 모두 갖추어져 있는 셈이지. 경찰은 기뻐 날뛰며 나한테 덤벼들겠지.

그런데 내게는 결정적인 알리바이가 있단 말씀이야. 아무도 무너뜨릴 수 없는 철벽같은 알리바이가…

그러면 범행에 사용된 권총은 무엇을 의미하는가? 어째서 내 지문이 묻은 권총이 범행에 사용되었는가?

그 해답은 내 각본에 쓰여 있지. 누군가가 파놓은 함정이라고. 누가? 그건 바로 에디 케인이야. 그 폭탄 미치광이가 나와 맬러리한테 복수한 것으로 내 각본에는 되어 있지. 동기는? 동기도 각본에 다 나와 있어.

열린 창문으로 높은 웃음소리를 흩날리며 라일리는 달렸다. 상쾌한 밤이었다. 어둠 속에서 오렌지 과수원의 달콤한 향기가 풍겨오는 듯했다.

그러면 다음은 경찰을 가지고 노는 제3막이야. 라일리는 이제 곧 대결하게 될 형사를 상상했다. 유명한 작가가 살해된 사건이니까 뛰어난 형사가 등장하게 되겠지. 불꽃 튀는 두뇌 게임이 벌어질 거야.

"형사 나리, 잘해보셔." 라일리는 아직 본 적도 없는 형사에게 말을 걸고는 다시 몸을 흔들며 웃었다.

5

그리피스 공원에 면해 있는 오피스텔 건물 3층. 305호실은 경찰관들로 가득 차 있었다. 새벽 2시다. 겨우 서늘해진 바깥 공기가 열린 창문으로 들어왔지만, 실내는 사람들의 훈김으로 콱콱 막힐 만큼 더웠다. 경찰관들의 푸른 제복에는 땀이 흥건히 배어 나와 있었다.

가죽의자에 기대앉은 맬러리의 시체는 감식반원이 터뜨리는 플래시를 몇 번이나 받고 있었다. 섬광이 번쩍일 때마다 이미 생기를 잃은 맬러리의 얼굴은 표백된 가면처럼 희뿌옇게 떠올랐다. 맬러리는 한 손에 마이크를 쥔 채 움직이지 않는 눈을 크게 치뜨고 허공을 노려보고 있었다.

사진을 다 찍은 감식반원은 마이크를 단단히 움켜쥔 맬러리의 손가락을 억지로 펴고 마이크를 빼내어 책상 위의 녹음기 옆에 내려놓았다. 녹음기는 끝내 완성되지 않은 이야기의 결말과 처참한 살인극의 현장음을 기록한 채 이미 멎어 있었다.

모든 사람이 분주하게 돌아다니면서 저마다 지껄이고 있었다. 수수하지만 고급스러운 양복을 차려입은 해리 형사는 건물 경비원의 이야기를 들으며 메모를 하고 있었다.

"그렇습니다. 내가 시체를 본 건 12시경입니다." 경비원은 맬러리의 시체를 힐끔 바라보았다. "날마다 그 시간에는 여기 오기로 되어 있습니다. 맬러리 씨가 그 시간에 커피를 갖다 달라고 부탁했거든요. 커피포트에 끓인 뜨거운 커피를. 맬러리 씨는 항상 12시경에 커피를 마시면서 한숨 돌리곤 했지요. 위에 나쁘다고 나는 말했지만…"

"그렇군요, 커피라…" 해리 형사는 중얼거렸다.

그때 어딘가 방구석에서 묘한 소리가 났다.

"커피? 지금 누가 커피라고 했나?" 살인 현장에는 어울리지 않는 얼빠진 목소리, 우둔한 소가 하품을 하는 듯한 소리였다. "누가 커피를 가져왔나?"

목소리의 주인공은 비틀거리며 경비원에게 다가왔다. 이 더운 날씨에 레인코트를 걸치고 있었다. 그것도 걸레처럼 구겨지고 지저분한 코트다.

경비원은 부랑자가 잘못 들어왔나 보다고 생각했다. 부랑자는 아니라 해도 그렇게 너저분한 꼬락서니를 하고 있는 걸 보면 꼬박 사흘 동안 집에도 들어가지 않고 술을 퍼마시며 시내를 헤매다닌 게 분명하다. 구겨진 셔츠, 목에 아무렇게나 늘어진 넥타이 같은 것, 까치집같이 헝클어진 머리, 그리고 무엇보다도 인생의 무거운 짐을 잔뜩 짊어진 것처럼 구부정한 어깨…

이봐, 여긴 부랑자 보호소가 아니야! 경비원은 이렇게 호통을 쳐주고 싶은 기분을 꾹 참고 해리 형사의 안색을 살폈다.

"누가 커피를 가져 왔나?" 초라한 몰골의 사내는 커피 타령을 계속했다. 그러고는 사팔눈으로 해리 형사를 바라보며 도움을 청하듯 두 팔을 쳐들었다. 팔이 움직이자 앞을 풀어헤친 코트가 따라 올라가 가련하게 구부러진 짤막한 다리가 드러났다.

"이 사람이 가져왔습니다, 콜롬보 반장님."

해리 형사가 이렇게 말했을 때 경비원은 귀를 의심했다. 반장님이라고? 말도 안 돼!

"그거 아직 있어요?" 이렇게 말하면서 구부정하고 작달막한 사내는 못생긴 코를 문지르면서 경비원 쪽으로 눈길을 돌렸다.

당황한 경비원은 다시 해리 형사의 안색을 살폈다.

"있습니다, 반장님." 해리 형사가 대답했다.

그러자 혼란에 빠진 경비원은 그래도 한껏 빈정거리는 투로 말했다.

"맬러리 씨의 커피니까 아무도 손대지 않았습니다. 맬러리 씨는 매일 밤…"

그러나 콜롬보는 책상 위에 놓여 있는 갈색 종이봉지를 재빨리 알아본 듯 코트 자락을 펄럭이며 책상으로 다가갔다.

"벌써 식었어요."

경비원이 말했지만 콜롬보는 등을 돌린 채 손을 내저으며 말했다.

"괜찮아요."

콜롬보는 맬러리의 시체 바로 앞에서 갈색 종이봉지를 성급하게 풀었다. 그리고 봉지 안에서 커다란 종이컵을 발견하자 자못 기쁜 듯이 한숨을 내쉬었다.

"지난 이틀 동안 지독한 수면 부족이라…" 콜롬보는 변명하듯 말하고 나서, 담뱃진으로 더러워진 이를 부끄러운 기색도 없이 드러내며 입을 쩍 벌리고 하품을 했다.

아니, 저건 단순한 담뱃진이 아니야. 저렇게 이빨이 새까매진 걸 보면 파이프나 시가를 피우는 게 분명해… 경비원은 속으로 중얼거렸다.

"어젯밤에도 다섯 시간밖에 못 잤어." 이렇게 말하고 콜롬보는 다시 꼴사납게 하품을 했다. "어젯밤에는 정말 지독했지. 모두 베티 데이비스(미국의 유명 여배우) 탓이야. 새벽 2시에 집사람이 베티 데이비스가 나오는 텔레비전 영화를 보고 싶다고 해서… 그래서 할 수 없이 나도 봤지."

콜롬보는 커피를 한 모금 마시고 얼굴을 찡그렸다.

식은 커피를 설탕도 타지 않고 마시니 맛이 있을 리가 없겠지! 경비원은 속으로 욕설을 퍼부었다.

그러나 콜롬보는 경비원을 돌아보며 서늘한 얼굴로 말했다.

"이거, 꽤 맛있는데요."

"반장님, 열쇠 이야기는 들으셨습니까?"

해리 형사가 묻자 콜롬보는 또 얼굴을 찡그렸다. 얼굴 전체가 묘하게 일그러져 사팔눈이 굵은 눈썹 밑으로 사라졌다.

"커피가 조금만 더 뜨거웠다면 훨씬 더 맛있었을 텐데…" 콜롬보는 아쉬운 듯 한숨을 내쉬고는 느닷없이 버럭 소리를 질렀다. "열쇠?"

"예, 열쇠요."

"아아 그거… 관리인은 7시에 나온다던데…" 콜롬보는 식은 커피를 한 모금 홀짝이고, 이번에는 자못 감동한 듯이 말했다. "대단하더군. 그 베티 데이비스라는 여배우는 정말 멋져. 덕분에 나는 수면 부족이 되어버렸지만…"

이제 아무도 콜롬보의 말을 듣고 있지 않았다. 흰 가운을 입은 사내들이 들것을 들고 들어와 콜롬보를 밀쳐내고 시체로 다가갔다. 콜롬보는 비틀거리다가 종이컵에 든 커피를 조금 쏟았다. 커피로 더러워진 손을 잠시 바라보고 있던 콜롬보는 그 손을 코트에 쓱쓱 문질러 닦고는 옆에 있던 대머리 사내에게 말을 걸었다.

"크레이머, 어때? 책상 위는 다 끝났나?"

"이제 곧 끝납니다." 크레이머는 고개도 들지 않고 무뚝뚝하게 말했다.

콜롬보는 개를 데리고 공원이라도 산책하듯 방안을 어슬렁어슬렁 돌아다니고 있다가, 문득 경비원의 모습을 보고는 해리 형사에게 말했다.

"어떻게 들어왔지?"

"누가요?"

"저 사람…" 콜롬보는 종이컵으로 경비원을 가리키며, 이번에는 경비원에게 직접 물었다. "어떻게 들어왔지요? 여벌 열쇠를 갖고 있었나요?"

콜롬보는 경비원에게 다가와서 커피를 홀짝이고 얼굴을 찡그린 다음, 똑같은 질문을 다시 한 번 되풀이했다.

"여벌 열쇠를 갖고 있었나요?"

"예, 그렇습니다." 경비원은 넌더리를 내면서 이미 해리 형사에게 이야기한 내용을 되풀이했다. "문을 두드렸지만 아무 소리도 나지 않았습니다. 하지만 불빛이 새어 나오고 있는 게 보였기 때문에 들어와 봤지요. 그래서 저걸 발견한 겁니다."

맬러리의 시체는 들것에 실려 방에서 막 나가려는 참이었다. 흰 가운을 입은 사내가 또 콜롬보에게 부딪혔다. 또 커피가 엎질러지고 콜롬보는 젖은 손가락을 또 코트에 닦았다.

"시체를 발견했을 때 혹시 뭘 만졌나요?" 이렇게 말하고 콜롬보는 싱긋 웃었다.

경비원은 마침내 참을 수가 없어서 거칠게 소리를 질렀다.

"농담하지 마세요! 이것저것 만지는 건 댁의 일이겠지만, 나한테는 내일이 있다고요."

"아, 그렇군요…" 콜롬보는 감탄한 듯 말하고는 커피를 홀짝였다.

"반장님…" 해리 형사가 말을 건넸다. "이 사람이 맬러리 씨를 만나러 왔는데요."

이목구비가 또렷한 라틴계 젊은이가 서 있었다. 화려한 양복 차림에 화려한 넥타이를 맸지만, 그것은 그 나름대로 젊은이다운 단정한 차림이었다. 젊은이는 분명 겁을 먹고 있었다. 검은 눈이 불안하게 움직이고 있다.

"당신 누구야?" 콜롬보가 무심하게 물었다.

"노먼 월퍼트라고 합니다."

"무엇 때문에 왔지?"

"맬러리 씨의 구술 테이프를 가지러 왔는데요." 월퍼트는 또박또박 대답하면서도 건성으로 방안을 둘러보았다. "그런데 무슨 일이죠?"

"당신 배달부야?"

"아니요. 루이스 용달회사에서 일하고 있는데요." 월퍼트는 겁먹은 데다 초조해하고 있었다.

"이런 밤중에 무슨 용달이야?" 콜롬보는 몹시 불만스러운 듯 무뚝뚝하게 말했다.

월퍼트는 점점 더 겁을 먹고 기어드는 목소리로 대답했다.

"매일 밤 이 시간에 옵니다. 맬러리 씨가 녹음을 끝낸 뒤에 테이프를 받아다가 그걸 이튿날 아침에 원고로 타자해서 다시 이리로 가져옵니다."

그러자 경비원이 화풀이를 겸해서 도움의 손길을 뻗쳤다.

"월퍼트 씨는 매일 밤 이 시간에 오는데, 수상한 사람이 아닙니다."

"수상하다고? 누가?" 콜롬보가 쉿소리를 질렀다.

이 트릿한 형사는 아직도 비몽사몽이군. 경비원은 생각했다.

"맬러리 씨는 어디 계시죠? 대체 무슨 일이죠?" 월퍼트는 이미 비어 있는 가죽의자를 바라보며 말했다.

콜롬보는 두 팔을 벌리면서 고개를 저었다.

"딱하게도 돌아가셨어. 하지만 자네도 정말 힘들겠군. 이런 한밤중에 일을 하다니. 그것도 매일 밤… 나는 야근을 하면 이튿날은 아무 것도 못해. 그런데 어젯밤에는 집사람이 베티 데이비스가 나오는…"

월퍼트는 콜롬보의 말을 무시하고 다그쳐 물었다.

"하지만 왜요? 왜 맬러리 씨가…"

"지금 그걸 생각하고 있는 참인데…" 콜롬보는 또 입을 쩍 벌리고 요란하게 하품을 했다. 그러고는 해리 형사를 바라보며 말했다. "이 젊은이한테 진술서를 받고 돌려보내."

월퍼트는 주인 없는 가죽의자를 돌아보며 복도로 나갔다.

"반장님…" 크레머가 말을 걸었다. "이쪽은 다 끝났는데요."

콜롬보는 손을 들고 고개를 끄덕인 다음, 맬러리의 책상으로 다가가서 코트를 걷어 올리고 책상 끝에 걸터앉아 녹음기를 내려다보았다. 그러다가 굵은 손가락을 뻗어 녹음기의 되감기 버튼을 눌렀다.

"거기 뭐가 있을 것 같나?" 콜롬보는 책상 밑에 들어가 있는 크레머에게 말을 걸었다.

크레머는 일손을 멈추지 않고 퉁명스럽게 대답했다.

"없습니다. 나오는 건 먼지뿐이에요."

크레머는 콜롬보가 자기 대신 해리 형사를 파트너로 선택했기 때문에 조금 토라져 있는 모양이다.

콜롬보는 그것 보라는 듯한 얼굴로 의기양양하게 고개를 끄덕이고 나서 녹음기의 재생 버튼을 눌렀다.

"…그는 돗자리 위에 잠들어 있는 리첸을 내려다보았다." 맬러리의 목소리가 작은 스피커에서 흘러나왔다. 한마디 한마디 신중하게 말을 고르고 있는 듯 부자연스러울 만큼 느릿한 어조였다. 그러나 자기 일에 자신감을 가진 사람다운 침착한 목소리였다.

"…가련한 몸은 조용히 숨쉬고 있다…"

콜롬보는 부끄러운 듯한 웃음을 지으며 녹음기에서 눈길을 떼어 창문 쪽을 바라보았다.

"…창가에서 그는 천천히 뒤를 돌아보았다…"

콜롬보는 황급히 창에서 눈을 뗐다. 그 순간 녹음기의 작은 스피커에서 총성이 울려 퍼졌다. 콜롬보는 책상 위에서 펄쩍 뛰어올랐다. 녹음기는 침묵했다. 아니, 정확히 말하면 침묵은 아니다. 잡음 같은 낮은 소리가 들리고, 이어서 뭔가 가벼운 소리가 났다.

콜롬보는 책상에서 내려오더니 바닥에 쭈그리고 앉아 녹음기에 귀를 바싹 갖다 댔다.

"반장님…" 해리 형사가 말을 걸었다.

그러나 콜롬보는 뭔가에 열중해 있어서 알아듣지 못했다.

"저어, 반장님…" 해리 형사는 콜롬보의 귓가에 다시 한번 속삭였다. "경비원한테 볼일이 남았습니까?"

"뭐라고?" 콜롬보는 녹음기에 귀를 댄 채 사팔눈을 크게 뜨고 해리 형사를 쳐다보았다.

"경비원이 볼일이 없으면 돌아가고 싶다고 해서요."

"그 사람한테 무슨 볼일이 있지?"

"반장님께서 볼일이 없으면…"

"나? 난 그 사람한테 볼일 없어."

콜롬보는 일어나서 테이프를 되감았다. 그러고는 다시 재생 버튼을 눌렀다. 다시 맬러리의 목소리가 흘러나왔다. 콜롬보는 스피커에 귀를 갖다 댔다.

제복 경찰관이 스미스웨슨 38구경 권총의 방아쇠에 연필을 꽂아서 들고 콜롬보에게 다가왔다.

"반장님!"

"쉿!" 콜롬보는 집게손가락을 입술에 눌러 댔다. "들었나?"

"그게 돈이 된다니, 정말 편한 직업이군요."

제복 경찰관은 권총을 연필 끝에 매단 채 녹음기를 내려다보았다. 그러고는 콜롬보에게 권총을 쑥 내밀었다.

"반장님!"

"잠깐 기다리게."

콜롬보는 테이프를 되감았다.

"이 건물 지하실에서 발견했습니다." 겨우 콜롬보의 관심을 끌 수 있는 기회를 얻은 제복 경찰이 기세 좋게 말했다. "아직도 화약 냄새가 납니다."

콜롬보는 권총에 코를 들이대고 킁킁거린 다음 얼굴을 찡그렸다

"지하실에서 발견했다고? 거기 뒹굴고 있었단 말인가?"

"예, 그리고 지하실에서 뒷골목으로 나가는 문이 열려 있었습니다. 범인은 거기로 들어온 게 분명합니다."

"고맙네." 콜롬보는 연필과 함께 권총을 받아들고 책상 밑에 들어가 있는 크레이머에게 내밀었다. "크레이머, 지문과 탄도 검사를 부탁해."

크레이머는 책상 밑에서 얼굴만 내밀었다. 그러고는 귀찮은 듯한 표정으로 권총을 받아들고 낮은 소리로 중얼거렸다.

"어차피 대단한 품은 들지 않겠지만…"

콜롬보는 녹음기에 귀를 눌러 대고 재생 버튼을 눌렀다. 크레이머는 권총을 들고 방에서 나갔다. 녹음기 스피커가 요란한 총소리를 내자 콜롬보는 황급히 얼굴을 뗐지만 다시 스피커에 귀를 갖다 댔다. 그리고 그런 자세로 꼼짝도 하지 않는다. 사팔눈이 방안을 헤매다닌다. 이윽고 바람에 흔들리는 블라인드를 시야에 포착하자 콜롬보는 일단 녹음기를 껐다. 그리고 잠시 블라인드의 메마른 소리에 귀를 기울이고 있었다. 그런 다음

다시 스피커에 귀를 대고 재생 버튼을 눌렀다.

콜롬보는 일어섰다. 그러고는 털어봤자 달라질 게 없는 코트 자락을 탁탁 털면서 창문을 바라보고 있었다.

바람에 흔들리는 블라인드는 식은 블랙커피보다 더 효과가 있었던 모양이다. 콜롬보의 늘어진 얼굴 근육이 순식간에 팽팽해지고 눈이 빛나기 시작했다.

"크레이머!"

크레이머가 권총을 들고 문간에 나타났다. 문간에서 말없이 콜롬보의 얼굴을 바라본다.

"아니, 아무것도 아니야. 일을 계속하게."

크레이머는 분명 불만스러운 기색을 보였지만 어깨를 으쓱하고는 물러갔다.

"해리!"

"예, 반장님?"

"저 에어컨은 고장 났나?"

"아까 조사했습니다. 고장입니다."

콜롬보는 이마에 손을 대고 고개를 숙였다.

"그러면 문도 열려 있었을지 몰라…" 이렇게 중얼거리고 나서 콜롬보는 주머니에 손을 집어넣어 놋쇠 열쇠를 꺼내더니 의아한 듯이 바라보고 있었다. 열쇠와 블라인드를 번갈아 바라본다. 그러다가 느닷없이 심한 두통을 느낀 것처럼 두 손으로 머리를 감싸 안았다.

현장검증이 일단 끝난 실내에서 창문에 걸린 블라인드만이 그리피스 공원에서 불어오는 밤바람을 받아 상쾌한 소리를 내고 있었다.

6

 로스앤젤레스 중심가까지 돌아온 라일리는 아테시아 대로에서 샌디에이고 고속도로를 벗어났다. 그리고 한밤중의 거리를 서쪽으로 달렸다. 해안까지 나오자 태평양 연안 고속도로를 왼쪽으로 구부러졌다. 오른쪽은 태평양의 검은 물결, 왼쪽은 조용하게 잠든 주택가…
 이윽고 리돈도비치의 요트 항구가 보이기 시작했다. 그 일대는 호화로운 불야성을 이루고 있었고, 눈부신 조명이 항구 전체를 구석구석 비추고 있었다. 요트들은 모두 하얀 선체를 드러낸 채, 날개를 접고 쉬는 백조처럼 잔잔한 파도에 조용히 흔들리고 있었다.
 맬러리의 '유산'으로 나도 요트를 사야지. 라일리는 싱긋 웃었다. 항구를 지나치자 주립공원의 울창한 숲이 나왔다. 라일리는 공원의 구불구불한 찻길을 잠시 달리다가 차를 세웠다. 헤드라이트가 잔디밭 위의 작은 팻말을 포착했다.
 '잔디밭에 들어가지 마시오.'
 라일리는 액셀을 힘껏 밟았다. 차는 으르렁거리는 소리를 내며 차도와 잔디밭 사이의 경계석을 뛰어넘어 공중에 떠올랐다가 잔디밭에 떨어졌다.
 라일리는 잔디밭 한가운데까지 차를 몰고 가서 엔진을 껐다. 파도 소리가 들리고 바다 내음이 코를 찌른다. 기분이 상쾌했다. 앞으로 펼쳐질 연극 무대는 경찰에게 맡기면 된다. 한숨 잘까? 라일리는 자동차 문에 몸을 기댔다.
 "바보 같은 맬러리 자식…" 한마디 중얼거리고 라일리는 잠에 곯아떨어졌다.

 몸이 격렬하게 흔들렸다. 라일리는 반사적으로 대시보드의 시계를 보왔다. 새벽 3시였다. 꽤 오래 잔 모양이다. 라일리는 과장되게 하품을 하고 나서 천천히 뒤를 돌아보았다. 정년이 얼마 안 남은 듯한 덩치 큰 경찰관이 백발을 내밀고 자동차 안을 들여다보고 있었다.

너무 늦었군, 경찰관 나리. 라일리는 눈을 감고 다시 잠든 척했다.

"여보세요." 늙은 경찰관이 라일리의 어깨를 잡고 거칠게 흔들었다.

"저리 비켜. 귀찮게 하지 말고!" 라일리는 경찰관의 손을 뿌리쳤다.

"여기서 뭘 하고 있는 거요?" 이번에는 젊은 사람의 목소리였다.

늙은 경찰관과 풋내기 경찰관의 콤비인가? 술 취한 운전자를 보호하기에는 딱 알맞은 콤비로군. 열심히 해봐.

"이봐, 이게 무슨 짓이야? 여기가 무슨 호텔인 줄 알아!" 젊은 경찰관이 호통을 쳤다.

그러자 늙은 경찰관이 작은 소리로 젊은 경찰관을 타이르고 나서 말했다.

"여보세요. 많이 취하신 모양인데, 여기는 주차장이 아닙니다."

늙은 경찰관의 목소리는 부드러웠지만 손길은 거칠었다. 그는 라일리의 어깨를 움켜잡고 자동차 문에다 힘껏 부딪쳤다. 아, 이게 고참의 수법인가?

"시끄러! 주차위반으로 딱지 떼면 될 거 아냐?"

"잠깐 내려주시지 않겠습니까?"

문이 갑자기 열렸다. 밖으로 굴러떨어질 뻔한 라일리는 핸들을 움켜잡고 간신히 몸을 가누면서 욕설을 퍼부었다.

"이봐, 납세자한테 이게 무슨 짓이야! 문 닫아! 난 이제 집으로 돌아갈 거야."

"어쨌든 내려주십시오." 늙은 경찰관은 열린 문을 잡은 채 최후통첩이라도 하듯 말했다.

훌륭해! 예의 바르고 열심히 일하는 경찰 나리. 그러나 라일리는 억지로 불쾌한 표정을 지으며 내뱉었다.

"나를 꼭 내리게 하고 싶거든 어디 한번 강제로 끌어내려 봐."

늙은 경찰관은 싱긋 웃고 나서 젊은 경찰관을 돌아보며 고개를 끄덕였다.

"어이, 벤!"

두 사람은 라일리의 겨드랑이 밑에 팔을 집어넣어 끙끙대면서 밖으로 질질 끌어냈다. 순찰차 쪽으로 끌려가면서 라일리는 코웃음을 쳤다.

"흥, 수고가 많으시군. 경찰 나리."

조용한 파도 소리가 들려왔다. 세상은 참 평화롭다는 느긋한 생각과 함께 라일리는 깊은 잠에 곯아떨어졌다.

눈을 떠보니 유치장 안이었다. 모든 것은 각본대로 진행되고 있다. 그러나 작은 창문으로 비쳐드는 아침 햇살이 이상하게 눈부셨다. 눈이 아프다. 심한 두통과 구역질이 났다. 숙취일 거야. 어제는 주정뱅이를 연기하면서 실제로 술을 많이 마셨으니까. 라일리는 머리를 흔들며 일어났다.

눈앞에 변호사 데이비드 체이스가 서 있었다. 제법이군. 그 늙은 경찰관이 내 주머니에서 전화번호가 적힌 수첩을 찾아내어 데이비드한테 전화했겠지.

데이비드 체이스는 실컷 자고 깨어난 아기처럼 환한 얼굴을 하고 있었다. 지금이야말로 수완을 발휘할 때라는 듯이 의욕에 넘쳐 있었다. 그러나 라일리에게는 생각지도 않은 곳에서 뛰어들어온 엉뚱한 인물이다. 하지만 좋아, 당신도 무대에 내보내주지. 단역으로…

"지금 몇 시나 됐지?" 라일리는 데이비드에게 물었다.

"오전 8시야. 그런데 라일리, 자넨 도대체…"

"괜찮아. 걱정하지 마." 라일리는 귀찮다는 듯이 손사래를 쳤다.

"라일리, 내 말 잘 들어. 우선…"

"글쎄, 걱정 말라니까. 자네한테 일부러 수고를 끼칠 만한 사건은 아니야. 잔디밭에서 잠을 잔 것뿐이니까…"

말해버리고 나서 라일리는 자신을 저주했다. 중대한 실수를 저질렀군. 나는 어젯밤 일에 대해서는 아무것도 기억하지 못하는 것으로 되어 있는데… 그게 각본인데, 경솔하게도 잔디밭에서 잤다고 말해버렸으니…

"그래도 라일리, 자넨…"

"시끄러! 삼류 변호사가 나설 자리가 아니라니까."

라일리가 호통을 쳤을 때, 철창 너머에서 경찰관이 말을 걸었다.

"그린리프 씨, 잠깐 경위님을 만나주세요."

"뭐요? 무슨 권리로…" 데이비드가 외쳤다.

"자넨 잠자코 있으면 돼." 라일리가 데이비드를 제지했다.

좀 전의 실수가 일으킨 마음의 동요는 벌써 사라졌다. 괜찮아. 나는 잘 해낼 수 있어. 두고 봐. 어느덧 무거운 두통도 사라졌다.

라일리는 알고 있었다. '경위'라는 말을 듣는 순간, 알았다, 드디어 형사와 대면하는구나. 불꽃 튀는 두뇌 게임을 벌일 상대, 날카로운 눈을 가진 민완 형사를 만나게 되는구나.

철문을 열자 알전구가 매달려 있는 좁은 방이었다. 한가운데에 철제 책상이 놓여 있고 그 위에 빨간 보온병이 하나 놓여 있다.

그러나 형사의 모습은 어디에도 보이지 않았다. 후줄근한 레인코트 차림의 부랑자 같은 사내가 보온병에 든 커피를 따라 마시고 있을 뿐이었다. 이 녀석도 숙취에 시달리고 있는 모양이군. 하지만 보아하니 이 녀석은 상습적인 주정뱅이야. 경찰서 유치장에서 밤을 보내는 데에는 이골이 나 있는 게 분명해. 그렇지 않다면 이렇게 당당히 형사의 커피를 실례할 수는 없어.

라일리는 얼굴을 찌푸렸다. 지저분한 부랑자와 함께 취조를 받는 게 불만이었다. 내 각본에는 이런 사내가 나오지 않아. 그런데 형사는 도대체 어디로 가버렸지?

라일리를 안내해온 경찰관이 말했다.

"경위님, 그린리프 씨를 데려왔습니다."

그러자 후줄근한 레인코트 차림의 사내가 이쪽을 돌아보며 고개를 끄덕였다.

아니, 이게 어떻게 된 거지? 이 부랑자 같은 녀석이 경위라고? 라일리는 제 눈을 의심했다. 그렇다면 이 녀석은 살인사건이 아니라 교통사고 담당이겠지.

"안녕하세요? 나는 콜롬보라고 합니다. 커피 드실래요?"

라일리는 콜롬보가 내민 컵을 무시했다.

"콜롬보 씨, 내 의뢰인을 석방해주십시오." 데이비드가 깍듯이 그러나 딱딱한 어조로 말했다. "좀 과음했다고 해서 범죄자처럼 취급하는 건 납득할 수 없습니다."

"아니, 사소한 사건이 있어서 말이죠. 이분이 그린리프 씨인가요?" 콜롬보는 라일리를 바라보았다. 그러고는 마시다 만 커피잔을 내밀었다. "커피라도 한잔 드시겠습니까?"

라일리는 컵에서 얼굴을 돌리며 말했다.

"그보다 집에나 빨리 보내주면 고맙겠군요."

"이 커피, 맛이 괜찮은데…" 콜롬보는 컵을 입으로 가져가며 눈을 가늘게 떴다. "나는 요즘 수면 부족이라서 말이죠. 어젯밤에는 한밤중에 사건이 일어났고, 그저께 밤에는 베티 데이비스가 나오는 텔레비전 영화를… 우리 집사람이…"

"보석금이 필요하다면 말씀해주세요." 데이비드가 다시 딱딱하게 말했다.

그러자 콜롬보는 당혹스러운 듯한 표정을 지었다. 보석금이 아니라 팁이 필요한 거겠지? 라일리는 작달막한 사내의 속마음을 환히 알 수 있을 것 같은 기분이 들었다.

콜롬보는 커피를 홀짝이고 나서 데이비드의 얼굴을 똑바로 쳐다보았다.

"댁은 누구시죠?"

데이비드의 얼굴이 분노로 붉어졌다.

"데이비드 체이스. 그린리프 씨의 변호사입니다." 데이비드는 내뱉듯이 말하고는 다시 말을 이었다. "콜롬보 씨, 보석금 말인데요…"

"아니…" 콜롬보는 과장되게 손을 내저었다. "그런 건 몰라요. 교통과 형사가 아니라서요. 나는 강력계에 있습니다. 살인 전담이지요."

새삼스럽게 자기소개를 하고 나서 콜롬보는 까치집 같은 머리를 긁적거렸다.

라일리는 놀랐다기보다 오히려 낙담했다. 이 사람이 살인 전담 형사라고? 내가 갖고 있던 이미지와는 영 딴판이군. 나에게 필요한 건 뛰어난 민완 형사야. 내가 쓴 각본은 날카로운 머리의 소유자가 아니면 이해할 수 없도록 되어 있다고. 당신은 도저히 안 돼. 배역을 잘못 선정했어.

"도대체… 도대체 강력계 형사가 왜?"

데이비드가 당황하여 말하자 콜롬보는 마치 날아오는 불똥을 털어버리려는 것처럼 투박한 손을 내저었다.

"그린리프 씨한테 어떤 목소리를 들려드리고 싶어서요. 잠깐만 기다려 주세요. 금방 끝나니까."

콜롬보는 책상 속에서 소형 녹음기를 꺼냈다. 맬러리의 것이었다. 드디어 연기력이 필요한 순간이 왔다. 라일리는 몸을 편안히 하려고 한숨을 내쉬었다. 그 순간 맬러리의 목소리가 흘러나왔다.

"그는 돗자리 위에 잠들어 있는 리첸을 내려다보았다."

"앨런의 목소리다!" 라일리는 재빨리 외쳤다. "앨런 맬러리야!"

"이걸로 볼일은 끝났겠지요? 이제 돌아가도 됩니까?" 데이비드가 거들었다.

그러자 콜롬보는 굵은 손가락을 입술에 눌러댄 채 녹음기를 내려다보았다. 그 시선이 녹음기를 떠나 라일리에게 향한 순간 스피커에서 총성이 울려 퍼졌다. 콜롬보의 눈길은 라일리의 얼굴에 접착제로 붙인 듯이 착 달라붙어 움직일 줄 몰랐다.

라일리는 콜롬보의 눈이 사팔눈이라는 것을 알아차렸다. 사팔눈이지만 냉혹한 야수처럼 날카로운 시선이 라일리의 마음속을 뚫어지게 들여다보고 있었다.

라일리는 당황하면서도 가장 어려운 연기에 착수했다.

"아니, 이건 총소리잖아? 맬러리한테 무슨…"

"그렇습니다. 총성입니다. 안타깝게도 맬러리 씨는 돌아가셨습니다. 즉사했지요."

콜롬보의 시선은 여전히 라일리에게 쏠려 있었다. 강한 자력을 가진 듯한 그 눈이 라일리를 두렵게 했다. 콜롬보의 눈 속으로 끌려 들어갈 것만 같아서 라일리는 현기증을 느꼈다.

빌어먹을! 라일리는 필사적으로 버텼다. 낡은 수법이야. 그리고 상대는 별볼일없는 형사잖아? 얼간이 주제에 속이 빤히 들여다보이는 수법을 써서 내 반응을 살피고 있을 뿐이야.

상대가 우둔한 형사라는 확신이 라일리를 구해주었다. 라일리는 지나치지 않을 정도로 놀란 기색을 보이며 의자에 털썩 주저앉았다.

"말도 안 돼. 누가? 도대체 어떻게?"

"그걸 듣고 싶었습니다. 그린리프 씨."

콜롬보의 눈에서 날카로운 빛이 사라졌다. 미안한 듯 모호한 미소를 띠고 있다. 딱하기도 하지. 삼류 형사가 그럼 그렇지 별수있나. 라일리는 속으로 웃으며 콜롬보의 얼굴을 마주 보았다.

"그린리프 씨, 검시 보고에 따르면 맬러리 씨의 사망 시각은 밤 10시 30분경입니다. 그 시간에 어디 계셨습니까?"

라일리는 큰 소리로 웃고 싶은 기분이었다. 모든 게 각본대로야. 콜롬보, 당신 대사까지도 내가 예상한 대로야.

"라일리…" 데이비드의 긴장한 목소리가 귓가에서 들렸다. "자넨 대답할 필요가 없어."

"아니, 나는 기꺼이 대답하고 싶지만…" 라일리는 느릿느릿한 어조로 말을 이었다. "공교롭게도 어젯밤 일에 대해서는 아무것도 기억나질 않아. 어디에 있었는지, 전혀…"

라일리는 일단 고개를 숙였다가 문득 생각이 난 것처럼 고개를 번쩍 들었다.

"아 참, 그렇지. 어젯밤에는 출판사 파티에서 맬러리를 만났어. 시시한 일로 맬러리와 언쟁을 하고… 화가 나서 차를 타고 돌아다니면서 술을 퍼마신 것 같은데, 아무 기억도 나질 않는군." 라일리는 머리를 감싸 안고 낮은 목소리로, 그러나 콜롬보가 충분히 알아들을 수 있도록 중얼거렸다. "그런데 맬러리가…"

콜롬보는 라일리를 가만히 바라보고 있다가 이윽고 후줄근한 코트에 손을 집어넣어 놋쇠 열쇠를 꺼냈다.

"죄송하지만, 그린리프 씨, 이 열쇠를 본 적이 있습니까?"

라일리는 콜롬보의 손바닥에 놓여 있는 열쇠를 힐끔 바라보고는 고개를 저었다. 자연스러운 연기였다.

"그린리프 씨, 죄송하지만 잘 봐주십시오."

라일리는 마음이 딴 데 가 있는 듯한 태도로 다시 한번 열쇠를 힐끔 바라보고 나서 말했다.

"열쇠는 모두 다 똑같아 보여서 말이죠."

"그렇긴 합니다." 콜롬보는 당연하다는 듯이 고개를 끄덕였다. "하지만 이건 당신 열쇠예요. 건물 관리인의 이야기에 따르면 그 방은 1년 전에 당신이 맬러리 씨를 위해 빌렸다고 하더군요. 이건 관리인이 당신에게 건네준 열쇠예요. 또 하나는 맬러리 씨한테 건네주었고…"

"그렇다면 그건 내 열쇠겠지요." 라일리는 내뱉듯이 대답했다.

"경위님, 도대체 무슨 말을 하고 싶은 겁니까?" 데이비드의 초조한 목소리가 날아왔다.

그러나 콜롬보는 주눅 든 기색도 없이 커피를 홀짝이고 있다. 이 녀석은 둔감해. 라일리는 생각했다. 남의 비위를 맞추려고 애쓰지만, 원래가 둔감하니까 모든 게 뒤죽박죽이 돼서 잘 되질 않는 거야. 딱하기도 하지…

"이 열쇠는 현장 바닥에 떨어져 있었습니다. 맬러리 씨의 시체 바로 옆에…"

"그럼 그 열쇠는 맬러리 거예요." 라일리는 시치미를 떼고 말했다.

"아니, 맬러리 씨는 자기 열쇠를 갖고 있었습니다. 주머니의 열쇠고리에 끼워져 있었지요. 그러니까 이건 당신 열쇠예요." 콜롬보는 열쇠를 쥐고 그 손으로 이마를 톡톡 두드렸다. "이 열쇠, 이 당신 열쇠가 내 고민거리입니다."

"나는 아무것도 모른다고 했잖습니까. 당신의 고민거리 따위에는 관심 없습니다." 라일리는 내뱉듯이 말했다.

"경위님, 대체 무얼 고민하고 계십니까?" 데이비드가 지원사격에 나섰다. "그 열쇠가 왜 그 방바닥에 떨어져 있었는지, 그걸 알 수가 없어서 고민하고 계신 건가요? 어젯밤이 아니라 그 전에 떨어졌는지도 모르잖습니까."

"그린리프 씨!" 콜롬보는 데이비드의 존재를 완전히 무시하는 태도를 보였다. "혹시 스미스웨슨 38구경 권총을 갖고 계십니까?"

콜롬보, 불의의 기습으로 내 허를 찌를 작정이었나? 라일리는 우스워서 견딜 수가 없었다. 나한테 불의의 기습은 통하지 않아. 어쨌든 줄거리를 쓴 사람은 바로 나니까.

"라일리, 이런 질문에는…" 데이비드가 거들었지만, 라일리는 무표정한 얼굴로 태평하게 말했다.

"권총은 갖고 있습니다. 하지만 무슨 형인지는 몰라요. 그런데 왜 그런 걸 물으시죠?" 그러고는 자못 놀란 듯이 큰 소리를 질렀다. "설마 내가 맬러리를 죽였다고… 당치도 않아요. 아마 맬러리가 일하고 있을 때 강도가 들어와서…"

"도둑맞은 건 전혀 없습니다. 지갑도 그대로 있었고요. 어젯밤에는 상당히 취했다고 하셨지요? 그리고 사건 당시의 알리바이도 전혀 생각나지 않고…"

"라일리!" 데이비드는 완전히 곤혹스러운 표정을 짓고 있었다. "그 이상의 질문에 대해서는 반드시 나와 상의한 뒤에 대답하게."

이렇게 못을 박아 놓고 데이비드는 콜롬보를 바라보았다.

"이젠 돌아가겠습니다. 당신이 내 의뢰인을 체포한다면 그건 다른 문제지만…"

"체포라고요?" 콜롬보는 낭패한 기색을 보이며 손사래를 쳤다. "당치도 않습니다. 체포라니… 이만 돌아가셔도 좋습니다."

"그럼 이만…" 이렇게 말하고 데이비드는 라일리를 재촉했다.

"저어…" 콜롬보가 그래도 미련이 남은 듯이 머뭇거렸다. "죄송하지만 그린리프 씨, 나중에 또 물어보고 싶은 게 생길지도 모릅니다."

유감이야, 콜롬보. 라일리는 콜롬보의 우울한 얼굴을 향해 눈인사를 보냈다. 빨리 내가 쓴 줄거리를 읽어줘. 좀 미덥지 못해서 탈이지만, 당신은 나를 위해 중요한 일을 해주지 않으면 안 돼. 당신 역할은 내가 쓴 각본을 공인하는 것, 내가 만든 드라마를 현실의 사건으로 보증하는 거야. 로스앤젤레스 경찰의 이름으로…

"볼일이 있으면 언제라도 찾아오세요. 집에 있을 테니까."

이 말을 남기고 방을 나갈 때 라일리는 힐끗 뒤를 돌아보았다. 콜롬보는 손바닥에 놓인 열쇠를 바라보며 뭔가 깊은 생각에 잠겨 있었다.

7

추상화와 화분의 꽃들, 고상한 가구와 수많은 책에 둘러싸인 아파트에서 이일린 맥클테어는 펑펑 울고 있었다.

넓은 유리창 너머에는 8월의 눈부신 햇살과 눈이 시리도록 푸른 하늘이 있었다. 웨스트할리우드를 오가는 자동차 소리가 날벌레들의 날갯소리처럼 희미하게 들려온다. 폭력이나 죽음과는 인연이 없는 평화로운 아침이었다.

그러나 아일린은 평화로운 아침에서 멀리 떨어져 비탄의 어둠 속에 잠겨 있었다.

아일린은 소파에서 윗몸을 일으키더니 크리넥스 상자에서 휴지를 빼내어 코를 풀었다. 그러고는 휴지를 똘똘 뭉쳐 탁자 위에 내던진다. 탁자는 이미 똘똘 뭉쳐진 휴지로 가득했다. 재떨이도 담배꽁초로 가득 차 있다.

아일린은 그 어질러진 탁자를 멍하니 바라보고 있다가, 이윽고 소파에 몸을 묻었다. 어깨가 가늘게 떨렸다.

그때 불현듯 초인종이 울렸다. 아일린은 소파에서 몸을 일으켜 다시 휴지를 뽑아냈다. 황급히 코를 풀고 나서 탁자를 바라보며 치울까 말까 망설이는 듯했지만, 어깨를 으쓱하고는 현관문 쪽으로 걸어갔다. 아일린은 문 옆에 달린 거울을 들여다보고 헝클어진 머리카락을 쓸어 올렸다. 그러고는 손바닥으로 눈언저리를 닦으면서 문을 살짝 열었다.

문밖에는 묘하게 초라한 느낌을 주는 작달막한 사내가 훤칠한 아일린을 쳐다보며 서 있었다.

"아일린 맥클레어 씨인가요?"

그녀는 말없이 고개를 끄덕였지만 문을 열어주려고는 하지 않았다.

"콜롬보 경위입니다." 아일린의 얼굴에 망설임과 당혹스러움이 번져갔다. "아까 전화를 건 사람인데요…" 콜롬보는 꺼져 들어갈 것처럼 작은 소리로 말하고는 후줄근한 레인코트 앞자락을 여몄다.

아일린의 시선은 콜롬보의 얼굴을 떠나 코트 쪽으로 내려갔다.

"저어, 로스앤젤레스 경찰에 있는 콜롬보 형사인데, 살인 전담이지요."

살인이라는 말을 듣자 아일린은 퍼뜩 정신이 들어 퉁퉁 부은 눈을 크게 떴다.

"어머나, 아까 전화하신… 정말 죄송해요. 어서 들어오세요."

아일린이 옆으로 비키며 문을 열자 콜롬보는 어깨를 으쓱하며 안으로 들어왔다. 방안을 두리번거리고 있는 콜롬보에게 아일린이 말했다.

"편하신 대로 앉으세요. 전 혼자 울고 있었어요. 도저히 참을 수가 없어서…"

"이해합니다." 콜롬보의 목소리에는 따뜻함이 담겨 있었다.

콜롬보는 탁자와 마주 놓여 있는 날씬한 의자에 조심스럽게 앉았고 아일린은 소파에 걸터앉았다. 아일린은 휴지를 뽑아내어 또 코를 풀었다. 그러고는 휴지를 똘똘 뭉쳐 콜롬보의 눈앞에 있는 탁자에 내던졌다.

"죄송해요."

"아니, 괜찮습니다. 충분히 이해합니다." 콜롬보는 탁자를 둘러보면서 말했다. 그러고는 아일린의 시선을 피하며 물었다. "맬러리 씨와는… 많이 친한 사이였나요?"

"네." 고개를 끄덕였을 때 아일린은 다시 솟구치는 눈물을 억누를 수가 없어서 얼굴을 일그러뜨렸다.

힐끗 눈을 든 콜롬보는 그 슬픈 얼굴을 보고 황급히 고개를 숙였다.

"정말 죄송합니다. 이럴 때 무례한 질문을 해서…"

아일린은 휴지로 코를 풀고 콜록콜록 기침을 했지만, 이윽고 등을 곧 게 펴면서 억지로 웃음을 지어 보였다.

"이젠 괜찮으니까 뭐든지 물어보세요."

"죄송합니다. 되도록 간단히 끝내겠습니다. 실은 엘런 맬러리 씨의 친구들을 전부 조사하고 있답니다. 어젯밤 10시부터 10시 30분 사이에 어디 있었는지를…"

"맬러리는 그 시간에 그런 일을 당했나요?"

"예, 그렇습니다." 콜롬보는 미안한 듯이 중얼거렸다.

아일린은 머리를 쓸어 올리면서 천천히 말했다.

"나는 앨런… 그러니까 맬러리 씨와 함께 닐 씨가 연 파티에 갔어요. 닐 출판사 사장 집으로요. 큰 출판사죠. 호화로운 파티였어요. 그리고 9시쯤 앨런은 오피스텔로 먼저 돌아갔어요. 일을 하려고. 그 사람은 언제나…"

아일린은 목이 메어 두 손에 얼굴을 묻었다. 콜롬보는 부지런히 주머니를 뒤지고 있다가 아일린의 어깨에 손을 올려놓았다.

"이럴 때 죄송하지만, 연필이나 볼펜 좀 빌려주시겠습니까?"

아일린은 얼굴을 손으로 덮은 채 일어났다. 얼마 후 볼펜을 들고 소파로 돌아왔을 때 눈물은 깨끗이 말라 있었다.

"그런 다음 나는 닐 사장님과 함께 식사를 했어요. 닐 사장님은 앨런도 식사에 초대했지만, 그 사람은 할 일이 있다면서… 내가 억지로라도 붙잡을 걸 그랬어요. 그랬다면 그런 꼴은 당하지 않았을 텐데…"

아일린은 또 목이 메어 말을 끊었다. 콜롬보는 메모하고 있던 손을 멈추고 볼펜을 바라보면서 말했다.

"이거, 아주 좋은 볼펜이군요. 그러면 10시부터 10시 반 사이에는 닐 씨와 함께 식사를 하고 계셨나요?"

아일린은 말없이 고개를 끄덕였다.

"그런데 맥클레어 씨, 라일리 그린리프라는 사람에 대해서 좀 말해주시지 않겠습니까?"

라일리라는 이름을 듣자 아일린은 갑자기 정색한 표정을 지었다.

"과연 눈이 예리하시군요. 그린리프라면 그런 짓을 하고도 남을 사람이에요. 맬러리와는 앙숙이었고…"

"이상하군요. 오늘 아침에 그린리프 씨를 만났을 때 그 사람은 충격을 받아서 마치 친동생이라도 잃은 것처럼 슬퍼하던데…"

"세상에!" 아일린은 차갑게 웃었다. "뻔뻔스럽기도 해라. 앨런은 라일리 그린리프와 관계를 끊을 작정이었어요. 베스트셀러가 될 게 틀림없는 신작을 라일리한테 넘겨주지 않고…"

"신작이라면 그때, 그러니까 그 불행을 당했을 때 맬러리 씨가 구술하고 있던 소설 말이군요. 과연…" 콜롬보는 고개를 끄덕이고 나서 이마를 손으로 눌렀다. "잠깐만요, 머릿속이 혼란해져 버려서… 신작을 가지고 다른 출판사로 옮긴다 해도 그린리프 씨와 맺은 계약이 있잖습니까?"

"그 계약은 곧 끝나요. 앞으로 3주만 지나면…"

"하지만…"

"앨런은 신작의 마지막 장을 쓰기 시작했어요. 계약이 끝나자마자 신작을 닐 출판사에 가져갈 작정으로 일을 진행하고 있었죠. 그래서 라일리는 미친 듯이 화가 나서…"

"하지만…" 콜롬보는 택시라도 불러 세우듯 과장되게 손을 들었다. "나는 아무래도 잘 모르겠는데… 계약이 아직 끝나지 않았다면 신작도 그린리프 씨의 것이잖습니까?"

아일린은 아름답게 웃으며 고개를 저었다.

"출판계는 이상한 곳이라서요. 계약이 끝난 뒤에 완성한 작품이라면 그건 이미 라일리의 것이 아니에요. 관례가 그래요. 그러니까 계약이 끝나기 전에 작품이 완성되어도 작가가 잠자코 있으면 그만이에요. 라일리는 맬러리가 어떤 내용의 소설을 쓰고 있는지도 몰랐고, 작업이 어느 정도나 진척되고 있는지도 몰랐으니까요."

"아, 그렇군요." 콜롬보는 고개를 끄덕이고 주머니를 뒤적거렸다. "죄송하지만 시가를 피워도 괜찮겠습니까?"

아일린은 웃으면서 성냥을 내밀었다.

"어서 피우세요. 나는 줄담배를 피워서 재떨이도 보다시피 이 꼴이지만…"

아일린은 담배를 집어 입에 물었다. 그것을 본 콜롬보는 황급히 성냥불을 자기 시가에서 떼어 아일린에게 내밀었다. 성냥은 아일린의 담배에 닿기 전에 다 타서 떨어져 콜롬보의 코트 무릎 언저리에 검게 탄 자국을 남겼다.

"어머나!" 아일린이 조그맣게 비명을 질렀다.

"괜찮습니다. 이건 그냥 작업복이니까요…"

콜롬보는 코트 자락을 탁탁 털면서 다시 성냥을 켰다. 아일린의 담배에 불이 붙었을 때 성냥은 벌써 다 타버렸다. 콜롬보는 성냥갑을 열었지만 안은 텅 비어서 성냥이 한 개비도 남아 있지 않았다. 콜롬보는 불이 붙지 않은 시가를 입에 물고 말했다.

"그럼 간단히 끝내겠습니다. 한 가지만 더… 라일리 그린리프 씨가 맬러리 씨를 협박했다는데, 알고 계십니까?"

"협박요? 그러고 보니 닐 사장님의 파티에서 싫은 소리를 했어요. 맬러리가 자기와 손을 끊으면 다른 출판사를 위해서도 일하지 못하게 하겠다고, 더 이상 일하지 못하게 해주겠다고…" 아일린은 갑자기 눈을 크게 뜨고 콜롬보를 바라보았다. "하지만… 설마 진심으로 그런 말을…"

"정말로 그렇게 말했나요?"

"예, 하지만 설마… 진심이라면 많은 사람들 앞에서 그런 말을 할 수가…"

"점잖은 말은 아니군요."

콜롬보는 불이 붙지 않은 시가를 입에서 떼어내고 수첩에 뭐라고 적어 넣었다. 그러고는 거의 혼잣말처럼 중얼거렸다.

"살인사건에서는 사소한 단서가 수사를 잘못된 방향으로 이끌어가는 경우가 종종 있답니다. 속지 않도록 조심하지 않으면 정말이지 큰일…" 콜롬보는 메모에 눈길을 떨어뜨린 채 의자에서 일어섰다. "아일린 씨, 정말 고마웠습니다. 또 이야기를 듣고 싶은데… 너무 낙심하지 말고 기운을 내세요."

콜롬보는 손을 흔들고 문 쪽으로 걸어가다가, 도중에 걸음을 멈추고 돌아섰다.

"아 참, 한 가지만 더… 그린리프 씨가 맬러리 씨의 신작에 대해 소송을 제기했다면 이길 가능성은 있습니까?"

"아뇨, 계약이 끝나면 모두 끝장이에요."

"고맙습니다."

콜롬보는 수첩을 닫고 빌린 볼펜을 코트 주머니에 넣고는 다시 한번 손을 흔들고 문밖으로 사라졌다.

제2장

화려한 함정

1

라일리 그린리프는 집에 돌아와 샤워를 했다. 면도를 하고 새 양복으로 갈아입은 뒤 창가 의자에 털썩 주저앉았다. 그러고는 얼굴이 약간 창백해진 변호사 데이비드 체이스를 바라보았다.
이 녀석은 지쳐 있군. 아침부터 너무 힘을 썼어. 라일리는 입을 열려는 데이비드를 손사래로 말리며 말했다.
"자네 충고에는 이제 넌더리가 나. 사무실로 돌아가서 좀 자는 게 어때? 안색이 좋지 않은데."
라일리는 창밖을 내다보았다. 창문 바로 앞에 자동차가 놓여 있었다. 뒤쪽 범퍼가 움푹 찌그러지고 브레이크 램프가 무참하게 깨져 있다. 어젯밤에 일어난 '사고'의 기념이다. 이제 곧 보험회사에서 전화가 걸려오겠지. 그러면 나는 그 얼간이 형사한테 연락하는 거야. 콜롬보 씨, 나는 어젯밤 일을 전혀 기억하지 못하지만, 살인사건이 일어난 그 시간에 고주망태로 취해서 교통사고를 일으킨 모양입니다…

라일리는 자동차 문 쪽으로 시선을 옮겼다. 열쇠 구멍 근처에 새로 긁힌 자국이 있다. 누군가가 문을 억지로 비틀어 연 것처럼 보인다. 잘했어. 라일리는 제 솜씨에 박수를 보내고 싶은 기분이었다.

그때 더러운 차가 다가와 라일리의 자동차 바로 뒤에 멈춰 섰다. 푸른색인지 회색인지 알 수 없는 묘한 색깔의 그 차는 사막의 잡초처럼 바싹 말라 보였다. 이름은 잘 모르지만 프랑스제 자동차다. 라일리는 그 자동차 이름을 생각해내려다가 그만두었다. 고물차라는 이름이 가장 어울려 보인다.

더러운 차에서 더러운 코트가 나타났다. 아니, 저건 콜롬보잖아! 내 왕국에 잘 오셨습니다. 대환영이에요.

"라일리, 자넨 이럴 때 어떻게 싱글싱글 웃을 수가 있나?"

데이비드의 꾸짖는 목소리를 무시하고 라일리는 콜롬보의 움직임을 지켜보고 있었다. 콜롬보는 코트 자락을 펄럭이며 현관 쪽으로 걸어가 라일리의 시야에서 사라졌다. 그러나 곧 돌아왔다. 콜롬보는 라일리의 자동차 뒤에 서서 안짱다리를 구부려 깨진 브레이크 램프를 들여다보고 있다. 그러고는 개처럼 고개를 저으면서 다시 현관 쪽으로 사라졌다.

"라일리…" 데이비드는 어린애를 타이르듯 말했다. "기진맥진한 자네한테 콜롬보가 잇따라 질문을 퍼부었다는 사실은 '자유의사에 따른 공술'로 보지 않아도 돼. 이것만을 논거로 삼더라도…"

"이제 됐어." 라일리는 다시 연기를 시작했다. 콜롬보가 왔다. 변호사한테 단역을 맡기자. 라일리는 자못 슬픈 목소리를 꾸며냈다. "그만해. 제발 부탁이니까 그만둬. 맬러리는 죽었어. 그리고 어쩌면 내가 죽였는지도 몰라!"

"내가 자네라면 그런 말은 입 밖에 내지 않을 걸세. 라일리, 충고해두지만…"

집사 에드워드가 문을 열고 조용하지만 허스키한 목소리로 말했다.

"콜롬보 씨라는 경찰관이 오셨습니다만…"

"아아, 이리로 안내해주게."

"알겠습니다."

집사 에드워드가 사라지자 데이비드는 책상 건너편에서 몸을 내밀고 라일리의 귓가에 재빨리 속삭였다.

"라일리, 알겠나? 맬러리의 죽음에 관해서는 나도 자네와 마찬가지로 충격을 받았네. 하지만 자신의 유죄를 인정하는 말은 한마디도 입 밖에 내면 안 돼. 한 마디도… 얼간이처럼 보여도 상대는 형사야."

콜롬보가 굼뜨게 나타나자 라일리는 데이비드를 밀쳐내고 자리에서 일어났다.

"콜롬보 씨, 오늘 아침에는 실례가 많았습니다." 라일리는 환자처럼 힘없는 목소리로 말했다. 나는 궁지에 몰린 선량한 사람이야. 솔직하고 점잖고 무력한 사람이야… 라일리는 속으로 중얼거리면서 말을 이었다. "그 후 어젯밤 일을 생각해내려고 애써봤지만, 안 되더군요. 맬러리의 얼굴이 자꾸만 눈앞에 어른거려서…"

"당연하십니다." 콜롬보는 한 손을 들었다.

콜롬보라고? 이탈리아계 이름이군. 이탈리아인은 왜 이렇게 과장된 몸짓을 하는 걸까. 말없이 고개만 끄덕이면 될 텐데 일부러 손까지 흔들어대는 걸 보면… 머릿속이 텅 비어 있으니까 과장된 몸짓으로 얼버무리는 걸까. 어차피 아무리 노력해봤자 출세할 수 없는 삼류 형사지만 그래도…

"콜롬보 씨, 또 질문입니까? 아니면 영장이라도?" 데이비드가 옆에서 빈정거리는 어조로 말했다. 그래 봤자 헛수고야, 데이비드. 이 난쟁이한테는 빈정거림도 통하지 않아. 감수성에 중대한 결함이 있어.

콜롬보는 쾌활한 얼굴로 말했다.

"권총의 출처가 확인됐기 때문에, 그래서 잠깐…"

"내 것이었겠지요?" 라일리가 재빨리 말했다.

"그렇더군요." 콜롬보는 투박한 손으로 얼굴을 가리며 말을 이었다. "총의 주인이 그린리프 씨라는 건 확실합니다." 이렇게 말하는 콜롬보의 커다란 손그늘에서 한쪽 눈만이 이쪽의 동태를 살피고 있다.

"그럴 줄 알았어." 라일리는 맥이 탁 풀린 것처럼 중얼거렸다. 콜롬보의 손그늘에서 살짝 엿보이는 한쪽 눈을 향해 라일리는 말했다. "오늘 아침에 차에 탔을 때 글로브박스를 조사해봤어요. 그랬더니 내 권총이 없어졌더군요."

"도둑맞은 거야!" 데이비드가 옆에서 끼어들었다.

콜롬보는 얼굴에서 손을 떼더니, 그 손을 좌우로 내저으면서 말했다.

"그렇게 말할 수는 없을 것 같습니다. 권총에 묻어 있는 지문은 전부 그린리프 씨의 것이고, 다른 사람의 지문은 묻어 있지 않았으니까요."

"지문?" 데이비드가 외쳤다. "어떻게 조회했지요? 권총에 묻어 있는 지문이 그린리프 씨의 지문이라는 걸 어떻게 알았죠? 설마…"

"맞아요." 콜롬보가 코트 앞자락을 여미면서 말했다. "실은 오늘 아침에 그린리프 씨가 내 방에서 돌아간 뒤에 문손잡이에서 지문을 떠두었지요. 죄송합니다, 하지만 혹시나 해서…"

빈틈이 없군, 콜롬보. 도둑고양이처럼 빈틈이 없어. 라일리는 몰래 경의를 표하면서도 힘없이 고개를 끄덕여 보였다. 그러고는 무거운 한숨을 내쉬고 슬픈 듯이 고개를 저었다.

"그럼 결정적이군. 맬러리는 나를 버리고 신작을 다른 출판사에 가져가려고 했어. 그래서…" 라일리는 다시 한번 한숨을 내쉬었다. "내가 흥분해서 맬러리를 쏘았던 거야. 아아, 이게 무슨 일이람!"

그러나 콜롬보는 라일리의 '고백'에 아무 반응도 보이지 않았다.

빌어먹을! 우둔한 이탈리아 녀석 같으니라고! 라일리는 치밀어오르는 분노를 꿀꺽 삼켰다.

콜롬보는 턱을 문지르면서 엉뚱한 질문을 했다.
"그 신작 소설 말인데요, 상당한 돈벌이가 되겠지요?"
"그 사람 작품은 모두 베스트셀러였어요. 베트남 전쟁을 무대로 한 베스트셀러가 나온다면, 아마 앨런 맬러리의 작품밖에 없었을 겁니다."
콜롬보는 깜짝 놀란 표정을 지었다. 내가 잘못 말했나? 라일리는 콜롬보의 얼굴을 보고 긴장했다. 콜롬보는 턱에 대고 있던 손을 격렬하게 움직였다. 턱 주위에 축 늘어진 군살이 아래위로 움직이고 크고 못생긴 코가 따라서 움직였다.
"그래요? 전혀 몰랐습니다." 콜롬보는 소리를 질렀다. "베트남 전쟁에 관한 베스트셀러는 아직 나오지 않았나요?"
뭐야, 그것 때문에 놀랐나? 라일리는 안심하는 동시에 실컷 욕설을 퍼부어주고 싶은 충동에 사로잡혔다. 이 녀석의 머릿속은 도대체 어떻게 돼먹은 거야? 이 녀석에겐 이야기를 옆길로 빗나가게 하는 재주밖에 없나?
그러나 라일리는 억지웃음을 지어 보였다.
"전쟁에도 인기가 있는 것과 없는 게 있답니다. 제2차 세계대전은 금광이었지만, 베트남 전쟁은 아무래도… 무슨 역귀라도 붙은 것 같아요."
"잠깐만요." 콜롬보는 이마에 주먹을 눌러댔다. 굵은 눈썹과 짙은 머리카락 사이에 낀 이상할 만큼 좁은 이마는 주먹에 완전히 가려져버렸다.
"이상한데요!" 너무나 얼빠진, 그러나 바깥까지 들릴 만큼 큰 목소리였다. 콜롬보는 이렇게 외친 뒤에 갑자기 빠른 말씨로 말을 이었다. "머리가 또 혼란스러워져버렸어요. 그럼 누군가가 거짓말을 하고 있다는 얘기인데… 내가 들은 바에 따르면 당신은 맬러리 씨의 신작에 대해서 아무것도 모른다고… 누구한테 들었는지는 잊어버렸지만, 당신은 신작의 내용을 모른다고 하던데…"
라일리는 흠칫 놀라 콜롬보의 얼굴을 똑바로 바라보았다. 바보는 바보 나름대로 이상한 것에 머리가 돌아가는군! 어쨌거나 나는 또 각본에 없는 대사를 지껄여버렸어.

그러나 라일리는 상대가 의심을 품지 않도록 재빨리 대답했다.

"오늘 아침까지는 몰랐습니다. 하지만 경위님 사무실에서 들은 테이프 속에 사이공이니 전쟁이니 하는 말이 나왔잖습니까. 그래서…"

"그렇군요. 확실히 그랬지요. 아니, 이거 실례했습니다." 콜롬보는 정중하게 절을 하고 고개를 들었다. 그 얼굴에는 상당히 당혹스러운 표정이 떠올라 있었다.

자신이 없으니까 딱 부러지게 심문하지도 못하는군, 하고 라일리는 생각했다.

"그리고 뭐라고 할까요…" 콜롬보는 거북한 듯 가볍게 발을 굴렀다. "그린리프 씨, 죄송하지만 차에서 권총을 꺼낸 적이 있습니까?"

라일리는 이 우둔한 난쟁이를 격려해주고 싶은 기분이 들었다. 어쨌든 내가 준비한 줄거리에 빨리 넘어가주지 않으면 곤란해.

"권총을 꺼낸 기억은 없지만, 실제로 권총이 없어졌으니까 어쩌면 내가…"

"라일리!" 데이비드의 신경질적인 목소리가 날아왔다. "자넨 더 이상 아무 말도 해서는 안 돼!"

"데이비드! 자네와는 상관없는 일이야." 라일리가 대꾸했다.

데이비드는 창백한 얼굴로 말을 이었다.

"나는 고문 변호사로서 말하고 있는 거야! 의뢰인이 유도심문에 걸려들어 죄를 인정하는 거나 다름없는 말을 하고 있는데 변호사로서 잠자코 있을 수는 없잖아."

당황하지 마, 데이비드! 자넨 단역에 불과해. 각본에도 나와 있지 않은 단역이 뭘 그렇게 제멋에 겨워 잘난 척하나. 그리고 유도하고 있는 건 이 얼간이 형사가 아니라 바로 나야.

라일리는 낮은 소리로 말했다.

"데이비드, 잘 들어. 자네는 내가 부탁한 일만 하면 돼. 그 때문에 나는 자네한테 비싼 자문료를 내고 있는 거야!"

"이런 일은 전문가한테 맡겨야 해!"

"저어, 죄송하지만…" 콜롬보는 몸을 웅크려 사방에서 날아오는 총알을 피하려 드는 신병처럼 구부정한 어깨를 더욱 둥글게 구부리며 조심스럽게 말했다. "권총은 항상 차에 놓아두십니까?"

"그래요."

콜롬보는 창밖을 가리켰다.

"저게 그 차인가요?"

"맞아요."

"잠깐 보여주시지 않겠습니까?"

이제야 겨우 내 줄거리에 가까워졌군. 라일리는 안도감을 씹으며 말했다.

"그러시죠."

2

콜롬보는 자동차 주위를 비틀거리며 돌아다녔다. 호화로운 쿠페와 나란히 서자 콜롬보는 더한층 지저분해 보였다.

그러나 눈은 남들처럼 제대로 달려 있는 모양이다. 콜롬보는 열쇠 구멍 옆에 난 상처 자국을 뚫어지게 바라보고 있었다. 그러고는 문을 몇 번이나 여닫다가 고개를 돌려 라일리를 쳐다보았다. 햇빛을 정면으로 받아 눈이 부신 듯 커다란 손을 눈 위에 차양처럼 대고 있다.

"그린리프 씨, 이 자물쇠는 언제 망가졌나요?"

"망가졌을 리가 없는데요…" 라일리는 시치미를 떼고 말했다.

콜롬보는 문을 닫고 열린 창문으로 손을 집어넣어 문을 잠갔다. 그러고는 문을 잡아당겼다. 문은 쉽게 열렸다.

콜롬보는 어려운 마술을 멋지게 해낸 마술사처럼 두 팔을 벌리며 자못 기쁜 듯이 웃어 보였다.

"어때요, 망가졌지요? 아니, 누군가가 망가뜨린 겁니다. 보세요. 이 새로 난 상처 자국을…"

라일리는 의아한 표정을 지으며 자동차 문으로 다가갔다. 그리고 콜롬보처럼 문을 잠그고 나서 잡아당겨 보았다.

"정말 망가졌네요. 그렇다면 누군가가 문을 부수고 글로브박스에서 내 권총을?"

"그럴 수도 있지요."

그럴 수도 있는 게 아니라 그런 거야, 콜롬보. 라일리는 문을 닫으려다가 문득 손을 멈추었다. 그러고는 갑자기 뭔가를 생각해낸 것처럼 잠시 꼼짝도 하지 않았다. 그다지 어려운 연기는 아니다.

"열쇠!" 라일리가 중얼거렸다.

작달막한 콜롬보가 라일리의 얼굴을 쳐다보았다.

"예?"

"열쇠! 맬러리의 작업실 열쇠는… 분명히 글로브박스 안에 넣어두었는데… 아, 이제 생각이 났어요. 열쇠는 권총과 함께 여기 넣어두었는데…"

라일리는 콜롬보를 밀쳐내고 자동차에 올라타더니 황급히 글로브박스를 열었다.

"없어요! 역시 열쇠도 도둑맞았어요!" 창문으로 들여다보고 있는 콜롬보를 향해 외쳤다. 알았냐, 이 얼간아. 이만큼 도와주면 이제 충분하겠지.

"사장님." 집사 에드워드가 콜롬보의 등 뒤에서 말을 걸었다. "전화가 왔는데요… 프렌들리 보험회사에서 사장님께 중요한 용건이 있다고…"

타이밍이 좋군. 아주 좋아. 그러나 라일리는 불쾌한 얼굴로 변호사에게 말했다.

"데이비드, 자네가 대신 좀 받아주게. 이럴 때 보험 얘기 따위는 듣고 싶지 않아."

"그럼 나중에 다시 걸라고 하겠네."

"잠깐만!" 라일리는 날카롭게 말했다. 이 바보 같은 자식. 모처럼의 좋은 타이밍을 망쳐버릴 작정이야! "데이비드, 자네가 대신 용건을 들어봐주게. 나중에 다시 걸게 하면 오히려 귀찮아."

데이비드는 망설이는 빛을 보였다. 의뢰인을 혼자 남겨두고 가는 게 걱정이 되나? 아니면 심부름하는 게 불만이야?

"빨리 가주게, 데이비드."

데이비드는 마지못해 집 안으로 사라졌다. 나한테 감사해, 데이비드. 자네한테 아주 좋은 역할을 맡겨주었으니까.

"심하게 부딪혔군요. 이 부분을…" 어느새 자동차 뒤로 돌아간 콜롬보가 망가진 브레이크 램프 옆에 쪼그리고 앉아서 말했다. "아까워라. 이렇게 좋은 차를…"

"아니, 이런…" 라일리도 브레이크 램프를 들여다보았다. "너무 심한데. 난 지금에야 알았어요."

"몰랐군요?" 콜롬보는 고개를 저으면서 차를 어루만졌다. 그러고는 안 됐다는 듯이 말했다. "이렇게 심하게 망가졌으면 판금만 손보는 데도 100달러는 너끈히 들 겁니다. 아니, 150달러쯤 들려나?"

가난뱅이는 이래서 싫다니까. 툭하면 돈 이야기나 꺼내고… 자동차의 손상을 토대로 탁월한 추리를 할 만한 여유가 없는 거야.

라일리는 빈정거리는 어조로 말했다.

"콜롬보 씨, 이런 차는 정비공이 보닛을 열고 엔진을 잠깐 들여다보기만 해도 100달러는 들어요."

"아이고, 아까워라!" 콜롬보는 제 주머니에서 100달러짜리 지폐가 나가는 것처럼 소리를 질렀다. "저어, 그린리프 씨, 실은 집사람의 사촌오빠가 판금 공업사를 경영하고 있는데, 소개해드릴까요?"

"친절하시군요. 하지만 이번에는 단골집에 맡기겠습니다. 공업사도 천차만별이고…"

"경위님!" 데이비드가 테라스에서 소리를 질렀다. 얼굴이 함박웃음으로 환히 빛나고 있다. 그래, 데이비드, 자네는 마침내 좋은 역할을 맡은 거야. 잘해봐.

그러나 라일리는 진절머리가 난다는 표정으로 데이비드한테서 얼굴을 돌렸다.

"콜롬보 씨, 당신에게는 나쁜 소식입니다." 데이비드는 웃으면서 천천히 다가왔다. "이 근처를 헤매다니는 건 이제 그만두시고, 살인범은 딴 데 가서 찾아보시죠. 그린리프 씨에게는 본인도 모르는 확고한 알리바이가 있었네요. 완벽한 알리바이가…"

"그게 정말입니까? 그거 잘됐군요." 콜롬보는 기뻐하는지 슬퍼하는지 알 수 없는 어조로 말하고는 햇빛을 피해 눈 위에 손을 받쳤다. "그런데 어떤 알리바이죠?"

데이비드는 콜롬보 앞에 서서 승리를 확신한 변호사처럼 한마디 한마디를 또박또박 말했다.

"어젯밤 10시 30분, 라일리 그린리프는 엔시노에서 교통사고에 휘말렸어요. '검은 까마귀'라는 술집 주차장에서요. 필요하면 언제라도 확인할 수 있습니다. 목격자는 잔뜩 있으니까요. 하기야 보험회사에 전화하면 목격자를 찾는 수고는 덜 수 있지만… 보험회사는 벌써 증언을 받았다니까요. 꾸물거리지 않고 일을 척척 해치우는 게 그 사람들의 신조인 모양입니다."

훌륭해, 데이비드. 배심원들이 있었다면 모두 감탄해서 탄성을 질렀을 거야. 라일리는 데이비드에게서 콜롬보에게로 시선을 옮겼다. 콜롬보는 손을 이마에 댄 채 조각상처럼 꼼짝도 하지 않는다. 손에 가려 표정은 알아볼 수 없지만, 말문이 막힌 것을 보면 충격이 꽤 컸던 모양이다. 걱정하지 마, 콜롬보. 가까운 장래에 또 힌트를 줄 테니까. 사건을 해결할 수 있는 결정적 단서가 될 힌트를. 내 각본은 완벽해… 라일리는 천천히 입을 열었다.

"엔시노? 상당히 먼 곳이군. 그런 데서 내가 뭘 하고 있었지?"

콜롬보가 기계장치로 움직이는 인형처럼 라일리 쪽을 홱 돌아보았다. 정면으로 받고 있던 햇빛은 뒤통수 쪽으로 돌아갔는데 이마에 댄 손은 그대로다.

"고맙게도…" 데이비드가 이야기를 시작하자 콜롬보는 다시 햇빛 쪽으로 홱 고개를 돌렸다. 이마에 댄 손은 접착제로 붙인 것처럼 움직일 줄 모른다.

"라일리, 자넨 살인사건이 일어나기 30분쯤 전부터 계속 술을 마시고 있었어. 그다음에는 콜롬보 씨도 아는 경찰관에게 연행되었지. 내가 연락을 받고 자네를 깨우러 갈 때까지 자넨 취객 전용실에서 곤히 자고 있었어."

라일리는 곤혹스러운 표정을 지으며 두 팔을 벌렸다.

"별로 명예롭지 못한 하룻밤이었나 보군."

"아니, 이거 정말…" 콜롬보는 이마에 손을 댄 채 신음하듯 말했다.

무리도 아니지. 수사를 처음부터 다시 해야 할 테니까. 이제는 범인이 짐작도 가지 않을 거야. 하지만 조금만 참아. 이제 곧 내가 범인을 알려줄 테니까…

콜롬보는 맥이 풀린 것처럼 이마에서 손을 뗐다.

"그린리프 씨, 이제 마음이 개운해졌습니다."

그러나 콜롬보의 얼굴은 전혀 개운하지 않았다. 왼쪽 눈썹이 올라가고, 반대로 오른쪽 눈썹은 아래로 내려왔다. 좌우 높이가 다른 두 눈썹 사이에 깊은 주름이 새겨져 당장이라도 성형수술을 받아야 할 만큼 괴상한 얼굴이 되었다.

"의심할 여지가 없습니다." 데이비드가 라일리의 어깨를 두드리며 말했다.

라일리는 깊은 한숨을 내쉬었다.

"살았다고밖에는 말할 수가 없군. 완전히 손을 든 상태였으니까. 기억이 없다는 건 무서운 일이야. 하지만 그 사람들이 보험회사에 연락해주어서 정말 다행이야. 만약 당사자인 그 사람들이 보험회사에 전화해주지 않았다면 나는… 아니, 생각만 해도 소름이 돋는군."

"그 사고 때문이었군요?" 콜롬보는 묘하게 쾌활한 목소리로 말했다. 실수를 얼버무리기 위해 내 비위를 맞추려 하는군. "그래서 이렇게 좋은 차를 그만 우그러뜨렸군요?"

"그런 것 같네요." 라일리는 힘없이 맞장구를 쳤다.

콜롬보는 고개를 끄덕이고 나서 말을 이었다.

"하지만 이상한데요…"

"뭐가 또 이상합니까?" 데이비드가 물었다.

"지문 말입니다. 우리가 조사한 바에 따르면 권총에는 당신 지문밖에 묻어 있지 않았다는…"

콜롬보는 또 이마에 손을 대고 라일리를 바라보았다.

눈이 부시지도 않은데 왜 저런 짓을 하지? 라일리는 손바닥 그늘의 무례한 시선을 견디며 꼼짝도 하지 않았다. 콜롬보의 침묵이 이상할 만큼 길게 느껴졌다.

이윽고 콜롬보가 무심한 어조로 말했다.

"아니 뭐, 지문은 어쨌든 우리가 할 일이니까… 그럼 실례합니다. 만약을 위해 사고 당사자의 증언을 받아두겠습니다."

"내가 도와드릴 일이 있으면 언제든지 찾아오세요."

"고맙습니다."

구부정한 어깨를 더욱 둥글게 구부리고 멀어져가는 콜롬보를 향해 데이비드가 외쳤다.

"콜롬보 경위님!"

콜롬보는 멈춰 섰다가 천천히 고개를 돌렸다.

"경위님은 반성하고 계시겠지요?"

"네?"

"라일리를 체포할 작정이었잖습니까? 그렇지 않은가요?"

그렇게 흥분하지 마, 데이비드. 라일리는 속으로 혀를 찼다. 너무 지나쳐! 콜롬보는 내 적이 아니라 내 파트너야. 드라마를 진행하는 데 없어서는 안 될 배우라고.

콜롬보는 당황해서 너무나 미덥지 못해 보였다.

"아니… 그린리프 씨가 어떤 형태로든 사건에 말려든 것처럼 보였기 때문에…"

"보였다고요? 보였다니, 그게 무슨 소리죠? 단순한 정황증거만으로 한 사람을 유죄로 단정지을 수는 없을 텐데요! 경찰도 좀 법률을 공부하지 않으면 곤란해요."

"죄송합니다…"

"증거, 증거가 중요합니다. 확실한 증거도 없이 성급한 결론을 내리는 건 그만두세요. 안이한 수사는 비인도적인 사태를 초래하죠!"

"데이비드, 이제 그만두게."

라일리가 제지했을 때 콜롬보가 성큼성큼 돌아와서 데이비드 앞에 섰다.

"체이스 씨…"

"뭡니까?"

"한 가지 묻고 싶습니다. 그 교통사고 말인데요, 상대의 이름을 아십니까?"

말허리를 잘린 데이비드는 잠깐 생각하다가 천천히 말했다.

"엘몬테에서 온 부부인데, 이름이… 모건이라고 했던가? 하지만 그런 걸 왜 묻죠?"

"아니, 대단한 건 아니지만… 아까 당신이 한 이야기로는 상대 자동차에 한 사람이 타고 있었는지 두 사람이 타고 있었는지가 확실치 않았어요. 그런데 그린리프 씨는 분명 '그 사람들'이 보험회사에 연락해주어서 다행이라고 하셨지요. 그 사람들… 즉, 복수예요. 그래서 나는 그린리프 씨가 기억을 좀 되찾으신 게 아닌가, 어젯밤 일을 생각해내신 게 아닌가 하고…"

내가 또 각본에 없는 대사를 지껄였나! 라일리는 낭패감을 느꼈다. 콜롬보는 이마에 손을 댄 채 라일리를 가만히 바라보고 있다. 이 녀석은 어쩌면, 어쩌면 예상보다 훨씬…

그러나 데이비드가 도움의 손길을 뻗쳤다.

"그럴지도 모르지요. 어쩌면 그린리프 씨의 잠재의식이 작용했는지도…"

별로 자신 없는 모호한 말투였지만, 콜롬보는 한 번 앙갚음한 것에 만족한 듯 이마에 댄 손을 코트 주머니에 찔러넣고 쾌활한 목소리로 말했다.

"아아, 그렇군요. 잠재의식이라… 그럼 이만…"

손을 흔들면서 멀어져가는 콜롬보를 지켜보며 라일리는 생각했다. 모르겠어, 저 녀석은 상당한 바보거나, 아니면 상당한…

모르겠어. 정말 모르겠어. 라일리는 어깨를 으쓱했다.

3

푸른색인지 회색인지 알 수 없는 더러운 푸조가 '검은 까마귀' 주차장으로 들어왔다. 시간이 남아돌아 술집 입구에 서 있던 지배인은 수상쩍다는 표정으로 푸조를 지켜보고 있었다.

더러운 차에서 더러운 레인코트를 걸친 사내가 나타나자 지배인은 더욱 수상쩍다는 표정을 지었다.

"이봐, 가게는 아직 안 열었어." 지배인은 레인코트 사내에게 고함을 쳤다.

"아니, 근무 중에는 술을 안 마셔요." 콜롬보는 지배인 앞에 서서 수첩을 꺼냈다. "잠깐 묻고 싶은 게 있어서…"

"길을 모르면 저쪽 가게에 가서 물어봐. 나는 바쁘니까." 지배인은 '황금 천사들'을 가리켰다.

"아니, 길은 알고 있습니다. 내가 알고 싶은 건 사고에 대해서인데…"

"사고? 보험쟁이는 벌써 왔다 갔는데, 당신은 무슨 쟁이지?"

"경찰쟁이요." 콜롬보는 얼굴을 찡그리며 윙크를 보냈다.

지배인은 콜롬보를 똑바로 바라보았다. 단추가 떨어져나간 코트의 가슴께를 바라보고 있던 지배인은 이윽고 어색한 미소를 지으며 말했다.

"교통순경 나리쇼?"

"그런 셈이지요." 콜롬보가 또 윙크를 하자 지배인은 미소를 지은 채 고개를 끄덕였다. 그 턱의 움직임에 맞추어 콜롬보도 고개를 끄덕였다. "어젯밤 여기서 사고가 있었지요? 주정뱅이의 차와 노부부의 차가 부딪치는…"

지배인은 굳은 미소를 지은 채 콜롬보에게 다가왔다.

"물론 사고는 있었어요. 하지만 그런 일은 아주 드물어요. 사고나 싸움이나 그 밖의 범죄 같은 건 별로 일어나지 않는 게 우리 가게의 장점이지요. 여긴 조용한 술집이에요. 저쪽에 있는 '황금 천사들'과는 달라요. 저 가게는 걸핏하면 경찰 신세를 지고 있는 모양이지만… 어쨌든 '검은 까마귀'는 조용하고 고상한 술집이라 모든 고객들에게 사랑받고 있지요. 그러니까 어젯밤 같은 사고는 예외적이고…"

"그 예외적인 사고에 대해서 잠깐…"

"아니, 변명하는 게 아닙니다. 하지만 종업원들에게도 잘 말해서 앞으로는 두 번 다시 그런 일이 없도록…"

"좋습니다. 사고나 싸움은 일어나지 않는 게 좋으니까요."

"그렇고말고요." 지배인은 콜롬보의 허리를 끌어안았다. "자, 경찰 나리, 안에 들어가 맥주라도 한잔하면서 얘기합시다. 날씨가 무척 더우니까요."

"아니, 난 근무 중이라서…"

"그러지 마시고 딱 한 잔만 들고 가세요. 차가운 맥주로 딱 한 잔만…"

지배인은 콜롬보의 허리를 껴안고 거의 강제로 끌어들였다. 두 사람은 술집 안으로 사라졌다.

콜롬보는 곧 가게 밖으로 나왔다.

"잠깐만 기다려주세요."

지배인이 뒤따라 입구에 나타났다.

"모처럼 따른 맥주인데… 정말 고집이 센 양반이군."

"죄송합니다. 고집 센 게 내 장점이라서요. 한번 이거다 하고 마음먹으면 끄떡도 하지 않지요. 쉽게 성급한 결론을 내리지 말라고 충고해준 사람도 있었지만… 아니, 정말 고맙습니다. 확인할 수 있어서 다행이에요. 그 변호사가 말한 대로예요."

콜롬보는 손을 흔들면서 푸조에 올라탔다.

"고집 센 것도 좋지만, 정도껏 해야지. 안 그러면 출세하지 못해." 지배인은 멀어져가는 푸조를 지켜보면서 중얼거렸다.

그러고는 일단 가게로 들어갔다가, 맥주를 가득 따른 유리잔을 들고 다시 입구에 나타났다. 지배인은 문설주에 기댄 채 한가롭게 맥주를 마시기 시작했다.

그로부터 한 시간 뒤.
더러운 푸조는 그리피스 공원 근처의 번화가에 멈춰 섰다. 차에서 내린 콜롬보는 상점의 진열창을 들여다보고 있었다. 진열창 안에는 크고 작은 온갖 형태의 열쇠가 진열되어 있다.

콜롬보는 가게 안으로 사라졌다.

이윽고 콜롬보는 가게 주인인 듯한 사내와 함께 가게 밖으로 나왔다. 사내는 점퍼 소매를 걷어 올려 털이 무성한 팔을 드러내고 있었다.

콜롬보는 몇 블록 떨어져 있는 낡은 건물을 가리켰다. 앨런 맬러리의 작업실이 있는 오피스텔 건물이었다.

"저기 305호실… 틀림없습니까?"

"틀림없어요. 내가 거짓말을 한다는 겁니까?" 블랙은 언짢은 얼굴로 말했다.

"아니, 천만에요. 아닙니다." 콜롬보는 세차게 고개를 젓고 나서 오른손을 벌려 손바닥을 들여다보았다. "이 열쇠가… 이야기가 좀 복잡해졌군요. 나는 뭐가 뭔지 전혀… 그런데 이 열쇠가…"

뭔가 깊은 생각에 잠겨 있는 콜롬보를 그 자리에 남겨두고 열쇠점 주인은 점포 안으로 돌아갔다. 콜롬보는 손바닥에 올려놓은 놋쇠 열쇠와 몇 블록 떨어진 오피스텔 건물을 번갈아 바라보고 있다가, 이윽고 뭔가를 생각해낸 듯 옆을 바라보았다.

그리고 거기에 블랙이 없는 것을 알아차리고는 들소처럼 기세 좋게 문을 열고 점포 안으로 뛰어들어가면서 큰 소리로 외쳤다.
"저어, 죄송하지만 블랙 씨!"

이튿날 이른 아침.
더러운 푸조는 갓 눈을 뜬 중심가에 주차해 있었다. '아메리칸 인슈어런스' 보험회사의 회색 건물 앞, '주차금지' 표시판 바로 밑에.
회색 건물의 비좁고 어두운 현관에서 콜롬보가 앞으로 고꾸라질 듯한 모습으로 나타났다. 검은 양복을 차려입은 남자의 팔을 꽉 움켜쥐고 있다. 남자는 예순 살쯤 되어 보였고, 머리가 벗어져 있다.
남자는 경찰에 연행되는 것처럼 보였지만 실제로는 그게 아니었다. 남자의 팔을 움켜잡은 콜롬보의 말투는 애원조였다.
"이봐요, 레인 씨, 친구 사이의 우정을 생각해서 어떻게든 딱 한 번만…"
중심가를 따라 서쪽으로 걸으면서 콜롬보는 보험회사 직원의 얼굴을 들여다보았다. 보험회사 직원은 똑바로 앞을 바라본 채 대꾸했다.
"친구 사이라 해도 당신이 멋대로 친구라고 믿고 있을 뿐, 나는 전혀… 물론 나도 경찰에 어느 정도는 협조하고 있습니다만, 이렇게 번번이 찾아와서 부탁하면 좀…"
"아니, 당신은 성실한 분이세요. 성실하고 건실하고, 그야말로 '아메리칸 인슈어런스'의 상징 같은 분이지요." 콜롬보는 넉살맞은 웃음을 지으며 말을 이었다. "그런데 VIP의 생명보험은 왜 모두 당신네 회사에만 몰려 있는지… 나도 늘 미안하게 생각하고 있지만…"
"몇 번이나 말씀드렸듯이 그런 일은 법률로 금지되어 있다니까요."
레인은 차갑게 내뱉었지만, 콜롬보는 갑자기 단호한 어조로 말했다.
"작가 앨런 맬러리의 생명보험에 대해서 말입니다."

횡단보도에서 멈춰 선 레인은 콜롬보의 얼굴을 노려보며 말했다.

"나는 볼일이 있어서 이만…"

"아니, 그러지 마시고…" 콜롬보는 과장되게 손을 흔들며 싱글싱글 웃더니, 중대한 비밀이라도 털어놓는 것처럼 목소리를 낮추었다. "요 앞의 간이식당에서 맛있는 칠리(다진 소고기에 강낭콩, 양파, 토마토, 칠리 가루를 넣고 뭉근하게 끓인 매콤한 스튜. '칠리 콘 카르네'인데 그냥 칠리라고 부른다)를 파는데…"

"칠리요?" 레인은 노골적으로 경멸하는 표정을 지었다. "나는 벌써 아침을 먹었기 때문에…"

"그런데 나는 아직 안 먹었거든요."

콜롬보는 보험회사 직원의 팔을 잡은 채 횡단보도를 건넜다.

그로부터 한 시간 뒤.

콜롬보의 푸조는 그린리프 출판사의 아담한 건물 앞에 멈춰 서 있었다. 고장이 나서 어쩔 수 없이 놔두고 간 자동차처럼 쌓인 먼지를 햇빛에 드러내고 있는 푸조는 공원처럼 나무를 심은 주차장 한가운데에 불손하게 버티고 앉아 있는 것처럼 보이기도 했다.

콜롬보의 모습은 보이지 않는다.

라일리는 그린리프 빌딩 꼭대기 층에 있는 사장실에서 인터폰을 통해 부하 직원에게 지시를 내리고 있었다.

"그자가 뭐라고 하든 그건 문제가 아니야. 당장 서명하지 않으면 계약은 무효라고 말해. 녀석은 계약할 거야. 당장 돈이 필요하니까. 고자세로 나가면 돼. 원고료 인상은 당치도 않아. 그래… 그 녀석이 불평할 수 있을 것 같아? 좀 더 세게 밀어붙여! 그래… 나중에 결과를 보고해."

라일리는 인터폰을 끄고 책상 위에 다리를 올려놓았다.

그린리프 출판사의 일상이 되살아나고 있었다. 책을 생산하는 일, 섹스라는 양념을 듬뿍 친 책을 양산하는 일, 그러기 위해 작가들의 엉덩이를 채찍질하는 일, 작가가 제기하는 이의를 물리치는 일… 막힘 없는 흐름이었다.

잘 팔리는 맬러리가 없어졌다 해도 큰일 날 건 없다. 어제는 오늘로 이어지고, 오늘은 다시 내일로 이어진다. 편집부, 영업부, 사진부… 건물 안에 제각기 방을 차지하고 있는 각 부서는 꼭대기 층에 있는 사장의 말 없는 위압 밑에서 열심히 일한다. 그러면 된다. 책은 생산되고 매상은 올라간다.

생산 공정은 순조롭게 흐르고 있어. 나 라일리 그린리프는 뛰어난 사람이야. 날카로운 두뇌를 갖고 있지. 사업을 하는 틈틈이 연극 대본도 쓰고… 로스앤젤레스 경찰을 갖고 놀면서 당당히 연기도 하고……

인터폰이 요란하게 울렸다. 라일리는 책상에서 다리를 내리고 천천히 스위치를 켰다.

"뭔가?"

"사장님, 수상한 사람이 편집부를 돌아다니고 있어서요. 그걸 알려드리려고…"

라일리는 인터폰에 입을 대고 호통을 쳤다.

"그런 일을 일일이 보고할 필요는 없어. 자넨 갓 입사한 편집부 여직원이지? 잘 기억해둬. 그런 사람을 쫓아내는 건 자네들이 할 일이야. 감당하기 어려우면 경찰을 불러. 알았나?"

"알았습니다. 하지만 그 사람은 경찰에서 나왔다고 합니다. 그렇게 보이진 않지만…"

라일리의 얼굴이 분노로 일그러졌다. 콜롬보가 왔군. 당신은 아직 나설 차례가 아니야. 뭘 냄새 맡고 다니는 거지? 바보 같은 도둑고양이가!

"아, 지금 편집부를 나가고 있습니다." 인터폰 저편에서 여자가 외쳤다. "사진부 쪽으로 가는데요…"

라일리는 주먹으로 책상을 내리치고 일어섰다.

4

사진부 스튜디오에는 시끄러운 로큰롤이 울려 퍼지고 있었다. 플라스틱으로 만든 야자나무, 푸른 하늘 대신 쳐놓은 푸른 배경, 수많은 조명… 그 한가운데에 근육질의 사내가 티셔츠에 반바지를 입은 차림으로 주저앉아서 거의 벌거벗다시피 한 여자를 끌어안고 있다.

카메라를 든 남자가 긴 머리를 쓸어 올리며 여자 모델에게 고함을 질렀다.

"어떻게 된 거야? 필요한 건 정열에 사로잡혀 촉촉하게 젖은 몽롱한 눈이야!"

"하지만 이 사람은 내 목을 비틀어 죽일 생각이라고요." 여자 모델도 마주 고함을 쳤다.

"이봐, 여자를 괴롭히지 마!" 카메라맨은 남자 모델에게 말했다. "물론 당신은 레슬러지만 오늘은 아니야. 여자가 기분을 낼 수 있도록 부드럽게 다뤄주라고. 좀 더 감정을 내서…"

그때 스튜디오 문이 열리고 콜롬보가 목만 쑥 들이밀었다. 그 목은 황급히 움츠러들었다가 다시 슬금슬금 기어나왔다. 이윽고 콜롬보는 재빨리 안으로 미끄러져 들어왔다. 기가 죽었는지 허리를 굽혀 몸을 잔뜩 움츠리고 있다. 그러나 그 얼굴은 몹시 즐거워 보였다.

머리를 길게 기른 카메라맨은 계속 호통을 치고 있었다.

"정열이야, 그걸 모르겠어? 당신은 사내잖아. 여자를 안을 때 항상 그렇게 벌레 씹은 표정을 짓나? 그리고 아가씨, 아가씨는 직업 모델이잖아. 상대가 아마추어라면 아가씨가 재치를 발휘해서 잘 리드해줘야지. 빌어먹을! 사장이란 작자가 모델료를 아끼니까 이 꼴이 되는 거야…"

"난 이제 싫어요. 이 사람 셔츠는 온통 땀투성이라고요. 땀내가 나서 참을 수가…" 여자는 도중에 말을 꿀꺽 삼켰다. 그러고는 눈을 크게 뜨고 뚫어지게 문 쪽을 바라보고 있다가 카메라맨에게 물었다. "저 사람, 누구죠?"

카메라맨도 뒤를 돌아보았다.

콜롬보는 엉거주춤한 자세로 콧등을 문지르면서 말했다.

"아니, 계속하세요. 나한테 신경 쓰지 말고 계속하세요. 집사람한테 말하면 깜짝 놀라겠지만…"

"당신, 거기서 뭐하는 거야…"

그때 라일리 그린리프가 들어왔다.

"콜롬보 씨, 실례지만 이런 데서 뭐하고 계십니까?"

콜롬보는 안심한 듯 허리를 펴고는 손을 내밀어 악수를 청했다. 라일리는 못 본 척하고 콜롬보가 내민 손을 묵살했다. 콜롬보는 그 손을 까치집 같은 머리로 가져가 북북 긁었다.

"그린리프 씨, 한가하십니까? 아까 접수창구에 있는 아가씨한테 물었더니 사장님은 지금 바빠서 아무도 만날 수 없다고 하더군요. 그래서 잠깐 기다리려고… 하지만 그냥 멍하니 앉아 있어도 재미없을 것 같아서… 그래서 잠깐 견학을… 폐가 됐나요?"

"예, 별로 찬성할 수 없군요. 직원들은 모두 바쁘니까요." 라일리는 일단 부드러운 어조로 말하고 나서, 머리가 긴 카메라맨에게 엄격한 눈길을 던졌다. "이봐, 작업 중에는 문을 잠가야지. 전에도 말했잖아? 칠칠치 못하

제2장 화려한 함정 239

게 구니까 이런 일이 생기는 거라고." 그러고는 콜롬보를 내려다보며 말을 이었다. "경위님, 밖으로 나가시죠."

두 사람은 엘리베이터를 향해 걷기 시작했다.

"역시 폐를 끼친 것 같군요. 정말 실례했습니다. 그런데 그 사람들은 뭘 하고 있는 겁니까?"

"새로 나올 책에 넣을 사진을…"

"아아, 책요. 어떤 책인데요?"

정말 성가신 녀석이군! 라일리는 속으로 욕했지만 점잖은 얼굴로 대답했다.

"인류학에 관한 책입니다."

"아아, 인류학요… 어려운 책이겠군요."

"좋아하는 사람은 좋아하지요." 이렇게 받아넘기고 나서 라일리는 화제를 돌렸다. "그런데 경위님, 오늘은 또 무슨 용건으로…"

"아 참, 그렇지. 중요한 걸 잊을 뻔했군. 자동차 사고에 대해 확인하러 갔다 왔습니다. 그 변호사가 말한 대로더군요. 술집 지배인한테 물어봤더니 인상착의가 당신과 정확히 일치했습니다. 아주 정확히… 당신은 틀림없이 거기에 있었어요."

라일리는 엘리베이터의 하행 버튼을 누르고 말했다.

"그 말을 들으니 안심이 되는군요. 친절하게도 확인해주셔서 고맙습니다."

"아니, 천만에요."

과장되게 손사래를 치는 콜롬보를 바라보면서 라일리는 짜증스러움을 감추느라 애를 먹었다. 이제 곧 하행 엘리베이터가 올 거야. 당신은 그걸 타고 당장 돌아가. 여긴 당신처럼 촌스러운 사내가 올 곳이 아니야.

"그래서 내가 다음에 할 일을 미리 알려드리려고…" 콜롬보는 엘리베이터가 내려오고 있음을 보여주는 층수 표시판을 쳐다보며 말했다.

라일리는 가슴이 불쾌하게 두근거리는 것을 느끼면서 되물었다.

"다음에 할 일요?"

"사태는 상당히 확실해진 것 같습니다. 당신은 역시 말려들었어요. 내가 다음에 할 일은…" 콜롬보는 표시판에 시선을 박은 채 말했다. "당신에게 죄를 뒤집어씌우려 한 사람을 찾아내는 일입니다."

"죄를 뒤집어씌워요?" 라일리는 귀를 의심했다.

"함정이었어요." 콜롬보가 말했다.

그의 단정적인 말이 이상하게 증폭되어 귓속에서 쾅쾅 울리는 듯한 기분이 들었다. 잘했어, 콜롬보! 이렇게 빨리 내 각본을 읽어줄 줄은 미처 몰랐는걸…

하행 엘리베이터가 도착하여 문이 열렸지만, 라일리는 콜롬보의 팔을 움켜잡고 옆에 있는 상행 엘리베이터 쪽으로 데려갔다. 거기서 상행 버튼을 누르며 라일리가 말했다.

"함정이라고요?"

"틀림없이 함정입니다. 권총에는 당신 지문이 묻어 있었습니다. 완벽한 지문이… 그런데 당신은 맬러리 씨를 쏘지 않았어요. 이건 반론할 여지가 없는 확실한 사실입니다. 그렇다면… 실은 나도 무척 골머리를 썩였지만… 맬러리 씨를 쏜 범인은 권총에 묻은 당신 지문이 지워지지 않도록 아주 조심스럽게 총을 잡았다는 얘기가 됩니다. 권총은 당신을 범인으로 만들기 위해 의도적으로 사용되었어요."

정답이야, 콜롬보. 그게 줄거리라고. 소가 뒷걸음치다가 쥐를 잡은 격이겠지만, 잘했어… 라일리는 엘리베이터에 들어가 꼭대기 층의 버튼을 눌렀다.

"도대체 누가?"

"그건 아직 모릅니다." 콜롬보는 시가를 입에 물었다. 그러고는 여기저기 주머니를 뒤지면서 말을 이었다. "그런데 그린리프 씨는 정말 운이 좋았어요. 그 사고 말입니다. 타이밍도 그렇고, 확실한 증언도 그렇고… 그게 없었다면 당신은 지금쯤…"

콜롬보는 어느 주머니에도 성냥이 없다는 것을 깨달았는지 도움을 청하듯 얼굴을 들었다. 순간 두 사람의 시선이 마주쳤다. 라일리는 뭔가 본능적인 힘에 이끌려 눈길을 돌렸다.

"내 방에 라이터가 있습니다."

"아, 고맙습니다." 콜롬보는 정중하게 절을 했다.

이 녀석이 뭔가 냄새 맡고 나를 빈정거리는 게 아닐까? 확증은 없지만 내 알리바이에서 작위를 느꼈을까?

엘리베이터라는 좁은 밀실 안에서 콜롬보와 어깨를 맞대고 있는 게 아무래도 어색해서 라일리는 헛기침을 했다.

두 사람은 사장실로 들어갔다.

창문 맞은편 벽에는 책표지를 사람만 한 크기로 확대한 패널이 즐비하게 놓여 있었다. 속옷만 입은 여자들, 관능적인 입술, 남자의 품에서 도망치려고 하는 여자의 긴장한 팔다리, 말을 타고 있는 알몸의 여자… 그리고 현란한 색채의 글자들… 〈관능의 방랑〉, 〈섹스의 포효〉, 〈검은 유괴자〉, 〈불륜의 쾌락〉…

콜롬보는 패널들 앞에 서서 마치 미술관에서 추상화를 감상하는 사람처럼 엄숙한 표정으로 패널을 하나씩 살펴보며 말했다.

"이것도 모두 인류학 책인가요?"

"그렇습니다. 성과학에 관한 책도 있지만…"

콜롬보는 패널에서 고개를 돌려 라일리를 바라보며 탄성을 질렀다.

"대단하군요. 공부한다는 건 좋은 일이지요. 이젠 아무도 책 같은 건 읽지 않게 된 줄 알았는데…"

"모두 읽고 싶어 할 만한 책을 출판하면 얼마든지 팔립니다."

"그렇군요." 콜롬보는 건성으로 대답했다. 무언가를 골똘히 생각하고 있는 모양이다. 콜롬보는 혼잣말처럼 중얼거렸다. "책은 나도 읽지 않게 되었어요. 고등학교 때는 꽤 많이 읽었지만… 공부를 다시 시작해볼까요. 인류학은 재미있을 것 같기도 한데…"

"그것도 좋겠지요. 머리가 굳지만 않으면…" 라일리의 말 속에는 빈정거림이 섞여 있었다.

그런 라일리를 힐끔 바라보며 콜롬보는 애매한 미소를 지었다.

"읽는 게 아니라 써보는 것도 좋겠군요… 방금 생각이 났는데, 로스앤젤레스 경찰에는 책을 쓴 현직 경찰관이 있답니다. 당신도 아실지 모르겠는데… 이름이 뭐였더라? 〈센추리언〉이라는 소설을 쓴 사람인데… 원버라고 했던가?"

"베스트셀러가 되고 영화까지 만들어진 소설 말입니까?"

"맞아요. 현직 경찰이 쓴 소설이라고 해서 세간에서도 떠들썩했던 모양이에요. 하지만 그 원버라는 사람은 경사잖습니까. 나는 그보다 높은 경위이고, 취급하는 사건도 그 사람보다 내가 훨씬 많아요. 꽤 재미난 사건도 많이 다루었고… 그래서 말이죠…"

"책을 써보고 싶다는…"

"물론 거창한 책은 아닙니다. 소설도 아니고요. 실화를 다룬 조그만 책이 좋을 것 같네요. 그린리프 씨, 재미난 사건을 두세 가지 이야기해드릴까요?"

말도 안 되는 소리! 터무니없는 생각을 해냈군. 폭탄 미치광이 에디와 똑같잖아.

"경위님, 당신의 열정에는 경의를 표하지만, 책을 쓴다는 건 아주 특수한 기술이 요구되는 일이지요. 오랜 경험과 나름의 교양을 갖추지 않으면…"

"하지만 그 경찰관도 아마추어였잖습니까?" 콜롬보는 불이 붙지 않은 시가를 휘두르며 강조했다.

라일리는 라이터를 들고 다가가 시가에 불을 붙여주면서 말했다.

"우리는 그런 종류의 책은 취급하지 않습니다. 우리 출판사의 전문은…" 라일리는 벽에 늘어서 있는 패널들을 가리키며 덧붙였다. "보시다시피 인류학이니까요."

"그렇군요." 콜롬보는 싸구려 시가의 악취 나는 연기를 토해냈다. "나는 그저… 맬러리 씨가 그렇게 돼서 당신 회사도 타격을 입었을 거라고 생각했기 때문에… 안 그렇습니까? 맬러리 씨는 당신 회사의 달러박스였지요?"

맬러리의 후임으로 나서겠다고? 꿈도 야무지셔라! 제정신이 아니야. 미치광이야. 에디와 똑같은 미치광이야.

"맬러리에 필적할 만한 작가는 얼마든지 있습니다. 지금까지는 쓸 기회를 주지 않았을 뿐이지요. 맬러리의 뒤를 이을 작가는 금방 나옵니다. 그게 출판계라는 거예요."

당신이 나설 자리가 아니야. 도둑고양이는 뒷골목 냄새나 맡고 다니면 돼. 사람에게는 저마다 자신의 영역이 있는 법이지.

작가를 지망하는 삼류 형사는 눈에 담배 연기가 들어간 듯 얼굴을 찡그리고 눈을 껌벅거렸다. 그러고는 입에서 뗀 시가를 바라보면서 힘없는 목소리로 중얼거렸다.

"그렇군요. 전혀 몰랐어요. 나는 맬러리 씨가 당신 회사의 유일한 달러박스인 줄 알았지 뭡니까. 틀림없이 그럴 거라고. 그도 그럴 것이…" 콜롬보는 갑자기 고개를 들더니, 사팔눈으로 라일리의 얼굴을 똑바로 바라보았다. "맬러리 씨한테 생명보험을 들어두었으니까요."

"뭐라고요?"

도둑고양이 같으니라고! 벌써 그것까지 조사했나? 하지만 그런 눈으로 나를 쳐다봤자 소용없어. 이런 경우에 내가 말할 대사는 미리 준비되어 있으니까. 그 시기가 예상보다 좀 빨리 오긴 했지만…

콜롬보는 말없이 라일리를 바라보고 있다. 그러다가 시가를 한 모금 피우고 그 연기를 뭉게뭉게 토해내면서 말했다.

"생명보험 말입니다. 당신은 몇 년 전에 맬러리 씨 명의로 백만 달러짜리 보험을 들었더군요."

라일리는 미리 준비한 대사를 천천히 말했다.

"아아, 그거 말입니까? 그건 출판계의 상식이에요. 관례라고 말하는 게 옳겠군요. 인기 작가는 출판사의 재산이니까요. 솔직히 말해서 나는 까맣게 잊고 있었습니다."

"여기 메모가 있는데…" 콜롬보는 코트 주머니에 손을 찔러넣었다. 그러고는 표지가 닳아해진 수첩을 꺼내어 황급히 책장을 넘겼다. "아, 여기 있군요. 보험회사는 지난주 목요일에 맬러리 씨의 보험을 갱신하는 서류를 당신한테 보냈는데요."

"나는 모릅니다." 이것도 미리 준비해둔 대사였다. "그런 일은 모두 경리과에 맡겨놓고 있으니까요."

콜롬보가 갑자기 격렬하게 기침을 했다. 싸구려 시가 탓이야. 어쩌면 낭패감을 감추기 위한 연기인지도 모르지.

"실례했습니다." 콜롬보는 의아한 얼굴로 시가를 바라보았다. 그러고는 라일리의 책상 위에 있는 재떨이를 발견하고 성큼하게 다가갔다. 시가를 재떨이에 눌러 끄면서 라일리를 바라보고 묘하게 새삼스러운 어조로 말했다. "잘 알았습니다. 협조해주셔서 고맙습니다."

그때 책상 위에서 전화벨이 울렸다. 콜롬보가 본능적으로 손을 뻗었지만 도중에 그만두었다. 책상 위에는 전화기가 두 대 놓여 있었다. 지금 울리고 있는 것은 전화번호부에 실려 있지 않은 전용 전화였다. 라일리는 누구한테서 걸려온 전화인지 알고 있었다. 지금은 곤란하다. 내버려두자.

제2장 화려한 함정 245

콜롬보가 의아한 표정으로 라일리를 바라보았다. 전화는 끈질기게 계속 울리고 있다. 라일리는 할 수 없이 책상으로 다가갔다.

"경위님, 잠깐 실례합니다." 라일리는 이렇게 말하고 수화기를 들었다.

에디 케인의 낮은 목소리가 들렸다. 라일리는 더 이상 상대에게 지껄일 틈을 주지 않고 재빨리 말했다.

"미안하지만 지금은 안 돼. 바빠서 이야기하고 있을 겨를이 없어. 손님이 와 계시거든. 나중에 내가 전화하지."

라일리는 급히 수화기를 내려놓고 콜롬보를 향해 쓴웃음을 지어 보였다.

"지난주에 어느 칵테일 파티에서 만난 젊은 여잔데, 남편이 어디 먼 도시로 출장을 갔다고… 아시겠지요?"

"예, 그야 뭐…" 콜롬보는 잇몸 전체를 뒤흔들듯 과장되게 고개를 끄덕여 맞장구를 치고는 말을 이었다. "그런데 그 여자도 인류학을 좋아합니까?"

라일리는 콜롬보의 질문을 무시하고 차갑게 말했다.

"더 이상 볼일이 없으면 이만… 나는 스케줄이 꽉 차 있어서요."

이젠 돌아가셔. 당신은 호기심이 좀 지나친 것 같군. 게다가 엿보기라는 나쁜 취미도 있는 모양이고…

콜롬보는 무슨 말을 하려고 벌렸던 입을 일단 다물고는 턱을 쓰다듬었다.

"당연히 그렇겠지요. 너무 폐를 끼쳐서 죄송합니다."

손을 흔들고 코트 자락을 펄럭이며 멀어져가는 콜롬보를 향해 라일리는 속으로 빈정거리며 격려하는 말을 던졌다.

"경위님, 나를 함정에 빠뜨리려고 한 녀석을 꼭 잡아주세요. 경위님이라면 불가능하지 않아요. 당신은 요점을 잘 찌르니까, 그런 식으로 계속해주세요."

문손잡이를 잡으려던 콜롬보는 갑자기 홱 돌아서서 라일리를 뚫어지게 바라보았다. 그러고는 관현악단 지휘자처럼 천천히 손을 쳐들어 잠깐 허공에 멈추었다가 힘껏 끌어내렸다.

"아 참!" 콜롬보는 손을 내리는 동시에 큰 소리를 질렀다. "중요한 걸 깜박했네요. 한 가지만 더 물어보려고 했는데… 그린리프 씨, 당신과 맬러리 씨 양쪽에 원한을 갖고 있는 사람을 모르세요? 다시 말해서 당신과 맬러리 씨에게 공통의 적… 그 사람이 맬러리 씨를 죽이고 당신한테 죄를 뒤집어씌우려 한 것 같은데…"

"공통의 적이라…"

그건 에디 케인이야, 콜롬보. 라일리는 속으로 중얼거렸다. 내 각본에 따르면 에디 케인이 범죄를 꾸몄어. 이제 곧 당신에게 에디를 넘겨줄게. 배경을 설명한 서류까지 첨부해서… 하지만 지금은 아직 준비가 덜 됐어. 아마, 오늘 밤쯤…

"콜롬보 씨, 이런 일을 하고 있으면 적이 생기게 마련이지만, 나와 맬러리 양쪽에 원한을 품고 있는 사람이라면…" 라일리는 말꼬리를 흐리며 고개를 숙였다.

"뭔가 생각나면 연락 주십시오."

콜롬보는 문손잡이를 잡았다. 문을 열고 한 걸음 밖으로 내디딘 콜롬보가 문득 멈춰 섰다. 딱딱한 어깨와 안짱다리가 조각상처럼 움직이지 않는다. 이 녀석, 혹시 정신분열증도 있는 거 아니야? 콜롬보의 부자연스러운 뒷모습을 보고 라일리는 생각했다. 그 뒷모습이 갑자기 움직였다. 콜롬보가 목을 쑥 내밀고 라일리를 돌아보았다.

그러고는 원망스러운 듯한 시선을 들고 커다란 콧등을 북북 긁으며 말했다.

"나는 아무래도 모르겠어요. 당신에게 물어보면 혹시 알지 않을까 싶은데…"

"그게 뭔데요?"

"맬러리 씨를 죽인 범인 말인데요. 그 사람은 어떻게 그 방에 들어갔을까요? 유리창도 깨져 있지 않고 문도 망가지지 않았는데 말이에요."

"틀림없이 정신분열증이야. 정서 불안정이 악화돼서 생긴 분열증이야. 열쇠를 까맣게 잊고 있군."

"그거야 열쇠를 사용한 거 아닌가요? 내 차에서 훔친 그 열쇠 말입니다."

그러자 콜롬보는 황급히 코트 주머니에 손을 집어넣어 놋쇠 열쇠를 꺼냈다.

"이 열쇠 말입니까? 아, 이건 당신에게 죄를 뒤집어씌우기 위한 잔꾀예요." 콜롬보의 눈이 가늘어졌다. "이 열쇠는 그 문에 맞지 않습니다. 맬러리 씨는 3주 전에 자물쇠를 바꿨거든요."

라일리는 현기증을 느꼈다. 눈을 가늘게 뜬 채 열쇠를 내밀고 있는 콜롬보의 모습이 갑자기 커져서 금방이라도 소리를 내며 폭발해버릴 것처럼 보였다. 라일리는 책상에 한 손을 짚고 간신히 중얼거렸다.

"그렇습니까…"

"맬러리 씨는 자기가 쓰고 있는 원고를 남에게 보이고 싶지 않았던 게 분명해요."

라일리는 죽은 맬러리가 껄껄 웃는 소리를 듣는 듯한 기분이 들었다. 빌어먹을! 이상한 짓을 했군, 맬러리…

"자물쇠를… 그렇습니까? 하지만…"

"이 열쇠는 당신에게 죄를 뒤집어씌우기 위해 그 방에 남겨둔 겁니다. 그게 분명해요."

콜롬보의 단정적인 어조는 라일리에게는 구원이었다.

"무서운 일이군요." 라일리의 목소리에는 실감이 담겨 있었다.

콜롬보는 열쇠를 내려다보면서 고개를 저었다.

"열쇠는 함정입니다. 하지만 범인은 어떻게 그 방에 들어갔을까요. 문에 맞지 않는 열쇠를 가지고…"

라일리는 기분을 새롭게 하며 말했다.

"그럼 범인은 아마 맬러리가 알고 있는 놈이겠지요. 그래서 맬러리가 문을 열고 범인을 들여보내…"

"그렇지 않습니다." 콜롬보는 신음하는 듯한 소리를 내며 라일리를 바라보았다. "그 테이프 말입니다. 맬러리가 누군가를 방에 들여놓았다면 그 소리가 테이프에 들어가 있을 겁니다. 혹은 스위치를 끄는 소리가 들어가 있겠지요. 그런데 그 테이프의 구술은 끊기지 않았습니다. 범인은 맬러리 씨가 모르는 사이에 어디선가 몰래 숨어 들어간 겁니다. 하지만 어떻게?"

콜롬보는 라일리의 얼굴을 가만히 바라보았다. 그 눈빛은, 당신은 답을 알고 있을 테니 어서 대답하라고 재촉하고 있었다.

그래서 라일리는 어쩔 수 없이 중얼거렸다.

"나는 전혀…"

그러자 콜롬보의 얼굴에 미소가 번져갔다. 입가의 근육이 오그라들었을 뿐인지도 모르지만, 그건 아마 미소일 것이다.

"알았다!" 콜롬보는 짧게 외치더니 열쇠를 코트 주머니에 쑤셔 넣었다. "알았어요. 범인은 열쇠를 또 하나 갖고 있었던 겁니다. 맬러리 씨가 바꾼 자물쇠에 맞는 열쇠를… 어떻습니까, 이 대답이 가장 그럴듯하지 않나요?"

"훌륭합니다. 대단한 추리예요."

라일리가 안도의 한숨을 내쉬며 말하자 콜롬보는 기쁜 듯이 고개를 끄덕였다.

"이 추리에서 다음 추리를 끌어낼 수 있지요. 즉, 새 자물쇠에 맞는 열쇠를 갖고 있는 놈이 범인이다!"

그렇군. 일리 있는 말이야. 당신의 명추리 덕분에 각본을 다시 쓰기가 쉬워졌어. 당신은 각본의 공동 집필자야…

"그렇군요, 하지만 경위님, 그 열쇠를 가진 사람을 찾아내기는 쉽지 않겠지요?"

기쁨으로 빛나고 있던 콜롬보의 얼굴이 갑자기 흐려졌다.

"그렇습니다. 어려운 작업이지요. 생각만 해도 넌더리가 납니다."

이 말을 남기고 콜롬보는 문을 열었다. 이번에는 뒤도 돌아보지 않고 구부정한 어깨가 문밖으로 사라졌다.

라일리는 어깨에서 힘을 빼고 싱긋 웃었다.

5

연극은 후반의 고비에 접어들었어. 각본을 조금 손질하지 않으면 안 되지만, 큰 줄거리에는 변함이 없어. 계획대로 해낼 수 있을 거야.

라일리는 책상 위에 다리를 올려놓고 앞으로 해야 할 일을 다시 점검했다.

허리께가 아팠다. 피로를 알리는 조짐이었다. 가만히 있으면 잠들어버릴 것 같다. 중년이 지난 남자에게는 역시 힘든 일이었다고 인정할 수밖에 없다. 하지만 아직도 충분히 견딜 수 있어. 중년이 지난 사람다운 냉정함, 항상 깨어 있는 마음의 여유가 육체적인 피로를 상쇄해줄 거야.

라일리는 창밖에 펼쳐져 있는 푸른 하늘을 바라보면서 계획을 검토했다.

좋아! 얼마 후 라일리는 책상에서 다리를 내렸다. 우선 전화부터 해야지. 라일리는 전화번호부에 실려 있지 않은 전용 전화기로 손을 뻗었다. 수첩을 보면서 다이얼을 돌린다. 전화선 저편에서 호출음이 울리고 있다. 그러나 상대는 좀처럼 전화를 받지 않는다. 라일리의 손가락이 책상을 톡톡 두드렸다.

"여보세요." 에디 케인이 드디어 전화를 받았다. 잠에 취한 듯한 목소리다.

"그린리프일세. 자고 있었나?"

"아니요, 실험을 하느라 손을 뗄 수가 없었어요."

"그래? 아까는 미안했네. 하필이면 그때 손님이 와 있어서 통화할 수가 없었어."

"손님이 나에 대해서 알면 곤란한가요?" 에디의 목소리에는 분명 가시가 돋쳐 있었다.

"그런 건 아니지만… 새 책을 낼 때는 되도록 조심하지 않으면 안 돼. 특히 라이벌 출판사 사람이 있을 때는 말이지…"

"아, 그런가요…" 목소리가 갑자기 부드러워지고 쿡쿡 웃는 소리가 들려왔다.

어린애 같은 에디의 웃는 얼굴을 상상하자 라일리는 등골이 오싹해졌다. "하지만 사장님…" 웃음의 발작이 가라앉자 에디의 목소리는 다시 불쾌해졌다. "오늘 만나기로 약속했잖아요. 잊으셨어요?"

"그 문제로 전화했어. 오늘 밤에 시간 있나? 장소는 자네 집이 어떨지…"

"좋아요. 몇 시에 만날까요?"

라일리는 잠깐 생각하고 나서 천천히 말했다.

"2200시는 어때?"

잠깐 사이를 두었다가, 에디의 기쁜 듯한 목소리가 들려왔다.

"좋습니다! 사장님도 이젠 이야기가 통하게 되었군요."

"이상으로 송신 끝." 라일리는 다시 한번 비위를 맞춰주고 전화를 끊었다.

그런 다음 수첩을 뒤져 다시 다이얼을 돌렸다. 이번 상대는 금방 전화를 받았다.

"보브? 나야, 라일리 그린리프. 잘 있었나? 급한 부탁이 있는데… 아주 급해. 임대 사무실의 여벌 열쇠야. 하나면 돼. 저녁때까지 만들 수 있겠나? 그래? 다행이군. 그럼 부탁해. 그 사무실 주소를 말할 테니까 메모를 준비해줘."

라일리는 맬러리가 쓰고 있던 오피스텔 주소를 두 번 되풀이해서 말했다.

새 열쇠를 가지고 있는 놈이 범인이다… 이렇게 말한 건 콜롬보였다. 좋아, 콜롬보. 당신 추리가 옳다는 걸 내가 입증해주지. 라일리는 싱긋 웃었다.

다음에 할 일은… 라일리는 책상 서랍을 활짝 열었다. 서류 묶음을 치우자 그 밑에 샴페인 병이 누워 있었다. 그 옆에 은도금한 주사기 상자와 양가죽 장갑이 놓여 있다. 라일리는 자리에서 일어나 문으로 걸어가서 자물쇠를 채웠다. 그리고 책상으로 돌아오자 양가죽 장갑을 끼고 주사기 상자와 샴페인 병을 책상 위에 놓았다.

주사기 상자를 연다. 빨간 딱지가 붙은 작은 캡슐을 꺼내어 줄로 뚜껑을 땄다. 주삿바늘을 캡슐 안에 집어넣어 투명한 액체를 빨아올린다. 샴페인 병을 무릎 위에 올려놓고 코르크 마개에 주삿바늘을 찔러넣었다. 힘을 주어 천천히 바늘 끝까지 찔러넣은 다음 주사기의 실린더를 눌렀다. 투명한 액체가 샴페인 위로 똑똑 방울져 떨어졌다.

에디, 이걸 먹으면 푹 잘 수 있어. 두번 다시 눈을 뜨지 않고 그대로 천국에 갈 수 있어. 아니면 지옥인가? 어쨌든 이 수면제는 저세상에 도착할 때까지 유효한 침대칸 차표야.

라일리는 주사기 상자를 서랍에 돌려놓고 샴페인 병을 종이봉지에 집어넣었다. 어느새 이마가 땀에 흠뻑 젖어 있었다. 새하얀 손수건으로 이마를 훔치면서 라일리는 소리 내어 중얼거렸다.

"침착해야 해!"

라일리는 일어섰다.

제3장

사제 폭탄

1

잉글우드는 요란한 제트기 소리에 뒤덮여 있었다. 불과 몇 마일 앞에 로스앤젤레스 국제공항이 있다. 착륙등을 휘황하게 밝힌 거대한 제트기가 라일리의 차를 덮칠 것처럼 낮게 떠서 활주로로 미끄러져 들어간다. 굉음으로 자동차 앞유리창이 흔들렸다. 여객기는 잇따라 날아왔다. 국제선이 붐비는 시간이다.

라일리는 차 안에서 얼굴을 찡그렸다. 도저히 사람이 살 수 있는 곳이 아니야. 흑인과 미치광이밖에 살 수 없는 동네야.

이미 캄캄해진 맨체스터 가를 동쪽으로 달려 잉글우드 변두리까지 오자, 라일리는 왼쪽으로 구부러져 좁은 골목으로 들어갔다. 골목에 허술한 목조 2층 건물이 있었다. 라일리는 그 앞에 차를 세웠다. 1층은 자동차 몇 대를 간신히 수용할 수 있는 임대 주차장, 그리고 2층은… 그 미치광이의 소굴이었다.

여기 올 때마다 라일리는 생각한다. 마구간 같은 집이야. 집의 구조도,

더러운 꼬락서니도…

나무 난간을 댄 조잡한 계단이 길에서 에디의 방으로 직접 이어져 있다. 라일리는 종이봉지를 겨드랑이에 낀 채 계단을 올라갔다.

문을 두드렸을 때 제트기가 또 저공으로 날아왔다. 고막을 찢는 듯한 굉음에 라일리는 저도 모르게 몸을 움츠렸다. 제트기는 날개 양쪽 끝에 달린 빨간 불을 점멸시키고 커다란 동체에 달린 하얀 착륙등을 번쩍이며 거대한 새처럼 머리 위를 지나갔다.

굉음이 가라앉은 순간, 문 안쪽에서 에디의 태평스러운 목소리가 들려왔다.

"들어오세요. 열려 있어요."

라일리는 문을 열었다. 그곳은 에디의 광기를 무엇보다도 분명히 입증해주는 방이었다.

이미 낯익은 풍경… 그러나 몇 번을 와도 사람의 마음을 불안에 빠뜨리는 불쾌한 방이었다. 벽에 장식된 수많은 폭탄과 수류탄과 지뢰 탓일까? 아니면 더러운 식기가 항상 널려 있는 부엌이나 속옷가지가 내팽개쳐져 있는 소파침대 탓일까? 아니면 작은 알전구 하나밖에 없는 어두운 조명 탓일까? 아니면 난잡하고 불결한 전체적인 인상 탓일까? 어쨌든 이 방에는 요기 같은 게 있다. 광인의 체취라고도 말할 수 있는 요기가…

하지만 내 각본을 낳은 건 바로 이 방이야. 이 방을 보지 않았다면 그렇게 훌륭한 각본은 생각해내지 못했을 거야.

그거야 어쨌든 경찰의 눈이 이 방을 찾아내지 못한다는 건 불가사의한 일이야. 경찰관이 이 방을 보면 에디는 당장 체포될 텐데…

벽에 내걸려 있는 폭발물 가운데 수류탄 다섯 개는 언제라도 사용할 수 있는 상태라는 것을 라일리는 알고 있었다.

"에디, 한번 묻고 싶었는데, 저런 폭발물을 가지고 있는 건 위법이 아닌가?"

에디는 소파침대 끝에 앉아서 타자기를 두드리고 있었지만, 그 손을 멈추지 않고 어깨를 으쓱하며 말했다.

"법률에 대해서는 잘 모르지만, 전부 국산이니까 문제는 없잖아요? 밀수한 물건은 아니니까요."

그럼 훔친 물건인가? 절도, 위험물 단속법 위반, 총포류 불법 소지… 그리고 살인. 너는 중죄인이야. 라일리는 종이봉지를 겨드랑이에 낀 채 검은 양가죽 장갑을 벗으려고도 하지 않았지만, 에디는 그런 것도 알아차리지 못한 모양이다.

이윽고 에디가 타자기에서 얼굴을 들었다.

"아 참, 그렇지. 오늘 '바운싱 베티'장*에 넣을 삽화를 그렸는데, 좀 봐주세요." 이렇게 말하고 에디는 일어나서 방구석에 놓여 있는 철제 캐비닛으로 다가갔다. 튼튼해 보이는 캐비닛이다. 수류탄이 터져도 어떻게든 견딜 수 있을 것이다.

살인광, 타자기, 수류탄, 튼튼한 캐비닛… 각본의 골격을 이루는 중요한 소도구들이다.

"봐주세요. 이게 '바운싱 베티'의 삽화예요." 에디는 캐비닛 앞에서 종이를 흔들었다.

"그 '바운싱 베티'란 게 뭐지?"

"대인지뢰를 말하는 거예요." 에디는 서투른 그림을 보이면서 황홀한 목소리로 말을 이었다. "이걸 매설하려면 20센티미터 땅속에 묻어야 해요. 그보다 깊으면 안 돼요. 폭발 효과가 훨씬 줄어드니까요. 그리고 압력판 위에는 진흙과 낙엽을 약 2센티미터쯤 덮어야 해요. 그러면 완벽하죠. 누군가가 밟으면… 쾅! 다리가 날아가버리죠. 아름답지 않아요?"

"그렇군. 정말 아름다워."

제3장 사제 폭탄

그건 미치광이가 쓴 살인 교본이야. 그런 책을 팔 수 있을 것 같아? 판매에 들어가면 당장 몰수당할 거야. 그러나 라일리는 미소를 지으며 종이봉지를 찢었다.

"그럼 미리 축하나 해둘까?" 라일리는 수면제가 든 샴페인병을 보여주면서 말을 이었다. "어때? 좋은 술이야."

"우아! 진짜 샴페인인가요?" 에디는 눈을 가늘게 떴다.

"최고급이지. 천재는 최고급품 외에는 손을 대면 안 돼."

"이제 곧 나도 그런 팔자가 될 거예요." 에디의 얼굴에 어린애 같은 웃음이 번져갔다. 마음속의 기쁨을 감추지 못하는 어린애의 얼굴. 그리고 흥분해서 높아진 어린애의 목소리.

"최고급품… 천재는 그런 건지도 몰라요." 에디는 부엌에 쌓여 있는 더러운 식기를 뒤지고 있다가, 각각 모양이 다른 술잔 두 개를 찾아내어 물로 씻었다. 그러고는 젖은 술잔을 라일리에게 내밀며 말했다. "신세를 많이 지는군요, 사장님."

"천만에. 나야말로…" 라일리는 젖은 술잔을 들여다보고 얼굴을 찡그렸다.

에디는 술병을 받아서 마개를 딴 다음, 우선 라일리의 술잔에 가득 따랐다. 그리고 자기 술잔에도 따랐다.

"자, 건배!"

"에디 케인을 위해 건배!" 라일리는 장갑을 낀 손으로 술잔을 높이 쳐들었지만, 에디는 아무 관심도 보이지 않았다. 라일리는 술잔을 입에 대고 마시는 척하면서 말했다. "향기가 좋군. 자네한테 딱 어울리는 술이야."

"맛이 아주 좋은데요." 에디는 단숨에 들이키고 다시 술잔을 채웠다.

"이번에는 무엇을 위해 건배할까?"

라일리가 웃으면서 묻자 에디는 당혹스러운 얼굴로 대답했다.

"그건 사장님이 생각하세요."

"그러면… 멋진 폭발을 위해."

"멋진 폭발요? 그거 좋은데요."

에디는 절반쯤 마시고 나서 비틀거렸다. 그러나 두 다리를 힘껏 버티어 균형을 잡았다. 라일리는 또 술을 마시는 척하면서 술잔 너머로 에디를 지켜보았다.

"아 참, 에디, 걱정하고 있었는데… 그 방에 들어갈 때 뭔가 곤란한 일은 없었나?"

에디의 몸이 또 기우뚱했다. 그러나 에디는 낮은 소리로 대답했다.

"아니, 별로…"

"그 열쇠로 맬러리의 방에 쉽게 들어갈 수 있었나?"

에디는 어깨를 으쓱했다.

"문은 열려 있었어요. 하지만 열쇠는 사장님이 시킨 대로 바닥에 놔두고 왔어요."

에디의 혀가 꼬부라진 것을 분명히 알아차릴 수 있었다. 지옥행 침대열차가 이제 슬슬 출발할 시간이다. 앞으로 몇 분 후면…

"그리고 자네 책 말인데…"

"뭔데요?"

"그 책 내용이 군사 전략이나 방위상의 기밀에 관한 건 아니겠지? 이건 그냥 확인하는 것뿐이지만, 나는 그 방면에 대해서는 워낙 깡통이라서…"

"그런 바보 같은 소릴 하면 곤란해요. 그런 건 업자의 팸플릿에 다 나와 있다고요." 에디는 갑자기 기묘한 웃음소리를 냈지만, 술기운을 토해내려는 듯 한숨을 내쉬고는 천천히 말을 이었다. "나는 다만… 이 책에… 올바른 사용법을 썼을 뿐이에요. 자세하게… 그리고 친절하게… 그냥 실용서예요. 그리고 폭탄이라는 건… 재미난 사용법도 여러 가지가 있어요…

요즘 애들은… 생각지도 못할 일을 나는… 썼어요."

에디는 비틀거리며 캐비닛으로 다가가 원고를 꺼내더니, 불안한 손놀림으로 원고를 넘겼다. 그러다가 도중에 손을 멈추고 의아한 얼굴로 라일리를 바라보았다. 라일리는 입에 술잔을 댄 채 에디의 모습을 가만히 살피고 있었다.

"내가… 새로 고안한…" 이렇게 말하고 에디는 얼굴을 찡그렸다. 원고를 캐비닛 서랍에 돌려놓은 에디는 혀끝으로 입술을 핥으며 술잔을 들여다보았다. "왠지… 이상해…"

"왜 그래?" 라일리가 말을 걸자, 에디는 무거운 눈꺼풀을 억지로 밀어 올리려고 이마에 주름을 잡으며 말했다.

"뭔지, 뭔지는 모르지만… 아니, 아무래도 이상해…" 이렇게 말하고 에디는 라일리를 말똥말똥 바라보았다. "사장님… 왜 장갑을…"

죽기 직전에야 겨우 제정신으로 돌아온 모양이군. 라일리는 천천히 가죽장갑을 벗었다. 그 밑에서 고무장갑을 낀 손이 나타났다. 에디는 그 손을 멍한 눈으로 바라보고 있다가, 이윽고 막대기처럼 쓰러졌다.

아무것도 깔지 않은 마룻바닥에 머리가 부딪혀 메마른 소리가 요란하게 울려 퍼졌다.

제트기가 다시 머리 위를 지나가면서 유리창을 흔들었다.

2

라일리는 쪼그리고 앉아서 에디의 얼굴을 들여다보았다. 에디는 아직도 얼빠진 눈을 크게 뜨고 있었다. 그 눈이 고무장갑에 감싸인 라일리의 손을 쫓는다. 에디는 무슨 말을 하려고 입을 벌렸지만 힘이 빠졌다. 곧이어 요란하게 코를 고는 소리가 났다.

라일리는 싱긋 웃었다. 좋은 꿈이나 꾸어라. 베트남 전쟁터에서 수류탄을 던지는 꿈이라도 꿔. 너의 비극은 폭탄을 사랑한 거야. 살육과 파괴의 쾌감에 매료당한 거야. 병든 미국이 낳은 위대한 시인이지.

라일리는 에디의 몸을 질질 끌어 방 한가운데로 옮겼다. 에디의 코 고는 소리는 끊임없이 들려온다. 플라스크와 약품이 어수선하게 놓여 있는 실험용 탁자 옆에 에디를 눕혀놓고 라일리는 캐비닛과의 거리를 눈으로 쟀다. 이만큼 떨어져 있으면 걱정할 필요는 없겠어.

에디, 나도 폭발물에 관해서는 약간의 지식을 갖고 있지. 너만큼 최근 지식은 아니지만, 베트남에서 헤아릴 수 없을 만큼 많은 수류탄을 던졌거든. 수류탄의 위력에 관해서라면 나도 꽤 알고 있어.

라일리는 에디의 주머니를 뒤졌다. 찾고 있는 것은 곧 발견되었다. 열쇠고리. 열쇠 두 개가 매달려 있다. 라일리는 고리를 풀고 제 주머니에서 꺼낸 놋쇠 열쇠를 끼워 넣었다. 맬러리의 방 열쇠, 새 자물쇠에 딱 들어맞는 열쇠, 방금 완성된 새 열쇠.

라일리는 열쇠고리를 에디의 주머니에 돌려놓았다. 그러고는 천천히 일어서서 소파침대 끝에 놓인 타자기 쪽으로 다가갔다. 소파에 앉으려다 말고 다시 몸을 일으킨 라일리는 방구석에 놓인 철제 캐비닛으로 걸어갔다. 캐비닛을 열고 새 타자지 한 묶음과 먹지 상자를 꺼냈다.

소파로 돌아온 라일리는 한숨을 내쉬었다. 재킷을 벗어 소파 등받이에 걸치고, 넥타이를 늦추고 셔츠 소매를 걷어 올린 다음, 먹지를 사이에 끼운 타자지 두 장을 타자기에 끼워 넣었다. 그리고 고무장갑을 낀 채 타자기와 마주 앉았다.

순간, 어깨가 긴장으로 뻣뻣해졌다. 라일리는 자판을 두드리려던 손을 내리고 주머니에서 손수건을 꺼냈다. 살짝 고무장갑을 벗고 두 손의 땀을 닦았다. 그리고 얼굴의 땀을 닦은 다음 다시 고무장갑을 끼었다.

침착해! 시간은 충분히 있어. 신중하게 해. 라일리는 자신을 격려하면서 자판을 두드렸다.

"친애하는 그린리프 사장님…" 타자 치는 내용을 천천히 중얼거리면서 라일리는 자판을 두드렸다. "제가 베트남 전쟁터에서 겪은 체험을 토대로 한… 소설의 개요를 보내드리겠습니다… 제목은 〈사이공까지 60마일〉입니다… 베스트셀러는 틀림없다고… 은근히 자부하고 있는 작품입니다. 개요를 읽으신 뒤에… 연락 주십시오… 그때 원고료 액수도… 제시해주셨으면 고맙겠습니다…"

마지막으로 에디 케인이라고 치고 라일리는 종이를 빼냈다. 그리고 내용을 다시 읽어본다. 서명이 있으면 좋겠지만, 그것까지 바랄 수는 없다. 라일리는 타자지를 원본과 사본으로 나누어 소파 위에 내려놓았다.

라일리는 다시 타자지 묶음에서 새 종이를 두 장 빼내어 사이에 먹지를 끼운 다음 타자기에 꽂았다.

'〈사이공까지 60마일〉 개요'

맨 위에 이렇게 치고 나서 라일리는 손을 멈추었다. 그는 〈사이공까지 60마일〉의 내용을 전부 알고 있었다. 맬러리가 눈치채지 못하도록 몰래 사본을 입수했기 때문이다. 마지막 장의 중간쯤에서 맬러리가 죽어버렸지만, 스토리의 결말은 이미 드러난 상태였다. 라일리는 눈을 감고 스토리의 전체 내용을 머릿속으로 정리했다.

나는 아무도 모르게 그 소설 원고를 손에 넣고 있었어. 마치 베트남 전쟁의 귀환병이 쓴 것처럼 선명하고 강렬한 전쟁 소설을…

맬러리에게는 일단 경의를 표하지 않으면 안 돼. 하지만 이 소설이 성립한 경위는 이제 바뀌게 된다. 맬러리가 혼자 힘으로 쓴 작품이 아니라, 베트남 귀환병인 에디 케인의 원고를 훔친 게 되는 것이다. 그리고 에디 케인이 나한테 보낸 것으로 되어 있는 개요는 지금부터 내가 쓸 거야…

라일리는 타자기를 두드리기 시작했다. 벌써 몇 번이나 되풀이해서 읽은 맬러리의 원고를 마음속으로 더듬으면서 그 소설의 골격을 정확히 복원해갔다. 라일리의 의식은 요기가 감도는 에디의 방을 떠나 소설 속의 세계로 몰입해 들어갔다. 피비린내 나는 전쟁터와 가련한 처자의 육체, 상처 입은 마음으로 그사이를 헤매는 남자… 폭력과 섹스의 극적인 분류…

라일리의 손은 쉬지 않고 자판을 계속 두드렸다. 이따금 제트기가 지붕을 스칠 듯이 지나갔지만, 그 굉음에도 방해받지 않고 타자기는 막힘없이 춤을 추었다.

소파 위의 원고는 두 장이 되고, 다섯 장이 되었다. 이윽고 제트기의 굉음이 끊기고 국제선의 러시아워가 끝나는 한밤중이 되었다.

라일리는 일어섰다. 허리가 뻐근했다. 그는 얼굴을 찡그리며 허리를 두드렸다. 소파 위에는 열 장쯤 되는 원고가 둘로 나뉘어 쌓여 있었다. 라일리는 한 부를 재킷 주머니에 집어넣은 다음, 남은 사본 묶음을 들고 캐비닛으로 다가갔다. 철제 서랍을 열고 어디에 넣을까 망설이다가 구석에 집어넣었다.

라일리는 전화기가 놓여 있는 부엌 식탁으로 다가가, 더러운 재떨이 밑에서 전화번호 수첩을 꺼냈다. 'ㄱ'페이지를 열고 그린리프라는 이름이 적혀 있는 것을 확인한 다음, 그 페이지를 펼친 채 전화기 밑에 집어넣었다.

라일리는 방을 둘러보았다. 에디의 코 고는 소리만이 귀청을 때린다. 할 일은 모두 끝냈나? 라일리는 자문했다. 여기 다시 올 수는 없어. 실수를 해도 다시 할 수는 없어. 마지막 대단원의 한판 승부야.

라일리는 소파로 돌아가 몸을 깊이 묻었다. 그리고 재킷을 잡아당겨 원고를 꺼내어 천천히 다시 읽었다. 마지막까지 읽고 주머니에 다시 집어넣으려다가 문득 손을 멈추고 다시 한번 첫 장을 들여다보았다.

라일리는 펄쩍 뛰어오를 만큼 놀랐다. 중대한 실수가 있었던 것이다.

편지를 보낸 날짜를 적어야 할 자리가 공백으로 남아 있었다.

라일리는 뛰듯이 캐비닛으로 다가가 사본을 꺼냈다. 첫 장을 주머니 속에 들어 있던 원고 밑에 겹쳐놓고 그사이에 먹지를 끼웠다. 그런 다음 네 귀퉁이를 신중하게 맞추어 타자기에 끼워 넣었다. 그러고는 조심스럽게 종이를 말아 올려 자리를 정하고, 맨 위의 빈자리에 날짜를 집어넣었다.

'1973년 12월 12일.'

이제 됐어. 이렇게 해두면 맬러리가 〈사이공까지 60마일〉의 집필을 시작하기 전에 에디의 소설 개요가 나한테 배달된 것이 돼.

라일리는 사본을 캐비닛에 돌려놓고 재킷을 입었다. 원고로 불룩해진 주머니를 누르면서 실내를 둘러보았다. 물론 100퍼센트의 자신은 없다. 하지만 10퍼센트의 실수가 있었다 하더라도 문제는 없을 것 같은 기분이 들었다. 결정적인 실수만 저지르지 않았다면…

라일리는 어깨를 으쓱했다. 좋아, 마지막 마무리에 착수하자. 라일리는 창가의 벽으로 다가가 수류탄을 하나 집어들었다. 그리고 다시 캐비닛으로 다가갔다. 캐비닛을 여는 게 이번으로 몇 번째일까? 나는 쓸데없는 움직임으로 정력을 낭비하고 있어. 하지만 해야 할 일은 산더미 같아. 사소한 정력 낭비는 너그럽게 봐주지 않으면 안 돼. 라일리는 자신을 위로했.

라일리는 〈폭탄 교본〉 원고를 꺼내어 페이지를 넘겼다. 여기 있군! '수류탄으로 만드는 시한폭탄'. 에디, 고마워. 과연 천재가 쓴 실용서야. 하지만 나는 네 책을 이용하는 최초이자 마지막 사람이 될 거야.

〈폭탄 교본〉을 훑어본 라일리는 끈이 필요하다는 것을 알았다. 라일리는 부엌 식탁 위와 실험용 탁자 위를 뒤졌다. 소파 아래도 들여다보았다. 라일리의 얼굴은 땀으로 범벅이 되었다.

빌어먹을. '어디에나 있는 평범한 끈'이라고 〈폭탄 교본〉에는 적혀 있다. 분명 어디에나 있는 흔해 빠진 물건이다. 자주 눈에 띄는 가느다란 끈. 그런데 그게 없다.

라일리는 초조했다. 마지막 단계에서 실패한 듯한 기분이 들었다. 그것도 너무나 시시한 이유로…

라일리는 바닥을 기어 다녔다. 에디의 몸을 뒤집어보기도 했다. 냉장고까지 열어보았다. 그러나 모두 헛수고로 끝났다. 라일리는 소파에 털썩 주저앉았다. 시간의 흐름이 갑자기 빨라진 듯한 기분이 들었다. 모든 계획이 망쳐지는 마감 시간이 앞으로 몇 분, 아니 몇십 초 뒤로 다가온 것 같아서 라일리는 거칠게 숨을 몰아쉬며 헐떡거렸다.

빌어먹을! 겨우 끈 하나 때문에… 라일리는 고개를 푹 숙였다. 바로 그때 라일리는 보았다. 제 구두에 묶여 있는 까만 나일론 끈을!

에디의 말대로 끈 따위는 어디에나 있는 법이다. 안심하는 동시에 라일리는 낭패했다. 내가 왜 이걸 알아차리지 못했을까! 구두에 끈이 달려 있다는 것쯤은 금방 알았어야 하는 건데.

왈칵 솟는 땀과 함께 전율이 몸을 꿰뚫었다. 냉정하다고 자부했지만 사실은 그렇지 않아. 마음은 꼴사납게도 줄곧 동요하고 있었어. 나도 모르는 사이에 수많은 실수를 저지른 게 아닐까? 라일리는 자신감을 잃었다. 이제는 그저 한시라도 빨리 도망치고 싶을 뿐이었다. 모든 것을 내팽개치고 어딘가로 모습을 감추어버리고 싶었다. 맬러리에 대한 복수는 갑자기 상상화처럼 여겨졌다. 그런 게 가능할 리가 없지. 완전범죄는 꿈 이야기에 불과해…

그러나 에디의 코 고는 소리가 도망치려는 라일리를 간신히 붙잡았다. 이대로 도망치면 에디는 틀림없이 경찰서로 달려갈 거야. 일은 마지막까지 해치우지 않으면 안 돼. 이제는 돌이킬 수 없는 단계까지 와버렸어. 맬러리를 죽이고, 에디한테 독약을 먹였어. 퇴로는 완전히 끊겼어. 살아남기 위해서는 각본대로 진행할 수밖에 없어.

라일리는 구두끈을 둘 다 빼내어 하나로 묶었다. 그리고 〈폭탄 교본〉을 들여다보았다. 눈이 침침해서 글자가 잘 보이지 않는다. 라일리는 고무장갑을 낀 손으로 눈을 문질렀다. 땀이 눈에 들어가 따끔거렸다.

"빌어먹을!" 라일리는 무력한 욕설을 내뱉었다. 그러고는 부엌으로 달려가 수도꼭지를 한껏 틀어놓고 더러운 식기 위에서 세수를 했다. 차가운 물을 뒤집어쓰자 마음이 좀 차분해졌다.

라일리는 〈폭탄 교본〉을 훑어보았다. 글자는 읽을 수 있었다. 그러나 내용을 이해하는 데에는 시간이 걸렸다. 한참 뒤에야 시한폭탄을 만들려면 성냥이 필요하다는 것을 알았다. 라일리는 황급히 주머니를 뒤졌다. 성냥은 있었다. 성냥개비를 열 개쯤 모아서 수류탄 옆구리에 눌러댄다. 그 위에 다시 구두끈을 칭칭 감았다.

끈은 수류탄의 레버가 움직이지 않도록 고정시키고 있다. 안전핀을 빼낸 뒤 레버를 고정한 끈이 성냥불로 다 타서 끊어지면 레버는 용수철의 힘으로 튀어오르고 수류탄은 터진다. 그 정도는 라일리도 이해할 수 있었다. 그러나 둥근 수류탄에 끈을 감는 작업은 쉽지 않았다. 손이 떨려서 뜻대로 움직여 주지 않는다. 끈은 몇 번이나 미끄러지고, 그때마다 성냥개비가 흩어졌다.

"빌어먹을!" 라일리는 마치 의수처럼 어색한 제 손을 향해 욕설을 퍼부었다.

겨우 끈을 감고 단단히 묶는 데 성공했을 때 라일리는 어깨로 가쁜 숨을 몰아쉬고 있었다. 끈은 성냥개비를 수류탄 옆구리에 고정하고 레버를 단단히 누르고 있다.

라일리는 남아 있는 마지막 작업에 착수하기를 망설였다. 만약 실패하면 어떡하지? 나는 에디와 동반자살하게 돼. 산산조각이 나서 날아가버릴 거야.

라일리는 부들부들 떨리는 손을 내려다보았다. 이런 손으로 해낼 수 있을까. 도저히 안 돼. 무리야. 하지만…

더 이상 선택의 자유가 남아 있지 않다는 사실을 새삼스럽게 되씹으며 라일리는 비명을 지르고 싶을 만큼 지독한 공포를 꿀꺽 삼켰다.

라일리는 이마의 땀을 닦고 수류탄의 안전핀에 손가락을 걸었다. 안전핀에 휘감긴 손가락은 더욱 격렬하게 떨렸다. 베트남 전쟁터에서 들은 수많은 폭발음이 겹치고 증폭되어 귓속에서 메아리쳤다. 화약 냄새, 그리고 피비린내와 살이 타는 냄새… 손에 든 차가운 금속에서 생생한 냄새가 풍겨온다. 기억의 밑바닥에 잠들어 있던 공포의 냄새가…

라일리는 이를 악물고 눈을 질끈 감았다. 갑자기, 정말로 갑자기 떨리는 손가락이 안전핀을 빼내고 허공으로 떠올랐다. 조심조심 눈을 떠보니 기폭장치인 레버는 끈으로 단단히 묶인 채 꼼짝도 하지 않는다. 수류탄은 고무장갑 안에서 조용히 잠자고 있었다.

크게 부릅뜬 눈으로 수류탄을 바라본 채 라일리는 조심조심 일어섰다. 구두끈이 없어서 걷기가 어려웠다. 넘어질지도 모른다는 예감이 걸음을 더욱 어색하게 만들었다. 라일리는 긴장한 나머지 현기증을 느꼈다.

라일리는 천천히 쪼그리고 앉아서 에디의 오른손을 폈다. 그리고 그 손바닥 위에 수류탄을 올려놓았다.

위험은 사라졌다.

다음은 〈폭탄 교본〉을 보지 않아도 해낼 수 있다. 라일리의 목구멍에서 이상한 소리가 새어 나왔다.

라일리는 담배에 불을 붙여 그 담배를 수류탄 위에 놓았다. 담뱃불과 수류탄에 묶인 성냥 대가리 사이의 거리가 5센티미터쯤 떨어지게 했다. 앞으로 몇 분만 지나면 담뱃불은 성냥개비에 점화되고, 성냥은 순식간에 나일론으로 만든 구두끈을 태울 것이다. 그러면 레버가 튀어 올라…

라일리는 방에서 뛰쳐나갔다. 계단에서 구두가 벗겨질 뻔했다. 그래도 아랑곳하지 않고 달렸다. 자동차 안으로 들어가자 라일리는 떨리는 손으로 시동키를 돌렸다.

차는 어두운 골목을 빠져나가 눈 깜짝할 사이에 맨체스터 가로 들어갔다. 그때 라일리는 뒤에서 무거운 폭발음을 들었다.

뼛속까지 울리는 폭발의 충격은 라일리의 낭패감이나 두려움을 산산이 때려부셨다. 손의 떨림도 딱 그쳤다. 라일리는 어깨의 힘을 빼고 싱긋 웃었다.

아름다워!

유능하고 냉정한 자의 만족스러운 표정이 얼굴에 되살아났다. 자동차 속도도 정상으로 돌아왔다. 걱정할 정도는 아니었어. 그저 일시적으로 긴장했을 뿐이야. 연극은 각본대로 순조롭게 진행될 거야…

라일리는 담배를 피워 물었다. 이 담배는 폭탄의 점화장치가 아니야. 이건 지옥으로 떠난 천재의 명복을 빌고, 끝내 출판되지 않은 훌륭한 작품을 축복하는 담배야. 그리고 대성공을 거둔 실험을 축복하는 담배야…

라일리는 파란 연기를 내뿜으며 한밤중의 맨체스터 가를 달려갔다. 조용한 국제공항의 휘황한 조명이 앞유리창으로 다가왔다가 천천히 뒤쪽으로 흘러갔다.

3

'고급'이라는 수식어가 붙는 레스토랑은 세상에 얼마든지 있다. 그러나 '최고급'이 되면 그 수는 훨씬 줄어든다. '레드 코치'는 그 얼마 안 되는 최고급 레스토랑 가운데 하나였다.

선셋 대로의 한 모퉁이에 주차장을 겸한 앞뜰이 널찍하게 마련되어 있고, 나무들 사이로 적자색 벽면이 엿보이는 아담한 레스토랑이었다. 과거에는 할리우드의 영화 제작자나 멋지게 차려입은 스타들이 드나들었다. 영화가 사양길에 접어든 오늘날에는 이 레스토랑의 손님층도 훨씬 수수해졌지만, 그래도 '최고급'인 것은 여전하다. 더러운 털터리 푸조 따위가 올 곳이 아니고, 후줄근한 레인코트 차림으로 들어올 곳도 아니다. 아무리 점심시간이라 해도 그런 짓을 해서는 안 된다.

건물색과 같은 적자색 유니폼을 입은 주차 담당 보이는 천천히 들어온 푸조를 바라보면서 어떻게 쫓아낼까를 궁리하고 있었다. 이 식당의 종업원들은 무례한 행동을 하는 것도 천박한 말을 쓰는 것도 엄격하게 금지되어 있었다. '레드 코치'의 종업원에게 어울리는 품격 있는 태도로 정중하게, 그러나 단호하게 쫓아내야 한다. 그러나 눈앞에 멈춰 선 푸조에서 묘하게 짜부라진 느낌을 주는 얼굴이 나타났을 때 주차 담당 보이는 '레드 코치'의 품격을 그만 잊어버렸다.

"이봐, 무슨 일이야?"

"여기면 됩니까?" 푸조를 탄 사내가 사팔눈을 들고 물었다.

주차 담당 보이는 빈정거리는 미소를 지으며 되물었다.

"뭐가?"

"차를 놔두는 곳 말입니다."

"차?" 주차 담당 보이는 과장되게 소리를 지르고는 푸조를 바라보았다. "여긴 폐차장이 아닌데."

"아니, 영원히 놔두는 게 아니라 점심 먹을 동안만…"

"점심이라니, 어디서?"

그때 은회색 재규어가 미끄러져 들어왔다. 재규어가 레스토랑 입구에 멈춰 서자 금발 여자가 내렸다. 여자는 에나멜 핸드백을 휘두르며 소리를 질렀다.

"보비! 차를 부탁해요!"

주차 담당 보이는 발돋움을 하며 대답했다.

"예! 금방 갑니다…"

콜롬보는 재규어로 달려가는 주차 담당 보이를 멍하니 지켜보다가 천천히 차에서 내렸다.

후줄근한 코트 자락을 펄럭이며 레스토랑으로 들어간 콜롬보를 자주색 유니폼 차림의 종업원이 또 불러 세웠다. 이번에는 백발노인이다. 노인은 두툼한 메뉴판을 가슴에 껴안고 있었다.

"여보세요, 무슨 일로 오셨습니까?"

"점심을…" 말을 하다 말고 콜롬보는 두툼한 메뉴판을 겁나는 듯이 바라보았다. "아니, 경우에 따라서는 점심도 먹겠지만… 나는 닐 씨한테 잠깐 볼일이…"

백발의 급사장은 맨 구석에 있는 탁자를 가리키며 말했다.

"용건은 제가 전해드리겠습니다."

"고맙지만 괜찮습니다." 콜롬보는 이렇게 말하고 걷기 시작했다.

급사장이 황급히 말을 걸었다.

"저어, 코트를…"

콜롬보는 손사래를 치며 탁자 사이를 누비고 지나갔다. 몇몇 시선이 콜롬보에게 쏠렸다. 불쾌한 빛을 띤 시선, 또는 노골적인 비난을 담은 시선이…

손님들의 반응을 민감하게 알아차린 급사장은 자신의 실수에 당황하여 메뉴판으로 얼굴을 가리고 안쪽으로 사라졌다.

닐은 콜롬보가 들어온 것을 전혀 알아차리지 못했다. 알아차리지 못한 게 당연했다. 닐의 시선은 앞에 앉은 아일린의 풍만한 가슴에 못박혀 있었기 때문이다. 그러나 닐은 두근거리는 가슴을 억누르며 딱딱한 사업 이야기를 계속하고 있었다.

"아일린, 당신이 프레즈넬의 작품에 반해 있는 건 잘 알지만, 우리 출판사 편집부에서는 그 사람 작품이 닐 출판사에 어울리지 않는다는 거요. 유감이지만…"

아일린의 얼굴이 굳어졌다. 빨간 투피스에 빨간 모자 차림이다. 차분한 가죽의자와 어울려 오늘의 아일린은 유난히 아름답게 돋보인다.

"사장님은 아직 그 사람 작품을 읽지 않으셨잖아요?"

아일린은 출판 에이전트로서 맬러리를 대신할 새로운 작가의 원고를 알선하느라 열심이었다. 굳이 그럴 필요는 없는데…

"사장님이 직접 읽어봐 주세요. 편집부 사람들은 개인적인 취향으로 작품을 판단하고 있는 게 아닐까요?"

"나는 우리 직원들을 믿고 있소. 그들의 판단력이 닐 출판사에 대한 세간의 평판을…"

아일린의 얼굴이 흐려졌다. 긴 속눈썹 속의 푸른 눈이 실망한 빛을 띠고 탁자로 떨어졌다.

닐은 탁자 위에 놓인 아일린의 손을 잡으며 말했다.

"알았소, 아일린. 내가 읽어볼게요. 당신을 위해서…"

아일린은 기쁨으로 빛나는 얼굴을 들었다.

"정말 고맙습니다."

화사한 미소가 떠오른다. 아름답군. 정말 아름다워. 에이전트나 하게 내버려 두기는 아까워. 그러나 닐은 아일린의 내면에 감추어져 있는 여자의 자부심도 꿰뚫어보고 있었다. 자립한 여자는 그래서 어려워. 그래서 더욱 애처롭기도 하고…

"하지만 아일린, 프레즈넬의 작품이 아무리 좋아도 맬러리보다는 못하지 않을까?"

아일린의 얼굴이 또 흐려졌다. 그녀는 잠시 망설이다가 말했다.

"맞아요, 맬러리를 따라가진 못해요."

정직한 여자군. 너무 정직해서 에이전트로는 실격이야. 여자는 여자로 남아 있어야 해. 자립하겠다는 따위의 꿈을 버리고 남자의 보호를 받아야 해…

"아일린, 이런 걸 물으면 싫겠지만 정직하게 대답해줘요. 당신은 지금 곤란에 빠져 있지 않소? 그러니까 에이전트로서 암초에 부딪힌 거 아니오?"

아일린은 눈을 내리깔았다. 허세를 부려 미소를 지으려 했지만, 그렇게 할 수가 없었다. 아일린은 어깨를 으쓱하고 말없이 고개를 끄덕였다. 닐은 아일린의 손을 상냥하게 토닥였다.

"당신이 맡고 있는 작가들이 아니라, 당신 자신의 문제에 대해 의논하는 게 좋을 것 같은데…"

이렇게 말하고 닐이 아일린의 손을 꽉 쥐었을 때 귓가에서 얼빠진 목소리가 들렸다.

"아, 실례지만… 닐 사장님이시죠?"

닐은 분노에 불타는 눈을 들었다. 하필이면 이럴 때!

"내가 닐입니다만…"

일자리를 잃은 세일즈맨 같은 사내가 엉거주춤 서 있었다. 뭐야, 이런 사람을 여기로 안내하다니! 닐은 급사장의 모습을 찾아 레스토랑을 둘러보았다.

"사장님, 이분은 콜롬보 경위님이세요."

아일린의 목소리를 듣고 닐은 코트 차림의 사내에게 시선을 옮겼다. 경위? 경위쯤 되면 좀 더 제대로 차려입을 만한 봉급을 받고 있을 텐데, 이 꼬락서니는 도대체 뭐야! 실제로 나는 엄청난 세금을 내고 있어. 그런데 이게 로스앤젤레스 경찰의 경위란 말이야? 고액 납세자한테 일부러 보란 듯이 짓궂은 짓을 할 셈인가?

"아, 아일린 씨, 기운을 되찾으신 것 같군요." 콜롬보는 쾌활하게 말하면서 아일린과 악수를 했다. 그러고는 그 손을 놓으려고도 하지 않고 닐을 내려다보며 말했다. "닐 사장님, 잠깐 방해해도 되겠습니까?"

마음에 안 들어. 점점 더 마음에 안 들어. 아일린이 이 못생긴 녀석을 반짝이는 눈으로 바라보고 있는 건 특히 마음에 안 들어.

그러나 닐은 아일린이 콜롬보를 진심으로 반가워하는 기색을 보였기 때문에 결국 지고 말았다. 할 수 없지. 당신을 위해 이자의 합석을 허락하겠어.

"콜롬보 씨, 어서 앉으세요."

닐은 자기 옆의 의자, 아일린과는 반대편에 있는 의자를 가리켰다. 그러나 콜롬보는 시치미를 떼고 닐과 아일린 사이에 끼어 앉았다. 그러고는 더러운 코트의 팔꿈치를 탁자에 괴면서 말했다.

"사무실에 전화했더니 여기 계신다고 해서… 방해해서 죄송합니다. 사업 이야기를 하고 계시는 모양인데…"

사업 이야기? 멋대가리 없는 녀석이군. 사내라면 눈치로 알 수 있을 텐데. 레스토랑의 구석진 자리에서 대화를 나누고 있는 남자와 여자가 도대체 어떤 기분에 잠겨 있는가 하는 것쯤은…

그러나 닐은 억지웃음을 지으며 말했다.

"아니, 괜찮습니다. 사업 이야기는 마침 끝난 참이니까요."

사업 이야기는 끝나고, 드디어 중요한 화제를 꺼낸 참이었어, 이 머저리 녀석아!

"그런데 경위님, 점심은 아직 안 드셨겠죠?"

아일린의 밝은 목소리를 듣고 닐은 울화통을 억누르며 말했다.

"뭘 좀 드시지요. 이 식당 요리는 비교적 맛이 괜찮습니다."

"아니, 그건…"

고개를 젓는 콜롬보를 아일린이 격려했다.

"사양하지 마세요, 경위님."

"실은 배가 고파 죽을 지경이지만, 아무래도 이런 곳에서는…"

닐은 급사장을 향해 손가락을 딱 울렸다. 백발의 급사장이 울상을 지으며 천천히 다가왔다. 그러고는 닐 옆에 서서 사죄하듯 깊이 고개를 숙였다.

"죄송합니다, 닐 사장님…"

닐은 어쩔 줄 모르고 허둥대는 급사장의 팔에서 메뉴판을 빼내어 콜롬보에게 건네주었다.

"찰스, 내 친구의 주문을 받게."

닐이 말하자 급사장은 고개를 숙이고 주문표와 연필을 꺼냈다. 그러나 콜롬보의 모습을 똑바로 보지 못하고 말없이 천장만 쳐다보고 있었다.

콜롬보는 메뉴판을 얼굴 앞에 세우고 황급히 페이지를 넘겼다. 아무리 보아도 내용을 읽고 있는 게 아니다. 그저 기계적으로 페이지를 넘기고 있을 뿐이다. 마지막 페이지에 이르자 콜롬보는 닐에게 부끄러운 듯한 미소를 지어 보였다.

"정말 훌륭한 메뉴군요."

"이 식당은 송이와 갈비를 곁들인 송어찜이 괜찮습니다."

닐이 보다 못해 도움의 손길을 뻗치자 콜롬보는 메뉴판을 탁 덮으며 말했다.

"이름만 들어도 맛있을 것 같군요. 하지만 나는 아무래도… 실은 잘 생각해봤더니 배도 별로 고픈 것 같지 않고…"

"경위님…" 닐은 상대를 골탕 먹였다는 만족스러운 기분에 잠겨 계속 주장했다. "아무거나 주문하세요. 좋아하시는 걸로…"

"그럴까요?" 콜롬보는 메뉴판 표지를 어루만지고 있다가, 이윽고 결심한 듯 급사장의 얼굴을 쳐다보았다. "저어, 칠리 있나요?"

천장을 쳐다보고 있던 급사장은 마치 용서할 수 없는 쌍욕이라도 들은 것처럼 콜롬보를 노려보았다.

"칠리요?"

"예. 콩이 들어 있는 것도 좋고, 들어 있지 않은 거라도 상관없습니다만…"

"칠리라고요?"

급사장은 닐의 안색을 살폈다. 닐은 웃으면서 고개를 끄덕였다.

"주방장 헨리에게 부탁해보게. 콜롬보 씨가 좋아하는 음식이라는데…"

"알겠습니다."

급사장은 주문표에 뭐라고 적어넣은 다음 탁자 곁을 떠났다.

"이봐요, 웨이터!" 콜롬보는 급사장을 불러세우고, 얼굴을 붉히며 돌아온 급사장에게 메뉴판을 내밀었다. "이걸 잊었어요. 아아, 그리고 아이스티도 한 잔 부탁합시다."

"아이스티! 그리고 칠리!"

급사장은 콜롬보한테 메뉴판을 받아들고는 금방이라도 울 듯한 얼굴로 사라졌다.

"닐 사장님…" 겨우 본론으로 들어갈 수 있게 되어 안심했는지, 콜롬보는 한숨을 내쉬고 나서 말했다. "묻고 싶은 건 다름이 아니라, 댁의 변호사가 맬러리 씨의 원고 인도를 요구하고 있다던데…"

닐은 고개를 끄덕였다.

"맞습니다. 〈사이공까지 60마일〉 원고를 넘겨달라고 요구하고 있지요. 그 책은 맬러리와 그린리프의 계약이 끝난 뒤에 우리 출판사에서 내기로 결정되어 있었지만, 이렇게 되면 원고를 빨리 확보해둬야 합니다. 법률적으로는 문제가 없지만 상대가 라일리 그린리프니까요. 그자는 아무리 치사한 수법도 태연히 쓸 겁니다."

"그 책 말인데요, 좋은 책입니까? 다시 말해서 돈벌이에 좋은 책인가요?"

도대체 뭘 묻고 싶은 거야? 세무원도 아니고…

"예, 잘 팔릴 책이라고 판단하고 있습니다만…"

"그렇군요. 그럼 그 원고는 당연히 읽어보셨겠군요?"

남의 말꼬리를 잡고 늘어지려고 여기까지 찾아왔나? 무슨 속셈으로 그런 질문을 하는 거지? 자존심이 상한 닐은 불쾌감을 씹으면서 대답했다.

"내용은 아직 아무도 읽지 않았습니다. 작품이 완성될 때까지는 남에게 보여주지 않는다는 게 맬러리의 신조였지요."

"아무도 읽지 않았다고요?" 콜롬보는 이렇게 되물으며 미간에 주름을 잡았다.

"물론 맬러리는 스토리의 결말을 어떻게 할 것인가에 대해서는 여기 있는 아일린과 의논했고, 아일린의 의견도 받아들였다지만…"

닐이 말하자 콜롬보는 아일린을 바라보았다. 왼쪽 눈썹이 위로 올라갔다. 안면 근육이 아주 잘 움직이는군. 코미디 단역에 어울리는 얼굴이야.

"하지만 고친 건 극히 일부에 지나지 않아요." 아일린은 부끄러운 듯이 고개를 숙였다. "그 소설을 영화화하기로 유니버설 영화사와 계약을 맺었거든요. 해리슨 포드가 주연으로 결정되었고요. 그 배우라면 소설과 딱 어울리고… 그래서 나는…"

"그럼 아일린 씨는 그 소설 내용을…"

"읽어본 건 아니지만 줄거리는 맬러리한테 들어서 알고 있었어요. 그런데 영화화하기로 계약을 맺을 때 문제가 하나 생겼어요. 맬러리는 마지막 장에서 주인공이 죽는 것으로 설정해서 소설을 써나가고 있었는데, 영화사 쪽에서는 해리슨 포드를 죽일 수 없다는 거예요."

"영화사로서는…" 닐이 농담조로 토를 달았다. "원작료를 10만 달러나

냈는데, 해리슨 포드를 죽이면 견딜 수가 없겠지요."

콜롬보는 눈을 똥그랗게 떴다. 마치 스컹크의 악취를 맡은 사팔뜨기 너구리의 눈 같았다.

"10만 달러…" 콜롬보는 한숨을 내쉬었다.

"맬러리가 만든 주인공은…" 아일린의 눈이 빛나고 있었다.

유감이지만, 맬러리와의 사랑은 아직도 아일린의 기억에 선명하게 새겨져 있군. 닐은 인정할 수밖에 없었다.

아일린은 즐거운 시절을 회상하는 사람답게 부드러운 어조로 말을 이었다.

"주인공은 베트남 전쟁 포로로서, 전우를 배신했다는 어두운 과거를 짊어지고 있어요. 하지만 용기를 내서 수용소를 탈출하죠. 동료와 함께…"

"그러니까 작가로서는…" 닐이 다시 토를 달았다. "주인공에게 비극의 그림자를 드리우고 싶었던 겁니다. 그러자면 소설의 정석대로 주인공이 마지막에 죽어야 하지요. 하지만 영화에서는 주인공을 죽일 수가 없잖습니까. 그래서 아일린이 아이디어를 빌려준 겁니다."

"탈출에 성공한 뒤…" 아일린은 이제 부끄러워하지도 않고 추억의 작품 속에 몰입하여 꿈꾸는 듯한 어조로 말을 이었다. "사이공으로 돌아온 해리슨 포드는 자신에게 살아갈 용기를 주었던 애인에게 작별을 고하고, 속세의 모든 것에도 작별을 고하고, 혼자서 초원 너머의 수도원으로 사라져간다… 결말을 이런 식으로 바꾸기로 했어요."

"그게 좋은 결말입니까?" 콜롬보는 입을 딱 벌리고 있었다.

당신은 모를 거야, 하고 닐은 생각했다. 당신은 비극을 몰라. 아마 엎치락뒤치락하는 싸구려 코미디밖에 모르겠지. 닐은 차갑게 말했다.

"좋은 결말입니다. 대부분의 독자를 감동시킬 테고, 영화 관객도 눈물을 흘리겠지요. 지극히 평범한 감수성만 갖고 있다면 말입니다."

그때 급사장이 다가와서 말없이 칠리와 아이스티를 내려놓았다.

"고맙습니다." 콜롬보는 숟가락을 집어들며 말했다. "아아, 그리고 미안하지만 케첩 좀 주세요."

"케첩!"

"그리고 소금도…"

"그리고 소금!"

급사장은 입속말을 웅얼거리고는 도망치듯 가버렸다. 콜롬보는 칠리 속에 숟가락을 쑤셔 넣었지만, 두 사람의 요리가 아직 나오지 않은 것을 뒤늦게나마 깨달은 모양이다. 콜롬보는 자못 아쉬운 듯 숟가락을 내려놓았다.

"우리는 상관 마시고 어서 드세요." 닐이 살갑게 웃어 보였다. "우리 요리가 완성되려면 아직도 시간이 좀 걸릴 테니까요. 식기 전에 어서 드세요."

"그럼 실례를 무릅쓰고…" 콜롬보는 숟가락을 입으로 가져갔다. 칠리를 입에 가득 넣은 콜롬보는 살짝 얼굴을 찡그렸다.

음식이 입맛에 안 맞나? 닐은 콜롬보의 얼굴을 보고 속으로 비웃었다. 여긴 당신이 애용하는 변두리 식당과는 달라. 아무리 천박한 칠리라도 천박한 혀에 맞는 양념은 하지 않지.

그러나 콜롬보는 아무 일도 없었던 것처럼 부지런히 숟가락을 놀렸다.

"배가 고파서 그런지, 아주 맛있는데요." 칠리를 볼이 미어지도록 입에 가득 넣은 채 콜롬보는 알아듣기 어려운 소리로 말했다. "아무래도 알 수 없는 게 있는데, 두 분은 혹시 모르세요? 그린리프 씨한테 살인죄를 뒤집어씌우고 싶어 할 만한 사람을…"

닐은 어안이 벙벙하여 아무 대꾸도 하지 못했다.

"라일리한테 죄를 뒤집어씌워요?" 아일린이 큰 소리를 질렀지만, 콜롬보는 숟가락을 든 손을 쉬려고도 하지 않고 말을 이었다.

"사건을 수사하다 보니 그럴 가능성이 떠올랐는데, 확정적이라 해도 좋습니다. 적어도 지금 단계에서는 말이죠. 누군가가 꾸민 함정인 게 분명합니다."

함정, 확정적인 가능성… 닐은 적잖이 당황했다. 그래서 이자는 나를 떠보려고 왔나?

"모르십니까? 그린리프 씨를 살인범으로 만들고 싶어 할 만한 사람을…"

"그런데…" 아일린이 당혹스러운 어조로 말했다. "설마 우리를 범인이라고 생각하시는 건 아니시겠죠?"

"아니, 천만에요. 당치도 않습니다." 콜롬보는 칠리를 입에 가득 넣은 채 고개를 저었다.

"경위님 말씀이 사실이라면…" 닐은 긴장한 표정으로 말했다. 이런 일은 초기 단계에 분명히 해두지 않으면 안 돼. 무능한 형사의 머릿속에 사실을 분명히 박아두지 않으면 나중에 어떤 재난을 당할지 몰라. "물론 경위님은 확실한 근거를 가지고 그런 말씀을 하실 거라고 믿지만… 그렇다면 결국 내가 가장 수상쩍은 사람이라는 얘기가 됩니다. 어쨌든 나는 그 라일리 그린리프의 경쟁자니까요. 게다가 맬러리를 빼내오는 문제를 둘러싸고 라일리와 다투었고…"

아니나 다를까 콜롬보는 칠리 접시에서 고개를 들어 닐의 눈을 똑바로 바라보았다. 사팔눈이지만, 형사다운 근성이 노골적으로 드러나 있는 날카로운 시선이었다.

"하지만 경위님, 안됐지만 살인은 내 스타일이 아니에요. 설령 내가 라일리한테 죄를 뒤집어씌우고 싶어 했다 해도, 적어도 앨런 맬러리를 죽이지는 않을 겁니다. 맬러리는 나한테 황금 달걀이었으니까요. 라일리를 파멸시킬 수 있다 해도, 황금 달걀을 없애버리면 아무것도 안 됩니다. 나는 그렇게 바보가 아니에요."

알았나? 그 더럽고 커다란 머릿속에 잘 집어넣어 둬. 수사가 엉뚱하게 다른 데로 빠져든 모양이군. 누군가에게 부추김을 받은 거 아냐?

그러나 콜롬보는 조금도 실망한 기색이 없이 세상 돌아가는 이야기에 맞장구를 치듯 고개를 끄덕였다.

"그렇겠지요."

그때 급사장이 케첩과 소금병을 받쳐 들고 다가왔다. 콜롬보는 칠리 접시를 들여다보고 나서 손을 내저었다.

"아아, 이제 됐어요. 다 먹어버렸으니까."

늙은 급사장의 얼굴에 분노의 빛이 번져갔다. 이 바닥에서 오랫동안 일해왔지만 이렇게까지 끈질긴 모욕을 받은 건 난생처음일 것이다. 급사장은 까치집 같은 콜롬보의 머리를 향해 분노에 찬 시선을 보내고는 케첩과 소금병을 탁자 위에 내려놓았다.

콜롬보는 싱긋 웃으며 급사장의 얼굴을 쳐다보았다.

"웨이터, 맛있게 잘 먹었어요. 계산서 부탁해요."

"아니, 콜롬보 씨, 계산은 나한테 맡겨주십시오." 닐은 콜롬보를 손사래를 치며 말했다.

"천만에요." 콜롬보는 고개를 저었다. 턱밑의 군살이 가볍게 흔들렸다.

"그러지 마세요. 내가 억지로 권했으니까…"

"천만에요. 나는 일하러 왔으니까요. 공과 사는 분명히 구별해야죠."

완고한 작자군. 닐은 한 번 더 말리려다가 그만두었다. 박봉에 시달리는 경찰관 주제에… 자존심이 센가? 아니면 상관한테 혼날 게 겁나나? 어쨌든 그렇게까지 우긴다면 멋대로 해봐. 그 대신 계산서를 보고 놀라지나 마라. 제 분수를 알고 남의 친절을 순순히 받아들이면 좋을 텐데.

"경위님, 유감이지만 그렇게까지 말씀하신다면… 하지만 다음 기회에는 내가 대접하겠습니다."

"이거 고맙습니다." 콜롬보는 천천히 자리에서 일어나 손을 흔들었다. 한쪽 눈을 감은 건 작별인사 대신 윙크라도 해 보인 걸까?

화가 나서 얼굴이 창백해진 급사장을 따라 콜롬보는 부지런히 걸어갔다.
계산대에서 전화가 울리고 있었다. 급사장은 콜롬보를 그 자리에서 기다리게 하고 수화기를 들었다.
"잠깐만 기다리세요." 급사장은 수화기를 손으로 막고 젊은 웨이터를 손짓해 불렀다. "콜롬보라는 경찰관을 찾아보게. 전화가 왔어."
"콜롬보?" 코트 주머니를 뒤지고 있던 콜롬보가 번쩍 고개를 들었다. "내가 콜롬보 경위인데…"
급사장은 콜롬보한테서 악취라도 풍겨오는 것처럼 고개를 돌리고는 말없이 수화기를 내밀었다. 수화기를 귀에 댄 콜롬보가 소리를 질렀다.
"뭐라고?"
급사장은 수화기에서 새어 나오는 큰 목소리를 들었다. 수류탄 폭발이니 남자 시체가 어쨌다는 따위의 뒤숭숭한 말이 들려왔다. 그린리프의 전화번호라는 말도 들렸다.
콜롬보는 흥분을 가누지 못하는 목소리로 수화기를 향해 외쳤다.
"언제야? 장소는?"
콜롬보는 홱 고개를 돌려 급사장에게 말했다.
"연필 있소?" 그러고는 대답도 기다리지 않고 급사장이 계산서와 함께 갖고 있던 연필을 재빨리 빼앗았다.
"좋아, 말하게. 잉글우드의… 아아, 적었어. 곧 갈게."
하마터면 코트 주머니 속으로 사라질 뻔한 연필을 급사장은 간신히 도로 빼앗았다. 연필을 유니폼 가슴주머니에 집어넣은 급사장이 계산서를 내밀었다.
계산서를 받아든 콜롬보는 코트 주머니를 뒤지던 손을 딱 멈추며 말했다.
"15달러? 뭔가 계산이 잘못된 것 같군요. 내가 주문한 건 칠리와 아이스티뿐인데…"

급사장은 콜롬보의 손에서 계산서를 홱 잡아챘다. 그러고는 천천히 연필을 꺼내서 뭐라고 적어넣었다.

"그러면 그렇지. 계산이 잘못됐지요? 이제라도 알았으면 됐어요." 이렇게 말하고 콜롬보는 안심한 듯 계산서를 받아들었다. 다시 한번 계산서를 들여다본 순간 콜롬보의 사팔눈이 휘둥그레졌다. "20달러?"

"그렇습니다." 지금이야말로 앙갚음할 때라고 생각한 급사장은 부드러운 미소를 지으며 말했다. "아이스티 값을 깜빡했지 뭡니까. 손님이 지적해준 덕분에 생각이 났어요. 정말 고맙습니다."

"그런가? 도움이 되었다니 기쁘군요."

콜롬보는 슬픈 표정을 지으며 지갑을 꺼내어 급사장이 내민 쟁반 위에 정확히 20달러를 올려놓았다. 그러나 쟁반은 꼼짝도 하지 않는다. 콜롬보는 그제야 알아차린 듯 코트 주머니에 손을 집어넣어 동전을 꺼내 쟁반 위에 놓았다.

"이건 약소하지만, 친절에 대한 감사 표시요."

그러고는 손을 흔들며 문밖으로 나갔다.

급사장은 오물을 만지는 듯한 손놀림으로 동전을 세면서 문을 향해 중얼거렸다.

"쳇! 정말로 약소하군."

4

에디 케인의 방은 보기에도 처참한 모습이었다. 가구란 가구는 죄다 나동그라져 있고, 유리창은 산산조각으로 박살나고, 지붕은 완전히 날아가버렸다. 천장으로 푸른 하늘이 내다보이고, 착륙 태세를 갖춘 제트기가 머리 위를 가로질렀다.

양복을 말쑥하게 차려입은 해리 형사는 머리 위를 날아가는 거대한 여객기를 지켜보며 중얼거렸다.

"불이 나지 않은 게 천만다행이에요."

"정말이야. 주택가 한복판에 이런…" 말을 하다 말고 콜롬보는 목을 움츠렸다. "여긴 꼭 무기 창고 같군. 갱단 두목의 아지트였나? 아니면 CIA의 비밀 기지인가?"

"그것과 비슷한 겁니다." 해리 형사는 방을 둘러보면서 말했다. "여기 살고 있던 사람은 에디 케인이라는 자였는데, 우리가 여기 왔을 때는 몸뚱이가 산산조각이 나서 날아가버렸어요. 이웃 사람 얘기로는 여기가 좀…" 해리 형사는 자기 머리를 가리켰다.

"미치광이야?" 이렇게 말하면서 콜롬보는 우쭐한 얼굴로 고개를 끄덕였다.

해리 형사도 맞장구를 치듯 고개를 끄덕였다.

"폭탄과 함께 살고 있었으니까 제정신이 아니지요."

"폭탄과 함께? 도대체 무엇 때문에?"

"그건 저도 모릅니다." 해리 형사는 어깨를 으쓱하고는 말을 이었다. "어쨌든 수류탄을 만지작거리다가 폭사한 모양인데, 시한폭탄을 만들고 있었던 것 같습니다."

"무엇 때문에?" 콜롬보는 입을 딱 벌리고 해리 형사의 얼굴을 쳐다보았다.

"저도 모릅니다. 본인은 산산조각이 나버렸고… 하지만 이 미치광이 씨는 책을 집필하고 있었던 것 같습니다. 〈폭탄 교본〉, 모든 것을 파괴하기 위한 안내서. 꽤 재치가 있지요?"

"나는 파괴당하고 싶지 않아. 집사람이 불쌍해."

콜롬보는 제 몸을 보호하려는 것처럼 두 팔을 앞으로 쑥 내밀었다. 해리 형사는 그 손 위에 원고 묶음을 올려놓았다.

"이게 바로 〈폭탄 교본〉입니다."

"아이고, 무서워라." 이렇게 말하면서도 콜롬보는 눈을 빛냈다. "무섭지만 흥미롭군."

그러고는 페이지를 훌훌 넘겼다.

"과연… 수류탄을 이용한 시한폭탄 제조법인가? 별의별 책이 다 있군. 하지만 나는 역시 장미꽃 만드는 법이 더 좋아. 취미로는 그게 훨씬 우아해."

"반장님…" 해리 형사는 에디의 전화번호 수첩을 내밀었다.

콜롬보는 수첩을 보면서 말했다.

"이것도 폭탄이야?"

"아니요. 이건 전화번호를 적어놓은 수첩입니다. '기역'페이지를 펼쳐보세요. 묘한 것을 발견했습니다. 그래서 반장님을 부른 겁니다."

콜롬보는 굵고 투박한 손가락으로 페이지를 넘겼다. 이윽고 그 손이 딱 멈춘다. 콜롬보는 한쪽 눈썹을 치켜올리고 그 부분을 열심히 들여다보았다.

"그린리프! 라일리 그린리프…" 콜롬보는 소가 울부짖는 듯한 소리를 냈다.

그러자 콜롬보가 손에 든 수첩을 들여다보며 해리 형사가 말했다.

"그 맬러리 살인사건에서 용의자로 떠오른 사람들 가운데 그린리프라는 사람이 있었지요. 출판사 사장 말입니다."

"알아. 나도 그 사람을 잘 알고 있지. 라일리 그린리프… 수첩은 이 페이지가 펼쳐진 채 놓여 있었나?"

"예, 별다른 의미는 없을지도 모르지만 동일인물일 가능성도 있기 때문에…"

"고맙네. 크게 도움이 됐어." 별로 기쁘지 않은 얼굴로 중얼거리고 나서 콜롬보는 좁은 이마를 손으로 짚었다.

그러고는 얼어붙은 듯이 꼼짝도 하지 않는다. 이윽고 손을 내린 콜롬보는 어쩔 셈인지 코트 앞자락을 여미면서 말했다.

"이봐, 일은 다 끝났나?"

"저 말입니까? 아직 근무 중인데요…"

"아니, 그게 아니라…" 콜롬보는 초조한 어린애처럼 고개를 저었다. "여기 현장검증은 다 끝났느냐고 물은 거야."

"벌써 다 끝났습니다. 반장님을 부르는 게 너무 늦었나요?"

"그게 아니야…" 콜롬보는 점점 더 초조하게 고개를 저었다. "그러니까 여기저기 만져도 괜찮은 거지? 나는 그걸 묻고 있는 거야."

"아아, 그거요… 이제 상관없습니다. 어서 만지세요."

해리 형사는 길을 열어주듯 한 걸음 옆으로 비켜섰다. 그러나 콜롬보는 휙 돌아서더니, 바닥 위의 잔해에 발이 걸려 고꾸라질 뻔하면서 철제 캐비닛으로 다가갔다.

"이봐, 해리! 한 가지 충고해두겠는데…" 콜롬보는 캐비닛 서랍을 열면서 낮은 소리로 말했다. 해리 형사는 몸을 바짝 긴장시켰다. 콜롬보는 서랍에 든 서류를 뒤적거리면서 말했다. "나 자신의 경험에 근거한 충고야. 칠리를 조심하게. 칠리를 먹을 때는 식당을 잘 선택해야 해. 안 그랬다가는 터무니없는 일을 당하게 돼."

"칠리요?" 해리 형사의 단정한 얼굴이 놀라서 일그러졌다. "칠리라니, 어디서 너무 매운 칠리라도…"

"너무 비싼 칠리도 있어. 아이스티도…"

콜롬보의 손이 갑자기 멈추었다. 굵은 손가락이 원고 묶음 하나를 집어들었다.

"이봐, 해리!" 콜롬보의 입에서 기쁨의 소리가 새어 나왔다. "보물섬을 발견한 것 같군! 대발견이야. 아무래도 폭탄 선생은 소설도 쓰고 있었던 모양이야. 그 맬러리 선생이 쓰고 있던 것과 같은 제목의 소설을… 제목은 〈사이공까지 60마일〉이야. 햐아, 이렇게 된 거였나? 놀랍군."

바다 위에 흩어진 가구의 잔해를 헤치며 콜롬보는 맹렬히 돌진했다. 콜롬보는 해리 형사의 옆을 빠져나가, 과거에는 문이 있었던 현관까지 오자 갑자기 머리를 감싸 안고 멈춰 섰다.

"그래서 뭘 증명할 수 있지?" 콜롬보는 머리에서 손을 떼고 해리 형사에게 물었다.

해리 형사는 당혹스러운 표정을 지으며 말했다.

"저는 아무것도."

콜롬보는 해리 형사의 당황한 얼굴을 말똥말똥 쳐다보고 있다가, 갑자기 검지손가락을 쑥 내밀었다.

"열쇠!"

"열쇠요?" 해리 형사는 반사적으로 되물었다.

콜롬보는 느릿느릿한 걸음으로 해리 형사에게 다가왔다.

"그래, 열쇠. 사망자의 몸은 조사했겠지? 그때 열쇠는 나오지 않았나? 어디에도 맞지 않는 열쇠…"

해리 형사는 캐비닛 옆에 놓인 탁자로 성큼성큼 다가갔다.

"이 열쇠고리가 나왔습니다…" 해리 형사는 열쇠고리를 손바닥에 올려놓고 콜롬보 앞으로 돌아왔다. "이 고리에 열쇠가 세 개 달려 있었어요. 하나는 방 열쇠, 또 하나는 자동차 열쇠, 그런데 마지막 하나는 무슨 열쇠인지 전혀…"

콜롬보는 해리 형사의 손바닥을 들여다보았다. 미간에 깊은 주름을 잡고 열쇠를 바라본다. 마치 시력의 힘으로 열쇠에 기적이라도 일으키려는 것처럼, 눈도 깜박거리지 않고 뚫어지게 바라본다.

"반장님…" 해리 형사는 손바닥을 편 채 귀찮은 듯이 말했다. "열쇠는 가져가도 좋습니다. 아무래도 에디 케인이라는 사람은 맬러리의 죽음과 관계가 있는 것 같군요."

콜롬보는 해리 형사의 손바닥에서 눈을 떼지 않은 채 말했다.

"덕분에 살았어."

"반장님은 재수가 좋은 것 같아요."

"그래, 재수가 좋아." 콜롬보는 열쇠고리를 집어들어 레인코트 주머니에 쑤셔 넣었다. "나는 재수가 좋아. 하지만 기분이 나빠. 너무 재수가 좋은 것 같아서… 칠리에 관해서는 재수가 없었지만…"

콜롬보는 레인코트 주머니를 탁탁 두드리며 몽유병자 같은 걸음으로 방을 나갔다.

5

그린리프 출판사 건물 3층, 작지만 호화롭게 꾸며진 시사실.

영사막 위에서는 벌거벗은 남녀가 뒤엉켜 서커스 같은 열연을 펼치고 있었다. 스피커에서는 남자의 거친 숨결과 여자의 뜨거운 입소리가 흘러나온다. 화면에 쾌락으로 일그러진 여자의 얼굴이 클로즈업되었다. 그 얼굴이 갑자기 차가워지더니, 여자가 지극히 일상적인 어조로 말했다.

"여보, 시계태엽은 제대로 감아줬어요?"

라일리는 큰 소리로 웃었다. 그는 하나뿐인 관객이었다. 누구한테도 꺼릴 것 없이 앞좌석에 다리를 올려놓은 채 입을 크게 벌려 껄껄 웃었다.

소문대로군. 정말 재미있어. 라일리는 이거라면 책으로 만들어도 팔릴 수 있겠다고 판단했다.

그것은 이름도 없는 군소 프로덕션이 만든 포르노 영화였지만, 익살스러운 섹스 장면으로 인기를 얻어 서해안 일대와 동부 도시에서 경이적인 관객을 동원한 영화였다.

물론 원작 소설 따위는 있지도 않다. 시나리오조차 어딘가로 사라져버려 이제는 찾을 수도 없지만, 그린리프 출판사는 영화를 소설화하는 것이 장기였다. 라일리는 이런 수법으로 떼돈을 벌었다. 크게 히트한 영화는 제목이 유명해졌기 때문에 같은 제목으로 책을 내면 그 유명세 덕분에 판매도 대박나게 마련이다.

그러나 타이밍이 문제였다. 영화의 열기가 식기 전에 재빨리 책을 내지 않으면 안 된다.

한 달, 아니 보름 안으로 쓰게 하자. 쓰고 싶어 하는 녀석은 얼마든지 있다. 그 녀석한테 영화를 보여주고… 진저리가 날 만큼 몇 번이나 보여주고 엉덩이를 채찍질하면 어떻게든 될 거야. 불평은 허락하지 않아. 단숨에 해치우는 돌관 작업이야.

화면 위의 여자와 남자는 다시 서커스 같은 열연을 펼치고 있었다. 이제는 대사가 나올 장면이 아니다. 두 사람은 완전히 섹스에 열중해 있는 것 같았다. 스피커에서 흘러나오는 것은 의미를 알 수 없는 입소리뿐이었다.

라일리는 스크린의 빛으로 손목시계를 보려고 했다. 그런데 너무 늦는군. 괜찮아. 이제 곧 찾아오겠지…

라일리는 콜롬보를 기다리고 있었다. 에디 케인의 폭사와 맬러리의 죽음이 하나로 연결되는 것은 시간문제였다. 아무리 둔한 형사라도 그 정도는 알아차릴 것이다. 그렇게 많은 단서를 남겨놓고 왔으니까.

라일리는 오전 시간을 비워둔 채 콜롬보를 기다리고 있었다. 그러나 아무리 기다려도 콜롬보는 나타나지 않는다. 기다리다 못한 라일리는 마참내 체념하고 시사실에 들어왔다. 그러나 마음은 걸핏하면 화면을 떠나 울화통이 터질 만큼 둔한 그 형사를 생각하게 된다.

그 녀석은 도대체 어디를 헤매다니고 있는 거야!

바로 그때 시사실 영사막 옆에 달린 문이 열렸다. 레인코트 차림의 작달막한 실루엣이 화면 앞에 나타났다. 클로즈업된 여자의 젖가슴이 절반쯤 잘려 코트 등에 비쳤다.

"콜롬보 씨! 거기에 서 계시면 화면이 안 보입니다!" 라일리는 기쁨을 감추며 일부러 짜증난 소리로 말했다.

콜롬보가 라일리를 돌아보았다. 눈부신 듯 눈을 가늘게 뜬 얼굴 위에 흔들리는 젖가슴의 일부가 비쳐 있다.

"여깁니다! 이쪽으로 와주세요."

라일리가 손짓해 부르자 콜롬보는 엉거주춤 허리를 굽히고 다가와 라일리 옆에 앉았다. 그러고는 라일리를 흉내 내어 짤막한 다리를 앞좌석에 올려놓았다.

"저 사람들은 아무 얘기도 하지 않나요?"

"저것도 대화의 일종인걸요." 라일리는 화면에서 눈을 떼지 않고 말했다. "예술적인 장면이지요? 나는 이 영화를 소설화하는 판권을 샀지요. 영화의 스틸 사진을 사용한다는 조건으로… 베스트셀러가 될 겁니다."

"그거 잘됐군요." 콜롬보는 이마에 차양처럼 손을 대고 화면을 바라보며 말했다. "하지만 저 배우들은 무척 피곤하겠는데요. 인류학이란 것도 대단히 힘든 노동이군요."

"아니, 이건… 성과학에 관한 영화입니다. 성인용이지요. 지극히 예술적인 성과학…"

"나는 아무래도 학문적인 건… 하지만 저 사람들은 상당히 고통스러워 보이는데, 괜찮을까요?"

"경위님은 공부를 좀 하시는 게 좋겠어요. 때로는 영화도 좀 보시고…"

"텔레비전은 자주 보지만… 요전에는 새벽 2시에 집사람과 함께 베티 데이비스가 나오는…"

"그 얘기는 처음 만났을 때 벌써 들었습니다. 그런데 경위님, 오늘은 또 무슨 일로 오셨습니까? 일하고 있는데 일부러 들어오신 걸 보니 상당히 중요한 용건인가 본데…"

라일리는 화면에서 눈을 떼어 콜롬보를 바라보았다. 콜롬보는 화면을 바라본 채 건성으로 말했다.

"범인을 알아냈습니다."

라일리는 놀란 척하면서 의자에서 벌떡 일어났다. 그러고는 영사실을 향해 손을 흔들며 외쳤다.

"멈춰!"

화면에 비쳐 있던 여자 얼굴이 사라지고, 시사실은 밝은 빛으로 가득 찼다.

"경위님, 지금 뭐라고 하셨습니까?"

콜롬보는 몸을 앞으로 내밀고, 이제 아무것도 비쳐 있지 않은 화면을 바라본 채 자못 아쉬운 듯한 한숨을 내쉬었다.

"맬러리 씨를 죽인 범인을 알아냈다고요."

"내 방으로 가실까요?"

라일리는 의자에 찰싹 달라붙은 채 움직이려 하지 않는 콜롬보의 팔을 잡고 자리에서 일어났다. 콜롬보는 화면을 몇 번이고 돌아보면서 겨우 시사실을 나왔다.

책 표지를 패널로 만들어 늘어놓은 사장실. 자신의 성이라고 말할 수 있는 그 방에서 라일리는 콜롬보와 마주 섰다.

"드디어 해내셨군요, 콜롬보 씨." 그것은 거의 진심에서 우러나온 말이었다. "그런데 범인은 누굽니까?"

"범인의 이름은 에디 케인이라고 합니다." 이렇게 말하고 콜롬보는 라일리의 얼굴을 바라보았다.

라일리는 애써 당혹스러운 표정을 지으며 콜롬보한테서 눈을 떼어 창밖으로 시선을 돌렸다.

콜롬보는 따라가서 매달리듯 라일리의 눈앞으로 돌아갔다.

"그런데 그 에디라는 사람은 어젯밤에 죽었어요. 사고인 것 같습니다. 사제 폭탄을 만지작거리고 있었던 모양인데…" 콜롬보는 두 팔을 벌렸다. "그만 폭사해버렸어요."

콜롬보의 찌그러진 눈은 집요하게 라일리를 좇았다.

"그 사람 이름은 에디 케인이라고 합니다."

"이름은 벌써 들었습니다!" 라일리는 일부러 짜증나는 투로 말하고는 콜롬보에게 등을 돌렸다.

콜롬보는 다시 라일리 앞으로 돌아와, 달래듯이 손을 들었다.

"라일리 씨, 에디에 관해서는 당신한테 뭔가 들을 수 있을 거라 생각하는데요."

"난 그런 사람 모릅니다." 이렇게 말하고 라일리는 주머니에 손을 집어넣어 성급하게 담뱃갑을 꺼냈다. 불안, 동요, 초조, 그리고 분노… 비참하게 파도치는 감정의 기복을 보여주는 절묘한 연기였다.

"아니, 이상한데요." 콜롬보는 과장되게 소리를 질렀다. "에디의 전화번호 수첩에는 당신 주소와 전화번호가 적혀 있었는데…"

"어디서 내 주소를 조사했는지 모르지만, 에디 케인이라는 사람은 전혀 모릅니다."

"시치미를 떼시면 곤란합니다." 콜롬보는 부드러운 얼굴로, 그러나 강한 어조로 말했다.

확신을 가진 형사인가? 라일리는 여유를 가지고 콜롬보를 관찰하고 있었다. 좋아, 당신의 승리를 인정해주지…

콜롬보는 계속 손을 내저으면서 그 움직임에 맞추어 말을 짜내듯이 말했다.

"에디 케인의 서류철을 조사해봤어요. 그랬더니 당신 앞으로 보낸 편지 사본이 나왔어요. 아홉 달 전에 보낸 편지더군요. 편지 내용은 〈사이공까지 60마일〉이라는 소설을 쓰고 싶다는 거였고, 그 개요도 딸려 있었습니다. 맬러리 씨의 신작도 분명 그런 제목이었지요?"

좋아, 콜롬보. 그런 식으로 계속해. 마음속으로 콜롬보를 격려하면서 라일리는 낭패한 연기를 계속하며 성급하게 방안을 돌아다녔다.

"모릅니다. 신작에 관해서는 맬러리한테 아무 얘기도 듣지 못했고…"

콜롬보는 코트 앞자락을 홱 열어젖히더니, 바지 주머니에 두 손을 찔러 넣었다.

"그린리프 씨! 문제는 말입니다, 당신이 에디 케인을 아느냐 모르느냐, 그겁니다. 분명히 아실 텐데요. 말해주세요. 여기서 말할 수 없다면 경찰청까지 가주셔야…"

훌륭해, 경위! 보기 드물게 위협적인 태도로 나오는군. 하기야 무리도 아니지. 비로소 확증을 잡았으니까. 삼류 형사에게는 별로 오지 않는 기회일 거야.

라일리는 고개를 푹 숙여 보였다. 좋아. 이제는 거짓말이 서투른 선량한 사람 역할을 연기해주자.

"경위님한테는 못 당하겠군요…" 라일리는 두 팔을 벌리고 무거운 어조로 말했다. "나는 거짓말이 서툴러요. 할 수 없군요. 진상을 말씀드리지요."

라일리는 콜롬보의 몸을 밀어젖히고 벽에 늘어서 있는 패널들 쪽으로 다가갔다. 그러고는 발가벗은 채 말 위에 걸터앉아 있는 여인의 거대한 사진을 천천히 떼어냈다. 그러자 그 밑에서 검게 빛나는 금고가 나타났다.

뒤에서 콜롬보가 휘파람을 불었다.

라일리는 금고를 열고 원고 묶음을 꺼냈다. 어젯밤 에디 케인의 방에서 타자로 정리한 소설 개요였다.

라일리는 그 원고를 콜롬보에게 건네주었다.

"작년 12월에 에디 케인이 이걸 보내왔더군요. 〈사이공까지 60마일〉… 개요뿐이지만, 이건 쓸 만하다고 생각했지요. 하지만 에디 케인에게는 쓰게 하지 않는 게 좋겠다고 생각했습니다. 이건 확실히 직접 체험하지 않고는 쓸 수 없는 소설입니다. 하지만 에디는 전문작가가 아닙니다. 세부 묘사라든가 문체라든가, 상품으로 만드는 데에는 여러 가지 문제가 있어서…"

"개요와 함께 편지도 동봉되어 있었지요?"

"편지요? 편지는 기억나지 않는데요. 어쩌면 있었을지도 모르지요. 하지만 있었다 해도 아마 내버렸을 겁니다. 내가 흥미를 가진 건 개요뿐이었으니까요."

라일리는 천장을 쳐다보고, 마치 옛 기억을 더듬는 척하면서 말을 이었다.

"마침 그 무렵 맬러리는 소설 하나를 끝낸 참이라 다음에 착수할 작품의 아이디어를 찾고 있었습니다. 그래서 나는 에디 케인이 보내온 개요를 맬러리한테 보여주었지요. 맬러리는 당장 덤벼들었습니다. 그 심정은 나도 충분히 이해합니다. 인기 작가란 괴로운 거랍니다. 항상 뭔가 아이디어를… 그건 경위님도 이해하실 거라고 생각합니다만…"

그러나 콜롬보는 전혀 이해하지 못하는 듯, 눈썹 하나 까딱하지 않고 라일리를 뚫어지게 바라보고 있었다. 그 눈은 비정했다. 어떤 감정도 엿보이지 않고, 어떤 반응도 보이지 않고, 그저 오로지 라일리의 마음을 들여다보고 있었다. 호기심의 덩어리로 변한 냉혹한 시선이었다.

라일리는 저도 모르게 당황하여 말을 우물거렸다.

"아니, 나는… 남의 작품을 훔치는 치사한 짓은 하지 않습니다. 나는 돈을 줄 작정이었어요. 원작료로 에디 케인에게 5천 달러를 주겠다고 제의했지요. 그 정도면 타당한 액수예요. 그것으로 거래는 깨끗이 결말이 났을 터인데, 에디라는 사람은 야만적인 사내라서… 그리고 이런 말은 하고 싶지 않지만… 머리도 좀 이상해졌는지, 내 제의를 거부했습니다. 자기가 직접 소설을 쓰겠다고 끝까지 고집을 부리면서…"

"그래서 개요는? 돌려주지 않았군요?" 콜롬보는 비난하는 어조로 말했다. 그 눈은 점점 더 차가워지고 날카로워졌다.

라일리는 어깨를 으쓱했다.

"돌려주고 싶어도 돌려줄 수가 없었습니다. 맬러리가 이미 집필을 시작했기 때문에…"

"그래서 에디 케인은? 그 사람은 어떻게 했습니까?" 콜롬보는 라일리의 변명을 제지하며 대답을 재촉했다.

좋아, 콜롬보. 내가 쓴 각본의 줄거리를 설명해주지. 내 줄거리에 나오는 범인, 즉 가공의 범인이 맬러리를 죽인 가공의 동기를 모두 설명해주지.

라일리는 조급해지는 가슴을 억누르며 느릿느릿한 어조로 말했다.

"에디 케인은 나를 협박하고 맬러리도 협박했습니다. 하지만 이제 와서 생각해보면 나도 맬러리도 그 협박을 너무나 가볍게 여겼던 것 같습니다. 나는 에디를 설득했지요. 원작료를 더 주겠다고… 매상에 따라 이익금을 나누어주겠다는 선까지 양보했어요. 아마추어에 대한 대접치고는 매우 이례적인 일이었지만…" 라일리는 혀를 차면서 고개를 저었다. "하지만 에디는 완강하게 거절했습니다. 에디는 나를 죽이겠다고 협박했고, 맬러리도 죽여버리겠다고 했어요. 그 무렵에야 나도 에디가 미치광이라는 걸 알아차렸지요. 하지만 어떻게든 될 거라고 생각했습니다. 아무리 미쳤다고 해도 설마, 하고 생각했지요. 맬러리의 책이 나온 뒤에 법정 싸움이 벌어진다 해도 우리한테는 승산이 있었고… 그래서 나는 에디의 말을 묵살했습니다. 그리고 어느새 에디를 까맣게 잊어버렸지요."

라일리는 콜롬보의 차가운 시선을 의식하면서 무거운 한숨을 내쉬었다.

"내가 너무 쉽게 생각했습니다. 내 책임이에요. 에디 케인은 맬러리를 죽이고, 그 죄를 나한테 뒤집어씌우려고 한 겁니다!"

라일리는 그 순간 콜롬보의 눈이 기쁨으로 빛날 거라고 예상했다. 미로에서 겨우 빠져나온 사람의 솔직한 안도감과 천진난만한 기쁨이 콜롬보의 얼굴을 뒤덮을 거라고 믿었다.

그런데… 라일리는 콜롬보의 반응을 살피다가 깜짝 놀랐다. 이 녀석은 내 말을 전혀 듣지 않았던 거 아냐?

묘하게 부석부석한 콜롬보의 얼굴에는 기쁨의 빛도 안심한 기색도 보이지 않았다. 호기심의 빛, 노골적인 호기심의 반영만이 단단한 가면처럼 얼굴에 달라붙어 있었다. 이윽고 콜롬보가 얼빠진 소리를 냈다.

"그린리프 씨, 당신 심정은 이해할 것도 같군요. 당신이 한 일은 찬성할 수 없지만…"

"예, 부끄러운 일이지요." 라일리는 당혹감을 숨기고 비탄에 빠진 연기를 계속했다. "출판업계는 무서운 세계라서 때로는 죄가 되는 짓도…"

"그럼 나는 이만…" 콜롬보는 서둘러 문 쪽으로 다가갔다. 그러다가 몸을 홱 돌리더니 한 손을 치켜들면서 말했다. "아, 그린리프 씨, 에디 케인의 원고를 잠깐 빌려가도 될까요? 만약을 위해 에디의 타자기와 일치하는지 조사해보고 싶은데…"

"아니, 그건…"

그러나 콜롬보는 라일리의 말을 가로막으며 단호한 어조로 말했다.

"부탁합니다!"

그대로 부리나케 문으로 다가가는 콜롬보에게 라일리는 처량하게 말했다.

"콜롬보 씨, 부탁이 있는데요… 에디 케인의 개요에 대해서는 부디 비밀로, 여기서만의 이야기로 해주셨으면 합니다만…"

콜롬보는 뒤를 돌아보고, 코트 주머니에 집어넣은 원고 묶음을 탁탁 두드리며 말했다.

"걱정하지 마세요. 이걸 볼 사람은 극소수의 관계자뿐이니까요. 그리고 어쨌든 내가 보고서를 쓸 때는 맬러리 씨의 신작이 남의 소설을 훔친 거라는 식으로 쓰진 않을 겁니다."

콜롬보는 손을 흔들며 문밖으로 사라졌다.

라일리는 의자에 털썩 주저앉았다.

아무래도 기분이 개운치 않다. 예상했던 만큼 후련한 기분이 아니다. 모두 각본대로 진행되어 각본의 줄거리와 같은 결말을 맞았는데, 아무래도 상쾌한 기분이 들지 않는다. 소화되지 않은 음식이 위에 남아 있는 것처럼 불쾌하기 짝이 없는 기분이었다. 마음에 무언가가 무겁고 답답하게 걸려 있었다.

그것이 콜롬보의 차가운 반응 탓이라는 건 알고 있었다. 걱정할 필요는 없어. 그 녀석은 애석한 마음을 감추려고 그렇게 냉정한 태도를 보인 거야. 라일리는 이렇게 생각하며 자신을 격려하려고 했다.

머저리 같은 삼류 형사!

제4장

새로운 사실

1

 "경위님, 더 읽지 않아도 알겠네요. 이건 맬러리의 신작 개요예요."
 이렇게 말하고 아일린 맥클레어는 원고를 무릎에 내려놓았다.
 추상화와 화분과 수많은 책에 둘러싸인 아파트. 창밖에는 8월의 푸른 하늘, 그리고 공원의 푸른 나무들…
 "하지만 이상하군요. 맬러리는 작품 개요 같은 건 쓸 필요가 없었는데…"
 "아마 그렇겠지요." 콜롬보는 어깨를 으쓱했다. "하지만 감식반의 보고에 따르면 그건 분명 에디 케인의 타자기로 친 거랍니다."
 "정말 어떻게 된 일일까요?" 아일린은 다시 한번 원고를 훑어보면서 말을 이었다. "뭔가 좋은 생각이 떠오르면 좋겠지만, 나는 전혀…"
 "그렇습니까? 유감이군요." 콜롬보는 천천히 엉덩이를 일으켰다. "여러 가지로 고맙습니다. 실례 많았습니다."
 문으로 다가가는 콜롬보의 모습에는 어딘지 모르게 피로한 기색이 감돌고 있었다. 발걸음이 무겁다.

"경위님!" 아일린이 불러 세웠다. 돌아본 콜롬보를 격려하듯 아일린은 미소를 지었다. "중요한 걸 잊으셨어요."

아일린은 원고를 내밀었다.

콜롬보는 머리를 긁적거리며 돌아왔다.

"이거 참! 뭔가에 열중하면 건망증이 더 심해져서… 정말 죄송합니다."

콜롬보는 이렇게 말하고 원고로 손을 뻗었지만, 아일린은 갑자기 원고를 도로 잡아당겼다. 그러고는 원고를 가슴에 품고 깊은 생각에 잠겼다.

잠시 후 아일린은 혼잣말처럼 중얼거렸다.

"이 개요의 문체… 이건 맬러리의 문체와 똑같아요. 마치 맬러리가 구술한 것을 타이피스트가 원고로 만든 것 같아요."

"타이피스트?" 잠자고 있는 듯했던 콜롬보의 눈이 번쩍 뜨였다. "잠깐만요."

콜롬보는 이마에 주먹을 눌러댔다. 그런 자세로 천천히 창가로 다가갔다. 창가에서 갑자기 돌아선 콜롬보가 전화기를 가리켰다.

"잠깐 써도 되겠습니까?" 대답도 기다리지 않고 전화기로 달려간 콜롬보는 급히 수화기를 들었지만, 다이얼을 돌리기 전에 아일린을 돌아보며 말했다. "한 가지 더 부탁이 있는데, 그 개요의 결말 부분을 읽어주실래요."

"하지만 나는…"

"어쨌든 읽어보세요!" 콜롬보는 명령조로 초조하게 말하고는 황급히 다이얼을 돌렸다. "여보세요… 콜롬보인데, 해리 형사 있나? 좀 조사해줬으면 하는 일이 있는데… 아주 급해."

수화기를 향해 고함을 치는 콜롬보의 말투에는 심상치 않은 기백이 담겨 있었다. 그 기백에 눌려 아일린은 개요를 펼쳤다. 콜롬보의 명령대로 마지막 부분을 읽는다. 그 순간 아일린의 눈이 크게 뜨였다.

"경위님!" 아일린이 콜롬보에게 소리를 질렀다.

2

이튿날 아침.

그리피스 공원은 유난히 활기찬 새들의 지저귐으로 둘러싸여 있었다. 이제 곧 숨 막힐 듯한 열기가 땅을 뒤덮으리란 것은 알고 있지만, 역시 아침은 상쾌하다. 더구나 새들의 노랫소리와 싱그러운 녹음으로 가득한 공원의 아침은 일종의 상쾌한 향기를 머금고 있었다.

그러나 라일리는 불안과 분노 사이를 오락가락하는 우울한 마음으로 차에서 내렸다.

빌어먹을 녀석! 도대체 왜…

콜롬보가 새벽에 전화를 걸어왔던 것이다.

"새로운 사실을 발견했으니까, 부탁인데 맬러리 씨의 작업실까지 와주시지 않겠습니까?"

불쾌하게도 그 말투는 결코 부탁조가 아니었다. 정중하기는 했지만 분명한 명령조였다.

새벽에 전화를 걸어 자는 사람을 깨우고, 게다가 상대의 일정 따위는 아랑곳없이 멋대로 장소와 시간을 지정하는 뻔뻔스러움. 그것이 라일리의 분노를 불러일으켰다. 화가 나서 몸이 부들부들 떨렸다.

동시에… 라일리는 막연한 불안에 사로잡혀 있었다. 새로운 사실이란 무엇일까? 모두 내 각본대로 결말이 났을 텐데, 어떤 사실이 새로 밝혀졌단 말인가? 그리고 왜 나를 불러냈을까?

라일리는 콜롬보의 명령을 무시하려고 했지만 그럴 수가 없었다. 강한 불안이 불러일으킨 호기심… 거역할 수 없는 힘에 이끌려 라일리는 맬러리의 작업실로 다가갔다.

라일리는 낡은 계단을 천천히 올라갔다. 밝은 햇빛에 익숙해진 눈에는 계단이 한밤중처럼 어두웠다. 모든 게 검은 그늘 속에 잠겨 있었다. 2층 층계참에서 사람의 모습이 움직였다. 제복 차림의 경찰관이었다. 3층까지 오자 그곳에도 경찰관이 있었다. 긴 복도 끝, 맬러리의 작업실 앞에도 경찰관이 있었다. 겨우 어둠에 익숙해진 라일리의 눈은 졸린 듯한 경찰관의 표정을 알아보았다.

도대체 이 소동은 뭐지? 밤을 새워 뭘 냄새 맡고 있었을까? 라일리의 다리가 무거워졌다. 아니면… 밤새 나를 기다리고 있었을까?

그러나 경찰관의 눈은 라일리에게 조금도 관심을 보이지 않았다. 지나가는 강아지를 바라보는 듯한 시선이 잠깐 라일리를 포착했을 뿐이었다.

305호실 문을 열자 맬러리의 책상 앞에 콜롬보가 앉아 있었다. 콜롬보는 어색한 손놀림으로 타자기의 자판을 두드리고 있다.

그 모습을 본 순간 라일리의 불안은 사라지고, 그 대신 억누르고 있던 분노가 한꺼번에 폭발했다. 뭘 하고 있는 거야, 저 얼간이는!

그 생각이 그대로 말이 되어 튀어나왔다.

"콜롬보 씨, 후세에 남을 명작이라도 쓰고 계신가요? 아니면 타자 연습이라도?"

"아아, 어서 오십시오." 쾌활한 목소리였다. 자기 집에 옛 친구를 맞아들일 때처럼 기쁨에 넘치는 친밀한 목소리…

저 녀석의 귀는 가시 돋친 빈정거림을 알아들을 능력이 없어. 맞대놓고 바보라고 욕해주지 않으면 증오도 경멸도 통하지 않아.

"콜롬보 씨, 당신과의 교제는 이제 그만 끝내고 싶은데… 나는 바빠요."

"당신 말대로 책을 쓰는 건 정말 어렵군요." 콜롬보는 타자기 앞에 앉은 채, 일어나지도 않고 라일리의 말을 받아넘겼다. "아니, 실은 말입니다. 아주 최근에 일어난 사건인데, 어떤 상원의원이 제 참모를 죽였어요. 그 방법이 꽤 재미있답니다. 우선 자기 앞으로 협박장을 보내고, 그걸 이유로 경호원을 고용했지요. 그러고는 그 경호원의 눈을 피해 애인을 만나러 가겠다면서 참모와 옷을 바꿔 입고는 그 참모를 쏘았어요. 그러니까 범인이 참모를 상원의원으로 잘못 알고 쏜 것처럼 보이게 한 겁니다. 어떻습니까? 그런대로 재미있지 않나요? 집사람도 재미있다고 하더군요. 그래서 쓰기 시작해봤는데, 아무래도…" 콜롬보는 두 팔을 벌리고 손들었다는 몸짓을 해 보였다. "이야기 재료는 이 머릿속에 다 들어 있는데, 그걸 문장으로 만들 수가 없군요. 어떻게 하면 좋을까요?"

라일리는 한숨을 내쉬었다.

"콜롬보 씨, 솔직히 말씀드리겠는데요, 그런 상원의원한테는 아무런 관심이 없습니다. 당신의 솜씨 자랑에도 흥미가 없어요. 원고를 팔고 싶으면 다른 출판사에나 알아보세요. 좀 더 작은 출판사에… 그보다 나는 많이 바쁩니다. 지금부터 사람을 만나러 가야 해요. 그러니까…" 라일리는 분노의 소용돌이 밑바닥에서 다시 검은 불안이 천천히 고개를 드는 것을 느꼈다. 그러나 라일리는 불안을 떨쳐버리고 내뱉듯이 말했다. "볼일이 있으면 빨리 끝내주세요. 설마 출판 계약 문제로 나를 부른 건 아니겠죠?"

콜롬보는 타자기에 끼워진 종이를 가만히 바라보고 있다. 라일리의 말 따위는 전혀 듣지 못했다는 듯이… 라일리는 얼굴로 피가 올라오는 것을 느꼈다.

"콜롬보 씨, 그만 좀 해두세요. 당신은 항상 서두가 너무 긴 게 탈이에요. 분명히 말하면… 당신은 무례해요."

콜롬보는 유유히 타자기를 두드렸다. 기관총처럼 활자가 종이에 박히고, 레버가 드르륵 소리를 내며 움직인다. 단숨에 열 줄쯤 친 콜롬보는 그제야 겨우 손을 멈췄다. 그리고 종이를 빼내더니 의자에 기대앉아 읽기 시작했다.

시가를 입에 문다. 코트 주머니를 뒤진다. 다행히 성냥은 있었다. 천천히 시가에 불을 붙인다.

"콜롬보 씨! 당신은 도대체…" 라일리의 목소리는 비명에 가까웠다.

콜롬보는 타자지를 바라본 채 말했다.

"열쇠 말인데요…" 콜롬보는 싸구려 시가 연기를 토해내고 말을 이었다. "말씀드렸던가요? 바닥에 떨어져 있던 그 열쇠는 이 문에 맞지 않습니다…"

"그 얘기라면 벌써 들었습니다! 새삼스럽게 그런 시시한 이야기를 하려고 나를… 이왕 말이 나온 김에 말해두지만, 당신은 그때 새 자물쇠에 맞는 열쇠를 가지고 있는 놈이 맬러리를 죽인 범인이라고 말했어요."

"에디 케인이 그 새 열쇠를 갖고 있었습니다."

"그거 잘됐군요. 그럼 사건은 해결된 셈이네요."

"나는 아무래도…" 콜롬보는 머리를 긁적거리면서 라일리를 바라보았다. "최근에 잠이 부족한 탓인지 건망증이 심해져서… 새 열쇠를 가지고 있는 놈이 범인이라고, 누군가에게 말한 건 기억하고 있었지만, 그게 누군지 잊어버려서… 역시 당신한테 말했군요."

"그렇습니다. 나한테 말했지요. 그리고 문제의 그 열쇠를 에디 케인이 갖고 있었다면 당신 추리가 적중한 겁니다."

"맞아요. 열쇠는 에디 케인의 주머니 속에 들어 있었습니다. 바로 이거예요."

콜롬보는 코트 주머니에서 열쇠를 꺼냈다. 틀림없이 라일리가 새로 만들어 그날 밤 에디의 주머니에 넣어둔 그 여벌 열쇠였다.

에디의 '범행'을 입증하는 물적 증거와 '범행' 동기는 이미 밝혀져 있다. 이것으로 사건은 확실한 윤곽을 갖추었다. 각본대로 완성된 사건이다.

콜롬보의 손가락 끝에 매달린 열쇠의 희미한 금빛 광채는 라일리에게 안도감을 불러일으켰다.

"경위님은 연극을 좋아하시는 것 같군요. 열쇠 이야기를 하려고 나를 일부러 이런 곳에 불러내다니…"

"연극요?" 콜롬보는 열쇠를 오른손에 쥐고 왼손으로 타자지를 받쳐 들고는 여전히 그 종이를 바라보며 말을 이었다. "내가 이 종이에 타자 친 건 연극 각본이 아니라 어떤 범죄의 기록입니다. 보고서의 첫 부분이지요. 오늘 안으로 다 쓸 예정이지만… 그런데 좀 곤란한 일이 있어서 말입니다…" 콜롬보는 타자지를 책상 위에 내려놓고 천천히 고개를 들었다. "나는 아무래도 알 수가 없습니다."

"뭐가요?"

"이 열쇠 말인데요…" 콜롬보는 손가락에 끼운 열쇠를 라일리에게 내밀었다.

"왜요? 그 열쇠가 문에 맞지 않나요?"

"아니, 맞습니다." 콜롬보는 일어서서 성큼성큼 문으로 다가갔다. 그러고는 열쇠를 문의 자물쇠에 꽂아 넣고 두 팔을 벌렸다. "기분 좋게 맞습니다. 마치 고급 장갑처럼 딱 맞아요."

"그럼 틀림없군요. 에디 케인은 그 열쇠로 이 방에 들어온 겁니다."

콜롬보는 턱을 문질렀다. 그러고 나서 라일리를 바라보았다.

"그런데 이 열쇠로는 이 방에 들어올 수가 없습니다. 도저히 불가능한 일이에요."

그 단정적인 어조에 라일리는 당황했다. 이 녀석은 또 무슨 생각을 하고 있는 거야. 열쇠가 맞으면 문제는 없을 텐데…

"왜요? 열쇠가 맞는데, 에디가 어째서 이 방에 들어올 수 없었다는 겁니까?"

콜롬보가 희미하게 웃은 것처럼 보였다. 적어도 왼쪽 눈썹이 치켜올라가 어떤 감정의 움직임이 엿보였다. 콜롬보는 라일리를 바라본 채 큰 소리로 경찰관을 불렀다.

"이봐! 블랙 씨를 데려와!" 그러고는 목소리를 낮추어 혼잣말처럼 중얼거렸다. "이 열쇠로는 이 방에 들어올 수 없었어요. 그건 절대로 불가능해요."

"콜롬보 씨!" 라일리는 마침내 자신을 억누를 수가 없게 되었다. "도대체 무슨 말을 하고 싶은 겁니까? 그렇게 거드름을 피우고… 나를 우롱할 작정이세요? 몇 번이나 말하지만 나는 바빠요. 열쇠가 맞지 않는다면 확실히 문제겠지만…"

"아니, 열쇠는 딱 맞습니다. 이 자물쇠에는…"

그때 라일리가 모르는 사내가 천천히 방으로 들어와 문 옆에 기대섰다. 점퍼 소매를 걷어 올려 털북숭이의 굵은 팔이 드러나 있었다. 콜롬보는 그 사내를 보고 말했다.

"수고 많으십니다, 블랙 씨." 콜롬보는 사내한테 고개를 끄덕이고 나서 다시 라일리를 돌아보았다. "열쇠는 분명 이 자물쇠에 딱 들어맞습니다. 하지만 이 자물쇠는 맬러리 씨가 죽은 그날 밤의 자물쇠가 아니에요."

라일리는 콜롬보를 바라보았다. 콜롬보의 말뜻을 이해할 수가 없었다. 아니, 이성은 분명 그 말의 의미를 이해했지만, 갑자기 흔들린 감정이 이해하기를 완강하게 거부했다. 이건 콜롬보의 착각이야! 그렇지 않다면 콜롬보의 연극이야!

"이분은 블랙 씨, 그리고 이쪽은 그린리프 씨." 콜롬보는 라일리의 동요 따위는 전혀 눈치채지 못한 것처럼 냉정하게 두 사람을 소개했다.

그러자 블랙이 털투성이 팔을 내밀어 악수를 청했다.

"안녕하십니까?"

라일리는 블랙의 손을 잡고 희미하게 고개를 끄덕였다.

"처음 뵙겠습니다."

"블랙 씨는 열쇠점 주인이지요." 콜롬보는 눈을 가늘게 뜨고 라일리를 바라보았다. 그러고는 열쇠점 주인 쪽으로 시선을 돌렸다. "블랙 씨, 이 방의 자물쇠를 언제 바꾸었는지, 이분한테 말씀해주시겠습니까?"

"예, 그건 일요일이었어요. 맬러리 씨가 죽은 이튿날이었지요."

"이튿날이라고?" 라일리는 저도 모르게 입에서 튀어나온 말이 방안에 울려 퍼지는 것을 들었다. 신경질적으로 흥분한 목소리였다. "어떻게 된 거요? 도대체 누가 자물쇠를 바꾸라고 했죠?"

라일리는 저도 모르게 따지는 어조로 물으면서 열쇠 장수를 노려보았다.

열쇠 장수 블랙은 당황한 얼굴로 콜롬보를 바라보았다.

"자물쇠를 바꾸게 한 건 이 형사님이신데요."

"예, 납니다." 콜롬보는 머리를 긁적거리면서 말을 이었다. "덕분에 고민거리가 늘어나버렸지요."

그러나 콜롬보는 고민하는 기색이라고는 전혀 보이지 않고 쾌활하게 웃었다.

함정이었잖아! 라일리의 몸이 떨리기 시작했다. 억지로 삼킨 분노 때문에 손가락 끝까지 부들부들 떨리고 있었다. 말도 안 돼! 저렇게 멍청한 얼간이 녀석이 치밀하게 계산한 내 각본의 뒤통수를 치다니! 아니야, 절대로 그럴 리가 없어. 어쩌면 저 녀석은 무능한 형사가 아니라…

섬광처럼 몸을 꿰뚫은 두려움을 비웃음으로 얼버무리려고 라일리는 억지웃음을 지었다.

"이제 됐습니다, 블랙 씨." 콜롬보는 열쇠 장수에게 손을 흔들고는, 다시 가느다랗게 뜬 눈으로 라일리를 바라보았다. "그린리프 씨, 나는 아무래도 모르겠어요. 맬러리 씨가 죽은 다음 날 바꾼 자물쇠의 열쇠를 어째서 에디 케인이 갖고 있었을까요?"

굵은 눈썹에 감추어진 콜롬보의 사팔눈이 순간 번쩍 뜨였다.
"그린리프 씨, 어떻습니까? 당신은 아시겠습니까?"
"아니… 모르겠는데요."
"어째서 그런 일을 할 필요가 있었을까요? 어떻습니까? 아시겠습니까?"
"확실히 수수께끼로군요."
라일리는 애써 콜롬보를 마주 쳐다봄으로써 상대의 집요한 시선을 물리치려고 했다.
그러나 크게 뜨인 콜롬보의 눈은 어린애 눈처럼 맑고, 게다가 어린애의 잔인함과도 비슷한 탐욕스러운 호기심을 품은 채 오로지 라일리를 바라보고 있었다. 그 반짝이는 눈빛은 도저히 받아낼 수 없을 만큼 눈이 부셨다.
"그린리프 씨, 아직도 대답이 나오지 않습니까?" 콜롬보가 다그쳐 물었다.
그 끈질긴 질문에 짜증스러움을 느끼면서도 라일리는 콜롬보한테서 눈길을 돌리며 대답했다.
"글쎄요, 나는 전혀…"
말끝을 흐리는 라일리를 집요하게 바라보면서 콜롬보는 다음 말을 느긋하게 기다리고 있는 것 같았다. 그러나 라일리의 완강한 침묵을 보고는 한숨을 내쉬었다.
"나도 그렇습니다. 나도 아직은 모릅니다." 그리고 나서 콜롬보는 갑자기 쾌활한 어조로 말했다. "하지만 덕분에 다른 수수께끼의 해답은 나왔습니다. 그런데 그린리프 씨는 지금 바쁘시죠? 귀중한 시간을 더 이상 빼앗으면 미안하니까…"
그 경쾌한 어조에는 도전의 울림이 담겨 있어서 라일리는 두려워하면서도 도망칠 수가 없었다.
"바쁘긴 하지만, 나한테는 구경꾼 기질이 있어서…"
"그럼 말씀드릴까요? 실은 에디 케인이 이 방에 어떻게 들어왔는지 알았습니다."
콜롬보는 라일리를 손짓해 부르더니 코트를 펄럭이며 방구석으로 걸어갔다.
"에디 케인은 당신 차에서 훔친 열쇠를 쓰지 않았습니다. 열쇠 같은 건 필요 없었어요. 왠지 아십니까?"
방구석에 서자 콜롬보는 또 그 맑은 눈으로 라일리를 바라보았다.
"모르겠는데요."
"열쇠는 필요 없었습니다. 문은 열려 있었으니까요." 이렇게 말하고 콜롬보는 창가의 에어컨을 두드렸다. "이게 고장 나 있었어요. 그래서 창문이 열려 있었던 겁니다. 녹음기에 블라인드 소리가 들어가 있었지요? 맬러리 씨는 더워서 창문을 열었습니다. 하지만 그것만으로는 충분치 않았어요. 그날 밤은 유난히 무더웠으니까요. 그래서 맬러리 씨는 문도 열었던 겁니다. 바람이 통하도록… 에디 케인이 와서 보니 문이 열려 있었지요. 그래서 에디는 열쇠를 쓰지 않고 방으로 들어왔고, 그리고 맬러리 씨를 쏘았던 것이지요."
"그렇군요." 라일리는 고개를 끄덕였다. "그게 사건의 진상인가요? 대단한 추리네요. 하지만 그래도 사건의 본질에는 변함이 없을 텐데요."
"그렇다면 에디 케인은 왜 쓰지도 않은 열쇠를 여기다 남겨두고 갔을까요?"
또 되풀이된 질문에 라일리는 완전히 낭패였다. 그러나 당황한 기색을 보이면 안 된다는 것은 알고 있었다. 도망칠 수 있는 길은 오직 하나, 모호해도 좋으니까 냉정하게 대답하고 시치미를 떼는 것, 그것뿐이라는 것도 알고 있었다. 저 녀석은 의혹을 품고는 있지만 확증은 쥐고 있지 않아. 내 정신력이 바닥나서 저절로 무너지는 순간을 기다리고 있을 뿐이야.

그렇게 모든 것이 확실한데도 불구하고 라일리의 힘은 한계를 넘어서고 있었다. 분노와 두려움에 사로잡혀 이마에서는 저절로 땀이 배어 나왔다. 라일리는 손수건을 꺼내어 땀을 닦아냈다. 그리고 그 더러운 손수건을 본 순간 라일리는 마침내 자제력을 잃고 떨리는 목소리로 외쳤다.

"왜 나를 이런 데로 불러냈지요? 사건의 본질에 변화가 없다는 것쯤은 당신도 알고 있을 텐데 말이오. 나는 열쇠도, 자물쇠도, 열려 있던 문에도, 고장 난 에어컨에도, 에디가 이 방에 들어온 방법에도… 그런 잡다한 것에는 전혀 관심이 없어요! 에디가 여기 들어온 건 사실이잖습니까! 베트남에서 돌아온 그 미치광이가 소설을 도둑맞았다고 믿고는 맬러리를 죽이고 나한테 죄를 뒤집어씌우려 한 겁니다. 그게 진상이에요! 사실은 그것뿐입니다! 그리고 당신이 할 일은 사실을 규명하는 것, 그것뿐입니다! 시시한 일을 가지고 뭉그적대면서 우쭐거리는 짓은 그만두세요!"

라일리는 단숨에 내뱉고 나서 콜롬보에게 등을 돌렸다. 무릎이 후들거려서 걷기가 힘들었다. 흥분한 나머지 숨쉬기가 괴로웠다. 등 뒤에 그 어린애처럼 천진난만한 콜롬보의 시선을 느끼면서 라일리는 제복 경찰관 앞을 지나 복도로 나왔다.

복도가 이상하게 길어 보였다. 문득 복도 끝까지 걸어갈 수 없을 것 같은 기분이 들었다. 그만큼 다리가 떨리고 있었다. 그러나 복도 끝까지만 닿을 수 있다면, 그리고 음침한 계단을 끝까지 내려갈 수만 있다면, 밖에는 한여름의 햇살이 기다리고 있다. 이 비현실적인 악몽 같은 한때를 단숨에 지워줄 눈부신 햇살이…

"월퍼트 씨!" 갑자기 뒤에서 날카로운 소리가 들렸다.

라일리는 그것이 콜롬보의 목소리라는 것을 알고 있었다. 불린 이름에 어떤 반응도 보이면 안 된다는 것도 순간적으로 깨달았고, 무관심을 가장하며 계속 걸어야 한다는 판단도 내릴 수 있었다. 그런데도 라일리의 발은 저절로 멈춰버렸다.

"돌아보지 마. 이건 콜롬보의 허세에 불과해." 마음속에서 하나의 목소리가 메아리쳤다.

그러나 라일리의 몸은 보이지 않는 끈에 조종되듯 움직이고 있었다. 정신을 차렸을 때는 이미 305호실 앞에 서 있는 콜롬보와 상당한 거리를 두고 마주 서 있었다. 희미해진 시야 속에서 콜롬보의 모습이 급속히 커졌다. 이 환상은 전에도 경험한 적이 있어! 라일리는 마음의 여유를 되찾으려고 자신을 타일렀다. 환상은 끝났다. 콜롬보의 모습은 더 이상 커지지 않았다. 그러나 콜롬보의 입에서 나온 목소리는 왠지 먼 황야 끝에서 들려오는 노랫소리처럼 희미하고 아련했다.

"역시…" 콜롬보는 느긋하게 말하고는 이쪽으로 다가왔다.

라일리는 어쩔 줄 모른 채 그 자리에 못박혀 있었다.

"역시 반응이 있었군요. 당신이 알고 있는 월퍼트 씨와 내가 알고 있는 월퍼트 씨가 동일인물인지 어떤지, 한번 만나보시겠습니까?"

콜롬보는 코트 주머니에 손을 찔러넣고 큰 소리로 불렀다.

"월퍼트 씨!"

라일리의 뒤에서 발소리가 났다. 돌아보니 계단 쪽에서 하얀 면바지에 파란 티셔츠를 입은 젊은이가 나타났다. 미남이라고 해도 좋을 만큼 이목구비가 뚜렷한 라틴계 얼굴이다. 틀림없이 '루이스 용달회사'의 그 월퍼트였다.

"안녕하세요, 그린…" 월퍼트는 싱긋 웃었지만, 라일리의 날카로운 시선을 알아차리고는 말꼬리를 흐렸다.

"서로 스스럽게 굴지 마세요. 두 분이 아는 사이라는 건 벌써 알고 있으니까…" 옆에서 콜롬보가 쾌활하게 말했다.

라일리는 젖 먹던 힘을 쥐어짜냈다.

"난 이 사람을 모릅니다. 이 사람은 아마 내가 이 맬러리의 방에 드나드는 걸 보고…"

"거짓말 마세요!" 콜롬보는 라일리의 말을 가로막으며 큰 소리를 질렀다. 그러고는 라일리에게 한 걸음 다가섰다.

라일리는 저도 모르게 뒷걸음질을 쳤다.

"경위님, 그런 말투에는 이의를 제기합니다!"

"그린리프 씨." 콜롬보는 눈을 치켜뜨고 라일리를 바라보면서 굵은 집게손가락을 쑥 내밀었다. "당신은 맬러리 씨의 작품에 대해서는 아무것도 모른다고 했어요. 〈사이공까지 60마일〉에 대해서 말입니다."

"예, 아무것도 모릅니다."

"그것도 거짓말입니다!" 콜롬보는 내뱉듯이 말하고는 라일리의 뒤에 서 있는 월퍼트에게 다가갔다.

월퍼트는 완전히 겁을 먹고 있었다. 다가오는 콜롬보를 주뼛거리며 바라보고 있다.

"어이, 잘 지냈나?" 콜롬보는 월퍼트의 팔을 잡았다. 아무 말도 못하는 월퍼트의 얼굴을 힐끔 쳐다보고 나서 콜롬보는 라일리를 돌아보았다. "나는 이 젊은이를 까맣게 잊고 있었어요… 살인사건이 나던 날 밤 이 청년을 만났지요. 용달회사에 다니는 친구인데, 매일 밤 여기 와서 맬러리 씨의 테이프를 받아 가지고 회사로 돌아갑니다. 그리고 이튿날 아침에 타이피스트가 테이프에 담긴 내용을 원고로 만들면 이 친구가 테이프와 원고를 다시 맬러리 씨에게 가져오지요. 하지만 테이프를 원고로 만들 때 사본이 한 부 만들어졌고, 그 사본은 그린리프 씨 당신 손으로 넘어가도록 되어 있었어요."

이 녀석이 증거를 쥐고 있는 건 아니야! 라일리는 자신을 타일렀다. 월퍼트만 끝까지 버텨주면 어떻게든 빠져나갈 수 있어. 이 자리를 빠져나갈 수만 있으면…

라일리는 월퍼트를 바라보며 강한 어조로 말했다.

"경위님의 말은 단순한 가설입니다. 근거도 없는 막연한 가설일 뿐이에요!"

그러자 콜롬보는 라일리의 말을 무시하고 월퍼트에게 말을 건넸다.

"자네 예금계좌를 조사해봤는데…" 부드럽지만 단호한 어조였다. "자네는 매달 천 달러씩 예금했더군. 지난 다섯 달 동안 줄곧… 봉급이 그렇게 많나? 충고해두지만, 배심원을 납득시키기는 어려울 거야."

"이봐, 대답할 필요는 없어." 라일리가 월퍼트에게 말했다.

그러나 월퍼트는 어안이 벙벙한 채 콜롬보의 얼굴만 바라보고 있었다.

겁쟁이 자식! 라일리는 어떻게든 월퍼트의 관심을 끌려고 했다.

그러나 콜롬보가 더 빨랐다. 정확한 선제공격으로 월퍼트를 완전히 압도해버렸다.

"자네가 회사에서 해고당하느냐 마느냐 하는 사소한 문제가 아니야." 이렇게 말하고 콜롬보는 월퍼트의 팔을 놓아주었다. "이건 살인사건과 관련된 문제야."

월퍼트의 얼굴이 순식간에 창백해졌다. 라일리의 쉰 목소리가 날아갔다.

"이봐, 아무 말도 하지 마! 유능한 변호사를 불러줄 테니까!"

"이 사람은 살인사건에 관련되어 있는데, 자네, 공범이 되어도 좋아?"

콜롬보의 마지막 말이 마침내 라일리의 호소를 압도했다. 월퍼트는 더 듬거리면서 말했다.

"저어, 원고 사본은 그린리프 씨한테 드렸지요… 하지만 살인이라뇨! 살인 같은 건 전혀 몰랐습니다. 지금까지 한 번도 그런…"

울상을 지으며 말을 잇지 못하는 월퍼트의 어깨를 토닥이며 콜롬보는 부드럽게 말했다.

"알고 있네. 걱정하지 않아도 돼. 이제 돌아가게. 나중에 진술해주면 돼."

콜롬보의 재촉을 받고 사라지는 월퍼트를 증오에 찬 눈으로 지켜보고 나서 라일리는 다시 콜롬보와 마주 섰다.

"좋습니다. 원고를 입수하고 있었던 건 인정하겠습니다. 멋지게 입증되어버린 이상, 인정할 수밖에 없지요. 하지만 경위님, 그게 어쨌다는 거죠?"

"요컨대 당신은 소설 내용을 알고 있었던 겁니다. 날마다 조금씩이지만, 결말까지도 다 알고 있었어요."

"결말을 알고 있으면 어떻다는 겁니까?" 라일리가 다그쳐 물었다.

그러자 콜롬보는 순간 말문이 막힌 듯한 기색을 보였다. 왼쪽 눈썹이 꿈틀 움직였다. 미간의 주름이 더욱 깊어졌다. 그러나 콜롬보는 천천히 입을 열었다.

"무엇을 입증할 수 있느냐는 질문이라면, 대답은 분명합니다. 그린리프 씨, 당신은 두 사람을 죽였어요." 조용하고 무심한 어조였다. 그러나 그 한마디가 라일리를 강타했다.

"그런 걸⋯ 도대체 어떻게 증명할 수 있죠?" 라일리는 외쳤지만, 그것은 어떤 힘도 가질 수 없는 공허한 외침에 불과했다. 절망적인 비명과도 흡사한 사실상의 패배 선언이었다.

그것을 콜롬보도 알아차린 모양이었다. 콜롬보는 미소를 지으며 말했다.

"원작료를 10만 달러나 지불한 이상, 해리슨 포드를 죽일 수는 없다더군요."

"뭐라고요?" 라일리는 어안이 벙벙하여 되물었다.

그러나 콜롬보는 코트 안주머니에 손을 집어넣어 〈사이공까지 60마일〉의 개요를 꺼냈다.

"이 개요 말인데요, 이건 아홉 달 전에 에디 케인이 썼다고 당신은 말했지요. 이 개요에 따르면 소설의 결말은 주인공이 수도원에 들어가는 것으로 되어 있습니다. 이런 말은 하고 싶지 않지만, 이 결말을 에디 케인이 생각해냈을 리가 없어요. 맬러리 씨조차도 해내지 못했어요. 이 결말의 아이디어를 제공한 사람은 아일린 맥클레어 씨니까요. 아일린 씨가 맬러리 씨에게 제공한 아이디어인 겁니다. 따라서 아홉 달 전에 에디 케인이 이 결말을 쓸 수 있을 리가 없지요. 결말은 아일린 씨의 도움으로 지난주에 변경되었으니까."

라일리는 비틀거렸다. 쓰러지나 보다 생각했지만 간신히 버티고 있었다. 순간적인 현기증이 사라지고 보니 눈앞에 콜롬보의 얼굴이 있었다. 라일리는 비로소 콜롬보의 참모습을 본 듯한 기분이 들었다. 그것은 날카로운 이성의 칼을 숨긴 지적인 얼굴이었다. 틀림없는 민완 형사의 얼굴이었다. 그 얼굴에 미소가 번져갔다. 순진하고 부드러운 미소였다.

콜롬보는 승리를 확인하고 조용히 말했다.

"이제야 이해가 된 모양이군요…"

라일리는 말없이 고개를 끄덕였다. 피로의 물결이 한꺼번에 밀려왔다. 라일리는 자고 싶었다. 어디든 좋다. 팔다리를 쭉 뻗고 실컷 자고 싶었다.

권력의 무덤
A Friend in Deed

One more thing...

차례

제1장 살의 없는 살인
제2장 수중 매장
제3장 위장된 함정

주요 등장인물

마크 핼퍼린 : 로스앤젤레스 경찰청 부청장
마거릿 핼퍼린 : 마크의 아내
휴 콜드웰 : 핼퍼린 부부의 이웃 사람
제니스 콜드웰 : 휴의 아내
아티 제섭 : 보석 전문 도둑
칼 드라이어 : 절도계 소속의 고참 형사
콜롬보 경위 : 로스앤젤레스 경찰청 강력계 수사반장

제1장

살의 없는 살인

1

화요일, 오후 9시 3분.

손가락이 저렸다. 손가락 끝에서 손목까지, 다시 손목에서 팔뚝까지 찌르는 듯한 통증과 경련이 달렸다.

문득 정신을 차리고 보니 그의 손이 시체의 목을 움켜잡고 있었다.

시간이 얼마나 오래 흘렀는지 휴 콜드웰은 알지 못했다. 아내의 몸을 강제로 끌어당겨, 싫다는 아내에게 억지로 입술을 포개려고 한 것만은 똑똑히 기억이 났다. 한사코 저항하던 아내가 그 순간 뭐라고 외쳤는데, 그건 분명 남자 이름이었다. 그래… 남편 앞에서는 한 번도 입 밖에 낸 적이 없는 남자 이름… 찰리였다. 찰리, 살려줘! 아내는 외쳤다.

그 순간 휴의 의식이 흐려졌다. 그다음에 무슨 일이 일어났는지는 전혀 기억나지 않는다.

지금 휴의 손가락 열 개는 아내의 체중을 전부 지탱하고 있었다. 빨간 칵테일 드레스(칵테일 파티에 참석할 때 입는 드레스)를 입은 풍만한 시체의 무게를.

　눈앞에 검붉게 부풀어 오른 아내의 얼굴이 있었다. 크게 부릅뜬 눈, 핏발선 눈동자, 벌어진 입, 튀어나온 혀, 침에 젖은 입술, 정성 들여 닦은 하얀 치아(그러나 잇새에는 담뱃진이 검게 들러붙어 있다), 입가 양옆에 깊게 새겨진 팔자주름⋯ 여자의 전성기가 끝나가는 서른여섯 살 난 여자, 지칠 줄 모르고 남자를 낚았던 부정한 아내의 추하게 일그러진 얼굴이었다.

　"제니스, 용서할 수 없어!" 휴는 슬픔으로 떨리는 자신의 목소리를 들었다. "죽여버리겠어! 당신을 죽여버리고 말겠어!"

　휴의 손이 계속 제니스의 목을 조른다. 아직 살아 있는 여자의 목을 조르듯 손가락 끝이 시체의 목을 파고들었다. 제니스의 머리는 망가진 인형의 목처럼 앞뒤로 격렬하게 흔들리고, 이제 생명이 없는 입술에서는 아직도 미지근한 타액이 튀어나왔다. 슬픔 뒤에 숨을 죽이고 있던 해묵은 원한과 증오가 강력한 힘으로 솟구쳐 나와 휴의 손을 흉기로 바꾸어놓았다.

　"제니스!" 휴의 입에서 쉰 목소리가 튀어나왔다. "제니스! 난 당신을 좋아해. 당신을 사랑해! 나쁜 여자지만, 그래도 사랑해! 그런데 당신은⋯ 당신은 도대체 왜⋯"

　좀 전의 말다툼이 다시 시작되었다. 오랫동안 되풀이해온 말다툼, 그리고 앞으로도 끝없이 되풀이되리라 믿었던 말다툼을 휴는 일방적으로 다시 시작했다. 이제 더는 욕설로 되받아치지 않는 제니스를 향하여 휴는 오히려 말다툼을 다시 시작하자고 호소하며 비통하게 애걸하고 있었는지도 모른다.

　"제니스!" 다시 한 번 외쳤을 때, 감정의 흔들림이 커다란 물마루가 되어 휴의 가슴을 때렸다.

　휴는 시체를 끌어당겼다. 그의 손은 이제 더 이상 흉기가 아니었다. 그는 죽은 아내의 머리카락을 미친 듯이 쓰다듬고 풍만한 허리를 더듬었다.

오랜만에 안아본 아내의 몸에서 강렬한 향수 냄새가 피어오른다. 처음 외간 남자와 바람피우는 기분을 맛본 이후 제니스가 애용하고 있던 향수였다. 처음에는 상대 남자의 체취를 없애기 위한 향수였는데, 언젠가부터는 지금부터 바람피우러 나간다는 선언으로 남편의 코앞에 들이대는 향수가 되었다.

남편이 아니라 어디서 주워온 젊은 사내의 마음에 들려고 젊게 치장하고 향수 냄새를 물씬 풍기던 아내. 새로운 질투가 휴의 가슴을 찌른다. 그 순간 제니스의 몸은 휴의 팔에서 미끄러져 떨어졌다. 진흙을 가득 담은 자루처럼 빨간 칵테일 드레스가 흔들리고, 드러난 하얀 팔이 전기스탠드 코드에 닿는다. 시체가 무겁고 둔탁한 소리를 내며 카펫 위에 쓰러지자, 그와 동시에 진홍빛 등갓을 씌운 전기스탠드도 그랜드피아노 위에서 굴러떨어졌다. 전기스탠드는 아내의 어깨 옆에 떨어져, 부풀어 오른 아내의 죽은 얼굴을 비스듬히 비추었다.

제니스를 안아 일으키려고 앞으로 내디딘 휴의 발이 그 자리에 얼어붙은 듯이 멈추었다. 전기스탠드의 조명을 가까이에서 받은 아내의 얼굴은 불쾌한 밀랍인형 같았다. 딱 벌어진 입은 휴를 조롱하고, 크게 부릅뜬 눈은 휴를 응시하고 있었다. 휴는 비로소 공포를 느꼈다. 망치로 한 방 얻어맞은 듯 묵직한 공포가 그를 덮쳤다.

휴는 간신히 비명을 삼켰지만, 몸이 부들부들 떨려서 더는 서 있을 수가 없었다. 휴는 아내의 시체 옆에 무너지듯 주저앉아 거친 숨을 몰아쉬었다. 두 손을 바지에 문질러 닦았다. 손바닥의 물기가 땀이라는 것은 알고 있었지만, 손이 아내의 피로 흠뻑 젖어 있는 것처럼 여겨졌다.

주택가를 둘러싼 정적이 답답하게 덮쳐온다. 베벌리힐스(로스앤젤레스 근교에 있는 고급 주거지역) 서쪽에 자리 잡은 벨에어. 터를 널찍하게 차지한 호화주택들이 이어져 있는 조용한 동네였다. 휴는 이 동네가 마음에 들었다. 그러나 지금은 조용함이 오히려 방해가 되어 생각을 정리할 수가 없었다. 마치 지하 납골당에 갇힌 듯이 숨이 막혔다.

휴는 아내의 시체를 보지 않으려고 애쓰면서 천천히 일어났다. 어쨌든 자수할 생각이었다. 아무리 발버둥을 쳐봤자 도망칠 수는 없다… 이것이 휴가 고민 끝에 내린 결론이었다.

다행히 길 건너편 저택에 사는 마크 핼퍼린은 로스앤젤레스 경찰청의 부청장이었다. 게다가 휴의 친구였다. 그들은 둘 다 아내에게 불만을 품고 서로 제 아내를 헐뜯으며 기분을 푸는 사이였다.

이왕 할 바에는 마크한테 자수하자고 휴는 생각했다. 부청장이라는 마크의 직함이 여러모로 도움이 될지 모른다는 계산도 있었다.

휴는 제니스의 시체를 타고 넘어 방을 가로질렀다. 방구석에 작은 대리석 탁자가 놓여 있었다.

"대리석 탁자 같은 건 몰상식한 졸부 취미예요. 정말 부동산업자다워요." 제니스는 자주 그렇게 말하곤 했다.

휴는 탁자 위의 전화를 집어들고 다이얼을 돌렸다. 길 건너편 집에 휴의 친구이자 유능한 경찰관이고 플레이보이이며 지금은 휴를 구원해줄 유일한 남자가 살고 있다.

상대는 좀처럼 전화를 받지 않는다. 휴는 벽시계를 바라보았다. 9시 9분이 지나고 있다. 아내가 죽은 것은 9시쯤일 것이다. 그것도 마크에게 알려야 한다고 휴는 생각했다.

이 사건이 신문에도 나올까? 기삿거리가 되면 신용이 제일인 부동산업자에게는 치명적인 타격이다. 하기야 부동산업 따위는 이제 두번 다시 할 수 없게 될지도 모르지만, 기삿거리가 되는 것만은 피하고 싶다. 마크에게 어떻게든 손을 써달라고 부탁하기로 휴는 마음먹었다.

그러나 전화를 받은 사람은 마크 핼퍼린이 아니라, 그의 아내 마거릿이었다.

"여보세요?"

"여보세요:… 마거릿?"

"어머나, 휴. 웬일이세요?"

"저어…" 휴는 긴장했다. 목소리가 떨리는 것을 눈치채이면 안 된다고 생각했다. 이제 곧 마거릿도 알게 되겠지만, 그러나 지금은 알리고 싶지 않았다. 휴는 되도록 쾌활한 목소리로 말을 이었다. "중요한 일은 아니지만… 마크에게 잠깐 상의할 일이 있어서…"

"상의요? 부인 일이라면 그 사람한테 의논해봤자 헛수고예요."

수화기를 쥔 휴의 손에 땀이 솟았다. 마거릿은 여기서 일어난 일을 알고 있나? 하지만 그렇지는 않았다. 마거릿은 여느 때처럼 상냥한 어조로 말을 이었다.

"그 댁도 참 큰일이군요. 부인이 바람피우는 문제는 남한테 의논해서 해결할 수 있는 일이 아니에요. 냉정한 말 같지만 두 분이 해결하세요. 나도 돕겠지만…"

마흔 살 난 남자에게 여자의 설교만큼 분통 터지는 일은 없지만, 마거릿의 설교는 별로 씁쓸하지 않았다. 휴는 마거릿과 묘하게 마음이 맞았다. 그는 마크가 마거릿을 싫어하는 이유를 이해할 수가 없었다.

물론 씀씀이가 헤픈 마크가 보기에는 마거릿이 인색한 여자일지 모르지만, 적어도 제니스 같은 나쁜 버릇은 없는 착한 여자다.

"알았어요, 마거릿." 휴는 한숨 돌리고 다시 말을 이었다. "하지만 의논할 일은 아내 문제가 아니에요. 일 때문에 정보가 좀 필요해서…"

"그래요? 난 괜히 놀랐잖아요."

"마크를 좀 바꿔주실래요?"

"지금 집에 없는데요."

"없다고요?"

"클럽에 갔어요. '솔즈베리 클럽'요. 지금쯤 카드놀이에 빠져 있을 거예요. 그이는 도박에서 지면 속이 후련한 모양이에요. 내 소중한 돈을 남들에게 마구 뿌리는 게 즐겁겠죠. 경찰관이 도박 같은 걸 해도 되나요?"

"그럼 클럽으로 전화해보겠습니다." 이렇게 말하고 마크는 전화를 끊었다.

다시 한 번 다이얼을 돌리려다가 휴는 문득 손을 멈추었다. 그리고 뒤를 살짝 돌아보았다. 빨간 드레스에 감싸인 제니스의 시체가 눈 속으로 뛰어들어왔다. 마거릿과 일상적인 대화를 나눈 뒤여서인지 시체는 마치 다른 별에서 떨어진 물체처럼 보였다. 이곳의 풍경을 전화로 얘기해봤자 마크는 믿어주지 않을 것이다.

휴는 수화기를 내려놓고 벽난로 앞으로 갔다. 불이 피워지지 않은 난로에 손을 쬔다. 커다랗고 투박한 손, 부동산업자의 손이라기보다는 건설업자의 손이었다. 그러나 그 손이 사람을 죽였다. 도저히 믿을 수가 없었다. 사랑하기 때문에 맹목적인 분노의 발작에 사로잡혀 이 손은 살의를 품었다.

휴는 다시 손바닥을 바지에 문질러 닦았다. 자세한 사정을 전화로는 도저히 말할 수 없다. 마크를 만나 직접 이야기하자.

휴는 도망치듯 집을 빠져나왔다.

2

화요일, 오후 9시 45분.

'솔즈베리 클럽'은 베벌리힐스에서 남서쪽으로 5마일가량 떨어진 점토질 언덕 위에 샌타모니카 만을 내려다보며 서 있다. 하얀 회반죽을 칠한 멕시코풍 건물은 옛날 좋았던 시절의 '위대한 서부'를 재현하고 있었다.

마차 바퀴를 몇 개나 천장에 매달고, 그 바퀴 하나하나에 등피를 씌운 전등을 늘어놓았다. 투박하게 만든 카운터 뒤에는 커다란 거울이 박혀 있고, 바텐더는 가슴에 주름 장식을 댄 고풍스러운 셔츠를 입고 있었다.

콘크리트 바닥에는 카펫이 아니라 거칠게 깎은 판자를 깔고, 콘크리트 벽에도 반으로 쪼갠 통나무를 빽빽이 붙여놓았다.

카운터의 안쪽 계단을 따라 2층으로 올라가면 포커 테이블이 놓여 있는 작은 방이 셋, 서부 개척사 같은 이야기책을 주로 모아놓은 도서실, 그리고 그 옆에 당구실이 있다. 어느 방이나 서부의 싸구려 여인숙을 재현하여 소박하게 꾸며져 있지만, 에어컨이 들어와 있어서 아주 쾌적했다.

요컨대 솔즈베리 클럽은 잃어버린 야성을 돈의 힘으로 되찾으려는 시도였고, 그 노력에 걸맞은 비싼 회비를 낼 수 있는 사람만 회원이 될 수 있었다.

태평양에서 밀려든 바닷바람은 점토질 절벽에 부딪히면서 급상승한 다음, 클럽 앞뜰을 가득 메운 종려나무를 흔든다. 그 메마른 나뭇잎 소리는 두꺼운 콘크리트로 둘러싸인 건물 안에까지 들려왔다. 적어도 바람 소리에 귀를 기울일 여유가 있는 사람에게는 또렷이 들렸다.

로스앤젤레스 경찰청 부청장인 마크 핼퍼린은 클럽 회원이 된 지 5년 가까이 되지만, 야자나무 잎사귀를 스치는 바람 소리를 들은 것은 오늘이 처음이었다.

오늘 밤 마크 핼퍼린은 참으로 오랜만에 도박에서 이겼다. 상대는 영화 제작자인 잭 로렌스. 할리우드의 거물한테 큰돈을 우려내자 마크 핼퍼린은 왕이라도 된 듯한 기분이었다.

여느 때처럼 초조감에 사로잡히지도 않고 억지로 웃으면서 연극을 할 필요도 없이, 마크는 상대의 이마에서 반짝이는 땀을 차가운 눈빛으로 바라보며 카드를 내놓았다.

"잭, 오늘 밤은 컨디션이 안 좋은 것 같군. 오늘은 이 정도로 하고 그만 두는 게 어때?" 마크는 검은 구레나룻을 쓰다듬으면서 느긋하게 말을 건넸다. "야자나무 잎사귀가 바람에 울고 있어. 이런 밤에는 포커를 하기보다 바에서 조용히 술이나 마시는 게…"

"웃기는 소리 마!" 잭 로렌스는 호통을 치고 손수건을 꺼내어 얼굴을 닦았다. "마크, 자넨 오늘 그저 운이 좋을 뿐이야. 너무 잘난 체하지 말라고."

"그래, 난 운이 좋을 뿐이야." 마크가 싱긋 웃었다. "하지만 그 운은 노름꾼의 일생에 한 번 찾아올까 말까 한 커다란 행운이지. 지난 5년 동안 잃은 돈을 한 시간 사이에 전부 되찾았으니 말이야. 앞으로 한 시간만 더 계속하면 자네는 은행 계좌가 텅 비게 돼."

"마크, 운이란 건 찰싹 달라붙었다가도 언젠가는 떨어져 나가는 법이야." 이렇게 말하면서 잭 로렌스는 다섯 장의 카드를 살짝 눈앞으로 가져갔다.

그 순간 로렌스의 안색이 흐려지는 것을 마크는 놓치지 않았다.

"잭, 어때? 운은 여전히 내 편인 것 같은데…" 이렇게 말하면서 마크는 제 카드를 보았다. 에이스가 두 장, 킹이 석 장. 마크는 확신했다. 오늘 밤에는 계속 이길 거야. 정말로 잭 로렌스의 예금을 몽땅 가로채게 될지도 몰라.

마크는 다섯 장의 카드를 한데 모아 초록색 탁자 위에 놓았다.

"자, 이제 어떡할 건가, 잭?" 마크는 조용히 팔짱을 끼었다.

바로 그때 시야 한구석을 무언가가 그림자처럼 스쳐 지나갔다. 이 자리에 어울리지 않는 묘한 남자… 그것이 휴 콜드웰이라는 사실을 깨닫기까지는 잠시 시간이 걸렸다. 오늘 밤의 휴는 그만큼 초췌해 보였다. 휴는 마크보다 열 살이나 젊은 마흔 살이다. 그런데 마크의 눈에는 자기보다 훨씬 늙어 보였다.

"휴, 여긴 웬일이야?"

마크가 말을 걸자 휴는 비틀거리며 다가왔다. 넥타이가 칠칠치 못하게 풀어져 있어서 셔츠 옷깃으로 가슴털이 엿보였다. 취했나? 하지만 그렇지는 않았다. 얼굴을 가까이 한 휴의 숨결에서는 조금도 술 냄새가 나지 않았다.

"잠깐 의논할 일이 있어서…"

휴가 쉰 목소리로 말했을 때 마크는 반사적으로 탁자 위에 놓인 제 카드를 보았다. 다섯 장의 카드는 100달러짜리 지폐나 마찬가지였다. 아니, 어쩌면 천 달러쯤 벌게 될지도 모른다.

"휴, 미안하지만 아직 승부가 나지 않았어." 마크는 휴의 어깨를 토닥이며 말을 이었다. "내일로 미루면 안 되겠나?"

"내일이면 늦어요." 조용한 어조였지만, 휴의 목소리는 거의 우는 소리였다.

그 순간 마크는 모든 것을 깨달았다. 이 녀석이 드디어 해치웠군! 마크는 천천히 자리에서 일어났다.

"도서실로 가세."

"이봐!" 잭 로렌스가 날카롭게 소리쳤다. "아직 승부가 나지 않았어!"

마크는 천천히 탁자로 돌아와, 땀으로 번들거리는 잭의 얼굴을 내려다보면서 말했다.

"그래, 확실히 승부는 나지 않았어. 하지만 게임을 계속하면 자넨 파산해. 이 승부를 중단하는 건 자네에 대한 내 배려야."

그리고 나서 마크는 탁자 위에 놓인 카드를 뒤집어 보였다.

잭 로렌스의 신음소리를 뒤에 남기고 마크는 방에서 나왔다. 뒤에서 휴의 힘없는 발소리가 들렸다. 마크는 결단을 내렸지만 역시 울화가 치밀었다.
하필이면 한창 운이 좋을 때 터무니없는 짓을 저지르다니!

도서실에는 아무도 없었다. 방대한 장서도, 도서실이라는 공간 자체도 클럽의 장식품에 지나지 않았다. 도서실이 필요한 회원은 아무도 없었고, 책을 읽고 싶어 하는 회원도 없었다. 회원들은 처음 입회할 때 이 방을 구경하고 그것으로 만족한다. 그 후에는 두 번 다시 이곳을 들여다보려고도 하지 않는다.

그래도 마크는 문을 닫고 손잡이의 잠금핀을 눌렀다. 잠금핀이 작은 금속성 소리를 낸 순간, 먼저 방에 들어간 휴의 어깨가 꿈틀 움직였다. 마크는 휴 앞으로 돌아가서 털썩 주저앉은 다음, 마호가니 책상 위에 발을 올려놓았다. 휴의 시선은 마크의 구두를 내려다본 채 움직이지 않는다.

"어쨌든 앉게."

마크가 말을 건네자 휴는 천천히 의자에 엉덩이를 걸쳤다.

"제니스는 틀림없이 죽었나?" 마크는 아무렇지도 않게 말했다.

휴는 깜짝 놀라 고개를 들었지만, 시선은 곧 마크의 구두로 돌아갔다.

"죽은 게 분명해? 아니면 아직 숨이 붙어 있나?" 마크가 다그쳐 물었다.

휴의 시선이 불안하게 방안을 헤맨다. 턱이 가늘게 떨리고 있다.

'울어!' 마크는 속으로 외쳤다. '울고, 전부 다 털어놔버려!'

마크는 알고 있었다. 이럴 때는 우선 범죄자를 울리지 않으면 안 된다. 우선 히스테리 발작을 끌어낸 다음, 천천히 이야기를 듣는다. 그것이 정해진 심문 방식이었다.

"잠자코 있으면 무슨 일인지 모르잖아. 자네, 마누라를 죽였지?"

"어쩌다 보니 그렇게 됐어요." 반사적으로 외치고 나서 휴의 얼굴이 일그러졌다. 불안한 눈에 눈물이 고인다.

마크는 말없이 기다리고 있다. 휴는 시선을 피한 채 물었다.

"그런데 어떻게 그걸…"

"어떻게 알았느냐고? 이봐, 나는 형사 출신이야. 자네가 무슨 짓을 저질렀는지는 금방 알아봤어. 내가 아니라도 자네 부부를 알고 있는 사람이 지금의 자네 꼴을 보면…"

"그런가요?" 휴는 중얼거리면서 눈물을 닦았다.

뜻밖에 간단하군, 하고 마크는 생각했다. 이 녀석은 이미 우는 의식을 끝냈어. 시체 옆에 한참 있었던 게 분명하다고 마크는 판단했다.

"무슨 일이 일어났는지 말해보게."

"우리는…" 휴는 다시 눈물을 닦고 나서 말을 이었다. "여느 때처럼 부부싸움을 했어요… 제니스는 누군가를 만나러 나갈 준비를 하고 있었지요. 그래서 이제 제발 그만두라고 사정했더니 제니스는 웃으면서…"

"여느 때와 똑같은 일이 벌어졌군."

"그래서 정신없이 제니스의 목을 조른 모양이에요."

"그게 여느 때와는 달랐군."

"나는 정신이 없었어요." 휴는 갑자기 빠른 말씨로 외쳤다. "그녀 얼굴밖에 보이지 않았어요! 내 얼굴을 똑바로 쳐다보고 있었어요! 그런데 그 얼굴이 점점 변해서… 문득 정신을 차리고 보니 죽어 있었어요. 죽일 생각은 조금도 없었어요! 그녀가 나빠요. 사내 이름을 불렀기 때문에 그렇게 된 거예요! 그녀가…"

"진정해, 휴! 밖에서 듣겠어."

"마크, 도와줘요. 어떡하면 좋습니까?"

마크는 방금 살인을 저지른 휴의 손을 잡으며 차가운 목소리로 말했다.

"진정하게. 내가 묻는 말에 침착하게 대답해. 아주 중요한 일이니까. 알겠나?" 그러고는 휴의 손을 살짝 놓아주면서 말을 이었다. "그때, 그러니까 자네가 부부싸움을 하고 있을 때 집에는 누가 있었지?"

"우리 둘밖에 없었어요."

"파출부는?"

"돌아간 뒤였어요."

"파출부는 대개 몇 시쯤 돌아가나?"

"평소에는 7시지만 오늘은 8시가 좀 지나서…"

"알았네. 그렇다면 이렇게 되는군. 자네가 퇴근해서 집에 돌아와보니 제니스는 외출하려던 참이었다. 그 자리에서 부부싸움이 벌어졌고, 자네는 욱해서 정신없이 제니스의 목을 졸랐는데, 그때 집에는 두 사람밖에 없었다. 파출부도 돌아간 뒤였다. 그렇지?"

휴는 말없이 고개를 끄덕이며 침을 꿀꺽 삼켰다.

"다음에는 범행을 저지른 뒤…"

"범행요? 나는 죽일 생각이 조금도 없었어요!" 휴는 쇳소리를 질렀다.

"휴! 진정해. 자네한테 그럴 생각이 없었다 해도 범행은 범행이잖나. 하지만 나는 자네를 도우려 하고 있어. 자네도 도움을 받고 싶어서 나를 만나러 왔을 테고. 그렇다면 내 질문에 냉정하게 대답해." 시선을 떨구고 고개를 끄덕이는 휴를 향하여 마크는 다시 말을 이었다. "범행을 저지른 뒤 어딘가에 연락했나? 누구한테 전화를 걸진 않았나?"

"당신네 집에만… 마거릿이 전화를 받더니, 당신이 '솔즈버리 클럽'에 갔다고 해서…"

"마거릿한테는 아무 말도 하지 않았겠지?"

"아무 말도…"

그 대답을 들은 순간 마크 핼퍼린은 또 다시 큰 행운을 잡은 것을 느졌다. 카드를 한 장만 바꾸면 '로열 스트레이트 플러시'(같은 종류의 카드로 10, 잭, 퀸, 킹, 에이스를 갖춘 스트레이트 플러시)를 만들 수 있는 패다. 앞으로 한 장만 더 들어오면 된다. 한 장만 바꾸어, 노리고 있는 카드가 손에 들어오면 로열 스트레이트 플러시가 완성된다. 제니스의 죽음이 마거릿의 죽음으로 이어지고, 큰돈과 자유를 한꺼번에 손에 넣을 수 있다. 마크는 구레나룻을 쓰다듬었다. 수염이 바삭바삭 소리를 냈다.

어떻게 할 거야, 마크 핼퍼린? 마크는 자신에게 물었다. 승부를 걸까? 두번 다시 찾아오지 않을 기회에 크게 한탕 걸어볼까? 마크는 다시 수염을 쓰다듬었다.

"프레드한테 의논하면 어떨까요?" 휴가 들뜬 목소리로 말했다. "프레드는 형사사건 변호사는 아니지만, 변호사들을 많이 알고 있으니까…"

"아니, 그건 안 돼." 이렇게 잘라 말하고 마크는 결단을 내렸다. 이 승부에 모든 것을 걸어보자. 나는 운이 좋아. 망설일 필요는 없어.

휴는 다시 눈물을 흘리기 시작했다.

"역시 경찰에 자수하는 게 좋을까요? 마크, 나는 절대로 죽일 생각은 없었고…"

"그런 짓은 그만둬." 마크는 날카로운 어조로 말했다.

그래, 모처럼 잡은 엄청난 패를 휴가 망치게 내버려둘 수는 없어.

"휴, 자네한테는 안된 소리지만, 살의를 부인해봤자 통하지 않아. 사고로 죽인 것과는 사정이 달라. 자네 부부 사이의 문제는 널리 알려져 있어. 자네의 딱한 사정은 참작할 수 있지만, 아내가 바람을 피우는데 살의를 품지 않는 남편은 생각할 수 없어. 살인은 살인이야."

단숨에 말하고 나서 마크는 휴의 어깨를 두드렸다.

"이보게, 휴. 내가 도와줄 테니까 내 말대로 해. 안 그러면 자넨 감옥행이야."

제1장 살의 없는 살인 327

마크는 휴의 안색을 살폈다. 휴의 얼굴에 공포의 빛이 퍼져갔다.

이제 됐다. 사람은 무서워지면 무슨 짓이든 다 한다. 공포는 가장 큰 에너지다.

"잘 듣게, 휴, 이제 곧 10시가 돼. 자네는 사람이 많이 있는 아래층 바에 가 있어. 그리고 10시 반이 되면 자네 집으로 전화해. 내가 전화를 받겠지만, 자네는 제니스를 상대로 말하는 것처럼 연극을 해. 바텐더나 손님들이 그 대화를 들을 수 있게 되도록이면 큰 소리로. 알겠나?"

"왜 그런 짓을…"

"알리바이를 조작하는 거지. 제니스가 죽은 시간을 늦추는 거야. 자네 집 열쇠를 주게." 마크는 휴의 손에서 열쇠를 받아들고 말했다. "집의 경보장치는 어떻게 되어 있지?"

"망가졌어요."

"운이 좋군. 자넨 정말 운이 좋아." 마크는 웃으면서 휴의 어깨를 가볍게 두드렸다.

3

화요일, 오후 10시 15분.

샌타모니카 대로에서 샌디에이고 고속도로로 들어가 선셋 대로로 내려온다. 꾸불꾸불한 선셋 대로를 따라 동쪽으로 가면 벨에어가 나온다.

마크 핼퍼린은 자기 집에서 몇 블록 떨어진 곳에 차를 세웠다. 그대로 잠시 주위 상황을 살폈지만, 밤의 선셋 대로는 조용하고 인적도 없다.

마크는 그 자리에 차를 남겨둔 채 길을 가로질러 계속 동쪽으로 걸어갔다. 이윽고 휴 콜드웰의 집이 보였다.

마크는 휴의 집 앞에 서서 길 건너편을 바라본다. 울창한 나무 저편에 자기 집이 보였다. 2층 침실에 불이 켜져 있지만 창문에 사람 그림자는 보이지 않는다. 아내 마거릿은 침대에서 책이라도 읽고 있을 것이다.

마크는 휴의 집 정원으로 숨어 들어가 재빨리 장갑을 끼었다. 정원의 수영장을 따라 뒷문으로 돌아갔다. 휴한테 빌려온 열쇠로 문을 열고 안으로 들어갔다.

넓은 부엌이 나왔다. 마크는 찬장을 뒤졌다. 그리고 싱크대 아래도 들여다보았다. 그곳에 찾던 물건이 있었다. 커다란 고기칼이다. 마크는 장갑을 낀 손으로 칼을 움켜잡고 뒷문으로 돌아갔다.

일단 밖으로 나온 다음 문을 닫고 도어락을 잠갔다. 그러고는 칼을 문과 문틀 사이에 집어넣어 잠금핀을 망가뜨렸다. 문을 억지로 비틀어 연 흔적이 남아 있는 것을 달빛으로 확인한 뒤 마크는 다시 안으로 들어갔다. 칼을 싱크대 밑에 돌려놓고 거실로 갔다.

마크는 시체를 보는 데 익숙해져 있었다. 살인현장에서 수많은 시체를 보았다. 그래도 제니스의 시체를 보았을 때는 잠시 망설임을 느꼈다.

제니스와는 그날 아침에 만났다. 차를 몰고 집에서 나왔을 때 우연히 제니스의 차와 마주쳤다. 이른 아침인데도 제니스는 옷을 차려입고 있었다. 출근하는 남편을 배웅한 뒤 쇼핑이라도 할 작정이었을 것이다.

제니스는 열린 차창으로 요염한 미소를 보내왔다. 제니스는 남편이 아닌 남자를 만났을 때는 으레 그런 미소를 보낸다는 것을 마크는 알고 있었다. 그것은 그녀의 몸에 밴 지극히 자연스러운 미태에 불과했다. 그것을 알면서도 마크는 제니스의 미소에 눈이 부셨다.

그 제니스가 이제 어떠한 미태도 없이 추한 고깃덩어리가 되어 발밑에 너부러져 있었다. 너무나 심한 그 변모가 마크를 망설이게 했다.

그러나 마크는 시체에 손을 댔다. 시체를 엎어놓고 빨간 칵테일 드레스 등에 달린 지퍼를 내렸다. 누군가도 말했듯이 시체에 옷을 입히기는 어렵지만, 시체의 옷을 벗기기는 어려운 일이 아니었다. 그러나 장갑을 낀 채 옷을 벗기는 것은 그리 쉬운 일이 아니다.

마크는 몇 번이나 장갑을 벗으려고 했다. 나중에 지문을 닦아내면 되지 않는가? 하지만 그게 얼마나 위험한지를 마크는 너무나 잘 알고 있었다. 눈에 보이지 않는 지문을 모조리 닦아내는 것은 불가능하다. 한두 개는 남는다. 그것 때문에 체포된 범죄자도 수없이 많다.

마크는 일어나서 반라의 시체를 내려다보았다. 숱한 남자 품에 안긴 새하얀 몸뚱이가 화려한 속옷 하나만 걸친 알몸으로 너부러져 있었다. 시체인데도 향수 냄새에 섞여 생물 같은 체취가 풍겨온다.

마크는 이마의 땀을 닦았다. 제니스의 옷을 한데 뭉뚱그려 옆구리에 끼고 2층으로 올라갔다. 침실에 들어가 침대 옆 의자에 제니스의 드레스를 걸어놓았다. 속옷은 욕실까지 가져가서 세탁물 바구니에 던져넣었다.

침실로 돌아와 침대 커버를 벗겼다. 그리고 옷장을 열었다. 얇고 투명한 잠옷이 즐비하게 걸려 있었다. 성욕을 자극하는 풍경이었다. 마크는 제니스의 미소를 보았을 때처럼 눈이 부셨다.

마크는 망설임을 떨쳐버리듯 일부러 난폭한 손놀림으로 옷장을 뒤져 가장 수수한 푸른색 잠옷을 옷걸이에서 내렸다.

잠옷을 일단 침대 위에 놓아두고 화장대 앞으로 갔다. 화장대에 놓여 있는 작은 상자를 열어 안에 든 보석을 모두 손수건에 쌌다.

마크는 거울을 보지 않으려고 애썼다. 거울에는 틀림없이 제 모습이 비쳐 있을 것이기 때문이다. 마크는 그 자신의 도덕률로 보아 도저히 받아들일 수 없는 짓을 하고 있었다. 거울을 보는 것은 자신의 굴욕과 대면하는 것이었다. 로열 스트레이트 플러시를 짓기 위한 준비작업이라고는 하지만, 좀도둑 같은 짓을 하는 데에는 상당한 저항감을 느꼈다.

마크는 손수건에 싼 보석을 양복 주머니에 쑤셔 넣고, 침대 위에 놓아둔 잠옷을 들고 아래층으로 내려갔다. 시체에 옷을 입히기가 어렵다는 말은 사실이었다. 잠옷을 입히는 것뿐인데도 상당한 시간이 걸렸다. 도중에 전화벨이 울렸다.

휴 콜드웰은 약속대로 10시 30분에 전화를 걸었다. 스카치위스키를 더블로 이미 석 잔이나 마셨지만 전혀 술을 마신 것 같지 않았다. 애써 쾌활하게 행동하다 보니 어느새 약속한 10시 30분이 되었다.

상대는 수화기를 들었지만 아무 말도 하지 않는다. 휴는 헛기침을 하고 말했다.

"제니스? 당신이야?"

그래도 상대는 대답하지 않는다. 무슨 착오가 생겨서 집에 이미 경찰관이 와 있는 게 아닐까? 불안 때문에 휴의 입이 무거워졌다. 휴는 아무 말도 하지 않고 수화기를 단단히 움켜쥔 채 도움을 청하듯 고개를 들었다. 바텐더의 상냥한 얼굴이 눈앞에 있었다.

"휴?" 수화기에서 낮은 목소리가 돌아온다. 마크의 목소리였다.

휴는 안도의 한숨을 내쉬며 바텐더에게 웃는 얼굴로 고개를 끄덕였다.

"휴? 대답해!" 전화 저편의 목소리는 낮지만 분명 초조해하고 있다. 냉정한 마크가 여자처럼 흥분해 있는 것이다.

그것을 안 순간 휴는 다시 불안해졌다. 마크에게 맡겨두어도 괜찮을까?

"휴 맞지? 아니야? 대답해!" 마크가 다그쳐 묻는다.

"아아, 그래. 나야. 지금 클럽에 있어." 휴는 말하면서 바텐더의 얼굴을 쳐다보았다.

바텐더는 싱긋 웃으며 속삭였다.

"부인이 믿지 않으시면 제가 보증해도 좋습니다. 남편께서는 틀림없이 클럽에 계신다고. 여자는 출입할 수 없는 클럽에." 그러고는 휴에게 윙크를 보냈다.

"제니스, 바텐더도 보증한대. 나는 분명히 클럽에 있어. 거짓말이 아니야." 이렇게 말하고 나서 휴는 목소리를 낮추었다. "집에는 별일 없지?"

"걱정하지 마. 만사가 순조롭게 되어가고 있어. 이봐 휴, 제니스는 자네가 돌아올 때까지 기다리지 않고 먼저 잠자리에 드는 거야. 그런 식으로 이야기를 꾸며봐. 알았지?"

"아아, 그럼. 좋고말고." 휴는 큰 소리를 냈다. 이 대화는 되도록 많은 사람에게 들려주지 않으면 안 된다. "그래, 당신도 피곤하겠지…" 여기까지 말하고 휴는 말문이 막혔다.

전화 저쪽에서 혀를 차는 소리가 들렸다.

"먼저 자라고, 천천히 쉬라고 말해."

"아아."

"빨리 말해!"

휴는 재촉을 받고 다시 큰 소리로 말했다.

"먼저 자. 천천히 쉬라고."

"방금 그 얘기를 들은 사람이 있나?" 마크가 물었다.

휴는 고개를 든다. 바텐더가 손가락으로 동그라미를 만들어 염려 말라는 신호를 보내온다.

"제니스, 나는 괜찮아."

"좋아. 자네는 그냥 바에 있어. 이제 곧 경찰에서 연락이 갈 거야. 그때까지 그곳에서 꼼짝도 하지 마. 아무리 불편해도 움직이지 마. 알았지?"

"아아, 좋아."

"끝났으면 빨리 전화를 끊어."

"그럼… 잘 자." 휴는 수화기를 내려놓고 전화를 바텐더 쪽으로 밀어주면서 말했다. "전화 빌려줘서 고맙네. 집사람은 온종일 쇼핑을 다녀서 피곤하다는군."

바텐더는 전화를 카운터 안쪽에 내려놓으며 말했다.

"쇼핑을 하는 것과 남편의 외도를 걱정하는 건 아내들의 업무나 마찬가지니까요."

선량해 보이는 바텐더 입에서 튀어나온 한마디에 휴는 날카로운 고통을 느끼며 고개를 숙였지만, 애써 만족스러운 남편을 가장하며 낮은 소리로 말했다.

"집사람은 먼저 자겠다니까, 안심하고 좀 더 마셔볼까?"

휴의 집에서 나오자 마크 핼퍼린은 달빛 고요한 선셋 대로를 가로질러 차에 올라탔다. 그러고는 차를 몰고 자기 집 차고로 들어갔다.

차에서 내린 마크는 차고 안쪽으로 들어가 선반에서 빨간 연장상자를 내렸다. 기름이 끈적끈적하게 달라붙은 뚜껑을 열고 보석을 싼 손수건을 상자 속에 집어넣었다.

상자를 선반에 돌려놓고 그제야 장갑을 벗었다. 땀에 젖은 손가락이 바깥 공기에 닿자 기분이 상쾌했다.

4

화요일, 오후 11시.

마크는 여느 때보다 거칠게 현관문을 열고 닫았다. 금속과 금속이 맞부딪치는 둔탁한 소리가 주택가에 울려 퍼진다.

"마크, 당신이야?" 2층에서 마거릿의 소리가 들렸다.

"응, 나야!"

마크는 거실 전등을 끄고 나서 2층으로 올라갔다. 마거릿은 침대 위에서 책을 읽고 있다가, 안경 쓴 얼굴을 들고 말했다.

"무슨 일이야? 오늘은 유난히 시끄럽게 돌아오네."

"그래? 노름에 이겨서 기세가 올랐는지도 모르지."

마크가 다가가자 마거릿은 안경을 벗었다.

여느 때와 똑같은 밤이다. 안경을 벗는 아내, 그 아내의 뺨에 입을 맞추는 마크… 여느 때와 똑같은 판에 박힌 밤.

"당신이 노름에 이기다니, 내일은 해가 서쪽에서 뜨겠네."

"운이 좋았어. 앞으로도 계속 운이 좋을 거야."

"다행이야. 적어도 이번 주에는 당신을 위해 수표를 떼지 않아도 되겠군."

"그래. 피차 다행이야."

마크는 침대 곁을 떠나 양복을 옷장에 넣었다.

휴 콜드웰의 침실에 있던 것과 거의 같은 크기의 옷장이다. 그러나 안에는 잠옷이 몇 벌밖에 들어 있지 않다. 제니스와 마거릿의 취향 차이일까?

마거릿은 잠옷 수집가가 아니라 책 수집가였다. 대학 시절에도 책만 읽고, 이렇다 할 매력이 없는 여자였다.

그러나 마크 헬페린은 마거릿이 가지고 있다는 유산을 노리고 단순한 학우 이상의 관계를 맺었다. 그때 이미 마크는 도박을 시작한 셈이었다.

도박은 일단 승리로 끝났다. 그러나 완전한 승리는 아니다. 운이 돌아오는 데 20년이 넘는 세월이 걸렸다. 20여 년 동안 이 도도하고 인색한 인텔리 여자와 함께 살아왔다. 그러나 이제 곧 완전한 승리를 얻을 수 있을 것이다. 앞으로 며칠만 지나면 꿈에도 그리던 로열 스트레이트 플러시가 손에 들어온다.

마크는 옷걸이에 양복을 걸면서 생각했다. 이제 곧 이 옷장은 성욕을 자극하는 멋진 잠옷으로 가득 차겠지. 그리고 침대 위에는 요염한 여자가 누워 있겠지. 책 같은 건 읽지 않고 안경 따위도 쓰지 않는 젊은 아가씨가 내 귀가를 기다리겠지… 마크는 뒤를 돌아보았다. 침대 위에서 마거릿이 그를 바라보고 있었다.

"오늘은 평소보다 일찍 돌아왔네. 모처럼 노름에 이기고 있는데 빨리 끝내고 돌아오다니, 당신답지 않아."

"일찍 돌아와서 방해가 됐다는 얘기야?"

"그런 뜻으로 말한 게 아니야. 혹시 몸이라도 아픈 게 아닐까 해서…"

"걱정해줘서 고맙군. 자선사업가는 역시 우러러볼 만해."

마크가 이렇게 되받자 마거릿은 고개를 숙이고 다시 책을 읽기 시작했다.

마크는 옷장 반대쪽에 놓여 있는 장식장으로 가서 위스키를 잔에 따랐다. 얼음 통에는 얼음이 들어 있었다.

자선사업가를 아내로 두면 여러 가지로 자상하게 마음을 써줘서 정말 편해. 마크는 일부러 얼음을 무시하고 그대로 위스키를 마셨다. 술잔을 손에 들고 장식장에 기대어 아내의 모습을 바라보았다.

매력 없는 여자만 사회사업에 열을 올리는 건 무엇 때문일까. 여자라는 것이 부끄러워서, 그 부끄러움을 잊으려고 세상을 위해, 남을 위해 일하는 걸까?

마거릿은 남편의 시선을 의식했는지, 책 위에 놓아둔 쪽지에 열심히 메모를 하고 있다. 그러다가 갑자기 얼굴을 들고 자랑스러운 듯이 말했다.

"얘기했던가? 나 내일 밤 핼컴 하우스에서 연설해."

"그거 멋지군. 당신 연설을 듣고 싶어 하는 사람이 있다니, 멋지지 않아?"

"그래…" 마거릿은 마크의 말 속에 든 가시를 무시하고 말을 이었다. "내가 '올해의 여성'으로 뽑혔어."

"그것도 멋지군. 그런 타이틀을 살 만한 돈이 있다는 것도 멋진 일이지."

"그런 식으로 말하지 마." 마거릿의 얼굴이 흐려졌다.

마크는 침대로 다가가 마거릿 옆에 걸터앉았다.

"왜, 내 말투가 이상해? 나는 진실을 말하고 있다고 자부하는데. '올해의 여성'이란 명예로운 칭호야. 당신은 마약 중독자나 마약 밀매꾼이나 전과자한테는 구원의 여신 같은 존재지. 당신이 지금까지 얼마나 많은 돈을 자선사업에 쏟아부었는지는 모르지만, 기념품 상점에서 파는 싸구려 트로피를 하나 받는 것 정도로는 도저히 수지가 맞지 않을 거야."

"그만둬! 오늘 밤에는 제발 그만둬." 마거릿은 힘없이 말했다.

"중요한 연설을 앞두고 싫은 소리는 듣고 싶지 않다는 건가? 당신은 돈 쓰는 법을 모르는 거 아냐? 아니면 재산이 있다는 사실에 대해서 죄의식을 갖고 있든지… 만약 그렇다면 내가 대신 그 죄의식을 짊어져줄 테니까 재산을 전부 나한테 증여하는 게 어때?"

마거릿은 차갑게 웃으면서 대답했다.

"당신한테 재산을 주면 나는 쓸데없는 죄의식을 느끼게 돼. 내가 갖고 있는 한 돈은 다소라도 세상에 도움이 되지만…"

"세상에 도움이 된다고? 태어나서 지금까지 단 한 번도 일해본 적이 없는 게으름뱅이들에게 사탕을 뿌려주듯 돈을 뿌리는 게 그렇게 좋은 일인가?"

"전과가 있는 사람이 직장을 얻기는 힘들어."

"그만해둬. 전과자에 대해서 나한테 강의하려는 거야? 나는 그 방면의 전문가야. 전과자에 대해서라면 나는 당신이 그렇게 좋아하는 책을 서너

권은 쓸 수 있을 만큼 알고 있다고."

"미안해." 마거릿은 순순히 사과하고, 마크의 얼굴을 두 손으로 감싸서 가까이 끌어당기더니, 마치 사랑의 말이라도 속삭이듯 상냥한 어조로 말했다. "마크, 돈은 여러 가지 의미에서 무기야. 사회를 개선하기 위해서도, 부부 관계를 오래 지속하기 위해서도 돈은 꼭 필요한 무기야. 내가 그런 무기를 호락호락 손에서 놓을 것 같아?"

"이제야 본심이 나왔군." 마크는 이렇게 중얼거리고는 침대에서 일어나, 진절머리가 난다는 듯이 두 손을 펼쳐 보였다. 그런 다음 창문을 열고 크게 심호흡을 했다.

선셋 대로를 사이에 둔 어둠 밑에 휴의 집의 불빛이 가라앉아 있다. 바람에 흔들리는 나뭇가지 때문에 불빛은 깜박거리고 있는 것처럼 보인다.

마크는 숨을 가다듬고 연극을 시작했다. 테라스에서 몸을 쑥 내밀며 큰 소리로 외쳤다.

"마거릿!"

"왜?"

"남자야! 얼핏 보았을 뿐이지만, 휴의 집에서 남자 하나가 도망쳐 나왔어!"

"뭐라고?"

마거릿이 테라스로 나왔다.

마크는 마거릿의 어깨를 감싸 안으며 말했다.

"이상하지 않아? 이런 시간에 온 집안에 불이 켜져 있고…"

"나한테는 아무도 보이지 않는데, 집에서 나온 남자는 휴 아니야?"

"휴는 아니야. 휴는 클럽에 남아 있어. 아무래도 이상해…"

마크는 테라스에 마거릿을 남겨놓고 허둥지둥 침실로 들어가 전화를 걸었다.

"아무도 안 받아."

"어디로 전화했는데?"

"어디긴 어디야. 휴네 집이지. 그런데 아무도 안 받아. 무슨 일이 있었던 모양이야."

마크는 수화기를 내려놓고 마거릿의 얼굴을 쳐다보았다. 연극은 성공한 모양이다. 마거릿은 불안한 기색을 띠고 있다. 마크는 다시 한번 수화기를 들고 황급히 다이얼을 돌렸다. 상대는 곧 전화를 받았다.

"네, 로스앤젤레스 경찰청 본부, 데마이오 순찰대장입니다."

"순찰대장, 나는 마크 핼퍼린 부청장일세."

"아, 부청장님!"

상대의 목소리가 당장 긴장하는 것을 듣고 나서 마크는 시원스러운 어조로 말했다.

"우선 모든 순찰차에 급보를 알리게. 선셋 대로의 어느 집에서 거동이 수상한 남자가 도망치는 것을 보았는데, 그 '벨에어의 별'인지도 몰라. 현장은 벨에어, 선셋 대로 12의 78번지."

"알았습니다. 복창하겠습니다…"

"복창은 필요 없어. 빨리 손써주게! 그리고 만약을 위해 강력계 형사를 하나 보내주게. 이름은 저어…" 마크는 말문이 막혔다. 강력계 형사를 다 알고 있는 것은 아니다. 그러나 되도록 무능한 형사를 택하는 게 좋다. 경찰청장네 집에서 열린 파티에서 술에 취해 연못에 빠진 얼간이 형사가 있었는데, 그 형사 이름이…

"그래, 콜럼버스인지 뭔지 하는 형사였어."

"콜롬보 경위를 말씀하시는 겁니까?"

"경위가 아니라 말단 형사 말이야. 곱슬머리에 땅딸막한…"

"그럼 콜롬보 경위가 맞습니다. 로스앤젤레스 경찰청 본부에는 콜럼버스라는 형사가 없으니까…"

"그래? 누구라도 좋지만, 그 콜롬보가 당직이면 현장으로 가라고 전해 주게."

"알았습니다!"

마크는 수화기를 내려놓았다. 마침내 도박은 시작되었다. 도박의 입회인은 얼빠진 얼굴을 한 콜롬보라는 형사다. 그 녀석이 일반 형사가 아니라 경위라는 게 좀 걸리긴 하지만… 그러나 마크는 창문을 닫으면서 자신을 타일렀다. 걱정할 필요는 없어. 나는 운이 좋아.

5

수요일, 오전 0시.

벨에어의 한 모퉁이에 순찰차가 집결했는데도 구경꾼은 모이지 않는다. 벨에어는 원래 그런 곳이었다. 게다가 한밤중이 되면 주위는 쥐죽은 듯 조용해진다. 그 정적을 뚫고 귀에 거슬리는 무전기 소리가 울려 퍼졌다. 순찰차 수신기는 모두 음량을 최대로 높여놓고 있었다.

"도주 중인 피의자는… 남성… 아마 백인… 연령 미상… 착의 미상… 신장, 체중, 모두 미상… 용모 미상… 반복한다. 남성… 아마 백인…"

마크 핼퍼린 부청장의 관용차인 링컨 컨티넨탈이 주차 중인 순찰차들을 헤치듯이 뚫고 들어와 검은색 차체를 휴의 집 현관에 댔다.

관용차를 재빨리 알아본 백발의 순찰대장이 달려가 공손히 문을 열었다. 그러나 뒷좌석에는 부청장이 앉아 있지 않았다. 카펫 깔린 바닥 위에 거대한 오물이라고밖에는 말할 수 없는 남자가 널브러져 있었다. 순찰대장의 눈에 비친 것은 더러운 레인코트를 걸친 어깨와 마구 헝클어진 머리뿐이었다.

　순찰대장은 지독한 악취를 맡았을 때처럼 얼굴을 돌리고는 재빨리 문을 닫았다. 하필이면 부청장의 관용차로 알코올 중독자를 호송하다니! 순찰대장은 운전기사에게 불평을 하려고 문에서 떨어졌다.

　그때 소가 울부짖는 듯한 소리가 뒷좌석에서 새어 나왔다.

　"이거 곤란한데! 차에 불이 나겠어!"

　순찰대장은 황급히 문을 열었다. 바닥 위에 늘어져 있던 거대한 오물 덩어리가 벌떡 일어나더니, 자고 있는지 깨어 있는지 알 수 없는 눈으로 순찰대장을 바라보았다. 게다가 좌우의 눈썹이 묘하게 높이가 다르다. 오른쪽은 올라가고 반대로 왼쪽은 내려와 있다. 그 내려간 쪽의 눈썹 밑에 있는 눈이 순찰대장을 발견했다.

　"순찰대장, 좀 도와주게." 사내는 태연히 반말을 지껄였다.

　순찰대장은 순간 어안이 벙벙했지만 곧 반격에 나섰다.

　"당신 누구야?"

　"나?" 사내가 되물었다. 그러고는 자동차 바닥에 앉은 채 코트 주머니를 뒤적여 신분증명서를 꺼냈다. "콜롬보, 콜롬보 경위일세."

　증명서를 보고 틀림없다는 것을 확인했지만, 순찰대장은 아직도 믿기지 않는 기분이었다.

　"당신이 경위라고?"

　"실은 시가를 떨어뜨렸다네. 이 자동차는 구조가 나빠서 앞좌석과 뒷좌석의 사이가 너무 넓어. 바닥도 너무 넓고… 그래서 급브레이크를 밟고 멈춰 섰을 때 그만 의자에서 굴러떨어졌지 뭔가. 좀 더 잘 만든 보통 차라면 급브레이크를 밟아도 머리가 앞좌석에 부딪히니까 바닥에 굴러떨어지는 일은 없는데… 이 차는 정말 위험해."

　"아까는 불이 난다고 하셨던 것 같은데요?"

"그렇지! 이거 큰일 났군." 콜롬보는 이렇게 외치면서 다시 바닥에 납작 엎드렸다. "좌석에서 굴러떨어졌을 때 불붙은 시가를 떨어뜨렸거든. 그냥 놔두면 불이 날 텐데…"

순찰대장은 반사적으로 자동차 바닥을 들여다보았다. 그러나 콜롬보의 엉덩이와 흙투성이 구두밖에는 아무것도 보이지 않는다.

"아무래도 카펫을 벗겨야겠군." 콜롬보의 분명치 않은 목소리가 들려온다.

순찰대장은 당황했다. 관계하고 싶지 않은 사건에 말려든 느낌이었다. 터무니없는 일이 벌어질 것 같았다. 부청장 관용차의 카펫을 벗기는 일은 되도록 거들지 않는 편이 낫다. 하지만 그냥 놔두었다가 정말 불이라도 나면, 마침 그 자리에 있었으면서 아무 조치도 취하지 않은 사람의 입장이 어떻게 되겠는가?

순찰대장이 우물쭈물하고 있는데 콜롬보가 기쁜 듯이 외쳤다.

"찾았다! 찾았어!" 그로부터 몇 초 뒤에 요란한 비명이 들렸다. "앗! 뜨거!"

비명과 함께 지저분한 코트 차림의 사내는 윗몸을 일으켜, 눈에 보이지도 않을 만큼 빠른 속도로 불붙은 시가를 밖으로 내던졌다. 순찰대장은 간신히 몸을 피해 불붙은 시가가 얼굴에 충돌하는 것을 막았다.

"겨우 찾아냈는데, 불이 붙어 있는 쪽을 집어서 손가락을 데어버렸어." 콜롬보는 차에서 기어 나오면서 투덜거렸다. "이 차는 정말 안 좋아."

콜롬보는 이 말을 남기고 현관 쪽으로 사라졌다.

순찰대장은 자동차 문을 닫은 다음, 땅바닥에 떨어져 있는 시가 위에 구두를 올려놓고 천천히 힘을 주어 짓뭉갰다. 그래도 속이 후련하지 않아서 발목을 빙글빙글 돌려 싸구려 시가를 산산이 부수고, 다시 가루가 된 시가의 잔해에 침을 탁 뱉고 나서야 겨우 그 자리를 떠났다.

휴 콜드웰은 거실 구석에 앉아서 경찰관들의 분주한 움직임을 겁먹은 눈으로 좇고 있었다. 집에 경찰이 온다는 것은 알고 있었지만 이렇게 많은 경찰관이 올 줄은 미처 예상하지 못했다. 마치 파티가 열리는 밤처럼 소란스럽다. 이렇게 많은 경찰관에게 범행을 숨기는 것은 도저히 불가능하다. 아무리 부청장이 알리바이를 조작해주었다 해도 범행은 도저히 숨길 수 없을 것 같았다.

휴는 마크의 안색을 살폈다. 마크는 휴 옆에 서서 두 손을 허리춤에 대고 방을 둘러보고 있었다. 표정에는 불안한 빛이 전혀 없다. 오히려 자기 일에 정열을 쏟는 유능한 공무원의 표정이었다.

"드라이어! 뭘 좀 알아냈나?" 마크가 소리를 질렀다.

거실을 가로질러 2층으로 올라가려던 초로의 사복형사가 이쪽을 돌아보았다. 늙은 형사는 느릿느릿한 걸음으로 다가왔다. 마크가 그를 휴에게 소개했다.

"칼 드라이어 경위일세. 절도계의 베테랑 형사지. 범인을 금방 잡아줄 거야." 마크는 시원스럽게 말하고 휴를 내려다보며 격려하듯 고개를 끄덕였다.

드라이어는 온화한 눈으로 휴를 힐끗 보고 나서 마크에게 말했다.

"부청장님… 뒷문에 억지로 비틀어 연 흔적이 남아 있습니다. 칼 종류의 도구를 사용한 모양입니다. '벨에어의 별'의 수법이지요."

"혹시나 했는데, 역시 그런가?" 마크는 한숨을 내쉬며 말을 이었다. "그렇다면 이번에도 지문은 뜰 수 없을지도 모르겠군."

"예." 드라이어는 고개를 끄덕였다. "지금 상태로는 어디에도 지문이 남아 있지 않습니다. 장갑을 끼고 있었던 모양입니다."

"휴…" 마거릿이 탁자 저편에서 말을 걸었다. "얼마 동안 우리 집에 와 있는 게 좋지 않을까요?"

"그게 좋겠어. 범인은 곧 잡히겠지만, 그때까지 자네는 우리 집에서 지내는 게 좋겠네. 여기 있는 건 괴롭지 않겠어?" 마크가 말했다.

그러나 휴는 마크만큼 연극을 잘할 수가 없었다. '범인'이라는 말을 들었을 때 휴는 저도 모르게 드라이어의 얼굴을 쳐다보고, 드라이어의 온화한 눈과 마주치자 황급히 시선을 피했다.

"휴, 그렇게 해요." 마거릿은 휴의 손을 잡으며 말을 이었다. "당분간은 이런 소란이 계속될 거예요."

마거릿은 이렇게 말하면서 방안을 둘러보았다. 마거릿은 휴를 전혀 의심하지 않았다. 오히려 딱한 피해자로 여겨 동정을 보내고 있었다. 그런 마거릿이 휴에게는 오히려 귀찮았다.

"생각해보겠습니다." 휴는 중얼거리듯 말하고 마거릿에게 붙잡힌 손을 빼냈다.

"휴, 곤란한 일이 있으면 우리한테 의논해줘요." 마거릿은 상냥한 미소를 지었다.

"드라이어, 도둑맞은 게 있나?" 마크가 화제를 바꾸었다.

"이 댁 주인한테 물어보고 싶은데요…" 드라이어가 휴를 내려다보며 말했다. "침실 화장대 위에 보석상자 같은 작은 상자가 있던데, 그 안에는 무엇이 들어 있었습니까?"

"액세서리… 보석입니다." 휴가 말하자 드라이어는 고개를 끄덕였다. "그렇다면 도둑맞은 것은 보석뿐인 모양입니다. 나중에 주인께서 확인해 주셔야겠지만 그림이나 은식기에는 손을 대지 않은 것 같습니다. 역시…" 드라이어는 팔짱을 끼며 말을 이었다. "그놈의 범행인 것 같습니다."

휴는 그제야 마크가 사태를 잘 처리해준 것을 깨달았다. 마크는 알리바이 조작만이 아니라 수사 방향을 교묘하게 바꾸는 조치도 취해준 모양이다.

"하지만…" 드라이어는 팔짱을 낀 채 말했다. "'벨에어의 별'은 이번까지 합해서 아홉 번이나 벨에어에서 보석을 훔쳤지만 사람은 한 번도 죽이지 않았습니다. 그런데 이번엔 왜…"

"어쩌면 당황했는지도 모르지. 사람이 없는 줄 알고 들어온 집에 사람이 있었으니까. 그래서 당황한 나머지 덤벼들지 않았을까. 화들짝 놀라서 살인을…"

"마크! 휴 앞에서 그런 말을…"

"미안하네, 휴." 마크는 희미하게 미소 지었다. 마크는 자신감을 갖고 있는 모양이다. 자기가 만든 줄거리에 절대적인 자신을 갖고 있다.

"그런지도 모르겠군요." 드라이어는 고개를 끄덕이고 나서 말을 이었다. "하지만 살인사건이 관련되면 강력계와 공조 수사를…"

"그쪽에도 손을 써두었네. 콜럼버스인지 콜롬보인지 모르지만, 강력계 형사가 오기로 되어 있지."

"콜롬보라면 전데요." 느닷없이 목소리가 들리더니 레인코트 차림의 작달막한 사내가 거실로 느릿느릿 들어왔다.

사내는 선생님한테 지명을 받은 초등학생처럼 한 손을 번쩍 쳐든 채 다가왔다. 그러나 얼굴은 아무리 보아도 귀여운 초등학생이 아니었다. 탈수기에서 방금 꺼낸 세탁물처럼 전체가 묘하게 일그러져 있는 데다 깊은 주름이 나 있었다. 그렇다고 세탁물 같은 청결함도 없었다. 입고 있는 모든 게 지저분했다.

휴는 얼굴을 찌푸렸다. 이런 사내가 이 집에 들어온 것은 처음이었다. 휴는 동시에 안심했다. 강력계 형사라는 말을 들었을 때는 덜컥 겁이 났지만, 이 볼품없는 사내라면 걱정할 필요가 없다. 마크의 교묘한 유도에 걸려 사건은 미궁에 빠질 것이다.

휴의 가슴에 희망의 불이 켜졌다. 처음에는 자수할 각오까지 하고 있었지만, 경찰의 추적을 피할 수 있는 가능성이 생긴 지금은 어떻게든 처벌을 면하고 싶었다.

"야아, 여러분, 늦어서 미안합니다…"

콜롬보는 그제야 높이 쳐들고 있던 한 손을 내렸다. 손을 내릴 때 손가락에 끼워져 있던 시가에서 큼지막한 담뱃재가 떨어졌다. 담뱃재는 헝클어진 머리와 더러운 코트 어깨 위에 흩어졌다. 콜롬보는 잠깐 얼굴을 찌푸리고 어깨에 흩어진 담뱃재를 털어냈다. 그러나 머리카락에 떨어진 재에는 손을 대지 않았다.

"콜롬보 경위, 오랜만이군." 드라이어가 손을 내밀었다.

그 손을 잡으며 콜롬보가 말했다.

"정말 오랜만입니다… 내 차가 완전히 고물이 되어서요. 배터리가 도무지 말을 들어주질 않아요."

콜롬보는 설레설레 고개를 저었다. 그러자 머리카락에서 담뱃재가 사방으로 흩날린다. 콜롬보는 의아한 듯이 천장을 쳐다보고 나서 말을 이었다.

"부청장님, 차를 빌려주셔서 고맙습니다. 하필이면 집사람 차까지 집사람이 타고 나가버려서요… 집사람은 자기 차를 타고 오렌지 카운티에 갔답니다. 오렌지 카운티에 처제가 살거든요. 그 처제 남편이…"

"콜롬보 경위, 자세한 내용은 드라이어한테 들으면 알겠지만, 지난 두 달 동안 벨에어를 털고 다니는 보석 전문 도둑이 있네. 형사들은 그놈을 '벨에어의 별'이라고 부르는데, 이번 사건도 그놈의 짓인 것 같아."

"'벨에어의 별'요?" 콜롬보는 윙크하듯 한쪽 눈을 가늘게 뜨면서 중얼거렸다. "하지만 그놈은 지금까지 살인은 하지 않았잖습니까?"

"지금까지는 그랬지." 마크는 차갑게 말했다. "하지만 그놈은 최초의 실수를 저질렀어. 마침내 살인을 저지른 걸세. 게다가 시체를 남겼다는 건 단서도…"

"마크!" 마거릿이 외치며 비난하는 눈빛을 던졌다.

콜롬보는 마거릿과 마크를 번갈아 바라보고 나서 휴를 힐끔 쳐다보았다. 불쾌한 눈초리라고 휴는 생각했다. 굴속에서 바깥을 엿보고 있는 곰의 눈빛 같은 느낌이었다.

콜롬보는 구부정한 어깨를 휴에게 돌렸다.

"그럼 우선 시체부터…"

"이쪽으로 오게." 드라이어가 앞장서서 안내했다.

두 사람이 그랜드피아노 그늘로 사라지자 휴는 한숨을 내쉬었다.

콜롬보와 드라이어는 시체를 들여다보았다. 얇은 파란색 잠옷을 통하여 매끄러운 살결이 엿보였다. 드라이어가 미소를 지으며 말했다.

"마치 포르노 영화의 스틸 사진 같지 않나?"

콜롬보는 당황한 표정을 지으며 시체에서 시선을 돌렸다.

"미인이네요."

"그래, 상당한 미인이야. 목 졸린 흔적이 마음에 걸리지만…"

"참 안됐군요." 콜롬보는 고개를 저으며 말을 이었다. "그런데 선배님 판단은 어떻습니까?"

"피해자는 잠을 자려고 2층 침실로 올라가 옷을 갈아입었겠지. 아마 그때 '벨에어의 별'이 침입했을 거야. 피해자는 무슨 소리를 듣고 아래층으로 내려왔다가 '벨에어의 별'과 딱 마주쳤겠지. 그놈은 당황한 나머지 덤벼들어서… 어쨌든 아래층에서 나는 소리를 들었을 때 곧바로 경찰에 전화해주었다면 이런 꼴은 안 되었을 텐데…"

"으흠… 사망 추정 시간은요?" 콜롬보는 투박한 손가락으로 콧등을 문지르면서 말했다.

"부검이 끝나면 확실한 걸 알겠지만, 어쨌든 죽은 지 그리 오래되진 않았어. 10시 반쯤 남편이 밖에서 전화를 걸었을 때는 아직 살아 있었다니까." 드라이어는 이렇게 말하고 손목시계를 들여다보았다. "한 시간 반 전에는 분명히 살아 있었다는 얘기가 되지."

"분명히—라고요?" 콜롬보가 묘하게 쳇소리를 질렀다. "증언이 하나뿐이라면 분명하다는 말은 할 수 없잖습니까?"

"그야 그렇지. 하지만…" 드라이어는 발끈 화가 난 것을 억지로 참는 듯 온화한 얼굴이 굳어졌다. "어쨌든 부검을 해보면 알 일이야."

"부검요? 부검을 해도 정확한 사망 시각은 모릅니다. 부검으로 알아낸 사망 시각에는 한 시간 내지 두 시간의 폭이 있으니까요. 따라서 지금부터 한 시간 반 전에 이 사람이 살아 있었는지 어떤지는 부검을 해도 알 수 없어요."

"그렇다면…" 드라이어는 머뭇거리다가 의아한 얼굴로 말했다. "콜롬보, 오늘 밤에는 이상하게 말끝마다 시비조군. 또 수면 부족이야?"

콜롬보는 황급히 투박한 손을 내저어 담뱃재를 사방에 흩날리면서 말했다.

"난 시비를 걸고 있는 게 아닙니다. 선배님처럼 온후한 신사한테 시비를 걸 수는 없지요."

"그럼 무슨 말을 하고 싶은 건가?"

"확실한 건 있을 수 없다는 겁니다. 수사에서는 확실하다는 말이 통용되지 않아요."

"후배한테 설교를 듣다니, 나도 이제 슬슬 은퇴할 때가 됐나 보군." 드라이어는 자조적으로 말했다. 미소를 짓고 있었지만 눈은 웃고 있지 않았다.

"이제 됐습니까?" 흰 가운을 입은 남자가 얼굴을 내밀며 말했다.

"아, 됐어." 드라이어가 말했다.

시체가 들것에 실려 운반되어가는 것을 지켜본 뒤 콜롬보와 드라이어는 2층으로 올라갔다.

드라이어는 침실 화장대 앞에 서서 말했다.

"범인은 보석만 훔쳐갔어." 그러고는 '아차, 또 실수했구나' 싶은 표정을 지으며 덧붙였다. "확실히 보석뿐이라고 단정할 수는 없지만…"

콜롬보는 드라이어의 말을 듣지 못한 것처럼 입을 딱 벌리고 침실을 둘러보고 있다가, 감탄한 듯이 말했다.

"정말 큰 침실이군요. 우리 거실의 두 배는 되겠어요. 게다가 하도 호화로워서, 집사람한테 보여주면 큰일 나겠어요."

콜롬보는 조심조심 침대로 다가가 베개를 살짝 어루만졌다. 그러고는 무심한 손놀림으로 베개를 집어들었다. 베개 밑에는 진홍빛 잠옷이 단정하게 개켜진 채 놓여 있다. 콜롬보는 보아서는 안 될 것을 보아버렸을 때처럼 황급히 베개를 원래 자리에 돌려놓고 허둥지둥 침대 곁을 떠났다. 그리고 창가에 서더니 두 손으로 머리를 감싸 안고 얼굴을 찡그렸다.

"왜 그래? 두통이 나나?"

드라이어가 말을 걸었지만 콜롬보는 머리를 감싸 안은 채 말이 없었다. 그러다가 갑자기 손을 내리고 옷장으로 성큼성큼 다가가면서 물었다.

"이 손잡이에서 지문은 떴습니까?"

"그건 이제부터 할 일이야."

드라이어가 대답하자 콜롬보는 코트 주머니에서 볼펜을 꺼내어 손잡이에 걸고 잡아당겼다. 그러고는 옷장 속에 즐비하게 늘어선 잠옷을 바라보면서 혼잣말처럼 중얼거렸다.

"이상한 일도 다 있군."

"뭐가?"

콜롬보는 구부정한 어깨를 더욱 구부리면서 말했다.

"정말 이상해요. 머리가 복잡해서 뭐가 뭔지 통 모르겠어요."

드라이어는 그제야 겨우 여유 있는 웃음을 지으며 말했다.

"나도 협력할 테니까 걱정하지 말게. 이번 기회에 강력계 소관이니 절도계 소관이니 하는 따위의 알력은 깨끗이 버리고 서로 협력해서 일을 추진하세."

콜롬보는 필요 이상으로 크게 고개를 끄덕이면서 옷장 곁을 떠났다.

"잠옷이 너무 많아서 머리가 혼란스럽군요."

"그런가?" 드라이어는 웃으면서 어깨를 으쓱했다. "사람에게는 저마다 독특한 방식이 있는 법이지. 침대에 들어가는 방법도 가지가지야."

콜롬보는 다시 고개를 끄덕이며 말했다.

"범죄자한테도 방식이 여러 가지지요."

"'벨에어의 별'의 방식에 대해서라면 나도 꽤 잘 알고 있지. 우선 그놈은 절대로 지문을 남기지 않아. 저 옷장 손잡이에도 지문은 남아 있지 않을 걸세."

콜롬보는 옷장 손잡이를 바라보며 이마를 찡그렸다. 그러고는 사탕을 입에 집어넣듯 시가를 입에 물고는 깊이 연기를 빨아들였다. 코에서 기관차처럼 연기가 솟아나왔다.

"그래도 손잡이 지문은 조사하겠지요?"

"하기는 하지. 하지만 기대는 걸지 않는 게 좋을 거야. '벨에어의 별'은 장갑을 끼고 있어서 절대로 지문을 남기지 않거든."

"절대로요?" 이렇게 말하고 콜롬보는 시가를 입에서 떼어내며 말을 이었다. "어쨌든 결과가 나오면 알려주세요."

드라이어는 어깨를 으쓱하고 억지로 만든 웃음을 지었다.

6

수요일, 오전 8시 30분.
로스앤젤레스 경찰청 2층에 있는 기자회견실에는 담배 연기가 가득 차 있었다. 창문으로 비쳐드는 아침 햇살이 흙먼지 같은 담배 연기를 떠올려, 그러지 않아도 좁은 방이 더욱 답답하게 느껴졌다.
수요일 아침의 정례 기자회견이었지만, '벨에어의 별'이 마침내 살인을 저질렀다는 이야기가 기자들의 흥미를 끌어 방은 초만원이었다.
단을 하나 높인 방구석에는 마크 햄퍼린 부청장이 성조기와 캘리포니아 주기를 등지고 앉아 있었다. 마크의 이마에 솟아오른 땀이 텔레비전 조명을 받아 반짝이고 있다.
"부청장님…" 셔츠 차림의 기자가 일어나서 물었다. "어젯밤의 살인사건에 대해서는 대충 알았습니다만, 앞으로의 방침으로 벨에어의 경비는 어떻게 하실 작정입니까?"
마크는 하얀 손수건으로 이마의 땀을 닦았다. 때맞춰 좋은 질문을 해주었군. 내가 먼저 말을 꺼내는 것보다 기자의 질문에 대답하는 형태로 설명하는 게 자연스러워서 좋아. 나는 역시 운이 좋다니까.
"벨에어의 경비태세에 관해서 말씀드리자면…" 마크는 탁자 위의 마이크에 입을 바싹 갖다 대면서 말하기 시작했다. "두말할 필요도 없는 일이지만, 로스앤젤레스 경찰은 모든 납세자의 생활을 보호할 의무가 있습니다. 벨에어에서 범죄가 일어났다고 해서 그곳의 경비를 강화하느라 다른 지역의 경비를 소홀히 하는 것은 용납되지 않습니다."
기자회견실에 비난과 불만의 웅성거림이 일어났다. 마크는 기자들에게 손을 내저어 조용히 하라는 신호를 보내면서 말을 이었다.
"하지만 벨에어 주민들도 역시 납세자에 포함됩니다. 당연한 일이지만 그곳 주민의 위험을 방치해둘 수는 없지요. 그래서 벨에어의 경찰관들은 당분간 2교대 근무를 하기로 했습니다. 경찰에게는 힘겨운 근무가 되겠지만, 다른 지역의 경비를 소홀히 하지 않으면서 벨에어의 경비를 강화하기 위해서는 이 방법밖에 없습니다. 경찰관은 현재 하루 8시간 근무로 3교대제를 택하고 있는데, 이것을 하루 12시간 근무로 바꾸어 경비태세를 두 배로 강화하는 것입니다…"

기자석에서 야유의 휘파람 소리가 들리고 또다시 웅성거리는 소리가 일어났다. 이번에는 놀리는 웅성거림이다. '내년도 예산 획득 작전인가!' 하는 야유도 날아왔다.

그러나 마크는 침착했다. 신문기자란 불평을 하거나 비웃는 것을 삶의 보람으로 삼고 있는 무리다. 정면으로 대응할 필요는 없다.

"벨에어의 경찰관이 2교대제를 택하면 그곳의 순찰차 수는 두 배가 됩니다." 이렇게 말하고 나서 마크는 주먹으로 탁자를 내리쳤다. "하지만 로스앤젤레스 경찰의 업무는 수비를 강화하는 것만이 아닙니다. 범인을 체포하는 것도 중요한 일이지요. 로스앤젤레스 경찰청은 명예를 걸고 '벨에어의 별'을 체포하고야 말겠습니다. 살인을 저지른 범인을 체포함으로써 제2의 살인을 막겠습니다!"

마크는 큰 소리로 외치고 기자석이 조용해진 것을 지켜보고 나서, 다시 천천히 입을 열었다.

"그리고 이건 신문에 보도하지 말아주세요. 경찰은 해가 진 뒤부터 해가 뜰 때까지 벨에어 상공에 헬리콥터를 띄워, 하늘에서도 감시를 계속할 예정입니다."

"그럼 시끄러워서 어떻게 잠을 잡니까!" 기자석에서 야유가 날아왔다.

마크는 냉정하게 대답했다.

"납세자에게는 경찰의 보호를 받을 권리가 있는 동시에 경찰에 협조할 의무도 있을 것입니다. 당분간은 부디 협조해주시기 바랍니다. 나 자신도 벨에어의 주민이지만, 오늘 밤에는 헬리콥터를 타고 이 감시 작전에 대해 실증적으로 연구해보려고 합니다. 하지만 헬리콥터 감시는 범인에게 알려져버리면 효과가 없으니까, 거듭 부탁하건대 보도하지 말아주시기 바랍니다. 범인은 머지않아 붙잡힐 것입니다. 어젯밤 '벨에어의 별'은 최초의 실수를 저질렀습니다."

마크는 잠시 말을 끊고 기자석을 둘러보았다. 회견은 중요한 고비에 접어들고 있었다. 이 고비야말로 로열 스트레이트 플러시를 손에 넣는 데 절대적인 중요성을 가진 순간이었다.

마크는 느릿느릿한 어조로 말을 이었다.

"어젯밤 '벨에어의 별'이 범행현장에서 달아날 때, 길 하나를 사이에 둔 건너편에 나와 아내가 있었습니다. 우리는 도로를 사이에 두고 콜드웰 씨의 집과 마주 보고 있는 우리 집에 있었습니다. 우리는 둘 다 2층 침실에 있었지요. 침실 테라스에서는 콜드웰 씨의 집이 잘 보입니다. 범인은 이제 곧 두 번째 실수를 저지를 것입니다. 그때야말로 범인을 체포할 기회입니다. 우리는 제1급 살인죄로 '벨에어의 별'을 교도소에 보낼 것입니다."

기자들이 몇 명이나 일어나서 저마다 큰 소리로 외쳤다.

"부인도 범인을 목격했습니까?"

"부인도 보았나요?"

"부인도…"

마크는 그가 계산한 대로 마거릿도 범인을 보았다는 인상을 기자들에게 준 것을 알고 재빨리 자리에서 일어났다.

"그럼 오늘은 이만합시다. 대책회의를 열어야 하기 때문에…"

탁자를 떠난 순간 수많은 질문의 화살이 마크의 등에 꽂혔다. 마거릿이 범인을 목격했는지 확인해달라는 목소리였다.

마크는 질문을 무시하고 재빨리 방에서 나왔다. 이제 너희들한테는 볼 일이 없어.

7

수요일, 오전 10시 30분.

마거릿 핼퍼린은 베이지색 팬츠슈트(바지와 상의가 한 벌로 된 옷)로 갈아입고 정원으로 나갔다. 제니스가 살해되고 휴는 비탄에 빠져 있는데, 여느 때와 다름없이 조용한 하루를 보내자니 왠지 께름칙했다.

그러나 지금의 휴에게는 어떤 것도 도움이 되지 않는다. 휴는 오히려 혼자 있고 싶을 것이다. 내버려두는 편이 낫다.

마거릿은 물을 가득 채운 수영장 앞에서 심호흡을 했다. 물은 아직 차갑겠지만, 이 계절이라면 수영을 할 수 없는 것은 아니다. 한바탕 헤엄을 치고 나면 기분이 상쾌해질 것이다. 하지만 오늘은 그만두자.

마거릿은 수영장 곁을 떠나 잔디가 깔린 완만한 비탈을 내려갔다. 비탈이 끝난 곳에 벽돌담을 따라 장미가 가득 심어져 있다. 뒷문을 사이에 두고 좌우로 펼쳐져 있는 장미 정원이었다. 마거릿은 바짓자락이 장미 가시에 걸리지 않도록 조심하면서 정원으로 들어가 장미를 꺾었다.

장미 향기를 맡으면 제니스가 생각난다. 제니스는 장미꽃처럼 아름답고 장미처럼 가시를 가진 여자였다.

그러나 마거릿은 장미를 사랑하듯 제니스를 사랑할 수는 없었다. 죽은 사람을 비난하는 것은 좋은 일이 아니지만, 그러나 그녀는 휴를 딱하게 생각했다.

제니스가 살아 있을 때도 불쌍했고, 제니스가 죽은 지금은 더욱 가련하게 여겨졌다.

마크가 범인을 잡아줄 거야. 마거릿은 자신을 달랬다. 남편 마크는 집념에 가까운 정열을 불태우며 수사에 착수했다. 마크에게는 보기 드문 일이지만 그것이 우정인지도 모른다. 마크에게도 아직 좋은 점이 남아 있었다.

"부인…" 갑자기 누군가가 자기를 불렀기 때문에 마거릿은 화들짝 놀랐다.

그 순간 오른발 복사뼈 언저리에 날카로운 통증이 느껴졌다. 아무래도 장미 가시가 박힌 모양이다. 그러나 그것을 확인할 여유는 없었다. 본능적으로 장미를 자르는 가위를 단단히 움켜잡고 뒤를 돌아보았다.

그러나 거기에 서 있는 사람은 '벨에어의 별'이 아니었다. 어젯밤 휴의 집에서 만난 형사, 풍채가 시원치 않은 그 형사였다.

"죄송합니다. 놀라게 해서… 전 콜롬보라고 합니다."

마거릿은 어깨에서 힘을 빼고 한숨을 내쉬었다. 안심하는 동시에, 무방비한 모습을 엿보인 것 같아서 화가 났다.

그녀는 날카로운 어조로 따져 물었다.

"뒷문이 열려 있었나요?"

"아니, 저는 정면 현관으로…" 콜롬보가 투박한 손을 머리에 대고는 머리를 감는 것처럼 북북 긁었다. "이 댁 가정부가 사모님이 여기 계신다고 해서…"

"그래요?"

마거릿은 오른발 복사뼈를 바라보았다. 역시 장미 가시가 박힌 모양이다. 베이지색 바짓자락이 장미 가시에 걸려 찢어져 있었다. 마거릿의 시선을 따라간 콜롬보가 소리를 질렀다.

"아니, 이거 큰일 났군요. 다치지는 않으셨습니까?"

"아니, 괜찮아요." 마거릿은 고통을 눈치채지 않으려고 애써 경쾌한 걸음으로 장미 숲에서 나왔다.

콜롬보는 너무 미안해서 어찌할 바를 모르고 커다란 손으로 이마를 문지르고 있었다.

"그런데 바지가 찢어져서 어떡하죠? 나는 왜 이렇게 실수만 저지르는지 모르겠어요." 콜롬보는 머리를 긁적이며 걱정스러운 얼굴로 조심스럽게 말했다. "저어, 제가 변상을 하고 싶은데요."

"천만에요." 마거릿이 말하자 콜롬보는 기운을 되찾고 미소를 지었다. 너무나 정직한 그 표정 변화를 보고 마거릿도 미소를 지었다. "콜롬보 씨와는 전에도 만난 적이 있어요." 마거릿은 기억의 실마리를 더듬으며 말했다. "청장님 댁 파티에서…"

"예, 그때 취해서 주정을 부린 콜롬봅니다. 그때는 정말 꼴사나운 모습을 보여드려서… 저는 늘 그렇게 얼간이 같은 실수만 저지른답니다."

마거릿은 잔디가 깔린 비탈을 천천히 올라갔다. 어젯밤 제니스가 살해되었다고는 도저히 믿을 수 없을 만큼 화창한 날이었다.

"무서운 일이에요. 제니스가 살해당하다니." 마거릿은 하늘을 쳐다보았다. "나쁜 여자는 아니었어요. 오래 살았다면 틀림없이 상냥한 할머니가 되었을 거예요. 하지만 제니스는 나와는 달리 나이 먹는 것을 몹시 두려워하고 있었죠."

"실은…" 뒤에서 콜롬보의 목소리가 들렸다. "그런 이야기를 듣고 싶어서 찾아왔습니다만… 부청장님과 사모님은 콜드웰 씨 부부와 친하게 지냈다고 하던데…"

"그래요."

마거릿이 고개를 끄덕이자 콜롬보는 종종걸음을 쳐서 마거릿 앞으로 돌아왔다.

"그 부부에 관해서는 여러 가지 소문이 있더군요. 그러니까… 나는 잘 모르지만… 두 사람 사이에는 문제가 있었고… 문제의 원인은 콜드웰 부인의… 뭐랄까…"

마거릿의 앞길을 가로막은 콜롬보는 투박한 몸에 어울리지 않게 횡설수설하면서, 자기 질문에 스스로 당황하여 머리를 긁적였다.

"제니스한테 애인이 있었는지, 그걸 알고 싶으신가요?"

"네… 그런 셈입니다."

"이제 와서 그게 무슨 의미가 있겠어요?"

"의미는 없다고 생각하지만, 만약을 위해서… 뭐랄까, 애인 이름이라도 알려주시면…"

"안됐지만 그것까지는 나도 몰라요." 이렇게 말하고 나서 마거릿은 어린애를 타이르는 어머니 같은 어조로 말을 이었다. "프라이버시란 콜롬보 씨가 생각하는 것보다 훨씬 중요한 거예요. 아무리 존경할 수 없는 사람의 프라이버시라 해도 역시 존중하지 않으면 안 돼요. 설령 제니스의 애인 이름을 알고 있다 해도 입 밖에 내진 않겠지만, 실은 나도 이름까지는 몰라요. 아무리 친한 사이라도 그런 이야기까지 나누는 건 악취미라고 생각했기 때문에 제니스가 애인 이름을 말하려 할 때도 내가 막았어요. 하지만 제니스의 애인은 계속 바뀌었던 것 같아요. 애인이라기보다는 놀이 친구라고 말하는 편이 좋을지도 몰라요."

마거릿은 입을 다물었다. 잠자코 있을 작정이었는데, 어찌 된 노릇인지 그만 험담 같은 말이 입을 통해 나온다.

그러나 콜롬보가 그다음 얘기를 재촉하듯 "그래서요?" 하고 말하자 마거릿은 다시 지껄이기 시작했다.

"나도 한 번 충고한 적이 있어요. 작년에요. 휴가 너무 딱해서, 어떻게든 제니스의 나쁜 버릇을 고쳐주려고 했지요. 그런데 제니스는 몹시 화를 내면서 나한테 대들려고 했답니다. 제니스는 원래 성품이 격렬한 여자였지만, 그렇게까지 화를 낼 줄은 나도 미처 예상하지 못했어요. 생각해보면 충고 따위는 하지 않는 게 좋았어요. 어차피 부부간의 문제는 부부가 해결하지 않으면 안 되니까요."

"요컨대 콜드웰 부인에게는 애인이 여러 명 있었고, 그 때문에 부부싸움이 끊이지 않았다는 거군요."

"그래요. 하지만 나는 상대 남자들에 대해서는 아무것도 몰라요. 모두 제니스보다 젊은 남자였던 모양이지만…"

"젊은 남자요?" 콜롬보는 손을 턱에 대고 문질렀다.

"젊은 남자예요. 제니스는 나이를 먹고 싶어 하지 않았거든요. 그래서…"

"젊은 애인이 있으면 나이를 먹지 않나요?"

"심리적으로는 그렇게 생각할 수도 있지 않을까요?"

"심리적으로라… 어려운 얘기군요." 콜롬보는 천체망원경을 처음 들여다본 학생처럼 긴장한 표정으로 눈을 가늘게 뜨고 있었지만, 이윽고 쾌활한 목소리로 말을 이었다. "어쨌든 크게 참고가 되었습니다. 지금까지 애매했던 콜드웰 부인의 모습이 안개를 걷어낸 것처럼 또렷해졌으니까요. 정말 고맙습니다."

콜롬보는 현관 쪽으로 성큼성큼 걸음을 내딛다가 문득 멈추더니 뒤로 홱 돌아섰다.

"아 참, 죄송하지만 한 가지만 더…"

장미꽃 다발을 들고 테라스에서 거실로 들어가려던 마거릿은 콜롬보가 불러 세우자 그 자리에 멈춰 섰다. 콜롬보와 얘기하는 것은 물론 진저리가 났지만, 그래도 애써 웃는 얼굴을 지어 보이며 고개를 끄덕였다.

"어젯밤 사건 말인데요…" 콜롬보는 뒤통수에 손을 대고 마치 머릿속에 들어 있는 기억을 밖으로 끌어내려는 것처럼 톡톡 때렸다. "도둑이 콜드웰 씨 집에서 달아나는 것을 총경님께서는 보셨다지요?"

"네, 2층 침실 테라스에서요."

"사모님께서도 함께 계셨다던데."

"그래요."

"인상이 어땠습니까?"

"아니, 난 보지 못했어요. 내가 테라스에 나갔을 때는 벌써 도망친 뒤라서…"

"보지 못했다고요!" 콜롬보는 소리를 질렀다. 마치 거짓말을 나무라는 듯한 어조였다. "보지 못했다니! 정말로 못 봤습니까?"

"네."

"그럼 사모님은 뭘 하고 계셨습니까?"

"나는 침대에서 책을 읽고 있었어요. 남편이 불러서 테라스로 나가봤지만, 그때는 벌써…"

"아무것도 보이지 않았군요!"

콜롬보는 이마에 손을 대고 고개를 숙였다. 중대한 물건을 잃어버린 것을 깨달았지만, 어디에 놓고 왔는지 좀처럼 생각나지 않는다는 듯이 가만히 고개를 숙이고 있었다.

그러다가 갑자기 고개를 들고는 찌르는 듯한 시선으로 마거릿을 바라보았다.

"사모님, 다시 한 번 묻겠는데요, 사모님은 문제의 그 남자를 목격하지 않았지요? 전혀 못 보셨지요?"

마거릿은 콜롬보가 왜 이런 문제에 구애를 받고 있는지도 모른 채, 콜롬보의 끈질김에 오히려 짜증스러움을 느끼며 말없이 고개만 끄덕였다.

콜롬보는 마거릿과 박자를 맞추듯 고개를 끄덕이더니 넉살좋게 웃었다.

"크게 참고가 되었습니다. 그런데, 이왕 시간을 내주신 김에 한 가지만 더… 콜드웰 씨 집은 옆집이 아니라 길 건너편에 있지요?"

"네, 길 건너편이에요. 1278번지…"

"번지는 알고 있습니다. 오늘 아침에 갔다 왔으니까요. 다만 댁과의 위치 관계가 혼란되어버려서… 이 근처 집들은 너무 넓어요. 너무 넓어서 머리가 복잡합니다. 그거야 어쨌든, 이렇게 넓은 부지와 넓은 도로를 사이에 두고 도망치는 범인을 목격하다니, 부청장님은 매처럼 날카로운 눈을 가지셨나 봅니다." 이렇게 말하고 나서 콜롬보는 한 손을 쳐들었다. "이거 실례가 많았습니다."

콜롬보는 패잔병처럼 어깨를 구부리고, 그러나 돌격대원처럼 경쾌한 걸음으로 사라졌다.

8

수요일, 낮 12시.

휴 콜드웰은 2층 테라스에 점심 식탁을 내다놓고 새소리에 귀를 기울이고 있었다. 식욕이 전혀 없어서 눈앞에 놓인 음식을 보자 속이 메슥거렸다. 그래서 눈을 감고 애써 새소리를 들으며 가슴에 맺힌 무거운 기분을 씻어내려고 했다.

그러자 감은 눈 속에 죽은 제니스의 무서운 얼굴이 떠올랐다. 떨쳐버리려 하면 그 영상은 오히려 더욱 선명해졌다. 그 죽은 얼굴이 크게 입을 벌리고 뭐라고 외쳤다. 침이 묻은 입술에서 솟아나온 것은 새의 울음소리 같았다.

정원 나무에 모여 있는 들새들은 제니스의 목소리에 귀를 기울이듯 잠시 침묵했다가, 다시 일제히 입을 모아 울어댔다. 들새들의 시끄러운 소리가 휴의 귀를 때렸다. 그 소리는 휴의 귓속에서 하나의 외침으로 바뀌었다.

"찰리! 살려줘!" 틀림없는 아내 목소리를 듣고 휴는 눈을 번쩍 떴다.

제니스는 나를 원망하고 나를 무서워하면서 죽어갔어. 맨 마지막에 제니스의 입에서 나온 말은 애인 이름이었어. 내 이름이 아니라 외간 남자의 이름이었어… 휴는 제니스에 대한 증오심을 불러일으키려고 했다. 그러나 그게 뜻대로 되지 않았다. 슬픔과 두려움이 무거운 두통이 되어 남았다.

"사장님."

휴는 범행을 들킨 범죄자처럼 깜짝 놀라 뒤를 돌아보았다. 파출부 페르난데스의 뚱뚱한 몸이 테라스 입구를 가로막고 서 있었다.

"아아, 아줌마…"

"실례했습니다. 경찰분이 오셔서…" 페르난데스가 스페인어 말투가 섞인 영어로 말했다. "오늘 아침에도 오셨더랬어요. 사장님이 마침 외출하셨기 때문에 그냥 돌아갔는데, 또 오셔서…"

"괜찮아요. 이리로 안내해줘요."

"하지만…" 페르난데스는 불만스러운 소리를 냈다.

"아, 글쎄 괜찮으니까 안내해요."

"하지만 그 경찰분은…"

품위 없는 남자라고 말하고 싶은 걸까? 휴는 페르난데스의 말투에서 손님이 어젯밤에 만난 그 콜롬보라는 남자라는 것을 알았다. 그 남자라면 안전하다. 오히려 기분전환을 하기에 알맞은 상대다.

휴는 미소를 지으며 말했다.

"이상한 남자가 왔나요? 누더기 같은 코트를 입은 남자가? 상관없으니까 안내해요. 누더기 같은 코트로 테라스 바닥이라도 닦게 하지 뭐."

페르난데스의 뒤에서 헛기침 소리가 나더니, 더러운 코트가 페르난데스의 뚱뚱한 몸을 밀어젖히듯이 하며 나타났다.

"이런 때 찾아와서 실례인 줄은 압니다만…" 이렇게 말하면서 콜롬보는 코트의 가슴께를 털었다. 그러고는 그 손을 코트 자락으로 뻗어 쌓이고 쌓인 먼지라도 털어내듯 두세 번 털었다.

일부러 불쾌한 짓을 하는군. 상당히 공들인 심술이야. 휴는 콜롬보가 자기 말을 엿들은 것을 알고 부끄러움이 아니라 분노에 사로잡혔다.

"코트는 아줌마한테 맡겨주세요!"

"아니, 이 코트는 내 가방이나 마찬가지라서, 주머니에 중요한 게 잔뜩 들어 있기 때문에… 도난이라도 당하면 큰일이고…"

코트를 받아들려던 페르난데스가 작은 외침 소리를 지르더니, 잔뜩 화난 눈으로 콜롬보를 노려보았다. 페르난데스의 시선을 옆얼굴에 받은 콜롬보는 아무 반응도 보이지 않는다. 페르난데스는 홱 돌아서서 테라스를 나갔다.

제1라운드에서 진 것을 깨달은 휴는 부드럽게 웃으며 말했다.

"콜롬보 씨, 커피라도 드시겠습니까?"

콜롬보도 미소를 지었다.

"아니, 괜찮습니다. 그보다 이런 때 찾아와서 정말 죄송합니다."

"오늘 아침에도 오셨다던데… 공교롭게도 장례식 문제로 집을 비워서 그만…" 휴는 자기 찻잔에 커피를 따랐다. "오늘 아침부터 계속 커피를 마시고 있답니다. 어쨌든 어젯밤에는 거의 잠을 자지 못했으니까요."

"그야 그러시겠지요." 콜롬보도 졸린 듯한 목소리로 말했다. 콜롬보는 밤새워 포커를 한 사람처럼 눈이 부신 듯 눈을 가늘게 뜨고 식탁 위에 차려진 점심식사를 바라보았다.

"식사를 하시는데 실례지만…" 콜롬보는 의자에 앉아 코트 주머니를 뒤적거리더니 수첩을 꺼냈다. 닳아 해어진 검은 표지의 수첩을 보고 휴의 두려움이 되살아났다.

"뭔가… 의심스러운 점이라도?"

"의심요? 아니, 당치도 않습니다." 콜롬보는 맹렬히 손사래를 쳤다. "만약을 위해서 두세 가지만 묻고 싶을 뿐입니다. 나 자신을 납득시키기 위해서…"

휴는 콜롬보의 수첩을 바라본 채 되물었다.

"납득이라고 말씀하시면… 어떤 겁니까?"

"콜드웰 씨, 부인이 돌아가셨을 때의 상황에 대해선데요, 좀 마음에 걸리는 점이 있습니다. 대단한 건 아닙니다만…" 콜롬보는 수첩으로 식탁을 가볍게 두드렸다. "아무 의미도 없는 일이라고 생각하지만… 댁의 파출부인…"

"페르난데스."

"예, 페르난데스 씨라고 했지요? 좋은 여자더군요. 오늘 아침에 그 사람한테 들었는데, 어제는 여느 때보다 늦게까지 일을 했다던데요. 대청소 날이었습니까?"

"글쎄요. 나는 잘 모르겠는데요." 휴는 어깨를 으쓱했다.

콜롬보는 수첩을 무릎 위에 놓았다. 그러나 수첩을 펼칠 기색은 없었다. 휴는 그 검은 표지에서 눈을 떼지 못했다. 저 안에는 어떤 것이 적혀 있을까?

"부인은 하루 종일 쇼핑하러 다니셨던 모양입니다. 그런데 페르난데스 씨는 몇 시쯤에 댁을 나갔습니까?"

"8시가 좀 지나서였습니다. 아내도 나도 마침 그 무렵에 돌아왔지요."

"그렇습니까?" 콜롬보는 수첩의 검은 표지를 어루만진다. "콜드웰 씨가 돌아왔을 때 부인은 아래층에 계셨나요?"

"네, 거실에서 술을 마시고 있더군요."

"페르난데스 씨의 이야기로는 어젯밤 부인은 빨간 드레스로 정장을 하고 계셨다는데, 어디 나가실 예정이었습니까?"

"아뇨." 황급히 부정한 휴는 필사적으로 다음 말을 찾았다. 다음에 해야 할 말이 콜롬보의 수첩에 적혀 있기라도 한 것처럼 닳아 해어진 검은 표지를 뚫어지게 바라보았다.

휴는 부자연스럽게 긴 침묵이 계속되지 않도록 입에서 나오는 대로 지껄였다.

"우리는 아무 데도 나갈 예정이 없었습니다. 우리는 가볍게 한잔 마시고… 아내도 아마 나갈 예정은 없었을 겁니다."

그 순간 휴는 겨우 변명할 말을 찾았다.

"아내가 빨간 드레스로 정장을 하고 있었던 건… 그건 낮에 쇼핑하러 나갔을 때 입었던 옷을 그대로 입고 있었던 것뿐입니다."

"그렇군요. 부인도 콜드웰 씨도 나갈 예정은 없었군요. 하지만 콜드웰 씨는 나가셨습니다. 8시에 클럽에 가셨잖습니까. 그렇지요?"

"네, 갑자기 마음이 바뀌어서…"

콜롬보는 고개를 끄덕였다.

"예정이란 바뀌는 게 예사니까요. 그런데 콜드웰 씨가 클럽에 가실 때도 부인은 빨간 드레스를 입고 계셨나요?"

바닥에 너부러져 있는 빨간 칵테일 드레스 차림의 시체가 잔상이 되어 휴의 눈 속에 어른거렸다. 휴는 저도 모르게 눈을 비볐다.

"네, 아직 빨간 드레스를 입고 있었습니다." 휴는 되도록 빨리 이야기를 끝내려고 말을 서둘렀다. "나는 일 때문에 마크에게… 핼퍼린 부청장 말입니다… 의논하고 싶어서 클럽에 갔습니다. 9시가 조금 지나서였지요. 클럽에서 마크를 만나고, 마크가 집으로 돌아간 뒤에 나는 혼자서 잠시 술을 마시고 있었습니다. 그러다가 10시 반쯤 집으로 전화를 걸었지요. 그때 제니스는 아직 일어나 있었습니다."

"경찰은 그 클럽의 바에서 콜드웰 씨를 발견했습니다. 콜드웰 씨는 그때까지 아무것도 모르고…"

"아무것도 몰랐어요. 내 상상으로는, 내가 전화로 먼저 자라고 말한 뒤 제니스는 2층으로 올라가 잠옷으로 갈아입었을 겁니다. 그때 아래층에서 무슨 소리가 나는 것을 듣고 내려갔다가…"

"그 불행을 당하셨다고 생각하시는군요?"

"사실을 종합하면 그렇게밖에는…"

"그렇군요. 하지만…"

"하지만 뭐죠?" 휴가 성급하게 물었다.

"이상한데." 콜롬보는 느릿느릿한 어조로 혼잣말처럼 말했다. "이상해. 아무래도 이상해."

"뭐가 이상다는 거죠?" 휴는 다그쳐 물었다.

콜롬보는 갑자기 등을 구부려 헝클어진 머리를 탁자 위로 쑥 내밀고는 휴의 얼굴을 밑에서 들여다보았다.

"하지만… 이상하다고 생각지 않으십니까? 파출부인 페르난데스 씨는 하루 종일 댁을 청소했습니다. 왁스도 번쩍번쩍하게 칠해놓았고요. 물론 침실도 닦았습니다. 그런데 감식반의 이야기로는 옷장 손잡이에 지문이 전혀 묻어 있지 않았다는 겁니다. 지문이 하나도 없어요. 페르난데스 씨가 닦은 직후니까 지문이 없는 건 당연하지만, 부인의 지문도 묻어 있지 않은 겁니다. 내가 납득할 수 없는 건 바로 그거예요. 부인은 어떻게 지문도 남기지 않고 옷장에서 잠옷을 꺼낼 수 있었는가… 그게 아무래도 이상해서 난 도무지…"

휴의 두려움은 그림자를 감추었다. 콜롬보는 고작 그런 일을 가지고 고민하고 있었던가? 부부 사이에서는 전혀 이상할 게 없는 단순한 습관도 남이 보면 이상한 사건처럼 여겨지는 모양이다. 얼간이 형사가 아무것도 아닌 일에 발이 걸려 비틀거린 것뿐이다.

휴는 의자 등받이에 기대어 다리를 꼬면서 말했다.

"손잡이에 제니스의 지문이 없는 건 당연합니다. 제니스는 아침에 일어나면 언제나 잠옷을 개켜서 베개 밑에 넣어두거든요. 잘 때 곧바로 꺼낼 수 있어서 편리하다면서요. 습관이지요."

콜롬보는 가슴을 힘껏 떠밀린 것처럼 쿵 소리를 내며 의자 등받이에 몸을 기댔다. 그러고는 그 자세로 입을 멍하니 벌리고 있었다. 투박한 손가락이 수첩을 펼칠 듯한 기미를 보였지만, 그 손은 이마로 뻗어가 거기에 찰싹 달라붙었다. 화려한 동작과는 반대로 콜롬보는 침착하게 말했다.

"알았습니다. 듣고 보니 단순한 일이군요. 모두 납득이 갔습니다. 이제 속이 후련합니다. 정말 실례가 많았습니다."

콜롬보는 느릿느릿 일어나, 끝내 한 번도 펼치지 않았던 수첩을 주머니에 쑤셔 넣고 테라스에서 퇴장했다.

9

수요일, 오후 3시 30분.

마크 핼퍼린은 집무실에서 귀가 준비를 하고 있었다. 정규 근무시간은 아직 두 시간이나 남아 있었지만, 비서한테는 밤에 순찰이 있으니까 일단 집에 돌아가겠다고 말해두었다.

비서는 기쁜 웃음을 지으며 어딘가로 사라져버렸다. 부청장이 퇴근하면 비서가 할 일도 끝난다고 제멋대로 판단한 모양이다. 요즘 아가씨들은 어째서 모두 이 모양이지… 마크는 혀를 차면서 책상 위를 정리했다.

그러나 마크는 별로 불쾌하지 않았다. 이제 몇 시간만 지나면 오랫동안 꿈꾸던 로열 스트레이트 플러시가 손에 들어올 것이 확실했기 때문이다. 불안이나 의문은 없었다. 한 조직의 정점 언저리에 있는 사람에게는 불가능한 일이 아무것도 없다고 마크는 확신했다.

마크는 자신의 권력을 지금만큼 강하게 의식해본 적이 없었다. 모든 경찰 조직이 마크 앞에 넙죽 엎드려 그의 뜻대로 움직이고 있었다.

운과 권력만 있으면 로열 스트레이트 플러시도 가능하다. 마크는 서류를 가방에 쑤셔 넣으면서 빙긋 웃었다. 권력은 야망을 실현하기 위한 도구다. 권력을 사용하여 야망을 실현하고 새로운 권력을 손에 넣는다… 마크는 문득 고개를 들었다. 비서가 돌아왔는지 문이 살며시 열렸다. 그러나 문틈으로 엿보인 것은 비서의 미소가 아니라 콜롬보의 주뼛거리는 얼굴이었다.

"아…" 콜롬보가 묘한 소리를 냈다.

"콜롬보 경위인가?"

"네, 일하시는데 죄송하지만…"

"볼일이 있으면 비서를 통해서 말하게." 마크는 비서가 없는 것을 알면서도 차갑게 말했다.

"죄송합니다." 콜롬보는 말하면서 어슬렁어슬렁 방 안으로 들어왔다.

"이봐!" 마크는 손을 들어 콜롬보를 제지했다. "나는 들어와도 좋다고 말하지 않았어."

"죄송합니다." 콜롬보는 사과를 되풀이하면서 마크의 제지를 무시하고 전진하여, 책상 맞은편에 놓인 손님용 의자에 털썩 주저앉았다. "비서한테 전화를 걸었지만 응답이 없더군요. 그래서 저어…" 콜롬보는 관자놀이에 손을 대고 눈을 치켜뜨며 말을 이었다. "잠깐 여기까지 상황을 살피러 왔는데 비서실에는 아무도 없더군요. 혹시 부청장님 집무실에 있나 해서 살짝 들여다보았더니…"

"노크도 하지 않고 상관의 방을 들여다봐도 되나?"

"좀 더 일찍 찾아뵐 작정이었습니다만…" 콜롬보는 마크의 꾸중을 흘려들으며 말을 이었다. "결국 제 자동차가 나쁜 겁니다. 제가 아니라 제 차가 나빠요. 휴 콜드웰 씨 댁에 가서 이야기를 들은 뒤 돌아오려고 차에 올라탔지요. 그런데 키를 돌려도 시동이 걸리질 않는 겁니다. 아니, 배터리가 아닙니다. 배터리는 오늘 아침에 고쳤거든요. 이번에는 시동 모터가 말썽을 부리는 겁니다. 정말 한심한 소리만 날 뿐 엔진이 좀처럼 걸리질 않아요."

"콜롬보 경위, 말허리를 잘라서 미안하지만 나는 자네한테 들어와도 좋다고 허락하지 않았어. 그래서 노크도 하지 않고 상관의 방을 들여다본 문제에 대해 자네의 해명을 요구하고…"

"시동이 걸리지 않아서 콜드웰 씨 집 전화를 빌려 수리공을 불렀지요. 그래서 비서가 자리를 뜨기 전에 여기 도착하지 못했던 겁니다. 그러니까 모든 책임은 제 차에 있고…"

"이제 됐네!"

"자동차를 고치는 데 9달러나 들었습니다. 우리 집사람 친척 중에 자동차 수리공이 있는데, 그 사람한테 부탁하면 반값으로…"

"콜롬보 경위! 이제 좀 그만해두게. 자네가 경위라는 걸 나는 도저히 이해할 수가 없어. 자네는 무슨 착오로 승진한 거 아닌가?"

"착오가 있었는지도 모르지요." 콜롬보는 태연히 말하고 손님용 의자에 앉은 채 다리를 꼬았다.

"좋아. 자네 같은 사람이 허락도 받지 않고 내 방에 들어온 것도 인사과의 착오 탓이라고 체념하고 자네 이야기를 듣지. 요점을 말해보게."

이렇게 말하고 마크는 다시 책상 위를 치우기 시작했다.

"아, 수사의 진전 상황에 대해서 말씀드리면…" 콜롬보는 책상 위에서 부지런히 움직이는 마크의 손을 바라보며 말했다. "수사는 착착 진행되고 있습니다."

"보고서는 다 썼나?" 마크는 콜롬보의 말에 덮어씌우듯이 물었다.

"아뇨." 콜롬보는 거북한 듯 의자 위에서 앉음새를 고쳤다. "보고서를 쓰기까지는 아직 다소…"

"시간이 걸리나? 자네가 할 일은 보고서를 쓰는 것, 그리고 그 보고서를 비서에게 맡기는 것뿐이야. 일이 일단락되면 나는 자네 보고서를 훑어보겠네. 앞으로의 수사에 참고로 삼지."

마크는 이야기에 마침표를 찍듯 서류가방을 탁 닫았다.

"그럼 나는 먼저 실례하고 집에서 식사를 하겠네. 오늘 밤에는 철야로 벨에어를 순찰하게 될 거야."

그러나 콜롬보는 엉덩이를 일으킬 기색도 보이지 않고 코트 주머니에서 진흙 덩어리 같은 시가를 꺼내어 입에 물었다.

"아, 죄송하지만 성냥 갖고 계십니까?"

"콜롬보 경위! 성냥은 있지만 나는 자네의 시가를 상대하고 있을 시간이 없어. 분명히 말해두지만 자네의 면담 시간은 이제 끝났네."

"알고 있습니다. 부청장님은 바쁘시죠. 오늘 밤에는 헬리콥터를 타신다는 것도 알고 있습니다. 기자회견에서 발표했으니까요." 콜롬보는 시가를 주머니에 도로 쑤셔 넣었다. "하지만 1분 정도는 어떻게든 시간을 내주실 수 있겠지요? 저한테는 완벽한 보고서를 만들 의무가 있기 때문에, 그러기 위해서라도 잠깐만…"

"빨리 요점을 말하게."

"만약을 위해서 부청장님이 보셨다는 남자의 인상착의를 다시 한 번…" 이렇게 말하고 콜롬보는 수첩을 꺼냈다. 그리고는 수첩을 펼쳐 거기에 적힌 글자를 뚫어지게 들여다보았다. "어제 들은 이야기로는 검은 스웨터에 검은 바지, 그리고 검은 모자 같은 것을 쓰고 있었다고…"

"거무스름한 모자라고 정정해두게."

마크는 자리에서 일어났다.

"거무스름한 모자요." 콜롬보는 수첩에 뭐라고 적어 넣었다. "틀림없이 모잡니까?"

"아아, 그래. 하지만 밤이었으니까. 게다가 거리도 멀었고."

이 말을 남기고 마크는 문손잡이를 잡았다. 뒤에서 콜롬보의 조용한 목소리가 들려온다.

"분명히 보지 못해서 유감이군요. 사모님도 유감스러워하시던데…"

마크의 머릿속에서 위험을 알리는 종이 울렸다. 뭐가 위험한지는 알 수 없지만, 줄지어 늘어서 있는 컴퓨터의 어딘가에 고장이 생긴 것을 알리는 경보를 들었을 때처럼 마크는 움찔 놀라서 뒤를 돌아보았다.

손님용 의자에 앉아 있는 콜롬보의 땅딸막한 뒷모습. 뭐가 위험한지, 찾아내지 않으면 안 된다. 마크는 천천히 책상으로 돌아갔다.

"아니, 뭐 잊으신 거라도?" 콜롬보가 고개를 들었다.

"이봐…" 마크는 콜롬보의 무표정한 얼굴을 내려다보며 말했다. "오늘 우리 집사람을 만났나?"

"네, 그러면 안 됩니까?"

"그런 건 아니지만…" 마크는 아직도 뭐가 위험한지 알 수가 없었다. 다만 콜롬보의 더러운 코트에서 무언가가 풍겨오는 것은 틀림없다. 이 녀석은 자기도 모르게 무언가를 알아냈을지도 모른다. 무언가를 알아내고도 깨닫지 못하고 있는지도 몰라…

마크는 다시 한 번 파고들었다.

"콜롬보 경위, 자넨 또 무엇 때문에 집사람을 만날 생각을 했나?"

"오늘 아침의 기자회견 때문입니다."

이렇게 콜롬보가 말했을 때 마크는 겨우 위험의 실체를 찾아냈다. 그

기자회견이 치밀하게 연출된 연극이라는 것을 콜롬보가 꿰뚫어보고, 연극이라는 확증을 잡기 위해 마거릿을 만났다면 사태는 지극히 위험하다.

"오늘 아침의 기자회견이 어때서?" 마크는 더욱 파고들었다.

"아니, 어떻다는 건 아니지만…" 콜롬보는 머리를 긁적이며 말을 이었다. "오늘 아침에 부청장님의 기자회견을 듣고 사모님도 범인을 목격했다는 인상을 받았기 때문에…"

"터무니없는 말을 하면 곤란해!" 마크는 억지로 큰 소리를 내어 부정했다. "집사람이 테라스에 나왔을 때는…"

"네, 범인은 도망친 뒤였다고 사모님도 말씀하시더군요. 하지만 부청장님의 이야기에서 받은 인상으로는…" 콜롬보는 뺨에 손을 댔다.

마크는 말없이 콜롬보의 반응을 살폈다. 이 녀석은 그 회견에서 내가 파놓은 함정을 눈치챘을까? 아니면 단순히 범인의 인상을 알아내려고 마거릿을 만났을까?

마크는 자신이 지금 중대한 갈림길에 서 있는 것을 느꼈다. 도박을 계속할 것인가, 끝낼 것인가. 둘 중 하나를 선택하지 않으면 안 된다.

"제가 아무래도 지레짐작을 하고 있었던 모양입니다. 침착하지 못하고 서두르는 게 제 나쁜 버릇이지요." 콜롬보는 우둔한 얼굴을 주름투성이로 만들며 웃었다.

마크는 결단을 내렸다. 도박을 계속하자. 콜롬보는 깊은 데까지 읽을 수 있는 사람이 아니야. 피상적인 일에 단순히 반응하는 사람이야. 그게 나한테는 오히려 편리해.

"콜롬보 경위, 차가 기다리고 있어서 난 이만 가봐야겠네."

"차라면, 부청장님의 관용차를 말씀하시는 겁니까? 그 차에 대해서 잠깐 말씀드리고 싶은 게 있는데…"

"이제 더 이상 시간이 없네. 힘껏 분발해서 수사를 계속해주게."

"하지만 아직 묻고 싶은 게… 관용차가 아니라 수사 문제로…"
"내일 아침 비서한테 전화하게. 어떻게든 시간을 내볼 테니까."
이 말을 남기고 마크는 손을 뒤로 돌려 문을 닫았다.
도박은 시작되었다.

제2장

수중 매장

1

수요일, 오후 4시 10분.

마크는 예정했던 시간보다 10분 늦게 집에 도착했다. 아내 마거릿은 8시에 헬컴 하우스에서 연설한다고 말했다. 그 전에 가벼운 저녁 식사를 끝내고 집에서 나가려면 오후 4시쯤 마거릿은 욕실에 들어갈 것이다.

그때를 놓치면 일이 성가시게 된다. 마크는 손목시계를 보면서 링컨 컨티넨탈에서 내리자 운전기사에게 말했다.

"톰슨, 그냥 본청으로 돌아가도 좋아. 나는 식사를 마치고 내 차로 돌아갈 테니까."

"알았습니다."

검은색 차체가 오후의 햇살을 받으며 멀어져가는 것을 지켜보고 나서 마크는 현관문을 열었다. 거실에는 아무도 없었지만 마크는 만약을 위해 작은 소리로 불러보았다.

"랜들?"

대답이 없다. 파출부 랜들에게는 오늘 마거릿도 외출하니까 저녁 준비를 일찍 끝내놓고 돌아가도 좋다고 말해두었다. 랜들은 일찌감치 돌아간 모양이다. 여기까지는 계산한 대로였다.

마크는 거실 한복판에 우뚝 서서 장갑을 끼었다. 그리고 식당을 들여다보았다. 식탁 위에는 2인분의 저녁 식사가 준비되어 있다. 마크는 조용히 계단을 올라갔다.

층계참까지 왔을 때 마크는 승리를 확신했다. 2층 침실 쪽에서 샤워 소리가 들려왔다. 나는 운이 좋아. 마크는 싱긋 웃었다.

욕실 문을 열자 그 너머에 발가벗은 아내의 뒷모습이 있었다. 마거릿은 뜨거운 물을 가득 채운 욕조 안에 서서 샤워기 물을 머리에 뒤집어쓰고 있다. 마크는 튀는 물방울을 온몸에 받으며 다가갔다.

두 손을 마거릿의 어깨를 향해 뻗으려 했지만 그때 이변이 일어났다. 마크의 손은 마거릿의 어깨에 닿기 전에 멈춰버렸다. 뜨거운 물을 흠뻑 받아 유난히 윤기가 도는 아내의 알몸, 힘차게 숨 쉬고 있는 생명의 증거가 마크를 망설이게 했던 것이다. 마거릿의 몸은 유난히 커 보였다. 그 살집 좋은 어깨에 맞고 튀어나온 물방울이 마크의 얼굴을 힘차게 때려, 마크는 숨 막힐 듯한 답답함을 느꼈다.

이럴 리가 없는데. 어이없을 만큼 손쉽게 해치울 수 있는 일인데. 하지만 이런 일에는 나름대로 탄력이 필요해. 예를 들면 격렬하게 끓어오르는 증오심, 몸이 얼어붙을 듯한 공포… 휴의 경우처럼 강력한 탄력을 낳을 수 있는 상황이 필요해.

마크는 작전을 바꾸어 마거릿의 어깨를 부드럽게 두드렸다. 마거릿은 어깨를 움찔하더니 쳇소리를 지르며 뒤를 돌아보았다. 샤워의 물줄기 속에서 크게 뜬 눈이 마크를 바라보았다. 그 눈에 가득 찬 공포의 빛은 잠시 사라지지 않았다.

이윽고 마거릿은 샤워 꼭지를 잠그고 욕조 안에 몸을 담그고는 나무라듯 말했다.
"무슨 일이야, 마크?"
마크는 아무 대답도 할 수 없었다. 흠뻑 젖은 얼굴을 닦으려고도 하지 않고 우뚝 서 있었다. 마크는 완전히 움츠러든 살의의 잔해를 처치 곤란한 짐처럼 끌어안은 채, 나는 강력한 권력을 갖고 있다고 열심히 자신을 타이르고 있을 뿐이었다.
"깜짝 놀랐잖아." 마거릿은 놀라기는 했지만 마크의 살의까지는 눈치채지 못했다. "이런 짓을 할 시간으로는 아직 좀 이르잖아?" 이렇게 말하고 마거릿은 미소를 지었다.
마크도 겨우 미소를 지으며 대답했다.
"당신 몸이 식욕을 돋우는군."
"식사는 아래층에 준비되어 있어. 하지만 당신은 5시경에 돌아온다고 하지 않았어?"
"일이 일찍 끝났어. 그리고 당신은 8시에 연설한다고 했잖아. 5시부터 저녁을 먹기 시작하면 당신이 시간에 쫓길 것 같아서…"
마크는 초조했다. 변명을 하고 있는 동안 부부 사이의 지극히 일상적인 대화가 자연히 되살아나고 살의는 점점 멀어져갔다.
역시 아까 그대로 해치워버렸으면 좋았을 텐데. 마크는 순간적인 망설임을 저주했다. 로열 스트레이트 플러시를 만들 수 있는 유일한 마지막 기회를 앞두고 뭘 망설이는 거야! 마크는 자신을 나무랐다.
그래도 살의는 이제 상상화 같은 감정에 불과하여 마크에게는 조금도 실감이 나지 않았다. 현실적인 존재감을 갖추고 있는 것은 아내의 미소이고 아내의 몸뚱이였다.
남자는 이런 식으로 자신의 야망을 잃어버리는 것인가… 괴로움을 씹으며 무참한 패배를 인정하려고 했을 때, 마거릿의 차가운 목소리가 날아왔다.

"마크, 아래층에서 기다리거나 침실에서 옷이나 갈아입어. 난 목욕하는 모습을 남에게 보이는 걸 싫어해. 몇 번이나 말했잖아. 아무리 부부 사이라도 싫은 건 싫은 거야!"

마크는 마거릿의 말에서 또 하나의 권력을 느꼈다. 그것은 단순한 착각이었는지도 모른다. 그러나 마크에게는 없는 재산이라는 권력을 가진 여자의 횡포, 지극히 사소하지만 거만한 횡포가 얼핏 얼굴을 내민 듯한 기분이 들었다.

마크는 그 희미한 흔적에 매달렸다.

"새삼스럽게 그런 말을 할 사이도 아니잖아. 우린 부부니까." 마크는 굳이 마거릿이 싫어하는 말을 선택했다.

마거릿은 앞에 모인 비누거품을 입김으로 날려 보내며 말했다.

"목욕하는 모습을 남에게 보이고 싶지 않다는 건 내가 어릴 적부터 느꼈던 감정이야. 아무리 부부라 해도 남편이 아내의 감정을 지배할 수는 없어."

"그렇게 많은 거품으로 몸을 단단히 지키고 있는데 부끄러워할 필요는 없잖아." 마크는 웃었다.

"부끄러워서 그러는 게 아니야. 몇 번이나 말했잖아. 나는 혼자서 느긋하게 물속에 잠겨 있고 싶어."

마거릿은 분명히 흥분하고 있었다. 그와 더불어 마크는 가슴속에서 이미 낯익은 증오의 검은 그림자가 무럭무럭 부풀어 오르는 것을 느끼고 있었다. 증오를 증폭시켜 단숨에 폭발시켜라! 항상 불완전 연소로 끝날 수밖에 없었던 증오심을 오늘은 마음껏 폭발시켜라! 증오의 탄력을 이용하여 일상적인 대화를 때려 부수고 착란과 광기의 순간을 붙잡아라!

"마거릿, 우리 결혼생활은 훌륭해. 불평할 수가 없어. 이상적인 남편과 아내야. 그렇게 생각지 않아?"

"갑자기 이상한 말을 하네. 대체 무슨 일이야?" 마거릿은 여느 때와 똑같은 부부싸움의 조짐을 민감하게 알아차리고 불쾌한 얼굴로 말했다.

흥! 뭐든지 잘 아는 눈치 빠른 아내란 말인가? 마크는 속으로 마거릿을 욕했다. 아무리 눈치가 빨라도 남편의 살의까지는 눈치채지 못할걸. 그게 여자의 약점이고 여자의 오만함이지.

"아무 일도 아니야." 마크는 자신의 목소리가 약간 떨리고 있는 것을 깨달았다. "아무것도 아니라고. 여느 때와 똑같은 싸움의 시작일 뿐이지. 오늘은 여느 때와 달리 사소한 사건이 일어날 것 같지만."

"우리한테는 사건이 일어날 수가 없어. 여보, 제발 밖에서 기다려줘요."

"그렇게는 안 되겠어. 나는 지금 우리 결혼생활을 회고하면서 몹시 감상적인 기분이 되어 있으니까."

"당신한테도 감상이란 게 있어?"

"있지. 당신한테 재산이 있듯 나한테는 감상이 있지."

"그거 멋지네. 당신의 감상을 은행에 맡기고 이자를 버는 게 어때?"

"당신이 죽으면 그렇게 할 작정이야."

"나는 평균적인 여자야. 통계에 나오는 평균적인 여자처럼 남편보다는 오래 살 거야."

"인생이란 멋진 거야. 내일 일은 아무도 모르니까."

"나한테는 내일 일도 모레 일도 모두 보이는데."

"미래의 일은 나한테 맡겨두고 과거에 대해서 이야기하지. 당신을 처음 만났을 때 나는 당신의 너그러운 마음과 상냥한 배려에 감동했어."

"난 지금도 너그러운 마음과 상냥함을 갖고 있다고 자부하는걸."

"자선사업가로는 그렇겠지. 하지만 당신한테는 중대한 결점이 있어. 당신의 판단력 말인데…"

"확실히 내 판단력에는 좀 모자란 데가 있지. 당신 같은 남자와 결혼 했으니까. 그래도 당신보다는 정확한 판단력을 갖고 있다고 생각하는데?"

"그래? 하기야 450만 달러나 되는 큰돈을 멜로드라마 주인공들한테 뿌려버리기로 결심하다니, 보통 사람이 할 수 있는 일은 아니지. 당신한테는 재산을 관리할 능력이 없어."

"관리 능력이 없으면 어떻다는 건데? 그건 내 돈이야!"

"드디어 본심이 나왔군!" 마크는 소리를 지르며 욕조로 한 걸음 다가갔다.

"내 재산을 내 마음대로 쓰는 게 뭐가 나빠?" 마거릿은 마주 고함을 치며 등을 홱 돌렸다.

그 등은 이제 더 이상 마크를 위압하지 않았다. 노화의 조짐인 다갈색 반점이 몇 개나 생기고 거친 피부가 눈에 띄는 추한 등짝에 불과했다. 그것은 증오심을 내던질 수 있는 대상일 뿐이었다. 마크는 쾌감에 몸을 맡기듯 분노에 몸을 맡기고 장갑 낀 손을 쑥 내밀었다.

"내 재산이야. 사용법은 내가 결정해!" 마거릿은 마크에게 등을 돌린 채 욕실 벽을 향하여 소리쳤다.

그 목소리는 벽의 타일에 메아리쳐 천둥처럼 마크의 귀를 때렸다. 그 천둥의 울림이 사라지기 전에 마크는 또 하나의 천둥소리를 들었다. 그것은 틀림없는 자기 목소리였다. 욕실의 습기 찬 공기를 뚫고 검은 타일 벽에 부딪히는 분노의 신음이자 증오의 외침이었다.

"까불지 마! 재산은 내 거야!"

마크는 장갑에 감싸인 손이 마거릿의 어깨에 떨어지는 것을 보았다. 손은 강력한 힘을 숨긴 강철 기계처럼 마거릿의 어깨를 움켜잡고 비누거품에 덮인 물속으로 가라앉았다.

마거릿의 얼굴이 사라지고 갈색 머리카락이 흔들렸다. 그 위에 비누거품이 퍼져갔다. 마크의 팔은 두 개의 교각처럼 거품 속에 박혀 있었다.

그때 마크는 처음으로 욕조 밑바닥에서 올라오는 반발을 느꼈다. 마거릿이 마크의 손을 뿌리치려고 발버둥치고 있었다. 예상도 하지 못했던 강력한 힘이었다. 거품이 미친 듯이 파도치고 마거릿의 두 팔이 격렬하게 흔들렸다.

마크는 쾌감을 느꼈다. 보트를 타고 난바다로 나가 큰 고기를 낚았을 때의 그 가슴 두근거리는 쾌감과 비슷했다. 물속에 잠긴 마거릿의 저항은 낚싯바늘에 걸린 물고기의 몸부림처럼 팔에 전해져 마크를 흥분시켰다.

마거릿의 저항이 멈추었다. 마크는 팔을 욕조에서 빼내고 허리를 폈다. 욕조 저편에서 마거릿의 두 다리가 막대기처럼 뻣뻣하게 허공으로 솟아나와 있었다.

나는 마침내 퀸을 손에 넣었어. 죽은 퀸, 스페이드 퀸… 그렇게 해서 만들어진 패는 스페이드의 로열 스트레이트 플러시야. 마크는 손 안에 갖추어진 멋진 카드를 바라보듯 마거릿의 다리를 바라보며 흐뭇한 미소를 지었다.

비누거품을 얼굴에 뒤집어쓴 듯 눈이 따끔따끔 아팠지만, 마크는 얼굴을 닦으려고도 하지 않고 자신의 권력에 굴복한 또 다른 권력의 가련한 잔해를 내려다보고 있었다. 마크는 자신이 지금 인생 최고의 순간에 서 있다는 것을 어렴풋이 느끼고 있었다.

마크는 다시 한번 욕조 속에 손을 집어넣어 마거릿의 시체를 끌어낸 다음 타일 바닥에 내려놓았다. 시체는 아직도 살아 있는 것처럼 불그스름한 색깔을 띠고 있었다.

마크는 그 위에 목욕수건을 덮고 쏴쏴 닦았다. 그러고는 침실로 들어가 침대 위에 벗어둔 베이지색 팬츠슈트와 속옷을 들고 욕실로 돌아왔다.

마크는 두 번째의 어려운 일에 착수했다. 시체에 옷을 입히기는 어렵다… 마크에게는 이틀 연속된 어려운 작업이었다. 마크는 시체에 욕을 퍼부으면서 작업을 계속했다.

마거릿에게 옷을 다 입힌 뒤 마크는 욕조 물을 빼고 깨끗이 닦았다. 그리고 욕실 벽에 새 수건을 걸어놓았다. 그런 다음 침실로 돌아가 젖은 옷을 갈아입었다.

마크는 젖은 옷과 젖은 수건을 안고 아래층으로 내려가 차고로 들어갔다. 옷과 수건을 자동차 트렁크에 집어넣고 나서 운전석에 올라앉아 시동 키를 돌렸다. 그 순간 해야 할 일이 하나 더 남아 있다는 것을 생각해냈다.

마크는 자동차를 타고 현관 앞까지 오자 엔진을 켜둔 채 차에서 내려 식당으로 들어갔다. 식탁 위에 차려진 2인분 식사를 부엌 쓰레기통에 버리고 더러운 식기를 싱크대에 쌓아놓았다.

자동차로 돌아와 핸들을 잡았을 때 마크는 아직도 장갑을 끼고 있는 것을 깨달았다. 흠뻑 젖은 양가죽 장갑을 벗어 글로브박스에 던져넣었다.

이제 됐어! 마크는 백미러에 얼굴을 비쳐 보면서 넥타이를 매만지고 나서 차를 출발시켰다.

2

수요일, 오후 5시 30분.

장례식이 끝났다. 휴 콜드웰은 제단 곁을 떠나 조문객을 배웅하기 위해 복도로 나갔다. 조문객들은 저마다 슬픈 듯이 낮은 목소리로 위로의 말을 던졌다. 휴는 정중하게 인사를 하면서 조문객들의 말을 건성으로 듣고 있었다. 마크 핼퍼린이 모습을 보이지 않는 것이 마음에 걸렸다.

조문객들은 줄지어 밖으로 나갔다. 어두컴컴한 시체 안치실에 혼자 남게 된 휴는 손목시계를 내려다보았다. 이제 안치실을 닫을 시간이 되었다.

핼퍼린 부부는 어떻게 된 걸까? 휴는 불안했다. 그는 보호자한테 버림받은 기분을 느끼면서 제단 앞으로 돌아갔다. 관 속에 누운 아내와 마지막 작별을 해야 할 시간이었다.

휴는 망설였다. 아무래도 제니스의 죽은 얼굴을 볼 마음이 나지 않았다. 아내의 얼굴은 이제 더 이상 추하게 일그러져 있지 않다. 적당한 화장 덕분에 편안히 잠들어 있는 것처럼 보일 것이다.

그러나 휴에게는 아내와 마지막으로 대면할 용기가 없었다. 아내를 본 순간 후회와 공포가 온몸을 꿰뚫을 게 뻔했다.

제단은 연보랏빛 라벤더 꽃잎에 파묻혀 있었다. 꽃잎 사이로 차갑게 반짝이는 다갈색 관이 엿보였다.

휴는 관에서 눈길을 돌리고 제단 앞을 천천히 거닐었다. 동물원의 곰처럼 오락가락, 몇 번이나 왕복했다. 안치실의 높은 천장에 구둣발 소리가 메아리쳤다.

그 메아리에 또 하나의 구둣발 소리가 겹쳤다. 휴는 뒤를 돌아보았다. 검은 양복을 입은 마크 핼퍼린이 들어왔다.

휴는 안도의 한숨을 내쉬며 말했다.

"마크, 역시 와주었군요. 마거릿은…?"

그러나 마크는 휴의 질문을 무시하고 성큼성큼 다가오더니, 거침없이 제단으로 올라가 관을 들여다보았다. 틀림없이 살인현장을 관찰하는 경찰관의 눈빛이었다. 마크는 제단 위에서 휴를 돌아보았다. 차가운 얼굴이 더욱 엄격하게 굳어 있다.

무슨 일이 있었구나. 휴는 직감적으로 느꼈다. 틀림없이 부부싸움을 했을 거야. 그것도 상당히 격렬한 싸움을…

"관 뚜껑은 닫지 않나?" 마크가 사무적인 어조로 물었다.

"아직… 그런데 얼굴을 볼 마음이 나질 않아요. 이해하시겠죠?"

마지막 말에는 어리광을 부리는 듯한 울림이 담겨 있었다. 그러나 마크는 차갑고 엄격한 표정을 바꾸지 않는다.

휴는 또 불안해져서 매달리듯 말했다.

"이번 일은 정말 고맙게 생각하고 있어요. 당신의 도움이 없었다면…"

"자네는 제1급 살인죄로 감옥에 들어가겠지!" 마크는 내뱉듯이 말하고 천천히 제단에서 내려왔다.

"당신은 내 생명의 은인이에요." 휴는 작은 소리로 말했다. "당신이 아니었다면 나는 지금쯤 이런 곳에 있을 수도 없었어요. 당신을 위해 할 수 있는 일이 있다면 뭐든지…"

"있지." 마크는 잔뜩 낮춘 목소리로 말했다.

그때 제단 옆의 작은 쪽문이 열리더니 장의사의 혈색 좋은 얼굴이 안치실을 들여다보았다.

"고인과의 작별은 빨리 끝내주세요. 작별인사가 끝나면 내일 아침 8시 반까지 안치실을 닫을 테니까요."

"알았소." 마크는 제단 앞에 무릎을 꿇고, 멍하니 서 있는 휴에게 날카로운 시선을 보냈다.

휴는 그 시선에 재촉을 받아 마크와 나란히 무릎을 꿇었다.

"마거릿은 안 옵니까?" 휴가 물었다.

마크는 두 손을 모으고 기도하는 자세를 취한 채 낮은 소리로 대답했다.

"마거릿은 집에 있네. 욕실 바닥에 나자빠져 있지. 죽었어."

"설마!" 이렇게 외친 순간 휴는 거대한 바윗덩어리가 바람을 가르며 머리 위로 떨어지는 기미를 느끼고 다음 말을 삼켰다.

마크는 고개를 숙인 채 기도문을 중얼거리듯 속삭였다.

"그래, 내가 죽였네."

"설마…!"

"조용히 해!" 낮지만 날카로운 어조로 말하고 나서 마크는 힐끗 휴를 바라보고 다시 고개를 깊이 숙였다. "마거릿은 욕조에서 익사했어. 하지만 경찰은 수영장에서 익사했다고 판단하게 되어 있지. 그런 식으로 꾸며놓았거든. 이번에도 그 악명 높은 '벨에어의 별'이 저지른 범행이라고 경찰은 생각할 거야. 내가 한 일에는 빈틈이 없어. 마지막 마무리는 자네가 맡게 되어 있지만…"

휴는 거대한 바윗덩어리에 얻어맞은 것처럼 몸을 뒤로 젖히며 마크의 차가운 옆얼굴을 향해 외쳤다.

"난 말려들고 싶지 않아요!"

마크는 휴의 팔을 꽉 움켜잡았다. 그러고는 얼굴을 들고 매 같은 눈으로 휴를 노려보더니, 조용히 말했다.

"말려들고 싶지 않다고? 아주 훌륭한 말을 하는군. 자네는 벌써 말려들었어. 애당초 불을 붙인 건 자네 쪽이니까. 웃기지 마! 내가 보이스카우트도 아닌데 뭐하러 무료 봉사를 하겠나? 자네는 제니스를 죽였고 내가 도와줬어. 자네는 살인이라는 걸 어떻게 생각하지? 이 법치국가에서 살인자를 우정 때문에 도와주는 일이 과연 있을 수 있는지, 그 점을 잘 생각해봐. 살인사건에는 우정 같은 달콤한 감정이 개입할 여지가 없어. 자넨 너무 멍청해. 자네의 실수는 살인을 저지른 뒤에 우정이라는 있지도 않은 환상을 믿고 내 도움을 청한 거야."

휴는 다갈색 관을 멍하니 바라보고 있었다.

하나의 물체에 불과한 관이 확실한 의지를 가지고 복수를 시작했다. 휴는 아무 방어책도 없이 복수의 칼날에 노출되어 있는 자신을 느꼈다. 귓가에서 마크의 낮은 목소리가 말을 이었다. 그것은 제니스의 저주처럼 들리기도 했다.

"휴, 자네는 매사에 딱 부러지게 구별을 짓지 못하는 사람이야. 어린애나 마찬가지. 충동만으로 움직이고, 게다가 남을 의심할 줄을 몰라. 자네가 부동산업자로 성공한 건 기적적으로 운이 좋았기 때문이야. 매사는 비즈니스 차원에서 생각해야 해. 예를 들어 자네가 부청장인 나한테 도움을 받고 싶다고 생각한다면 우선 내 약점을 잡지 않으면 안 돼. 내 약점을 잡은 다음에 나와 거래를 하는 거야. 안 그래?"

마크는 잠자코 있는 휴를 차갑게 바라보며 만족스러운 듯이 고개를 끄덕이고는 다시 말을 이었다.

"지금의 자네는 확실히 내 약점을 잡고 있어. 부청장이 살인을 저질렀다는 걸 알고 있으니까. 하지만 그 전에 자네는 나한테 약점을 잡혔어. 두 사람의 관계는 얼핏 보면 서로 맞먹은 것처럼 보이지. 하지만 아니야. 내게는 권력이 있지만 자네한테는 그게 없으니까. 게다가 자네는 너 죽고 나 죽자는 식으로 모든 죄를 세상에 공표할 만한 용기를 갖고 있지 못해. 따라서 자네는 내 명령에 따를 수밖에 없어. 이건 자네가 내야 할 세금 같은 거야. 자네가 얻은 이익을 생각하면 싼 대가지. 싫다면…" 마크는 자못 경찰관다운 협박조로 말했다. "자네를 평생 감옥에서 썩게 해주지."

"알았어요, 마크…" 휴는 나른한 목소리로 중얼거렸다. 철저히 짓밟히고 고통의 극한을 넘어선 곳에서 휴는 저항할 의지를 잃고 고개를 숙였다.

저항력을 잃은 몸이 다시 이중 삼중으로 올가미에 묶이는 기분이었다. 그렇게 취급당하는 것에 굴욕을 느낄 만한 기력도 남아 있지 않았다.

제니스, 당신 마음대로 해. 휴는 속으로 중얼거렸다.

마크의 시원시원하고 분명한 말이 계속되었다. 이따금 확인을 요구받으면 휴는 꼭두각시처럼 고개를 끄덕이며 마크의 설명을 들었다. 그것은 다음에 해야 할 시체 처리 방법이었다.

3

수요일, 오후 9시 30분.

마크 핼퍼린은 헬리콥터의 부조종사 자리에 앉아, 쌍안경으로 밑을 내려다보고 있었다. 항공국의 허가를 얻어 헬리콥터의 고도는 150미터까지 내려가 있었다.

고속도로를 달리는 자동차들의 헤드라이트가 끊임없이 이어져 반짝이는 빛의 벨트를 이루고 있었다. 야간비행이지만 고속도로를 보면 방향은 짐작이 간다. 헬리콥터는 할리우드 고속도로를 따라 벨에어로 향했다.

"여기는 초파 원." 마크는 마이크를 잡고 말했다. "여기는 초파 원. 베이커 세븐, 응답하라."

"여기는 베이커 세븐, 말씀하십시오." 순찰경찰의 목소리가 순찰차의 엔진 소리에 겹쳐 돌아온다.

마크는 싱긋 웃었다. 무선으로 이어진 거대한 조직이 마거릿을 매장하기 위해 움직이기 시작했다. 마크는 다시 마이크 스위치를 누르고 말했다.

"베이커 나인. 베이커 식스. 애덤스 파이브. 모두 들리나?"

무선기 스피커에서 시끄러운 소리가 나더니 순찰차들이 일제히 응답했다.

"확인 바란다, 베이커 나인."

"베이커 나인, 감도 좋습니다."

"베이커 식스."

"베이커 식스, 여기서 초파 원이 잘 보입니다."

"애덤스 파이브."

"애덤스 파이브, 감도 좋습니다. 여기서도 초파 원이 보입니다."

"좋다. 모두 지정된 코스를 천천히 순찰하라. 여기서 연락이 갈 때까지 불필요하게 눈에 띄는 행동은 삼가라."

"알았습니다!" 네 대의 순찰차가 동시에 대답했다.

"이제 서치라이트를 켜게." 마크는 조종사에게 명령했다.

벨에어의 숲에 동그란 불빛이 떨어지자 푸른 나뭇잎이 또렷이 떠올랐다. 나뭇잎이 바람에 스쳐 살랑거리는 소리까지 들려온다. 서치라이트는 아래 세상을 핥듯이 나아갔다. 이윽고 그 불빛 속에 집들의 지붕이 띄엄띄엄 떠올랐다.

"부청장님…" 조종사가 말을 걸었다. "'벨에어의 별'이 나오기에는 시간이 너무 이르지 않나요? 그리고 이 엔진 소리를 들으면 놈도 경계해서 오늘 밤에는 휴업할 것 같은데요."

"그렇지 않아. 놈에게는 빈집만 있으면 돼. 초저녁이든 한밤중이든, 헬리콥터 소리가 들리든, 보물섬을 눈앞에 두고 얌전히 물러갈 놈이 아니야."

"부청장님은 범인에 대해서 잘 아시는군요."

마크는 부드럽게 미소 지었다.

"놈에 대해서는 잘 알고 있지. 누구보다도 잘 알고 있어."

헬리콥터는 선셋 대로 위로 접어들었다.

"이대로 곧장 길을 따라 나아가게." 마크는 이렇게 명령하고 나서 덧붙였다. "그리고 고도를 더 낮춰. 100미터 정도로…"

"그렇게 내려가면 밑에 있는 사람들이 시끄러워서 못 견딜 텐데요."

"아, 글쎄 괜찮으니까 어서 내려가!" 이렇게 말하고 마크는 손목시계를 보았다.

약속시간에 정확히 도착했다. 휴를 생각하자 마크는 좀 불안해졌다. 그놈이 모든 걸 내팽개치고 도망쳐버린 건 아닐까? 마크는 그 불안을 애써 떨쳐버렸다. 괜찮아. 그놈은 도망칠 수가 없어. 이제 도망칠 수 없는 곳까지 몰려 있어.

"부청장님 댁도 이 근처에 있지 않나요?" 조종사가 물었다.

"그래." 마크는 대답하고 쌍안경을 들여다보았다. 자기 집 수영장이 서치라이트 불빛에 떠오른다.

그때 마크는 수영장 옆에서 움직이는 사람의 모습을 보았다. 헬리콥터는 순식간에 수영장 위를 통과했다.

"이봐!" 마크는 큰 소리로 외치며 조종사를 돌아보았다. "다시 한 번 돌아가주게!"

"왜 그러십니까?"

"아, 글쎄 어서 돌아가라니까! 내 집이야. 수영장 옆에 사람 모습이 보였어. 집사람이 아닐까? 빨리 돌아가! 고도를 낮춰!"

땅 위의 풍경이 크게 기울어지면서 반 바퀴를 돌았다. 서치라이트는 다시 수영장을 비추었다. 헬리콥터의 프로펠러 때문에 수면에 파도가 일고 있었다.

수영장 옆에 있는 사람이 우뚝 멈춰서 위를 쳐다보았다. 그 얼굴은 스타킹에 감싸여 있었다. 팔에는 베이지색 팬츠슈트를 입은 마거릿을 안고 있었다. 축 늘어진 마거릿의 팔다리가 가늘게 흔들리고 있었다. 서치라이트의 강한 불빛을 받아 팬츠슈트는 베이지색이라기보다 순백색에 가까운 색으로 보였다.

좋아, 휴! 마크는 자기가 꾸민 각본에 흥분했다. 생생한 전율을 불러일으키는 풍경이 눈 아래 펼쳐져 있었다.

조종사가 뭐라고 짤막하게 외쳤다. 마크는 조종사를 증인으로 끌어들이는 데 성공했음을 알았다. 마크는 아래를 내려다보고 있는 조종사에게 외쳤다.

"고도를 더 낮춰!"

"하지만 부청장님…"

"명령이다!"

아래쪽 풍경이 급속도로 다가왔다. 수영장 수면이 더욱 격렬하게 파도치고, 정원의 나뭇가지가 크게 흔들렸다.

수영장 옆에 있는 사람이 민첩하게 움직였다. 수영장 수면으로 베이지색 팬츠슈트가 날아갔다. 마거릿은 넝마조각처럼 부자연스럽게 몸을 구부리고, 서치라이트에 반짝이는 선명한 물보라를 일으키며 물속으로 잠겼다. 헬리콥터의 서치라이트는 투명한 물속에서 솟아오르는 수많은 거품과 천천히 물속으로 가라앉는 마거릿의 모습을 또렷이 포착했다.

마거릿을 내던진 휴는 나무 뒤의 어둠 속으로 달아났다.

"부청장님! 빨리 순찰차에 연락하십시오!" 조종사가 외쳤다.

"지금 그럴 틈이 어디 있어! 집사람을 구하는 게 우선이야! 좀 더 고도를…"

"이 이상 내려가는 건 위험합니다. 그보다 빨리 순찰차에…"

"마음대로 해!" 이렇게 외치고 마크는 헬리콥터 문을 열었다.

엔진의 굉음이 더욱 높아지고 강한 바람이 얼굴을 때렸다. 마크는 바람을 거슬러 눈을 크게 떴다. 물속에서 팔다리를 벌리고 흔들리는 마거릿이 보였다. 헬리콥터는 수영장의 다이빙대 위로 다가가고 있었다. 마크는 강풍에 숨이 막혔지만 꾹 참고 수면까지의 거리를 눈으로 쟀다. 저 정도 수심이라면 뛰어내려도 괜찮다…

"부청장님!"

조종사가 말리는 것을 뿌리치고 마크는 재빨리 구두를 벗고는 허공에 몸을 날렸다. 수면까지의 거리가 이상할 만큼 멀게 느껴졌다. 급격한 가속을 수반하는 끝없는 추락이었다. 판단을 잘못한 게 아닐까 하는 불안이 가슴을 스쳤다. 마크가 공포에 사로잡혀 눈을 질끈 감은 순간 수면이 머리에 닿았다. 둔기로 얻어맞은 듯한 충격 때문에 온몸이 마비되었다.

수영장 밑바닥까지 단숨에 끌려 들어간 마크는 방향을 돌려 위로 솟구쳤다. 그때 물을 잔뜩 마셨다. 수영장 물의 소독약 냄새가 폐에까지 스며든 듯한 느낌이었다.

일단 수면으로 올라와 숨을 깊이 들이마시고 다시 물속으로 자맥질해 들어갔다. 베이지색 팬츠슈트가 수초처럼 흔들리고 있었다. 마크는 마거릿의 목을 잡고 수면 위로 떠올랐다. 그리고 가장 가까운 발판까지 마거릿을 끌고 갔다.

마크는 한 손을 사다리에 걸고 숨을 헐떡였다. 손을 뻗으면 닿을 듯한 공중에 헬리콥터가 멈춰 있고 거대한 프로펠러가 수면에 파도를 일으키고 있었다. 마크는 파도를 뒤집어쓰고 다시 물을 마셨다. 마거릿을 껴안은 채 기어오르려고 했지만 그것은 불가능했다. 다시 몇 번이나 물을 마셨다.

"빨리 순찰차를 불러!"

마크는 위에 떠 있는 헬리콥터를 향해 외쳤다. 엔진의 굉음으로 들릴 리는 없지만 그래도 마크는 도움을 청하는 소리를 지르지 않을 수가 없었다. 흥분과 추위 때문에 몸이 떨렸다. 한시라도 빨리 마거릿의 시체에서 떨어지고 싶었다. 그러나 머리 위에 목격자가 있는데 마거릿의 시체를 놔두고 혼자 물 밖으로 나갈 수는 없었다.

마크는 다시 한 번 사다리를 기어오르려고 했다. 그러나 마거릿의 몸은 수면에서 1인치도 올라오지 않는다. 사다리를 잡은 손에 힘을 주었을 때 손이 주르륵 미끄러졌다. 마크는 물속에 잠겼다. 시체가 엉겨붙는다. 물속에서 활짝 퍼진 마거릿의 머리카락이 마크의 뺨을 어루만졌다. 마크는 시체의 배를 걷어차고 달아났다. 그때 여러 개의 발소리가 들렸다. 순찰차의 경찰관들이 달려온 것이다. 마크는 허둥지둥 시체를 향해 헤엄쳤다.

수영장 옆에 눕혀진 시체를 끌어안고 마크는 울면서 외쳤다.

"마거릿! 정신 차려, 마거릿!"

마크는 선량한 남편 역할에 몰두해 있었다. 시체의 얼굴에 키스를 퍼붓고 흠뻑 젖은 머리카락을 쓰다듬었다.

"부청장님! 놈은 어디로 달아났습니까?"

마크는 시체를 쓰다듬는 손을 멈추지 않고 말했다.

"그런 것보다 빨리 구급차를…"

"구급차는 벌써 불렀습니다. 부청장님, 범인은?"

마크는 차가운 시체를 끌어안으면서 속으로 계산했다. 휴는 벌써 집에 돌아갔을 거야. 걱정할 필요는 없어. 하지만 시간은 되도록 많이 벌어두는 게 좋겠지…

"범인은 도망쳤어." 마크는 중얼거리듯이 말했다.

"어느 쪽으로 도망쳤습니까?"

"그런 걸 내가 어떻게 알아. 나는 집사람밖에 생각지 않았어. 집사람밖에 보지 않았다고!" 마크는 호통을 치고 끌어안은 시체를 흔들었다. "마거릿! 마거릿! 정신 차려!"

"유감이지만 사모님은 돌아가셨습니다."

"바보 같은 소리!" 마크는 큰 소리를 지르며 고개를 들었다.

네 명의 경찰관의 창백한 얼굴이 늘어서 있었다. 흠뻑 젖은 제복이 몸에 무겁게 엉겨붙어 있었다.

"구급차는 어떻게 됐어? 아직 안 오나?"

"이제 곧 올 겁니다. 하지만 사모님은 이미…" 젊은 경찰관은 머뭇거리다가 입을 다물어버렸다.

"바보 같은 소리 마. 집사람은 잠시 기절했을 뿐이야!" 이렇게 말하고 나서 마크는 시체에 얼굴을 대고 자못 슬픈 듯이 말을 이었다. "여보, 당신은 기절했을 뿐이야. 죽지 않았어. 그렇지, 마거릿?"

구급차의 사이렌 소리가 들려왔다.

4

수요일, 오후 10시 40분.

벨에어에 이틀 밤 연속해서 순찰차가 집결했다. 게다가 선셋 대로를 사이에 두고 서로 마주 보는 두 채의 집이 교대로 그 무대가 되었으니 우연치고는 너무 지나치다.

그래도 구경꾼은 모이지 않았다. 벨에어의 주민들은 무슨 일이 일어났는지 대충 짐작하고 있었다. 그들은 각자의 집에 숨을 죽이고 틀어박힌 채 텔레비전 마감 뉴스가 시작되기를 기다리고 있었다.

그러나 마크 핼퍼린의 집 앞에는 모든 보도 관계자들이 모여든 채 어찌할 바를 모르고 있었다. 기자증을 갖고 있어도 안으로 들여보내주지 않았다. 공동 기자회견에 응해줄 담당 형사도 없었다. 누군가가 죽은 모양이라는 것은 알고 있었지만, 엄중한 보도관제가 이루어진 탓에 사건의 개요는 짐작도 가지 않았다.

텔레비전 카메라맨이 할 수 있는 일은 순찰차에 둘러싸인 부청장의 집을 카메라에 담는 것뿐이었다. 텔레비전 카메라맨은 코앞에 다가온 최종 뉴스 마감 시간을 걱정하며 발을 구르고, 신문기자는 국민의 알 권리에 대해 장문의 기사를 쓰기로 마음먹고 있었다.

그때 낡아빠진 푸조가 천천히 다가왔다. 푸조는 미국 대륙을 횡단한 자동차마냥 먼지를 잔뜩 뒤집어쓰고 있었다. 시간이 남아도는 기자들이 놀리는 휘파람을 불어댔다.

푸조는 경찰관의 제지를 받고 멈춰 섰다. 멈춘 순간 엔진 고장을 일으켰다. 기자들이 다시 휘파람을 불었다.

푸조에 탄 사내는 경찰관들과 잠깐 이야기를 나누고 시동키를 돌렸다. 그러나 시동은 걸리지 않았다.

이때 기자들은 털터리 푸조에 탄 사내가 구경꾼이나 늦게 도착한 삼류 신문사 기자가 아니라 형사라는 것을 알아차리고, 일제히 푸조 주위에 몰려들었다. 기자들은 정보에 굶주려 있었다. 어떤 거라도 좋으니까 정보를 끌어내지 않으면 안 된다.

차에서 내린 사내에게 텔레비전 카메라의 조명등이 쏟아지고, 마이크가 덤벼들고, 질문이 날아갔다.

사내는 후줄근한 레인코트 앞자락을 모아 쥐고는 눈부신 듯이 눈을 가늘게 뜨고 오른손을 높이 쳐들면서 말했다.

"야야, 야야."

그 말이 신호라도 되는 것처럼 기자들의 질문이 일제히 기관총처럼 불을 뿜었다.

"집 안은 어떤 상황입니까?", "무슨 일이 일어났습니까?", "살해된 사람은 부청장인가요?", "범인은?", "몇 시쯤?" 그리고 마지막으로 "당신은 누구요?"

"나요? 나는 콜롬보입니다."

콜롬보는 이렇게 마지막 질문에만 대답하고, 마치 공항에 도착한 대스타 같은 걸음으로 현관을 향해 걸어갔다. 봉쇄선 안쪽에 있는 현관에 도착하자 콜롬보는 기자들을 돌아보며 다시 한 번 손을 쳐들고 말했다.

"여러분!" 그 순간 기자들은 연설을 듣기 전의 청중처럼 조용해졌다. 콜롬보는 천천히 입을 열었다. "수고가 많으십니다. 밤늦게까지 일하시느라 힘들겠군요."

문을 열고 사라지는 레인코트의 뒷모습을 향하여 기자들의 격렬한 욕설이 날아갔다.

거실에 있던 드라이어가 백발을 쓸어올리며 말을 건넸다.

"밖은 폭동이라도 일어난 것처럼 소란스럽군."

"괜찮습니다. 밖에 있는 건 건전한 시민들의 대표니까요." 이렇게 말하면서 콜롬보가 들어왔다.

초로의 형사는 콜롬보를 힐끔 바라보았다.

"자네가 도발한 건 아니겠지?"

"내가요?" 콜롬보는 제 가슴에 투박한 손가락을 꽂으며 말했다. "천만에요. 나는 여기 도착한 순간 보도관제가 행해지고 있는 것을 알았습니다. 그래서 내 얼굴 촬영만 허락하고, 마지막에 기자들의 노고를 위로해주었지요."

"노고를 위로했다고?"

콜롬보는 드라이어의 말이 귀에 들어오지 않은 것처럼 말을 이었다.

"집사람한테 연락하는 게 좋겠네요. 오늘 밤 텔레비전 뉴스에 내 얼굴이 나올지도 모르니까."

드라이어는 혀를 차고 고개를 젓더니, 다시 원래의 온화한 표정으로 돌아가서 말했다.

"우선 수사부터 하는 게 좋지 않겠나?"

"아아, 그런가요? 부청장님은 좀 어떻습니까?"

'내가 왔을 때는 흠뻑 젖어 있었었네. 부엌에서 마른 옷으로 갈아입는 참인데, 완전히 넋이 나가 있지."

"그렇겠지요. 마누라가 죽으면 남편은 누구나 맥이 풀리는 법이니까요. 아 참, 집사람한테…" 이렇게 말하고 콜롬보는 전화로 다가갔다.

"텔레비전에 나올 자네 얼굴은 잊어버리게." 드라이어가 부드럽게 말하고 나서 다시 말을 이었다. "전화로 그런 연락을 하고 있는 걸 누가 들으면 사기가 떨어져."

콜롬보는 아쉬운 듯이 전화 곁을 떠나더니 빰을 문지르면서 말했다.

"범인은 이번에도 '벨에어의 별'인가요?"

"그런 모양이야." 드라이어는 백발을 긁으며 말했다. "하지만… 아무래도 납득이 가지 않는 데가 있어서…"

"뭐가요?" 콜롬보의 눈이 어슴푸레한 사람의 모습을 확인하려는 것처럼 가늘어진다.

"대단한 건 아니지만…" 드라이어는 이렇게 전제하고 나서 말을 이었다. "집에 강제로 들어온 흔적이 전혀 없어. 그놈은 언제나 칼 같은 것으로 문을 비틀어 여는데… 그 흔적이 어디에도 남아 있질 않아. 지금까지 조사해서 알아낸 건 범인이 부인을 자동차 옆에서 기다리고 있었던 모양이라는 것뿐이야."

"그건 누구의 증언입니까?"

"부청장의 증언일세."

"부청장은 이번에도 범인을 보았나?"

콜롬보가 자문하듯 중얼거렸을 때 제복 경관이 방으로 들어왔다.

"경위님."

"뭔가?"

"아니, 드라이어 경위님요. 맥멀레이 박사가 수영장 옆에서 부르십니다."

드라이어가 지친 걸음으로 경찰관 뒤를 따라 창문 너머로 사라지는 것을 지켜보고 나서 콜롬보는 전화로 다가갔다. 그러나 수화기를 들려다가 그 손을 멈추고 창문 쪽을 살폈다.

콜롬보는 두 손을 코트 주머니에 찔러 넣고 전화 옆을 떠났다. 그러고는 몇 번이나 전화를 돌아보면서 창문을 열고 정원으로 나갔다.

마거릿의 사체 위에는 시트가 덮여 있었다. 새하얀 시트는 물에 젖어 보기 싫게 얼룩져 있었다.

드라이어가 뒤를 돌아보고 다가오는 콜롬보에게 말했다.

"시체는 자네 전문이잖아."

그러고는 과학수사대의 맥멀레이 박사를 향해 말했다.

"박사님, 강력계 형사한테 인계하겠습니다."

콜롬보는 시체의 머리 쪽 시트를 젖히고 안을 힐끗 들여다보고는 황급히 얼굴을 돌렸다. 무서운 것에서 조금이라도 멀어지려는 듯 콜롬보는 시체의 다리 쪽으로 돌아갔다.

"뭐야? 시체가 무서워서 그래?" 드라이어가 작은 소리로 웃었다.

"무섭네요. 특히 오늘 아침에 만난 사람이 죽었으니 기분이 이상하군요." 콜롬보가 말했다. 그러고는 비극 배우처럼 가슴에 손을 대고 의사에게 물었다. "박사님, 사인은 뭡니까?"

맥멀레이 박사는 파이프를 입에서 떼고 연기를 토해냈다.

"보면 알 거 아뇨. 이건 익사체라는 거요."

"수영장에서 익사했습니까?"

"그렇소."

"범인이 던져서?"

"그렇소."

"그런데… 왜 헤엄치지 않았을까요?" 콜롬보는 시체를 내려다보며 중얼거렸다.

맥멀레이 박사는 순간 말문이 막혀서 허공을 쳐다보았지만, 파이프를 한 모금 피우고는 천천히 말했다.

"헤엄을 치지 못했거나 아니면 실신했거나… 어쨌든 조사해보면 알게 될 거요."

"상처 같은 건 있습니까?"

"겉보기로 판단하는 한, 이렇다 할 상처는 없지만…"

"그렇다면 격투를 벌였거나 저항한 흔적은 없는 거군요?"

"격투는 벌인 것 같소. 바짓자락이 찢어져 있으니까."

"어디요?"

콜롬보는 쪼그리고 앉아 시트 밑에서 삐져나와 있는 다리를 조사했다. 콜롬보는 미간에 깊은 주름을 잡고 얼굴을 들었다.

"박사님, 이 찢긴 자국을 말씀하시는 건가요?" 콜롬보는 베이지색 바짓자락을 집어 보였다.

맥멀레이 박사는 파이프를 입에 문 채 고개를 끄덕였다.

콜롬보는 천천히 일어났다.

"이건 싸운 흔적이 아닙니다. 장미 가시에 찢긴 거예요. 낮에 장미 가시에 걸렸지요. 내가 갑자기 말을 걸었기 때문에 이 부인은 그만 놀라서…."

"드라이어 경위님!" 몸집이 작은 제복 경관이 자기보다 훨씬 큰 중년 흑인을 끌고 왔다. "이놈이 지금 도망치려 하길래 붙잡아왔습니다."

"이름이 뭐야?" 드라이어가 물었다.

"앨 코모요." 흑인은 드라이어에게 대답하고 나서 묻지도 않은 말을 줄줄이 늘어놓았다. "주소는 잉글우드 버몬트가 135번지, 생년월일은 1935년 6월 10일."

"심문을 받는 데는 익숙한 모양이군."

앨 코모는 부루퉁한 표정을 지으며 어깨를 으쓱했다. 화려한 알로하 셔츠에 청바지를 입은 앨 코모는 경찰관에게 붙잡혀 있던 팔을 빼내더니 두 손을 바지 뒷주머니에 찔러넣었다.

"여기서 뭘 하고 있었지?"

"아무것도 하지 않았소! 난 이 집 부인을 만나러 왔다고요."

"호오, 그래?" 드라이어는 감탄한 듯 소리를 질렀다.

"부인한테 무슨 볼일이 있었을까? 협박이나 등치기 전과는 없나?"

앨 코모는 입을 꽉 다문 채 이글거리는 눈으로 드라이어를 노려보았다. 드라이어는 그 시선을 되튀기듯 한 발짝 앞으로 나서면서 말했다.

"여기서는 대답할 수 없다는 건가? 그렇다면 본청까지 가주어야겠군."

앨은 시선을 떨어뜨리고 입술을 깨물었지만 이윽고 큰 소리로 말했다.

"이봐요, 난 나쁜 짓은 아무것도 하지 않았소. 당신들 같은 더러운 경찰한테 이러쿵저러쿵 말을 들을 이유는 하나도 없다고. 나는 헬퍼린 부인이 약속시간에 오지 않아서 어찌된 일인가 하고 보러 왔을 뿐이오. 그런데 집 주위에 더러운 경찰과 냄새나는 기자들이 우글거리고 있더군. 정상적인 사람이라면 도망치고 싶어지는 게 당연하지. 안 그렇소? 이 영감탱이야!"

영감탱이라는 말을 듣고 드라이어가 주먹을 쳐들었다. 콜롬보가 그 팔을 잡으며 앨에게 말했다.

"아무래도 우리가 잘못 생각한 모양이군요. 수사를 진행하기 위해 알려줬으면 하는데, 헬퍼린 부인은 당신과 만나기로 약속했나요?"

"그게 아니요. 부인은 우리 모임에 참석해서 상을 받기로 되어 있었고."

"어디서?"

"헬컴 하우스. 8시부터 파티를 하고 부인은 연설을 하기로 되어 있었소. 그리고 9시에 트로피를 받기로 되어 있었지. 그런데 9시가 되어도 부인은 오지 않더군요. 전화도 몇 번이나 걸었지만 받지 않는 거요. 결국 파티는 취소됐지요. 10시에 전화를 했더니, 이번에는 통화 중이요. 몇 번을 걸어도 계속 통화 중이야. 그래서 상황을 보러 온 거요. 난 아무것도 나쁜 짓은 하지 않았소."

"이봐…" 드라이어가 말을 걸었다. "오늘 오후에는 뭘 하고 지냈지?"

앨은 빈정거리는 미소를 지으며 의기양양하게 고개를 끄덕였다.

"이번에는 알리바이 조사요? 나는 줄곧 회의장에서 파티 준비를 하고 있었소. 이왕 말이 나온 김에 말해두겠지만, 내 알리바이를 증명해줄 수 있는 사람이 적어도 아홉 명은 돼요. 회의장 준비를 맡은 사람은 나를 포함해서 열 명이었으니까."

그러고는 다시 의기양양하게 웃음을 터뜨렸다.

"알았소. 돌려보내도 좋아." 콜롬보는 제복 경관에게 말했다.

드라이어는 콜롬보에게 뭐라고 말하려다가 말없이 고개를 숙였다.

마크 핼퍼린은 거실 전화 옆에 털썩 주저앉아 수화기에 대고 욕설을 퍼붓고 있었다.

"개똥 같은 수작은 하지도 마! 인원 할당 같은 건 똥이나 처먹으라지! 내 마누라가 살해됐어! 로스앤젤레스 경찰 부청장의 아내가. 그놈은 경찰을 우습게 봤어. 이건 경찰의 위신에 관한 문제야. 전력을 투입해서 지금 당장 범인을 검거해. 뭐? … 그래, 전력을 투입해! …알았나? 이렇게 되면 다른 지역의 경비 따위는 어떻게 되든 상관없어. …그래, 책임은 내가 지지. 경찰의 위신에 관한 문제라는 걸 잊지 마. 뭐라고? …청장? 청장의 의견 따위는 아무래도 좋아. 내일 얘기하지. 아, 글쎄 괜찮으니까 이쪽으로 3분대를 돌려줘. …그래, 3분대. 지금 당장!"

마크는 거칠게 수화기를 내려놓고 의자 등받이에 머리를 기대고는 한숨을 내쉬었다. 모든 일이 척척 계산대로 진행되고 있었다. 과장된 연기도 계산에 들어 있었다. 이럴 때는 일시적으로 혼란에 빠지는 것이 오히려 바람직스럽다. 중요한 지위에 있는 사람이 공과 사를 혼동할 만큼 흥분하는 것은 자연스러운 일이었다. 마크는 천장을 쳐다보며 싱긋 웃었다.

"부청장님…" 갑자기 누군가가 말을 걸었기 때문에 마크는 당황하여 고개를 옆으로 돌렸다.

정원으로 나가는 창문 옆에 콜롬보가 서 있었다. 저 녀석은 노크하는 버릇이 전혀 몸에 배어 있지 않군. 꼭 야만인 같아.

"이런 일이 벌어지다니… 정말 안됐습니다." 콜롬보는 두 손을 비비며 조심조심 방으로 들어왔다. "진심으로 위로의 말씀을 드립니다. 그래서… 제가 할 수 있는 일이 있다면… 기꺼이 도와드리고…"

"자네가 할 일은 보고서를 쓰는 거야. 이런 곳에서 어정대지 말고 빨리 보고서나 쓰게."

"네, 이럴 때 쓸데없는 걱정을 끼쳐드려서 죄송합니다. 어제 사건의 보고서는 오늘 밤을 새워서라도 써놓을 작정이었는데, 오늘 밤의 사건도 아시다시피 살인사건이라서 강력계 형사로서는 책상 앞에 붙어 앉아 있을 수가 없고…"

"알았네, 콜롬보 경위." 마크는 고개를 끄덕이며 말을 이었다. "바쁜 밤중에 공교롭게도 또 사건이 일어났군. 하지만 내 집사람이 살해됐어. 나는 혼자 힘으로라두 이 사건을…"

"당연하십니다." 콜롬보는 마크의 말을 제지하듯 한 손을 들고, 또 한 손은 코트 주머니에 쑤셔 넣은 채 느릿느릿 다가왔다. 마크는 꿈속에서 악마를 만났을 때처럼 기분이 불쾌했다.

마크는 묘하게 점잖을 빼는 콜롬보의 동작이 마음에 들지 않았다. 지저분한 인상도 마음에 들지 않았다. 둔감한 뻔뻔스러움도 마음에 들지 않았다. 요컨대 콜롬보의 모든 것이 눈에 거슬렸다. 어떻게든 쫓아내고 싶지만, 무리할 수는 없었다.

맥멀레이 박사가 들어왔다. 의사는 탁자 위의 재떨이에 파이프 담뱃재를 버리고는 파이프를 양복 주머니에 쑤셔넣었다.

"부청장님, 아까 드린 약을 드세요. 눈 좀 붙여두시는 게…"

"약?" 마크는 새로운 관객 앞에서 다시 연극을 시작했다. "약을 먹고 자란 말이오? 집사람이 눈앞에서 살해되었는데 빨리 잠이나 자라고?"

"그렇게 흥분만 할 게 아니라…" 맥멀레이 박사는 도움을 청하듯 콜롬보의 얼굴을 쳐다보았다.

콜롬보는 마크 앞에 놓인 의자에 앉아 턱에 손을 대고 말했다.

"저한테는 충격입니다. 끔찍한 일이에요. 이건 제정신을 가진 자의 범행이 아닙니다. 비정상적인 인간이 저지른 짓이에요. 부청장님이 순찰을 강화하겠다고 발표한 날 밤에 굳이 이런 짓을 하려면 상당한 용기가 필요하고…"

"내 발표가 마거릿을 죽인 거야!" 마크는 희미한 동요를 숨기기 위해 우는 소리를 냈다. "그 기자회견이 나빴어. 내 실수야. 내 탓이야!"

"무슨 말씀이십니까?" 콜롬보가 이렇게 물으면서 굵은 눈썹을 꿈틀거렸다.

"자네가 오늘 내 방에 와서 지적했지?"

"뭘 말입니까?"

"기자회견에서 나는 아내도 범인을 목격한 듯한 인상을 주고 말았어. 그건 나도 알고 있었지만 시간이 없어서 기자회견 자리에서는 정정하지 않았지. 그리고 일이 이렇게 될 줄은 꿈에도 몰랐기 때문에…" 마크는 깊이 고개를 숙여 보이고는 천천히 '범행 동기'를 설명했다. "범인은 신문이나 텔레비전 뉴스를 보고 마거릿이 자기 모습을 보았다고 생각했어. 그래서 그놈은 위험을 무릅쓰고 우리 집에 온 거야. 도둑질을 하기 위해서가 아니라 목격자를 죽이기 위해서…"

"그럴 가능성은 있습니다." 콜롬보는 말하고 눈을 내리깔았다.

그러자 마크는 흥분한 어조로 말했다.

"하지만 마거릿은 범인을 보지 못했어! 마거릿을 죽일 필요는 전혀 없었다고! 모두 내 책임이야…"

"부청장님, 너무 자책하지 마세요." 콜롬보는 자리에서 일어나 천천히 홈바 쪽으로 걸어갔다.

그 뒤에다 대고 마크는 말을 계속했다.

"그놈은 마거릿을 수영장에 던졌어. 너무 심하잖아? 나는 곧 뛰어들었지만, 그때는 이미 늦었지."

콜롬보는 문득 걸음을 멈추었다. 위스키병이 늘어서 있는 홈바 앞에서 콜롬보는 이쪽에 등을 돌린 채 말했다.

"그게 확실합니까? 사모님은 수영장에 떨어진 게 아니라 던져졌습니까?"
마크는 한숨을 내쉬며 대답했다.

"그래. 헬리콥터 조종사도 보았지만 그놈은 마거릿을 무슨 인형처럼…"
콜롬보는 찬장에서 술병을 하나 꺼내더니 술잔을 들고 돌아왔다.

이 녀석은 나한테 술을 먹일 작정인가? 아니면 자기가 멋대로 마실 작정일까? 마크는 콜롬보가 수사 중에 술을 마시면 당장 면직 처분하기로 마음먹었다.

콜롬보는 의자로 돌아오더니 말없이 술병 마개를 열었다. 그러고는 무언가 깊은 생각에 잠긴 채 몽유병자 같은 손놀림으로 술잔에 술을 따랐다. 술은 술잔에서 넘쳐흘러 탁자를 적셨다. 콜롬보는 술잔에 손을 댔다.

그러나 집어들려고는 하지 않고 그대로 마크에게 밀어주면서, 고급 레스토랑의 웨이터처럼 점잖뺀 목소리로 말했다.

"어서 드시죠…" 콜롬보는 술에 젖은 손가락을 코트 가슴에 문질러 닦고 의자 등받이에 몸을 기댔다. 술을 마실 기색은 전혀 없어 보였다. "헬리콥터의 서치라이트는 켜져 있었습니까?"

지금 마크와 콜롬보의 관계는 증인과 형사의 관계에 불과하다. 마크로서는 불쾌했지만 피할 수 없는 관문이었다.

"그래, 불은 켜져 있었지."

"그래서 우연히 범행을 목격한 거군요?"

"그래. 집 위를 날아갈 때 얼핏 뭔가를 본 듯한 기분이 들었지. 문득 이상한 예감이 들더군. 그래서 돌아와보았지. 그랬더니 그놈이 있었네. 마거릿을 안고…"

"어제 목격하신 남자와 동일인입니까?"

"아마 그런 것 같아. 마거릿한테 정신이 팔려 있어서 확실히 본 건 아니지만… 차림은 어제 그놈과 같아 보였네."

"그렇군요." 콜롬보는 고개를 끄덕이고 나서 얼굴을 문지르다가, 그 손을 탁자 위에 놓고 톡톡 두드렸다. 위대한 예술작품이라도 감상하는 눈초리로 탁자를 두드리는 자기 손을 가만히 내려다본 채 콜롬보는 조용히 말했다. "부청장님의 예감은 정말 날카롭군요."

마크는 콜롬보의 말뜻을 헤아리기 어려웠지만, 그 말에서 수상쩍은 울림이 느껴졌다.

"그게 무슨 뜻인가?"

"어젯밤에도 부청장님의 예감이 적중했기 때문에…"

"어젯밤에도? 무슨 소리야?"

콜롬보는 탁자를 두드리던 손을 멈추고 몸을 앞으로 내밀었다.

"저를 일부러 콜드웰 씨 댁의 사건현장으로 불러내셨잖습니까. 본청에 처음 사건을 통보하셨을 때부터 저를 지명하셨다던데…"

"자네가 유능하다는 얘기를 종종 들었으니까." 마크는 시치미를 뗀 어조로 말했다.

콜롬보는 두 손으로 탁자 끝을 잡고 몸을 더욱 앞으로 내밀었다.

"제 말은 그런 뜻이 아닙니다. 어제까지만 해도 '벨에어의 별'은 도둑질만 할 뿐 살인은 저지르지 않았습니다. 그런데 부청장님은 얼핏 수상쩍은 사람을 보았을 뿐인데 이상한 예감을 느끼고 저를 부르셨지요." 콜롬보는 코트 가슴을 탁탁 두드리며 말을 이었다. "강력계에 있는 저를 말입니다. 부청장님은 그 집에서 살인이 일어난 것을… 예감하셨습니다. 어떻게 그걸 알았는지, 저처럼 둔한 사람은 도무지 이해할 수가 없습니다."

마크는 무의식중에 탁자 위에 놓인 술잔을 집어들고 있었다. 술이 손가락을 적시고 무릎 위로 넘쳐흘렀다. 마크는 단숨에 술잔을 비웠다. 콜롬보는 빈 술잔을 뚫어지게 바라보고 있었다.

마크는 술잔을 탁자 위에 돌려놓고 말했다.

"콜드웰 씨 집에서 살인사건이 일어난 건 몰랐네. 하지만 묘한 분위기를 느꼈지. 집의 모든 방에 전등이 켜져 있었고, 낯선 남자가 도망쳐 나왔고, 제니스가 집에 혼자 있다는 것도 알고 있었고… 나는 순간 불안해져서… 최악의 사태를 예감했던 거지. 자네도 형사니까 그런 육감은 이해할 거라고 생각하는데…"

콜롬보는 마크의 얼굴을 쳐다보면서 천천히 몸을 젖혔다. 의자 등받이에 등이 닿자 기지개라도 켜듯 두 팔을 힘껏 뻗으며 콜롬보는 싱긋 웃었다.

"형사의 육감이라면 저도 잘 알고 있습니다. 저는 부청장님처럼 초능력 같은 예감은 없지만, 그래도 사소한 육감이 있어서 때로는 직감적으로 이건 이상하구나 생각할 때가 있지요. 하지만 제 경우에는 그다음부터 시간이 걸립니다. 뭐가 이상한지 좀처럼 알아낼 수가 없어서요. 그래서 여러분에게 여러 가지로 폐를 끼치고 있습니다만…" 콜롬보는 자리에서 일어나 말을 이었다. "지금도 저의 사소한 육감이 무언가가 이상하다고 경고하고 있지만, 그 정체가 좀처럼 잡히질 않는군요. 그래서 부청장님 댁을 좀 조사해보았으면 하는데…"

마크의 손은 다시 무의식중에 탁자 위의 술잔을 집어들고 있었다. 술잔을 입까지 가져간 마크는 그제야 술잔이 비어 있는 것을 깨달았다.

"아아, 피곤해." 마크는 자신의 실수를 숨기려고 중얼거렸다.

피곤한 것은 사실이었다. 어젯밤부터 힘든 일이 계속되었고, 아까는 액션 배우도 저리 가라 할 만큼 대활약을 했다. 그런 다음에는 콜롬보와 함께 긴장된 시간을 보냈다.

마크는 콜롬보의 태도를 살폈다. 아무리 보아도 머리 좋은 형사로는 보이지 않는다. 그리고 여차하면 이 녀석을 다른 부서로 보내버릴 수도 있다… 권력자로서의 자신감이 되살아나 마크의 불안을 해소해주었다. 마크는 술병에서 위스키를 따르며 말했다.

"콜롬보 경위, 철저히 조사해주게. 뭔가 단서가 남아 있을지도 모르니까."

콜롬보는 2층으로 올라가 침실문을 살짝 열었다. 방 안에 드라이어가 있었다.

"어이, 콜롬보, 부청장은 좀 어때?"

"벌컥벌컥 술을 마시고 있어요. 홧술이라고나 할까?"

"오랫동안 함께 살아온 아내가 살해당했으니 무리도 아니지. 그리고 그 양반한테는 자식이 없어. 쓸쓸한 말년이 될 걸세." 백발의 노형사는 한숨을 내쉬었다. "하지만 나는 괜찮아. 이제 곧 정년이지만, 나한테는 자식이 잔뜩 있고, 벌써 손자 녀석도 있다네. 활기찬 노후를 즐길 수 있지."

"선배님은 운이 좋으세요." 콜롬보는 욕실을 들여다보고는 소리를 질렀다. "우와, 엄청나게 큰 욕실이군요! 우리 집사람 같으면 이런 욕실에 들어갔다가는 당장 미아가 되어버리겠어요."

뒤에서 다가온 드라이어도 안을 들여다보며 말했다.

"아무리 부청장이라도 경찰 봉급만으로는 이런 욕실을 가질 수 없어. 돈 많은 여자와 결혼하지 않으면."

"돈 많은 아내가 남긴 유산과 많은 자식 가운데 어느 쪽이 좋을까요?" 콜롬보는 고개를 갸웃했다.

"자넨 이제 돈 많은 아내는 얻을 수 없지만 자식이라면 아직도 얼마든지 만들 수 있잖은가."

"그렇군요." 콜롬보는 이렇게 말하면서 욕실로 들어가, 검은 타일을 바른 거대한 욕조를 쓰다듬었다. 구두를 신은 채 욕조 안에 들어가 밑바닥까지 어루만졌다.

"왜 그래?" 드라이어가 들여다보며 이상하다는 얼굴로 물었다. "범인이 타일 틈에라도 숨어 있나?"

콜롬보는 욕조 안에서 몸을 일으키더니 허리를 콩콩 두드렸다.

"철저히 조사하라고 했기 때문에…"

"그래서 뭘 좀 알아냈나?"

"욕조는 바싹 말라 있습니다. 젖어 있으면 한 가지 가능성을 생각할 수 있지만, 완전히 말라 있어요. 바닥까지도…"

"오늘은 아무도 사용하지 않았겠지."

"하지만 이상하다고 생각지 않으세요? 부인은 파티에 가서 트로피를 받기로 되어 있었어요. 그런 경우 보통 여자라면 나가기 전에 샤워를 할 겁니다."

콜롬보는 욕조에서 나오더니 벽에 걸려 있는 수건을 만져보았다.

"이것도 말라 있군. 뭐든지 다 말라 있어."

콜롬보는 침실로 돌아가, 한 손을 뒤로 돌려 허리에 대고 나폴레옹처럼 돌아다니면서 말했다.

"선배님은 절도계 형사로 30년이 넘게 절도범들을 상대해오셨잖아요?"

드라이어는 온화한 얼굴에 자랑스러운 미소를 띠며 고개를 끄덕였다.

"선배님한테 전문가로서의 의견을 듣고 싶은데…" 이렇게 말하고 콜롬보는 멈춰 섰다. "내가 생각하기에… 절도범은 굶주린 들고양이나 마찬가지여서 어두워지면 살금살금 돌아다니지만, 사람을 보면 놀라서 달아나는 법이라고 생각하는데, 내 생각이 잘못입니까?"

"잘못되지 않았네. 나는 그런 놈들만 상대해왔으니까." 이렇게 말하면서 드라이어는 팔짱을 꼈다. "겁 많은 들고양이 같은 놈들뿐이었지. 하지만 시대가 변했어. 내가 상대한 놈들은 벌써 구시대의 도둑인지도 몰라.

요즘에는 들고양이가 돌연변이를 일으켜 사자라도 된 것 같아. 나는 따라갈 수 없게 됐어. 이런 시대에는…"

"그렇군요. 들고양이라… 나도 고양이한테는 약합니다." 콜롬보는 이마를 찡그리며 말을 이었다. "하지만 아직도 알 수 없는 일이 있습니다. 아무래도 마음에 걸려요. 예를 들면 어젯밤의 살인은…"

콜롬보는 옷장 문을 열었다. 안에는 마흔 벌쯤 되는 투피스가 즐비하게 걸려 있었다. 세탁소의 비닐커버를 뒤집어쓴 채 걸려 있는 것도 있었다. 콜롬보는 그 옷들을 가볍게 만져보고 나서 말을 이었다.

"가령 어제 콜드웰 씨 집에 들어간 도둑이 들고양이에서 돌연변이를 일으킨 사자였다 해도, 제니스 부인이 끼고 있던 다이아몬드 반지에 손을 대지 않은 것은 무엇 때문일까요? 내가 시체를 보았을 때 맨 먼저 눈에 띈 것은 바로 그 커다란 다이아몬드였어요. 사자도 분명 보았을 겁니다. 일부러 도둑질하러 들어갔는데 그 반지를 남겨두고 간 건 어찌된 일일까요?"

"모르겠나, 콜롬보?"

"모르겠습니다. 어떻게든 설명해보려고 고민에 고민을 거듭했지만…"

드라이어는 싱긋 웃으며 말했다.

"시시한 걸 갖고 고민했군. 헛수고를 했다고밖에 말할 수 없지만, 그 반지는 가짜라네."

"가짜요? 난 정말 바보군요."

"자네한테 알려줄 걸 그랬나 보군."

콜롬보의 눈썹이 치켜 올라갔다. 드라이어는 달래듯 손을 내저으며 말했다.

"오해는 말게. 일부러 심술을 부리려고 말하지 않은 건 아니니까. 알려주는 걸 그만 깜박 잊어버렸어. 늙으면 건망증이 심해진다네 말이야. 나도 이젠 한물갔어. 하지만 그 다이아몬드는 틀림없이 가짜야. 그냥 유리알일 뿐이지. 보석 전문가라면 한눈에 알아본다네. '벨에어의 별'은 전문가니까."

"이제야 알았습니다." 콜롬보는 두 손을 힘없이 벌리며 말했다. "정말 바보 같은 얘기군요. 강력계 형사인 내가 혼자 고민하고 있을 때 절도계 형사인 선배님은 유리 반지 따위는 깨끗이 잊어버리고 쿨쿨 주무셨으니 말입니다. 공조 수사란 즐거운 거예요."

"이보게, 콜롬보, 난 절대로 일부러 그런 게…"

드라이어가 말하려 할 때 콜롬보가 벌떡 일어나 창가로 달려갔다. 그러고는 창 아래를 내려다보고 나서 허둥지둥 돌아오더니, 코트 자락을 펄럭이며 복도로 사라졌다.

구급차의 시동이 걸리고 시체가 운반되어 나오자 봉쇄선 밖에 있던 기자들이 일제히 떠들어대기 시작했다. 맥멀레이 박사에게 질문이 쏟아졌다.

"노코멘트!" 맥멀레이는 큰 소리로 고함을 지르고 나서 운전석에 올라탔다.

그때 콜롬보가 달려왔다.

"잠깐, 박사님… 잠깐만요." 콜롬보는 숨을 헐떡이면서 손을 들고 말했다. "부검할 때 조사해주셨으면 합니다만… 수영장에서 익사했다면 몸에 들어간 물에는 당연히… 염소가 포함되어 있을 겁니다. 그러니까 그 점을 특히 유념해서…"

"경위, 염소는 검출되지 않을 거요."

"왜요?" 콜롬보는 불만스러운 듯이 소리를 질렀다.

"염소는 인체에 들어가면 거의 순간적으로 사라져버리는 성질을 갖고 있지요. 어차피 액체는 폐수종의 영향으로 변화해버리고…"

"그럼 어려운가요? 햅퍼린 부인이 욕조에서 익사했는지 어떤지는 도저히 알 수 없는 겁니까?"

"그야 알 수 있지. 진을 가득 채운 욕조에라도 들어가 있었다면 말이오."

"그렇습니까…" 콜롬보는 실망한 듯 고개를 숙였다. "어쨌든 가능한 한 최선을 다해서 철저히 조사해주십시오."

"난 언제든 최선을 다하고 있다고 자부하오. 그게 내 임무니까." 맥멀레이 박사는 차갑게 말하고 운전기사에게 신호를 보냈다.

마거릿의 시체를 실은 구급차는 기자들 사이를 헤치고 선셋 대로로 나갔다. 몇몇 기자들이 차에 올라타고 뒤를 따랐다.

5

목요일, 오전 10시 10분.

마크 핼퍼린은 부청장실 책상 앞에 앉아 드라이어의 보고서를 읽고 있었다. 마크는 수수한 회색 양복에다 검은색 넥타이를 맨 차림이었다. 드라이어의 중간보고는 만족할 만한 것이었다. 수사는 마크가 노린 방향으로 나아가고 있었다.

책상 위에서 인터폰이 울렸다. 마크는 스위치를 넣고 말했다.

"뭔가?"

"죄송합니다, 부청장님." 비서의 조심스러운 목소리다. 비서의 목소리에는 동정심이 섞여 있었다. 잘됐다고 마크는 생각했다.

"무슨 일이지?"

"저어… 콜롬보 경위가 와 있는데요… 거절할까요?"

"아니, 괜찮아. 들여보내." 마크는 책상 위에 팔꿈치를 세우고 두 손으로 얼굴을 덮었다. 상심한 남자의 태도다.

노크 소리가 들렸다. 우둔하고 뻔뻔스러운 콜롬보도 오늘은 살짝 방을 들여다볼 수가 없는 모양이다.

"들어오게." 마크는 두 손으로 얼굴을 덮은 채 말했다.

"저어, 부청장님, 방해가 되지 않을까요?"

"아니, 괜찮네."

"부청장님, 주제넘은 말씀을 드리는 것 같아서 실례인 줄은 압니다만…" 콜롬보는 묘하게 새삼스러운 어조로 말했다. "오늘은 그만 퇴근하시는 게 어떨까요. 부청장님은 오늘 쉬실 줄 알았는데 출근하셨다는 말을 듣고 모두 놀라고 있습니다."

마크는 천천히 얼굴을 들고 책상을 손가락으로 톡톡 두드리며 말했다.

"여기 오고 싶었네. 만사를 다 잊을 만큼 일에 열중하고 싶었지. 하지만 책상에서 하는 일이란 도무지…" 마크는 무겁게 한숨을 내쉬고는 말을 이었다. "자네처럼 현장에서 뛰는 경찰관이 부럽네. 바쁘게 돌아다니는 것이 때로는 구원이 되지. 하지만 이 밀실 같은 방에 가만히 틀어박혀 있으면 기분은 점점 더 우울해질 뿐이야."

"이해합니다." 콜롬보가 책상 앞에 서서 말했다.

"그런데 오늘은 무슨 일인가?" 마크는 콜롬보의 손을 바라보았다. "보고서는 가져오지 않은 모양인데…"

"그게 저어…"

"설마 글을 쓸 줄 모르는 건 아니겠지?" 마크는 드라이어의 보고서를 집어들었다. "드라이어 경위의 보고서는 벌써 완성됐어. 범인은 '벨에어의 별'로 단정하고, 전과자들에 대한 조사를 다시 해볼 방침이라는군. 과연 베테랑 형사야. 일하는 방식이 견실해. 그런데 콜롬보 경위, 자네 보고서는 어떻게 됐나?"

"실은 그 문제로 찾아왔습니다만… 이대로 가면 제 보고서는 드라이어 경위의 보고서와는 전혀 다른 수사 방침을 내세우게 될 것 같아서…"

"무슨 말을 하고 있는 건가?" 마크의 가슴에 분노가 치밀어 올랐다.

콜롬보라는 사내는 우둔하고 완고하다. 게다가 자신의 우둔함을 알아차리지 못하고 있으니 감당하기가 더욱 어렵다. 마크는 주먹으로 책상을 두드렸다.

"콜롬보 경위! 쓸데없는 잠꼬대는 이제 그만해두게."

"저도 그러고 싶지만… 저한테도 미미하나마 형사의 육감이라는 게 있어서…"

"육감? 그따위는 시궁창에나 내다버려! 그리고 이 기회에 충고해두겠는데, 그 헝클어진 머리를 깨끗이 감아보게. 그러면 기분이 상쾌해져서 매사를 이성적으로 판단할 수 있게 될 걸세."

"실은…" 콜롬보는 머리에 손을 대며 말했다. "이게 오늘 아침에 감은 머립니다. 그랬더니 부청장님 말씀대로 기분이 상쾌해져서, 도둑을 쫓는 건 무의미하다는 결론에 도달했습니다."

"뭐라고?" 마크는 소리를 질렀다. 유리창이 드르르 흔들렸다.

"제 생각으로는 이번에 일어난 두 건의 살인범과 '벨에어의 별'은 전혀 다른 인물입니다." 콜롬보는 이상할 만큼 조용한 목소리로 말했다.

저 멍청한 녀석이 갑자기 태도를 바꾸어 대담하게 나오는구나. 마크는 이렇게 판단했다. 좋아. 그렇다면 나도 대담하게 나가주지.

마크는 부드럽게 말했다.

"그래? 그렇다면 자네의 고견을 한번 들어볼까?"

"제 생각으로는 '벨에어의 별'이 저지른 범행으로 위장해서 살인을 저지른 인물을 찾아내야 한다고 생각합니다."

"말도 안 돼!" 마크는 드라이어 경위의 보고서를 집어들면서 말을 이었다. "이 보고서에도 콜드웰 부인 사건은 모든 점에서 '벨에어의 별'과 수법이 일치한다고 적혀 있어. 어젯밤 사건에 대해서는 아직 수사가 진행되지 않았으니까 지금 단계에서 단정적인 말을 하는 것은 옳지 않을지도 몰라.

하지만 나 자신이 목격한 상황으로 보아도…"

"예, 그 보고서가 훌륭하다는 것은 저도 인정합니다. 하지만 몇 가지 마음에 걸리는 점이 있어서…"

"예를 들면?"

"예를 들면… 지문입니다."

"콜롬보 경위…" 마크는 웃으면서 말했다. "자넨 잊고 있는 모양이군. 지문 따위는 원래 없었네. 지문을 문제로 삼는 것 자체가 이상해."

"그 점이 바로 문제예요. 콜드웰 씨 집에는 지문이 하나도 남아 있지 않았습니다. 그게 문젭니다."

콜롬보는 손님용 의자에 털썩 주저앉아 코트 주머니에서 시가를 꺼냈다. 그러고는 책상 위를 훑어보더니 마크의 은제 라이터로 손을 뻗었다. 콜롬보는 마크의 쏘는 듯한 시선을 무시하고 아무렇게나 라이터를 집어 들어 시가에 불을 붙였다.

"부청장님, 지문은 큰 문제입니다." 콜롬보는 담배 연기를 코에서 뿜어 냈다. "뭐가 문제인가 하면… 남편인 콜드웰 씨는 10시 반에 클럽에서 집으로 전화를 걸었다고 했습니다. 이게 제 고민거리인데, 10시 반에 부인이 전화를 받았다면 왜 수화기에 지문이 남아 있지 않을까요?"

콜롬보는 한 손을 높이 쳐들었다.

마크는 자기가 쓴 각본에 중대한 결함이 있다는 것을 비로소 깨달았다. 그러나 기가 죽지는 않았다. 과연 콜롬보라는 자는 겉보기보다 머리가 좋은 모양이다. 하지만 나는 콜롬보의 상관이 아닌가. 필요하다면 경위 하나쯤은 간단히 침묵시킬 수 있다. 마크는 증오에 불타는 눈으로 콜롬보를 쏘아보았다.

콜롬보는 그 시선을 태연히 받아내며 말했다.

"이상하다고 생각지 않으십니까? 그날 파출부가 대청소를 했습니다.

모두 다 깨끗이 닦아냈고, 물론 전화도 닦았답니다. 2층 침실에 있는 전화는 깨끗했습니다. 아래층 거실에 있는 전화도 깨끗했지만 남편 지문이 묻어 있더군요. 하지만 부인의 지문은 어디에도 없었습니다. 부인은 10시 반에 전화를 받았다는데 그 지문은 하나도 남아 있지 않습니다. 어찌된 영문일까요?"

"알았네. 분명히 말해보게. 휴 콜드웰이 거짓말을 했다고 말하고 싶나? 10시 반에 부인은 이미 죽어 있었고, 따라서 전화를 받을 리가 없다고 말하고 싶은 건가?" 이렇게 말하고 마크는 의자에서 일어났다. "자네는 편집광적인 데가 있군. 평형감각이 없어. 그래서 이상한 생각에 구애를 받는 거야. 알겠나…" 마크는 손가락을 콜롬보에게 들이대며 말을 이었다. "콜드웰 씨 집에 침입한 범인이 범행을 저지른 뒤, 손을 댔을 가능성이 있는 곳을 모조리 닦아냈을 수도 있지 않나? 상식을 가진 정상적인 형사라면 그렇게 생각하는 게 당연할 것 같은데…"

"아니, 그런 식으로 생각하는 건 조잡한 머리를 가진 형사뿐입니다."

콜롬보는 책상 위로 손을 뻗어 마크의 눈앞에 있는 재떨이에 담뱃재를 털었다. 콜롬보는 또 한 손으로 재떨이를 집어들더니 자리에서 일어나 창가로 다가갔다. 그리고 오른손에는 시가, 왼손에는 재떨이를 든 채 창 아래를 내려다보며 말했다.

"경찰청 건물도 여기까지 올라오면 전망이 좋군요. 우리 형사실은 훨씬 밑에 있어서 옆 건물의 벽밖에 보이지 않는데…"

"콜롬보 경위!" 마크는 콜롬보의 등을 향해 날카로운 목소리로 퍼부었다. "자넨 아직 내 질문에 대답하지 않았어."

"아아, 범인이 범행을 저지른 뒤에 모두 닦아냈을 가능성 말씀이군요." 콜롬보는 마크에게 등을 돌린 채 말했다. "범인이 어째서 그런 귀찮은 짓을 할 필요가 있겠습니까? '벨에어의 별'은 언제나 장갑을 끼고 있어서 지문은 남기지 않을 텐데요. 그리고 또 하나 묘한 게 있습니다. 콜드웰 부인의 시체는 잠옷을 입고 있었는데 그건 본인이 입은 게 아닙니다. 죽은 뒤에 누군가가 입혔어요."

"그건 자네의 망상인가? 아니면 확실한 근거가 있나?"

"근거요? 물론 있지요. 콜드웰 부인은 파란 잠옷을 입고 죽어 있었습니다. 그 잠옷은 2층 침실 옷장에서 꺼낸 것으로 보이는데, 옷장 손잡이에는 누구의 지문도 묻어 있지 않았습니다. 부인의 지문조차 묻어 있지 않았어요."

"자네 말은 너무 난해해서 난 도저히 따라갈 수 없을 것 같군." 마크는 자리에서 일어나 콜롬보의 뒤로 다가갔다. 그러고는 콜롬보의 옆얼굴이 보이는 위치에 서서 말을 이었다. "분명히 말하면 자네는 휴 콜드웰이 부인을 죽이고 '벨에어의 별'이 저지른 범행으로 보이도록 위장을 했다고 말하고 싶은 건가?"

"아니, 그렇게 말할 생각은 없습니다." 콜롬보는 창밖을 바라본 채 말하고는 담뱃재를 왼손에 든 재떨이에 털었다. "위장을 한 것은 콜드웰 씨가 아닙니다. 부인에게는 남편밖에 모르는 버릇이 하나 있었지요. 아침에 일어나면 잠옷을 개켜서 베개 밑에 넣어두는 버릇입니다. 사실 저도 베개 밑에서 잠옷을 발견했는데, 파란색이 아니라 분홍색입니다. 이 눈으로 똑똑히 보았습니다."

콜롬보는 몸의 방향을 바꾸어 마크의 얼굴을 똑바로 바라보았다. 마크는 저도 모르게 시선을 피했다.

콜롬보가 다그치듯 말했다.

"따라서 그 파란색 잠옷은 본인이 직접 입은 게 아니라 부인의 버릇을 모르는 누군가가 입힌 겁니다. 그 누군가는 남편인 콜드웰 씨도 아닙니다. 남편이 했다면 베개 밑에 있는 분홍색 잠옷을 입혔겠지요. 남편은 아닙니다. 다른 사람이지요."

마크는 손을 들어 콜롬보의 말을 제지했다.

"그럼 도대체 누가 했다는 거지?"

"아직은 모릅니다." 콜롬보는 깨끗이 인정했다. "우리가 찾아야 할 사람은 살인사건을 강도사건으로 보이게 하려고, 즉 도둑질을 하러 들어왔다가 주인에게 들키자 강도로 돌변하여 사람을 해친 사건으로 보이게 하려고 치밀하게 위장 공작을 한 지능범입니다."

마크는 일단 위험이 멀어진 것을 느끼고 여유를 되찾았다.

"그 지능범이 누군지 짐작하고 있나?"

"없는 것은 아니지만 아직 확정적인 것은…"

"괜찮으니까 말해보게."

"죽은 사람을 험담하는 게 나쁜 짓인 줄은 알지만… 어제 부청장님 사모님께서도 그 문제는 인정해주셨기 때문에… 그러니까 콜드웰 부인에게는 애인이 있었다는 얘깁니다만…"

마크는 위험이 더욱 멀어진 것을 깨닫고 책상으로 돌아와 담배에 불을 붙였다.

콜롬보라는 자는 날카로운 착안점을 갖고 있는 것처럼 보이지만 결국에는 얼간이에 지나지 않는다고 마크는 판단했다. 출발점은 제대로 잡았는데, 그다음이 이어지지 않는다.

마크는 담배를 입에 물고 말했다.

"콜롬보 경위, 그 재떨이를 제자리에 돌려놓게."

"아, 이거 미처 깨닫지 못해서…"

콜롬보는 종종걸음으로 돌아오더니 책상 위에 조심스럽게 재떨이를 내려놓았다. 권력자에게 대항할 수 있는 위인은 아니다. 마크는 다시 한번 콜롬보의 가치를 깎아내리고 나서, 발을 책상 위에 올려놓고 몸을 뒤로 젖혔다.

"콜롬보 경위, 자넨 제니스의 외도 상대를 조사하고 싶나?"

콜롬보는 마크의 구두 밑창을 똑바로 바라보면서 대답했다.

"예, 가능성이 있을 것 같다는 기분이 들어서…"

"알았네. 그러니까 자네는 그 가능성을 조사하는 일에 대해 내 허락을 받고 싶다는 건가?"

"허락요?" 콜롬보는 당황하여 마크의 얼굴을 바라보았다. "허락 같은 건 필요 없다고 생각하는데요."

마크는 싱긋 웃었다.

"허락은 필요 없지. 하지만 나는 이 수사의 사실상 최고책임자로서 자네를 감독하고 적절한 충고를 줄 의무가 있어. 그렇지 않나?"

콜롬보는 입을 딱 벌리고 마크의 얼굴을 쳐다보고 있다가, 고개를 떨구고 희미하게 고개를 끄덕이며 입을 다물었다.

"콜롬보 경위, 자넨 내가 보기에 시간을 낭비하고 있어. 자네 봉급은 시민들의 세금으로 마련되고 있다는 걸 잊지 말게. 자네 한 사람의 시시한 취미나 관심 때문에 세금을 낭비하는 건 용납되지 않아. 그래서 나는 자네를 감독하고 자네가 옆길로 엇나가지 않도록 조심하지 않으면 안 돼. 내가 그런 쓸데없는 일을 할 수밖에 없는 것도 세금 낭비야. 그래서 자네의 태도가 바뀌지 않으면 나는 납세자에 대한 의무로서 모종의 결단을 내릴 수밖에 없네."

이렇게 말하고 나서 마크는 콜롬보를 안심시키듯 웃으면서 말을 이었다.

"하지만 나는 범인이 체포되기를 누구보다 간절히 바라고 있다는 것도 염두에 넣어두게. 경찰 부청장으로서뿐 아니라 개인적으로도 범인이 하루 빨리 체포되기를 바라고 있지. 그래서 자네의 열성에는 일단 경의를 표하네. 하지만 세금을 낭비하면 안 된다는 사실은 절대로 잊지 말게. 쓸데없는 수사는 그만두고 절도범을 찾게. 공포에 사로잡혀 한 여자를 죽이고, 입을 봉하기 위해 또 한 여자를 죽인 그놈을 찾아내게. 그 선을 따라 수사를 진행하면 반드시 범인과 맞닥뜨리게 될 걸세."

"그럼 저는 완전히 잘못된 짐작을 하고 있다고…"

"아까도 말했듯이 자네 열성에는 경의를 표하네. 그리고 나는 부하의 실수를 너그럽게 용서하는 주의야. 그러니까 자네가 할 일은 보고서를 작성하는 것, 절도범을 찾아내는 것, 이 두 가지일세. 알았나!"

콜롬보의 얼굴이 일그러지더니 오른쪽 눈썹은 올라가고 왼쪽 눈썹은 내려갔다. 그게 성난 표정인지 슬픈 표정인지, 마크는 짐작이 가지 않았지만, 마지막으로 다시 한 번 다짐을 받았다.

"알았나? 알았으면 이제 돌아가도 좋아."

콜롬보는 일그러진 표정을 풀지 않은 채 고개를 끄덕이고는 말없이 방에서 나갔다. 마크는 악당을 회개시킨 목사처럼 후련한 기분으로 크게 하품을 했다.

6

목요일, 오후 12시 10분.

로스앤젤레스의 오피스타운은 점심시간을 맞아 어디나 회사원들로 북적거리고 있었다. 월셔가에 면한 고급 보석상인 '웩슬러'의 쇼윈도도 여사무원들의 뜨거운 시선을 받고 있었다.

그러나 가게 안은 한산했다. '웩슬러'는 점심시간에 찾아오는 손님 따위는 상대하지 않았다. 가게의 작은 문은 샌드위치를 사는 것처럼 가벼운 마음으로 다이아몬드 목걸이를 살 수 있는 사람을 위한 것이었다.

그 문을 열고 콜롬보가 들어섰다. 문에 매달린 종이 가련한 소리를 냈다. 수정으로 만든 종이었다. 검은 카펫이 깔린 가게 안에서 콜롬보는 길 잃은 늙은 개처럼 고개를 떨구고 주위 상황을 살폈다.

카펫과 같은 검은색 드레스를 입은 여점원이 검은색 골덴 커튼을 열고 진열장 뒤에 섰다.

"어서 오세요." 이렇게 말하면서 점원은 재빨리 콜롬보의 값을 매겼다.

처음 온 손님이고, 게다가 옷차림도 품위가 없는 손님이었다. 그러나 점원은 콜롬보를 쫓아내려고 하지 않았다. 품위 없는 옷차림을 한 사람도 큰돈을 갖고 있는 경우가 있다는 것을 경험으로 알고 있었기 때문이다.

예를 들면 텍사스 사막에서 온 주유소 경영자나 시카고의 옥수수밭에서 온 농장 경영자가 그런 부류였다. 점원의 눈에는 콜롬보도 그런 사람처럼 보였다.

콜롬보의 더러운 코트 주머니가 이상하게 불룩했지만, 권총이 들어 있는 것 같지는 않다고 점원은 판단했다. 대낮에 보석상을 터는 갱이라면 이렇게 더러운 차림은 하지 않는다. 경계의 눈길을 피하려고 좀 더 세련된 차림으로 찾아온다. 점원은 정중한 어조로 말했다.

"1층 매장에서 팔고 있는 건 시계뿐이고, 액세서리는 2층에 있습니다. 고급 보석은 2층 사무실에서 보여드립니다만…"

"아아, 그렇습니까? 나는 저어… 가게 주인인 브루노 웩슬러 씨를 만나고 싶은데…" 콜롬보는 가게 안을 둘러보면서 말을 이었다. "여기는 꼭 장의사 같은 분위기군요."

"그렇습니까?" 점원은 미소를 지으며 말했다. "하지만 귀금속이나 보석을 좀 더 아름답게 보이기 위해 가게 안을 검은색으로 통일하고 있지요. 검은색은 고귀한 물건에 가장 잘 어울리는 색이거든요."

점원은 검은색 드레스 자락을 가볍게 잡아당겼다.

"브루노 웩슬러 사장님을 만나고 싶다고 하셨는데, 어느 분의 소개로?"

"뭐, 소개라고 할 만큼 거창한 건 아니지만…"

"그분께 골라달라고 하시면 틀림없습니다. 보석에 관해서는 권위자니까요. 하지만 지금은 다른 손님을 만나고 계시는데요. 잠시 기다려주시겠습니까?"

"그러죠." 콜롬보는 고개를 끄덕이고 진열장을 들여다보다가 말했다. "아, 여기서는 시곗줄도 팝니까?"

"물론이죠."

"그거 잘됐군요." 콜롬보는 코트 주머니에 손을 집어넣어 시계를 꺼냈다. "이 시곗줄이 끊어져버려서요. 시계는 좋은 겁니다. 산 지 5년밖에 안 됐어요."

점원은 그 시계를 받아들고 얼굴을 찡그렸다. 점원은 불안해졌다. 이런 시계를 차는 사람이 큰돈을 갖고 있을 리가 없다.

"좋은 시계예요." 콜롬보는 점원이 들고 있는 시계를 들여다보며 말했다. "방수도 잘되고, 충격이나 자석에도 강한 시계지요."

"7석짜리군요." 점원은 쌀쌀하게 말했다. "은제라면 200달러짜리부터 있습니다만…"

"아니, 내가 필요한 건 시계가 아니라 시곗줄인데…"

"그러니까 은제 시곗줄 값이 최저 200달러라는 얘깁니다."

콜롬보는 점원의 손에서 재빨리 시계를 빼앗아 코트 주머니에 넣었다. "경찰관이 200달러짜리 시곗줄을 차고 다니면 납세자한테 야단맞아요."

점원은 드디어 콜롬보의 정체를 이해하고 제 눈에 큰 착오가 있었다는 것을 깨달았다. 그때 2층으로 통하는 계단에서 발소리가 나더니, 우선 뚱뚱한 왕년의 여배우가 나타나고, 뒤이어 브루노 웩슬러가 나타났다.

벌써 70대에 접어든 왕년의 여배우는 소녀 같은 쇳소리로 말했다.

"그럼 브루노, 물건은 나중에 배달해줘요."

브루노 웩슬러는 작은 문을 열어주면서 말했다.

"알았습니다, 여사님."

영화배우의 뚱뚱한 몸이 좁은 문을 간신히 빠져나가 밖으로 사라지고 종이 울리며 문이 닫히자 점원은 불쾌한 목소리로 말했다.

"사장님, 경찰분이 기다리고 계십니다."

"웩슬러 씨이신가요? 나는 콜롬보 경위입니다." 콜롬보는 문으로 다가가 오른손을 내밀었다.

웩슬러는 돌아서서 콜롬보의 손을 보고는 얼굴을 찡그렸지만, 그래도 내민 손을 가볍게 잡으며 물었다.

"무슨 일로 오셨죠?"

"콜드웰 부인의 일로…"

"콜드웰 부인요?" 웩슬러는 점점 더 얼굴을 찡그리며 말했다. 2층 사무실에서 얘기합시다."

2층에도 검은색 카펫이 깔려 있었다. 안쪽에 있는 사무실도 역시 검은색 카펫과 검은 벽으로 꾸며져 있다. 벽에는 작은 장식창이 몇 개나 박혀 있어서 마치 박물관 같은 구조였다.

웩슬러와 콜롬보는 마호가니 책상을 사이에 두고 마주 앉았다.

"콜드웰 부인은 여기서 자주 물건을 산 모양이던데…"

"네, 좋은 고객이었지요. 불행을 당하셨다는 소식은 신문에서 보았지만…"

"콜드웰 부인이 남긴 서류를 여러 가지로 조사해보았는데, 이 가게 영수증이 많이 나왔어요."

"하지만 나는 그 사건과는 아무 관계도 없습니다." 웩슬러는 차갑게 말했다.

"물론 알고 있습니다."

"그럼 왜?" 웩슬러는 몸을 뒤로 젖히며 물었다.

콜롬보는 웩슬러가 몸을 뒤로 젖힌 만큼 두 사람 사이의 간격을 좁히려는 것처럼 몸을 앞으로 내밀었다.

"납세자에 대한 의무로서 여러 가지 조사를 하지 않으면 안 되기 때문에… 저어, 이 가게 영수증은 거의 다 꽤 오래된 것들이더군요. 가장 최근의 것도 6개월 전의 것이고…"

"조사해봅시다." 웩슬러는 책상 뒤의 책장에 즐비하게 꽂혀 있는 장부로 손을 뻗었다.

"아니, 그러실 필요 없습니다. 물론 그 뒤에도 콜드웰 부인은 자주 이 가게에 왔을 겁니다. 친구와 파출부한테 들었는데 콜드웰 부인은 이 가게에 자주 드나들었다더군요. 보석을 사러 온 것이 아니라…"

"어서 요점이나 말씀하시죠."

콜롬보는 코트 주머니에서 갈색 봉투를 꺼냈다. 책상 위에서 봉투를 거꾸로 들고 흔들자 반지 하나가 굴러 나왔다. 책상 위를 데굴데굴 굴러가는 반지를 콜롬보는 바퀴벌레라도 때려잡는 듯한 손놀림으로 재빨리 누르고는 웩슬러에게 내밀었다.

"요점은 이 반지예요. 콜드웰 부인이 죽었을 때 이 반지를 손가락에 끼고 있었는데, 유리로 만든 가짜예요."

웩슬러는 반지를 집어들며 말했다.

"유리라는 것쯤은 나도 압니다."

"하지만…" 콜롬보는 봉투에 손가락을 집어넣어 종잇조각을 꺼냈다. "하지만 이 보증서에는…" 콜롬보는 쪽지에 적힌 글을 소리 내어 읽었다. "3.6캐럿의 다이아몬드 주위에 티파니(세계적으로 유명한 보석상)제 작은 바게트(네모꼴로 깎은 보석)를 박은 반지라고 되어 있는데요. 여기 적혀 있는 건 이 반지를 말하는 거 아닙니까?"

"예, 맞습니다. 하지만 유리 반지를 4천 달러에 파는 짓은 하지 않습니다."

"하지만 이 반지는 여기서 만들었겠지요?"

"네, 내가 만들었습니다. 부인이 진품을 우리한테 팔았는데, 그걸 남편에게 들키지 않으려고 진짜와 똑같은 형태의 모조품을 만든 겁니다."

"분명히 말하면 당신은 콜드웰 부인이 갖고 있던 보석을 거의 다 되사들인 거 아닙니까?"

웩슬러는 입술을 깨물고 있다가 이윽고 고개를 끄덕이며 말했다.

"맞습니다. 우리는 말렸지만 부인이 아무래도 팔아야겠다고 하셔서… 남편이 돈을 주지 않기 때문에 마음껏 즐길 수가 없다고 하더군요."

"그럼 콜드웰 씨 집에 있던 보석은 모두 가짜인가요?"

웩슬러는 말없이 고개를 끄덕였다.

콜롬보는 반지와 보증서를 봉투에 도로 집어넣었다.

"콜드웰 씨 집에 있던 보석이 가짜라는 건 보석을 잘 아는 사람이라면 금방 알 수 있나요? 예를 들면 보석 전문 도둑이라도?"

웩슬러는 다시 한 번 고개를 끄덕였다. 콜롬보는 의자에서 일어나 봉투를 주머니에 집어넣었다.

제3장

위장된 함정

1

목요일, 오후 9시.

마크 핼퍼린은 우아한 독신의 밤을 맞았다. 샤워를 하고 실크가운으로 갈아입은 뒤, 브랜디를 채운 술잔을 한 손에 들고 이제 자신의 왕국이 된 집을 천천히 둘러보았다.

침대 위에 아직은 요염한 여자의 모습이 없다. 그러나 여자를 맞이할 준비는 다 끝났다. 권력과 재력을 무기로 여자를 마음대로 골라잡아 데려오면 된다. 빛나는 청춘이 되돌아오고, 동시에 만족스러운 노년이 화려한 막을 올리려 하고 있었다.

마크는 휘파람을 불면서 서재로 들어갔다. 가죽 장정된 법률 서적이 즐비하게 꽂혀 있는 서가 앞에 서서 브랜디를 홀짝거렸다. 그러고는 바닥에 쪼그려 앉아 술잔을 카펫 위에 내려놓고 책꽂이 맨 아랫단의 법률 서적을 열 권쯤 빼냈다. 그 안쪽에 작은 금고가 있었다. 마거릿의 할아버지 때부터 사용하고 있는 금고였다.

마거릿은 거기에 금고가 있다는 것을 숨기려 하지 않았다. 다이얼 번호도 마크에게 가르쳐주었다. 그러나 마크는 마거릿의 허가 없이는 금고를 열 수가 없었다.

돈을 몰래 꺼냈다 해도 이튿날은 당장 발각되어, 마거릿에게 어떤 형태로든 보복을 당했을 것이다. 그래서 지금까지 마크는 사실상 금고에 손을 대지 못했다. 주인이 먹다 남은 음식을 줄 때까지 기다리는 개처럼 입맛을 다시며 지켜볼 수밖에 없었다.

하지만 이제는 다르다. 금고는 마크의 것이다. 그는 냉장고 안을 뒤지듯 편안한 기분으로 증권과 현금을 조사했다. 뜻밖에 많은 현금이 있었다. 새 지폐라서 마치 위조지폐처럼 보이는 돈뭉치를 가운 주머니에 넣고 마크는 금고를 닫았다. 그리고 다시 브랜디를 홀짝거렸다.

그때 밖에서 자동차 소리가 들렸다. 마크는 법률 서적을 재빨리 금고 앞에 돌려놓은 다음 커튼을 열고 밖을 내다보았다. 현관 앞에 멈춰 선 것은 콜롬보의 푸조가 아니라 순찰차였다. 마크는 어깨에서 힘을 빼고 한숨을 내쉬었다. 다시 독신생활을 시작한 첫날 밤에 순찰차의 방문을 받는 것은 즐겁지 않다. 그러나 콜롬보에 비하면 훨씬 나았다. 마크에게 콜롬보는 악취를 풍기는 쓰레기통 같은 존재가 되어 있었다. 얼굴을 보기만 해도 속이 메슥거렸다.

마크는 거실로 천천히 들어갔다. 문을 열기 전에 홈바에서 브랜디 술병을 집어들고 술잔에 따랐다. 브랜디의 풍부한 향기를 입까지 가져갔을 때 초인종이 울렸다.

마크는 술잔을 들고 문으로 다가갔다. 아무리 중요한 보고가 있다 해도 상관의 개인 시간을 침해하는 무례한 경찰관은 문전박대다… 마크는 손잡이를 잡고 거칠게 문을 열었다.

밖에 서 있는 것은 순찰경관이 아니라 콜롬보였다. 쓰레기통 같은 콜롬보가 목을 쑥 내밀고 서 있었다. 마크는 욕설을 퍼부으려고 침을 꿀꺽 삼켰다.

그러나 콜롬보가 선수를 쳐서 소리를 질렀다.

"아이쿠 죄송합니다, 부청장님! 이런 시간에 찾아와서 정말…"

마크는 한 손으로 문을 잡은 채 콜롬보 뒤에 있는 순찰차를 바라보았다. 어쩌면 저 순찰차도 콜롬보의 잔꾀인지 몰라.

콜롬보는 마크의 시선을 따라 뒤를 돌아보았다.

"아, 저 차는 빌린 겁니다. 실은 내 차가 또…"

"자네 차 따위는 감히 차라고 말할 수도 없어!"

"맞습니다. 그게 이번에는 사이드 브레이크가 망가졌지 뭡니까. 할 수 없이 본청에 부탁해서 순찰차를 빌렸는데, 그러느라 시간이 걸려서 이렇게 늦어져버렸네요."

"콜롬보 경위…" 마크는 일부러 조용한 어조로 말했다. "자네도 알다시피 나는 지쳐 있네. 기진맥진한 상태야. 자네의 털터리 차를 상대하고 있을 여유가 없어. 육체적으로나 정신적으로나…" 그러고는 더욱 목소리를 낮추어 말을 이었다. "그런데 뭐하러 왔지? 보고서는 다 썼나?"

"예." 콜롬보가 뜻밖에도 명쾌하게 대답했기 때문에 마크는 문을 잡고 있던 손을 놓고 옆으로 비켜섰다. 콜롬보는 재빨리 안으로 들어와 어리광부리는 송아지 같은 눈으로 마크를 쳐다보았다. "보고서는 거의 다 완성됐습니다. 90퍼센트는 완성되었는데 나머지 10퍼센트가 문제라서… 실은 그래서 이렇게…"

콜롬보의 시선이 마크의 얼굴을 떠나 가운 주머니에서 딱 멈추었다. 어리광부리는 송아지 같은 눈이 당장 발정한 황소 같은 눈으로 바뀌었다. 마크는 자기 주머니를 내려다보았다. 금고에서 막 꺼낸 지폐뭉치가 엿보였다.

그것으로 형세는 뒤바뀌었다. 마크는 변명하지 않으면 안 될 처지에 놓였다. 마크는 브랜디를 홀짝이고 나서 주머니의 지폐뭉치를 살짝 두드리며 말했다.

"실은 지금부터 기분을 달래러 가려고… 클럽에서 포커라도 할까 해서… 이해하겠지? 이렇게 넓은 집에 혼자 있는 건 견딜 수가 없다네."

"충분히 이해합니다, 부청장님." 콜롬보는 턱을 위아래로 움직이며 말했다. "그럼 저는 이만…"

휙 몸을 돌려 나가려고 하는 콜롬보를 마크는 허둥지둥 붙잡았다.

"괜찮네. 말벗이 있으면 시름을 잊을 수 있지. 함께 술이나 한잔하고 가지 않겠나?"

이렇게 말하고 나서 마크는 금방 후회했다. 콜롬보를 붙잡은 것은 분명 실수였다. 콜롬보는 기쁨으로 얼굴을 빛내며 성큼 안으로 들어가 털썩 주저앉았다.

마크는 체념하고 말을 걸었다.

"뭘 마시겠나?"

"아니, 전 됐습니다."

콜롬보는 코트 주머니에서 피우다 만 시가를 꺼냈다.

"콜롬보, 아까도 말했듯이 오늘 밤 나는 지쳐 있네. 가능하다면 어려운 이야기는 삼가줬으면 좋겠네."

"예, 부청장님. 잠깐이면 끝나니까요." 콜롬보는 태연히 말했다. "그리고 쓸쓸한 밤에는 오히려 이런 이야기가 시름을 잊을 수 있어서 좋다고 생각합니다."

"그래? 그럼 들어볼까?"

마크는 끓어오르는 분노를 억누르며 콜롬보 앞에 앉았다. 그러자 목욕가운에 달려 있는 주머니가 앞쪽으로 왔다. 두툼한 지폐뭉치가 싫어도 눈에 뜨인다. 마크는 그 위에 손을 올려놓으며 말했다.

"10퍼센트의 문제점이란 게 뭔가?"

"솔직히 말씀드리면 문제점은 90퍼센트 정도를 차지하고 있어서…"

"그럼 보고서는 아직 쓰지 않았다는 얘기야?"

마크가 저도 모르게 발끈하여 호통을 쳤을 때 왼손에 들고 있던 술잔이 흔들려 브랜디 몇 방울이 가운에 떨어졌다. 마크는 주머니 위에 놓았던 오른손을 반사적으로 움직여 얼룩을 닦았다. 새 지폐라서 위조지폐처럼 빳빳한 돈뭉치가 또다시 얼굴을 내밀고 마크를 비웃었다.

콜롬보는 그 지폐뭉치를 힐끗 보고 나서 짤막한 시가에 불을 붙였다.

"부청장님, 잠깐만 참고 들어주십시오. 포커를 할 시간은 아직 충분히 있으니까요."

"빨리 말하게. 자넨 언제나 서두가 너무 길어. 빨리 본론으로 들어가게. 자네가 그렇게 쓸데없는 말을 지껄이고 있는 동안에도 자네의 과외수당은 계속 올라가고 있어. 그 돈이 어디서 나오는 줄 아나? 바로 선량한 시민들의 세금으로 마련한 거야!"

"부청장님!" 콜롬보는 눈을 가늘게 뜨며 말했다. "그렇게 호통을 치시면 제 머리는 점점 더 뒤죽박죽이 되어버립니다. 쓸데없는 말을 지껄인다고 하시지만 실은 그게 제 머리의 워밍업이라서, 저는 서두를 빼면 아무 말도 지껄일 수가 없어요."

"워밍업은 이제 끝났겠지?" 마크는 불쾌한 얼굴로 중얼거렸다.

"예, 끝났습니다." 콜롬보는 시가를 쥔 손을 이마에 대고 말했다. "부청장님은 경험도 많으시고 여러 가지 지식도 풍부하시니까, 뭔가 참고가 될 만한 이야기를 들을 수 있지 않을까 해서…"

"콜롬보, 어서 본론으로 들어가게!"

"그러니까 지금 바로 그 본론에 들어가려는 참입니다." 콜롬보는 새끼손가락으로 이마를 긁적거렸다. "콜드웰 부인의 사망 추정 시간 말씀인데요, 부청장님을 포함한 모든 사람의 의견은 오후 10시 반에서 11시까지로 되어 있습니다. 남편 콜드웰 씨가 클럽에서 전화를 건 것이 10시 반이고, 부청장님이 도둑의 모습을 목격한 것이 11시니까요. 그 30분 동안으로 한정되어 있습니다. 그렇지요?"

"그래."

"그래서 곤란한 겁니다. 사망 추정 시간이 아무래도 마음에 걸려요."

"콜롬보, 무슨 말을 하려는 건지는 잘 모르겠지만, 사망 추정 시간에 대해서 자네는 독자적인 견해를 갖고 있다는 투인데…" 마크는 차갑게 말했다.

콜롬보는 짧은 시가를 입에 물고 연기가 눈에 들어가지 않도록 얼굴을 뒤로 젖힌 채 연기를 빨아들였다. 그러고는 엄지와 검지로 시가를 잡아 입에서 떼어내더니, 탁자 위에 놓여 있는 하얀 도자기 재떨이에 싹싹 비벼 껐다.

"부청장님, 제니스 씨한테는 애인이 있었습니다."

"그 이야기는 오늘 아침에도 했잖은가. 그리고 나도 제니스가 바람을 피우고 있었다는 것쯤은 자네가 말해주지 않아도 이미 알고 있었네. 자네는 내 충고를 무시하고 그런 걸 조사하기 위해 세금을 낭비…"

"그 애인은…" 콜롬보는 마크의 말을 일방적으로 끊으며 말을 이었다. "그날, 그러니까 사건이 일어나던 날 밤 9시 반에 제니스 씨와 만나기로 되어 있었습니다. 9시 반에 제니스 씨가 그 애인을 데리러 가기로 약속되어 있었지요. 9시 반이라면 사망 추정 시간보다 한 시간 전입니다. 하지만 제니스 씨는 그 시간에 나타나지 않았습니다."

마크는 콜롬보가 아침의 경고를 무시하고 제멋대로 독주하고 있음을 깨닫고 한 대 갈기고 싶은 충동에 사로잡혔다. 그러나 마크는 무릎 위에서 주먹을 부르쥐고 되도록 농담조로 말했다.

"그러니까 그 남자가 제니스한테 바람을 맞았군그래."

"겉보기에는 그런 것 같습니다. 하지만 그 남자는 9시 반에 제니스 씨한테 전화를 걸었습니다. 그런데 그 전화는 아무도 받지 않았답니다. 제니스 씨는 왜 전화를 받지 않았을까요? 정말 이상한 일이잖습니까? 부청장님은 어떻게 생각하십니까?"

그 순간 마크의 눈에는 콜롬보가 싱긋 웃은 것처럼 보였다. 아주 잠깐이지만 대담한 비웃음을 입가에 떠올린 것처럼 보였다. 그러나 마크가 깜짝 놀라 시선을 집중했을 때 콜롬보의 얼굴에는 웃음의 흔적도 보이지 않았다. 오히려 몹시 곤혹스러운 듯 미간에 깊은 주름이 새겨져 있었다.

콜롬보가 다시 말했다.

"어떻게 생각하십니까, 부청장님. 제니스 씨는 그때 이미 죽어 있었던 게 아닐까요? 어떻습니까?"

마크는 불쑥 대답했다.

"제니스는 그 건달과 이야기하고 싶지 않았던 거겠지."

"전화도 받지 않고 누구한테 걸려온 전화인지 어떻게 압니까?" 콜롬보가 이번에는 분명히 웃었다. 웃음은 서서히 번져간다. "그런데 말입니다. 남편이 10시 반에 전화를 걸었을 때는 제대로 전화를 받았단 말입니다. 이건 도대체 어찌된 일일까요? 큰 모순이라고밖에는 말할 수가 없습니다. 9시 반에 애인과 통화하고 싶지 않았던 사람이 10시 반에 걸려온 전화를 받았다는 것은 정말 이상하다고 생각지 않으세요? 그리고 10시 반에 전화를 받은 사람은 정말로 제니스 씨였을까요? 수화기에는 제니스 씨의 지문이 묻어 있지 않았습니다. 모든 게 뒤죽박죽이어서 나는 도무지 이해할 수가 없습니다. 그래서 보고서를 쓰지 못하고 있는 겁니다. 하지만…" 콜롬보는 이마에 손을 대고 말을 이었다. "제니스 씨가 9시 반에 이미 죽어 있었다면, 그렇게 가정하면 지금 당장이라도 보고서를 쓸 수 있습니다. 그렇게만 되면 모든 의문이 깨끗이 해결되니까요. 제니스 씨가 9시 반에 애인을 데리러 가지 않았던 이유도, 수화기에 지문이 묻어 있지 않았던 이유도 모두 설명할 수 있습니다. 제니스 씨는 그때 이미 죽어 있었던 겁니다."

"하지만… 그렇게 되면 내가 밤 11시경에 목격한 그 수상쩍은 남자는 설명되지 않네. 자네 말이 옳다면 그자는 제니스를 죽인 뒤 두 시간 가까이나 그 집에서 놀고 있었다는 얘기가 되는데, 이상하지 않나? 자네는…"

"그 의문점도 정확히 설명할 수 있습니다. 그것은 그러니까…" 콜롬보는 잠깐 망설이는 기색을 보였지만, 이마에 댄 손을 내리더니 출발선을 떠나 전력으로 질주하기 시작한 달리기 선수 같은 기세로 지껄이기 시작했다. "공범자가 있었던 겁니다. 콜드웰 씨가 부인을 죽이고 공범자가 시체에 공작을 한 거지요. 공범자는 '벨에어의 별'이 범인으로 보이도록 위장하고, 더불어 콜드웰 씨의 알리바이도 만들어주었습니다. 공범자는 콜드웰 씨와 절친한 사이인 것으로 생각됩니다."

콜롬보는 몸을 쑥 내밀고 마크의 얼굴을 바라보았다.

마크는 저도 모르게 외쳤다.

"말도 안 돼!" 그러나 그 뒤에 이어져야 할 반론이 나오지 않았다.

콜롬보는 마크의 반응을 지켜보고 나서 천천히 몸을 바로 세우고는 조용히 말했다.

"공범자는 이 근방에 살고 있는 사람입니다. 그래서 사모님한테 목격당한 줄 알고 당황했던 겁니다. 사모님이 아는 사람이겠지요. 그래서 굳이 위험을 무릅쓰고 이튿날 밤 부청장님 댁에 찾아와서 사모님의 입을 막은 겁니다."

마크는 콜롬보의 추리에 한 가지 잘못이 있다는 것을 깨달았다. 그것만 제외하면 다른 부분에 대해서는 모두 정확히 꿰뚫어 보고 있었다. 그러나 콜롬보는 오후 11시경에 콜드웰의 집에서 도망쳐 나간 인물이 실제로 존재한다고 믿고 있다. 콜롬보는 마크의 거짓 증언을 굳게 믿고 있는 것이다. 그 한 가지 착오가 마크에게 용기를 주었다.

"콜롬보 경위, 자네의 열성에는 경의를 표하지만…" 마크는 권력자로서 반격에 착수했다. "자네한테는 묘하게 편집광적인 데가 있군. 전부터 알아차리긴 했지만 증세가 점점 심해지고 있는 것 같아. 쓸데없는 것에 사로잡혀 제멋대로 추리하고… 물론 추리 자체는 줄거리가 통하고 있지만, 추리의 출발점이 완전히 잘못되어 있어. 형사로서의 평형감각이 없으니까 그렇게 되는 걸세. 자넨 지쳐 있어. 지쳐서 병이 난 거야. 편집증적인 질병에 걸렸어. 휴가원을 내게. 그리고 천천히 휴양하도록 하는 게…"

"부청장님은 제가 형사로서 적합하지 않다고 생각하십니까?"

"적어도 지금 단계에서는 그래. 그러니까 휴가원을…"

"휴가원은 내지 않겠습니다!"

콜롬보가 딱 잘라 말했을 때 마크는 자신의 위협이 오늘 아침만큼 위력을 갖고 있지 않은 것을 알아차렸다. 역학 관계가 오늘 아침과는 크게 달라져 있었다. 그것은 콜롬보의 안색을 보아도 분명히 알 수 있었다. 콜롬보는 뜻밖의 강적이었다. 겉모습은 신통치 않지만 예리한 두뇌를 갖고 있는 모양이다.

마크로서는 다음 방침을 생각지 않으면 안 되었다. 선택할 수 있는 길은 두 가지였다. 강경 수단으로 콜롬보를 처리하든가, 아니면 다시 한번 연극을 하여 콜롬보를 속이든가. 되도록 빨리 결정하지 않으면 안 된다. 그러나 오늘 밤에는 우선 쫓아내고 보자. 마크는 그렇게 마음을 굳혔다.

"콜롬보 경위, 상관으로서 명령하겠네. 절도범이라는 선을 허물지 말고 수사를 다시 하게. 앞으로는 절도계의 드라이어 경위과 긴밀한 공조를 취하면서 수사를 진행하도록 하게. 자네가 혼자 멋대로 움직이는 건 용서하지 않겠어. 알았나?"

"네…" 콜롬보는 뜻밖에 순순히 고개를 끄덕였다.
"내일 아침 당장 절도계에 가서 드라이어 경위와 공조를 취하도록."
"알았습니다." 이렇게 말하고 콜롬보는 의자에서 일어났다.

마크는 어이없을 만큼 싱겁게 물러서는 콜롬보를 보내면서, 여기에는 분명 허를 찌르기 위한 함정이 장치되어 있다는 것을 직감했다.

함정은 문까지 왔을 때 입을 벌렸다. 콜롬보는 한 발을 밖으로 내디딘 뒤, 갑자기 돌아서서 손을 번쩍 쳐들며 말했다.

"부청장님의 용기에는 경의를 표합니다."

"용기?"

"네, 용기요. 강력계, 그것도 살인 전담 형사를 차분하게 대응하는 그 용기는 대단한 겁니다."

"콜롬보! 나는…"

"그럼 실례했습니다." 콜롬보는 마크의 말을 아무렇지도 않게 받아넘기며 밖으로 나갔다.

뒤에 남은 마크는 콜롬보에게 도전장을 받았다는 것을 느꼈다. 묵직한 반응이 있는 도전장이었다.

마크는 문을 닫고 입술을 깨물었다. 콜롬보, 도전은 받아주지! 로열 스트레이트 플러시를 그렇게 호락호락 놓칠 수는 없어…

콜롬보가 순찰차로 다가갔을 때 무선기 스피커에서 콜롬보를 찾는 목소리가 울려 퍼졌다.

"149호, 149호, 응답하라."

콜롬보는 창문으로 손을 집어넣어 마이크를 꺼냈다.

"여기는 149호, 말하라."

"콜롬보 경위님, 과학수사원에서 연락이 왔는데요…"

"연결해주게."

"잠깐만 기다리십시오."

스피커에서 잠시 잡음이 흘러나왔다.

"연결됐습니다. 말씀하세요."

"박사님이세요?"

"아아, 맥멀레이인데, 안됐지만 나쁜 소식이오."

콜롬보는 마이크를 잡은 채 얼굴을 찡그렸다.

"콜롬보 경위, 햅퍼린 부인의 폐를 해부해서 검사해봤는데… 역시 염소는 검출되지 않았소."

"그게 정말입니까?" 콜롬보는 기쁜 듯이 소리를 질렀다.

콜롬보의 반응에 놀랐는지, 무선기 저편의 맥멀레이가 잠시 입을 다물었다. 그러나 잠시 후에 헛기침을 하고는 다시 말을 이었다.

"내가 생각한 대로요. 염소를 검출하는 건 역시 불가능한 일이었소. 검출할 수 있었던 건 글리세롤과 팔미틴산뿐이었소."

콜롬보는 마이크를 꽉 움켜잡았다.

"뭐라고요?"

"글리세롤과 팔미틴산, 즉 비누 성분이오."

그 순간 콜롬보는 이마를 때리며 미소를 지었다.

"비눕니까? 정말로요? 아니, 이거 귀중한 정보를 주셔서 정말 고맙습니다."

그러나 상대는 이미 무선을 끊은 뒤였다. 콜롬보는 마이크를 돌려놓고 차에 올라탔다. 그러고는 웃는 얼굴로 앞유리창을 향하여 다시 한 번 말했다.

"좋은 소식을 주셔서 고맙습니다."

2

금요일, 오전 9시.

드라이어 경위는 백발을 쓸어올리며 바퀴 달린 타자기 탁자를 끌어당겼다. 어제까지의 수사 결과를 일단 정리해두지 않으면 안 된다. 성과가 없는 수사 결과를 정리하는 것은 언제나 우울한 일이었다.

절도계 형사실은 시끄러웠다. 한쪽 구석에 있는 유치장에 다섯 명의 절도범이 들어가 있었다. 그들이 철창을 움켜잡고 저마다 욕설을 퍼부어대고 있었다. 그 다섯 명을 부청장과 대질시켜 수요일 밤에 목격한 인물과 동일인인지 여부를 조사하기로 되어 있었다.

그러나 드라이어는 알고 있었다. 그들 중에는 부청장이 목격한 남자는 없다. 다섯 명은 모두 노인이었다. 절도범으로서는 이름을 날린 자들이지만 여자를 죽이지는 못한다.

드라이어는 유치장에서 눈을 떼고 타자기에 종이를 끼워 넣었다. 무의식중에 작업을 늦추려는 심사가 작용하고 있는 것인지, 부자연스러울 만큼 손놀림이 느렸다.

"야아, 선배님…" 큰 소리를 지르며 콜롬보가 들어왔다.

드라이어는 구원받은 기분으로 타자기 곁을 떠나 책상 끝에 걸터앉았다.

"절도계 형사실까지 일부러 출장인가? 무슨 일이야?"

"별일은 아니지만 부청장한테 명령을 받았어요. 절도계에 출두해서 선배님과 협력하여 수사하라고." 콜롬보는 이렇게 말하면서 타자기 탁자 앞에 앉았다.

드라이어는 웃으면서 말했다.

"말은 그렇게 하지만, 사실은 자료를 구하러 왔겠지?"

"아닙니다. 이건 부청장의 엄명으로…"

"좋아. 협력하는 데 대해서는 나도 이의가 없네."

"그럼 긴 말은 생략하고…" 콜롬보는 타자기에 끼워진 백지를 뚫어지게 바라보았다. "절도 전과자들 중에서 이번 사건의 범인을 찾아내려면 가장 유력한 사람은 누굽니까?"

"그런 건 해봤자 헛수고야." 이렇게 말하고 나서 드라이어는 유치장 쪽을 턱으로 가리켰다.

"저기 처넣어져 있는 놈들은 절도 전과자들 중에서도 거물들뿐이지만…"

우리에 갇힌 거물들은 드라이어의 말을 듣고 일제히 휘파람을 불어 댔다.

"거물치고는 모두 지저분하군요." 콜롬보는 웃으면서 그들을 돌아보았다.

"그래도 거물은 거물이야." 드라이어는 콜롬보의 말을 받아넘겼다. "모두 합하면 전과 8범이 넘는다네. 나처럼 한물간 인간들이지만…" 드라이어는 한숨을 내쉬었다. 그러고는 잘 알아듣도록 타이르는 듯한 어조로 말을 이었다. "이보게 콜롬보, 요전에도 말했지만 나는 저런 녀석들을 30년이 넘게 상대해왔다네. 개중에는 내가 다섯 번이나 감옥에 보낸 놈도 있지. 모두 낯익은 사이야. 나는 녀석들에 대해 잘 알고 있어. 놈들은 절도에 관해서는 뛰어난 솜씨를 갖고 있지만 살인은 하지 않아. 놈들은 일종의 신사야."

우리 속의 신사들이 다시 휘파람을 불었다.

"더러운 신사군요…" 콜롬보가 중얼거렸다.

"그래." 드라이어는 자랑스러운 얼굴로 말을 이었다. "입고 있는 옷도 더럽고 태도도 나빠. 하지만 신사야. 절대로 사람을 죽이거나 해치지 않는다는 의미에서 말일세. 이보게 콜롬보, 절도는 어려운 일이야. 남의 집에 들어가서 단서도 남기지 않고 돈이 될 만한 물건을 훔치는 건 보통 사람은 할 수 없는 일이지. 냉정하고, 머리 회전이 빠르고, 야무진 손재주와 뛰어난 체력과 민감한 반사신경을 갖추지 않으면 안 돼. 그리고 용기도 필요하지. 아마 사람을 죽이거나 해치는 것보다 훨씬 더 큰 용기가 필요할 거야."

우리 속의 다섯 노인은 입을 다물고, 이제 절도범의 대변자가 된 드라이어의 연설을 얌전히 듣고 있었다.

"내가 알고 있는 절도범은 모두 그런 자들뿐이야." 드라이어는 어깨를 으쓱하고 말을 이었다. "그런데 이번 절도범은 여자를 둘이나 죽였어. 그런 놈은 내 목록에는 없어. 범인은 저기 있는 놈들보다 훨씬 젊은 남자야. 내가 모르는 타입의 남자지. 시대가 변했어. 나는 손들었네. 내가 아니라 좀 더 젊은 형사한테 수사를 맡기면 돼. 나는 여기 가만히 앉아서 정년이나 기다리기로 결심했다네." 드라이어는 슬픈 듯한 한숨을 내쉬고 나서 덧붙였다. "이제 한 달만 지나면 나는 정년퇴직이라네."

"선배님은 운이 좋네요." 콜롬보는 손가락 하나를 세워 보였다. "정년퇴직을 장식하기에 딱 어울리는 큰 사건을 맡았으니까요."

"아니, 이 사건은 미궁에 빠질 거야. 난 알아. 늙은 형사의 육감이지."

"오늘 선배님은 시인처럼 슬픈 얼굴을 하고 있군요." 콜롬보는 자리에서 일어나 드라이어의 어깨를 툭툭 두드렸다. "내 육감으로는 이 사건은 금방 해결됩니다. 선배님이 퇴직하기 전에 해결될 거예요. 그러니까 가르쳐주세요. 절도범 가운데 초일류급 거물은 누굽니까?"

드라이어 경위는 책상 서랍을 열고 전과자 카드를 한 묶음 꺼냈다.

"여기 있는 건 모두 초일류급 거물들뿐일세. 하지만 그만두게. 놈들은 절대로 살인은 하지 않아."

콜롬보는 카드를 훌훌 넘기면서 말했다.

"살인은 별문제로 하고, 그 전에 일어난 여덟 건의 절도사건만 생각해봐주세요. 선배님 같으면 누구를 끌고 오겠습니까?"

"글쎄…" 드라이어는 약간 흥미를 되찾아 카드를 들여다보았다. "수법으로 보면 맨 위에 있는 놈이지. 아티 제섭. 그 밖에는 생각할 수 없네. 보석 전문 절도범이지. 기록을 읽어보게."

콜롬보는 맨 위에 있는 카드를 집어들었다.

그 전과자 카드의 정리번호는 5401호였다. 아티 제섭이라는 이름 밑에 살찐 남자의 얼굴 사진이 붙어 있었다. 앞에서 찍은 사진과 옆에서 찍은 사진이 한 장씩이다. 그 옆에 지문을 확대한 사진도 붙어 있었다. 그리고 그 밑에는 한 남자의 생애를 아주 간략하게 기록한 경력이 타자기로 찍혀 있었다.

드라이어는 기록을 읽을 필요도 없이 아티 제섭에 대해서는 환히 알고 있었다.

"아티가 처음 감방 맛을 본 건 스무 살 때라네. 그 후 쉰다섯 살이 되는 오늘에 이르기까지 아티는 열두 번, 전부 합하면 30년 남짓 콩밥을 먹었지. 속세에서 산 세월보다 감옥에서 산 세월이 더 길어. 그 대신, 속세에 나오면 단기간에 떼돈을 벌어서 짧고 굵게 살지."

"그럼 나는 이놈을 조사해보겠습니다."

"콜롬보, 쓸데없는 짓은 그만두게." 드라이어는 다시 비관적인 어조가 되었다. "나는 벌써 아티를 조사했어. 하지만 잡아 가둘 수가 없었지."

"왜요?"

"역시 살인과는 무관하니까. 아티는 이틀 밤 모두 확실한 알리바이를 갖고 있었어."

"그래요?" 콜롬보는 문 쪽으로 걸어가면서 말했다. "그래도 어쨌든 만나보기는 하겠습니다."

드라이어는 두 팔을 벌리고 고개를 설레설레 저으면서 타자기 앞으로 돌아갔다.

3

금요일, 오후 1시.

백인 빈민가의 주민들이 잠에서 깨어나 겨우 활동을 시작할 시간이었다.

백인 빈민가는 로스앤젤레스의 다운타운이라고 불리는 구역, 리틀도쿄와 시청 바로 옆에 쓰레기장처럼 펼쳐져 있다. 싸구려 아파트에 사는 주민들은 거의가 알코올 중독자나 독거노인들이었다.

이 구역이 빈민가로 변한 것은 직업소개소를 겸한 무료 급식소가 생겼기 때문이라는 주장도 있다. 밥을 공짜로 먹여주니 이렇게 좋은 곳이 어디 있겠는가. 그래서 실업보험이나 양로연금으로 살아가는 자들이 자연히 모여들었다. 주민들은 보험금이나 연금으로 싸구려 아파트의 집세를 내고, 남은 돈은 몽땅 술에 쏟아부으며 태평스럽게 살고 있었다.

빈민가는 인생을 포기한 자들이 차지하는 절망의 낙원이었다. 동시에 범죄자들이 피신해 들어와 몸을 숨기는 거대한 동굴이기도 했다.

아티 제섭도 속세에 있을 때는 여기서 살고 있었다. 형기를 마칠 때마다 아티는 낡아빠진 트렁크를 하나 들고 이 빈민가를 찾아왔다. 여기서 짧은 바캉스를 즐기듯 속세의 공기를 맛보는 것이다. 그리고 정열이 이끄는 대로 고급 주택가에 가서 값비싼 보석을 훔쳐냈다.

아티는 자신이 이제 슬슬 은퇴해야 할 나이가 된 것을 알고 있었다. 장물아비한테 받은 돈을 열심히 모아서 은퇴 생활을 준비해야 할 때가 된 것도 알고 있었다.

그러나 그렇게 할 수가 없었다. 손에 들어온 돈은 순식간에 술로 바뀌고 노름돈이 되어 사라졌다. 게다가 아티는 노후에 대해서는 별로 걱정하지 않았다. 감옥으로 돌아가면 그만이니까.

아티가 두려워하고 있었던 것은 보석 도둑으로서의 솜씨가 떨어지는 것이었다. 보석을 훔치는 것이야말로 아티의 유일한 취미이자 사는 보람이었다.

아티는 싸구려 아파트를 나오자 밝은 햇살에 눈을 가늘게 뜨면서 마켓가에 있는 술집 '파라다이스'로 갔다. 빈민가 주민들에게 오후 1시는 이른 아침이었다. 술집은 텅 비어 있었다. 아티는 맥주를 마시면서 혼자 당구를 쳤다.

'파라다이스'는 한때는 로스앤젤레스에서도 손꼽히는 일류 식당이었다. 1930년대에는 캘리포니아의 거물 도박꾼들이 1년에 한 번씩 이 술집에 모여 내기 당구를 쳤다. 사흘 동안 계속되는 대승부도 있었다. 그 무렵의 기념사진이 지금도 벽에 장식되어 있지만, 모두 색이 바래서 갈색 얼룩처럼 보인다.

당구대의 초록 펠트천은 완전히 닳아서 종이처럼 얇아지고 곳곳에 찢긴 자국이 남아 있다. 큐는 모두 휘어져 있어서 제대로 쓸 수 있는 것은 단 하나도 없다.

1930년대의 황금기는 먼 옛날 이야기가 되고, 이 구역이 빈민가로 바뀐 것과 보조를 맞추어 술집 '파라다이스'도 삼류 술집으로 전락했다. 그리하여 지금은 알코올 중독자에게 싸구려 술을 제공하는 초라한 술집이 되어버렸다. 밖에 내걸린 색바랜 간판의 '파라다이스'라는 글자는 빈정거림처럼 보였다.

그러나 아티에게는 이곳이 문자 그대로 낙원이었다. 자기 아파트가 불편해진 탓도 있어서 '파라다이스'는 그가 잠시나마 숨을 돌릴 수 있는 소중한 곳이었다.

옛날부터 가깝게 지내던 여자가 아내 행세를 하면서 아파트에 들어와 눌러앉아버린 것이다. 마흔 살 넘은 여자는 감당할 수가 없다. 모처럼 맛보게 된 속세가 그 여자 때문에 완전히 엉망이 되어버렸다.

아티는 다른 도시로 이사할 생각도 해보았지만, 쉰다섯 살쯤 되면 오랜 습관을 그렇게 간단히 바꿀 수는 없다. 다운타운의 빈민가가 아닌 곳에서 산다는 것은 도저히 생각할 수도 없었다.

아티는 당구대 곁을 떠나, 콧수염과 이어진 턱수염을 긁으며 카운터로 다가갔다. 그러고는 뚱뚱한 몸을 카운터에 기대면서 굵은 목소리로 말했다.

"맥주 한 잔 더. 큰 잔으로 주게."

"당신이 제섭 씨요?" 옆에 있던 사내가 말을 걸어왔다.

아티는 귀찮다는 듯이 그 사내를 훑어보았다. 더러운 코트에 꼬부랑 넥타이. 틀림없는 백인 빈민가의 주민이었다. 부랑자가 되기 직전의 실업자 같은 느낌을 주는 사내였다.

"그래. 하지만 당신은 처음 보는 사람인걸." 아티는 무뚝뚝하게 말하고, 카운터를 떠나 어두컴컴한 칸막이 좌석에 앉아서 맥주를 마셨다.

실업자 같은 사내가 주춤주춤 다가와 허리를 굽히면서 말했다.

"댁에 들렀더니 부인 말씀이 여기 계실 거라더군요."

"부인?" 아티는 앵무새처럼 되묻고 나서 맥주잔을 탁자 위에 탁 내려놓았다. "나한테는 마누라 따위가 없어. 그년이 제멋대로 마누라 행세를 하고 있을 뿐이지!"

"제섭 씨, 나는 콜롬보라고 합니다."

"술값이 필요하면 다른 놈한테나 가서 붙어. 나도 돈은 갖고 있지만 게으름뱅이는 딱 질색이니까."

"실은 좀 상의할 일이 있어서 왔습니다. 위스키는 어떻습니까?"

"당신이 살 텐가?"

"그럼요."

"어이, 바텐더!" 아티는 탁자를 두드리며 외쳤다. "위스키 더블 좀 갖다 줘. 돈은 이 사람이 낼 거야."

"나도 한 잔 주세요." 이렇게 말하고 콜롬보는 칸막이 좌석에 앉아 코트 주머니를 주섬주섬 뒤지더니 이윽고 반지 하나를 탁자 위에 올려놓았다. "제섭 씨, 의견을 듣고 싶은데, 이 반지는 값이 얼마나 나갈까요?"

아티는 탁자 위에 놓인 반지에는 손도 대지 않고 말했다.

"어디서 주워왔어? 이런 장난감을… 어느 집 애새끼한테라도 받았나?"

콜롬보는 술잔을 입으로 가져갔지만 아티의 말을 듣고는 갑자기 기침을 하기 시작했다. 그는 술잔을 탁자에 도로 내려놓고 눈을 희번득거리며 말했다.

"그러면 이건 가짭니까?"

"이봐, 도대체 무슨 속셈이야? 나를 놀리러 왔나?"

콜롬보는 반지를 주머니에 도로 집어넣었다. 그러고는 재킷 안주머니에 손을 집어넣었다.

"이번에는 또 뭘 보여주려나?" 아티는 놀리듯이 말했다. "플라스틱으로 만든 금방망인가?"

그러나 상대의 주머니에서 나온 것은 경찰 배지였다. 아티는 얼굴을 긴장시키고 불쾌한 듯이 말했다.

"뭐야, 경찰? 나를 놀리다니! 나도 이제 망령이 났군. 옛날에는 15미터나 떨어져 있어도 경찰 냄새를 맡았는데. 빌어먹을. 내 코도 이젠 다 갔군."

"아니, 내가 실수했네요." 콜롬보는 눈을 내리깔면서 말했다. "내가 경찰관답지 않은 사람이라서…"

"이봐, 당신은 어떤 종류의 경찰이야?"

"종류라니요? 나는 그저…"

"부서가 어디냐고…"

"강력계입니다. 벨에어에서 일어난 살인사건을 수사하고 있는데…"

"엉터리 수작은 그만둬!" 아티는 호통을 치며 벌떡 일어났다. "터무니없는 누명이야. 나는 강력계 형사한테 심문받을 짓은 하지 않아. 그 살인사건과는 아무 관계도 없어. 난 깨끗해. 깨끗하다고!" 그러고는 카운터 쪽을 향해 소리를 질렀다. "어이, 바텐더! 내 저고리가 어디 있지? 난 이제 돌아가겠어! 경찰과 마주 보고 있으면 전염병에 걸릴 것 같아!"

콜롬보가 밑에서 아티의 팔을 잡았다.

"제섭 씨, 진정하세요. 당신이 깨끗하다는 건 알고 있습니다. 전과도 조사해보았지만 살인이나 상해와는 무관하더군요."

아티는 콜롬보를 내려다보며 불만스러운 듯이 말했다.

"그만큼 알면서 왜 꽁무니를 쫓아다녀? 요전에도 늙다리 형사가 와서 귀찮게 꼬치꼬치 캐묻던데. 그놈이라면 그래도 용서할 수 있어. 같이 늙이기는 치지니까. 그런데 당신은 뭐야!" 말하는 동안 다시 분노가 치밀어 올라 아티는 마구 욕설을 퍼부었다. "당신은 뭐야! 일부러 그런 더러운 꼴을 하고 나한테 접근하다니! 잔뜩 거드름을 피우면서 잡동사니 가짜 반지나 내보이고! 그런 다음에는 잡동사니 배지를 보이면서 강력계 형사라고 지껄여? 그걸로 나를 협박할 작정이야? 그런 수법에는 안 넘어가! 난 그런 얼간이가 아니라고!"

"알았어요, 제섭 씨." 콜롬보는 계속 아티의 팔을 잡아당겼다. "실은 은밀히 부탁할 일이 있어서 찾아왔어요. 지금부터 설명할 테니까 들어주세요. 어때요? 위스키 한 잔 더 드시겠습니까?"

"바텐더!" 아티는 카운터를 향해 소리쳤다. "여기 위스키 더블 한 잔 더."

"자, 앉으세요." 콜롬보가 타이르듯이 말했다.

"당신 앞에는 앉고 싶지 않아." 아티는 토라진 듯이 말했다.

"할 수 없군요. 그럼 이대로 설명하지요." 콜롬보는 아티의 팔을 살짝 놓고 나서 말하기 시작했다. "그 살인범을 알아내지 못해서 경찰에서는 난리가 났어요. 어떻게 해볼 도리가 없네요. 아무리 애써도 범인을 점찍을 수가 없거든요. 그래서 당신한테 부탁하고 싶은데…"

아티는 바텐더한테 술잔을 받아들더니 단숨에 절반쯤 목구멍으로 흘려넣고 재빨리 술집 안을 둘러보았다. 그러고는 낮은 목소리로 말했다.

"이봐, 그러니까 당신은 정보가 필요한 거군. 그건 알겠어. 두 여자를 죽인 놈을 몰래 알려달라는 거잖아. 하지만 난 그런 일은 도와줄 수 없어. 분명히 말해두지만 나는 무서워. 범인이 어떤 놈인지 모르지만, 나는 그놈이 무서워서 견딜 수가 없어."

"왜요?"

"왜냐고? 둔하기 짝이 없군." 아티는 의자에 주저앉아 기름진 얼굴을 쑥 내밀었다. "나는 전문가야. 그건 비밀도 아무것도 아니지. 나는 어엿한 전문가야. 그래서 당신도 나를 만나러 온 거 아냐? 그렇지?"

콜롬보가 고개를 끄덕이자 아티는 다시 말을 이었다.

"도둑질이지만, 그 일을 나는 전문가로서 해. 하지만 고양이 한 마리 다치게 하지 않아. 고양이를 만나면, 아예 주머니를 비운 채 도망쳐버리지. 그게 전문가로서의 철칙이야. 그런데 그놈은 달라. 너무 심해. 여자를 죽이다니, 그놈은 도둑의 수치야. 그래서 만약 그놈을 알고 있다면 진작 경찰에 고해바쳤을 거야. 그런데 나는 몰라. 어떤 놈인지 짐작도 안 가. 그런데 놈은 내 수법을 흉내내고 있어. 나는 그게 무서워. 머리 좋은 미치광이를 만난 것처럼 섬뜩한 기분이야."

"그 심정은 이해합니다." 콜롬보는 이렇게 말하고 나서 다시 반지를 꺼냈다. "그럼 당신은 이런 건 훔치지 않겠지요?"

"무슨 소릴 하는 거야!" 아티는 더러운 물건이라도 보는 듯한 눈초리로 반지를 내려다보며 말했다. "그따위 걸 훔치면 웃음거리가 돼서 동료들한테 얼굴도 못 들어."

"알았습니다, 제섭 씨." 콜롬보는 반지를 호주머니에 집어넣었다. "실은 범인을 짐작하고 있습니다. 그런데 증거가 없어요. 그래서 곤란한 겁니다. 실은 그래서 도움을 받고 싶어서 온 거예요."

"이봐, 정말로 범인을 알고 있나?" 아티는 의심스러운 듯이 말했다.

"예, 알고 있지요. 입증하기가 어려울 뿐이죠. 하지만 약간 속임수를 쓰면 범인을 굴 밖으로 내몰 수가 있습니다."

"정말이야?"

그때 카운터에서 전화가 울렸다. 수화기를 든 바텐더가 아티에게 소리쳤다.

"이봐 아티, 마나님이 부르셔. 당장 엉덩이를 일으켜 돌아오래. 쇼핑하러 가자는군."

아티는 카운터를 돌아보더니, 마치 거기에 마누라가 있는 듯한 투로 고함을 질렀다.

"거지 같은 할망구! 시끄러! 나는 할 일이 생겼어. 당장 꺼지라고 그래!" 그러고는 콜롬보에게 다시 얼굴을 돌리며 낮은 목소리로 말했다. "정말로 범인을 알고 있나?"

4

금요일, 오후 3시 5분.

휴 콜드웰은 떨리는 손으로 다이얼을 돌렸다. 방금 받은 협박 전화에 완전히 겁을 먹고 있었다. 또다시 마크의 보호를 청하지 않으면 안 된다.

다행히 사무실에는 아무도 없었다. 그러나 휴는 낮은 목소리로 말했다.

"마크, 큰일 났어요. 협박 전화가 왔어요."

"잘 안 들리니까 좀 더 큰 소리로 말해."

"협박 전화예요. 놈이 돈을 요구했어요."

"누가 돈을 요구했다고?"

"그놈요!" 휴는 초조해서 마침내 큰 소리를 질렀다. "그놈이에요! '벨에어의 별' 말이에요!"

"말도 안 돼!" 전화선 저편에서 마크가 외쳤다.

"아니, 그놈은 아주 진지했어요. 돈을 내놓지 않으면 경찰에 알리겠다고 큰소리쳤다니까요."

"휴, 진정하게." 전화선 저편의 목소리가 차갑게 바뀌었다. "그놈은 자네가 살인을 저질렀다는 걸 어떻게 알았지?"

"그건 나도 모르죠. 어쨌든 그놈은 알고 있었어요." 휴는 침을 꿀꺽 삼긴 다음 말을 이었다. "역시… 그때 바로 자수했어야 하는 건데… 그랬다면 이런 일은…"

"겁먹지 마!" 전화 목소리가 날카롭게 휴를 제지했다. "휴, 자넨 이미 자수했어. 나한테 자수했잖나. 그걸 후회해봤자 별수없어. 나한테 맡겨둬. 나쁘게는 하지 않을 테니까…"

"하지만 당신한테 맡겨둔 덕분에…"

"휴, 놈이 얼마를 요구했나?"

"금액은 아직 말하지 않았어요, 오늘 만나기로 했어요."

"언제?"

"4시 반에, 마켓가에 있는 술집에서…"

마크는 침묵했다. 생각에 잠겨 있는 모양이다. 그러나 이윽고 단호한 목소리가 돌아왔다.

"좋아. 그놈을 만나. 나는 근처에서 대기하고 있을 테니까 자네는 이야기를 듣고 와. 그런 다음 최선책을 강구해보세."

"알았어요." 휴는 안도의 한숨을 내쉬었지만, 황급히 덧붙였다. "난폭한 짓은 이제 그만둬요."

"걱정 마. 나는 자네와 똑같은 비폭력주의자니까."

5

금요일, 오후 4시 25분.

휴는 약속시간보다 5분 일찍 '파라다이스'에 도착했다. 그러나 상대는 벌써 와 있었다.

수염을 깎지 않은 뚱뚱한 남자가 다가오더니 휴에게 말을 걸었다.

"저쪽으로 가지."

휴는 남자 뒤를 따라 어두컴컴한 칸막이 좌석에 앉았다. 탁자 위가 끈적끈적했다.

"우선 맥주로 건배할까?" 이렇게 말하더니 남자는 바텐더에게 소리를 질렀다. "이봐, 여기 맥주 가져와! 돈은 이 사람이 낼 거야."

휴는 몸을 바싹 긴장시키고 앉아 있었다. 상대는 뜻밖에 나이가 많았다. 덩치는 크지만, 치고받는 몸싸움이 벌어지면 자기가 이길 것 같았다. 그러나 휴는 상대가 두려웠다. 상대가 핏발선 눈으로 노려보자 휴는 저도 모르게 고개를 숙였다.

사내는 바텐더가 가져온 맥주잔을 집어들더니, 마치 말이 물을 들이마시는 듯한 소리를 내며 맥주를 마셨다. 그러고는 맥주잔을 탁자 위에 탁 내려놓았다. 요란한 소리가 나고 휴의 맥주잔에서 거품이 넘쳐흘렀다.

"이봐…" 사내가 목소리를 낮추어 말하기 시작했다. "경찰은 이번 사건으로 나를 쫓아다니고 있어. 나를 살인범으로 만들려 하고 있다고. 하지만 당신도 알다시피 난 당신 집에 들어간 적이 없어. 부청장네 집에도 들어가지 않았고. 그렇지?"

"무슨 소린지 모르겠군."

"시치미 떼지 마!" 사내는 위협적인 목소리로 말했다. "당신이 시치미를 떼면 시간이 걸려. 잽싸게 해치우자고. 어때?"

휴는 희미하게 고개를 끄덕였다.

"좋아. 당신은 말귀를 잘 알아듣는군. 그렇게 말귀를 잘 알아듣는 당신이 부인을 죽이고 죄를 나한테 뒤집어씌우려 하다니. 대체 어찌 된 일이지?"

"그런 말을 하다니… 증거는 있나?" 휴는 간신히 반론을 제기했다.

"이거 거창하게 나오시는데." 사내는 싱긋 웃었다. "증거를 보여달라고? 지금 나하고 장난치는 거야? 나를 우습게 보지 마. 당신을 경찰에 고자질할 때는 증거 따위는 필요 없어. 나는 경찰에 가서 보석 훔친 것만 자백하면 돼. 그러면 그다음에는 어떻게 되지? 경찰은 생각을 바꿀 거야. 두 건의 살인은 다른 사람의 짓이라고 생각하겠지. 수사는 처음부터 다시 시작되고, 절도계가 아니라 강력계, 그것도 살인 담당이 수사를 맡게 돼. 경찰은 부검도 다시 할 거야. 당신 집에 형사들이 우르르 몰려가서…"

사내는 얼굴을 바싹 들이댔다. 수염투성이 얼굴에서 땀이 번들거리고 있었다. 성긴 머리카락 틈에서도 땀이 배어 나오고 있다.

"이봐, 난 아무래도 좋아. 당신과는 달리 나는 감방 생활에도 익숙해져 있어. 속세가 살기 어려워졌기 때문에 이제 슬슬 감옥으로 돌아갈까 생각하고 있던 참이야. 동료들은 모두 감옥 안에 있지. 그러니까 나는 절도죄로 감옥에 들어가도 아무렇지 않아. 그런데 당신은 어때? 당신은 옥살이가 체질에 안 맞는 사람인 것 같은데…"

이렇게 말하고 사내는 맵시 있게 지은 휴의 옷차림을 바라보았다.

"하기야 당신은 나와는 달리 옥살이를 오래 하지 않아도 되겠군. 곧바로 전기의자에 앉게 될 테니까."

사내는 혀끝으로 입술을 핥으며 싱긋 웃었다.

"이봐, 나는 친절한 사람이야. 그래서 결정권은 당신한테 주겠어. 내가 경찰에 갈 것이냐, 아니면 타협을 할 것이냐. 당신이 스스로 생각해서 결정해."

사내는 맥주잔을 집어들고 의자에 몸을 기댔다. 휴는 고개를 숙이고 말했다.

"얼마나 필요해?"

사내는 의자에 기댄 채 싱긋 웃었다.

"그래? 나한테 좀 더 속세에 있으라는 얘기군. 이놈의 속세는 살기 힘든 곳이지만, 친절한 당신이 모처럼 그렇게 말한다면 나도 재고해보지."

휴는 '파라다이스'를 나왔다. 거리는 빈민가 주민들로 혼잡해지기 시작했다. 휴는 호기심 어린 시선을 받으며 몽유병자처럼 걸었다. 한 블록쯤 가자 뒤에서 자동차 경적소리가 들렸다. 돌아보니 마크의 차였다. 마크가 문을 열었다.

휴는 문으로 다가갔지만 차에는 올라타지 않고 말했다.

"내 차를 저 앞에 세워두었어요. 오늘 밤에 집에서 얘기해요."

"차야 아무래도 좋으니, 어서 타!"

마크는 휴의 멱살을 움켜잡고 차 안으로 끌어들였다. 그러고는 핸들을 크게 돌려 길 한가운데로 나갔다. 마크는 그대로 천천히 차를 몰면서 말했다.

"어떻게 됐어?"

"5천 달러 내래요. 소액권 지폐를 헌돈으로 가져오래요. 50달러짜리 이하로…"

"쩨쩨한 녀석이군." 마크는 앞을 바라본 채 덧붙였다. "고작 5천 달러라니, 좀스러운 녀석이잖아."

"그래요…" 휴는 고개를 끄덕였지만 공포는 사라지지 않는다. 태평한 세상 이야기를 하고 있는 듯한 마크의 말투에 화가 치밀었다. "단돈 5천 달러라도 내는 건 나예요. 당신도 부인을 죽였는데…"
"그 대신 자네는 나의 보호를 받고 있잖나. 비즈니스로는 자네나 나나 서로 손해는 없을 텐데…"
"그거야 그럴지도 모르지만…"
"돈은 언제 주기로 했나?"
"내일 2시에요."
"같은 장소에서?"
"예."
"전문 협박꾼은 아닌 모양이군. 돈을 받는 방식이 너무 단순해."
"그럴지도 모르지만…" 휴는 너무나 침착한 마크를 증오의 눈으로 바라보았다. "그놈을 만만하게 보면 안 돼요. 그놈은 진짜 범죄자예요. 그리고 머리도 좋은 것 같고…"
"분명 바보는 아니야. 자네처럼 얌전한 사람을 점찍었으니까. 겨냥이 아주 좋아."
"마크! 당신은… 마치 비평가처럼 태연히 굴고 있지만, 이건 당신과도 관계가 있는 일이라고요."
"물론 관계는 있지." 마크는 앞을 바라본 채 차갑게 미소를 지었다. "그래서 자네를 이렇게 바래다주고 있는 거잖아."
"마크, 내 차가 세워져 있는 곳은 벌써 지나왔어요."
"이거 실례했군." 마크는 차를 반대 방향으로 돌렸다. 그러고는 입을 다물었다. 휴의 자동차가 보이기 시작했을 때에야 마크는 겨우 입을 열었다. "자네를 협박한 놈을 이용해서 한 번 더 연극을 하세."
"마크, 이제 그만둬요. 더 이상 깊이 들어가고 싶지 않아요. 나는 돈을 내겠어요."

"그래, 자네는 돈을 내." 마크는 타이르듯 조용히 말했다. "은행에 가서 소액권으로 인출해와."

"마크…" 휴는 금방이라도 울음을 터뜨릴 것 같은 목소리로 말했다. "난 이제 당신 일에는 말려들고 싶지 않아요!"

마크는 차를 세웠다.

"걱정하지 마. 자네는 그놈이 말한 대로 5천 달러를 내면 돼. 뒷일은 모두 내가 맡을게." 마크는 자동차 문을 열었다. "휴, 이 사건은 이제 곧 해결될 거야. 내일이면 해결돼. 밤에 우리 둘이서 클럽에 가자고. 샴페인으로 건배나 하세."

"아아." 휴는 신음하듯 대답하고 차에서 내렸다.

6

토요일, 오전 8시 30분.

주말 휴일이었지만 마크 핼퍼린은 여느 때와 같은 시간에 출근했다. 할 일이 두 가지가 있었다. 하나는 휴일을 반납함으로써 그가 수사에 열심이라는 인상을 부하들에게 심어주는 것. 또 하나는 다음번 연극의 방법을 결정하는 것… 마크는 급히 절도계 형사실로 갔다.

문을 열자 콜롬보의 뒷모습이 보였다. 그 더러운 코트는 입고 있지 않았다. 재킷도 입고 있지 않았다. 셔츠 차림으로 소매를 걷어 올리고 책상 위를 뒤적거리고 있었다.

"콜롬보 경위! 여기서 뭘 하고 있나?" 마크는 빈집털이 도둑을 발견했을 때처럼 큰 소리를 질렀다.

콜롬보는 뒤를 돌아보고 허를 찔린 도둑처럼 눈을 크게 떴다.

"콜롬보, 뭘 그렇게 살금살금 하고 있나?" 마크는 공세로 나왔다. 불쾌한 질문을 당하지 않기 위해서라도 상대를 수세에 몰아넣지 않으면 안 된다. 그래서 더욱 다그쳐 물었다. "강력계 형사가 절도계 형사실에서 무얼 하고 있는 거지?"

콜롬보는 종이컵에 든 커피를 홀짝거리면서 희미하게 웃었다.

"부청장님, 절도계와 공조 수사를 하라고 하지 않았나요?"

"그랬었지." 마크는 일단 부드럽게 말하고는 이렇게 덧붙였다. "그런데 자넨 아직도 보고서를 쓰지 않았나?"

"드라이어 경위는 수사하러 나갔습니다." 콜롬보는 동문서답으로 화제를 바꾸었다. "아침 일찍부터 어딘가에서 탐문을 하고 있지요. 그래서 나는…" 콜롬보는 전과자 카드 묶음을 주먹으로 두드리며 말을 이었다. "이 기록을 훑어보고 있는 중입니다. 만약을 위해서 예비지식을 머리에 넣어 두려고요."

그 서류는 마크도 필요했다. 사실은 그 서류를 보려고 일부러 절도계 형사실까지 내려온 것이다.

"콜롬보 경위, 훌륭한 마음가짐일세." 이렇게 말하고 마크는 서류를 들여다보았다. 전과자 카드는 열 장쯤 되었다. 그중 하나가 휴를 협박한 사내의 카드일 것이다.

마크는 초조했다. 사내의 인상에 대해서는 오늘 아침에 휴에게 전화로 확인해두었다. 눈앞의 카드들에는 사진이 붙어 있었다. 따라서 한 장씩 들치면서 확인하면 문제의 사내는 금방 찾아낼 수 있을 터였다. 그러나 콜롬보가 카드 묶음을 손에서 놓으려고 하지 않는다. 억지로 빼앗으면 의심을 사게 된다. 마크는 필사적으로 자신을 억눌렀다.

"나는 부청장님 말씀대로 보석 도둑을 조사하기로 했습니다." 콜롬보는 느긋하게 말했다. "보석 도둑 전문가는 많이 있더군요. 하지만 드라이어 경위의 견해에 따르면 해답은 틀림없이 이 안에 있다는 겁니다. 따라서 보물섬을 눈앞에 두고 있는 셈인데, 도무지…"

"콜롬보 경위…" 마크는 아무렇지도 않은 듯이 웃음을 띠며 말했다. "나는 목격자로서 몇 번이나 그 카드를 보았지만 해당자는 없었네. 그리고 나는 범인을 얼핏 보았을 뿐이라서 확실한 건 몰라. 그러니까 도움은 되지 않을지도 모르지만 참고삼아 한 번 더…"

"아아, 그랬지요. 부청장님은 목격자였지요." 콜롬보는 자못 기쁜 듯이 웃었다. 그 얼굴에는 어젯밤 같은 불길한 그림자는 전혀 없었다. 어린애처럼 천진난만한 얼굴이었다.

그러나 그 얼굴이 일종의 가면에 불과하다는 것을 마크는 이미 알고 있었다. 얼빠진 얼굴 뒤에는 날카로운 칼처럼 예리한 두뇌가 숨어 있다. 그 칼은 이쪽이 빈틈을 보인 순간 바람을 가르며 찌른다. 그것도 마크는 알고 있었다. 따라서 방심할 수는 없었다.

마크는 책상 끝에 걸터앉아 천천히 카드를 넘겼다. 세 번째에 찾고 있던 남자의 사진이 있었다. 휴가 말한 인상과 정확히 일치한다. 이름은 아티 제섭.

그러나 마크는 콜롬보의 시선이 자신의 반응을 살피고 있다는 것을 알고 있었다. 필요 이상으로 오래 그 카드를 보는 것은 위험했다. 재빨리 주소를 확인한 뒤 다음 카드로 넘어갔다.

마지막 카드까지 보고 나서 다시 확인하는 척하고 처음부터 다시 훑어보았다. 세 번째 카드의 주소를 다시 한번 머릿속에 새겨넣자 혼란을 막기 위해 나머지 카드는 글자를 아예 읽지 않은 채 대충 넘어갔다.

마지막 카드까지 오자 마크는 고개를 저었다.

"콜롬보 경위, 유감이지만…"

"역시 해당자가 없습니까?"

"아주 잠깐 보았을 뿐이라서…"

"게다가 거리도 멀었고요…" 콜롬보는 고개를 끄덕이며 실망한 기색을 보였다.

마크에게는 콜롬보의 표정이 모두 연극처럼 보였다. 콜롬보의 동작도 모두 부자연스러워 보인다.

그러나 상대가 연기하고 있다는 것을 꿰뚫어본 뒤에는 위험이 크게 줄어든다. 포커를 할 때와 마찬가지다. 상대가 연기하고 있다는 것을 계산에 넣고 게임을 진행하면 된다. 지금의 콜롬보는 연극을 할 뿐, 대단한 패는 갖고 있지 않다. 좋은 패를 가진 건 바로 나라고 마크는 생각했다.

"카드의 사진을 보고 범인을 알아내는 건 단념하는 게 나을 것 같군." 마크는 이렇게 말하면서 서류를 콜롬보에게 돌려주었다. "하지만 자네가 다시 한 번 이놈들을 조사해주게. 알리바이가 없는 녀석을 찾아내는 거야. 모두 알리바이가 있으면 그 알리바이를 허물겠다는 각오로 수사에 임해주게."

"알았습니다." 콜롬보는 고개를 크게 끄덕였다.

7

토요일, 오전 11시.

마크 핼퍼린은 경찰청을 나와 일단 벨에어 동네에 있는 자택으로 돌아갔다.

차를 차고에 집어넣고 안쪽 선반에서 연장상자를 내렸다. 그러고는 윤활유가 묻어 번쩍이는 금속 뚜껑을 열고 손수건에 싼 보석을 꺼냈다.

화요일 밤에 보석을 숨긴 뒤 아직 나흘밖에 지나지 않았다. 그러나 마크에게는 긴 나흘이었다. 10년의 세월과 맞먹을 만큼 여러 가지 일이 일어났다. 나흘 동안 인생이 크게 바뀌었던 것이다. 꿈꾸던 방향으로 180도 회전했다.

마크는 보석 꾸러미를 주머니에 넣었다. 그 보석이 모두 가짜라는 것은 마크도 이미 알고 있었다.

마크는 다시 차에 올라탔다. 무의식중에 초조해져 있었는지도 모른다. 차고를 나올 때 핸들을 너무 크게 꺾는 바람에 차의 오른쪽 옆구리가 기둥을 스쳤다.

마크는 혀를 차며 차에서 내렸다. 대단한 상처는 아니었다. 그러나 파란 페인트가 벗겨져 생긴 그 상처는 마음의 동요를 보여주는 바로미터였다.

"진정해!" 마크는 소리 내어 자신을 격려하고는 다시 차에 올라탔다.

백인 빈민가에는 벌써 20년 가까이 발을 들여놓지 않았다. 형사 시절에는 자주 들락거렸지만, 그 후에는 전혀 인연이 없는 곳이 되었다. 마크는 빈민가 입구에 차를 세우고 가슴 주머니에서 종이쪽지를 꺼냈다. 거기에 아티 제섭의 주소가 적혀 있었다. 콜롬보와 헤어져 집무실로 돌아왔을 때 급히 써둔 것이다.

마크는 쪽지를 주머니에 도로 집어넣고 차에서 내려 서쪽을 향해 어슬렁어슬렁 걸어갔다. 호기심 어린 시선들이 마크에게 쏟아졌다. 마크는 후회했다. 좀 더 더러운 옷을 입고 왔더라면 좋았을걸. 말쑥한 검은 양복에 잘 닦은 구두는 너무 눈에 띈다.

보도에 주저앉아 소화전에 등을 기댄 노인이 핏발선 눈으로 마크를 바라보았다. 노인은 싸구려 술병을 들어 올리며 새된 목소리로 외쳤다.

"나리! 여자들을 위해서 건배!"

"아, 건배!" 마크는 한 손을 들고 노인 앞을 지나쳤다.

"나리, 동전 하나만 적선해줍쇼!" 뒤에서 노인의 새된 목소리가 쫓아왔다.

마크는 앞을 바라본 채 손을 흔들어 거절했다. 멈춰 서면 귀찮아진다. 부랑자들이 떼거리로 몰려와 저마다 돈을 달라고 조를 것이다. 마크는 빠른 걸음으로 걸었다.

술집 '파라다이스' 앞에 왔다. 술집 앞 보도에서 두 주정뱅이가 싸우고 있었다. 다섯 명의 주정뱅이가 술집 창문에 기대어 싸움을 구경하고 있다. 마크는 일단 차도로 내려가 싸움 현장을 크게 우회했다.

"나리, 싸움을 말리지 않소?"

마크는 반사적으로 뒤를 돌아보았다. 술집 앞에서 싸움을 구경하던 다섯 명의 주정뱅이들은 히죽히죽 웃고 있을 뿐이어서, 누가 소리를 질렀는지 짐작이 가지 않는다. 마크는 말없이 등을 돌리고 걷기 시작했다. 그 순간 무언가가 날아와 등에 맞았다. 발치에 빈 맥주병이 나뒹굴었다.

마크는 뒤를 돌아보면서 겨드랑이 밑에 손을 집어넣었다. 다섯 명의 주정뱅이들은 마크의 손을 뚫어지게 바라보고 있었다. 마크의 손은 권총집에 든 권총을 움켜잡고 있었다.

마크와 주정뱅이들은 잠시 서로를 노려보았다. 긴박한 순간이 지난 뒤 마크는 간신히 자신을 억누르고 권총에서 손을 뗐다. 분노를 폭발시키면 연극이 수포로 돌아간다. 마크는 다시 걷기 시작했다.

"나리!" 뒤에서 주정뱅이가 여자 목소리를 흉내 내어 소리쳤다. "나하고 안 놀래요? 네에, 나리!"

이어서 주정뱅이들이 웃음을 터뜨렸다.

마크는 화가 나서 몸이 부들부들 떨렸다. 그러나 뒤는 돌아보지 않았다.

진정해, 마크! 마크는 몇 번이나 자신을 타일렀다.

아티 제섭의 아파트는 금방 찾을 수 있었다. 3층의 낡아빠진 목조 아파트다. 이 구역에 늘어서 있는 아파트는 모두 같은 구조였다. 벗겨지기 시작한 페인트, 보도 위로 튀어나온 비상계단, 현관으로 올라가는 다섯 단의 층층대, 흔들거리는 난간… 다른 것은 출입문 유리에 새겨진 금색 문자뿐이었다. 마크의 눈앞에 있는 문에는 '273'이라고 적혀 있었다. 전과자 카드에 적혀 있던 번지수였다.

마크는 문을 열었다. 문은 기름을 바른 것처럼 끈적거렸다. 안으로 들어가자 악취가 코를 찌른다. 복도를 화장실 대신 사용하는 주민이 있는 모양이다.

아티 제섭의 방은 3층에 있다. 마크는 어두운 계단을 올라갔다. 2층 층계참에 쓰레기통이 엎어져 있고 내용물이 층계참 가득 흩어져 있다. 마크의 발소리를 듣고 수많은 바퀴벌레가 뿔뿔이 달아났다.

마크는 발꿈치를 들고 쓰레기를 피해 그곳을 지나쳤다. 그러다가 넘어지지 않으려고 난간을 움켜잡았다. 난간도 문과 마찬가지로 끈적끈적했다. 아파트의 모든 것이 끈적끈적한 땀을 흘리고 있는 듯한 느낌이었다.

3층 복도로 나왔을 때 마크는 하마터면 무언가에 발이 걸려 넘어질 뻔했다. 바퀴벌레를 죽이기 위해 등유를 담아놓은 깡통이었다. 썩은 냄새와 등유 냄새가 섞여 숨이 막힐 것 같았다.

복도 양쪽으로 여섯 개의 방이 늘어서 있었다. 어느 방이나 모두 문이 활짝 열려 있었지만, 안에는 아무도 없었다. 집 안은 모두 쓰레기통이나 마찬가지였다.

아티 제섭의 방은 맨 안쪽에 있었다. 306호실. 마크는 가슴 주머니에서 쪽지를 꺼내어 방 번호를 확인했다.

마크는 306호실로 들어갔다. 간이옷장 하나와 침대 하나밖에 없는 살풍경한 방이었다. 침대 위에 낡아빠진 트렁크가 하나 놓여 있었다. 여기 살고 있는 남자는 언제라도 도망칠 수 있도록 준비를 갖추고 있다. 마크는 장갑을 끼고 트렁크 뚜껑을 열었다. 안에는 속옷이 난잡하게 채워져 있었다.

마크는 그 안에 보석 꾸러미를 넣으려고 했지만, 손을 멈추고 트렁크 뚜껑을 닫았다. 여기는 곤란하다. 본인이 돌아오면 당장 발견할지 모른다. 마크는 방을 둘러보았다. 숨기기에 적당한 장소는 없다.

마크는 화장실을 들여다보았다. 그곳에도 적당한 장소는 없었다. 침대 앞으로 돌아오자 마크는 시트도 없이 드러나 있는 매트리스의 머리 부분을 들어 올리고, 매트리스와 침대 프레임 사이에 보석 꾸러미를 밀어넣었다.

그러고는 서둘러 아파트를 나왔다.

낮 12시 10분. 마크는 경찰청으로 돌아가자 비상소집을 걸었다.

8

토요일, 오후 2시.

아티 제섭은 어두컴컴한 칸막이 좌석에 앉아 맥주를 마시고 있었다. 아티는 벽시계를 쳐다보았다. 약속시간이었다. 그러나 상대는 아직 나타나지 않는다. 술집 시계가 틀린 모양이라고 아티는 생각했다.

휴는 그로부터 몇 분 뒤에 나타났다. 양복 주머니가 크게 부풀어 올라 있는 것을 보고 아티는 천천히 자리에서 일어났다.

"당신, 그래도 의리 있는 사람이군."

아티는 휴의 옆을 지나쳐 입구로 다가가더니 얼굴을 쑥 내밀고 밖을 살폈다. 거리에는 주정뱅이들이 모여 있을 뿐 경찰관의 모습은 보이지 않는다. 아티는 칸막이 좌석으로 돌아왔다.

휴는 커다란 봉투를 탁자 위에 놓았다.

"바보 같으니!" 아티는 잔뜩 낮춘 목소리로 말했다. "탁자 밑으로 보내!"

휴는 시키는 대로 했다. 커다란 봉투는 휴의 손에서 아티의 손으로 넘어가고, 이어서 바지 뒷주머니에 쑤셔박았다.

"세어보지도 않나?" 휴가 물었다.

"세어볼 필요 없어." 아티는 딱 잘라 말했다.

휴의 얼굴이 흐려졌다.

"왜?"

"당신을 믿으니까."

"그거 고맙군."

우울한 얼굴로 휴가 말하자 아티는 느닷없이 웃음을 터뜨렸다. 몸을 비틀며 요란하게 웃고, 주먹으로 몇 번이나 탁자를 두드렸다. 웃음의 발작이 가라앉자 아티는 다시 한 번 탁자를 두드리며 말했다.

"당신은 바보야. 난 당신 따위는 믿지 않아."

"그럼 왜…"

"왜 내가 돈을 세어보지 않는지 알고 싶나? 세어볼 필요가 없기 때문이야."

"만약 모자라면…"

"어떻게 하느냐고? 다음번에 할증료를 받으면 그만이지."

"다음번?" 휴는 아티의 얼굴을 바라보고 있다가, 갑자기 그 말뜻을 알아차리고 자리에서 벌떡 일어났다. "날 속였군! 당신은 분명히 말했잖아. 돈을 내는 건 한 번뿐이라고…"

"나도 참 여러 가지 말을 했군. 하지만 아직 말하지 않은 게 딱 한 가지 있지." 아티는 휴를 쳐다보며 싱긋 웃었다. "내가 구제 불능의 거짓말쟁이라는 것, 그건 아직 말하지 않았지?"

"개새끼!"

휴가 소리를 지르며 주먹을 처들었을 때 술집 출입문이 열리더니 형사와 경찰관들이 우르르 몰려 들어왔다. 카운터에 모여 있던 서너 명의 손님이 놀라서 밖으로 달아났다. 남은 것은 휴와 아티, 그리고 바텐더뿐이었다. 그 바텐더는 주정뱅이들이 남기고 간 술잔을 치우려고도 하지 않고 허둥지둥 안으로 사라졌다.

휴가 놀라서 소리를 질렀다.

"마크, 당신은…"

"걱정하지 않아도 돼." 마크는 휴에게 말하고 나서 뒤에 있는 형사들을 돌아보았다.

"콜드웰 씨는 내 지시에 따라 이 남자와 접촉했다. 돈을 받은 제섭을 체포하라. 그놈이 살인범이다!"

아티는 형사들의 얼굴을 둘러보았다. 맨 앞의 남자는 모르는 형사였지만 나머지 두 사람은 알고 있었다. 드라이어 경위와 콜롬보였다. 콜롬보의 얼굴을 보고 아티는 안심했다. 일은 콜롬보의 각본대로 진행되고 있었다.

드라이어가 앞으로 나섰다. 노형사는 왠지 슬픈 듯한 얼굴을 하고 있었다. 드라이어는 아티 앞에 서더니 손을 내저으면서 말했다.

"이봐 영감, 난 실망했어. 자네 같은 사람이 살인을 저지르다니. 게다가 사람을 죽인 뒤에 알리바이 조작까지 하다니. 내 예상이 터무니없이 빗나갔어."

"영감이라니, 그게 무슨 소리야!" 아티는 호통을 치며 몸을 쑥 내밀었다. "영감은 내가 아니라 그쪽이야. 현역 전문가를 붙잡고 그따위 소리를 지껄이다니."

"애처로운 말을 하지 말게." 드라이어는 이렇게 중얼거리고 나서 말을 이었다. "자네가 살인을 저지르다니… 세상이 완전히 미쳐버렸어. 나는 도저히 따라갈 수가 없어."

드라이어는 뒤를 돌아보며 경찰관에게 신호를 보냈다. 네댓 명의 경찰관이 아티에게 덤벼들었다. 수갑이 번쩍이는 게 보였다.

아티는 이럴 때의 정석을 깨뜨리고 굳이 저항하는 몸짓을 보였다. 그것은 콜롬보의 지시에 따른 것이었다.

아티는 탁자 위로 뛰어 올라갔다. 경찰관들에게 다리를 붙잡혀 공중제비로 바닥에 나가떨어지면서도 아티는 팔다리를 버둥거리며 고함을 질렀다.

"이봐, 무슨 짓을 하는 거야! 재판 때 네놈들이 무슨 짓을 했는지 다 까발려버리겠어! 이게 무슨 짓이야! 내 머리를 박살낼 셈이야! 이 자식, 이게 무슨 짓이야!"

"이건 공갈죄라는 거야." 마크는 아티를 노려보며 소리쳤다. "제섭, 너는 콜드웰 씨 집에서 보석을 훔치고 부인을 죽였어. 그다음에는 내 집사람을 죽였지. 그러고도 만족하지 못하고, 하필이면 콜드웰 씨를 공갈쳤어. 네놈은 제1급 살인죄로…"

"무슨 소리를 지껄이는 거야." 아티는 등뒤로 수갑을 찬 채 호통을 쳤다. "억지 트집은 그만둬! 증거도 없으면서 무슨 큰소리야?"

"증거? 이제 곧 보여주지." 마크는 딱 잘라 말하고는 부하들에게 지시를 내렸다. "이놈을 차에 싣고 이놈 아파트로 가자!"

콜롬보가 앞으로 나서서 머리를 긁적이며 말했다.

"부청장님, 주제넘은 소리 같지만, 가택수사를 하실 작정이라면 영장을 발부받아야…"

마크는 말없이 양복 주머니에 손을 집어넣어 종잇조각을 꺼내더니, 콜롬보의 눈앞에서 팔랑팔랑 흔들어 보이며 의기양양하게 말했다.

"충고는 고맙네만… 콜롬보 경위, 영장은 이렇게 받아놓았네!"

"잠깐 보여주십시오." 콜롬보는 눈앞에서 팔랑거리는 종잇조각을 재빨리 움켜잡고 내용을 훑어보았다. "분명히 영장이군요."

"그래, 콜롬보 경위." 마크는 콜롬보의 손에서 영장을 도로 빼앗아 주머니에 넣었다.

마크는 승리를 확신하고 차에 올라탔다. 뒷좌석에 콜롬보와 드라이어 그리고 아티가 앉았다. 마크는 앞의 조수석에 앉았다. 운전기사가 시동키를 돌렸다. 드라마는 해피엔딩을 향하여 착실히 진행되고 있었다. 물론 콜롬보와 아티에게는 해피엔딩이 아니지만…

"부청장님, 이 사람의 아파트를 아십니까?" 콜롬보가 뒷좌석에서 몸을 앞으로 내밀며 물었다.

"다 조사해놨네." 마크는 차창 너머로 앞쪽을 바라본 채 말했다. "바로 이 근처야. 두 블록쯤 앞이지."

"시대가 변했어." 뒷좌석의 드라이어가 중얼거린다.

"쓸데없는 소동을 부리다니!" 두 형사 사이에 낀 아티가 욕설을 퍼부었다.

마크의 차를 선두로 하여 다섯 대의 순찰차가 붉은 등을 깜박이고 사이렌을 울리면서 달려갔다. 요란한 개선행진이었다.

마크는 형사와 경찰들을 거느리고 아파트 계단을 올라갔다.

"우와, 지독하군." 콜롬보가 비명을 질렀다.

2층 층계참의 쓰레기통은 아까와 마찬가지로 엎질러져 있었다. 그러나 바퀴벌레의 모습은 보이지 않는다. 수많은 발소리를 듣고 일찌감치 피난한 모양이다. 3층으로 올라간다. 여섯 개의 방은 아까와 마찬가지로 문이 활짝 열려 있다. 도둑맞을 물건은 아무것도 갖고 있지 않은 사람들이 모여 사는 곳이다.

뒤에서 콜롬보가 말을 걸었다.

"부청장님, 이 가택수사는 전혀 의미가 없다고 생각하는데요…"

마크는 306호실까지 오자 문앞에 서서 콜롬보를 돌아보았다.

"콜롬보 경위, 자넨 처음부터 내가 하는 일에 불평만 해왔어. 지금도 그 태도는 바뀌지 않은 모양이군."

"그런 건 아닙니다만…"

"콜롬보, 이 사건이 해결되면 자네를 어떻게 처리할지 천천히 생각해 보겠네."

콜롬보는 입을 딱 벌리고 있다가 눈을 내리깔았다.

마크는 아티의 방을 둘러보면서 말했다.

"자네 생각으로는 이 가택수사가 전혀 의미가 없다는 거지? 하지만 나는 의미가 있다고 확신하네. 일개 경찰관의 말과 부청장인 내 말 가운데 어느 쪽이 옳은지, 당장 실험에 착수하지 않겠나?" 이렇게 말하고 마크는 드라이어에게 명령했다. "자네가 수사 지휘를 맡게. 콜롬보 경위한테는 그럴 의욕이 전혀 없는 것 같으니까."

그러나 드라이어도 의욕을 잃어버린 것처럼 보였다. 노형사는 완전히 지친 모양이다. 고개를 숙인 채 낮은 소리로 중얼거리고 있다.

"시대가 변했어. 아아, 시대가 완전히 달라졌어…"

"드라이어! 자넨 왜 그렇게 쓸데없는 말만 중얼거리고 있나. 그런 태도로 나오면 정년퇴직을 앞두고 있는 자네 신상에 안 좋아."

드라이어는 고개를 들고 힘없는 목소리로 말했다.

"알았습니다, 부청장님." 그러고는 경찰관들에게 명령했다. "수색해." 그러나 그것도 역시 힘없는 목소리였다.

마크는 큰 소리로 경찰관들을 독려했다.

"철저히 수색해! 이곳엔 반드시 증거가 숨겨져 있을 거야!"

"부청장님…" 또다시 콜롬보가 뒤에서 말을 걸었다. "아티 제섭은 제 생각으로는 무죄입니다. 사모님을 죽였다고는 도저히 생각할 수 없습니다."

마크는 콜롬보를 때려눕히고 싶은 충동을 간신히 억눌렀다.

"이제 와서 무슨 소리를 하는 거야! 난 마거릿이 수영장에 던져지는 걸 똑똑히 보았어. 헬리콥터 조종사도 목격했고."

"사모님은 수영장에서 사망한 것처럼 보이지만…" 콜롬보는 고개를 숙인 채 작은 소리로 덧붙였다. "실제로는 욕조에서 사망한 것으로 여겨집니다."

마크는 날카로운 칼로 뺨을 베인 듯한 기분을 느꼈다. 콜롬보의 날카로운 두뇌가 뜻밖에 그의 허를 찔렀던 것이다.

마크는 순간 주춤했다. 그러나 상처는 가벼웠다. 이 정도의 상처는 견딜 수 있어. 내게는 권력이라는 게 있잖아.

"콜롬보, 근거 없는 추리는 이제 그만해두고…"

"근거가 없다니요? 무슨 말씀을…" 콜롬보는 마크의 말을 가로막고는 천천히 고개를 들었다. "폐에 들어 있던 물을 분석한 결과, 확실해졌습니다."

마크는 얼른 시선을 피하며 경찰관들에게 지시했다.

"화장실 안도 조사해! 빨리빨리 해!"

"바쁘신데 방해해서 죄송합니다만…" 콜롬보는 이렇게 말하면서 마크 앞으로 돌아왔다. "분석한 결과 폐에서 비누 성분이 검출되었습니다. 사모님은 욕조에서 돌아가신 겁니다."

마크는 다시 상처 입은 것을 느꼈다. 이번 상처는 꽤 깊다. 그러나 반격에 나설 힘은 아직 남아 있다. 마크는 손가락으로 콜롬보의 가슴팍을 쿡쿡 찌르며 말했다.

"자넨 정말로 방해꾼이군. 내 일을 방해하고 있어. 게다가 자넨 부검 결과를 나한테 보고하는 걸 게을리했어. 보고서를 내라고 그렇게 일렀는데, 이건 중대한 직무 태만이야."

"저는 사모님의 시신을 처음 보고 이건 이상하구나 하고 생각했습니다."

콜롬보는 마크의 말을 완전히 무시하고 있었다. 마크의 권력을 전혀 개의치 않는다. 그러기는커녕 일부러 도전하고 있는 것처럼 보이기까지 한다.

이건 어찌 된 일일까? 무언가 결정적인 증거라도 잡았나? 마크는 콜롬보의 얼굴을 바라보았다. 그러나 물론 거기에는 아무 표정도 나타나 있지 않았다.

"콜롬보 경위, 자네의 편집광적 연설에는 이제 신물이 났네. 지금 여기서 명령하겠는데, 오늘 안으로 휴가원을 내게. 아니, 휴직원을 내. 만약을 위해서 말해두겠지만 현장에 복귀하기는 아마 어려울 거야. 자네의 그 몸으로는…"

"저는 사모님의 시체를 보고 이상하다고 생각했습니다." 콜롬보는 혼잣말처럼 중얼거렸다.

마크는 콜롬보를 그 자리에 남겨두고 방 한가운데로 나아갔다. 그러나 콜롬보는 마크 뒤에 바싹 따라오면서 계속 낮은 소리로 중얼거렸다. 그 목소리는 싫어도 마크의 귀에 들어왔다.

"사모님의 옷을 보고, 이건 이상하구나 생각했습니다. 바짓자락이 찢어져 있었지요. 아무래도 이상합니다. 중요한 파티에 나가는 여자가 왜 찢어진 옷을 입고 갈까요? 다른 옷이 없다면 별문제지만, 옷장 안에는 드레스가 잔뜩 들어 있었습니다. 그래서 나는 확신했지요. 사모님이 익사한 건 외출하기 직전이 아니라 좀 더 이른 시각이다. 예를 들면 수영장에 던져지기 두 시간쯤 전에 누군가가 사모님을 익사시키고, 그런 다음 옷을 입혔다…"

"콜롬보!" 마크는 뒤를 돌아보며 콜롬보의 말을 가로막았다. "자넨 검시관이 뭐라고 보고했는지도 모르나? 마거릿의 사망 추정 시간은 7시 반이야."

"그렇습니다." 콜롬보는 고개를 크게 끄덕이고 나서 말을 이었다. "하지만 그건 부청장님의 증언을 토대로 해서 계산한 시간입니다. 내가 검시관을 만나 물어본 바로는, 부검 결과만으로 판단하면 사망 추정 시간은 그보다 세 시간쯤 전으로 생각할 수도 있다더군요."

"알았네. 자네 말이 맞는지도 모르지." 마크는 일단 후퇴했지만, 콜롬보의 지적을 자신에게 유리하게 왜곡해 보였다. "그렇다면 아티 제섭은 마거릿을 욕조에서 죽이고 나서 사고로 보이게 하려고 수영장에 던졌다는 얘기가 되는군."

"아니, 그건 불가능합니다." 콜롬보가 단호한 어조로 말했다. "절대로 불가능합니다. 내가 조사했을 때는 욕조도 욕실 바닥도 완전히 말라 있었습니다. 수건도 모두 말라 있었고요. 시체를 본 직후에 욕실을 조사했는데, 욕조도 완전히 말라 있었어요."

마크는 콜롬보에게 등을 돌렸다. 그렇게 하는 것이 콜롬보의 확신을 점점 더 깊게 할 뿐이라는 것은 알고 있었지만, 자위본능이 어서 도망치라고 그에게 재촉하고 있었다.

마크는 온몸이 땀에 흠뻑 젖은 것을 느꼈다. 그는 콜롬보에게 등을 돌린 채 손수건을 꺼내어 얼굴을 닦고 경찰관들에게 호통을 쳤다.

"아직도 못 찾았나! 빨리해. 빨리하라니까!"

"부청장님…" 콜롬보가 끈질기게 다가와 뒤에서 말을 걸었다.

마크는 마지막 순간이 다가온 것을 알아차렸다. 빨리 콜롬보를 침묵시키지 않으면 안 된다. 꼼짝할 수 없는 증거를 들이대어 콜롬보에게 침묵을 강요하지 않으면 안 된다.

그러나 경찰관들의 움직임은 둔하기 짝이 없고, 드라이어는 멍하니 창 밖만 내다보고 있다. 마크는 증거물인 보석을 자기 손으로 꺼내기로 작정하고 침대로 다가갔다.

"부청장님…" 뒤에 바싹 붙어 따라온 콜롬보가 말했다. "사모님이 수영장에 던져진 직후에 내가 조사했을 때 욕실은 이미 말라 있었습니다. 그래도 사모님이 욕조 안에서 살해되었다면, 그 시간은 수영장에 던져지기 두 시간 전, 아니 세 시간 전일지도 모릅니다. 그렇지 않다면 그때 욕실은 아직 젖어 있었을 테니까요. 따라서 사모님이 살해당한 건 마침 부청장님이 식사를 하러 댁으로 돌아가셨을 무렵입니다."

마크는 매트리스 밑으로 쑤셔넣었던 손을 빼내고 천천히 얼굴을 들었다.

"콜롬보! 자넨 도대체 무슨 말을 하고 싶은 건가?"

"사모님은 부청장님이 죽였습니다. 제니스 콜드웰 부인은 부청장님이 직접 죽였거나, 아니면 시체를 위장 처리했거나, 둘 중 하나일 테고요."

마크는 깊은 상처를 입은 것을 느꼈다. 치명상으로 여겨졌다. 현기증을 느낄 만큼 깊은 상처였다. 마크는 자신의 힘없는 목소리를 들었다.

"콜롬보, 말조심해."

그러나 마크는 아직 폭탄을 갖고 있었다. 그것을 콜롬보에게 던지면 최후의 역전도 불가능하지는 않다. 폭탄은 드라이어에게 찾게 하자…

"이봐 드라이어 경위, 매트리스 밑은 아직 조사하지 않았어. 빨리하게."

"알았습니다." 드라이어는 창가를 떠나 침대로 다가갔다.

"제니스 콜드웰 부인이 살해되었을 때…" 콜롬보가 다시 말을 이었다. "나는 남편 콜드웰 씨의 단독 범행이라고 생각했습니다. 그러나 잠옷 때문에 공범이 있는 게 아닐까 생각하게 되었지요. 이튿날 밤에 사모님이 살해되었지만 부청장님한테는 완벽한 알리바이가 있었어요. 그래서 깨달았지요." 콜롬보는 집게손가락을 이마에 댔다. "두 사람이 공모해서 '벨에어의 별'에게 죄를 뒤집어씌우려 하고 있구나 하고 느꼈던 겁니다. 하지만 '벨에어의 별', 즉 아티 제섭은 이틀 밤 모두 그 근처에는 얼씬도 하지 않았습니다."

마침 그때 드라이어가 겨우 보석 꾸러미를 찾아냈다.

"부청장님!" 드라이어가 외쳤다.

마크는 드라이어한테 보석을 빼앗아 콜롬보에게 쑥 내밀었다.

"제섭은 벨에어에 얼씬도 하지 않았다고? 그럼 이 꾸러미에 대해서는 어떻게 설명하겠나? 이건 제니스 콜드웰 부인의 보석인 것 같은데."

"그건 간단히 설명할 수 있습니다." 이렇게 말하면서 콜롬보는 콧등을 문질렀다. "이 보석은 부청장님이 콜드웰 씨 집에서 가지고 나온 겁니다. 그 후 어딘가에 숨겨두었다가, 아티 제섭 씨에게 죄를 뒤집어씌우려고 오늘 여기로 가져오신 겁니다."

마크는 콜롬보가 단순한 추리를 말하고 있을 뿐이라는 것을 알고 있었다. 훌륭한 추리지만 증거가 없다. 나는 마침내 콜롬보를 이겼어… 마크는 회심의 미소를 지으며 가슴을 펴고 조용히 말했다.

"콜롬보 경위, 자네의 망상도 마침내 파탄을 맞은 모양이군. 증거도 없이 상관을 모욕했다니…"

콜롬보는 마크를 똑바로 바라보고 있었지만, 그 눈은 차츰 가늘어졌다. 그러다가 갑자기 눈을 크게 떴다. 콜롬보는 문 쪽을 돌아보며 큰 소리로 말했다.

"아티 제섭 씨를 데려오게!"

우선 제복 경관이 나타나고, 그 뒤에서 수갑을 찬 아티가 모습을 나타냈다. 아티는 출입문에 기댄 채 부루퉁한 얼굴로 주위를 둘러보았다.

"제섭 씨." 콜롬보는 아티에게 말을 걸었다. "이 분은 핼퍼린 부청장인데, 당신 침대에 보석이 숨겨져 있었다고 주장하고 있네요."

"저 양반, 머리가 어떻게 됐나 보군." 아티는 두 팔을 펼쳐 보였다.

"거짓말하지 마!" 마크가 호통을 치며 아티를 노려보았다.

아티는 마크의 얼굴을 물끄러미 쳐다보고 있다가, 이윽고 내팽개치듯 말했다.

"여긴 내 방이 아니야!"

그 순간 마크의 눈에는 모든 것이 돌로 변하여 정지한 것처럼 보였다.

아티의 얼굴도, 콜롬보의 얼굴도, 돌아다니고 있던 경찰관들의 모습도 모두 정지하고, 수많은 시선이 수많은 바늘이 되어 그를 찌르는 것처럼 여겨졌다. 마크는 간신히 소리를 질렀다.

"뭐라고?"

"유감이지만, 제섭 씨의 말이 맞습니다."

콜롬보의 말과 함께, 정지했던 풍경이 크게 흔들리며 다시 움직이기 시작했다.

콜롬보는 방안을 이리저리 돌아다니면서 말했다.

"여기는 제섭 씨의 방이 아니라 내 방입니다." 그러고는 침대 위에 놓여 있는 낡아빠진 트렁크를 열었다. "내용물은 내 셔츠와 속옷과 양말… 이 넥타이는 처남 것을 빌려왔지만…"

콜롬보는 넥타이를 사람들한테 보여주고 나서 트렁크 뚜껑을 닫았다. 그러고는 침대에 걸터앉아 말을 이었다.

"이 방은 3주 전부터 비어 있었습니다. 그걸 내가 빌렸지요. 오늘 아침에요. 세금 낭비라고 말씀하신다면 오늘 하루치 방세는 내 주머니돈으로 내겠습니다."

"하지만…" 마크는 인정하고 싶지 않은 패배에 직면하자 헐떡이듯 말했다. "그 서류는 어떻게 된 거지? 오늘 아침에 본 그 전과자 카드…"

"예, 거기에 대한 책임은 모두 내가 지겠습니다." 콜롬보는 보기 드물게 순순히 말했다. "그건 일종의 공문서 위조였지요. 우선 제섭 씨를 설득해서 함정을 만들었는데, 부청장님이 반드시 걸려들 거라고 생각했기 때문이지요. 부청장님 쪽에서 증거를 갖고 올 거라고 확신했고, 그래서 아침 일찍 제섭 씨의 카드에 손을 좀 댔습니다. 경력과 사진은 그대로 두고 주소만 바꿔썼지요. 나 말고 이곳 주소를 알고 있었던 사람은 한 사람밖에 없습니다. 그것은 바로 부청장님, 당신입니다."

콜롬보가 마크를 향해 굵은 손가락을 쑥 내밀었다.

마크는 갑자기 손에 보석 꾸러미의 차가움을 느꼈다. 보석이라 해도 모두 가짜였다. 유리의 차가움이 손을 찔렀다. 마크는 꾸러미를 떨어뜨렸다. 손수건이 펼쳐지고 유리구슬이 맨바닥에 흩어졌다. 그때 마크는 권력이 판 무덤이 어두운 아가리를 벌리는 것을 또렷이 보았다.

경찰관들과 함께 아티가 사라지고, 마크도 사라졌다. 방에는 콜롬보와 드라이어만 남았다.

드라이어는 침대로 다가가서 콜롬보와 나란히 걸터앉았다. 그러고는 한숨을 쉬고 나서 입을 열었다.

"정말 뜻밖의 결말이었네. 이게 내 형사 생활의 마지막 일이 될 것 같군."

"그럴 것 같군요." 콜롬보가 중얼거리듯이 말했다.

"콜롬보, 자네는 빨리 본청으로 돌아가는 게 좋겠어. 나는 이제 할 일이 없지만 자네는 보고서를 써야 하잖나."

"그렇게 할까요?" 콜롬보는 낡아빠진 트렁크를 들고 일어섰다. 문까지 간 콜롬보가 뒤를 돌아보며 말했다. "선배님, 빨리 오세요. 빈둥거리는 건 세금 낭비에요."

드라이어는 얼굴을 찡그렸다.

"그런 걸 내가 알 게 뭐야. 나는 형사 생활의 마지막 추억이 될 이 방에서 감상적인 기분에 잠겨 있고 싶네."

"선배님, 할 일이 남아 있다고요. 보고서를 함께 쓰지 않으면…"

드라이어는 쓴웃음을 지었다.

"늙은이한테 공을 돌리려는 마음은 고맙지만, 이 마지막 사건에서 나는 아무 일도 못했어."

"그렇지 않아요. 이 사건은 선배님과 공조 수사로 해결한 거예요. 전과자 카드 문제도 있고…" 이렇게 말하고 콜롬보는 미소를 지으며 덧붙였다.

"어쨌든 보고서에는 선배님 서명이 필요합니다."

드라이어는 고개를 끄덕이고 겨우 엉덩이를 들어 올렸다.

"그럼 돌아가기로 할까. 부청장 자리가 비어 있는 경찰청으로…"

차례

제1장 작별
제2장 수사
제3장 추적
제4장 대결

주요 등장인물

케이 프리스턴 : CNC 서부 지사의 여성 프로듀서
마크 앤드루스 : CNC 서부 지사의 지사장
프랭크 플래너건 : CNC 뉴욕 본사의 전무
조너선 러스크 : CNC 서부 지사의 편성부장
클레이 가드너 : 영화배우
발레리 커크 : 탤런트
월터 : 영사기사
마지 : 마크의 비서
웬디 : 케이의 비서
버크 형사 : 콜롬보의 부하
콜롬보 경위 : 로스앤젤레스 경찰청 강력계 수사반장

제1장

작별

1

CNC 텔레비전 방송의 서부 지사.

편성제작부 안에 있는 녹음실에서 케이 프리스턴은 짐짓 엄하게 꾸민 얼굴을 여느 때보다 더욱 긴장시키고 있었다. 케이는 지사장 보좌역까지 겸하고 있는 유능한 여성 프로듀서였다.

호리호리하고 날씬한 몸매. 풍성한 머리카락이 어깨 언저리에서 부드럽게 물결치고 있었다. 높은 콧날과 광대뼈가 차가운 느낌을 주지만, 눈과 입가에는 섹시한 매력이 숨어 있다. 지금은 그 눈매가 날카롭다. 눈을 가늘게 뜨면 엷은 화장 밑에 숨어 있던 잔주름이 드러난다. 텔레비전 프로그램 제작에 관여하기 7년, 바쁘게 살아오는 동안 그녀도 어느새 서른 살 문턱에 이르러 있었다.

수석 프로듀서의 중책을 짊어지고 반년 남짓 매달려온 다큐멘터리식 첩보 드라마 〈프로페셔널〉의 편집 작업이 이제 마무리 단계에 접어들어 있었다.

"그래요, 거기서 총소리를 덮어씌워요!"

모니터 화면을 보면서 음향조정실에 서 있는 케이가 날카로운 목소리로 지시를 내렸다.

음향효과 담당자가 단추를 누르고 볼륨을 조절했다. 모두 신경이 곤두서서 긴장감이 감돌고 있었다.

"심장박동의 효과음이 너무 커요. 다시! 실루엣이 떠오르는 장면부터 다시 해요. 좋아요. 희미한 심장 소리가 들릴락말락 할 정도로 줄여봐요. 자, 머리 부분부터 다시 한번…"

케이 옆에 놓인 의자에서 중년의 조연출이 낮은 신음소리를 냈다. 케이가 그를 돌아보며 물었다.

"아서, 지금 나한테 뭐라고 했어요?"

"아니, 아무 말도 안 했는걸. 나야 그저 보잘것없는 심부름꾼일 뿐이잖소. 시키는 대로 해야지, 별수 있소?"

"아침부터 시비 걸지 말아요. 내주 초까지는 완성해야 해요. 뉴욕 본사의 높으신 분이 시사(試寫)를 보러 온다는 건 아서도 알잖아요."

"알고말고. 케이한테 이 작품이 얼마나 중요한지도 알고, 지금 얼마나 바쁜 몸인지도 잘 알고 있지."

"이제 잡담은 그만해요. 자, 더빙 계속합시다."

"어이쿠. 당신이란 사람은 아무리 사소한 일도 남에게 맡기지 못하는…"

"완벽주의자라는 건가요?"

"그래요, 케이. 일부러 이런 움막에까지 얼굴을 내밀 필요는 없잖소."

"맛있는 건 현장에서 혼자 독차지하겠다는 거예요? 부럽군요. 사무실에서 하는 일이 어떤 中 건지 알아요? 제작비를 교섭하거나 광고주의 비위나 맞추는 시시껄렁한 일들뿐이라고요. 차라리 그때가 그립군요."

"당신은 이미 출세의 사다리에 발을 올려놔버렸어. 이제는 계속 올라갈 수밖에 없는 거요."

아서의 말투에서 가시가 사라지고, 거의 자조적인 어조로 바뀌었다. 케이는 한때 이 남자와 한 팀이 되어 멕시코의 밀입국자를 추적하는 다큐멘터리 프로그램을 제작한 적이 있었다. 처음부터 끝까지 현장에서 뛰어야 하는 일이었다. 그 프로그램이 높은 평가를 받아 '에미상'을 받은 기쁨보다 그때의 충일했던 나날을 그리워하는 마음이 지금도 케이의 마음 밑바닥에 강하게 달라붙어 있었다.

케이는 벽시계를 쳐다보며 말했다.

"오늘은 이 정도로 해둡시다. 피곤해요."

아침 10시부터 시작한 편집 작업을 한 시간 만에 그만두고 케이는 녹음실에서 나와 사무실로 갔다.

CNC 방송 서부 지사 본부는 로스앤젤레스 시내, 스프링가에 면한 고층건물의 2층 전체와 3층 일부를 차지하고 있었다. 엘리베이터에서 내린 다음 긴 복도를 지나 본부 사무실의 육중한 유리문을 통과할 때마다 케이는 답답하고 폐쇄된 작은 세계 속으로 들어가는 듯한 기분이 들곤 했다.

로비에서 2층 본부로 들어가는 문은 하나밖에 없다. 로비 정면의 접수창구에는 담당인 앤젤라가 늘 웃음을 띤 얼굴로 앉아 있고, 나이든 경비원 매트가 엄숙한 얼굴로 그 옆에 조용히 앉아 있다.

복도에는 복숭아뼈까지 파묻힐 것 같은 호화로운 카펫이 깔려 있다. 그런데도 마치 딱딱한 관청에라도 잘못 들어온 듯한 분위기를 풍긴다. 주의 깊은 관찰자라면 여기저기에 설치된 방범 카메라와 비상 경보벨을 알아차릴 것이다.

이런 엄중한 경비태세는 요즘 자주 발생하는 외부 침입자에 대처하기 위한 것이었다. 온갖 단체들이 한쪽 시각에 편향된 프로그램을 비난하며 몰려오는 경우도 많았고, 다혈질적인 사람들이 찾아와서 지나친 섹스 묘사나 폭력 장면에 항의하는 경우도 있었다. 텔레비전이 모든 악의 근원이라고 믿는 광신자도 있었다.

본부는 그 로비 정면을 통해 들어간다. 이곳이 케이가 스스로 선택하여 '출세의 사다리에 발을 올려놓은' 작은 세계였다.

사무실로 들어가자 비서 웬디가 먼저 알아보고 쾌활하게 말을 걸었다.

"어때요? 일은 잘 되어가나요?"

"한 시간쯤 제작부 사람들을 닦달하고 왔지. 조금 손을 댔더니 훨씬 나아졌어."

"좀 이르지만 식사하시겠어요?"

케이는 유리창 너머로 12월이라고는 여겨지지 않을 만큼 맑은 하늘에 떠 있는 구름을 바라보았다.

"그래, 부탁해. 간단한 걸로. 다른 사람들은 모두 어디 있지?"

"안에 계세요."

"벌써 회의를 시작한 거야?"

"예, 오늘 아침 회의에는 참석하시지 않는다고 들었기 때문에…"

"그랬었지. 하지만 찜찜하니까 잠깐 얼굴만 내밀고 올게."

지사장실에서는 편성부장 조너선 러스크와 영업부장 헨리 에임스가 지사장인 마크 앤드루스와 마주 앉아 스스럼없는 분위기 속에서 아침 회의를 열고 있었다.

케이는 노크도 하지 않고 안으로 들어갔지만, 정면에 앉아 있던 마크가 눈썹을 살짝 치켜올렸을 뿐, 아무도 그녀에게 눈길 한번 주지 않았다. 그 자리에 노크도 하지 않고 들어오는 네 번째 사람이 누구인지, 구태여 얼굴을 보지 않아도 세 사람은 다 알고 있었다.

케이는 애써 쾌활한 어조로 말을 걸었다.

"여러분, 안녕하세요?"

"케이, 어서 와요. 그런데 헨리, 본사가 그런 시시콜콜한 것까지 묻더란 말이야?"

"그래, 마크. 안녕, 케이."

회의 중간에 짧은 인사말을 나누었을 뿐, 남자들은 회의를 계속했다. 그런 태도에도 케이는 이미 익숙해져 있었다. 케이는 남자들의 말을 흘려들으면서 사무실 한쪽 구석에 설치되어 있는 홈바로 다가갔다.

"좋아, 헨리. 본사와 교섭은 내가 맡지. 그런데 다음 시즌에 〈끝없는 대지〉에 클레이 가드너를 끌어들이려면 출연료는 얼마나 될 것 같은가? 감은 잡고 있겠지?"

"클레이의 에이전트가 여간내기가 아니야. 보통 수단으로는 안 돼. 그 늙은 너구리 같은 놈. 우리가 출연료 문제를 꺼냈더니, 늘 그렇듯이 뺀들거리면서 값을 터무니없이 올려놓고…"

"케이, 〈프로페셔널〉의 더빙은 순조롭게 되어가?"

홈바에서 마실 것을 만들고 있던 케이에게 지사장 마크가 느닷없이 물었다.

"그럭저럭요. 이런 식으로 나가면 앞으로 사흘은 걸릴 거예요."

"빠듯하군. 방송은 내년 초에나 내보내게 될 것 같지만, 어쨌든 내주 초에는 뉴욕에서 오는 높은 양반한테 보여줄 수 있도록 준비해놔야 해."

"염려 마세요. 자신있게 보여드릴 수 있으니까."

"들었나, 조너선? 케이는 이번 〈프로페셔널〉로 시청률 40%를 올리겠다고 기세가 대단하다네."

마크의 말투에 도발적인 울림이 담겨 있는 것을 케이는 알아차렸다. 나에 대한 도전일까? 아니면 편성부장 조너선 러스크에 대한 도발일까. 어쨌든 마크는 사사건건 나와 조너선을 경쟁시키려 든다니까.

제1장 작별 475

그때 마크의 비서인 마지가 방으로 들어와서 말했다.

"뉴욕 본사의 플래너건 씨가 전화하셨습니다."

마크는 고개를 끄덕이고 소파에서 몸을 일으키며 말했다.

"알았어. 연결해줘. 그럼 회의는 이만하지…"

본사 전무인 프랭크 플래너건이 중요한 용건으로 전화를 걸어온 모양이다. 이를 계기로 회의는 끝나고, 케이와 두 남자는 지사장실에서 나왔다.

세 사람이 방에서 나가자 마크는 느긋한 자세로 수화기를 들고 쾌활한 어조로 말하기 시작했다. 40대 초반에 접어든 정력적인 남자의 자신만만한 말투였다.

"아, 전무님, 맨해튼 날씨는 어떻습니까?"

"끌리지도 않는지 아직도 눈이 내리고 있다네."

전화선 저쪽에서 프랭크 플래너건의 차분한 목소리가 들려온다. 중요한 이야기를 꺼낼 때일수록 그 낮은 목소리가 더한층 작아진다는 것을 마크는 알고 있었다.

"미안한 얘기지만, 저는 주말에 요트를 타러 나갈 예정입니다."

"동행하는 미녀에게 안부를 전해주게."

"지금은 독신생활을 즐기고 있습니다. 골치 아픈 일은 이제 지긋지긋해요."

"제발 그래 주게. 그게 피차 좋으니까. 그런데 마크, 겨울 동안은 상관없지만, 이른 봄의 요트 타기는 포기할 마음 없나?"

"그럼 요트 대신 뭘 하라는 겁니까?"

"언제까지나 놀게 내버려두진 않아. 자네는 뉴욕으로 오게 될 걸세."

"언제요? 뉴욕에는 오래 있게 됩니까?"

"무기한이야. 중역회의에서 결정됐다네. 내주에라도 발령이 날 걸세. 어떤가? 아직도 그쪽에서 계속 놀고 싶나?"

마크는 순간 말문이 막혔다. 기쁨을 솔직히 표현하기에는 너무나 중대한 소식이었다. 마침내 본사 발령이 결정된 것이다.
"기꺼이 받아들이겠습니다."
"좋아. 나는 화요일에 〈프로페셔널〉을 보러 그쪽으로 가겠네. 그런데 케이는 잘 있나?"
"그럼요."
"자네의 승진과 전근을 뒤에 남는 케이도 기뻐해주면 좋겠는데…"
뼈 있는 그 말에 마크는 금방 대답할 수가 없었다. 대답이 떠올랐을 때는 이미 플래너건의 전화는 끊어져 있었다. 마크는 잠시 생각에 잠겼다. 내가 로스앤젤레스를 떠나는 걸 알면 케이는 어떻게 나올까?

그날 아침 케이는 일에 쫓겨 그 시간까지 아무것도 먹지 못했다. 비서 웬디가 준비해준 스낵을 콜라와 함께 빈 뱃속에 집어넣으면서 케이는 심한 공복감을 느꼈다.
"먹고 있으면서도 배가 고프니, 좀 이상하지 않아?"
"아뇨. 저는 다 먹은 뒤에도 배가 고픈걸요. 크리스마스에는 배가 터지도록 실컷 먹고 싶어요." 웬디가 웃으면서 대답했다.
"크리스마스라고? 앞으로 일주일 남았나?"
올해도 크리스마스를 즐길 수 있는 형편은 못될 것 같다고 케이는 멍하니 생각했다. 그러나 금요일의 긴 오후가 끝나면 사랑하는 남자와 함께 보내는 주말이 찾아온다. 그때가 되면 숨 막히게 답답한 사무실에서 애써 꾸미고 있던 얼굴과도 작별할 수 있다.

2

요트 전용 항구가 내려다보이는 마리나델레이(로스앤젤레스 남쪽에 있는 해변 휴양지)의 별장에서 케이와 마크 앤드루스는 여느 때처럼 느긋한 주말을 보냈다.

그리고 월요일 아침, 케이 프리스턴은 마크가 커다란 더블베드에서 살며시 빠져나가는 기척에 눈을 떴다.

좀 더 자도록 해주려는 친절한 마음이겠지. 마크는 그만 일어나라는 신호인 키스도 하지 않고 혼자 아래층으로 내려갔다. 침대 옆 탁자에 놓인 시계는 8시 5분 전을 가리키고 있었다.

"캘리포니아는 너무 싫어. 겨울에도 눈 내리지 않고…"

아래층에서 박자도 맞지 않는 쾌활한 노랫소리가 들려왔다. 마크는 기분이 좋은 모양이다. 금요일에 본사의 프랭크 플래너건 전무한테서 걸려온 전화 내용은 아직 듣지 못했지만, 좋은 소식이었던 게 분명하다.

나하고도 관계가 있는 좋은 소식일까? 언제 말해줄 생각일까? 나를 깜짝 놀래주고 싶은 것인지도 몰라.

"아무리 추워도, 아무리 어두워도, 나는 뉴욕이 좋아…"

마크의 노랫소리를 자장가 삼아 케이는 편안한 잠을 좀 더 즐기기로 마음먹었다. 요트를 탄 뒤인 토요일 밤에도, 그리고 어젯밤에도 마크는 여느 때와는 달리 미친 듯이 정열적으로 그녀를 요구했다. 마음속의 흥분이 그대로 격렬한 애무가 되어 그녀를 덮쳤다. 그 가락에 맞추어 케이도 열정적으로 응했다. 그 나른한 여운이 아직도 온몸에 남아 있었다.

서른 살 문턱에 들어선 여자가 마치 첫날밤을 맞이한 신부처럼 부끄러워하면서 보인 격렬한 반응을 되새기며 케이는 얼굴을 붉혔다.

안 돼, 안 돼! 오늘은 출근하는 날이야. 감미로운 주말은 끝났어! 이제는 다시 야무지고 유능한 커리어우먼으로 돌아가지 않으면 안 돼.

"어이, 식사가 준비됐어." 밑에서 마크의 목소리가 들려왔다.

케이는 시트를 걷어차고 일어나, 의자에 걸쳐져 있는 마크의 셔츠를 알몸에 걸쳤다. 남자의 희미한 체취가 풍긴다.

유리창 너머로 요트 항구가 한눈에 내려다보이는 식당에서는 마크가 아침 식사를 차리고 있었다. 평소에는 케이가 맡아서 하던 일이지만, 오늘 아침만은 특별했다.

마크와 케이는 이 전망 좋은 별장을 지난 2년 동안 '신성한 피난처'라고 불렀다. 남들 눈을 피해 단둘이 조용한 주말을 보내는 사랑의 보금자리였다. 두 사람의 관계를 아는 사람은 아무도 없었다.

마크는 케이와 마찬가지로 시내에 아파트를 갖고 있지만, 그곳은 일하기에 편리한 임시 거처일 뿐, 주말만 보내는 이 별장이 편안히 쉴 수 있는 유일한 곳이었다. 그것은 케이에게도 마찬가지였다.

"빨리 내려와요. 달걀이 식어버리겠어."

다시 한번 2층에 대고 소리를 지른 다음, 마크는 먼저 식탁에 앉았다. 마크는 식탁 위에 놓인 오렌지주스 잔에 은빛 자동차 열쇠를 살짝 떨어뜨렸다. 열쇠는 파문을 남기며 오렌지빛 늪 속으로 사라져 희미한 소리를 냈다. 새 자동차의 열쇠였다. 특별한 아침을 위한 특별한 선물. 케이는 그럴 만한 가치가 있는 여자였다. 마크는 크리스마스까지 기다릴 수가 없었다.

고개를 들자 계단을 내려오는 케이의 날씬한 다리가 마크의 눈에 들어왔다. 남자용 셔츠 차림에, 튀어 오르듯 경쾌한 걸음걸이였다. 마크는 눈길을 돌리고 신문을 읽고 있는 척했다.

"잘 잤어요? 날씨가 참 좋네요."

"어제도 나쁘진 않았어."

"하지만 오늘은 우울한 월요일이잖아요. 월요일에 이렇게 날씨가 좋다니, 화가 날 정도예요."

"즐거움이 있으면 고통도 있게 마련이지."

식탁에 마주 앉은 케이가 '베를린 장벽'을 허물듯 마크의 신문을 옆으로 치우고 얼굴을 내밀며 말했다.

"이봐요, 마크, 빨리 자백하세요."

"뭐? 자백이라니?" 마크는 짐짓 시치미를 떼며 되물었다.

"뭔가 숨기고 있죠? 얼굴에 다 쓰여 있어요. 나한테도 말할 수 없는 비밀인가요?"

케이의 손이 오렌지주스 잔에 닿았다. 그러나 잔을 손톱으로 튀길 뿐 마시려고는 하지 않는다.

"자, 뭐든지 이 상냥한 엄마한테 말해봐요." 케이가 익살스러운 어조로 재촉했다.

"금요일에 뉴욕의 플래너건 전무한테서 전화가 왔는데…"

"그건 알고 있어요. 그래서요?"

"놀라지 마, 케이. 마침내 뉴욕 발령이 결정됐어! 드디어 영광스러운 무대에 서게 된 거야."

"그게 정말이에요?"

케이는 저도 모르게 의자에서 벌떡 일어나더니, 식탁을 돌아 마크 곁으로 달려갔다.

"해냈군요. 브라보! 우리가 드디어 해냈어요! 뉴욕의 높으신 분들이 마침내 우리를 인정해준 거예요!"

케이는 마크의 목을 끌어안고 아무 데나 키스를 퍼부었다.

"그럼 우린 언제 떠나요?"

"…떠나는 건 나뿐이야. 당신은 여기 남아야 해."

마크의 어조에는 술잔 속의 얼음보다도 차가운 울림이 담겨 있었다.

농담이 아니라는 것을 분명히 전하는 결정적인 말투였다.

케이는 흥분했던 머리에서 핏기가 싹 가시는 듯한 기분을 느꼈다.

"유감이지만 나 혼자 가게 됐어. 당신은 여기 남고…"

마크는 다시 한번 중얼거리듯이 말했다. 뭐가 어떻게 돌아가고 있는지, 케이는 전혀 이해할 수가 없었다.

"그럼 나는 당신 후임자로 결정됐군요. 그렇죠? 서부 지사장 자리에 앉혀주는 거죠?"

자신감이 없는 불안한 말투였다. 마크는 입술을 깨물며 침묵을 지키고 있었다.

"도대체 어떻게 된 거예요? 딱 부러지게 말 좀 해봐요!"

케이는 그 자리에 못박힌 듯 서서 두 팔로 자신의 두 어깨를 힘껏 끌어안았다. 그렇게라도 하지 않으면 몸이 산산조각으로 부서져버릴 것 같은 기분이 들었다.

"최종 결정을 내리는 건 본사의 플래너건이야."

"얼버무리지 말아요, 마크. 발뺌하려는 거예요?"

남자용 셔츠 자락이 마음에 걸려, 케이는 셔츠 자락을 밑으로 끌어내렸다.

"지사장 자리를 당신한테 맡기는 건 아직 무리야."

"그건 당신 생각인가요?"

"그래. 내일 플래너건 전무가 시사를 보러 올 거야. 시사회가 끝난 뒤 간부회의에서 조너선 러스크를 내 후임자로 추천할 작정이야."

"조너선 러스크를요?"

케이는 귀를 의심했다. 숨 막힐 듯한 침묵이 흐른 뒤, 케이는 비웃음을 띠며 말했다.

"호오, 그랬었군요. 어느새 그런 중대 결단을 내리셨을까. 나도 꽤 좋은 성적을 올렸다고 생각했는데."

"당신은 보좌역으로는 확실히 최고야. 어떤 난국도 멋지게 헤쳐 나왔지. 그건 나도 인정해."

"그런데 뭐가 마음에 안 드셨을까요?"

"한마디로 말해서 당신은 결단력이 부족해. 중요한 단계에 이르면 스스로 결정을 내리지 못해. 이것저것 분석하고 추리할 뿐이지. 그게 단점이야. 분석만 해서는 지사장이라는 중책을 맡을 수 없어. 앞으로 2~3년만 지나면 알게 되겠지만."

"호오, 그래요? 그랬었군요. 2~3년을 기다리지 않아도 뭐가 어떻게 돌아가고 있는지, 그 요지경 속 같은 내막은 잘 알았어요."

이렇게 말하고 케이는 뒤도 돌아보지 않고 2층으로 뛰어 올라갔다. 온몸이 부들부들 떨리는 것을 마크에게 눈치채이고 싶지 않았다.

침실로 돌아가 재빨리 옷을 갈아입은 케이는 화장대 위의 커다란 거울 앞에 서서 립스틱을 바르기 시작했다. 손이 떨려서 뜻대로 칠해지지 않았다.

한 손을 문설주에 대고 문간에 서 있는 마크의 모습이 거울에 비쳤다.

"내 심정도 이해해줘. 그리고 우리 두 사람의 입장도…"

케이의 얼굴이 일그러지면서 자조하는 웃음이 떠올랐다.

"잘 알고 있어요. 이별의 아침을 맞이한 남자와 여자. 나는 내 문제로 머리가 가득 차 있어요. 그리고 내가 사랑하는 마크는 마지막 작별인사를 뭐라고 해야 좋을지 몰라서 난처한 입장이고…"

케이는 잠시 말을 끊었다가 고개를 번쩍 쳐들고 연극적인 대사를 쏟아냈다.

"안녕, 사랑하는 이여. 두려워하고 있던 작별의 시간이 왔도다. 남몰래 서로 사랑하고, 일터에서는 손에 손을 잡고 함께 싸워온 좋은 동반자. 그러나 마침내 운명의 날이 왔도다. 두 사람은 깨끗이 눈물을 닦고 서로 다른 길을 걸어가지 않으면 안 된다. 지나간 사랑, 함께 나누었던 사랑을 가슴에 품고… 이 정도면 괜찮나요?"

케이의 입이 약간 일그러졌지만 마크는 태연히 대답했다.

"존경해, 케이. 역시 당신은 머리가 좋아. 상황을 정확히 알고 있으니."

"칭찬해줘서 고마워요."

케이는 거울에 비친 마크의 얼굴을 차갑게 바라보았다. 거만하고 자신만만한 얼굴. 상냥함을 가장한 냉혹한 입술. 나는 저 남자를 어젯밤까지, 아니 오늘 아침까지도 사랑하고 있었어. 나 자신도 믿을 수가 없군. 나는 정말로 저 남자를 사랑했을까? 이용하고 있었던 건 피차 마찬가지가 아닐까?

"우린 일을 떠나서 남녀의 애정으로 맺어져 있었다고 생각해."

거울 속의 마크가 공허하게 지껄이고 있다. 그 말을 굳게 믿었던 때도 있었다.

"무서운 얼굴을 하고 있군, 케이. 차라리 나를 고소하지 그래? 정식 아내가 아니라 그냥 애인이라도 그럴 권리는 있는 모양이던데."

무엇을 두려워하는 거지, 마크? 내가 자존심 때문에라도 그런 짓을 할 리가 없다는 건 뻔히 알고 있을 텐데?

케이는 획 돌아서서 마크의 눈을 똑바로 바라보았다. 마크는 어깨를 으쓱하면서 눈길을 피했다.

"아니면 눈 딱 감고 나를 쏘아죽여서 결판을 낼 거야? 그렇다면 내가 간직해둔 권총을 빌려주지. 텔레비전을 싫어하는 미친놈들이 우글거려서 호신용으로 사둔 게 있으니까."

마크는 서랍장의 맨 아래 서랍에서 권총을 꺼내어, 침대에 걸터앉은 케이 옆에 내던졌다. 연극적인 몸짓이었다. 케이는 권총을 쳐다보지도 않았다. 멋대로 혼자서 연극을 하게 내버려두면 된다.
"권총을 쓰겠다면 한 가지 조건이 있어. 머리를 잘 써서 반드시 완전범죄로 죽여줘. 자살로 위장하는 건 곤란해. 승진과 뉴욕 발령이 결정된 나에게는 자살할 동기가 전혀 없으니까. 그리고 권총을 처리할 때도 조심해야 할 거야. 내 이름으로 등록되어 있는 게 금방 밝혀질 테니까."
케이는 조그맣게 한숨을 내쉬며 말했다.
"내가 자살하면요?"
"농담하지 마, 케이. 당신은 자살 같은 걸 할 타입이 아니야. 아니면 자살을 타살로 위장해서 나한테 죄를 뒤집어씌우겠다는 건가? 으음, 그런 방법도 있겠지. 하지만 둘이 함께 무너지는 게 마음에 안 드는군. 당신이 죽는 것도 견딜 수 없고, 서툰 짓을 해서 쓰라린 맛을 보는 것도 견딜 수 없어. 이왕 할 거면 완전범죄로 죽여줘."
"어머나, 마음씨도 상냥하셔라."
"완벽주의자인 당신한테 얼간이 같은 실수나 오산은 어울리지 않아."
"그래요, 마크. 오산은 한 번으로 족해요."
어떤 이별도 그럴듯한 비련의 드라마처럼 진행되지는 않는다. 거북하고 신랄한 말이 오간 뒤 마크는 먼저 침실을 나가 아래층으로 내려갔다.
냉정한 케이가 그의 연극을 예상대로 냉정하게 받아들여주었기 때문에 마크는 어깨의 짐을 내려놓은 듯한 기분이었다. 하지만 앞으로 그가 연출해야 할 이별의 장면이 한 막 더 남아 있었다. 이곳이 마지막 무대가 될 거라고 마크는 확신했다.
옷을 갈아입은 케이가 천천히 계단을 내려왔다. 엷은 화장에 핑크빛 립스틱이 선명하게 칠해져 있었다.
마크는 식탁 위의 주스잔을 집어들더니 케이가 바라보는 앞에서 잔을 놓았다. 바닥에 떨어진 잔이 산산조각으로 부서지고, 오렌지빛 물보라 속에서 은빛 열쇠가 반짝였다.

예상하지 못했던 엉뚱한 행동에 케이는 걸음을 멈추었다. 그러나 얼굴에는 놀란 기색도 없었다. 그녀의 얼굴은 하얗게 칠한 가면처럼 무표정했다.

마크가 담담한 어조로 말했다.

"벤츠… 색깔은 은색. 당신이 줄곧 갖고 싶어 했던 멋진 차야. 아직 대리점에 그냥 두었지만, 명의는 당신 걸로 되어 있어."

마크는 바닥에서 집어든 자동차 열쇠를 손가락 끝에 잡고 높이 처들었다. 창문으로 비쳐드는 아침 햇살을 받아 은빛 열쇠가 반짝 빛났다.

"번호판도 특별한 걸로 골라두었어. 틀림없이 마음에 들 거야. 내 작은 선물이야."

그러고 나서 마크는 케이의 손에 열쇠를 쥐어주고 살짝 끌어안았다. 서로의 어깨에 턱을 올려놓자 뺨과 뺨이 가볍게 맞닿았다.

케이의 눈길은 마크의 어깨 너머로 창문 가득 펼쳐져 있는 푸른 바다를 헤매고 있었다. 이른 시간인데도 벌써 네댓 척의 요트가 파도 사이를 떠돌고 있었다. 한 척만 무리에서 떨어져 있었다. 그 요트의 하얀 돛을 케이는 눈으로 좇았다.

갑자기 케이는 손에 쥐고 있는 열쇠에 가시가 돋아난 것 같은 착각에 사로잡혀, 저도 모르게 마크를 떠밀듯 포옹을 풀었다. 그러고는 손에 들고 있던 열쇠를 불쑥 내밀었다.

"위자료 대신인가요? 이런 건 받을 수 없어요."

케이는 잘라 말하고 마크 곁을 떠났다.

"그런 게 아니야, 케이. 이건 크리스마스 선물로 마련한 거야."

케이는 말없이 베란다로 나갔다.

"그럼 안녕!"

마크는 이 말만 남기고 곧장 별장을 나갔다. 케이는 방심한 듯 바다를 바라보고 있었다.

자동차 소리가 멀어져갔다.

단둘이 주말을 보낸 뒤, 평소에는 언제나 케이가 먼저 이 별장을 나갔다. 함께 출근한 적은 한 번도 없었다. 마크가 한발 먼저 나가면, 케이는 시내 아파트에 들러 옷을 갈아입고 방송사로 갔다. 곧장 출근하기가 왠지 꺼림칙했다. 일단 자신의 성을 지나면 여느 때의 케이 프리스턴으로 돌아갈 수 있을 것 같은 기분이 들었다.

그러나 이 마지막 월요일 아침에는 케이가 나중에 별장을 떠나게 되었다. "그럼 안녕!"이라는 한마디에는 일종의 묵계가 담겨 있었다. 케이는 그 묵계에 따라 짐을 꾸리기 시작했다.

짐을 꾸린다고 할 만큼 거창한 일은 아니었다. 갈아입을 투피스, 수영복, 잠옷, 속옷… 아무리 사소한 것도 남겨두고 싶지 않았다. 구두, 샌들, 향수, 세면도구도 모조리 가방에 담아 넣었다. 한 쌍으로 된 칫솔의 한쪽도… 자질구레한 뒤처리를 깨끗이 해내는 동안 케이의 머릿속에서는 마크의 한마디가 빙글빙글 소용돌이치고 있었다. 그것은 '완벽주의자'라는 빈정거림도, 결단을 내리지 못한다는 비판도, 짤막한 작별의 말도 아니었다.

그녀를 도발하듯 던진 한마디—"이왕 할 거면 완전범죄로 죽여줘."

침실을 나올 때 케이의 눈길이 비로소 침대에 내던져진 권총에 머물렀다. 가만히 바라보고 있으려니까 권총이 무거운 중량감을 가지고 다가왔다. 마치 손에 쥐고 있는 것 같다. 파랗게 빛나는 금속 물체가 마음을 가진 것처럼 도전해온다. 그 순간, 애매했던 마음속에서 갑자기 살의가 번쩍 고개를 쳐들었다. 무언가가 툭 끊어진 듯한 느낌이었다.

케이는 권총을 집어들고 거의 무의식적으로 핸드백 속에 집어넣었다.

"이왕 할 거면 완전범죄로 죽여줘…"

핸드백에 든 권총의 무게가 마크의 말에 생생한 현실감을 주었다.

일부러 연극적으로 권총을 내던진 것은 허세였을까? 아니면 나에게 자살을 권한 것일까? 웃기지 마. 내가 이만한 일로 죽을 것 같아? 애써 여기까지 쌓아 올린 내 성이 순식간에 허물어지는 건 그래도 참을 수 있지만, 하필이면 그 무능한 프로듀서 조너선 러스크한테 고스란히 넘겨주는 건 도저히 참을 수가 없어. 어떻게든 내 성은 사수하지 않으면 안 돼. 그러기 위해서는 한시라도 빨리 손을 써야 해.

"이왕 할 거면 완전범죄로 죽여줘…"

케이는 다시 한번 집 안을 둘러보며 소지품이 하나도 남아 있지 않은 것을 확인한 뒤 별장을 떠났다. 이곳에는 이제 케이 프리스턴이 머물렀다는 것을 보여주는 물건은 아무것도 남아 있지 않았다. 남은 것은 여기저기 배어들어 도저히 지울 수 없는 쓰라린 추억뿐이다.

정면 현관문 매트 밑에 현관 열쇠를 집어넣고 케이는 높은 계단을 하나씩 힘주어 밟으며 내려갔다.

차에 올라타고 떠나기 전에 다시 한번 고개를 돌려 하얀색의 산뜻한 별장을 쳐다보았다.

이제 두번 다시 이곳에는 오지 않는다. 이번 주말에도, 다음 주말에도 … 아마 마크도 두 번 다시 이곳에 돌아오는 일은 없을 것이다. 그렇다고 추운 뉴욕으로 떠나지도 못할 것이다. 완전범죄로 죽여달라는 것이 그의 주문이었다.

그래, 소원대로 해드리지. 케이는 속으로 중얼거렸다.

3

표적은 정해져 있다. 동기는? 그것은 살인자를 제외한 모든 인간이 제멋대로 분석하고 추리하면 된다. 케이는 결단을 내렸다. 이제 남은 것은 계획을 세우고 실행에 옮기는 일뿐이다.

이렇게 마음을 다잡고 나자 모든 게 소리도 없이 순조롭게 진행되었다. 마치 오래전부터 이날을 위해 마크 살해 계획을 머릿속에 품고 있었던 것처럼 여겨지기까지 했다.

케이는 월요일 내내 방송사 안을 바쁘게 돌아다니면서 살인 계획을 대충 짜보았다.

결행 날짜는? 화요일 밤. 플래너건이 참석하는 간부회의가 열리기 전에 해치우지 않으면 안 된다. 마크가 조너선 러스크를 후임 지사장으로 추천하겠다는 발언을 정식으로 입 밖에 내게 해서는 안 된다.

흉기는? 이것도 정해져 있다. 마크 자신이 선택한 권총이다. 이 계획에는 마감 시한이 있다. 짧은 시간 안에 출처를 알 수 없는 권총을 다른 데서 입수하는 것은 불가능하다. 그리고 권총을 사용하는 것 말고 덩치 큰 사내를 처치할 방법도 생각나지 않는다. 자신의 호신용 권총으로 살해되는 아이러니는 마크도 좋아할 것이다.

방법은? 이것도 마크의 주문대로 완전범죄여야 한다. 알리바이, 흉기 처리 등을 사소한 점까지 완벽하게 마무리할 필요가 있다.

장소는? 이것을 결정하는 것도 중대한 문제다. 우선 마크의 움직임을 손바닥 들여다보듯 알 수 있는 곳이어야 한다. 게다가 그녀에게도 유리한 장소여야 한다. 그렇다면 이곳 지사의 본부밖에 없다.

케이는 마크가 평일 밤을 어디서 어떻게 보내는지 거의 알지 못했다. 5년 전에 이혼한 마크는 이른바 도회지의 홀가분한 독신 귀족이었다. 시내에 있는 아파트에 밤마다 반드시 돌아간다고 단정할 수는 없다. 게다가 그 아파트에는 케이가 발을 들여놓은 적도 없다. 평일 밤의 마크는 케이에게는 생판 모르는 남이나 마찬가지였다.

오늘, 월요일 밤에 퇴근하는 마크를 기다렸다가 뒤따라가서, 어딘가 외진 곳에서 처치하는 방법도 생각해보았다.

그러나 그러려면 우연한 기회에 도박을 걸지 않으면 안 된다. 마크가 오늘 밤 누구를 만나 어디서 어떻게 시간을 보낼지도 그녀는 알지 못했다. 다른 여자나 헤어진 아내, 또는 허물없는 남자 친구가 불쑥 나타나, 전혀 기회를 잡지 못할 가능성이 훨씬 크다.

게다가 임기응변식 계획으로는 도저히 완전범죄라고 말할 수 없다. 완전범죄는 마크의 특별 주문이다.

암살자를 돈으로 고용하는 방법도 영화나 추리소설에는 자주 나온다. 그러나 그런 전문가가 있다 해도, 고작 하루 만에 고용하기란 불가능한 일이다. 그리고 권총 방아쇠를 당기는 것은 반드시 그녀 자신이어야 한다. 그것은 모든 계획에 우선하여 처음부터 결정되어 있었다. 〈프로페셔널〉 시사회는 아마 화요일 저녁 7시에 시작될 것이다. 그 시간까지 본부에 남아 있는 사원은 한정되어 있다. 외부에서 침입자가 들어오기는 어렵기 때문에 그녀 자신을 포함하여 그 시간에 본부에 있던 사람들 모두가 용의자가 된다. 그렇다면 범행의 타이밍, 즉 알리바이 만들기가 이 계획의 가장 중요한 부분이 될 것은 분명하다. 전원이 용의자이고 전원에게 알리바이가 있다. 이것도 훌륭한 완전범죄다. 케이는 점심도 거른 채 자기 방에 틀어박혀 궁리를 거듭했다.

오후 3시가 지났을 때 녹음을 끝낸 〈프로페셔널〉 필름이 도착했다.

케이는 그것을 마크에게 알리려고 전화를 걸었다.

"마크, 저예요."

"……"

"벌써 내 목소리를 잊어버린 건 아니겠죠?"

"아아… 케이, 괜찮아? 걱정하고 있었어."

마크의 목소리에서는 희미한 망설임이 느껴졌다. 회사 안에서는 사적인 대화를 나누지 않는다는 규칙을 마크가 깨뜨린 것은 이번이 처음이다. 아니면, 이 위로의 말은 두 사람 사이가 끝났다는 것을 재확인하기 위해서일 뿐일까? 연인 관계에 종지부를 찍은 이상, 규칙도 저절로 소멸했다고 말하고 싶은 걸까?

"〈프로페셔널〉이 완성됐습니다." 케이는 애써 사무적인 말투로 보고했다.

"잘됐군. 뉴욕 사람들이 오기 전에 완성된 필름을 보아두기로 하지. 시사실 준비를 부탁해. 문제가 있으면, 아직 손질할 여유가 있어."

"몇 시에요?"

"15분 뒤로 하지. 4시 정각에."

"알았어요. 제가 묻고 싶었던 건 플래너건 전무가 내일 몇 시에 도착하느냐는 거였어요."

"6시가 지나야 도착할 것 같아. 내일 시사회는 7시에 시작할 거야. 회의는 시사회가 끝난 다음이고. 월터한테 야근을 부탁해둬요."

"시사회가 끝난 뒤에 또 다른 회의가 있나요?"

"벌써 잊어버렸어? 어제 말했을 텐데. 내일 밤, 시사회가 끝날 때까지 〈끝없는 대지〉에 대한 자료를 정리해두지 않으면 안 돼."

"그렇다면 그 일을 먼저 해치우고, 시사회는 내일 플래너건 전무와 함께 보시는 게 어때요?"

"나한테 이래라저래라 하지 마. 나는 한발 먼저 봐두고 싶어. 내일 밤의 시사회에는 참석하지 않겠어. 알았어?"

"네, 지사장님. 모두 원하시는 대로 해놓겠습니다."

케이는 살의를 숨긴 채, 아무렇지도 않게 전화를 끊었다.

이제 범행 시간도 결정되었다. 내일 밤 7시 이후, 시사실에서 필름이 돌아가고 있는 동안, 마크는 자기 사무실에 혼자 남게 된다. 그 기회를 이용하는 것이다.

하지만 내 알리바이는? 케이는 모종의 계획을 세우면서 영사실로 갔다.

영사실에서는 쾌활한 흑인 영사기사 월터가 취미인 모형 만들기에 열중해 있었다. 길이가 60센티미터나 되는 커다란 유리병 속에서 정교한 범선 모형이 거의 완성되어가고 있었다.

"안녕, 케이?"

"모처럼 취미 생활을 즐기고 있는데 미안하지만, 이 필름을 4시부터 돌려줘요. 지사장이 보겠대요."

월터는 케이가 안고 있던 아홉 권(영화 필름의 길이 단위. 한 권은 305미터)의 필름을 받아들면서 익살맞게 눈알을 데굴데굴 굴려 보였다.

"좋고말고요. 그대의 명령이라면 불속이든 물속이든…"

"한 가지 더 부탁할게요. 내일 저녁 7시부터 뉴욕의 높으신 분에게도 그 필름을 보여드려야 해요."

"또 야근인가요? 나야 기쁘지요. 부지런한 일꾼 월터는 그대를 위해서라면…"

"불속이든 물속이든 뛰어들겠다는 건가요?"

월터는 하얀 이를 드러내며 싱긋 웃었다. 부지런하고 자식 많은 월터는 비좁은 집에 돌아가 처자식에게 시달림을 당하는 것보다 회사에서 일하는 것이 성미에 맞는 모양이다. 게다가 한가할 때는 영사실에 갖다 놓은 모형 만들기도 느긋하게 즐길 수 있다.

"4시 전에 다시 올게요."

"나를 감독하려고요? 일은 열심히 하겠습니다. 지금까지도 착실하게 일해왔지만…"

"그런 뜻이 아니에요. 이 필름은 반년 동안이나 악전고투해서 완성한 거예요. 내 장래, 아니 서부 지사의 장래가 걸려 있는 소중한 필름이라고요. 그러니까 만약 실수를 하면, 필름을 바꿀 때 한 번이라도 삐끗하면 각오하세요, 월터. 당신을 죽여버릴 거예요!"

"우와, 무서워라. 손이 부들부들 떨릴 것 같은데요."

월터는 여느 때처럼 익살맞게 말하면서 필름을 영사기에 걸기 시작했다.

"그럼, 금방 돌아올게요. 알았죠?"

빠른 걸음으로 영사실을 나오는 케이의 머릿속에서는 알리바이를 만드는 계획이 점점 뚜렷한 형태를 이루고 있었다. 케이는 3층에 있는 편성부장 조너선 러스크의 사무실로 갔다. 그 방 옆, 3층 맨 구석에 마크의 개인 사무실이 있었다.

노크와 함께 문을 열고 들어가자, 회전의자에 앉아 있던 조너선이 황급히 등을 돌리고 책상 맨 아래 서랍에 무언가를 집어넣는 것이 보였다.

"또 마셨어요, 조너선?"

케이를 돌아보는 조너선의 어린애 같은 얼굴이 불그레한 빛을 띠고 있었다. 장난을 치다가 선생님에게 들킨 초등학생 같았다.

"스트레스가 쌓여서 말이야… 여기저기 퍼뜨리고 다니진 않겠지?"

"난 그렇게 한가한 사람이 아니에요. 4시부터 〈프로페셔널〉 시사가 있어요. 당신도 보아두고 싶겠죠?"

"물론이지. 우리 지사의 새해 특매품이니까."

"우리 지사가 아니라 내 거예요. 〈프로페셔널〉은 내 작품이라고요. 그걸 잊지 마세요, 조너선."

순간, 두 사람의 눈길이 차갑게 부딪쳤다. 먼저 눈길을 돌린 것은 조너선이었다. 케이가 다그치듯 말했다.

"그리고 내일 밤 회의 때까지는 〈끝없는 대지〉와 클레이 가드너에 대한 자료와 통계를 전부 갖추어두세요. 이건 당신 일이에요, 조너선."

"산더미처럼 쌓여 있는 이 일거리 좀 봐. 이걸 다 끝내려면 밤을 꼬박 새워야 할 텐데…"

"그럼 밤을 새워야죠. 무슨 일이 있어도 내일 밤 9시까지는 준비해두세요. 본사의 높으신 분에게 못했습니다 하고 사과하기 싫거든 내일 온종일 열심히 해보세요."

"알았소, 케이. 이제 슬슬 시사가 시작될 시간이 아닐까?"

"늦지 말아요, 조너선. 기운 나는 약은 적당히 마시고요. 마크도 시사를 보겠다고 했어요."

조너선의 방을 나와 영사실로 돌아가려던 케이는 엘리베이터 앞에 서 있는 마크 앤드루스의 듬직한 등을 보았다. 마크는 사무실에서 나와 시사실로 가는 모양이었다. 케이는 말을 걸려다가 당황하여 말을 삼켰다. 마크의 모습은 어느새 엘리베이터 안으로 들어가 시야에서 사라졌다.

영사실에서는 월터가 쾌활하게 콧노래를 부르면서 좁은 공간을 춤추듯 돌아다니고 있었다. 케이의 모습을 보고 월터는 휘파람을 불었다.

"오래 기다렸죠." 시계를 바라보며 케이가 말을 걸었다. "그럼 월터, 어떤 식으로 필름을 거는지, 그 솜씨를 좀 구경할 수 있을까요?"

"그런 것쯤은 눈 감고도 할 수 있지요. 똑같은 일을 10년이 넘게 해왔으니까요."

월터는 의기양양하게 영사기 조작방법을 설명하기 시작했다.

"아시다시피 필름은 1분에 100피트(약 30.5m)라는 맹렬한 속도로 돌아가는데, 그 피트 수가 이 계수기에 나타납니다. 필름 한 권이 끝나려면 10분이 걸리니까…"

월터가 1호 영사기의 눈금 계수기 단추를 경쾌한 손놀림으로 가볍게 누르자 900이라는 숫자가 나왔다.

"계수기 숫자는 900부터 거꾸로 돌아가지만, 숫자와 눈싸움을 하고 있을 필요는 없어요. 첫째 권이 끝날 때가 가까워지면, 스크린에 비쳐 있는 이 필름의 오른쪽 상단에서 작은 불빛이 반짝반짝 두 번 깜박거립니다."

"어머나, 그건 미처 몰랐는데요. 오랫동안 영화를 만들었는데…"

거짓말이었다. 대강은 알고 있었지만, 좀 더 자세히 알아두고 싶었다. 이것이 알리바이 만들기의 요점이다.

"필름이 끝나간다는 걸 알리는 신호가 반짝반짝 두 번 들어오면, 눈에 보이지도 않을 만큼 날렵한 솜씨로 2호 영사기의 스위치를 넣습니다…"

필름을 다루는 월터의 재빠른 몸짓과 숙련된 솜씨를 케이는 팔짱을 낀 채 열심히 바라보았다.

"…자, 이것으로 필름 교환은 끝났어요! 스크린에는 이제 두 번째 필름이 비치게 됩니다. 시사실에 있는 높으신 분들은 필름이 바뀐 것조차 깨닫지 못하죠."

"멋진 솜씨예요, 월터. 나도 한 번만 해볼게요. 한 번으로 잘될지 어떨지 모르지만, 오늘은 첫 번째 시사니까 내 손으로 직접 해보고 싶네요."

"영사기사조합에 들키면 혼쭐이 나겠지만, 그대의 부탁이니 어쩔 수 없군요. 좋습니다. 하지만 한 번뿐입니다."

케이가 영사기로 다가갔을 때, 때마침 인터폰에서 시사실에 있는 마크의 목소리가 흘러나왔다.

"월터, 시작해주게."

"그럼 시작해요, 월터."

케이의 신호에 따라 월터는 시사실의 조명을 어둡게 했다. 케이가 1호기 전원 스위치를 눌렀다. 주제곡이 흐르기 시작했다. 조수 노릇을 맡은 월터는 황급히 스크린에 비친 제목의 핀트를 다시 맞추었다.

1호기의 계수기 눈금은 900에서 880, 870, 860으로 차츰 줄어들고 있다.

"그럼 나는 잠시 쉬겠습니다."

이렇게 말하고 월터는 영사실 구석의 책상으로 돌아가 범선 모형을 만들기 시작했다. 필름을 바꿀 때까지 10분 동안은 모든 영사기사가 개점휴업 상태로 숨을 돌리는 시간이었다.

시사실과 영사실 사이에 뚫린 구멍을 통해 시사실의 스크린을 지켜보면서 케이는 몸을 바싹 긴장시키고 화면의 오른쪽 상단에 신경을 집중했다. 자기가 완성한 필름의 만듦새를 보고 있는 것은 아니다. 월터가 가르쳐준 신호가 나타나기를 가만히 기다리고 있었다.

1호기 눈금이 100을 지났다. 숫자가 040이 되었을 때, 시계로 시간을 확인한 것도 아닌데 월터가 의자에서 일어나 케이에게 다가왔다. 오랜 경험으로 필름을 교환할 시간이 가까워진 것을 알았던 것이다.

스크린에는 권총에 기름칠을 하고 있는 남자의 손이 커다랗게 클로즈업되어 있었다.

그때 스크린의 오른쪽 상단에서 불이 반짝거렸다.

"자, 지금이야!"

케이는 아까 보았던 월터의 손놀림을 흉내 내어 재빨리 2호기의 전원 스위치를 누르고, 영사 게이트를 열어 사운드를 흘려보냈다. 스크린에서는 두 번째 불이 깜박거렸다. 케이는 1호기의 전원 스위치를 끊고 사운드를 껐다. 춤추는 듯한 동작이 물 흐르듯 부드럽게 이어졌다.

"훌륭합니다! 이렇게 잘하시면 내 밥줄이 위태로운데요." 월터가 익살을 부렸다.

1호기의 계수기 눈금은 000에서 멈춰 있고, 2호기 쪽은 890에서 880으로 줄어들고 있다.

"아아, 진땀 뺐어요. 하지만 잘된 것 같군요."

"내일의 진짜 시사회도 그대에게 맡겨버릴까?"

"당치도 않아요, 월터. 내일은 당신한테 맡기겠어요."

월터는 1호기에서 영사가 끝난 첫 번째 필름을 떼어내고 재빨리 세 번째 필름을 걸면서 싱긋 웃었다. 케이도 미소를 보냈다.

"멋져요. 역시 전문가는 다르군요."

"역시 머리가 잘 돌아가는군요, 케이."

월터가 하얀 이를 드러내고 웃었다. 그러자 월터의 얼굴 전체가 웃음으로 변했다. 서로 속마음을 아는 사람끼리의 진심에서 우러나오는 웃음이었다.

"그럼 난 이만 가볼게요."

"마지막까지 안 볼 건가요?"

"집에 가서 할 일이 있어요. 혼자 사는데도 꽤 바빠요."

"안녕히 가세요. 뒷일은 나한테 맡기시고."

월터는 다시 모형 만들기에 열중하기 시작했다.

"수고하세요, 월터. 모형을 만지작거리다가 시간 가는 것도 잊어버리면 안 돼요. 한 번이라도 실수하면 그때는 모가지예요!"

아무도 없는 복도로 나온 케이는 영사실에서 전용 계단을 지나 마크의 개인 사무실까지 손목시계로 시간을 확인하면서 빠른 걸음으로 걸어보았다. 1분이 걸렸다. 넉넉잡고 70초다. 마크와 마지막으로 대면하는 시간을 계산에 넣는다 해도 영사실에서 사무실까지 왕복하는 데 4분 남짓이면 충분하다.

3층 복도의 막다른 곳에 있는 비상구를 힐끔 바라보며 케이는 엘리베이터에 올라탔다. 3층에는 마크와 조너선의 사무실밖에 없다. 1층에 있는 이 건물의 종합 안내실만 돌파할 수 있다면 외부에서도 3층 사무실로 직접 접근할 수 있다. 비상구는 안쪽에서 빗장을 벗겨서 열도록 되어 있었다.

케이는 그 점도 생각해보았다. 빗장을 벗겨두면 외부 침입자의 소행일 가능성도 성립한다. 적어도 눈속임은 될 터였다.

엘리베이터 안에서 케이는 무심코 천장을 바라보았다. 그 순간, 마지막까지 마음에 걸려 있던 권총 처리 방법이 떠올랐다. 1층에 도착했을 때는 모든 순서와 타이밍이 케이의 머릿속에 거의 초단위로 프로그램되어 있었다.

4

뉴욕 본사의 전무인 프랭크 플래너건이 부하 둘을 데리고 서부 지사에 도착한 것은 화요일 저녁 6시 30분이었다. 1분도 시간을 허비할 수 없는 남자의 빡빡한 스케줄이다.

시사회를 시작하기 전에 마크와 케이, 조너선을 모아놓고 간단한 협의를 끝낸 뒤, 키가 큰 플래너건은 은발을 쓸어올리며 곧장 시사실로 갔다.

플래너건은 비행기 일등석 라운지에 있는 것과 똑같은 편안한 의자에 몸을 깊이 묻고 나서 마크에게 물었다.

"텔레비전이라면 질색을 하는 그 클레이 가드너를 〈끝없는 대지〉에 끌어들일 수 있다고? 그게 정말인가?"

"한 시즌에 6백만 달러 정도라면 클레이도 마음이 동할 겁니다. 지금 스케줄과 조건, 그 밖의 자료를 조너선이 정리하고 있는데, 시사회가 끝날 때까지는 모든 자료가 갖추어질 겁니다."

마크가 대답하자, 플래너건의 심복인 잭 스텔리가 걱정스러운 얼굴로 끼어들었다.

"에이전트가 과연 그 미끼에 덤벼들까요?"

"아직 탐색하고 있는 단계일세. 어쨌든 이 문제는 그쪽보다 전무님의 결단에 달려 있습니다. 그렇게 큰돈을 현찰로 지급할 수 있겠습니까?"

"어떤가, 피트?"

계약금이나 뒷돈을 도맡아 관리하고 있는 수완가인 피트 커클럼은 방 구석의 뷔페 테이블 앞에 서서 스낵을 집어먹고 있었다.

"만약 다음 시즌에 클레이를 〈끝없는 대지〉에 끌어들일 수만 있다면 일요일 밤은 우리 겁니다. 정체되어 있는 시청률이 부쩍 올라갈 건 뻔합니다. 그거야 어쨌든, 단 한 번이라도 좋으니까 느긋하게 앉아서 따뜻한 밥을 얻어먹고 싶군."

"비행기 안에서 기내식을 실컷 먹었잖나?" 플래너건이 어이없다는 듯이 말했다.

"그건 밥이 아닙니다. 가축 먹이지요. 보기만 해도 식욕이 싹 달아나요."

그러자 스텔리도 옆에서 투덜거리기 시작했다.

"정말이지 나도 지금 자리에 앉기 전에는 좀 더 제대로 된 식사를 했는데, 지금은 맨날 샌드위치뿐이니…"

"그렇게 밥을 먹고 싶거든 평사원으로 강등시켜줄까?"

플래너건의 농담에 웃음을 보인 사람은 마크뿐이었다.

"클레이한테 6백만 달러를 내주는 것은 좋지만, 그 얘기를 들으면 지금까지 단골로 출연하던 다른 배우들이 편승하여 값을 올려달라고 요구할지도 몰라."

"클레이는 특별합니다, 전무님. 그 사람은 인간 국보 같은 존재예요."

"그야 그렇지. 인간 국보가 텔레비전 따위에 나갈 수 있을까 보냐는 거겠지. 요즘에는 골프에 미쳐서, 골프장에서가 아니면 대사를 욀 수가 없다고 지껄이는 모양이더군."

플래너건의 말에 피트가 맞장구를 쳤을 때 시사실로 들어온 케이가 거기 모인 사람들에게 인사를 했다.

"어머나! CNC의 중역들이 텔레비전을 비판하고 계신가요? 잘 오셨어요, 전무님."

"야아, 케이, 아름다운 건 여전하군."

"고맙습니다, 전무님. 필름이 마음에 드셨으면 좋겠는데요."

"차분히 감상하겠소." 플래너건의 움푹 들어간 눈이 케이의 얼굴을 쏘듯이 바라보았다.

"자, 여러분, 샌드위치와 디저트를 다 드셨으면 음료수를 들고 자리에 앉아주세요. 자리에 앉으시면 시작하겠습니다."

"됐으니까 빨리 돌려줘요, 케이." 플래너건이 케이의 말을 가로막듯이 재촉했다.

"그럼 시사회가 끝나면 제 방으로 와주십시오." 마크가 자리에서 일어나면서 말했다.

"이보게, 마크, 내 마음이 변하기 전에 클레이 가드너에게 도박을 걸어보기로 하세." 플래너건이 고개만 돌려 마크에게 말했다.

"알았습니다. 서둘러 클레이 가드너와 만날 약속을 해놓겠습니다. 오랜 친구인 전무님이 직접 골프장에 나가셔서 '그린 회담'을 갖자고 하면 클레이도 기꺼이 응할 겁니다. 조너선, 자네도 할 일이 남아 있을 텐데."

사람들이 이야기를 나누는 동안 한마디도 끼어들지 않고 한쪽 구석에 조심스럽게 앉아 있던 조너선 러스크가 튕기듯 자리에서 일어났다.

"예, 이제 조금만 더 하면 끝납니다."

"그럼 가세. 회의에 차질이 없도록 해주게. 기운 나는 약은 금지야. 알았나, 조너선?"

조너선이 한발 먼저 시사실에서 나갔다. 문간에서 마크와 케이의 눈이 마주쳤다. 마크는 사태 진전에 만족하고 있는 표정이었다. 케이의 얼굴도 마찬가지였다.

"기분은 어때?" 마크가 먼저 말을 걸었다.

"좋아요." 케이가 대답했다.

시사실에 있는 남자들에게는 들리지 않는 짧은 대화가 작은 소리로 오갔다.

"정말?"

"정말이에요."

"잘됐군."

마크는 등을 돌리고 3층에 있는 자기 사무실로 올라갔다.

케이는 그 뒷모습을 지켜보다가 다시 시사실로 돌아가, 플래너건의 손에서 빈 술잔을 받아들었다. 플래너건이 고개를 끄덕이며 말했다.

"중동을 무대로 한 이 필름은 케이 프리스턴이 오랜만에 만든 야심작이라고 들었는데…"

"예, 장면 하나하나마다 제 피와 땀이 새겨져 있습니다." 케이가 말했다. 그러고는 플래너건에게 새 술잔을 건네면서 말을 이었다. "더 이상 사전 선전은 하지 않겠습니다. 필름을 보시면 알 테니까요. 그럼 천천히들 보세요. 저는 영사실에 있겠습니다."

"수고해요."

남자들은 저마다 중얼거리고 푹신한 의자 속에서 저마다 편한 자세를 취했다.

영사실에 들어간 케이는 불룩한 핸드백을 구석 탁자 위에 올려놓고, 선박 모형 만들기에 여념이 없는 월터에게 말했다.

"안녕, 월터."

"오늘 저녁에도 여기서 구경할 건가요?"

"그래요. 실수는 절대로 용납할 수 없어요."

"걱정 말고 맡겨두세요. 그대를 위해서라면 불속이든 물속이든…"

그때 인터폰에서 플래너건의 힘찬 목소리가 들렸다.

"이봐요, 케이! 이제 시작해도 좋아요."

이 말이 케이에게는 살인을 시작하라는 신호이기도 했다.

"네, 시작합니다!"

케이는 말하고 월터에게 눈짓으로 신호를 보냈다.

"그럼 그대의 행운을 빌면서!"

월터가 어제 저녁과 똑같이 춤추는 듯한 동작으로 영사기를 되살렸다.

"고마워요, 월터. 나의 행운을 위해서!"

시사실을 들여다보니, 주제 사운드의 낮은 가락을 타고 〈프로페셔널〉이라는 제목이 스크린에 떠오르고 있었다. 케이의 얼굴은 긴장으로 굳어져 있었지만, 냉정함을 잃지는 않았다.

1호 영사기의 계수기 눈금이 점점 000으로 다가간다. 케이는 계수기 숫자를 확인하고, 모형 만들기에 몰두해 있는 월터에게 작은 소리로 말을 걸었다. '조수'인 케이가 있기 때문에 안심했는지, 월터는 시간에 별로 신경을 쓰지 않는 눈치였다.

케이의 목소리와 계수기를 손가락으로 두드리는 소리를 듣고 월터가 반사적으로 벌떡 일어났다. 두 사람은 시사실을 들여다볼 수 있는 작은 창문으로 스크린을 바라보았다. 두 사람의 얼굴이 거의 닿을 만큼 가까워졌다. 플래너건과 두 부하의 동상 같은 실루엣이 스크린에 떠올라 있었다.

이윽고 첫 번째 필름이 끝날 때가 가까워지자 스크린의 오른쪽 상단에서 신호가 반짝거렸다.

"신호예요!"

월터가 2호기 옆에서 대기한다.

"두 번째 불이에요!"

흑인 영사기사의 선명한 손가락이 물 흐르듯 움직인다.

"훌륭해요, 월터!"

스크린에는 〈프로페셔널〉의 두 번째 필름이 비치고 있었다.

빈 깡통이 어두컴컴한 골목 입구까지 굴러와서 멈춘다. 주차해 있던 자동차의 헤드라이트가 뒷골목을 환하게 비춘다. 자동차 문이 열리고 닫히는 소리가 들린다. 검은 그림자가 나타나 골목을 걸어온다… 주인공 로아크의 클로즈업. 빼든 권총이 표적을 따라 서서히 움직인다.

"방송윤리규정에 걸리지 않을까요?"

"서스펜스는 충분한데, 온 가족이 함께 볼 수 있는 건전한 프로그램이라고는 말할 수 없겠어요."

"쉿! 잠자코 보기나 해! 과연 케이 프리스턴이 만든 필름이야."

시사실에서는 남자들이 서로 몸을 맞대고 소곤소곤 이야기를 나누면서 스크린을 열심히 바라보고 있었다.

사무실로 돌아간 조너선 러스크는 전자계산기를 한 손에 들고 방대한 자료와 씨름을 계속하고 있었다. 우물쭈물하다가는 정말로 밤을 새울지 모른다. 일은 좀처럼 진척되지 않는다. 시사실에서 가져온 스낵이 조금 남은 채 책상 구석에 놓여 있었다. 그는 남은 감자튀김을 먹으려다 마음을 고쳐먹고, 남은 음식을 종이에 둘둘 싸서 쓰레기통에 버렸다.

그는 산더미처럼 쌓인 서류를 원망스러운 듯 흘겨보고는 한숨을 내쉬며 다음 서류를 집어들었다. 그러나 또 금방 침착성을 잃고 불안한 듯 허둥거린다. 그의 오른손은 어느새 엉뚱한 쪽으로 뻗어가서 맨 아래 서랍의 손잡이를 만지작거리고 있었다. 그는 자기 손을 탁 때리고 다시 일을 시작한다. 그러나 또 계산에 실수하여 처음부터 다시 하게 되었다. 조너선은 혀를 차며 담배를 집어들었다.

바로 옆 사무실에 있는 마크는 탁자 위에 산더미처럼 쌓인 대본과 서류를 훑어보다가, 그 안에서 붉은 표지가 있는 대본을 골라냈다.

그는 곁의 의자 등받이에 걸쳐둔 베이지색 코트를 집어들고 사무실 한구석의 카우치(몸을 비스듬히 기대어 휴식할 수 있는 소파)로 다가갔다. 마크는 거기에 느긋한 자세로 드러누워 코트를 담요 대신 몸에 덮고 〈끝없는 대지〉의 대본을 펼쳤다. 서부개척의 서사시라고 할 수 있는 대하 드라마 〈끝없는 대지〉는 2년째에 접어들면서 새로운 시리즈를 시작할 예정이었다. 그가 보고 있는 것은 그 시리즈의 제1회용 대본이었다. 지금 출연 교섭을 벌이고 있는 클레이 가드너가 맡을 예정인 초로의 목장주는 이번 회부터 등장하게 되어 있었다. 대본을 읽기 시작하던 마크는 쓴웃음을 지으며 주머니에서 안경을 꺼냈다. 가까이에서 잔글씨를 읽을 때는 안경을 써야 하는 나이가 되어 있었다.

5

영사실에서는 케이 프리스턴이 작은 창문을 통해 스크린을 응시하고 있었다. 그녀의 오른손은 1호 영사기 계수기에 놓여 있었다. 1호기는 세 번째 필름을 스크린에 비추고 있었다.

힐끗 뒤를 돌아보니 월터는 작업대 앞에 앉아서 모형 만들기에 열중해 있었다. 케이는 계수기를 바라보았다. 눈금은 541을 가리키고 있다. 케이의 손가락이 재빨리 움직여 작은 계수기 단추를 눌렀다. 숫자가 241로 바뀌었다.

드디어 살인 시나리오를 연출할 시간이다. 케이는 입술을 깨물었다.

계수기 숫자는 시시각각 줄어들기 시작한다. 케이는 숫자를 다시 한번 확인한 뒤, 이쪽에 등을 돌리고 앉아 있는 월터에게 말을 걸었다.

"월터, 그 필름은 어디 있죠?"

"그 필름이라니요? 오늘 밤에는 〈프로페셔널〉밖에 준비하지 않았는데요."

"무슨 말을 하는 거예요. 이제 와서." 케이는 날카로운 어조로 다그치듯 말했다. "〈끝없는 대지〉 말이에요. 오늘 밤 플래너건 전무님이 보고 싶어 할지도 모르니까 준비해두라고 말했을 텐데…"

"필름 창고에 있는 누군가가 게으름을 피웠군요. 아직 지하실에 있을지도 몰라요."

어떻게든 월터를 이곳에서 5분 동안은 떼어놓아야 한다.

"지금 당장 갖다 놓는 게 좋겠어요."

월터가 일어나서 1호기 눈금을 보았다.

"하지만 앞으로 2분 정도면 필름을 바꿔야 하는데…"

"괜찮으니까 어서 가서 가져와요." 케이가 말하고는 더욱 초조한 어조로 덧붙였다. "필름 교환은 내가 할 테니까 빨리 가서 가져와요."

월터는 케이의 신경질적인 태도에 눌려 영사실을 뛰쳐나갔다.

그것을 보고 케이는 영사기 아래의 서랍에서 장갑을 꺼냈다. 영사기사가 쓰는 하얀 장갑이다. 불룩한 핸드백을 열고 장갑을 집어넣는다. 안에는 작은 녹음기와 이어폰, 그리고 마크가 준 32구경 권총이 들어 있다.

케이는 이어폰을 귀에 꽂고 작은 창문으로 시사실 스크린을 바라보왔다. 팽팽한 현이 튕기는 소리가 긴박한 영상의 배경음으로 울려 퍼졌다. 그것을 신호로 케이는 핸드백 안에 든 녹음기의 스위치를 눌렀다.

"앞으로 4분…" 어젯밤에 녹음해둔 자신의 목소리가 이어폰을 통해 고막으로 전해진다.

계수기 숫자는 060을 가리키고 있지만, 실제로는 필름을 교환할 때까지 앞으로 360, 즉 4분 남짓 남아 있다.

케이는 단호한 걸음걸이로 영사실을 나왔다. 인기척이 없는 응접실을 빠져나가 전용 계단 쪽으로 걸어갔다. 핸드백에서 하얀 장갑을 꺼내어 손에 낀 다음, 계단실로 통하는 비상구 문을 열었다.

"앞으로 3분 40초…"

계단을 올라간 다음 3층 복도의 막다른 곳으로 걸어갔다. 그곳에는 밖으로 통하는 비상구가 있었다. 케이는 비상구의 빗장을 벗겨놓고 긴 복도를 다시 돌아왔다.

"앞으로 3분 20초… 3분 10초…"

마크의 개인 사무실이 가까워진다. 케이는 걸음을 멈추었다. 복도를 사이에 두고 마크의 사무실 맞은편에 있는 조너선 러스크의 방에서 무언가에 쫓기듯 성급하게 두드려대는 타이프 소리가 들려온다.

"앞으로 2분 50초…"

케이는 마크의 사무실 문을 열고 소리도 없이 안으로 들어갔다. 지사장실의 전용 비서실에는 아무도 없었다.

카우치에 누워 대본을 읽고 있던 마크는 대본을 내려놓고 안경을 이마로 밀어 올렸다. 피로한 눈을 쉬기 위해서였다. 그때 비서실에서 마크의 방으로 통하는 문이 열리더니 케이가 조용히 들어왔다. 오른손을 등 뒤에 감춘 채.

"케이, 무슨 일이야?"

케이는 말없이 몇 걸음 다가왔다.
"벌써 끝났나?"
"시사는 아직 계속되고 있어요."
케이는 계속 다가와 방 한가운데에서 걸음을 멈추더니, 권총을 쥔 오른손을 똑바로 뻗어 조준을 정하고 방아쇠에 손가락을 걸었다.
"하지만 당신은 이걸로 끝이에요."
"케이⋯" 마크는 방심한 듯한 표정으로 입을 다물었다.
"소원대로⋯" 케이가 담담하게 말했다.
총알은 마크가 몸을 지키려고 앞으로 내민 대본을 꿰뚫고 심장에 명중했다. 아까와 거의 같은 자세로 마크 앤드루스는 순식간에 숨을 거두었다. 축 늘어진 몸뚱이 위에 찢어진 대본 조각이 흩날리고 있었다.

총소리가 났을 때 조너선 러스크는 전화를 걸고 있었다.
"오늘 밤에는 늦을 것 같아. 알고 있어, 여보⋯ 아니, 이상한데⋯ 여보세요. 잠깐 전화를 끊어야겠어. 지금 마크의 방에서 무슨 소리가 났는데, 가봐야겠어. 나중에 다시 전화할게."
조너선은 수화기를 내려놓고 천천히 일어나 문으로 걸어갔다.
조너선이 복도로 나오는 것을 케이는 벽 그늘에 숨어서 지켜보고 있었다. 조너선이 문을 두드리고 있다. 케이는 눈치채이지 않도록 재빨리 현장을 떠났다. 다음 조치를 취하지 않으면 안 된다.
"앞으로 2분 10초⋯"
케이는 아직도 하얀 장갑을 낀 손에 권총을 쥐고 있었다. 이 흉기를 빨리 처분해야 한다. 케이는 엘리베이터로 통하는 종업원 전용 출입문을 열었다.
야간에는 사용하지 않는 엘리베이터 두 대가 여느 때처럼 문이 열린 채 멈춰 서 있었다. 한쪽 엘리베이터에는 쓰레기를 담은 커다란 비닐 주머니가 몇 개나 쌓여 있고, 또 한쪽 엘리베이터에는 청소도구가 산더미처럼 쌓여 있었다.

케이는 재빨리 대걸레를 집어들고 희미한 불이 켜져 있는 엘리베이터 천장의 젖빛유리를 위로 밀어 올렸다. 좁은 틈이 생겼다. 어제 연습해둔 대로 케이는 권총을 그 틈새로 내던졌다. 권총은 천장의 젖빛유리를 타고 미끄러져 내려가 엘리베이터 통로의 어두운 밑바닥으로 떨어졌다.

케이는 대걸레 끝으로 유리를 원래 위치에 신중하게 내려놓았다. 권총의 그림자는 보이지 않는다. 엘리베이터 밖으로 떨어진 게 분명하다. 대걸레를 원래 있던 곳에 돌려놓고 케이는 전용 계단을 향해 종종걸음을 쳤다.

"앞으로 1분 40초…"

계단을 달려 내려가, 계단실 문을 살짝 열고 2층 응접실을 살펴보았다.

순찰 중인 늙은 경비원 매트의 모습이 케이의 눈에 들어왔다. 매트는 어슬렁어슬렁 응접실을 지나가려다가 문득 걸음을 멈추고, 쓰레기통에 버려져 있던 〈펜트하우스〉를 꺼냈다. 그러고는 그 잡지를 책상 위에 올려놓고 무심한 얼굴로 책장을 넘기기 시작했다.

"앞으로 1분…" 테이프에 녹음된 자기 목소리가 악마의 속삭임처럼 들렸다.

늙은 매트는 주위를 살피듯 어깨 너머로 힐끔 뒤를 돌아보고는 다시 성급하게 책장을 넘겼다. 케이는 문 뒤에 얼어붙은 듯이 못박혀 있었다.

"앞으로 50초…"

늙은 매트는 〈펜트하우스〉의 가운데 페이지에 양쪽으로 걸쳐 있는 핀업 사진을 이쪽저쪽으로 돌려가며 열심히 바라보고 있었다. 그러다가 제복 위로 사타구니를 슬쩍 어루만지고는 사진만 찢어내고 잡지는 쓰레기통에 던져 넣었다. 늙은 매트는 찢어낸 핀업 사진을 둘둘 말아서 곤봉처럼 휘두르며 다시 순찰을 돌기 시작했다.

"앞으로 40초…"

케이는 미끄러지듯 문을 빠져나간 다음 긴 복도를 달렸다.

"앞으로 20초…"

영사실 문이 복도 끝에 아득히 보였다. 케이는 달렸다.

"앞으로 15초…"

시사실 스크린에는 싸구려 호텔 침대에 누워 있는 남자의 모습이 비쳐 있었다. 권총을 옆에 놓고 옷을 입은 채 엎드려 있다. 전화벨이 계속 울리지만 로아크는 눈을 뜬 채 깊은 생각에 잠겨 있다. 손가락 하나 까딱하려 하지 않는다.

그 장면에서 스크린의 오른쪽 상단에 첫 번째 신호가 반짝 나타났다.

"앞으로 10초…"

케이가 아무도 없는 영사실로 뛰어든 순간, 초를 알리는 제 목소리가 더욱 다급하게 들렸다.

"앞으로 9초… 8초… 7초…"

1호 영사기의 필름은 거의 다 감기고, 스크린의 오른쪽 상단에서 두 번째 신호가 깜박였다.

케이는 귀에서 이어폰을 떼어내어 핸드백과 함께 옆에 있는 탁자에 내던졌다. 케이의 손은 섬세한 피아니스트의 손처럼 부드럽게 움직이고, 다리는 유연한 발레리나처럼 춤을 추었다.

2호 영사기의 전원을 넣고 사운드를 바꾸는 동시에 1호기의 사운드를 끄고 전원을 끊는다. 물 흐르는 듯한 순간적인 동작이었다.

케이는 조그맣게 한숨을 내쉬었다. 이것으로 모든 게 끝났다.

케이는 시사실이 들여다보이는 작은 창에 눈을 대고 네 번째 필름이 아무 차질도 없이 스크린에 비치고 있는 것을 확인했다.

어깨에서 힘이 빠져나갔을 때 뒤에서 소리가 났다. 케이는 퍼뜩 놀라 뒤를 돌아보았다. 투박한 무릎이 문을 밀고 있었다. 케이는 아직도 끼고 있던 장갑을 벗어 방구석에 내던졌다.

두 팔에 필름을 가득 안은 월터가 무릎으로 문을 밀어 열고 영사실로 들어왔다.

"필름 교환은 어떻게 됐습니까?"

"벌써 했어요. 이젠 나도 할 수 있어요."

케이는 긴장한 웃음을 띠며 자랑스러운 듯 두 손을 쥐었다 폈다 해 보였다. 월터가 작은 창으로 다가가 스크린을 들여다보았다.

스크린에서는 침대에 걸터앉은 남자가 권총을 쓰다듬고 있다. 총신으로 뺨을 문지르고 손가락이 탄창에 닿는다. 이윽고 총구가 천천히 입으로 다가간다. 총구를 입에 무는 남자의 클로즈업… 월터가 고개를 돌렸을 때 스피커에서 총성이 울려 퍼졌다.

"저렇게 끔찍한 장면을 정말로 방송에 내보낼 작정인가?" 월터가 혼잣말처럼 말했다. 그러고는 고개를 설레설레 저으면서 다시 모형 만들기로 돌아갔다. 케이가 만든 필름이라는 것을 모르는 모양이었다.

"인간을 묘사하기 위해서는 저런 장면도 필요해요."

"세상에, 그런가요? 사람을 죽이거나 자기를 쏘는 게 인간을 묘사하는 건가요…"

케이가 뭐라고 대꾸하려 했을 때 인터폰에서 플래너건의 굵은 목소리가 들려왔다.

"케이, 이리 좀 와줘요. 지금 당장."

케이는 인터폰 스위치를 넣고 어리둥절한 듯한 목소리로 대답했다.

"네, 곧 가겠습니다."

월터가 고개를 들었다. 케이는 어깨를 으쓱하고 영사실을 나갔다. 월터는 의아한 표정으로 무거운 엉덩이를 일으켜 시사실을 들여다보았다.

스크린에는 남자의 축 늘어진 손, 기묘한 각도로 뒤틀린 다리, 바닥에 떨어진 권총이 비치고 있다. 그 장면을 배경으로 시사실 안에 있는 사람들이 어수선하게 움직인다.

잔뜩 흥분한 목소리로 뭐라고 지껄이는 조너선 러스크, 엉거주춤 일어나 멍하니 듣고 있는 뉴욕 본사의 간부들.

플래너건이 시사실로 들어간 케이의 귓가에 대고 뭐라고 속삭였다.

케이의 얼굴이 굳어졌다. 남자들은 허둥지둥 시사실에서 나갔다. 케이의 목소리가 인터폰에서 흘러나왔다.

"월터, 오늘 밤은 여기서 끝내요."

무슨 일이 일어났을까? 월터는 시키는 대로 전원을 끄고 사운드를 죽였다. 무의식적으로 계수기의 작은 단추를 손가락으로 눌렀다. 눈금 숫자는 000으로 돌아갔다.

제2장

수사

1

이튿날 아침, 케이가 일찌감치 출근하자 CNC 서부 지사 본부 앞에 순찰차 몇 대가 모여 있었다. 조금 떨어진 '주차금지' 공간에는 골동품 같은 낡아빠진 푸조가 서 있었는데, 여기저기 움푹 꺼지고, 뒤범벅인 한쪽 볼트가 풀어져 길바닥에 질질 끌릴 것만 같았다. 조금 손질하여 진열대에 장식하면 '클래식카'로 통할지도 모르지만, 지금 상태로는 손질을 제대로 하지 않은 고물차일 뿐이었다.

건물 정면의 대형 유리문을 밀고 들어가자 넓은 로비 여기저기에 위압감을 주는 제복 차림의 경찰관들이 보였다.

케이가 2층 접수창구 앞에 서자 주간 경비원이 다가왔다.

"안녕하세요. 큰일이 일어난 모양이더군요. 어젯밤에는 여기 계셨지요?"

"안녕, 티모시."

"정말 안됐어요. 지사장님이 살해당하다니, 믿을 수가 없어요. 어떻게 그런 일아…" 접수 담당인 금발 아가씨 앤젤라가 죽인 목소리로 끼어들었다. 현장에 있지 않았던 것을 못내 아쉬워하는 듯한 말투였다.

경비원이 중얼거리듯이 말했다.

"설마 지사장님이 돌아가실 줄이야…"

"돌아가신 게 아니에요, 티모시. 총에 맞아 살해당한 거라고요."

"하지만 앤젤라, 그걸 누가 믿을 수 있겠어."

"그래요, 아무도 믿지 않을 거예요." 케이는 이렇게 중얼거리고는 자기 사무실로 갔다.

여기서도 그녀를 맞이한 것은 호기심이 섞인 위로의 말이었다.

"지사장님이 그렇게 돌아가다니, 정말 큰 충격이에요. 뭐라고 하면 좋을시…"

"충격을 받은 건 모두 마찬가지야. 하지만 지사장님이 살아 있었다면 호되게 야단을 쳤을 거야. 우물쭈물하지 말고 빨리 일이나 하라고…"

20대 중반의 비서 웬디는 케이를 위해 모닝커피를 준비하면서 문간 쪽을 살폈다.

"아침부터 경찰이 잔뜩 몰려왔어요. 어젯밤에는 늦게까지 붙잡혀 있었겠죠?"

"모두 용의자 취급을 받았지."

케이가 무심한 듯 말하자 웬디는 놀란 듯이 몸을 움츠렸다.

"설마, 그런 일이…"

"심문도 받았고, 소지품 검사까지 철저히 받았어. 흉기를 갖고 있지 않은가 하고…"

"그런 것까지 조사했나요?"

케이는 책상 앞에 앉아 커피를 한 모금 마시면서 일정표를 재빨리 훑어보고, 시원시원한 어조로 물었다.

"웬디, 오늘 일정은 어떻게 돼?"

"아차, 지사장실로 빨리 와달라고 했어요. 경찰이…"

"이야기할 건 어젯밤에 다 말했는데, 또 무슨 일일까?"

케이는 벌떡 일어나 마크의 사무실로 갔다.

"안녕하세요, 마지."

"어머나, 케이…" 마크의 비서인 중년 여성 마지는 책상에서 눈을 들어 케이를 보자마자 금세라도 울음을 터뜨릴 것 같은 표정을 지었다.

"기운을 내요, 마지."

마지는 형사에게 마크의 일정표와 인명록을 보여주고 있던 참이었다. 소처럼 우둔해 보이는 남자인데, 제법 형사 티를 내느라 딱딱하고 근엄한 얼굴을 하고 있었다.

이런 녀석쯤 떼거리로 몰려와도 지지 않는다고 케이는 속으로 생각했다.

케이는 감식반 직원과 엇갈려 지사장실로 들어갔다. 어젯밤과 똑같이 차분하고 확고한 걸음걸이였다.

방에는 사내가 하나 있었다. 처음에는 눈에도 띄지 않았다. 그 사내는 어젯밤 마크가 누워 있던 카우치에 마크와 똑같은 자세로 다리를 내던지고 누워 있었다. 〈끝없는 대지〉의 대본을 눈앞에 내밀고 있는 자세까지도 똑같았다. 대본에는 총알구멍이 뻥 뚫려 있었다.

얼굴은 보이지 않는다. 대본 그늘에서 시가 연기가 피어오르고 있다. 실내에 있으면서도 사내는 구겨진 레인코트를 칠칠치 못하게 걸치고 있었다.

사내가 천천히 대본을 내려놓고 케이를 바라보았다. 사팔뜨기에다 궁상맞고 초라한 얼굴이다. 머리카락은 까치집처럼 헝클어져, 지난 일주일 동안 빗을 댄 적도 없는 것 같다.

놀랍게도 사내는 목에 깁스를 대고, 마크의 안경을 밀어 올려 이마에 올려놓고 있었다.

정말 뻔뻔스럽기도 하지. 너무 눈에 거슬려서 당장이라도 내쫓아버리고 싶었다.

케이는 사무실 안을 둘러보며 말했다.

"저어, 경찰에서 나오신 분은 어디에…"

사내는 점수라도 매기듯 가늘게 뜬 눈으로 케이의 얼굴을 바라보며 일어나더니, 천천히 케이 쪽으로 다가왔다. 마치 물에서 올라온 오리 같았다.

"처음 뵙겠습니다. 나는 강력계에 있는 콜롬보 형사입니다. 이 사건의 수사반장을 맡게 되었지요. 케이 프리스턴 씨, 맞습니까?"

"네, 그런데요. 어젯밤에 뵈었던가요?"

"아아, 어젯밤에요. 나는 마침 병원에 있어서 초동수사에는 입회하지 못했습니다."

"병원에 계셨다면, 어디가 편찮으셨나 보죠?"

"아니, 가벼운 '편타성 손상'이라는 겁니다. 입원해서 마사지 치료 같은 걸 받았지요. 일주일 전에 차를 타고 가다가 뒤에서 들이받는 바람에… 내 털터리 푸조는 아직 고치지 못했습니다. 덕분에 나는 이 꼴이 되었고요."

형사는 인형처럼 어색하게 손가락으로 자기 목을 가리켰다.

"어머나, 정말 큰일을 당하셨군요." 케이는 위로의 말을 던졌다.

"의사는 계속 깁스를 대고 있으라는군요. 정말이지 답답하고 귀찮아 죽겠어요. 게다가 한쪽밖에 보이지 않으니, 다른 곳을 보고 싶을 때는 몸을 통째로 돌려야 한다니까요."

"그래서 저기 누워서 쉬고 계셨나요?" 케이는 빈정거리는 투로 말했다.

"아니, 농땡이를 부리고 있었던 건 아닙니다. 피해자에게 무례한 짓도 하지 않았고요. 그걸 현장검증이라고 하는데, 프리스턴 씨도 아시겠죠? 나는 피해자의 자세를 흉내 내고 있었던 겁니다."

"아아, 현장검증요…" 케이의 목소리에는 약간 조롱하는 기색이 담겨 있었다.
 콜롬보라는 이 형사한테는 어딘지 모르게 익살스러운 데가 있어서, 왠지 그 앞에서는 긴장도 자연스레 풀리는 느낌이다. 어쩌면 이것이 이 형사의 수법은 아닐까?
 "마크 앤드루스 씨는 어젯밤 총에 맞았을 때 그런 자세를 취하고 있었어요. 좀 전에 내가 누워 있던 것과 똑같은 자세를 말이죠."
 콜롬보는 카우치를 가리키려고, 태엽이 풀리기 시작한 인형처럼 어색하게 몸의 방향을 틀었다.
 "그런데 제가 도와드릴 일이라도 있나요? 어젯밤 일은 전부 다 말씀드렸는데요. 목은 괜찮으세요?"
 "예, 그럭저럭 견딜 만합니다. 나으려면 시간이 꽤 걸리는 모양이에요. 이 사건이 일어나지 않았다면 앞으로 일주일은 더 병원 신세를 졌을지도 모릅니다."
 "정말 안됐군요."
 "덕분에 침대에서 끌려 나온 게 오히려 다행이지요. 나 같은 게으름뱅이가 그런 곳에 언제까지나 누워 있으면 게으름이 완전히 몸에 배어버릴 테니까요."
 "그런데 수사는 어떻게 되어가고 있죠?"
 콜롬보는 생각난 듯이 이마의 안경을 벗어들고 그 손을 앞으로 쑥 내밀었다. 그러고는 안경 렌즈를 통해 먼 곳을 바라보듯 문 쪽으로 눈길을 돌렸다.
 "아아, 수사요… 보고는 대충 받았지만, 그 밖에도 몇 가지 여쭙고 싶은 게 있어서요. 프리스턴 씨는 피해자와 상당히 친하셨다면서요?"
 "네, 물론이죠. 수석 보좌역이었으니까요."
 "무슨 말씀이신지?"
 "전 지사장 대리예요."

"그렇다면 앤드루스 씨가 돌아가신 뒤에는 이곳 살림을 혼자서 꾸려 나가시는 겁니까?"

"그렇죠. 하지만 훌륭한 간부들이 모여 있으니까…"

"아아… 그런데 이 안경 말인데요… 기억하십니까? 피해자의 안경인 것 같은데…" 콜롬보는 계속 렌즈를 살펴보면서 말을 건넸다.

"그런 것 같군요. 네, 맞아요. 틀림없어요."

콜롬보는 낮은 탁자를 돌아서 카우치 옆에 섰다. 그러고는 다시 안경 너머로 케이를 바라보았다. 렌즈를 눈에서 떼었다가 다시 가까이 대는 동작을 되풀이하면서.

"미안하지만, 저 문으로 들어와주시지 않겠습니까?"

"네? 뭐라고요?"

"일단 밖으로 나갔다가 다시 들어와달라는 겁니다."

케이는 짜증스러운 표정을 지어 보이면서 콜롬보의 지시에 따랐다. 방으로 들어오는 케이를 콜롬보는 렌즈를 통해 뚫어지게 바라보았다.

"네, 거기서 멈추세요! 손을 똑바로 뻗고."

"어느 쪽으로요?"

"그 손에 권총을 쥐고 나를 쏘는 셈 치고 이쪽을 겨누어주세요."

케이는 천천히 오른손을 들어 콜롬보를 겨누었다. 마치 법정에서 범행 장면을 재현하고 있는 듯한 기분이었다.

"예, 됐습니다. 협조해주셔서 고맙습니다."

콜롬보는 안경을 코트 주머니에 아무렇게나 집어넣고 주머니 속에서 손가락을 꼼지락거리기 시작했다. 마치 아마추어 마술사가 속임수에 쓸 재료를 어디에다 숨겼는지 잊어버리기라도 한 것 같은 태도였다.

"우리 아버지도 이것과 똑같은 안경을 쓰셨지요. 나는 아버지 나이가 되었어도 아직 안경 신세는 지지 않습니다만. 어릴 적에는 자주 아버지 안경을 가지고 장난을 쳤답니다. 물감을 칠하거나 강아지한테 씌워주기도 하고…"

콜롬보는 좀처럼 본론으로 들어가려 하지 않는다. 무엇 때문에 범행 장면을 재현시켰는지, 그 이유도 설명해주지 않는다.

"때로는 안경을 쓰고 어른이 된 기분을 맛보기도 했지요. 실은 저어…"

콜롬보는 코트 여기저기를 탁탁 두드리면서 말했다. "피해자 책상 위에 있던 메모에 대해서 묻고 싶었는데… 아주 작은 종잇조각인데, 어디로 갔는지 보이질 않는군요. 잠깐만 기다려주세요. 목이 불편해서…"

콜롬보는 어색한 몸짓으로 주머니 속에 든 것을 모조리 탁자 위에 펼쳐놓았지만, 찾는 종잇조각은 발견되지 않았다.

"내버리진 않았으니까 이제 곧 나오겠지요. 느긋하게 기다리고 있으면 찾는 물건은 언제고 불쑥 나타나는 법이거든요. 이건 내 오랜 경험에서 나온 철학이랍니다. 아아, 그리고 아버지 안경을 쓰고 있다가 어머니한테 들키면 호되게 야단을 맞았지요. 어린애 눈에 좋지 않다고…"

케이는 우스워서 저도 모르게 쿡쿡 웃었다. 이 형사의 이야기는 종잡을 수가 없다. 목적이 무엇인지, 애당초 목적 따위가 있는지도 분간이 안 섰다. 그런데도 수사반장을 맡고 있으니 용하다고나 할까.

형사는 메모를 찾는 것을 체념하고 방안을 돌아다니기 시작했다. 총알이 관통한 〈끝없는 대지〉 대본을 바라보거나, 화분에 심어진 멋진 관엽식물을 보고 감탄하기도 한다.

"옛날에는 뭐든지 눈에 나쁘다고 했지요. 텔레비전을 너무 많이 보면 눈에 나쁘다. 장갑을 끼지 않으면 눈에 나쁘다. 집안에서 고무 비옷을 입고 있어도 눈에 나쁘다고 야단을 맞았답니다."

이렇게 건성으로 중얼거리고 있는 콜롬보에게 케이가 쏘아붙였다.

"실내에서 레인코트를 입고 있어도 야단맞지 않았나요?"

"예? 뭐라고 하셨지요?"

"아니, 목이 답답하시겠다고요."

"아아, 이거요. 담석 같은 것보다는 훨씬 낫지요. 담석은 정말 지독하니까요. 혹시 담석증에 걸려본 경험은 없습니까?"

"아뇨, 없어요. 다른 볼일이 없으면 그만 가보고 싶은데요."

케이가 몸을 돌려 방을 나가려 할 때 비서실에 있던 땅딸막한 형사가 들어왔다.

"반장님, 수색에는 열 명을 배치했습니다. 그걸로 되겠습니까?"

"되도록 많이 모아주게, 버크." 주임형사 버크에게 이렇게 지시한 뒤, 콜롬보는 케이에게 말했다. "실은 흉기인 권총이 아직 나오지 않아서요. 이 건물 안에 틀림없이 있을 텐데… 아니, 이건 내 직감입니다만…"

콜롬보의 당돌한 말에 케이는 뭐라고 대꾸하려다가 말을 꿀꺽 삼켰다.

이제 막 수사를 시작했을 뿐인데 콜롬보라는 이 궁상맞은 사내는 꽤 자신만만한 모양이다. 흉기가 건물 어딘가에 있을 거라고 믿는다는 것은 바꿔 말하면 내부 범행을 믿는다는 뜻이다. 외부 침입자가 흉기를 어딘가에 감추어놓고 도망친다는 것은 확실히 이치에 맞지 않는다.

저 형사는 어젯밤 이 건물에 있던 누군가가 범인이라고 믿고 있다. 이런 사실을 알게 되면 다들 어떤 반응을 보일까.

"어젯밤 사무실에 있던 사람들의 소지품은 전부 조사했습니다. 그중 누군가가 밖으로 가지고 나갈 기회도 없었고요. 따라서 흉기는 반드시 이 건물 어딘가에 아직 있을 겁니다."

이번에도 케이는 참견하지 않았다. 감탄한 듯 입을 오므려 보였을 뿐이다.

버크 형사는 거북한 듯 케이를 힐끔힐끔 바라보고 있었다. 콜롬보는 케이를 소개하려고도 하지 않고 또 열심히 주머니 속을 뒤지고 있다.

"이상하군. 분명히 이쪽 주머니에 넣어두었을 텐데, 그 메모가 어디로 사라져버렸지? 버크, 이분은 지사장의 보좌역인 케이 프리스턴 씨야."

"처음 뵙겠습니다."

"아니, 당신이 케이 프리스턴 씨였나요? 사무실에 언제 돌아오시느냐고, 비서 되는 분이 안달하고 있던데요. 플래너건 씨가 볼일이 있어서 찾고 있는 모양입니다."

"고맙습니다. 저어, 형사님, 함께 가주시지 않겠어요? 보여드리고 싶은 게 있는데…."

"나한테요? 예, 좋습니다. 어이, 버크, 열심히 수색해."

"알았습니다, 반장님. 그런데 뭘 찾는 겁니까?"

그러자 콜롬보는 구원을 청하듯 케이를 돌아보고 나서 헛기침을 하고 말했다.

"뭘 찾다니… 흉기를 찾아야지."

버크는 고개를 끄덕였다.

"알았습니다. 그런데 메모는 어떻게 할까요?"

콜롬보는 한쪽 눈썹을 찡긋 치켜올리더니, 목의 깁스를 손가락으로 긁으면서 말했다.

"메모는 내가 찾을 테니까 걱정 말게."

"그럼 그건 반장님께 맡기겠습니다."

2

케이가 콜롬보와 함께 사무실로 돌아가자 플래너건이 피곤한 어조로 전화에 대고 이야기하고 있었다. 이마의 주름이 더욱 깊어져 있었다.

"마크를 잃은 건 큰 손실일세. 중요한 인재 한 사람을 잃은 정도로는 끝나지 않을 만큼 큰 손실이지. 아직 자세한 건 몰라…"

플래너건은 방에 들어간 케이에게 가볍게 눈짓을 했다. 피곤해서 눈꺼풀이 축 늘어져 있었다. 몸집 작은 콜롬보 형사가 함께 온 것은 미처 알아차리지 못한 모양이다.

"마크가 빠진 구멍을 어떻게든 메울 방법을 찾을 때까지 난 여기 있겠네. 크리스마스까지는 돌아갈 수 있겠지. 우리 집사람한테도 그렇게 전해주게." 플래너건은 전화를 끊고 케이 쪽으로 돌아서며 말했다. "케이, 불러서 미안해요."

그제야 플래너건은 콜롬보의 모습을 알아보았다.

"수사는 순조롭게 진행되고 있습니까?"

"아니, 그게 온통 모르는 것투성이라서요."

케이는 책상으로 다가가 서랍에서 두툼한 파일을 꺼냈다.

콜롬보는 플래너건에게 뭐라고 말을 걸면서 방안을 신기한 듯 돌아다니고 있다.

"그 시간에 이 사무실에는 많은 사람이 남아 있었습니다. 댁과 뉴욕에서 오신 두 분… 이름이 뭐라?"

"피트 커클럼과 잭 스텔리요."

"그리고 여기 계시는 프리스턴 씨에다 영사기사, 경비원. 그리고 돌아가신 앤드루스 씨를 처음 발견한…"

"편성부장을 맡고 있는 조너선 러스크예요." 케이가 옆에서 거들었다.

"어쨌든 모두 이구동성으로 말하고 있습니다. 이곳의 경비태세는 철저하다, 그러니 외부인이 들키지 않고 침입할 수는 도저히 없다고 말입니다."

"무슨 말을 하고 싶으신 거예요?"

"그렇다면 도대체 누가 쏘았을까요, 앤드루스 씨를."

형사의 어조는 범인이 사무실 안에 있던 사람이라는 냄새를 풍기고 있었다.

"1층의 종합 안내실만 무사히 통과하면 비상계단을 통해 침입할 수도 있어요. 3층 비상구의 빗장이 안쪽에서 벗겨져 있다면 말이에요."

"아, 그렇죠. 그럴 가능성도 충분히 검토하고 있습니다. 그러고 보니 비상구 빗장은 벗겨져 있었다더군요…"

"그래서 이걸 보여드리고 싶었어요."

케이는 파일을 콜롬보에게 내밀었다. 그러나 콜롬보는 모르는 척하고, 벽난로 위에 장식된 에미상 트로피를 홀린 듯이 바라보고 있었다. 플래너건은 케이가 들고 있는 파일에 의아한 눈길을 던졌다. 콜롬보가 자못 감탄한 듯이 말했다.

"이 트로피에는 당신 이름이 새겨져 있군요, 프리스턴 씨. 개인적으로 수상하신 겁니까? 에미상은 굉장한 상이겠죠?"

플래너건이 어이가 없다는 투로 대답했다.

"텔레비전 방송계의 아카데미상 같은 겁니다."

"대단하군요. 최우수 다큐멘터리상이라고 새겨져 있는데요. 프리스턴 씨는 굉장히 치밀한 두뇌를 갖고 계시나 보군요."

"그러니까 우리 방송사의 재주꾼으로 요직에 앉아 있는 겁니다."

"머리가 좋군요. 우리 집사람도 제 딴에는 머리가 좋은 줄 알고 이것저것 이치를 따지면서 때로는 탐정 흉내도 내고 있지만, 내가 보기에는 단순한 독단과 편견에서 나온 억지로밖에는 여겨지지 않는답니다. 그와는 반대로…"

"난 그저 무턱대고 일만 해왔을 뿐이에요. 여기 앉아서 이걸 좀 봐주세요."

케이는 콜롬보에게 책상 앞 의자를 가리키며 파일을 건네주었다.

"예에, 그럼 앉겠습니다."

콜롬보는 의자에 앉아서 케이가 건네준 파일을 천천히 뒤적이기 시작했다. 느긋하게 시가에 불을 붙이고, 맛있게 한 모금 빨아들였다. 싸구려 시가의 역겨운 냄새가 풍겼다.

그때 플래너건이 케이를 손짓으로 불렀다.

"케이, 잠깐 나 좀 봅시다." 그러고는 방 한쪽 구석으로 데려가서 작은 소리로 속삭였다. "형사한테 보여준 건 그 짓궂은 편지나 협박장이오?"

"네, 맞아요. 형사가 내부인의 범행이라고 단정하고 있는 것 같아서 그만 보여주고 말았어요."

"별로 좋은 생각은 아닌 것 같군. 우리 방송사에 대한 비난과 중상모략을 외부인에게 보여줄 필요는 없잖소."

"하지만 범인이 밖에서 침입했을 가능성도 있어요."

"좋아요. 그 문제는 케이한테 맡기겠소. 마크 때문에 모든 일이 엉망이 되어버렸지만, 케이가 좀 더 열심히 해줘야겠소. 이 난국을 헤쳐 나가는 데 협력해주기 바라오."

"알고 있습니다."

"당분간 마크의 업무를 케이가 모두 맡아주시오."

두 사람의 낮은 목소리를 엿들었는지, 콜롬보가 파일에서 눈을 들더니 깁스를 한 부자유스러운 목을 비틀어 케이를 힐끔 바라보았다. 그녀의 얼굴에는 아무 표정도 떠올라 있지 않았다.

"알겠습니다, 전무님. 제가 할 수 있는 일이라면 뭐든지 하겠어요."

플래너건은 손목시계를 들여다보았다.

"케이라면 안심하고 맡길 수 있소. 이 위기를 잘 넘겨주시오. 우선 연속극 〈끝없는 대지〉에 어떻게든 클레이 가드너를 출연시켜야 해요. 그 사람은 내가 직접 만나겠소. 서둘러서 만날 약속을 정해줘요."

키가 큰 플래너건은 케이의 어깨를 가볍게 토닥인 다음, 돌아서서 방을 나가려고 했다.

"저어, 전무님, 〈프로페셔널〉 문제로 의견을 듣고 싶습니다만… 어젯밤에 보신…"

케이를 돌아보는 플래너건의 눈이 차갑게 빛났다. 찌르는 듯한 시선이었다.

"전부 다 보지 못했소. 보는 도중에 마크가 총에 맞아서. 그 작품에 대해서는 나중에 다시 얘기하기로 합시다."

"하지만 저는 〈프로페셔널〉을 되도록 빨리 방영하고 싶은데요."

"어차피 그 필름은 크리스마스 시즌에 어울리는 게 아니잖소. 서두를 필요는 없을 텐데…"

"한마디만이라도 해주실 수 없습니까. 마음에 드셨는지 어떤지…"

"나중에 합시다. 그럼 형사님, 이만 실례합니다. 형사님 계획대로 일이 잘 풀렸으면 좋겠군요." 믿음직스럽지 못한 수사반장에게 플래너건은 한껏 빈정거리는 말을 던졌다.

"아니, 이거 정말 고맙습니다. 잘 풀릴 겁니다. 앞으로 사나흘 안에 이 깁스를 풀 테니까요." 콜롬보는 깁스한 목을 어루만지면서 대답했다.

"나는 그저…" 플래너건은 말하다 말고 케이와 시선이 마주쳤.

얼마나 엉뚱한 형사인가. 플래너건은 어처구니없다는 표정을 지으며 방에서 나갔다.

케이는 잠시 멍하니 서 있었다.

타이밍이 나빴다는 것은 인정한다. 그러나 〈프로페셔널〉은 반년 동안 심혈을 기울여 만든 작품이었다. 설령 마크가 후임 지사장에 조너선 러스크를 추천했다 해도, 〈프로페셔널〉만 히트하면 플래너건도 그녀의 실력을 두말없이 인정해줄 것이다.

"지독하군요, 프리스턴 씨." 느닷없이 형사가 말을 걸었다.

"네?"

"이 투서들 말입니다. 텔레비전 방송사에 협박장이 이렇게 많이 쏟아져 들어올 줄은 꿈에도 몰랐어요." 콜롬보가 의자에서 일어나더니 케이에게 다가왔다. "머리가 좀 어떻게 된 사람들이겠지만, 경찰에는 신고하셨나요?"

"당연하죠. 이 세상에서 일어나는 나쁜 일을 모조리 텔레비전 탓으로 돌리고 있는걸요. 에이즈, 테러, 공산주의, 파시즘, 인종차별, 임신중절, 폭력, 프리섹스, 모두 다요. 토론할 여지조차 인정하려 들지 않아요. 그저 무난한 프로그램만 내보내라는 거예요. 그러지 않으면 프로그램을 만드는 놈들을 그냥 두지 않겠다는 식이죠. 피로 서명한 투서도 있는걸요. 어젯밤 사건은…"

"그런 사람들 가운데 하나가 이곳에 몰래 들어와 앤드루스 씨를 쏘아 죽였다는 건가요?"

콜롬보는 관심 없다는 듯이 파일을 케이에게 돌려주었다.

"전에도 이상한 일이 있었어요. 앤드루스 씨는 벌써 두 번이나 공격을 받았답니다. 한 번은 완전히 미친 정신병자였고요, 또 한 번은 광신적인 종교단체였죠."

케이는 파일을 넘겨 한 장의 투서를 꺼냈다.

"이거예요. 말리부(로스앤젤레스 서부 태평양 연안의 도시)에 본거지를 두고 있는 '빛과 어둠'이라는 신흥 종교단체였을 거예요."

콜롬보는 그 투서를 잠깐 훑어보고 케이에게 돌려주었다.

"하지만 어젯밤 사건은 그런 것과는 다릅니다. 나도 머리가 이상한 사람들이 제멋대로 돌아다니고 있다는 건 인정합니다. 하지만 이건 좀 달라요. 그럴 리가 없습니다."

"아주 자신만만하시군요." 케이는 빈정거리듯 말했다.

"짐작으로 하는 말이 아닙니다. 앤드루스 씨는 범인이 누군지 알고 있었어요. 자기를 쏜 사람이 누군지 알고 있었습니다."

파일을 서랍에 도로 집어넣고 있던 케이가 얼굴을 번쩍 들었다.

"그런 말은 믿을 수 없어요."

"충격일지 모르지만, 그렇게밖에는 생각할 수가 없습니다. 앤드루스 씨는 잘 아는 사람한테 당한 거예요."

무심하게 툭 던지는 투로 잘라 말한 콜롬보는 다시 주머니 속을 뒤지며 잃어버린 메모를 찾기 시작했다.

"그 쪽지를 분명히 이쪽 호주머니에 넣어두었는데… 거 참 이상하다. 역시 내가 잘못 생각했나…"

케이는 초조한 투로 물었다.

"아는 사람한테 당했다는 증거가 있나요?"

"총알이 발사된 각도를 보건대 문간에서 쏜 게 아닌 것은 확실합니다. 아마 범인은 사무실 안으로 대여섯 걸음 들어와서 쏘았을 거예요."

"낯선 침입자라도 그 정도는 들어올 수 있을 텐데요."

"그럼 이렇게 바꿔 말하죠. 프리스턴 씨가 밤에 혼자서 카우치에 누워 있다고 합시다. 그때 낯선 사람이 들어왔습니다. 그런 일이 일어나면 상대가 누군지 확인하려고 할 겁니다. 대체 누굴까 하고 확인하려 할 게 분명합니다."

"그야 그렇겠죠." 케이는 고개를 끄덕였다.

콜롬보는 손가락 하나를 세우며 말을 이었다.

"그게 중요한 점입니다. 그런 상황이었는데도 앤드루스 씨는 상대를 확인하려고 하지 않았어요." 그러고는 코트 주머니에서 마크의 안경을 꺼냈다. "이 안경이 그걸 증명해줍니다. 총에 맞았을 때 안경은 이렇게 이마에 얹혀 있었어요. 범인이 방에 들어왔을 때 금방 누군지를 알아보았기 때문이죠. 그렇지 않았다면 안경을 밑으로 내려서 잘 보려고 했을 겁니다. 이런 식으로…"

안경을 코에 걸친 콜롬보의 얼굴은 우스꽝스럽게 보였지만, 케이는 웃지 않았다.

"이런 안경은 그렇게 되어 있습니다. 원근 겸용이라는 거지요. 글씨를 읽을 때는 아래쪽을 사용해서 이런 식으로, 먼 곳을 볼 때는 이렇게. 제대로 쓰지 않으면 상대의 모습을 확인할 수 없습니다. 누군지 몰랐다면 앤드루스 씨는 안경을 제대로 쓰고 확인하려 했을 게 분명합니다."

"……"

당연한 논리였다. 케이는 방아쇠를 당기던 순간을 생생히 머리에 떠올렸다.

"물론 범인이 외부에서 침입했을 거라는 프리스턴 씨의 주장도 일단 참고해두지요. 그럼 이만…"

한 손을 들고 로봇처럼 문 쪽으로 걸어가는 콜롬보의 등에다 대고 케이는 말을 던졌다.

"너무 꼬치꼬치 캐고 드는 것 같지만, 혹시 마크는 총에 맞았을 때 잠을 자고 있었던 게 아닐까요. 총을 쏜 사람을 전혀 보지 못하고 죽었을지도 모르잖아요. 이 가능성에 대해서는 어떻게 생각하세요?"

방을 나가려던 콜롬보가 천천히 몸을 돌렸다.

"아니, 그럴 가능성은 없습니다. 피해자는 자고 있지도 않았고, 대본을 읽고 있지도 않았습니다. 잠깐 실례합니다."

콜롬보는 다시 어슬렁어슬렁 돌아와, 케이의 책상 위에 놓여 있던 대본을 집어들고는 카우치 위에 어젯밤과 같은 자세로 드러누웠다.

"총알의 각도에 대해서 말씀드렸지요. 그런 식으로 구멍이 뚫린 것은 앤드루스 씨가 대본을 이렇게 몸의 앞쪽으로 쑥 내밀고 있었기 때문입니다. 자고 있었다면 그렇게는 할 수 없지요. 그리고 대본을 열심히 읽고 있었다면 안경을 제대로 쓰고 있었을 겁니다." 이렇게 말하고 콜롬보는 목을 감싸면서 힘들게 일어나 말을 이었다. "틀림없이 앤드루스 씨는 입구 쪽을 보고 범인과 눈이 마주쳤을 겁니다. 틀림없어요. 게다가 상대가 누군지도 알고 있었고요."

사무실 문손잡이를 잡고 일단 밖으로 발을 내디뎠던 콜롬보가 다시 몸의 방향을 돌리더니, 오른손 검지를 관자놀이에 댔다.

"이런 사소한 단서라도 잘 생각해서 추리하면 여러 가지를 알 수 있는 법이죠. 재미있지 않나요? 귀를 가만히 기울이면 희미한 목소리가 속삭이면서, 누가 쏘았는지 알려주려고 합니다."

"귀가 아주 밝으시군요."

"그렇습니다. 잘 듣고, 잘 보지요. 형사가 할 수 있는 건 그것뿐입니다. 셜록 홈즈인가 하는 탐정도 옛날 이런 말을 했다더군요. '보통 사람은 보기는 하지만 관찰하지는 않는다. 나는 보고 관찰한다'고 말입니다. 하기야 이건 우리 집사람한테 들은 말입니다만… 그럼 이만 실례하겠습니다."

몸집이 작은 형사의 모습이 문 너머로 사라졌다. 종잡을 수 없는 남자지만, 생각했던 것보다는 머리가 좋은 것 같다. 만만찮은 상대가 될 것 같다는 기분이 들었다.

케이는 곰곰 생각에 잠겨 있다가 기분을 돌이키고 수화기를 집어들었다.

"아, 웬디, 마지한테 전해줘. 마크의 업무를 당분간 내가 인계받게 됐으니까, 마크의 약속이나 일정을 나한테 전해달라고 연락해줘. 그리고 이건 최우선으로 해줬으면 하는데, 클레이 가드너의 에이전트에게 연락해서 플래너건 전무님과 클레이의 면담 약속을 받아내줘. 부탁해."

케이는 이렇게 지시하고 전화를 끊었다. 깊은 생각에 잠겨 있는 듯, 케이의 미간에는 깊은 주름이 새겨져 있었다.

3

영사실에서는 영사기가 작은 신음소리를 내고 계수기 숫자는 000으로 다가가고 있었다. 시사실을 들여다보고 있는 월터의 손가락이 스위치에 닿는다. 콜롬보는 흑인 영사기사의 손가락과 시사실 쪽으로 뚫려 있는 작은 창문을 번갈아 바라보고 있었다.

"남은 필름이 적어지면, 이렇게 시사실을 들여다보면서 스크린 오른쪽 위에 신호가 나오기를 기다립니다."

"으흠, 집사람을 데리고 자주 영화를 보러 갔지만 그 반짝거리는 불은 한 번도 보지 못했는데, 그렇다면 그때마다 그 불빛을 못 보고 놓쳤다는 건가요?" 이렇게 말하는 콜롬보의 눈이 호기심으로 반짝였다.

"형사님 부인이 태어나시기 전부터 줄곧 신홋불은 스크린의 오른쪽 위에서 빛나고 있었답니다."

"그게 영사기사한테 필름을 바꿀 때가 되었다는 걸 알려준단 말이지요? 어느 영화관에서나 모두 그렇습니까?" 어린애처럼 깜짝 놀란 말투였다.

월터는 형사 앞에서 우쭐거리며 대답했다.

"어디나 마찬가집니다."

"이거 정말 놀랐는데요. 난 전혀 몰랐어요. 좋은 걸 배웠습니다. 나 같은 직업을 갖고 있으면 대개 그런 사소한 일도 잘 알아차리는 법인데, 이것만은 몰랐습니다. 이 세상에는 별의별 일이 다 있군요."

월터가 스크린을 보라고 콜롬보에게 신호했다. 두 사람이 작은 창문에 이마를 대자 스크린에는 오래된 뮤지컬 영화가 비치고 있었다.

"반가워요, 옛날 영화는. 프랭크 시나트라도 아직 젊고… 저 영화는 제목이 뭡니까?"

"1945년에 만든 〈닻을 올려라〉라는 영화입니다. 요즘 영화는 지독해요.

윤리규정을 아슬아슬하게 비켜가는 자극적인 것들뿐이니 말입니다. 이래도 안 볼 테냐 하는 식으로…"

콜롬보는 투덜거리는 영사기사의 옆얼굴을 힐끗 바라보았다. 그때 스크린의 오른쪽 상단에서 불빛이 깜박였다.

"저기, 보였지요?"

"보였습니다!"

"그럼 두 번째 불빛이 보이면 말해주세요."

가만히 시선을 집중하고 있던 콜롬보가 갑자기 괴성을 질렀다.

"나왔다! 나왔어!"

그것을 신호로 월터는 손가락을 움직이고, 걸음도 가볍게 일련의 동작을 연출해 보였다. 콜롬보는 눈금이 000이 된 채 조용해진 한쪽 영사기를 손가락으로 만지면서 구경하고 있었다.

"정말 예술이군요."

"예술이라고요? 이런 건 밥줄일 뿐입니다. 진짜 예술을 보고 싶으시다면…" 이렇게 말하고 월터는 거의 완성된 범선 모형을 형사에게 보여주었다. "이런 걸 예술이라고 하는 겁니다."

콜롬보는 코트 주머니에서 작은 메모장을 꺼내 들고 월터의 '예술품'에 다가갔다.

"정말 멋진데요. 이걸 전부 혼자서 만들었습니까?"

"그럼요. 이제 조금만 더 하면 완성됩니다."

월터가 모형 만들기에 열중하기 시작하자 콜롬보는 메모장을 여기저기 뒤적거리면서 영사기 쪽으로 어슬렁어슬렁 다가갔다.

"나도 어릴 적엔 모형 비행기에 열중했었지요. 몇 번이나 만들어보려고 도전했지만 결국 하나도 완성하지 못했어요. 그만 짜증이 나서 도중에 부숴버리곤 했으니까요."

제2장 수사 529

찾는 메모를 발견했는지, 콜롬보는 오른손으로 더부룩한 머리카락을 쓸어올리며 화제를 바꾸었다.

"잠깐 묻고 싶은데… 케이 프리스턴 씨는 어젯밤 당신이 〈끝없는 대지〉의 테스트 필름을 지하 창고로 가지러 간 동안 자기가 필름을 교환했다고 하던데요."

"예, 내가 여기서 나간 지 2분쯤 뒤에 케이 씨가 필름을 교환해줬지요. 높은 분들한테는 비밀이지만."

"그렇게 자세한 시간을 어떻게 알 수 있지요?"

"그 계수기 숫자를 확인했으니까요."

콜롬보는 계수기 눈금을 바라보았다.

"살인이 일어났을 때 플래너건 씨와 다른 중역들은 저쪽 시사실에 있었고, 프리스턴 씨는 필름을 교환하기 위해 여기 꼼짝 않고 있었다는 얘기가 되는군요."

콜롬보는 메모장을 넘기면서 말을 이었다.

"그리고 편성부장 조녀선 러스크 씨는 총소리가 들렸을 때 전화를 하고 있었고, 경비원 매트는 2층을 순찰하는 중이었고, 당신은 지하실로 필름을 가지러 갔고…"

콜롬보는 한 사람씩 알리바이를 확인했다.

"그게 알리바이라는 건가요? 나는 창고 사람들과 잠깐 이야기를 하고 서둘러 돌아왔습니다. 케이 씨한테 필름 교환을 맡겨놓았기 때문에 속으로 조마조마했거든요."

"프리스턴 씨가 이런 곡예도 할 줄 압니까?"

"예, 잘합니다. 한 번 가르쳐주었을 뿐인데."

"고작 한 번에?" 콜롬보는 자못 놀란 듯이 되물었다.

"예, 멋지게 해냈지요."

"흐음, 고작 한 번 배우고 그렇게 잘 해내다니… 나하고는 달리 기계에 강한 모양이군요."

메모장을 주머니에 집어넣은 콜롬보는 문득 방구석에 무언가가 떨어져 있는 것을 보고, 목의 깁스에 조심하면서 쭈그려 앉았다. 영사기 발치에 숨겨져 있던 하얀 장갑이었다.

"프리스턴 씨는 필름을 잇는 일도 했나요?"

"천만에요. 그런 일까지는 하지 않았습니다."

"그럼 필름은 한 번도 끊기지 않았군요?"

"아무도 필름이 끊겼다는 말은 하지 않았습니다. 만약 케이 씨가 실수를 했다면 나는 해고를 당했을지도 몰라요."

"이 장갑 말인데요, 이건 필름을 편집할 때 사용하는 거 아닙니까?"

"케이 씨라면 무슨 문제가 생겼어도 빈틈없이 일을 수습해놓았겠지만, 어쨌든 어젯밤에는 그 사건으로 시사를 중단할 때까지 문제가 한 번도 일어나지 않았습니다."

월터는 단숨에 지껄여댄 뒤에야 겨우 장갑을 바라보았다. 그의 얼굴에 문득 미심쩍은 표정이 떠올랐다.

"형사님, 설마 저를 의심하는 건…"

"아니, 천만에요. 그런 생각은 눈곱만큼도 없습니다."

"장갑은 편집용으로도 사용하지만, 나는 모형을 만들다가 접착제를 쓸 때도 장갑을 낍니다. 자, 보세요."

월터는 하얀 장갑을 낀 손을 콜롬보에게 내보였다. 그러고는 다시 모형 만들기에 매달렸다. 이쑤시개 끝에 접착제를 발라 콩알만 한 크기의 구명대를 갑판에 붙이고 있었다.

"여러 가지로 고맙습니다."

콜롬보는 장갑을 옆에 놓고 영사실을 나가려고 했다. 그러다가 갑자기 걸음을 멈추고 오른쪽으로 빙글 돌아서 월터 곁으로 다가갔다. 그러고는 방금 내려놓은 장갑을 집어들고 멋쩍은 듯이 말했다.

"저어, 염치없는 부탁이지만, 이걸 가져가도 될까요? 내 조카 녀석이 이런 걸 갖고 싶어 하던 게 생각나서…"

"그러세요. 장갑은 얼마든지 있으니까."

"그 조카 녀석이 지금 열다섯 살인데, 오디오를 팔아치우고 16밀리 영화에 열중해서 야단법석이거든요. 그 나이 때 내가 동경하는 영웅이라면 뭐니뭐니해도 디마지오(야구선수)였는데, 요즘 젊은 애들의 영웅이 누군지 아십니까?"

"글쎄요."

"내 조카 녀석이 벽에 붙여놓은 건 조지 루카스와 스티븐 스필버그(둘 다 영화 제작자 겸 감독)더군요."

기가 막히다는 듯이 어깨를 으쓱하고 콜롬보는 문 쪽으로 걸어갔다.

4

케이가 사무실로 돌아오자, 전화로 통화하고 있던 비서 웬디가 송화구를 손바닥으로 막으며 말했다.

"발레리가 이제야 겨우 도착했답니다."

"위대한 스타께서 드디어 나오셨나? 리허설에 들어가기 전에 여기 얼굴 좀 내밀라고 전해줘."

웬디는 전화에 대고 케이의 말을 전했다.

"그리고 전무님과 클레이 가드너 씨의 면담 약속을 해놓았어요."

"잘했어. 시간과 장소는?"

웬디는 메모지를 보면서 대답했다.

"내일 오후 1시, 퍼시픽 팰리세이즈(로스앤젤레스의 한 지구. 산타모니카 산맥과 태평양 사이에 위치한 부촌)에 있는 리비에라 컨트리클럽의 클럽하우스에서…"

"컨트리클럽이라고? 과연 클레이답군. 골프에 미친 남자들의 머릿속을 좀 들여다보고 싶어."

그때 발레리 커크가 탤런트실의 젊은 남자에게 이끌려 사무실로 들어왔다. 금요일 황금시간대의 버라이어티쇼에서 주역을 맡고 있는 그 신인 탤런트는 케이가 키워낸 소중한 스타였다. 커다란 선글라스를 쓴 발레리는 케이에게 인사도 하지 않고 토라진 듯 문설주에 기대어 있었다.

"그 선글라스는 또 뭐야? 그걸 벗고 얼굴을 보여봐."

"싫어요. 실은 리허설도 하지 않을 작정이었어요."

젊은 발레리는 도전적으로 입술을 내밀어 보였다.

"알았어. 또 약을 너무 많이 먹었거나 변변치 못한 남자 친구와…"

"맞아요, 케이 아줌마. 그래서 어쨌다는 거죠? 만약 내가 방송을 정말로 펑크내면 어떡할 작정이에요?"

탤런트실의 젊은 남자는 못 당하겠다는 듯 어깨를 으쓱했다.

"실례한 걸 사과드리죠, 발레리 아가씨. 자, 어서 리허설하러 가실까요."

젊은 남자에게 팔을 붙잡혀 끌려가는 발레리의 뒷모습을 지켜보면서 케이는 숨을 깊이 들이마시고 팔짱을 끼었다. 화가 나서 어깨가 들썩거렸다.

케이는 어깨를 축 늘어뜨리고 비서에게 말을 걸었다.

"웬디, 전무님 좀 찾아줘. 클레이 가드너와의 약속은 내가 직접 전하고 싶어."

"알겠습니다."

웬디는 여기저기에 바쁘게 전화를 걸었지만, 플래너건 씨와는 좀처럼 연결이 되지 않았다.

"됐어. 내가 직접 찾아볼게."

이렇게 말해놓고 케이는 빠른 걸음으로 사무실을 나갔다.

케이는 마크의 사무실에 혼자 있던 플래너건을 겨우 찾아냈다.

"업무 인계인수는 모두 끝났습니다, 전무님. 비서 마지가 솜씨 좋게 도와준 덕분에요. 그리고 클레이 가드너와 만날 약속도 해두었습니다. 내일 오후 1시에 리비에라 컨트리클럽의 클럽하우스에서요." 케이는 시원시원한 어조로 보고했다.

"고맙소, 케이. 아까는 내가 좀 심했던 것 같아. 케이가 〈프로페셔널〉에 심혈을 기울였다는 얘기는 마크한테도 들었소. 이번 일이 무사히 해결되면 천천히 의논합시다."

"저야말로 이럴 때 그런 이야기를 꺼내서…"

"괜찮아요. 어쨌든 지금은 이 사건을 조용히 수습하는 게 선결문제요. 알겠소?"

"네, 잘 알겠습니다." 케이는 얌전히 대답했다. 지금 이 사람의 비위를 거스르는 것은 상책이 아니다. 내 장래는 오로지 이 사람의 생각 하나에 달려 있다.

"아까도 말했지만, 그 투서를 형사한테 억지로 보여준 건 별로 좋은 방법이 아니었소."

"무슨 말씀이신지?"

"그 콜롬보라는 형사… 겉보기처럼 얼간이가 아니오. 우둔한 척하고 있지만, 직감을 믿는 완고한 타입이오."

"그럴지도 모르죠."

"억지로 뭔가를 떠맡기려 해도 그 형사한테는 통하지 않아요."

"제가 뭘?" 케이는 시선을 돌리지 않고 되물었다.

"케이가 방송사 내부에서 범인이 나오기를 원치 않는 건 알고 있소. 그래서 여러 가지로 마음을 쓰고 있는 거겠지. 외부 침입설을 슬쩍 흘린 것도 그 때문이었을 거요."

"그렇다면 전무님은…" 케이는 말꼬리를 흐리며 눈을 내리깔았다.

"내부 범행이기를 바라는 건 아니오. 내가 말하고 싶은 건 그것뿐이오. 스캔들은 방송사에 치명타가 될 테니까." 플래너건의 눈이 독수리처럼 날카롭게 빛났다. 그가 말한 '스캔들'이라는 한마디에 또 다른 뜻이 담겨 있음을 느낄 수 있었다.

"만일 내부 범행이라는 결과가 나오면요?"

"그때는 경찰보다 내가 먼저 손을 쓰겠소. 썩은 사과는 제거하지 않으면 안 되니까."

순간 두 사람의 시선이 맞부딪쳐 불꽃을 튀겼다.

"잘 알았습니다, 전무님."

"그 사람을 얕보면 안 돼요. 만만찮은 상대요."

사무실을 나오려 할 때 플래너건의 말이 케이의 등을 찔렀다.

플래너건은 어디까지 진상을 눈치채고 있을까? 마크는 우리 관계를 플래너건에게 털어놓았을까? 콜롬보 형사의 움직임이 마음에 걸린다. 만약 그 사람이 마크와 나 사이를 눈치채면… 케이는 문득 뭔가를 생각해내고 우뚝 멈춰 섰다. 몸이 오그라들어 움직일 수가 없었다. 그 장갑…

종종걸음으로 영사실로 달려가 노크도 하지 않고 안으로 뛰어들었을 때 케이는 하마터면 몸집이 작은 형사와 부닥칠 뻔했다.

"아, 이거 실례했습니다."

"어머나, 미안해요, 형사님."

장갑이 없다! 어젯밤 장갑을 내던져둔 언저리를 재빨리 살펴보았지만,

바닥에는 장갑의 그림자도 보이지 않았다.

"월터, 그 테스트 필름은 창고에 돌려놔도 좋아요."

"아아, 〈끝없는 대지〉 말씀이죠. 그 필름이라면 벌써 창고에 돌아가 있습니다. 내가 담당자한테 확인해보았어요." 월터 대신 콜롬보가 오른손을 나풀거리면서 대답했다. 그 손에 케이가 찾고 있던 하얀 장갑이 쥐어져 있었다.

설마… 어쩌면 다른 장갑이 아닐까. 그런데 어째서 형사가… 게다가 그 필름에까지 관심을 갖고 여기저기 캐묻고 다니다니…

"그래요? 그럼…"

케이는 휙 몸을 돌려 영사실을 나왔다. 그 뒤를 콜롬보가 강아지처럼 졸졸 따라왔다.

"저어, 미안하지만 잠깐만…"

"뭐예요?"

"실은 어젯밤에 당신이 월터 씨한테 가지러 보낸 〈끝없는 대지〉 말인데요…"

"그게 왜요?" 케이는 무덤덤한 투로 되물었다.

"그건 다음 시즌의 테스트 필름이라고 들었습니다만…"

"그래요. 파일럿 필름이라고 하죠. 탤런트들을 테스트하기 위한 필름이에요." 케이는 손목시계를 들여다보며 무뚝뚝한 어조로 대답하고 복도를 계속 걸어갔다.

"그렇지요? 그런데 너무 복잡해서 통 알 수가 없군요. 끝까지 철저하게 캐묻지 않으면, 나는 피돌기가 나쁜 탓인지 잘 납득이 가질 않아서요. 이 사람 저 사람한테 물어보고 다녀야 겨우 이해할 수 있답니다. 그래서 여러분에게 늘 폐만 끼치고…"

"남에게 폐가 될까 봐 조심하실 필요는 없어요. 남들에게 물어보고 다니는 게 직업일 테니까요."

콜롬보는 사근사근한 웃음을 띠며 말했다.

"그렇게 말씀해주시니 고맙군요. 세상 사람들이 다 당신처럼 이해심이 많은 분들이라면 얼마나 좋겠습니까."

"그러니까 물어볼 게 있으면 서슴없이 물어보세요." 케이가 초조한 듯이 재촉했다.

"내가 묻고 싶은 건 말입니다, 플래너건 씨의 말씀으로는 클레이 가드너가 그 프로그램의 다음 시즌 주역으로 내정되어 있다고 하더군요. 아직 본인의 최종 승낙은 받지 않았지만 내락은 받아두었다고요. 그래서 내가 고민에 빠진 겁니다. 주역이 이미 결정되었는데 어째서 중역들한테 파일럿 필름을 보여줄 필요가 있었을까. 그 점을 아무래도 이해할 수가 없어서 고민인데… 좀 도와주시겠습니까?"

"당연한 의문이에요. 실은 나도 똑같은 의문을 품고 있었답니다. 클레이 가드너를 설득하지 못했을 때를 대비해서였을까요?"

"아, 그렇군요."

케이는 생긋 웃으며 한숨 돌리고 여유있게 대답했다.

"언제나 형사님 귓가에서 속삭이는 그 희미한 목소리가 이번에는 좀 빗나간 것 같군요. 내가 월터한테 필름을 가져오게 한 건 상사의 지시에 따랐을 뿐이에요."

"예? 플래너건 씨가요? 그건 이상한데요…"

"아뇨. 플래너건 씨가 아니라 앤드루스 지사장의 지시였어요."

"그렇다면 지시 내용을 적은 메모라도 남아 있나요?"

"그게 공교롭게도… 아무것도 남아 있지 않아요. 구두지시였으니까요."

케이는 콜롬보의 눈을 마주 보며 대답했다.

콜롬보는 유감스러운 듯이 턱을 쓰다듬었다.

"구두지시… 예, 알겠습니다. 이제 와서 피해자한테 물어볼 수도 없는 노릇이고…"

케이는 또 손목시계를 들여다보며 바쁜 시늉을 했다. 지금 여기서 콜롬보 형사와 정면으로 대결하는 것은 현명하지 못하다. 형사는 그저 되는 대로 여기저기 쑤시고 다니는 것뿐인지도 모른다.

"그럼 이만 실례할게요. 급한 일이 잔뜩 쌓여 있어서…" 이 말을 남기고 케이는 종종걸음으로 복도를 걸어갔다.

그런데 콜롬보는 여전히 끈질기게 뒤를 따라왔다.

"미안합니다. 걸으면서 얘기해도 좋으니까, 한두 가지만 더 물어봐도 괜찮겠죠?"

"그러세요. 하지만 간단히 해주세요. 이제 곧 리허설이 시작되니까요."

"앤드루스 씨는 최고위 간부였습니다. 그리고 이 회사는 대형 텔레비전 방송사입니다. 거기까지는 알겠는데, 앤드루스 씨의 사생활에 대해서는 전혀 단서를 잡을 수가 없군요. 이혼한 뒤 오랫동안 혼자 살았다는데, 그분 사생활은 어땠습니까?"

"글쎄요, 그것까지는 나도 몰라요. 마크의 사생활이 어떻든, 나하고는 상관없는 일이니까요. 관심도 없고요."

"걸음이 무척 빠르시군요…" 콜롬보는 귀찮은 파리처럼 케이를 졸졸 따라오면서 말을 이었다. "아니, 반드시 여자관계를 묻고 있는 건 아닙니다만…"

케이는 잠시 걸음을 멈추고, 신기한 동물이라도 바라보듯 콜롬보를 말똥말똥 쳐다보았다.

"친한 여자 친구가 한두 명은 있지 않았을까요. 이번에는 그쪽을 추적하실 작정인가요? 밤에는 어떻게 지냈는지 모르지만 낮의 행동은 나와 거의 똑같았어요. 이곳은 꼭 소방서 같답니다. 원하신다면 불난 집을 견학시켜 드리죠."

"불난 집이라고요?"

"그래요. 우리 간부들은 불난 집에서 불을 끄는 소방수나 마찬가지예요. 그럼 실례합니다."

이렇게 말하고 케이는 이번에야말로 콜롬보를 따돌리고 한발 먼저 스튜디오 안으로 들어갔다.

혼자 쓸쓸히 남겨진 콜롬보는 입구에서 어떡할까 망설이다가, 좀도둑처럼 주위를 두리번거리면서 한 걸음씩 스튜디오 안으로 들어갔다.

과연 스튜디오 안은 불난 집 같았다. 수많은 스태프가 분주하게 돌아다니고, 바닥에는 케이블이 뱀처럼 기어 다니거나 여기저기 똬리를 틀고 있었다. 콜롬보는 케이블에 걸리지 않도록 조심하면서 여기저기 우왕좌왕 헤매다가 겨우 영상조정실에 이르러 기술자 뒤에 자리를 잡았다. 여기 있으면 훼방꾼 취급을 당하지 않아도 될 것 같았다.

모니터 화면에는 조연출과 주역인 발레리 커크에게 척척 지시를 내리는 케이의 모습이 비쳐 있었다. 무대에 선 다른 탤런트들은 리허설에 열심이었다. 목소리가 들리지 않기 때문에 마치 무언극을 구경하는 것 같았다.

"옛날처럼 생방송으로 하는 겁니까?"

콜롬보는 안면이 있는 기술자에게 감탄한 듯이 말을 걸고는 옆에 있는 의자에 걸터앉으려고 했다.

"옛날보다는 좀 나아졌지요. 아, 형사님, 거긴 연출자가 앉는 자립니다. 미안하지만 이쪽으로 앉으시죠."

"이거 또 실수했군요. 폐를 끼쳐서 미안합니다."

한바탕 조정을 끝낸 기술자는 잠시 일손을 쉬고 콜롬보 목에 댄 깁스를 바라보았다.

"불편하시겠군요. 어떻게 된 겁니까?"

"뭐, 흔히 있는 편타증이라는 겁니다."

"더티 해리(영화 주인공. 클린트 이스트우드가 강력계 형사로 나온다)처럼 자동차로 범인을 추적이라도 했나요?"

"그런 용감한 이야기는 그야말로 영화나 텔레비전 세계의 이야기지요. 나는 그저 졸면서 운전하다가 이렇게 된 겁니다. 교차로에서 퍼뜩 눈을 뜨고 급히 브레이크를 밟았는데, 뒤에서 쾅! 하더군요. 정말 깜짝 놀랐어요. 함께 타고 있던 녀석은 천장에 머리를 부딪혀서…"

"그 사람도 다쳤나요?"

"사람이 아니라 우리 집 개였어요. 나는 이렇게 지독한 꼴을 당했는데 녀석은 말짱해요. 나보다 반사신경이 예민한 탓이겠죠."

"의사는 뭐라고 합니까. 그 편타증이란 건 중상에 속합니까?"

"병원에 갔더니 잔뜩 겁을 주더군요. 그래서 살짝 빠져나와 가까운 접골원에 갔더니, 병원에서 서투른 마사지를 받은 게 아니냐면서…"

"그렇군요." 기술자는 건성으로 대답했다.

"그것만이 아닙니다. 우리 집사람의 진단으로는 악성 감기 바이러스에 감염된 게 아니냐는 거예요. 누구 말을 믿어야 좋을지 모르겠어요."

"바이러스 같지는 않은데요."

"병원에서 내가 그렇게 말했더니, 재검사를 받을 필요가 있다는 겁니다. 마치 실험용 동물이 된 기분이에요."

쓸데없는 잡담을 늘어놓으면서도 콜롬보는 모니터 화면에 비친 케이의 모습에서 잠시도 눈을 떼지 않았다. 즐비하게 늘어선 스크린에 여러 각도와 거리에서 잡은 케이의 모습이 비쳐 있었다.

"이 스크린은 모두 같은 프로그램용입니까?"

"그래요. 이게 메인 모니터인데, 여기에 방송 중인 장면이 나오지요. 이쪽은 프리뷰 모니터라고 해서, 다음에 내보내고 싶은 장면… 여기 나란히 놓여 있는 것이 넉 대의 카메라가 잡은 장면인데, 이걸 지시에 따라 바꾸어가는 겁니다."

기술자는 우쭐거리며 그 방법을 실제로 보여주었다.

"굉장하군요! 이 기계는 모두 최신식이겠지요? 버튼이 너무 많아서 눈이 핑핑 돌 지경이에요."

"익숙해지면 아무것도 아닙니다."

"나 같은 얼간이한테는 어려울 것 같은데요. 기계에는 워낙 깜깜해서 워드 프로세서도 만질 줄 모른다니까요. 하물며 우리 경찰청의 젊은 형사들이 태연히 사용하는 컴퓨터는 도무지 이 세상의 것 같지가 않아요. 하지만 이건 어쩐지 재미있어 보이는군요."

"솔직히 말씀드릴까요? 실은 아주 재미있답니다. 윗사람한테는 일이 너무 힘들다고 불평을 늘어놓지만, 재미있지 않으면 이런 일을 뭐하러 하겠어요."

"이 기계 한 대에 수백만 달러는 나가겠지요? 이렇게 복잡한 기계를 용케 다루는군요. 여기 비쳐 있는 케이 프리스턴 씨 말인데요, 이 사람도 기계에 대해 잘 압니까?"

"그야 물론이죠. 케이는 정말 대단한 여자예요."

"그러면 영사기를 조작하는 일쯤은 식은 죽 먹기겠군요?"

"이 기계에 비하면 영사기 따위는 장난감이나 마찬가지죠."

"그러면 프리스턴 씨는 뭐든지 다 알고 있다는 얘긴가요?"

그러자 기술자는 어깨를 으쓱하고 목소리를 죽였다.

"여기서만 하는 얘기지만… 텔레비전 방송계에서 가장 곤란한 사람이 어떤 사람인 줄 아세요? 그건 뭐든지 다 안다고 생각하면서 잘난 척하는 여자가 아니라, 정말로 뭐든지 다 알고 있는 여자예요."

기술자는 내뱉듯이 중얼거리고는 전원 스위치를 탁 눌렀다. 전원이 끊기자 모든 모니터 화면에서 불이 꺼지고 케이의 모습도 사라졌다.

콜롬보는 조그맣게 휘파람을 불며 싱긋 웃었다.

"재미있군요…"

"그럼 또 만납시다, 형사님."

기술자는 담배에 불을 붙이고 '화이트 크리스마스'를 흥얼거리면서 조정실을 나갔다.

혼자 남겨진 콜롬보는 불 꺼진 모니터 화면을 뚫어지게 바라보면서 시가를 피워 물고 눈을 가늘게 떴다.

제3장

추적

1

목요일 오전, 콜롬보는 햄버거를 우적우적 씹으면서 털터리 푸조를 타고 샌디에이고 고속도로를 달리고 있었다. 조수석에는 벌써 감자튀김을 깨끗이 먹어치운 개가 칠칠치 못하게 드러누워, 원망스러운 듯이 주인 얼굴을 쳐다보고 있었다. 털터리 푸조는 어느 차선을 달려도 다른 차에 방해가 되기 때문에 결국에는 갓길을 조심조심 달리는 처지가 되어버렸다.

선셋 대로로 빠지는 인터체인지 출구에서 틀림없이 고속도로를 벗어났는데, 콜롬보는 그만 길을 잃어버렸다. 고속도로에서 내려와 마주친 길이 선셋 대로가 아니었던 것이다. 콜롬보는 순간적인 직감에 따라 막다른 길에서 오른쪽으로 구부러졌다.

이 실수 때문에 선셋 대로로 돌아올 때까지 20분이나 걸렸다. 콜롬보는 자신이 너무 방향감각이 없는 것에 기가 막힌 듯 옆에 있는 개에게 말을 걸었다.

"이봐 개야, 내가 도대체 이 도시에서 몇 년이나 살았지?"

그러나 개는 어느새 잠들어 있었다. 콜롬보는 선셋 대로를 따라 퍼시픽 팰리세이즈로 달렸다. 그런데 여기서도 왼쪽으로 구부러져야 할 지점을 지나쳐, 하마터면 해안까지 나가버릴 뻔했다.

주유소에서 길을 물어 구불구불한 선셋 대로를 20분쯤 되돌아가 겨우 목적지인 리비에라 컨트리클럽을 찾아냈을 때는 벌써 오후 1시가 지나 있었다.

컨트리클럽 출입구 앞에서 콜롬보는 제복 차림의 경비원에게 정지 명령을 받았다. 젊은 경비원은 값을 매기는 듯한 눈초리로 기진맥진한 콜롬보와 털터리 푸조를 바라보며 말했다.

"어서 오십시오. 어느 회원과 함께 필드를 도시겠습니까?"

"회원이라니, 무슨 회원? 공교롭게도 상조회나 친목회 사람들은 함께 오지 않았는데."

"이 클럽 회원과 함께 플레이하시는 게 아닙니까?"

"나는 이래봬도 바쁜 몸이라서 대낮부터 놀 생각은 없네."

"티타임은요?"

"아, 차를 마시는 정도라면 괜찮지만."

"실례지만 뭘 잘못 알고 오신 게 아닙니까?"

젊은 경비원이 짜증스러운 말투로 콜롬보를 다그쳤다.

"아니, 잘못 알고 온 게 아닐세. 여긴 리비에라 컨트리클럽, 맞지? 나는 프랭크 플래너건 씨를 만나러 왔네."

"그런 이름을 가진 회원은 안 계시는데요."

"그럼 배우인 클레이 가드너는?"

"가드너 씨는 물론 회원이십니다. 벌써 30년이나 됐지요."

"플래너건 씨는 그 가드너 씨를 만나러 오후 1시에 여기에 와 있을 텐데."

"그게 댁하고 무슨 관계가 있다는 거죠?" 어처구니없다는 얼굴로 경비원이 되물었을 때, 조수석에 엎드려 있던 개가 벌떡 일어나더니 한심한 소리로 한 번 컹 하고 짖었다. 경비원은 두 눈을 부릅뜨고 두 손을 맹렬히 내저었다. "개는 안 됩니다. 절대로 들어가면 안 됩니다."

경비원은 출입문 안으로는 한 발짝도 들여보낼 수 없다는 듯이 앞을 가로막았다. 콜롬보는 개의 머리를 쓰다듬으며 말했다.

"나는 로스앤젤레스 경찰청 강력계에 있는 콜롬보 형사일세. 공무로 플래너건 씨를 만나러 왔는데…"

"신분증과 배지를 좀 보여주십시오."

콜롬보가 내민 신분증과 배지를 보고도 젊은 경비원은 여전히 납득할 수 없다는 표정으로 증명서 사진과 콜롬보의 얼굴을 찬찬히 비교해보았다.

"됐나?"

"예, 들어가십시오. 하지만 개는 절대로 차에서 내려놓으면 안 됩니다."

"알고 있네."

콜롬보의 차가 하얀 배기가스를 토해내며 출입문으로 들어가는 것을 경비원은 찡그린 얼굴로 지켜보았다.

클럽하우스 정면으로 다가간 콜롬보는 가장 가까운 주차장에 새겨진 이름을 보고 눈이 휘둥그레졌다.

"딘 마틴? 이봐 개야, 저걸 좀 봐. 이게 딘 마틴(미국의 대중가수이자 영화배우)의 전용 주차장이야. 유감이군. 오늘은 오지 않은 모양이니. 아니면 한 바퀴 돈 뒤에 집으로 돌아가서 한잔하고 있나? 그럼 개야, 여기 얌전히 있어. 나중에 아이스크림 사줄게."

콜롬보는 정면 입구에서는 아무한테도 야단을 맞지 않고 클럽하우스로 무사히 들어갔다.

프랭크 플래너건은 1번 홀의 티 그라운드가 내려다보이는 식당 창가에 혼자 앉아 있었다.

부스스한 머리를 긁적이며 다가간 콜롬보가 말을 걸었다.

"플래너건 씨…"

"예?" 소리 나는 쪽을 돌아본 플래너건은 콜롬보의 얼굴이 얼른 생각나지 않는 모양이었다. 목에 깁스를 대고 후줄근한 레인코트를 입은 너저분하고 궁상맞은 사내를 마치 우주에서 온 침입자라도 보는 듯한 눈으로 잠시 바라보고 있었다.

"아니, 이거 콜롬보 형사님 아니십니까? 도대체 이런 데서 뭘 하고 계시는 거죠? 여기 회원이신가요?"

"그런 질문을 받는 게 벌써 두 번째군요. 나 같은 싸구려 월급쟁이도 회원이 될 수 있나요?"

콜롬보는 호화로운 식당을 구석구석 둘러보며 한숨을 내쉬었다.

"실례했습니다. 어서 앉으세요. 생각지도 않은 곳에서 만났기 때문에 그만 쓸데없는 질문을 하고 말았네요. 공무로 오셨나요?"

"실은 댁을 만나러 왔습니다, 플래너건 씨. 1시에는 여기 계실 거라고 들었기 때문에… 클레이 가드너 씨와 만나기로 하셨다면서요?"

"1시에 만나기로 약속했는데, 플레이가 늦어지는지 아직 올라오지 않는군요."

"내가 운이 좋았군요. 도중에 길을 잃는 바람에 늦어져서 조마조마했거든요. 이제 곧 가드너 씨도 뵐 수 있을 테고, 정말 운이 좋은데요."

혼자 지껄이고 있는 콜롬보를 플래너건은 어이없다는 얼굴로 바라보았다.

"뭘 좀 마시겠습니까? 식사는요?"

"마시는 건 그만두겠습니다. 낮에는 수분을 섭취하지 말라는 게 집사람의 분부라서요. 식사는 차 안에서 끝냈고요."

"좋습니다. 그런데 용건이 뭐죠?" 플래너건은 헛기침을 하고 콜롬보의 얼굴을 똑바로 바라보았다.

"실은 돌아가신 마크 앤드루스 씨 말인데요, 회사에서는 둘도 없는 인재였겠지요?"

"그럼요. 어떤 의미에서는 두번 다시 찾을 수 없는 귀중한 인재를 잃었다고 말할 수도 있지요."

"마크 앤드루스 씨는 정말 뉴욕 본사로 영전할 예정이었습니까?"

"어디서 그런 말을?"

"그냥 언뜻 들었습니다."

"정식 발령은 나지 않았지만, 지난주 중역회의에서 그렇게 결정을 보았습니다. 마크도 무척 기뻐했고 의욕에 넘쳐 있었지요. 〈프로페셔널〉을 보기 전에 잠깐 만났는데, 그때만 해도 그렇게 건강했던 사람이… 마크와 이야기한 건 그게 마지막이었소."

"후임은 생각하셨습니까?"

"후임이라니요?"

"그러니까 앤드루스 씨가 뉴욕으로 간 뒤 이곳 지사장 자리에는 누구를 앉힐 예정이었느냐 하는 겁니다. 순서로 따지면 케이 프리스턴 씨한테 그 자리가 돌아가지 않았을까 해서…"

"그런 회사 내부의 이야기를 어째서 알고 싶어 하시죠?"

"동기를 찾기 위해서지요. 아니, 이건 으레 조사하도록 되어 있는 겁니다. 회사 내부의 흔해 빠진 인사이동도 때로는 살인 동기가 되니까요. 앤드루스 씨는 후임으로 프리스턴 씨를 추천하셨습니까?"

"마크는 케이를 추천하지 않았습니다. 마크가 추천한 사람은 조너선 러스크였지요."

"그렇군요. 그런데 플래너건 씨의 생각은 어떻습니까? 프리스턴 씨를 높이 평가하고 계시지 않았나요? 이번 소동 속에서도 프리스턴 씨를 승진시켰을 정도니까요."

"방송계의 커리어우먼으로는 더할 나위 없는 인물이지요. 하지만 직속 상관이 추천하지 않았다는 건 뭔가 결점이 있었다는 얘기가 됩니다. 이번 승진은 어디까지나 임시 조치일 뿐입니다."

콜롬보는 어깨를 으쓱해 보이면서 중얼거리듯 말했다.

"프리스턴 씨는 내가 보기에 흠잡을 데 없는 사람인 것 같던데, 겉보기만으로는 알 수 없는 거군요."

그때 플래너건이 의자에서 벌떡 일어나 창밖을 내다보았다.

"드디어 올라오는 모양이군. 저 화려한 골프복은 분명 클레이 가드너야."

콜롬보도 따라 일어나 플래너건의 시선을 좇았다. 190센티미터나 되는 큰 키를 구부정하게 굽히고 오른쪽 어깨를 약간 떨어뜨리고 안짱다리를 질질 끌듯이 걸어오는 모습은 분명 클레이 가드너였다.

콜롬보는 어슬렁어슬렁 창가로 다가가서 유리창에 찰싹 달라붙어 밖을 내다보았다.

"햐아, 진짜 클레이 가드너다…" 콜롬보는 사뭇 기쁜 듯이 중얼거리고는 플래너건을 돌아보며 말을 이었다. "나는 옛날부터, 흑백 화면이 비좁게 날뛰던 젊은 시절의 용감한 모습부터 최근에 공개된 〈위대한 서부〉에 이르기까지 클레이 가드너가 나온 영화는 거의 다 빼놓지 않고 보았답니다. 이거 정말 감격스러운데요. 텔레비전에서는 클레이를 볼 수 없으니까요."

플래너건은 고개를 끄덕였다. 심야에 방영되는 흘러간 명화는 별문제지만, 텔레비전이라면 질색하는 클레이 가드너는 인터뷰를 포함하여 지금까지 텔레비전 화면에 자진해서 등장한 적이 한 번도 없었기 때문이다.

그 클레이 가드너가 가까이 다가올수록, 둥글게 벌어진 콜롬보의 입은 점점 더 크게 벌어졌다.

"꼭 서커스단의 어릿광대 같군." 플래너건은 쓴웃음을 지으며 천천히 의자에 앉았다. 그리고 다시 창밖으로 시선을 돌렸다. 두 사람이 본 것은 모자부터 골프화에 이르기까지 빨간색과 노란색, 짙은 초록색과 푸른색이 뒤섞인 체크무늬였다. 긴소매 셔츠의 무늬가 가장 크고, 바지 무늬가 가장 작고, 그 중간 크기가 조끼였다. 심지어는 골프화까지도 체크무늬였다. "아마 골프공에도 체크무늬가 들어 있을 거야."

"공에도요? 그게 정말입니까?"

콜롬보가 진지한 얼굴로 되묻자 플래너건은 웃으면서 말했다.

"콜롬보 형사님, 괜찮으시다면 이만 돌아가주시겠소? 클레이와 중요한 사업 이야기를 나누어야 하기 때문에…"

"한 가지만 더 묻고 싶었는데…"

"뭔데요?"

"그게… 위대한 스타를 본 탓인지 흥분해서 그만 잊어버렸어요." 이렇게 말하면서 콜롬보는 코트 주머니에 두 손을 집어넣어 뒤적거리고, 양복 안주머니를 뒤진 다음, 바지 주머니에서 찾고 있던 종잇조각을 겨우 찾아냈다. 쪽지에는 자잘한 글씨가 잔뜩 적혀 있었다.

"아 참 그렇지. 돌아가신 앤드루스 씨의 여자관계에 대해 묻고 싶었습니다. 이혼한 뒤 특정한 여자와 친밀한 관계를 맺고 있었는지, 혹시 아십니까?"

"남의 사생활에는 흥미가 없습니다." 더 이상 말붙일 엄두도 못 낼 만큼 쌀쌀한 대답이었다.

그래도 콜롬보는 물고 늘어졌다.

"저어, 당신네 회사에서도 직장 연애가 금지되어 있습니까?"

"그런 종류의 일은 금지해서 될 일도 아니잖습니까?"

"그러면 앤드루스 씨는 로스앤젤레스 지사의 누군가와 친밀한 관계를 맺었을 가능성도 있다는 거군요?"

"그런 말은 하지 않았습니다." 플래너건은 마음의 동요를 억누르며 애써 냉정하게 콜롬보의 질문을 받아넘겼다.

이 정체 모를 형사는 케이 프리스턴을 의심하고 있는 걸까. 플래너건 자신은 마크와 케이 사이를 어렴풋이 눈치채고 있었다. 어떤 기회에 마크의 입에서 불쑥 튀어나온 아무렇지도 않은 한 마디가 힌트가 되어, 의혹은 확신에 가까운 것으로 변해 있었다.

마크의 뉴욕 발령을 강력하게 추천한 이유의 하나는 그를 케이로부터 멀리 떼어놓기 위해서였다. 케이의 존재는 마크에게 결코 이롭지 않다. 유능한 한 남자의 장래가 달려 있다. 케이처럼 자기주장이 강한 여자는 떼어버릴 수밖에 없다. 게다가 되도록 풍파를 일으키지 않고 조용히 떼어버려야 한다. 플래너건은 지금까지도 그렇게 생각했고, 지금은 더한층 그 결심이 굳어져 있었다.

"플래너건 씨…"

콜롬보의 목소리에 플래너건은 퍼뜩 정신을 차렸.

"뭐라고 하셨죠?"

"저어… 나는 이번 사건이 내부 소행일 거라고 생각합니다. 그걸 말씀드리고 싶었습니다."

"곤란한데요. 끝까지 그렇게 말씀하신다면 나도 더 이상 수사에 협조해드릴 수 없습니다. 돌아가주세요."

플래너건은 먼저 자리에서 일어나, 때마침 식당에 들어온 클레이 가드너를 맞으러 입구 쪽으로 다가갔다.

클레이 가드너는 만면에 웃음을 띠고 플래너건과 악수했다.

"어이, 플래너건! 늦어서 미안하네. 어쨌든 이 미인과 함께 있으면 시간이 두 배나 걸리거든. 소개하지. 데보라, 이쪽은 CNC 텔레비전의 거물 프랭크 플래너건 씨야."

멋진 골프복을 입은 데보라라는 젊은 여자가 플래너건에게 하얀 이를 보이며 인사했다.

"저기 앉아서 우선 한잔하세. 이걸 마시고 싶어서 필드를 돈 거나 마찬가지니까."

"성적이 별로 좋지 않았던 모양이군, 클레이."

"이번에도 80타를 끊지 못했어. 이 아이를 가르치면서 하자니 어쩔 수 없잖은가."

긴장한 얼굴로 우뚝 서 있던 콜롬보가 조심스럽게 끼어들었다.

"저어, 가드너 씨… 다짜고짜 이런 말씀을 드려서 실례인 줄은 알지만, 제 조카 녀석도 가드너 씨와 아주 비슷한 불평을 한답니다." 탁자에 앉으려던 클레이 가드너는 콜롬보가 뒤에서 느닷없이 말을 걸자 눈을 크게 떴다. "우리 집사람한테 가르쳐주면서 플레이하면 좀처럼 파플레이를 할 수 없다고…"

플래너건이 당황하여 중재하듯이 말했다.

"아니, 아직도 여기 계셨나요, 콜롬보 씨?"

형사라고 부르지 않은 것은 클레이 가드너가 옆에 있었기 때문이다.

"아니, 저어… 지금 돌아가려던 참이었는데, 가드너 씨의 모습을 가까이에서 보니까 그만…" 콜롬보는 일단 말을 끊었다가 긴장한 어조로 말을 이었다. "가드너 씨… 저는 늘 자랑스럽게 생각하고 있습니다만, 선생님 영화를 한 편도 빼놓지 않고 모조리 보았답니다. 특히 서부극에서 보여주신 용감한 모습은 정말 좋았지요. 이렇게 화려한 모습을 뵌 것은 처음이지만."

"하하하! 이 골프복이 화려하다고요? 나는 남을 즐겁게 하고 나도 즐기자는 주의요. 위에서 아래까지 스코틀랜드 메이커에 특별 주문해서 만들었지요."

콜롬보는 고개를 끄덕였다.

"미안하지만 여기 사인 좀 해주시겠습니까. 집에 돌아가서 집사람을 깜짝 놀라게 해주고 싶어서요."

언제 손에 넣었는지 콜롬보는 리비에라 컨트리클럽의 스코어카드를 조심스럽게 가드너 앞에 내밀었다.

"좋고말고요. 플래너건의 친구라면 기꺼이 사인해 드리지요."

가드너는 데보라에게 볼펜을 빌려 스코어카드에 사인했다.

"별난 옷차림을 하고 있는 것 같은데, 당신도 골프를 치시오? 성함이 콜롬보 씨라고 하셨던가?"

"제 분수에는 캐디가 더 어울린다는 말을 흔히 듣습니다만, 때로는 나도 골프를 칩니다."

"호오, 그래요? 어느 골프장에 다니시오?"

"골프장이라고 할 정도는 아니고요. 구태여 말하자면 자가 골프장이라고나 할까요?"

"그래요? 그 골프장은 코스가 깁니까?" 클레이 가드너는 커다란 잔에 생맥주를 따르면서 놀리듯이 물었다.

"예, 짧다면 짧고 길다면 길지요. 평소에는 파 18로 정해져 있으니까요."

"뭐라고요? 파 18이라고요?"

"강변 주차장에서 치기 시작해서, 4번째에 강의 가장 좁은 곳을 넘고,

그다음에는 언덕을 두 개 돌고 연못을 돌아서 다시 출발점으로 돌아오는 겁니다. 컵은 티 그라운드 바로 옆에 놓여 있으니까, 멀리 돌고 싶지 않을 때는 퍼터로 공을 굴려서 홀인원을 기록하지요." 콜롬보는 싱긋 웃으며 한 손을 쳐들었다. "그럼 이만 실례하겠습니다. 사인해주셔서 고맙습니다, 가드너 씨. 방송사에서 또 만납시다,"
그러고는 소리를 죽여 플래너건의 귓가에 대고 속삭였다.
"내가 경찰이라는 것을 숨겨주셔서 고맙습니다. 정체가 탄로 났다면 사인도 못 받았을 거예요. 분발해서 가드너 씨를 꼭 〈끝없는 대지〉에 끌어들이세요. 그럼 또 만납시다."
기분 좋게 돌아가는 콜롬보의 뒷모습을 지켜본 뒤 플래너건은 앉음새를 고치고 클레이 가드너와 출연교섭을 시작했지만, 마음속에는 케이 프리스턴의 존재가 쓰디쓴 찌꺼기처럼 가라앉아 있었다.

2

목요일 밤, 케이가 야근을 일찍 끝내고 사무실을 나왔을 때도 회사 안에는 아직 몇 명의 사복형사가 남아서 수색과 심문을 계속하고 있었다. 수사반장인 콜롬보 경위의 지시에 따라 흉기인 권총을 찾고 있을 것이다. 콜롬보의 모습은 하루 종일 보이지 않았다. 어쩌면 편타증이 도져서 병원으로 돌아갔는지도 모른다. 머릿속으로 무슨 생각을 하고 다음에 무슨 행동을 취할지 전혀 예측할 수 없는 사람이다.
1층으로 내려가는 엘리베이터에 혼자 올라탄 케이는 문이 닫힌 순간 반사적으로 고개를 젖혀 머리 위의 젖빛유리를 쳐다보았다. 유리에는 아무 그림자도 비쳐 있지 않았다. 물론 권총의 그림자도 없었다.

그것을 확인한 뒤 케이는 저도 모르게 쓴웃음을 지었다. 이 엘리베이터는 그녀가 권총을 버린 엘리베이터가 아니라는 것을 금방 생각해냈기 때문이다. 그러고 보니 홀 안쪽의 '그' 엘리베이터는 고장이라고 누군가가 말했었다.

움직이지 않는 엘리베이터와 사람들이 자주 올라타는 엘리베이터 가운데 어느 쪽이 사람의 눈을 끌기 쉬울까. 문득 그런 생각을 하다가 케이는 부정하듯 고개를 저었다. 어차피 그 권총은 엘리베이터 통로의 어두운 밑바닥에 쌓인 쓰레기 속에 묻혀 있을 것이다. 거기까지 찾아보려는 형사는 없을 것이다. 설령 수사반장의 지시로 권총을 찾고 있다 해도, 그렇게까지 진지하게 열심히 수색하는 형사가 과연 있을까.

케이는 권총에 대해서는 조금도 불안을 느끼지 않았다. 설령 발견된다 해도 지문은 남기지 않았고, 권총과 그녀를 잇는 증거는 아무것도 없다. 게다가 권총은 몇 년 뒤에나 발견될 것이다.

회사에서 나오자 케이는 시내 아파트로 돌아가지 않고 해변에 있는 생가로 차를 몰았다.

그 집에는 지금 아무도 살고 있지 않다. 우울한 기분에 사로잡혀 혼자 있고 싶어질 때면 이따금 찾아갈 뿐이지만, 그녀에게는 그곳이 고독한 성역이었다.

마크의 별장에서 그리 멀지는 않았지만, 그를 그 집으로 초대한 적은 한 번도 없었다. 그녀가 이 오두막에서 이따금 밤을 지낸다는 것을 아는 사람은 비서인 웬디뿐이었다.

케이는 수로에 걸린 다리 입구에 차를 세우고 작은 다리를 건너 집으로 다가갔다. 1920년대에 지은 오래된 작은 건물로, 페인트는 벌써 벗겨져 있었다. 창문에는 널빤지가 못으로 박혀 있고, 거기에 '집 팝니다'라는 팻말이 내걸려 있었다.

'집 팝니다'라는 글씨 자체도 희미해져 있었다. 폐가나 다름없는 집에 값을 매길 부동산업자는 없다. 케이 자신도 적극적으로 팔고 싶은 마음은 없었다. 널빤지를 대지 않은 창문은 유리가 깨져 있었다. 케이는 달을 바라보며 걸음을 멈추었다. 눈을 가늘게 뜨고 달빛에 어렴풋이 떠오르는 검은 집의 윤곽을 무표정하게 바라보았다.

정면 입구로 다가가 손잡이를 잡아당겼지만 문은 열리지 않았다. 케이는 문에 어깨를 대고 힘껏 밀었다. 문은 부서질까 봐 두려워하듯 삐걱거리는 소리를 내며 마지못해 열렸다. 케이는 잠시 망설인 뒤 안으로 발을 들여놓았다.

괴기영화에 나오는 무시무시한 집의 세트장 같았다. 거실 천장에서는 널판이 축 늘어져 있었다. 가구는 부서진 의자 하나뿐. 바닥에 너덜너덜한 등갓이 뒹굴고 있었다.

케이는 코트 주머니에 손을 찔러넣고 살금살금 걸음을 옮겼다. 바닥이 삐걱삐걱 울렸다. 케이는 등갓을 집어서 의자 위에 놓고 거실을 빠져나가 부엌으로 들어갔다.

알전구 하나가 천장에 매달려 있었다. 케이는 손으로 더듬어 벽의 스위치를 찾았지만, 스위치를 넣어도 불은 켜지지 않았다. 전기는 그녀 자신이 벌써 옛날에 끊어버렸다.

낡은 식탁과 의자 하나. 조심스럽게 의자에 앉은 케이는 주머니에서 굵은 양초를 꺼냈다. 라이터로 불을 붙이고 촛농을 식탁 위에 떨어뜨려 초를 세웠다.

어둠 속에서 조용히 퍼져가는 작은 불꽃에 손을 쬐며 케이는 눈을 감았다. 타임머신을 타고 다른 시간, 다른 세계로 운반된 것 같은 기분이 든다. 문득 어린 시절의 크리스마스가 되살아났다.

눈을 뜨고 좁은 부엌을 둘러보던 케이의 시선이 문득 멈추었다. 싱크대 위에 사람의 목에 끼우는 깁스가 얹혀 있었다.

벌떡 일어나 깁스에 손을 댔을 때 뒤에서 목소리가 들렸다.

"프리스턴 씨?"

깜짝 놀란 케이가 홱 뒤를 돌아보니, 부엌 입구에 몸집이 작고 땅딸막한 콜롬보 형사가 서 있었다. 순간 케이는 귀신이 나타났나 보다고 생각했다.

"어머나, 깜짝 놀랐어요." 이 말과 동시에 분노가 치밀어 올라왔다.

"어이쿠, 미안합니다. 비서 되는 분에게 여기 계실지도 모른다는 말을 들었거든요. 내가 한발 앞서 와버린 것 같군요."

콜롬보는 케이에게 다가와 그녀의 손에서 깁스를 받아들고는 꾸깃꾸깃 접어서 코트 주머니에 억지로 쑤셔 넣었다.

주머니에 넣을 작정이었다면 왜 이런 곳에 놓아두었을까? 웬디한테 이 집 이야기를 듣고 왔다고 변명하지만 그것도 수상하다. 오늘 밤에 웬디는 나보다 먼저 퇴근했을 것이다. 한발 앞서 도착해버렸다고 말하지만, 내가 오기를 일찍부터 기다리고 있었는지도 모른다. 게다가 사람을 겁먹게 하는 무대장치까지 해놓고…

"방해가 됐나요?"

"아니, 별로. 좀 놀랐을 뿐이에요. 이제 깁스를 떼어도 괜찮은가요?"

"어차피 의사가 보고 있는 것도 아니고, 한 시간쯤 꾀를 부려도 큰일 날 건 없지요. 너무 성가셔서요." 콜롬보는 말하고, 알랑대는 웃음을 지으며 목을 쑥 늘여 보였다. "어떻습니까. 깁스가 없는 모습은…"

"훨씬 남자다워 보여요. 의사 선생님은 뭐라고 할지 모르지만." 케이도 익살스럽게 대답하고 다시 의자에 앉았다.

"빈말이라도 고맙군요. 직업상 수많은 여자를 만나봤지만, 그런 말을 들은 것은 난생처음입니다." 콜롬보는 남자답다는 말을 듣고 속으로 기뻐하고 있는 모양이었다. "비서 얘기로는 옛날에 여기서 사셨다면서요?"

웬디한테 들은 건 사실인 모양이다.

"네, 그래요. 우리는 여기서 어머니 슬하에서 자랐어요." 열 살도 되기 전에 급성 폐렴으로 죽은 남동생을 케이는 문득 생각해냈다. "친한 사람이 죽으면, 사람은 옛 보금자리로 도망치고 싶어지는가 봐요."

"아아, 그렇습니까? 나는 또 프리스턴 씨가 출세의 사다리를 척척 올라간 감개에 젖으려고 여기 오신 게 아닐까 생각했지요."

"출세의 사다리…?" 케이는 고개를 갸웃했다.

"플래너건 씨한테 중요한 지위를 새로 부여받았잖습니까? 앤드루스 씨가 앉아 있던 자리를…"

"그건 어디까지나 임시 조치일 뿐, 아직 확정된 건 아니에요."

"여기저기 묻고 다녔지만, 프리스턴 씨가 훌륭한 간부라는 건 누구나 인정하고 있더군요. 아, 잠깐 실례합니다. 나도 앉을 것을 찾아와도 괜찮겠죠?" 콜롬보는 이렇게 말하고는 대답도 기다리지 않고 거실로 돌아갔다.

그 뒷모습을 눈으로 좇으면서 케이는 생각에 잠겼다. 저 사람은 어디까지 조사했을까? 왜 추근추근 나만 따라다니는 걸까? 노리는 게 뭘까? 저 사람한테 꼬리를 잡힐 만한 실수를 저질러버린 게 아닐까? 이런 데까지 도대체 무슨 이야기를 하러 왔을까?

의혹의 실마리를 끊어버리듯 케이는 고개를 젓고 입술을 깨물었다.

"함께 앉아도 괜찮겠지요?"

금방이라도 다리 하나가 떨어져 나갈 것 같은 의자를 찾아 들고 온 콜롬보가 서커스단의 어릿광대처럼 조심조심 의자에 걸터앉아 케이를 마주 보았다.

"형사님, 크리스마스도 가까웠으니, 촛불로 조촐한 파티를 시작할까요?"

"그거 좋지요."

"크리스마스를 느긋하게 지내본 적이 없어요. 해마다 그렇지만, 일에 쫓기느라… 불행한 일이죠."

"나도 그렇습니다. 크리스마스 시즌에는 왜 그렇게 사건이 많이 일어나는지… 고달픈 직업이죠."

콜롬보는 시가를 입에 물고 우울한 표정을 지었다.

"이곳엔 한동안 오지 못했어요. 아주 작은 집이죠? 올 때마다 점점 더 작아지고 초라해지는 듯한 기분이 들어요. 내가 어릴 적에 살던 집은 이런 집이 아니었을 텐데…" 생각지 않으려고 애써온 아버지의 모습이 문득 머리를 스쳤다. 아내와 세 자식을 버리고 아버지가 집을 나간 것은 맏딸 케이가 중학교를 졸업하던 해였다. "이 작은 집에서 우리 네 가족은 어깨를 맞대고 살았어요. 찾아오는 사람도 별로 없었고…"

성냥으로 시가에 불을 붙이려던 콜롬보가 문득 손을 멈추고 케이에게 허락을 청했다.

"담배를 피워도 괜찮겠습니까?"

"네, 괜찮아요."

시가 연기가 촛불 밖으로 천천히 흘러갔다.

"2, 3년 전이던가, 나도 집사람을 내 생가에 데려간 적이 있지요." 콜롬보가 눈을 가늘게 뜨고 말하기 시작했다. "가서 보니 당신이 방금 말했듯이, 내가 기억하고 있던 집보다 훨씬 비좁고 낡아빠진 집이더라고요. 우리는 아들이 다섯이고 딸이 하나여서, 모두 6남매였지요. 그러니 얼마나 시끌벅적했겠습니까. 게다가 정체 모를 삼촌이니 사촌이니 하는 사람들이 항상 얹혀살았으니 원. 덕분에 쓸쓸한 적은 한 번도 없었어요. 아버지도 어머니도 장수하셨고. 별난 사람이나 귀찮은 사람들이 끊임없이 드나들었지요. 하지만 그래도 꽤 재미있었어요."

말을 멈추고 추억에 잠기는 콜롬보의 얼굴을 케이는 가만히 바라보았다.

"형사님은 어떤 일이든 순순히 받아들이고, 그 안에서 최선을 다하려고 애쓰시는군요. 하지만 나는 달라요. 어떻게든 현재 상황을 바꾸려고 필사적으로 노력하죠."

아버지의 증발, 남동생의 죽음, 그리고 어머니와 여동생의 불운한 사고사. 어린 시절부터 케이에게는 언제나 죽음의 그림자가 따라다니고 있었다.

"나는 지고 싶지 않았어요. 그건 앞으로도…" 케이는 자신을 타이르듯 작은 소리로 중얼거렸다.

"그게 당신의 좋은 점입니다, 프리스턴 씨. 그렇기 때문에 방송계에서 지금과 같은 지위까지 출세하신 거겠죠. 결혼도 하지 않고."

"그런 것까지 조사하셨나요?"

"아니, 인사과에서 서류를 잠깐 들여다보았을 뿐입니다. 기분 나쁘게 생각지는 마세요. 요즘에는 미혼녀라고 말해도 험담이 아니라고 하던데."

"형사님은 자신의 경험에 비추어 사람을 어떤 테두리에 두드려 맞추려고 하시는 게 아닌가요?" 케이의 말에는 약간 가시가 돋아 있었다.

"내가 졌습니다. 아니, 이제 오히려 마음이 편해졌어요."

"네?"

"이제부터 좀 더 깊이 파고들어가서 이것저것 캐묻지 않으면 안 되니까요."

"형사님의 뜻이 아니라 남의 지시에 따라 그렇게 하신다는 건가요? 하지만 수사반장은 형사님이시잖아요?"

"상부의 지시라는 뜻은 아닙니다. 그게 내 방식이지요."

"아니면 그 희미한 목소리가 귓가에서 뭐라고 속삭이거나…" 케이는 놀리듯이 말했다.

"어쨌든 그렇게 개인적인 일을 물으려고 하는 건 아닙니다."
"그렇게 말할 때는 어김없이 가장 개인적인 문제를 탐색하려고 하더군요. 특히 경찰에 계시는 분은."
"정말 고달픈 밥벌이예요. 정작 일을 시작할 단계가 되면 긴장으로 몸이 굳어져서 그만 엉뚱한 질문을 던지곤 하지요."
하지만 콜롬보는 느긋하게 시가를 피우고 있었다. 도저히 긴장한 것처럼 보이지는 않는다.
"그거 큰일이군요. 우선 그 긴장을 풀 필요가 있겠어요."
케이는 깁스를 떼어낸 콜롬보의 목을 바라보며 의자에서 일어나 식탁을 돌아서 콜롬보의 뒤에 섰다. 그러고는 콜롬보의 어깨를 힘껏 문지르기 시작했다.
"아, 안 돼요. 나는 편타증 환자라고요." 콜롬보는 눈썹을 치켜올리며 비명을 질렀다.
"걱정 마세요, 형사님. 저한테 맡기세요. 마사지에 대해 좀 알고 있거든요. 금방 편안하게 해드릴게요."
"정말입니까? 그럼 조금만 해주세요. 살짝 가볍게, 제발 부드럽게…"
콜롬보는 체념한 듯 눈을 감고 더욱 몸을 긴장시켰다. 아마추어의 마사지를 받느라 고생한 적이 있는 모양이었다.
"온몸이 굳어진다고 하셨죠? 목 근처에는 손이 닿지 않도록 조심하고 있어요. 자, 좀 더 편하게 긴장을 푸세요. 그래요. 그렇게…"
시키는 대로 콜롬보는 조심스럽게 몸의 힘을 빼고, 억세면서도 섬세한 케이의 손놀림에 몸을 맡겼다.
"으음, 기분이 좋은데요. 프리스턴 씨는 뭘 시켜도 잘 해내는 분이군요."
손가락에 상당히 힘을 주어도 콜롬보는 기분 좋은 신음소리를 계속 내고 있었다. 통풍에 걸려 마사지를 받고 있는 늙은 개처럼.

콜롬보는 기분 좋게 눈을 감고 말했다. 마치 잠꼬대처럼 들렸다.
"그러고 보니 오늘 말리부를 고물차로 드라이브했지요. 기분 참 좋던데요."
그러자 케이는 콜롬보의 말을 확실히 알아듣지 못해서 되물었다.
"뭐라고요?"
"말리부에 있는 '빛과 어둠'이라는 종교단체의 본부에 갔다 왔지요."
"무슨 말씀이신지?"
콜롬보는 한쪽 눈만 들어 케이의 얼굴을 힐끔 쳐다보았다.
"벌써 잊어버렸나요? 그 투서를? 협박장이 산더미처럼 와 있다면서 나한테 보여주었잖습니까. 보낸 사람이나 단체 이름이 확실한 것만 골라서 여러 명이 나누어 조사해보았지요. 당신이 특히 신경을 쓰고 있던 말리부에 있는 광신적인 종교단체에는 내가 직접 다녀왔지요."
"그래서 무슨 단서라도?" 케이는 미심쩍은 듯이 물어보았다.
"단서는커녕 그들의 아지트는 빈 껍데기만 남아 있더군요. 한 달쯤 전에 마리화나를 재배하다가 단속에 걸려서 단체 자체가 붕괴해버렸답니다. 텔레비전 방송사에 가서 못된 짓을 할 형편이 아니었어요."
"그랬군요."
"다른 단체들을 조사한 것도 헛수고로 끝났습니다."
"모두 일을 잘하시는군요."
"그게 직업이니까요. 아무리 사소한 단서라도 흘릴 수는 없지요."
"희미한 목소리가 아무 말도 속삭이지 않을 때라도 말인가요?"
케이는 가벼운 빈정거림을 담아 말을 맺었다. 콜롬보의 눈을 외부로 돌리려는 시도는 수포로 끝나버린 것일까. 그렇게 호락호락 내 수법에 넘어갈 사람이 아니라는 것은 처음부터 알고 있었어. 조종당하고 있는 것은 어쩌면 내 쪽인지도 몰라. 말리부에 갔다는 것도 말뿐이고, 실은 그런 헛

걸음을 하지 않은 게 아닐까. 이 형사는 믿지도 않는 단서를 쫓아다닐 타입이 아니야. 어떤 의미에서는 만만찮은 고집쟁이야.

"으음, 기분 좋은데요. 미안하지만 그쪽에 좀 더 힘을 넣어주시지 않겠습니까. 이야기가 잠깐 딴 데로 흘렀지만, 오늘 오후에는 그 거물 스타 클레이 가드너도 만나고 왔답니다. 감격했어요. 그런 거물 스타를 직접 만날 수 있으리라고는 꿈에도 생각지 못했거든요."

"그 사람은 어떻게 만나셨어요?"

"당신 상관인 플래너건 씨를 만나고 싶어서 리비에라 컨트리클럽이라는 골프장에 갔었지요. 글쎄, 로스앤젤레스에도 그런 곳이 다 있더군요. 할 수 없이 배지를 보이고 안으로 들어갔지만, 배지가 없었다면 문전박대를 당할 뻔했어요."

"그러고 보니 플래너건 씨는 거기서 클레이 가드너를 만나기로 되어 있었군요."

"나도 비서 되는 분한테 들었습니다. 그 얘기는 일단 접어두고, 앤드루스 씨의 뉴욕 발령은 지난주에 중역회의에서 결정되었다더군요. 이 얘기는 플래너건 씨한테 직접 들었어요."

"나는 정식으로는 듣지 못했어요."

"하지만 소문은 들으셨겠지요? 내가 묻고 싶었던 건 서부 지사가 그 후 어떻게 되었을까 하는 겁니다. 만약 앤드루스 씨가 살해되지 않고 무사히 뉴욕 본사로 영전했다면 말입니다."

역시 조사는 거기까지 진행되어 있었다. 제 손에 몸을 맡기고 있는 형사를 뒤에서 내려다보면서 케이는 마음을 다잡았다.

"서부 지사가 어떻게 되다니요?"

"당신이 서부 지사의 지사장이 되었겠느냐 하는 겁니다." 케이는 손가락이 떨리는 것을 억누르려고 잠시 손을 쉬었다. 그러자 콜롬보가 고개를 갸웃하며 말했다. "아아, 조금만 더 계속해주세요. 아주 기분이 좋아요. 몸이 많이 풀린 것 같습니다… 그런데 어떻게 되었을까요? 서부 지사는…"

"마크가 살아 있었다면 지사장 자리는 나한테 돌아오지 않았을 거예요." 케이는 순순히 인정하는 편이 낫다고 판단했다.

"왜 그렇게 생각하시죠?"

"그런 얘기는 마크한테 들은 적이 없었으니까요."

"그렇습니다. 앤드루스 씨는 당신만이 아니라 어떤 중역한테도 당신을 후임 지사장에 추천하겠다는 말을 하지 않았습니다. 하지만 당신은 수석 보좌역이었으니까, 순서로 따지면 당연히…"

"글쎄요. 하지만 플래너건 씨도 반대하지 않았을까요. 그런데 지금 나를 심문하시는 건가요?"

"아니, 그런 건 아닙니다. 추궁하거나 심문하고 있는 게 아닙니다. 그런데 이번에 당신을 승진시킨 건 플래너건 씨였잖습니까. 앤드루스 씨는 반대했지만, 플래너건 씨는 당신을 높이 평가하고 있었다는 얘기가 되지 않을까요?"

"이번 승진은 어디까지나 임시 조치라는 걸 잊지 마세요. 이제 내 혐의는 풀렸나요? 마크만 반대하지 않으면 내가 지사장이 될 거라고 생각했던 게 아니냐고 묻고 싶으셨겠죠?" 케이는 애써 밝은 어조로 되받아쳤다.

"혐의 같은 건 없습니다. 하지만 플래너건 씨는 분명히 말했어요. 만약 앤드루스 씨가 당신을 후임자로 추천했다면, 자기도 찬성했을 거라고."

"그럼 결국 반대한 건 마크라는 얘기가 되는군요. 왜 그랬을까요. 나처럼 뛰어난 프로듀서를 제쳐놓다니, 뭔가 이유가 있었을까요? 겉으로 드러나지 않은 이유 말이에요. 이 방송계에서는 흔히 있는 일이지만요. 아니,

잠깐만요. 형사님 귓가에서 속삭이는 희미한 목소리가 나한테도 들리는 것 같은데요." 케이는 작은 소리로 웃으며, 콜롬보의 귓가에 얼굴을 바싹 대고 목소리를 죽여 속삭였다. "조심조심 망설이는 목소리가 이렇게 속삭이고 있지요? 왠지 수상쩍다. 이 여자가 승진하고 싶어서 마크를 죽인 게 아닐까 하고…"

"천만에요. 그런 생각은 조금도 하지 않습니다." 콜롬보는 어색하게 목을 비틀어 케이를 힐끔 쳐다보았다. "그때 당신은 영사실에 있었어요. 확실한 알리바이가 있습니다. 게다가 승진하고 싶다는 이유만으로 그렇게 간단히 사람을 죽일 수는 없어요. 설령 지사장 자리라 해도… 아, 미안하지만 좀 더 아래쪽을 문질러주시겠습니까."

케이는 하라는 대로 해주었다. 콜롬보의 마음을 편하게 하여, 머릿속에 들어 있는 생각을 모조리 지껄이게 하자.

"그리고 동기도 발견되지 않았어요. 흔히 이유 없는 살인이라고 부르는 우발적인 살인도 있습니다. 치정이나 원한, 또는 돈이 관련된 살인이나, 좀 더 뚜렷한 동기가 있는 살인도 있고요. 그런데 이 사건은 그 어느 쪽도 아니에요. 내가 추적하는 것은 항상 살인 동기랍니다." 콜롬보는 몸의 방향을 틀어 케이의 얼굴을 똑바로 바라보았다. 허공에 뜬 케이의 두 손이 그의 목을 조르는 듯한 형태가 되어 있는 것을 알아차리지 못한 모양이었다. "그 동기에 관해서 말하자면, 당신의 동기는 너무 약합니다. 당신과 앤드루스 씨의 관계가 직장에만 한정되어 있었다면 말입니다."

케이는 콜롬보의 목덜미를 가볍게 문지르면서 쿡쿡 웃어 보였다.

"역시…"

"네?"

"형사님은 시치미 떼는 솜씨가 별로 능숙하지 못한 것 같군요. 마크와 나의 관계도 여기저기 냄새 맡고 다녔겠지요? 그런데 수확은 좀 있었나요?"

"헛수고였습니다. 아무것도 없어요."

그러자 케이는 어깨를 으쓱하고 타이르듯이 말했다.

"콜롬보 형사님, 사건을 너무 복잡하게 생각하고 계시는 거 아니에요? 나한테는 무척 단순한 사건처럼 생각되는데요."

"그렇습니까? 아아, 아주 편해졌어요. 정말 고맙습니다."

"도와드리지 못해서 미안해요."

"아니, 큰 도움이 되었습니다. 게다가 마사지까지 받고…" 말 뒤에 숨어 있는 빈정거림을 알아차리지 못했는지, 콜롬보는 어깨와 목을 기분 좋게 움직여 보였다. "덕분에 어깨가 뻐근했던 것도 풀리고, 아주 상쾌해졌습니다. 오늘 밤에는 오랜만에 이 목걸이를 하지 않고도 잘 수 있을 것 같군요."

"그럼 형사님, 크리스마스 파티는 이만 끝내죠." 케이는 말하고 몸을 뻗어 촛불을 불어 껐다. "그리운 추억에는 충분히 잠겼으니, 나도 푹 잘 수 있을 것 같아요."

"예, 그럼 슬슬 돌아갈까요?"

콜롬보도 일어섰다. 두 사람은 거실을 지나 현관문으로 걸어갔다.

그때 콜롬보가 갑자기 엉뚱한 소리를 지르며 어둠 속에서 걸음을 멈추었다.

"아뿔싸, 또 없어졌군."

케이는 고개를 돌려 콜롬보를 바라보았다. 콜롬보는 또 주머니 속을 뒤지고 있었다.

"아, 드디어 찾아냈습니다. 깜박 잊어버릴 뻔했어요. 그 종잇조각 말입니다. 피해자 책상 위에서 발견한…" 콜롬보는 주머니에서 조그맣게 접은 메모지를 꺼냈다. "무슨 암호 같아요. 아주 짧은 메모인데, 숫자와 대문자

제3장 추적 565

로 'K'라고 적혀 있습니다. 당신한테 보여드리면 뭔지 알 수 있을 것 같아서."

콜롬보는 성냥을 켜서 종이를 비추며 케이 쪽으로 다가왔다. 케이는 의아한 듯 눈살을 찌푸리며 메모를 받아들었다.

그 종잇조각 위에는 둥글둥글한 작은 글씨로 '앤드루스 씨 책상에서 발견'이라고 적혀 있었다. 그 밑에 230, 240, 280, 450이라는 숫자가 아무렇게나 적혀 있고, 450이라는 숫자에 동그라미 표시가 되어 있었다. 그리고 왼쪽 끝에 큼지막하게 적혀 있는 대문자 K… 콜롬보가 옆에서 메모를 들여다보며 말했다.

"여기 보세요. 대문자 K가 있지요? 그리고 240이니 280이니 하는 숫자가 몇 개 적혀 있고, 450이라는 숫자에 동그라미가 쳐져 있습니다. 아시겠습니까. K와 450. 이게 도대체 뭘까요?"

"글쎄요, 전혀 짐작도 가지 않는데요." 케이는 메모를 보면서 중얼거리고는 고개를 저었다.

"뭔가 짚이는 데가 없습니까?"

"아뇨. 유감이지만 나는 모르겠어요. 어쩌면…"

"어쩌면?"

"대본의 장면 번호인지도 몰라요. 죽기 전까지 대본을 읽고 있었잖아요? 마음에 걸리는 부분을 적어둔 게 아닐까요?"

"그렇군요. 하지만 이 숫자에는 일정한 유형이 있는 것 같아요. 무슨 일련번호 같은… 그 공통점이 혀끝까지 나와 있는데 좀처럼 입 밖으로 나오질 않는군요. 하지만 대문자 K는…"

"형사님, 그렇게 빙빙 돌리지 말고 딱 부러지게 말씀하시는 게 어때요?" 케이는 도전하듯 재촉했다.

"당신 이름은…"

"케이에요. 우연의 일치라고나 할까요. 하지만 K는 그저 K일 뿐이에요. 내 이름 케이와는 아무 관계도 없어요. 내 이름과 이 메모의 K를 결부시키는 건 구차스러운 억지예요."

케이는 비웃음을 띠며 콜롬보에게 종잇조각을 돌려주고 앞장서서 문으로 걸어갔다.

"그렇습니까?"

"K의 의미는 그 밖에도 얼마든지 있어요. 암호 해독은 잘하시잖아요?"

"암호 해독요… 여러 가지로 고마웠습니다. 큰 참고가 되었습니다."

콜롬보는 종종걸음으로 따라와서, 케이를 위해 폐가의 현관문을 열어주었다. 케이는 가볍게 인사하고 달빛 속으로 발을 내디뎠다.

왔을 때는 보지 못했는데, 수로의 다리 입구에 세워둔 케이의 자동차에서 조금 떨어진 버드나무 그늘에 털터리 푸조가 서 있었다. 지사 건물 앞에 서 있던 자동차다.

자동차에 올라탄 케이에게 콜롬보가 말했다.

"프리스턴 씨, 늦게까지 고맙습니다. 당신은 정말 훌륭한 여성이에요."

"고마워요. 형사님도 아주 좋은 분이세요. 남을 의심하지 않을 때는 특히 더 멋져요."

"인사치레로 하는 말이 아닙니다. 눈 감으면 코를 베어갈 것 같은 텔레비전 방송계의 요지경 속을 들여다보고, 그런 세계에서 어떤 난국도 멋지게 헤쳐 나갈 수 있는 당신에게 감탄하고 있습니다. 이건 결코 인사치레나 아첨이 아니에요."

"나는 어려운 일이나 성가신 일을 일부러 떠맡는 성미예요. 나 자신에게 압박감을 주면 오히려 위기를 빠져나갈 수 있다는 자신감이 생기거든요. 형사님은 그렇지 않은가요?"

"아, 나도 그렇습니다. 아니, 일과는 관계가 없지만, 이따금 틈을 내서 골프를 치지요. 2미터 정도의 퍼트를 성공시키면 파를 기록할 수 있을 때는 바로 그런 심정이 됩니다."

"그런데 일은요?"

케이는 시동을 걸어 엔진을 낮게 공회전시켰다. 바깥 날씨가 쌀쌀해서 기름 온도가 내려가 있었다.

"강력계 형사들의 일은 방송계에서 일하는 사람들처럼 분초를 다투는 게 아닙니다. 낚시터를 충분히 냄새 맡고 다니다가 조용한 수면에 낚싯줄을 드리우고 물고기가 걸리기를 가만히 기다릴 뿐이지요."

"그리고 물고기가 어디에 있는지, 희미한 목소리가 속삭여주기를 기다리겠죠?"

"어디에 있는지는 벌써 짐작하고 있습니다. 그럼 안녕히 가세요. 밤길 운전에 조심하시고…"

콜롬보는 등을 구부정하게 굽히고 자기 차로 다가갔다.

이윽고 털터리 푸조가 기침하는 듯한 소리를 내더니 금방 소리를 멈추었다. 추워서 시동이 잘 걸리지 않는 모양이다. 세 번째에야 겨우 시동이 걸렸다. 시동이 걸리자마자 콜롬보의 자동차는 성급하게 도로로 뛰쳐나갔다. 금방이라도 떨어져 나갈 것 같은 뒤범퍼를 땅에 질질 끌고 흙먼지를 날리면서 달려갔다.

멀어져가는 푸조의 한쪽밖에 켜지지 않은 꼬리등을 케이는 눈을 가늘게 뜨고 지켜보며 생각에 잠겨 있었다.

'낚시터'니 '물고기가 어디 있는지는 짐작하고 있다'느니, 그 수수께끼 같은 말은 나에게 보낸 메시지일까.

3

금요일 아침, 콜롬보는 털터리 푸조를 타고 CNC 방송 서부 지사에 도착했다. 잠시 우왕좌왕하면서 주차 공간을 찾아보았지만 끼어들 틈이 없었다. 할 수 없이 세 블록 떨어진 곳에 차를 세워두고 걸어서 현관으로 돌아왔다. 푸른 하늘이 맑게 갠 상쾌한 아침이었다. 겨울 하늘이 이처럼 푸르게 보이는 것은 로스앤젤레스에서도 드문 일이었다.

접수창구의 앤젤라에게 윙크를 보내고 2층 안내실을 통과하자, 콜롬보의 모습을 알아본 버크 형사가 말을 걸어왔다.

"반장님, 안녕하세요?"

"어이, 버크, 일찍 나왔군."

"아니, 깁스는 어떻게 된 겁니까?"

"드디어 목걸이를 풀었다네." 콜롬보는 목덜미를 어루만지면서 대답했다.

"이젠 안 해도 됩니까?"

"찬 바람을 쐬면서 잔 탓일 거라고 우리 집사람이 말해서 말이야. 창문을 꽁꽁 닫고 하룻밤 푹 잤더니 이렇게 말짱해졌어."

콜롬보는 유연체조라도 하듯 굵은 목을 빙글빙글 돌려 보였다.

"그런데 찾던 물건은 어떻게 됐나?"

"찾던 물건이라니요?"

"총 말이야."

"아직 찾지 못했습니다. 2층과 3층은 샅샅이 찾아보았지만."

"2층과 3층만?"

"그렇게 말씀하셨잖습니까?"

"아니, 그렇게 말한 기억이 없는데."

"하지만 설마 권총이 혼자 걸어서 엘리베이터를 탔을 리도 없고… 누군가가 감시의 눈을 피해 밖으로 가지고 나갔다면 별문제지만."

"잠깐만, 버크." 콜롬보가 오른손 검지를 쑥 내밀었다. "방금 뭐라고 했지?"

"권총이 혼자 엘리베이터를…"

"…탔을지도 몰라. 철저히 찾아보게."

"알았습니다, 반장님."

"덕분에 침술 치료는 받지 않아도 되겠군."

"예? 무슨 치료라고요?" 의아한 얼굴로 버크가 되물었다.

"이 목 말이야. 내 처남이 요통을 앓았을 때 다닌 용한 침술사가 있다길래, 오늘은 거기나 가볼까 했지."

"침술 치료가 뭡니까?"

"그것도 모르나? 급소에 바늘을 꽂아서 신경을 죽이는 동양의술이 요즘 한창 유행하고 있어. 내 처남은 코에 침을 맞고 깜짝 놀랐지만, 덕분에 지금은 쌩쌩하게 돌아다니고 있다네."

"그게 정말입니까? 또 놀리시는 건…" 버크는 반신반의하는 태도였다.

"정말이라니까. 어디 아픈 데가 있거든 마지막으로 침술원에 가보게."

"코에 바늘을 꽂으란 말입니까. 전 싫습니다."

"나도 마찬가지야. 자, 어서 일을 시작하게나. 그걸 꼭 찾아야 해. 자네만 믿겠네."

"염려 마십시오, 반장님."

콜롬보는 버크와 헤어져 영사실로 갔다. 영사실 문을 살짝 열고 안을 들여다보니 월터는 이쪽에 등을 돌린 채 모형 만들기에 열중해 있었다.

"월터, 안녕하세요?"

"아아, 형사님, 어서 오세요. 아침에는 한가하니까요… 그런데 무슨 일로?"

"잠깐 고맙다는 인사를 하고 싶어서 들렀을 뿐이오. 그 장갑을 조카 녀석한테 주었더니 어찌나 좋아하던지… 영화 편집 솜씨가 부쩍 늘어날 거라고 들떠서 야단이에요."

"그거 잘됐군요. 하지만 이왕 장갑을 낄 바에는 영화나 텔레비전 같은 건 그만두고 외과의사가 되는 게 훨씬 나아요. 그게 오히려 피를 덜 봐도 되니까요."

"그게 무슨…" 콜롬보가 당황하여 이마를 찌푸렸다.

"요전에도 말했잖습니까. 피비린내 나는 폭력 장면 말입니다."

"밤에는 바빠서 텔레비전을 별로 보지 못하거든요."

"앤드루스 씨가 사무실에서 총에 맞은 날 밤에도 내가 지하 필름 창고에서 돌아와 〈프로페셔널〉 장면을 들여다보았더니 한 사내가 권총을 입에 물고 쏘는 장면이 나오더군요. 뇌수가 사방으로 튀는 장면까지 말입니다. 도대체 어떻게 되어가는 판인지 모르겠어요. 게다가 앤드루스 씨가 정말로 그 직전에 총을 맞고 돌아가셨으니…"

"꽤 호된 비판이군요."

"형사님은 그렇게 생각지 않으세요?" 월터는 말하고 힐끗 계수기 눈금을 들여다보았다. "이제 슬슬 필름을 바꿀 시간이네요. 또 보고 싶으세요?"

"폐가 안 된다면 꼭 보고 싶군요. 몇 번 봐도 질리질 않아요."

월터가 작은 창문으로 시사실의 스크린을 들여다보자 콜롬보도 그를 따랐다. 월터는 눈금 숫자와 화면을 번갈아 보면서 손가락으로 영사기를 톡톡 두드리고 있었다.

"이런 말을 하면 웃을지 모르지만, 여기 와서 여기저기 돌아다니는 동안 나까지 버튼 중독에 걸려버린 것 같아요. 어딜 가나 버튼과 스위치뿐이니, 무엇을 하려고 해도 버튼과 스위치…" 콜롬보가 말했다.

"익숙해지면 아무렇지도 않습니다."

"중독이 심해지면 나도 그만 버튼을 눌러보고 싶어져서…"

"필름 교환을 해보고 싶으세요?"

"사실은 그래요. 내가 한번 해봐도 괜찮겠어요?"

월터는 한쪽 눈을 감고 시사실을 들여다보았다.

"괜찮습니다. 별로 팔리지 않는 시나리오 작가가 흘러간 영화를 공부하려고 혼자 보고 있을 뿐이니까요."

월터는 필름을 교환할 때 필요한 일련의 동작을 연출해 보였다.

"자, 다시 한번 가르쳐드리죠. 우선 첫 번째 신호가 깜박거리면 이 스위치를 위로 올리고…"

"이걸 위로 올리고…"

"이쪽으로 돌아와서 이걸 위로 올리고…"

"이것도 위로 올리고…" 콜롬보는 월터의 말을 받아서 되풀이했다.

"두 번째 신홋불이 보이면 이 스위치와 저쪽 스위치를 누르고…"

"이것과 저걸 누르고…"

"이걸 내리고…"

"이걸 내리고…"

"마지막으로 빨간 불을 끄면 됩니다."

"그러면 되는 겁니까!"

"그럼 아시겠죠? 이제 슬슬 시작입니다."

두 사람은 창문에 눈을 들이대고 스크린의 오른쪽 위를 뚫어지게 바라보았다.

"자! 첫 번째 신호가 나왔어요!"

"이 스위치를 위로 올리고… 이쪽으로 돌아와서 이걸 올리고…"

콜롬보는 스위치를 조작하면서 계수기 눈금을 부지런히 힐끔거렸다.

"이제 그 숫자는 신경 쓰지 않아도 됩니다. 이제 곧 두 번째 신호가 나올 거예요. 예, 지금이에요."

"두 번째 신호라… 아니, 어느 스위치였더라? 으음, 이건가 저건가… 아니, 이게 어떻게 된 거지?"

콜롬보가 당황하여 월터에게 도움을 청했다.

시사실 스크린에는 아무것도 비쳐 있지 않았다. 느닷없이 시나리오 작가의 목소리가 인터폰에서 울려 퍼졌다.

"이봐, 월터, 필름이 끊어졌어. 거기서 잠자고 있는 거 아냐?"

콜롬보는 문간으로 뒷걸음치고 있었다. 굴속으로 숨어 들어가는 새끼 곰과 똑같았다.

월터는 어깨를 으쓱했다.

"미안해요, 월터. 이제 두 번 다시 손을 대지 않을게요. 그럼 이만."

형사의 모습은 뒷걸음쳐서 문밖으로 사라졌다. 월터는 혀를 차고 기계 옆으로 달려갔다.

"반장님, 뭘 하시는 겁니까?"

버크 형사가 어처구니없다는 얼굴로 영사실 밖 복도에서 기다리고 있었다.

"아니, 지금 이 안에 문제가 좀 생겨서 말이야. 대단한 건 아닐세. 그런데 자네는?"

"찾아냈습니다."

"뭘?"

"찾고 있던 그거 말입니다."

휙 고개를 돌린 콜롬보의 눈이 불룩한 버크의 주머니로 향했다.

"정말이야? 어디서?"

"엘리베이터 천장 끝에 걸려 있었어요."

"잘했네, 버크. 당장 감식반으로 가져가게. 여기 사람들한테는 벙끗도 하지 말고."

"네, 반장님."

버크는 의기양양하게 고개를 끄덕이고는 주머니에서 권총을 꺼내려고 했다.

"됐어. 나중에 결과만 알려주면 돼. 그럼…"

"또 나가실 건가요?"

"해변까지 잠깐 드라이브하러 갔다 오겠네."

콜롬보의 목소리는 쾌활했다.

4

교통체증에 걸리는 바람에 콜롬보가 마리나델레이에 도착했을 때는 정오가 가까워져 있었다. 콜롬보는 해변 매점에서 햄버거와 콜라를 사 들고 마크 앤드루스의 별장으로 다가갔다.

강력계 형사들과 감식반원들은 이 집을 두세 차례에 걸쳐 철저히 수색했지만, 콜롬보는 이곳을 찾아온 게 처음이었다.

현관문 손잡이를 돌려보았지만 자물쇠가 잠겨 있었다. 경찰청에 들르지 않고 텔레비전 방송사로 직행했기 때문에 열쇠를 가져올 겨를이 없었다.

햄버거와 콜라 꾸러미를 안고 잠시 하늘을 쳐다보고 있던 콜롬보는 문득 발밑의 현관 매트를 내려다보았다. 이윽고 어색하게 쪼그려 앉아 매트 밑에 손을 넣어보았다.

싱긋 웃는 콜롬보의 손가락이 작은 열쇠를 쥐고 있었다. 그 열쇠로 문을 열고 안으로 들어간 콜롬보는 요트 항구가 내려다보이는 커다란 유리창이 있는 식당에 앉아, 멋진 경치를 바라보며 형편없는 점심을 만족스러운 듯이 먹어치웠다.

주인을 잃은 집은 깨끗이 치워져 있어서 바닥에는 먼지 하나 떨어져 있지 않다. 매주 월요일에 와서 청소하기로 계약을 맺고 있는 파출부가 이번 주에도 집안 청소를 끝냈다는 보고가 들어와 있었다. 살인이 일어나기 전날이었다.

그 청소부 덕분에 눈에 띄는 단서는 아무것도 얻지 못했다고 감식반 사람들은 투덜거리고 있었다. 하기야 살인 현장이 아니니까 그들도 대충 조사했을지 모른다.

콜롬보가 빵 부스러기를 주우려고 손을 뻗었을 때 그의 눈이 바닥 카펫에 남아 있는 희미한 얼룩을 발견했다. 콜롬보는 의아한 듯이 그 얼룩을 만져보았다.

최근에 누군가가 여기에 음료수라도 쏟았을까. 얼룩 바로 옆에는 작은 유리조각이 카펫 보풀에 걸려 반짝이고 있었다. 청소부의 진공청소기가 미처 빨아들이지 못한 파편일지도 모른다.

콜롬보는 유리조각을 집어들고 밝은 창가로 갔다. 작은 조각이지만 약간 둥그스름하다. 유리잔의 파편일까?

1층 부엌과 놀이방을 둘러본 뒤 콜롬보는 연방 한숨을 내쉬며 계단을 올라가 2층 침실로 들어갔다. 여기서 다시 한번 크게 한숨을 내쉬었다.

그 방의 주역은 연푸른색 커버가 씌워진 특대형 더블베드였다. 침대 맞은편에는 화장대가 놓여 있고, 그 위에 커다란 거울이 붙어 있었다.

콜롬보는 거울을 들여다보며 더부룩한 머리카락을 쓰다듬었다. 이 사팔뜨기 얼굴을 '남자답다'고 말해준 케이 프리스턴의 말이 생각났다. 거울에 얼굴을 비쳐 보고 있어도 눈은 자연히 거울에 비친 커다란 더블베드로 빨려들어갔다.

텔레비전 방송사의 독신 지사장이 주말을 보내던 해변 별장의 침실. 여기서는 도대체 어떤 드라마가 연출되었을까.

콜롬보는 어깨를 으쓱하고 아래층으로 내려가기 시작했다. 그때 현관에서 초인종이 울렸다. 아무도 없는 집에 울리는 초인종 소리에 콜롬보는 순간 움찔 놀랐다.

현관문을 열어보니 세탁소의 젊은 배달부가 서 있었다.

"앤드루스 씨세요?"

"아아… 그런데요."

콜롬보는 불을 붙이지 않은 시가를 물고 가슴을 폈다.

"세탁 맡긴 거 가져왔습니다."

젊은 배달부는 옷걸이에 걸린 몇 벌의 코트를 콜롬보에게 건네주었다.

"공교롭게도 잔돈이 떨어져서…"

"팁은 받지 않습니다. 배달요금에 포함되어 있으니까요."

콜롬보는 고개를 끄덕이고 나서, 보란 듯이 뽐내는 얼굴로 물었다.

"자네는 항상 여기로 배달하러 오나?"

"아뇨. 이쪽은 처음입니다."

"그럼 이 집에 자주 오던 손님에 대해서는 모르겠군?"

"모릅니다. 어쨌든 처음이니까요. 그런데 오늘은 세탁물이 없나요?"

"아니, 아무것도 없네. 당분간은 세탁물이 나오지 않을 걸세."

"그렇습니까? 그럼 또 뵙겠습니다."

"수고했네."

젊은 배달부는 의아한 듯 고개를 저으면서 배달용 밴트럭으로 돌아갔다.

코트를 들고 옷장으로 다가간 콜롬보는 코트를 한 벌씩 걸기 시작했다. 맨 아래에 있던 금색 장식단추가 달린 감색 블레이저코트를 옷장에 걸려던 콜롬보는 문득 손을 멈추고 다시 한번 코트를 꺼내더니, 눈을 가늘게 뜨고 찬찬히 바라보았다.

이윽고 콜롬보는 고개를 깊이 끄덕이며 비닐 커버를 벗기고 코트를 자세히 살펴보기 시작했다.

콜롬보가 그 코트를 어깨에 걸치고 마크 앤드루스의 별장을 나온 것은 그로부터 10분 뒤였다.

5

그날 밤 8시경, 콜롬보는 애견 '개'를 안고 허둥지둥 차에서 내려 단골 가게인 텔레비전 수리점으로 걸어갔다. 애견은 바셋하운드인데, 마치 30킬로그램이나 되는 젤리 덩어리를 안고 있는 듯한 기분이었다. 개도 걸을 수는 있지만, 걸어서 따라오게 하면 한 블록을 가는 데 한 시간이나 걸린다.

수리점 문간에는 무정하게도 '영업 끝났음' 팻말이 걸려 있었다.

콜롬보는 개와 함께 유리문에 얼굴을 바싹 들이대고 문을 두드렸다. 가게 구석에 이쪽으로 등을 돌리고 앉아 있는 주인의 모습이 보였다.

아무리 두드려도 주인은 일어설 기미를 보이지 않는다. 수리에 전념하느라 듣지 못하는지도 모른다. 아니면 가게문을 닫은 뒤에 온 손님을 무시하고 있는 걸까.

콜롬보는 계속 끈질기게 문을 두드렸다. 드디어 주인이 마지못해 무거운 엉덩이를 일으켜, 안경을 이마로 밀어 올리면서 문으로 다가왔다.

"약속했잖아. 열어줘." 콜롬보는 유리문에 얼굴을 눌러댔다.

주인은 콜롬보의 얼굴도 확인하지 않고 '영업 끝났음' 팻말을 손가락으로 가리켰다.

"이봐, 약속했을 텐데."

"예?"

"오늘 밤에 오라고. 이거 정말 곤란한데."

콜롬보가 어서 문을 열라는 신호를 보내자 주인은 손을 내저었다.

"영업 끝났어요."

"뭐라고?"

"영업 끝났다고요."

"그건… 약속이 틀리잖아."

주인은 마지못해 체인을 벗기고 벌레라도 씹은 듯한 소리를 냈다.

"어지간히 끈질긴 양반이군. 대체 뭘 약속했다는 거요?"

"내 텔레비전. 오늘 중으로 고쳐놓겠다고 약속했잖나."

"아니, 콜롬보 형사님 아니십니까?" 주인은 안경을 쓰고 콜롬보와 개의 얼굴을 번갈아 바라보았다.

"어떻게 됐나, 그 텔레비전은…"

"그렇게 재촉하시면 곤란한데요. 오늘 아침에 가져오셨잖습니까?"

"하지만 오늘 밤 CNC의 쇼 프로그램을 놓치고 싶지 않아서 그래. 그래서 허둥지둥 달려온 걸세. 요즘에는 좀 바빠서…"

"들어오세요. 바쁜 건 저도 마찬가집니다. 텔레비전이 워낙 애를 먹여서 밤을 꼬박 새우게 될 것 같아요. 그 개도 함께 데려오시죠."

"고맙네."

"언제나 함께 다니는 것 같던데, 이름이 뭡니까?"

"'개'야."

"내가 물은 건 그 개의 이름인데요."

"그러니까 '개'라고. 이 녀석 이름은 그냥 '개'야. 이상한가?"

개를 안은 채 콜롬보는 주인을 뒤따라 가게 구석으로 들어갔다. 구닥다리 낡은 텔레비전이 작업대 위에 놓여 있었다.

"어라, 이건 우리 거잖아…"

"지금 고치고 있는 중입니다."

"어쨌든 나는 밤에는 더 바빠서 텔레비전도 별로 보지 못해. 오늘 밤에는 핑계를 대고 일찍 퇴근했지. 우리 집사람도 야간대학에 다니기 때문에 밤에는 별로 텔레비전을 보지 않아. 그래서 우리 집의 텔레비전 팬은 이 녀석뿐이지. 이 녀석이 가장 심심해하거든."

콜롬보는 개를 안은 채 텔레비전 앞에 쭈그려 앉았다.

"어라, 여느 때보다 화면 상태가 좋은 것 같은데. 벌써 고쳤나?"

"이제 조금만 더 손보면 됩니다."

"방해는 하지 않을 테니까, 이 녀석한테 잠깐 텔레비전을 보여주어도 될까? 요즘에는 느긋하게 텔레비전도 볼 수 없다고 불평이라서 말이지. 자, 봐라. 어때, 재미있지?"

콜롬보와 초라한 개의 신기한 광경을 가게 주인은 어처구니없다는 얼굴로 바라보다가 물었다.

"개가 재미있다고 합니까?"

콜롬보는 고개를 끄덕이며 말을 이었다.

"이런 자세로 눈을 가늘게 뜨고 있을 때는 재미있어하는 걸세."

"그걸 어떻게 알죠?"

"재미없을 때는 고개를 돌려버려."

"그것만으로 알 수 있나요?"

"따분한 얼굴을 하지… 자, 개야, 잘 봐. 네가 아주 좋아하는 쇼를 하고 있으니까."

텔레비전 화면을 열심히 바라보던 콜롬보가 뜻밖이라는 표정을 지었다.

"어라, 여느 때의 버라이어티 쇼는 하지 않나? 이거 CNC 맞아?"

화면에는 싸구려 호텔의 어두운 방에서 얼굴을 씻고 있는 내복 차림의 남자 모습이 비치고 있었다.

"오늘 밤에는 하지 않습니다."

"하지 않는다고?"

"예, 하지 않아요. 출연자 사정으로 갑자기 프로그램이 바뀌어서 〈프로페셔널〉이라는 첩보영화를 하고 있지요."

"뭐? 〈프로페셔널〉? 이거 대단한 우연이군. 실은 이 프로그램을 만든 여자랑 잘 아는 사이거든." 콜롬보가 화면을 바라보면서 빼기는 투로 말했다.

"나쁘지 않더군요. 액션도 있고…"

"이 녀석한테 물어보세… 개야, 어떠냐? 재미있니?"

수리점 주인은 콜롬보와 개가 나누는 수작을 바라보면서 멋대로 하라는 듯이 어깨를 으쓱했다.

화면에는 권총을 만지작거리며 누워 있는 남자의 모습이 비쳐 있었다. 그때 화면 오른쪽 위에서 필름을 교환하라는 신호불이 깜박였다. 남자가 권총으로 뺨을 어루만지고 있다.

콜롬보는 집어삼킬 듯이 바라보고 있었다. 옆에 있는 애견 따위는 염두에도 없는 모양이었다.

이윽고 스피커에서 총소리가 울렸다.

그 순간 화면이 꺼졌다.

"아니, 어떻게 된 거야?"

주인이 전원에서 빼낸 코드를 보여주었다.

"빨리 수리를 끝내고 싶어서…"

"꺼버렸나? 뭐, 괜찮아. 중요한 장면은 보았으니까."

"미안합니다. 밤을 새울 생각은 없어요."

"잘 부탁하네. 전보다 훨씬 화면이 좋아졌어. 그렇지, 개야?"

콜롬보는 불만스러운 얼굴을 하고 있는 '개'에게 말을 걸었다.

"이번 기회에 아예 새것으로 바꾸는 게 어떻습니까. 이건 이제 수명이 다 됐어요. 수리점 주인이 이런 말을 하는 것은 뭣하지만, 4백 달러만 주면 좋은 걸 구할 수 있어요. 저 개도 기뻐할 겁니다. 그리고 눈에도 좋고…"

"우리 어머니를 아나?"

"아뇨. 왜요?"

"우리 어머니랑 똑같은 말을 하길래… 어쨌든 앞으로 얼마 동안은 바꿀 수 없네. 자동차 범퍼도 바꿔야 하고, 구두도 사야 하고…"

"그러다가는 평생 가도…" 수리점 주인이 어처구니없다는 듯이 어깨를 으쓱했다.

"이봐, 개야, 너도 괜찮지? 봐, 괜찮다잖아."

"개가 그렇게 말한다면 그렇게 하세요. 나는 평생 동안 이 텔레비전을 수리하게 될 것 같군요."

콜롬보는 개의 등을 탁탁 두드리면서 말했다.

"원래 나는 클래식한 걸 좋아해. 자동차도 텔레비전도…"

"그런 걸 클래식하다고 합니까? 그러고 보니 그 코트도 상당히 클래식하군요."

콜롬보는 헛기침을 하고는 다시 개를 안고 일어섰다.

"어쨌든 내일 크리스마스이브까지는 꼭 좀 부탁하네."

"알겠습니다. 그럼 안녕히 가세요."

"잘 있게. 자, 개야, 그럼 돌아갈까. 조금이라도 볼 수 있어서 좋았지?"

콜롬보는 개에게 말을 걸면서 밖으로 나갔다.

자동차로 돌아온 콜롬보는 개를 조수석에 내려놓고 다시 한번 중얼거렸다.

"정말 오늘은 좋은 걸 봤어. 정말 좋은 걸… 아니, 왜 그래? 심심해서 그래?"

조수석의 개는 시트에 납작 엎드린 채 원망스러운 듯이 주인을 쳐다보고 있었다.

제4장

대결

1

크리스마스 전날 아침, 케이 프리스턴은 일찍 출근하여 온종일 불난 집의 불을 끄느라 바쁘게 뛰어다녔다. 주말을 반납하는 것은 이미 각오하고 있었다. 어쨌든 발등에 떨어진 불은 끄지 않으면 안 된다.

최초의 차질은 어젯밤 황금시간대의 쇼 프로그램에서 발레리 커크가 예고대로 정말 펑크를 내버린 것이었다. 생방송 프로그램에서 노래와 춤과 이야기를 혼자 도맡고 있는 주역인 발레리가 하필이면 방송 한 시간 전에 모습을 감추어버린 것이다. 대책 마련에 쫓긴 케이는 옛날 프로그램을 재방영하자는 제안을 일축하고, 플래너건의 뜻을 확인하지도 않은 채 갓 완성한 〈프로페셔널〉로 급히 프로그램을 교체한다는 대담한 결단을 내렸다.

주역의 개인 사정으로 황금시간대의 프로그램이 중지된 것은 CNC가 개국한 이래 최초의 불상사였다. 평소에도 정신상태가 불안정했던 발레리가 심한 우울증에 빠져 다량의 신경안정제를 술과 함께 마시고는 일할 의욕을 아예 잃고 일을 내팽개쳐버린 것이다.

발레리는 케이가 발굴하고 다듬어 스타의 자리에까지 올려준 비장의 탤런트였지만, 이제 연예인으로서 발레리의 생명은 끝장난 셈이었다.

물론 책임은 케이에게 있었다. 마크 문제로 발레리한테 충분히 신경을 쓰지 못한 것이 이번 사태의 원인이었다. 그러나 케이는 소중한 발레리를 그 자리에서 냉혹하게 잘라내고 신작 〈프로페셔널〉로 교체하는 결단을 내린 것이다.

이 위험한 도박의 성패는 시청률에 달려 있었다. 그리고 결과는 참담한 것이었다. 발레리 쇼의 평균 시청률이 18.5%인 데 비해, 펑크를 때우기 위해 집어넣은 〈프로페셔널〉의 시청률은 고작 3.6%에 불과했다.

방영하기 전에 홍보는 좀 했지만, 그날 신문의 연예란에도 실리지 않은 다큐멘터리 드라마치고는 시청률이 높은 편이었다고 위로해주는 사람도 있었다.

그러나 반년의 제작 기간과 수십만 달러의 제작비, 그리고 이 작품에 모든 것을 걸었던 케이의 꿈이 물거품처럼 사라져버린 것을 누구보다도 잘 알고 있는 사람은 그녀 자신이었다.

"3.6%는 서해안 지역의 시청률일 뿐이고, 전국의 시청률은 좀 더 높을 거요."

케이의 사무실에 온 편성부장 조너선 러스크가 시큰둥한 어조로 케이를 위로했다. 최종 결단을 내린 것은 케이였지만, 조너선도 책임의 일부를 짊어지고 있었다.

"그따위 위로는 그만둬요, 조너선. 서해안에서는 홍보도 어느 정도 되어 있었어요. 광고주들도 우리 조건을 받아주었고요. 하지만 전국 네트워크의 시청률은 그 이상 기대할 수 없어요. 조너선도 아실 텐데요?"

"새 자리에 앉자마자 맛본 패배인가. 게다가 보통 패배도 아니고 참패를 당했으니…"

"기뻐하는 것 같군요, 조너선." 케이는 차가운 목소리로 말했다.

임시 조치라고는 하지만, 케이가 마크 후임이 된 것을 조너선이 달가워하지 않는 것은 분명했다.

"그렇게 신경을 곤두세울 건 없잖소."

조너선은 자리에서 일어나 문을 열어둔 채 케이의 사무실을 나가버렸다. 그와 엇갈려 비서 웬디가 서류를 산더미처럼 안고 사무실로 들어왔다.

"웬디, 전무님은 아직도 연락이 안 돼?" 케이가 초조하게 물었다.

"어젯밤부터 여기저기 수소문하고 있지만…" 웬디는 솜씨 좋게 서류를 케이의 책상 위에 늘어놓으면서 고개도 들지 않고 대답했다. 얼굴을 보지 않아도, 그 말투만 들으면 케이의 굳은 표정을 상상할 수 있었다.

"계속 찾아줘."

"네."

"해변 유원지 현지 촬영은 어젯밤 몇 시에 끝났지? 회전목마 장면 말이야." 서류를 재빨리 훑어보면서 초조한 목소리로 케이가 물었다.

"아직 끝나지 않았어요. 오늘 온종일 걸린다고 하던데요."

케이는 고개를 번쩍 들고 서류를 책상에 탁 내려놓으면서 웬디를 노려보았다.

"아서를 불러! 그 잘난 아서를…"

웬디는 자기 자리로 돌아가, 촬영 현장에 있는 프로듀서를 전화로 불러냈다.

전화를 연결하자 다짜고짜 아서에게 호통을 치고 있는 케이의 목소리가 들려왔다. 웬디는 어깨를 으쓱하고 다른 전화로 플래너건을 찾기 시작했다.

패전 뒤처리에 쫓긴 하루였지만, 케이는 "내가 질 것 같아? 질 것 같아?" 하고 중얼거리면서 부지런히 대책을 강구했다.

흐름에 몸을 맡길 수는 없어. 어떻게든 길을 열어야 해. 지금까지 그렇게 해왔으니까, 이 위기도 반드시 뚫고 나갈 수 있을 거야.

방송사 안을 냄새 맡고 다니는 형사들이 일을 방해하지 않은 것도 다행이었다. 그 콜롬보의 모습조차 한 번도 눈에 띄지 않았다. 어차피 아무것도 알아낼 수는 없을 것이다. 멋대로 하게 내버려두면 된다.

7시경 서류 작업을 겨우 마치고 케이는 의자에서 일어났다. 지지부진한 해변 유원지의 현지 촬영을 오늘 밤에는 무슨 일이 있어도 끝내야 한다.

케이는 코트를 입은 다음, 한 손에 대본을 들고 핸드백을 어깨에 메고 방을 나섰다. 끝내 플래너건이 있는 곳을 알아내지 못한 웬디는 변명도 하지 않고 먼저 퇴근해버린 뒤였다. 케이가 전용 계단으로 3층에 올라가 조녀선에게 말을 건 뒤, 맞은편 마크의 사무실을 바라보니 비서실 문이 반쯤 열려 있다.

케이는 잠깐 망설이다가 비서실로 들어갔다. 비서 마지의 모습은 보이지 않았다. 핸드백이 책상 위에 놓여 있다. 화장실에라도 간 모양이다. 문득 고개를 돌려보니 마크의 사무실로 통하는 문이 약간 열려 있고 불빛이 새어 나오고 있다.

케이는 칸막이 문으로 다가가 잠시 망설이다가, 문을 열고 안으로 발을 들여놓았다.

콜롬보 형사가 마크의 책상 앞에 앉아 있었다. 작은 메모장에 뭔가를 적어 넣고 있다. 돌아설까 했지만, 왠지 그럴 수가 없었다.

케이는 책상으로 다가가면서 말을 걸었다.

"형사님, 크리스마스이브인데도 야근을 하시나요?"

"아아, 프리스턴 씨."

콜롬보는 고개도 들지 않고 메모 정리에 여념이 없다. 저쪽을 뒤적이고, 이쪽을 뒤적이고, 표시를 하고, 뭔가를 적어 넣으면서, 정리하는 솜씨가 좋지 못한 메모광의 전형적인 증상을 보이고 있었다. 그런데도 눈앞에 있는 사람이 케이라는 것은 얼굴을 확인하지 않고도 안 모양이다. 콜롬보가 얼빠진 목소리로 말했다.

"이러고 있으니, 꼭 늦게까지 일하는 텔레비전 방송사의 중역 같으요?"

"힘내세요." 케이가 말하면서 코끝으로 웃었다.

콜롬보는 메모 정리를 마치고, 드디어 고개를 들었다.

"앤드루스 씨는 이 책상에서 일을 하셨지요? 정말 훌륭한 책상이네요. 여기 앉아 있으니 전 세계도 움직일 수 있을 것 같은 기분이 드는군요."

"기껏해야 조그만 캘리포니아뿐이에요."

"오늘 밤 일은 끝났습니까?"

"아뇨. 지금부터 해변 촬영 현장까지 가봐야 해요."

케이는 콜롬보에게 등을 돌리고 성급하게 사무실을 나가려고 했다.

"아, 잠깐만요…"

"뭔데요?"

"이 책상의 주인이었던 앤드루스 씨 말인데요, 현재는 독신이었지요?"

전에도 똑같은 질문을 했었다. 케이는 이마를 찌푸리며 대답했다.

"그래요. 전에도 말씀드린 것 같은데요."

"한 번 이혼한 경험이 있지요?"

"맞아요."

"이 나라에서 일어나는 살인사건의 절반 이상이 가까운 가족의 범행이라는 걸 아십니까? 아니, 이거 실례했습니다. 당연히 아실 텐데."

케이는 콜롬보가 던진 당돌한 질문의 의미를 헤아리지 못해 의아한 얼굴을 했다. 대체 이 사람은 무슨 말을 하려는 걸까.

"오늘 나는 드디어 도로시 씨를 만났답니다."

도로시? 내가 당연히 알고 있을 거라고 생각하는 말투다. 그런데 도로시가 누구지?

"앤드루스 씨의 전처 말입니다."

"아아, 그 도로시요."

마크의 입에서 그녀의 이름을 한두 번 들은 적이 있었다. 도로시는 케이 앞에서는 이른바 금기로 되어 있는 이름이었다. 케이는 마크의 전처에게 관심이 있었지만, 이상하게도 마크가 전처 이야기를 꺼렸다.

"완벽한 알리바이가 있더군요. 좀처럼 만날 수 없었던 것도 당연했습니다. 도로시는 새로 사귄 애인과 함께 배를 타고 카리브해에 가 있었으니까요."

"애인요? 카리브해?"

"지난주 금요일부터 오늘까지 일주일 동안 다녀왔답니다. 귀국할 때까지 앤드루스 씨가 돌아가신 줄도 모르고 있었어요. 얄궂은 이야기지만 나는 문득 이런 생각을 해봤습니다. 1년에 한 번 단체관광으로 해외여행을 떠나는 우리 집사람이 외국에 있는 동안 내가 갑자기 죽어버리면 어떻게 될까 하고. 현역 남편이 죽으면 여행지에 있는 아내한테 당장 연락이 갈까요?"

이런 말을 넉살 좋게 지껄이는 남자는 어지간해서는 죽지 않는 법이다. 케이는 저도 모르게 쿡쿡 웃었다.

"이야기가 엉뚱한 데로 빗나가서 미안합니다. 어쨌든 그래서 그 여자는 무죄라는 것이 확실해졌습니다."

"그러니까 도로시 씨를 의심하고 계셨다는 건가요?"

"아니, 이 사건에서는 도로시 씨를 조금도 의심하지 않았습니다. 설령 통계상으로는 가까운 가족이 범인인 경우가 많다 해도 말입니다."

"왜요?"

"조사해보고 알았지요. 도로시 씨의 카리브해 여행은 두 번째 신혼여행이었더군요."

그 여행이 알리바이 공작을 위한 것이고, 살인청부업자를 고용해서 죽였을 가능성도 있지 않은가. 서스펜스 드라마 같은 추리를 말하려다가 케이는 입을 다물었다. 텔레비전을 너무 보아서 그런 상상을 하는 거라고 콜롬보한테 비웃음을 당하는 게 고작일 터였다.

"그리고 도로시 씨한테는 동기도 없습니다. 이혼할 때 앤드루스 씨한테 받을 것은 전부 다 받았다더군요."

마크는 남자로서의 약점을 나한테 보이고 싶어 하지 않았어. 도로시 이야기를 꺼렸던 것은 결혼생활의 실패를 알리고 싶지 않았기 때문이라기보다 이혼 싸움에서의 참패를 알리고 싶지 않았기 때문인 게 분명해.

케이는 문득 마크와 헤어지던 날 아침의 일을 생각해냈다. 마크는 부인과 헤어질 때의 실패에 넌더리가 나서 멋진 작별식을 연출할 작정이었을까.

"도로시 씨한테 흥미로운 이야기를 들었는데, 이혼의 직접 원인은 역시 여자 문제였더군요."

그것은 금시초문이었다. 도로시와 헤어져 나와 관계를 맺을 때까지 마크에게 다른 여자가 있었단 말인가. 만약 그렇다면 그건 언제 일일까.

"상대는 어떤 여자였나요?"

"그런데 그게 확실치 않아요. 아무래도 특정한 여자가 아니라 여러 여자와 잠깐씩 관계를 맺은 것 같습니다."

"그래요?" 안심하는 말투였다.

그런 자신을 깨닫고 케이는 웃음을 삼켰다. 마치 마크가 아직 살아 있기라도 한 것처럼 자기가 질투심에 사로잡혀 있다는 것을 깨달았기 때문이다.

"최근에는 어땠습니까?"

"네?"

"앤드루스 씨가 누군가와 약혼을 했다든가, 그런 소문은 없었나요?"

"그런 건 몰라요. 관심도 별로 없었으니까요." 케이는 성난 듯한 말투로 콜롬보의 질문을 받아넘겼다.

"그러면 특정한 여자와의 관계는요? 사귀는 여자가 많았습니까?"

"글쎄요…" 이 사람은 나를 탐색하고 있어. 혹시 마크와 나의 관계를 알아낸 게 아닐까?

케이가 어떻게 판단해야 좋을지 몰라서 대답을 망설이고 있을 때, 비서실 쪽에서 마지의 목소리가 들렸다.

"케이? 무슨 볼일이라도…"

돌아갈 준비를 마친 마지가 칸막이 문으로 들어왔다.

"마지, 내주 초에 내 사무실을 이쪽으로 옮길 거예요."

케이의 지시에 마지는 자세를 갖추고 되물었다.

"그럼 저는 여기 계속 남아 있는 건가요? 아니면 웬디가 옮겨오게 되나요?"

중역 비서 자리가 걸려 있다. 마지의 목소리는 흐려져 있었다.

"걱정 마요, 마지. 나는 당분간 두 사람 몫의 일을 해야 해요. 따라서 비서도 두 사람이 필요해요. 잘 부탁해요."

"네, 알았습니다."

흐려져 있던 안색이 활짝 갠 것 같았다.

"해변 촬영 현장에 전화를 걸어서, 아서한테 내가 지금 곧 그쪽으로 간다고 전해줘요. 그 일이 끝나면 퇴근해도 좋아요."

케이는 새 비서에게 척척 지시를 내렸다.

"네, 곧 연락하겠습니다. 그럼 먼저 실례합니다."

마지는 문을 닫고 비서실로 돌아갔다. 케이가 눈길을 돌리자 콜롬보는 또 열심히 메모장을 살펴보고 있다가 고개도 들지 않고 물었다.

"너무 끈질긴 것 같습니다만, 마크 씨의 여자관계에 대해서 물었는데요."

"난 몰라요. 친한 여자가 몇 명은 있었겠죠."

콜롬보는 고개를 숙이고 책상을 손가락으로 튀기고 있다.

"앤드루스 씨는 독신이고, 잘생기고, 장래가 유망한 분이었습니다. 여자분들이 가만 내버려두지 않았을 텐데요."

"비서들은 야단이었던 모양이에요. 확실히 매력적인 남자였으니까요."

"당신은 어떻게 생각하셨습니까?"

"네?" 허를 찔린 케이는 당황했다.

"당신도 앤드루스 씨를 매력적인 남자라고 생각했나요?"

케이는 순순히 인정하기로 했다.

"네… 그렇게 생각했어요. 다소 모난 데가 있었지만 나름대로 매력은 있었어요. 그런 의미에서는 형사님도 아주 매력적인 분이세요. 어젯밤에도 말씀드렸지만."

"아니, 이거 고맙습니다." 콜롬보는 만면에 웃음을 띠고 메모장을 호주머니에 집어넣으며 의자에서 일어났다. "자, 앉으세요. 오래 걸리진 않습니다."

케이가 시간에 신경을 쓰면서 의자에 앉자 콜롬보는 천천히 방안을 반 바퀴 돌아 케이의 정면에 와서 섰다.

"나는 사람들한테 이것저것 캐묻고 다니는 게 직업인데, 여러 가지를 캐묻다 보면 이상한 일이 일어나지요. 나는 똑같은 질문을 하고 있는데 대답할 때마다 말이 달라지는 경우가 있거든요. 아니, 사람들이 모두 거짓말을 한다는 뜻은 아닙니다. 그건 알고 있습니다. 협조해주시는 것에 대해서도 무척 고맙게 생각하고 있고요."

"빙빙 돌려서 말씀하시는군요, 형사님."

"어쨌든 친한 사람이 죽으면 당황해서 대답이 제각기 달라져버리는 것도 충분히 이해합니다. 착각하거나 잘못 생각한 것을 말해버리기도 하지요. 완전한 인간은 없으니까요."

정면에 선 콜롬보가 케이의 얼굴을 똑바로 쳐다보았다.

"나도 그렇다는 건가요? 내가 뭔가 틀린 말을 했나요?"

"그럼 다시 한번 검토해볼까요. 당신은 앤드루스 씨의 사생활을 전혀 모른다고 했습니다. 당신과는 상관없는 일이라고."

케이는 고개를 끄덕이고 손목시계를 들여다보면서 말했다.

"밤늦게까지 일할 때 식사 정도는 함께 한 적이 있지만…"

"여자 친구나 특정한 여자에 대해서는 아무것도 모른다고 하셨지요. 주말을 마리나델레이의 별장에서 함께 보낸 여자에 대해서도…"

"그런 사적인 질문은 서로 하지 않았으니까요."

케이는 콜롬보의 강한 어조에 눌려 수세로 돌아서 있었다.

"그럼 대답은 전과 똑같다는 거로군요. 그러시면 곤란한데요. 이렇게 되면 좀 곤란해요. 그 이유는…" 콜롬보는 마크 앤드루스의 옷장으로 다가가 비닐 덮개에서 꺼내어 걸어둔 블레이저코트를 집어들었다. "바로 이겁니다. 어제 앤드루스 씨의 별장에 잠깐 들렀었는데, 마침 그때 세탁소 배달부가 세탁물을 배달하러 왔더군요. 그런데 이 코트가 앤드루스 씨의 양복과 함께 들어 있었어요."

케이는 깜짝 놀라 저도 모르게 소리를 지를 뻔했다. 별장 안은 샅샅이 조사했지만, 세탁소에 보낸 세탁물은 까맣게 잊고 있었다. 그 실수가 너무 분해서 이를 갈고 싶어질 지경이었다.

콜롬보는 코트를 책상 위에 놓고 말을 이었다.

"이 옷은 여성용입니다. 특별히 주문해서 만든 블레이저코트인데, 여기에 양장점 라벨이 붙어 있어요." 콜롬보가 코트 안쪽을 젖혀 보이며 거드름 피우는 어조로 말했다. "조사해보았더니… 당신 옷이라는 걸 알았습니다, 프리스턴 씨. 이 코트는 당신 거예요."

케이는 고개를 들어 콜롬보를 마주 보았다.

"의심스러우면 입어보실래요?"

케이는 눈을 감고 잠시 생각한 뒤, 갑자기 태도를 바꾸어 대담하게 대답했다.

"그럴 필요 없어요."

"당신이 앤드루스 씨의 별장에서 세탁물을 보냈다는 건 당신과 그 사람이…"

"알았어요, 형사님. 더 이상 말씀하실 필요 없어요. 잘 조사하셨군요, 나는 어쩔 수 없이 거짓말을 했던 거예요."

케이는 의자에서 일어나 책상을 돌아서 콜롬보 앞에 섰다.

"거짓말이라고요…?" 콜롬보는 한쪽 눈썹을 치켜올리며 다시 말을 이었다. "그 밖에도 알아낸 게 많습니다. 감식반원들을 시켜서 다시 한 번 별장을 조사한 결과, 앤드루스 씨가 아닌 다른 사람의 지문도 발견했지요. 그게 당신 지문이라는 건 아직 확인되지 않았지만…"

"더 이상 숨기지 않겠어요."

"그게 나을 겁니다." 콜롬보는 눈을 가늘게 뜨며 고개를 끄덕였다.

"세상 사람들 눈에 신경을 쓰지 않을 수 없는 세계이고, 마크도 나도 중요한 지위에 앉아 있었어요. 피차 결혼할 생각은 없었기 때문에 우리 관계가 널리 알려지면 아주 곤란했어요. 되도록 비밀로 해두는 게 좋다고 생각했죠. 이해하시겠어요?"

"네, 충분히 이해합니다. 정식으로 약혼하지 않았다면 비밀로 해두기로 하신 것도 당연하겠죠. 하지만…" 콜롬보는 오른손 검지로 관자놀이를 긁으면서 덧붙였다. "그게 실마리가 되어 여러 가지 일을 알게 될지도 모릅니다. 그럼 이야기를 좀 들려주시지요."

케이는 손목시계를 들여다보았다.

"오늘 밤에는 빨리 해변 촬영 현장으로 가봐야 해요. 내일로 미룰 수 없을까요. 형사님도 말씀하셨잖아요. 우리는 경찰과 달리 분초를 다투는 생활을 하고 있어요."

이 말을 남기고 케이는 급한 걸음으로 사무실을 나갔다.

그러자 콜롬보가 종종걸음으로 뒤따라오면서 외쳤다.

"아, 잠깐만요, 프리스턴 씨… 하루쯤 늦어도 별 상관은 없습니다만…"

두 사람은 3층의 전용 엘리베이터로 다가갔다. 범행을 저지른 밤과 똑같이 한쪽 엘리베이터에는 청소도구가 쌓여 있었다. 케이는 콜롬보를 돌아보며 말했다.

"허락을 받지 않고 멋대로 도시를 떠나거나 이사를 가거나 해외여행을 떠나지는 않겠다고 약속할게요. 더 이상 거짓말은 하지 않겠다는 것도 약속하죠."

그러고는 익살스럽게 오른손을 들어 선서하는 자세를 취해 보였다.

"아니, 선서까지 하실 필요는 없는데요."

두 사람은 엘리베이터에 올라탔다.

"경찰에 진실을 말하는 건 선량한 시민의 의무니까요. 협조해주시면 그걸로 좋습니다. 아래층까지 내려가시겠습니까?"

"네, 아래층까지."

콜롬보가 버튼을 누르자 엘리베이터 문이 닫혔다. 콜롬보는 시가에 불을 붙이려고 시선을 아래로 떨어뜨렸다. 그러나 엘리베이터 안에서 담배를 피울 수는 없다. 콜롬보는 손가락에 끼운 시가를 원망스러운 듯이 계속 바라보고만 있었다.

케이는 반사적으로 힐끔 고개를 쳐들어 천장의 젖빛유리를 훑어보았다. 권총의 그림자가 비쳐 있다! 당연히 엘리베이터 통로에 버려졌어야 할 권총의 그림자가…

"대단한 게 아니라고 생각해서 사람들이 경찰에 사실을 털어놓지 않으면 우리는 언제까지나 단서를 잡을 수가 없습니다. 사건을 해결하는 것도 어려워지고요. 아시겠습니까? 그렇게 생각지 않으세요?"

"네? 뭐라고 하셨죠?"

"아뿔싸, 하마터면 불을 붙일 뻔했군. 이런 데서 담배를 피우면 좋지 않습니다. 선량한 시민이 할 짓이 아니지요."

"상관 마시고 어서 피우세요."

케이는 침착성을 유지하려고 긴장한 웃음을 지어 보였다. 절대로 위를 보아서는 안 된다. 시가에 신경을 집중하게 해야 한다.

"시민의 협조가 없으면 경찰은 손을 들 수밖에 없다고 말했습니다. 전에도 이런 사건이 있었지요. 어떤 유부남이 바람을 피우고 있었는데, 애인과 데이트하고 있을 때 어떤 중요한 사건을 목격했어요. 그런데 아무래도 증언을 해주지 않는 겁니다. 정말 곤란하더군요."

"잘 알겠어요."

케이는 대답하면서 아무렇지도 않게 몸을 움직여 콜롬보를 엘리베이터 한쪽 구석으로 몰아넣으려고 했다. 그 위치에서는 위를 쳐다보아도 젖빛유리에 비친 권총 그림자가 보이지 않는다.

"정말로 이해해주신다면 기쁜 일이지만…"

엘리베이터가 드디어 1층에 도착했다.

케이에게는 문이 열릴 때까지의 몇 초가 영원처럼 길게 느껴졌다.

문이 열리고 두 사람은 1층 로비에 발을 내디뎠다. 엘리베이터 문이 뒤에서 닫히기 시작했다.

"죄송해요, 형사님. 거짓말을 해서. 용서해주시는 거죠?"

"용서하고 말 것도 없습니다. 이제 서로 마음이 통했으니까 구질구질하게 말할 필요도 없겠지요. 그럼 먼저 실례하겠습니다."

콜롬보는 종종걸음으로 현관문을 향해 걸어가다가 문득 걸음을 멈추고 뒤를 돌아보았다.

"아 참, 그 메모 말인데요, 앤드루스 씨의 책상 위에 있던 '280'이니 '450'이니 하는 숫자가 적혀 있던 거 말입니다. 알고 보니 별거 아니었어요."

"암호를 해독하셨나 보군요."

"실은 우리 집사람이 새 차를 사고 싶은지 자동차 광고지를 잔뜩 긁어모아 와서… 나는 전혀 차를 살 마음이 없지만요… 심심풀이로 그 광고지를 뒤적이다가 문득 떠올랐답니다. 그 숫자는 다름 아니라 자동차의 형식 번호였어요." 콜롬보는 여기서 말을 끊고 케이의 얼굴을 들여다보았다. "메르세데스-벤츠 450SL이라는 호화로운 자동차인데, 나 같은 사람과는 전혀 인연이 없는 고급 차지요. 틀림없이 앤드루스 씨는 새 차를 구입할 작정으로 몇 개를 후보로 골라놓고 생각하고 있었던 거예요. 그런 얘기는 듣지 못했습니까?"

"아뇨, 별로." 케이는 대답하고 걸음을 멈추었다.

"촬영 현장에 가지 않나요? 바쁘지 않으세요?"

"중요한 서류를 깜빡 사무실에 놓고 왔네요. 빨리 가서 가져와야겠어요."

"그렇습니까? 그럼 먼저 실례합니다. 협조해주셔서 고맙습니다, 프리스턴 씨."

콜롬보의 발소리가 멀어져갔다. 케이는 발길을 돌려 엘리베이터 앞으로 돌아가 버튼을 눌렀다. 문이 열리고 케이가 올라탔다. 안에서 버튼을 누르자 문이 닫혔다. 위를 쳐다보니 젖빛유리에 비친 권총의 검은 그림자가 케이의 눈을 찔렀다.

2

케이는 엘리베이터의 '정지 버튼'을 눌렀다. 그러고는 떨리는 손으로 핸드백을 열고 망가진 안테나를 꺼냈다. 이 안테나는 마크를 쏘아 죽인 다음 권총을 처분할 때 엘리베이터 천장의 해치(위로 젖혀 여닫는 문)를 들어 올리는 데 사용하려고 범행 당일에 미리 준비해둔 도구였다. 실제로는 대걸레를 사용했지만.

안테나를 길게 늘여 천장으로 뻗었다. 안테나는 유연해서 대걸레처럼 잘되지 않았다. 이제 권총을 엘리베이터 통로 밑바닥에 떨어뜨릴 수는 없다. 결국 회수할 수밖에 다른 도리가 없었다. 겨우 해치를 밀어 올렸지만 권총에는 닿지 않는다.

"빌어먹을!" 케이는 이를 악물고 낮은 소리로 투덜거렸다.

가슴이 두근거린다. 잠시 쉬면서 해치를 뚫어지게 쳐다보았다.

경첩식 받침대 덕분에 해치는 열린 채였다. 각도를 잘 살펴본 뒤, 까치발로 서서 다시 한번 시도해보았다. 몇 센티미터만 더 가면 권총에 닿는다.

케이는 안테나 끝을 U자 모양으로 구부려 해치 틈으로 밀어 넣은 다음, 조금씩 권총으로 접근시켰다. 권총과 안테나 끝이 그림자로 비쳐 있다. 안테나는 마치 먹이에 접근하는 금속 거미의 촉수 같았다.

이마에 땀이 배어 나온다. 케이는 숨을 죽이고 필사적으로 권총을 끌어당기려고 했다. 마침내 U자 고리가 권총에 닿았다. 그러나 안테나가 닿으면서 미는 바람에 권총은 안쪽으로 더 밀려 들어가고 말았다.

이제 더 이상 손을 뻗을 수는 없다. 케이는 공포에 사로잡혀 마지막 안간힘으로 손목을 힘껏 구부렸다. 기적적으로 안테나 끝이 권총 방아쇠에 걸렸다.

살금살금 잡아당긴다. 또다시 고리가 벗겨져버렸다. 그러나 전보다는 훨씬 가까워져 있다. 다시 한번 방아쇠에 고리를 걸고 천천히 잡아당긴다. 권총 손잡이가 해치 틈으로 얼굴을 내밀었다.

한 번 더! 케이는 조심스럽게 안테나를 움직였다. 권총 손잡이가 절반 이상이나 해치에서 나타나더니, 마지막으로 한 번 더 잡아당기자 아래로 떨어졌다.

케이는 안테나를 내던지고, 떨어지는 권총이 바닥에 닿기 직전에 아슬아슬하게 받아냈다. 그러고는 사슬에 묶인 것처럼 꼼짝도 않고 엘리베이터 바닥에 그대로 잠시 쪼그리고 있었다.

이윽고 마음을 가다듬은 케이는 권총을 핸드백에 집어넣고, 바닥에 떨어진 안테나를 집어들어 해치를 닫고, 엘리베이터 버튼을 눌렀다. 그런 다음 크게 한숨을 내쉬면서 안테나를 짧게 줄였다.

1층 로비에서 엘리베이터 문이 열렸을 때, 밖으로 나온 케이의 얼굴에는 자신감과 침착성이 되살아나 있었다. 야근을 마치고 사무실을 나가는 커리어우먼의 당당한 걸음걸이였다.

종합 안내실에 앉아 있던 야간 경비원이 위로하듯 케이에게 말을 건넸다.

"여러 가지로 피곤하시겠어요."

"네. 하지만 언제까지나 풀이 죽어 있을 수는 없잖겠어요? 그럼 먼저 실례해요, 제임스."

긴장한 웃음을 띠며 인사를 하고 케이는 현관으로 향했다. 인기척이 없는 로비에 하이힐 소리가 메아리쳤다.

건물 뒤쪽의 전용 주차장에는 휘황한 조명이 켜져 있었다. 그러나 낮처럼 자동차가 가득 차 있지는 않다. 주차장은 절반 이상이 비어 있었다.

증거물인 권총은 보기 좋게 되찾았다. 이제는 이 물건을 한시라도 빨리 처리해야 한다. 이 권총을 가지고 있다가 들키면 그야말로 끝장이다.

이렇게 생각한 순간, 권총을 넣은 핸드백이 불처럼 뜨겁게 느껴졌다. 손을 대면 화상이라도 입을 것 같았다. 케이는 자동차로 재빨리 다가갔다. 번쩍번쩍 빛나는 은빛 새 자동차가 옆에 바싹 닿을 듯이 주차해 있었다. 그 차 때문에 자기 자동차 문도 열 수 없을 정도였다. 케이는 말없이 그 차에 욕설을 퍼붓고 조수석을 통해 자동차 안으로 들어갔다. 시동을 걸고 라이트를 켜고 난폭하게 기어를 '주행' 위치에 넣은 다음, 미끄러지듯 차를 출발시켰다. 주위에는 눈길도 주지 않는 시원시원한 동작이었다.

요란한 타이어 소리를 내며 뛰쳐나가는 케이의 자동차를 주차장의 늙은 경비원이 허둥지둥 쫓아갔지만, 이미 때는 늦었다.

"이 물건은 어떡하면 좋지?"

경비원은 케이에게 전해줄 물건을 맡아놓고 있었다. 손바닥에 올려놓은 그 작은 물건을 내려다보면서 늙은 경비원은 낮은 목소리로 중얼거리고는 휘파람을 불면서 경비실로 돌아갔다.

케이는 쫓기듯 밤길을 달려, 해안으로 통하는 자동차도로 입구에서 차를 세웠다. 교통량은 적어서 근처에 서 있는 자동차는 하나도 없었다. 백미러를 확인했지만, 저 멀리 뒤쪽에 작은 등을 켜고 서 있는 밴트럭이 한 대 보일 뿐이었다.

케이는 어깨로 크게 숨을 들이쉰 다음, 자동차 문을 열고 핸드백에서 권총을 꺼내어 길가 배수구에 내던졌다. 희미한 물소리를 확인한 뒤 케이는 급히 문을 닫고 자동차도로로 들어섰다.

케이의 자동차는 로스앤젤레스의 미로 같은 자동차도로를 빠져나간 다음 산타모니카 고속도로를 지나서 해변에 도착했다.

여기저기에서 크리스마스트리를 장식한 조명등이 깜박거리고 있었다.

산타모니카 해변의 방파제 입구에 있는 해변 유원지는 겨울 동안 야간에는 폐쇄되어 있지만, 그날 밤은 마치 여름 한철처럼 흥청거리고 있었다.

조명등이 휘황찬란하게 빛나고, 회전목마와 롤러코스터가 정해진 궤도를 천천히 또는 맹렬한 속도로 돌고 있었다.

텔레비전 영화는 야간에만 유원지 전체를 빌려 촬영하고 있었다. 유원지 안에서 웃고 떠들며 유쾌한 밤을 보내고 있는 가족이나 젊은 연인들은 모두 일당을 주고 고용한 엑스트라들이었다.

현지 촬영의 중심은 화려한 회전목마가 있는 오래된 건물이었다. 애당초 사흘 밤 만에 끝낼 예정이었던 현지 촬영이 이틀이나 연기되어 오늘이 벌써 닷새째였다. 유원지의 각 시설에서의 촬영은 끝나고, 이제는 회전목마 장면만 남아 있었다.

뒤쪽에서 쏘아 올리는 꽃불 불빛이 그늘에 주차해 있는 촬영진의 차량을 비추었다. 그곳에는 케이의 자동차도 섞여 있었다.

케이는 스튜디오의 영상조정실을 그대로 옮겨온 차량에 올라타고, 마지막 마무리에 들어간 촬영을 진두지휘하고 있었다.

"좋아요. 이 대본의 장면 46과 장면 52는 잘라요. 이런 장면에 더 이상 애를 먹는 건 낭비예요. 이런 장면이 없어도 시청자는 불평하지 않아요."

케이는 대본에 거칠게 가새표를 하고 힘찬 목소리로 지시를 내렸다. 현장을 맡고 있는 프로듀서 아서도 어깨를 으쓱하며 고개를 끄덕이고는 동료들과 눈짓을 나누었을 뿐이다. 여자 상관이 설치고 있으니 무슨 명령이든 고분고분 따르는 게 무난하다는 눈짓이다.

"그럼 뒷일은 당신에게 맡기겠어요. 무슨 일이 있어도 오늘 밤 안으로 끝내줘요. 오늘이 마지막 밤이에요." 이렇게 말해놓고 케이는 차에서 내렸다.

케이의 모습이 보이지 않게 되자 남자 스태프들은 아서를 중심으로 이마를 맞대고 무참하게 삭제된 장면의 수습책을 검토하기 시작했다.

케이가 방송사 전용 식당차로 다가가자, 늦은 저녁을 먹으려고 길게 줄을 서 있는 스태프와 엑스트라들의 모습이 보였다. 그러고 보니 케이도 점심 때부터 아무것도 먹지 않았다. 긴장의 연속으로 배고픔조차 잊고 있었다.

인스턴트 저녁을 기다리는 사람들의 대열에 가까이 갔을 때 대형차 한 대가 소리도 없이 케이의 뒤로 다가왔다.

롤스로이스 뒷좌석 창문이 슬금슬금 내려가더니 플래너건의 목소리가 들렸다.

"케이! 이봐요, 케이, 잠깐 얘기 좀 합시다."

"전무님 아니세요? 어제 오후부터 줄곧 찾고 있었어요." 케이는 큰 소리로 대답하고 롤스로이스로 다가갔다.

플래너건은 차에서 내려 케이를 위해 문을 열어주었다.

"할 얘기가 있는데… 자동차 안에서. 괜찮겠소?"

"좋고말고요. 저도 보고 드려야 할 일이 많아요." 케이는 웃으면서 대답했다.

케이가 뒷좌석에 앉자 플래너건은 운전기사에게 식사를 하고 오라고 이르고, 대신 운전석으로 옮겨 앉았다. 시험 촬영이 시작되었는지 이따금 눈부신 아크등이 밤하늘을 비추고, 자동차 안에 앉아 있는 두 사람의 얼굴을 어둠 속에 드러냈다.

"바쁘셨던 모양이죠?"

"여러 가지 뒤치다꺼리를 하느라 바쁘게 뛰어다녔지."

평범한 대답이지만, 그게 무슨 뜻인지는 케이도 잘 알고 있었다. 그러나 어떤 비판을 받더라도 여기서 물러설 수는 없다. 남자들한테 질 수는 없다.

"할 얘기는 케이 자신에 관한 일이오. 케이가 안고 있는 귀찮은 문제에 대해서 솔직히 털어놓고 의논하고 싶은데…" 플래너건은 엄숙한 어조로 말을 꺼냈다.

"무슨 일인데요? 발레리 문제라면…"

"발레리는 당신이 키운 소중한 탤런트였지. 개인적으로도 친했다고 들었소."

"그렇습니다."

"발레리가 언제든 말썽을 부려 성가신 문제를 일으킬 수 있는 요주의 인물이라는 것은 연출자도 입이 닳도록 당신한테 경고했다던데."

"그것도 사실이에요." 케이는 순순히 인정했다.

"신경안정제와 술… 지금 맡고 있는 역할은 발레리한테는 너무 무거운 짐이 아니었을까?"

"하지만 시청률은…"

"그건 알고 있소. 하지만 한 번의 실패로 모든 게 제로가 되었소. 아니, 제로 이하요." 반론을 용납하지 않겠다는 말투였다.

"발레리는 그 자리에서 잘랐어요." 케이는 조용히 대답했다.

발레리는 제멋대로이고 변덕스러운 아가씨였지만, 케이는 어린 동생처럼 귀여워하면서 오늘날까지 키워왔다. 그런 발레리의 탤런트로서의 생명을 케이 자신의 손으로 비정하게 잘라버린 고통을 조금이라도 이해해줄 수는 없을까.

플래너건은 오른손을 가볍게 흔들어 보였다.

"그 문제는 일단 제쳐둡시다." 그는 운전석에 앉은 채 뒤를 돌아보려고도 하지 않았다. "중요한 건 프로그램에 펑크가 난 뒤에 당신이 취한 대응책이오. 〈프로페셔널〉은 당신에게도 상당히 중요한 프로그램인 줄 알고 있는데, 그걸 그런 식으로 느닷없이 방송해버리다니… 나와는 한마디 상의도 없이 말이오."

"전무님을 얼마나 찾았는데요. 그런데도 도통 연락이 되지 않았어요. 결단을 내릴 시간이 조금밖에 없었어요." 케이는 잠시 말을 끊었다가 과감하게 말을 이었다. "저한테는 결정을 내릴 책임이 있고, 결정해야 할 입장에 있었어요. 그건 긴급사태였으니까요."

"그 긴급사태를 일으킨 것도 당신 자신이오. 시청률이 최악이었다는 건 알고 있소? 전국 네트워크의 시청률은 3%도 안 됐소."

"전 최선을 다했습니다."

"누구보다도 당신이 가장 잘 알고 있겠지만 〈프로페셔널〉 제작에는 반년이라는 세월을 소비했소. 재방송을 포함하여 160만 달러의 수입이 걸려 있던 프로그램이오. 그렇게 귀중한 프로그램의 첫 공개를 당신은 그런 식으로 망쳐버렸소. 내가 오늘 온종일 뭘 한 줄 아시오? 광고주들을 찾아다녔소. 손해를 최소한으로 막아보려고 말이오." 플래너건의 목소리는 마지막 결단을 내리는 교주처럼 냉혹했다.

케이는 당황한 나머지 몸이 부들부들 떨리기 시작했다. 져서는 안 된다. 여기서 굴복할 수는 없다. 케이는 용기를 내어 대꾸했다.

"시사회 때 그 작품에는 별로 흥미를 보이지 않으셨잖아요. 그래서 전무님 마음에 들지 않은 모양이라고…"

"내 취향에 대해 멋대로 억측하지 마시오." 플래너건은 한마디로 케이의 말허리를 잘랐다.

"죄송합니다."

"그리고 내 취향과 시청률은 별개 문제요. 구역질을 일으키는 작품이라도, 우선하는 건 시청률이오. 당신은 도대체 몇 년이나 방송계에 있었소?"

"그 작품이 전무님 마음에 들었으면 좋겠다고 생각했어요. 제가 잘못 생각하고 있었나 보군요." 이것이 케이가 취할 수 있는 최대한의 반항이었다.

"아주 마음에 들었소, 나는. 이왕 말이 나온 김에 내 취향에 대해서 말하자면, 나는 그런 감각의 작품을 싫어하지 않아요."

"뭐라고요? 그럼…"

"충분히 홍보를 해놓고 새해 초에 방송할 작정이었소. 크리스마스 시즌이 끝난 뒤에 말이오. 그 기회를 당신은 스스로 망쳐버린 거요."

케이는 말문이 막혔다. 헤어지던 날 아침에 마크가 그녀의 능력에 대해 한 말이 머릿속에서 메아리쳤다. '당신은 결단력이 부족하다'고 마크는 말했다. 그런데 이제 플래너건은 그 결단력이 엉뚱한 방향으로 발휘되었다는 것을 분명하게 지적했다. 운명이란 얄궂은 것이다. 난생처음으로 내린 커다란 결단이 방향 착오로 돌이킬 수 없는 실패의 원인이 되다니.

"이 문제도 일단 접어두기로 하고, 또 한 가지 확인하고 싶은 게 있는데…"

"뭔데요?" 케이는 떨리는 목소리를 억누르며 고개를 갸웃했다. '또 한 가지'란 무엇일까. 마크의 죽음과 관계된 것일까.

"비서 마지한테 보고를 들었는데, 당신은 다음 주부터 마크의 방으로 옮길 작정이라더군."

"그래요. 그러면 안 됩니까? 지금 사무실은 너무 비좁고, 원래 지사장 사무실은 거기니까…"

"당신은 지사장이 아니오." 운전석에서 뒤를 돌아보며 플래너건이 말했다. 부드러우면서도 찌르는 듯한 말투였다.

"네?" 케이는 당황했다. 영문을 알 수가 없었다.

"나는 당신이 지금 맡고 있는 일이 항구적인 것이라고는 말하지 않았소. 어디까지나 임시로 마크의 업무를 인계받아 발등의 불을 꺼달라고 말했을 뿐이오." 플래너건은 표정 하나 변치 않고 조용히 말했다.

"그건 알고 있었지만, 저는…" 케이는 할 말을 잃었다.

"그리고 마크가 죽은 지 아직 일주일도 지나지 않았는데 고인의 책상으로 냉큼 옮겨 앉으려는 당신의 무신경을 참을 수가 없소."

그야말로 결정적인 한마디였다.

"아무래도 결론은 이미 나와 있는 것 같군요."

남자들 사이에는 기묘한 연대감이 있다. 여자의 개입을 거부하는 남자들만의 소아병적 유대가 있다. 설령 상대가 죽은 사람이라 할지라도, 또는 죽은 사람이기 때문에 더욱 그런 유대가 강해진다. 나는 손대서는 안 될 그 유대를 더럽히고 만 것일까?

"그렇소. 천천히 쉬면서 새 일자리를 찾아보도록 하시오. 당신이 퇴사했다는 사실은 내가 정식으로 발표할 테니, 그건 나한테 맡겨두시오. 언론에도 되도록 당신이 상처를 입지 않도록 손을 써두겠소. 하지만 발표는 되도록 빨리 하게 될 거요."

"그렇습니까?" 아무리 궁지에 몰려도 빠져나갈 구멍은 있는 법이다. 지금까지도 그렇게 해왔다. 이번에도… 제가 히스테리를 일으켜 울고불고 할 거라고 기대하시나요?"

"아니, 그건 사양하겠소."

"저는 어떤 역경에도 꿇리지 않을 만큼 강해요. 이 정도 가지고 무너지진 않아요. 또다시 방송계로 보란 듯이 돌아오고야 말겠어요. 당신이 고개를 숙이며 나한테 복귀해달라고 애걸하러 올 날이 기다려지는군요." 케이는 가슴을 펴고 단호하게 말했다.

"그랬으면 좋겠지만, 글쎄, 과연 그런 날이 올까?"

"내기할까요?"

그 말을 무시하고 플래너건이 말했다.

"이 말을 꺼낼 필요가 없어서 안심하고 있지만, 사실은 또 한 가지 말해두고 싶은 게 있었소."

"네?"

"당신과 마크의 관계 말이오. 이렇게만 말하면 충분하지 않소?"

플래너건은 백미러로 케이의 얼굴을 힐끔 바라보았다. 모든 것을 꿰뚫어보고 있는, 가슴속을 찌르는 듯한 시선이었다.

넘겨짚는 것일까. 아니면 마크와 나의 관계를 전부터 눈치채고 있었을까. 마크를 뉴욕으로 불러들인 것도 나와의 관계를 끊게 하려는 복선이었을까. 어쩌면 그것을 조건으로 마크를 설득했는지도 모른다. 플래너건은 마크를 그 자신과 회사만을 위한 존재로 묶어두고 싶었을 것이다.

"이번 사건에 대해서도 나는 알고 있었소."

거의 무너진 상대에게 또 한 번 가하는 결정타였다.

정말로 모든 것을 꿰뚫어보고 있을까. 진상을 알고 있다면, 왜 경찰에 알리지 않는 것일까.

"내일이라도 당신의 퇴사를 발표하겠소." 플래너건은 창문을 열고 운전기사에게 손짓으로 신호를 보내면서 말을 이었다. "이해해주겠지. 내가 왜 발표를 서두르는지…"

퇴사하는 조건으로 경찰에는 신고하지 않겠다고 플래너건은 암시하고 있다! 범행이 탄로날 경우에도, 먼저 해고해두면 내부 범행은 되지 않는다. 그러면 체면을 유지할 수 있다.

이때만큼 케이가 남자를 증오해본 적은 없었다. 마크보다도, 아니 그 어떤 남자보다도 플래너건을 증오했다. 이 남자가 상징하는 추악한 남성들의 세계를 증오했다.

케이는 갑자기 태도를 바꾸어 강한 어조로 말했다.

"모르겠는데요. 왜 내가 해고를 당하는지. 설령 당신의 추리가 옳다 해도, 사건 내막을 은폐하려고 한 것이 나중에 들통나면 회사의 명성에 금이 갈 뿐 아니라 당신 자신의…"

"아니, 뒤처리는 어떻게든 할 수 있소."

운전기사가 돌아오자 케이는 차에서 내려섰다.

플래너건은 천천히 뒷좌석으로 옮겨 앉았다. 롤스로이스는 미끄러지듯 달려갔다.

강한 척하는 케이의 허세도 암시를 담은 마지막 대화로 철저히 무너져 버렸다. 케이는 오한을 느낀 듯 두 팔로 어깨를 끌어안고 정처 없이 걷기 시작했다. 공복감은 사라지고, 텅 빈 위가 쑤시듯 아팠다.

케이는 떼를 지어 식당차로 다가가는 남자들의 흐름을 거슬러, 아무도 없는 영상차량으로 다가갔다. 무엇을 어떻게 생각하면 좋을지, 무엇이 아직도 자기한테 남아 있는지, 케이는 아무것도 알 수 없었다.

3

유원지에서 나가는 롤스로이스와 엇갈린 콜롬보는 천천히 달려가는 고급 승용차를 감탄하는 눈으로 지켜보았다.

롤스로이스의 운전기사는 은빛으로 반짝이는 새 자동차 운전석에 웅크리듯 앉아 있는 코트 차림의 궁상맞은 중년 사내를 얼핏 보고 고개를 갸웃했다. 자동차와 운전자가 전혀 어울리지 않았기 때문이다.

콜롬보는 회전목마 건물 근처에 차를 세우고 훌쩍 차에서 내려 걷기 시작했다. 잠시 걷던 콜롬보는 문득 걸음을 멈추고 손으로 이마를 톡톡 두드리더니 황급히 자동차로 돌아갔다. 그는 엔진 점화장치에서 열쇠를 빼내고 생각난 김에 자동차 문을 잠근 다음, 넌 역시 털터리 푸조와는 다르다고 타이르듯 은빛 차체를 탁탁 두드렸다.

촬영진은 일을 잠시 멈추고 모두 늦은 저녁을 먹기 시작했다. 콜롬보는 식당차로 달려가는 남자들에게 말을 걸었지만 아무도 상대해주지 않는다.

그런 콜롬보의 모습을 회전목마 건물 주변과 내부에 설치된 네 대의 카메라가 잡고 있었다. 정면, 양쪽에서의 클로즈업, 그리고 뒷모습이 영상차량의 모니터 화면에 비쳐 있다.

"프리스턴 씨!" 콜롬보가 소리를 질렀다.

그 목소리가 마이크에 잡혀 영상차량의 스피커를 통해 울려 퍼졌다. 모니터 화면 앞에 멍한 표정으로 앉아 있던 케이의 귀에도 그 목소리가 들렸다. 케이는 마지못해 고개를 들고 화면에 비쳐 있는 얼빠진 형사의 얼굴을 바라보았다.

이쪽저쪽 두리번거리며 이리저리 헤매다니는 모습이 마치 주인을 잃어버린 강아지 꼴이다.

케이는 영상차량의 마이크에다 대고 말했다.

"형사님, 여기예요. 오늘 밤에는 피곤하니까 내일로 연기해주시면 안 돼요?"

"아, 프리스턴 씨, 알았습니다. 내가 모니터 화면에 비쳐 있군요. 카메라 1호기입니까, 2호기입니까." 콜롬보는 익숙지 않은 촬영용어를 사용하면서, 네 대의 카메라를 향해 차례로 얼굴을 돌렸다.

"그래요, 형사님. 아직도 무슨 볼일이 남아 있나요? 어쨌든 오늘 밤에는 무리예요. 내일 사무실로 와주세요." 케이는 나른한 어조로 대답했다. 저 콜롬보라는 종잡을 수 없는 형사와 또 미적지근한 대화를 나눌 생각은 추호도 없었다. "비서를 시켜서 제가 만날 수 있는 시간을 연락드릴게요."

"그런데 말입니다, 생각해보니 내일은 크리스마스에다 일요일이군요. 아무래도 오늘 밤 안으로 말해두고 싶은 게 있습니다." 콜롬보는 물러서지 않았다.

"무리라고 말씀드렸잖아요."

"알고 있습니다. 무리인 줄 알면서 부탁하고 있는 겁니다. 어쨌든 중요한 이야기라서요."

"거절하겠어요. 돌아가주세요. 아무하고도 얘기하고 싶지 않아요." 케이의 목소리가 날카로워졌다.

그녀는 발작적으로 조정 버튼을 눌러 콜롬보의 모습과 목소리를 차례로 지워갔다.

"잠깐만! 잠깐만 기다려주세요. 금방 끝나니까요. 사실은 저어…" 목소리를 지웠는데도 콜롬보의 탁한 목소리가 여전히 들려온다.

케이는 다시 한번 콜롬보를 찾아내려고 버튼을 눌렀지만, 어느 화면에도 그의 모습은 비쳐 있지 않았다.

"프리스턴 씨, 난 보았습니다, 당신이 만든 〈프로페셔널〉이라는 프로그램을. 텔레비전 수리점에서 우연히 보았지요. 한창 좋을 때 끊겨버렸지만, 그래도 중요한 대목은 이 눈으로 똑똑히 확인했어요."

콜롬보의 목소리가 바로 옆에서 들려왔다. 케이는 깜짝 놀라 영상차량의 입구를 바라보았다. 어느새 콜롬보가 문에 기대어 서 있었다.

"안녕하십니까. 이런 데까지 쳐들어와서 죄송하긴 하지만, 이것도 일이니까요. 아무래도 오늘 밤 안으로 끝내버리고 싶었습니다."

후줄근한 코트 자락을 질질 끌며 콜롬보가 다가왔다. 손가락에 끼워져 있는 시가의 불은 꺼져 있었다.

"중요한 대목이란 앤드루스 씨를 누가 죽였는지를 알아내는 단서를 말하는 겁니다. 그 프로그램의 어느 장면에 그 단서가 숨어 있었어요. 이건 착각이 아닙니다. 그래서 내가 이렇게 이런 데까지 쳐들어온 겁니다. 당신이 지금 어떤 입장에 놓여 있는지, 그것도 충분히 알고 있기 때문에 어떻게 해서든 오늘 밤 안으로 다시 한번 이야기를 듣고 싶었지요."

케이는 대꾸할 기력도 잃고 의자에 깊이 몸을 묻었다. 마음대로 멋대로 지껄이게 내버려두면 된다. 실컷 지껄이고 나면 제풀에 꺾여 돌아가겠지.

케이는 긴장조차 하지 않았다. 어디까지 몰려 있는지, 그것을 생각하고 분석할 정상적인 사고력조차 잃어버리기 시작했다.

"이런 식으로 무리한 부탁을 하고 싶지는 않았습니다만, 아무래도 당신과 이야기하지 않으면 사건이 해결되지 않기 때문에…"

"어서 말씀하세요. 듣고 있으니까."

케이는 관자놀이를 두 손으로 누르며 생각을 집중하려고 했다. 플래너건은 내 퇴사를 내일이라도 공식으로 발표할 것이다. 그러나 오늘 밤까지는 아직 CNC 서부 지사의 지사장 대리다. 해야 할 일은 아직 남아 있다. 이 회전목마 장면만이라도 제대로 끝내지 않으면 안 된다.

"전에도 똑같은 질문을 했습니다만, 만약 앤드루스 씨가 살아 계셨다면 당신은 지금 그 자리에 앉지 못했겠지요?"

"그래요. 아마 앉지 못했을 거예요." 케이는 대본을 다시 한번 훑어보며 대답했다. 똑같은 말을 몇 번이나 되풀이하면 직성이 풀릴까.

"역시… 인정머리 없는 세계로군요, 텔레비전 방송계란… 당신과 앤드루스 씨는 지난 2년 동안 사생활에서는 아주 친한 사이였어요. 그런데 그것과 일은 별문제라니 말입니다. 남을 짓밟지 않으면 살아남을 수 없는 세계예요… 앤드루스 씨는 뉴욕으로 영전하기 위해 당신과 헤어지기로 결심했습니다."

서슴없이 사적인 부분으로 밀고 들어오는 콜롬보의 말에 케이는 화가 나서 대본을 내던졌다.

"형사님, 그런 문제까지 파고들 권리는 없어요. 그만 좀 해주세요."

케이는 핸드백을 움켜쥐고 의자에서 벌떡 일어났다.

"아니, 권리는 있습니다. 하지만 당신 심정도 충분히 이해하고 있습니다. 무례를 용서하십시오, 프리스턴 씨. 제발 앉으세요."

"아까 〈프로페셔널〉에 대해서 말씀하셨죠. 그 영화가 마크를 죽인 범인을 찾아내는 단서가 되었다고…" 케이는 의자에 다시 앉아, 이야기를 빨리 끝내려고 콜롬보에게 설명을 재촉했다.

"그렇습니다, 프리스턴 씨. 끝까지 보진 못했지만 아주 마음에 걸리는 것을 발견하고 영사기사한테 확인해보았지요." 이렇게 말하고 나서 콜롬보는 코트 주머니에 손을 집어넣어 비디오테이프를 꺼냈다. "이겁니다. 특별히 부탁해서 〈프로페셔널〉 필름을 복사해왔지요."

"준비가 철저하시군요. 중요한 대목이란 어딘가요?" 케이는 호기심에서 물어보았다.

"호텔 방에 누워 있는 남자가 권총으로 자살하는 장면이 있습니다. 잠깐 비쳐보고 싶은데…" 콜롬보는 비디오데크를 발견하고, "이거 좀 빌립시다" 하면서 거기에 테이프를 끼웠다.

"자, 됐습니까. 잘 보아주십시오."

콜롬보가 재생 스위치를 누르자 화면 하나에 장면이 비쳤다. 보여주고 싶은 장면이 금방 나오도록 미리 준비해둔 모양이다. 남자가 싸구려 호텔 방에 있는 장면이었다.

"바로 다음 장면입니다. 내가 보여드리고 싶었던 것은… 됐습니까?"

남자가 욕실에서 침대로 돌아가려 할 때 필름을 바꾸라는 신홋불이 깜박였다.

"저겁니다. 방금 오른쪽 위에서 반짝반짝 빛나는 것이 보였지요?"

"네. 그게 필름을 바꾸라는 신호라는 건 아시겠죠?"

"알고말고요. 잘 보세요. 다음 신호가 나옵니다."

콜롬보는 케이를 가로막고 화면에 신경을 집중했다. 침대에 누운 남자의 모습이 커다랗게 비쳤을 때 콜롬보가 스위치를 눌러 화면을 정지시켰다. 오른쪽 위에 신홋불이 새겨진 채 화면이 정지해 있다.

"이것이 두 번째 신호입니다." 콜롬보가 의기양양하게 가리켰다.

그러자 케이는 고개를 갸웃하며 말했다.

"뭔가 색다른 점이라도 있나요? 나한테 보여주고 싶었던 게 이거예요?"

"두 번째 신호가 여기 나와 있습니다. 다시 말해서 이 필름은 여기서 끝난다는 겁니다."

이 사람이 도대체 무슨 말을 하려는 거지? 케이는 짜증보다 오히려 불안에 사로잡혔다.

"그거야 구태여 말씀하시지 않아도 뻔히 다 아는 일인데…"

"아니, 모릅니다."

콜롬보는 두 손을 들어 케이의 말을 가로막으며 비디오데크로 손을 뻗었다. 투박한 손가락이 스위치를 누르자 화면이 되살아났다. 남자는 침대에 드러누워 권총을 만지작거리기 시작했다.

"…요컨대 여기가 새 필름이 시작되는 부분이라는 겁니다. 잘 봐주십시오." 남자가 권총으로 뺨을 어루만지고 있다. "…이제 금방 나옵니다. 이 남자는 자살합니다."

화면에서 총소리가 울렸다. 콜롬보는 정지 스위치를 눌러 비디오를 껐다.

"보셨나요? 영사기사 월터가 지하 창고에서 필름을 가지고 돌아왔을 때 시사실 스크린에 비치고 있던 장면이 바로 방금 보았던 그 장면이었습니다."

콜롬보는 데크에서 테이프를 꺼내어 케이에게 보란 듯이 흔들고 나서 천천히 책상 위에 내려놓았다. 증거물 제1호를 배심원들에게 제시하는 것처럼 거드름을 피우는 몸짓이었다.

"그래서 어쨌다는 거죠?" 케이는 의아한 듯이 물었다.

"아직도 모르시겠습니까. 방금 그 장면이 나오기 직전에 당신은 영사실에서 필름을 바꾸었습니다. 다시 말해서 월터가 돌아오기 직전에 말입니다. 월터는 2, 3분 전에 필름 교환이 끝났다고 믿고 있었어요."

케이는 콜롬보의 눈을 마주 보았다.

"월터가 잘못 생각한 게 아닐까요? 월터는 영사실을 나가기 전에 계수기 숫자를 확인했어요."

"바로 그겁니다. 월터는 눈속임을 당한 거죠. 당신한테. 이건 내 생각이지만 당신은 그 계수기 눈금을 조작한 게 분명해요. 숫자를 앞으로 빨리 보냈겠지요. 그렇게 하면 살인이 일어난 시간에 영사실에 있었다는 알리바이가 성립하니까요. 그런데 실제로는 정말로 필름을 바꾼 시간까지 당신은 앤드루스 씨의 사무실로 가서 일을 끝내고 돌아올 여유가 있었지요. 아니, 당신이 그 시나리오를 만든 겁니다. 초읽기 살인은 가능했습니다."

급소였다. 시간을 조작한 살인의 교묘한 트릭을 모조리 간파하고 있었다. 계수기 눈금을 돌려 월터에게 보여준 것도 꿰뚫어보고 있다. 이렇게 되면 태도를 바꾸어 정면으로 돌파할 수밖에 없었다.

"형사님, 모두 상상으로 말씀하시는군요. 아무 근거도 없이."

"아니, 나는 상상력이 별로 없습니다." 콜롬보는 다시 코트 주머니에 손을 집어넣어, 이번에는 하얀 장갑을 꺼냈다. 편집용 장갑이었다. "하지만 시간이 빠듯했지요. 급히 영사실로 돌아와 필름을 바꾼 뒤 월터가 돌아왔기 때문에 황급히 이 장갑을 벗어 던졌습니다. 안 그렇습니까?"

콜롬보는 증거물 제2호인 장갑을 비디오테이프 옆에 나란히 놓았다.

"그건 월터의 장갑이잖아요. 영사실에서 쓰는…"

"월터는 깨끗한 것을 좋아하는 사람입니다. 자질구레한 일까지 신경을 쓰는 기술자 타입이지요. 그렇게 정교한 범선 모형을 만들 정도니까요."

"글쎄요."

"월터는 언제나 영사실 안을 깨끗이 정리해놓고 있었답니다. 장갑을 바닥에 내던지거나 하지는 않아요. 감식 결과, 이 장갑에서는 화약 반응이 나왔습니다."

이렇게 말하면서 콜롬보는 양복 안주머니에 손을 집어넣어 증거물 제3호를 꺼냈다. 32구경 자동권총이었다.

"그리고 이 권총."

케이의 얼굴에서 핏기가 가셨다. 마크의 권총이다. 배수구에 버린 마크의 권총이 분명하다. 케이는 콜롬보의 얼굴을 살폈다.

"그렇습니다. 앤드루스 씨의 권총입니다. 그 사람은 자기 총에 맞아 죽은 겁니다. 감식 결과도 나왔습니다. 내 부하가 주차장에서 당신을 미행했지요. 그리고 당신이 배수구에 버린 권총을 어렵게 건졌습니다. 아니, 사실을 말하자면 권총을 처음 발견한 것은 어제였어요."

케이는 놀라서 콜롬보를 바라보았다.

"엘리베이터 해치 끝에 걸려 있는 것을 발견했지요. 그래서 그것과 똑같은 모양의 권총을 해치 위에 올려놓았습니다. 그림자가 살짝 보이도록… 요컨대 나로서는 흉기인 권총을 당신 자신이 발견하기를 원했던 겁니다."

콜롬보는 다시 코트 주머니에서 다른 비디오테이프를 꺼내어 다시 비디오데크에 집어넣었다. 스위치를 누르자 화면에 엘리베이터가 비치고, 사다리 위에 올라서서 엘리베이터 해치에 권총을 올려놓는 콜롬보의 모습이 보였다.

"아시겠죠? 저런 식으로 올려놓았지요. 이 필름 촬영도 방송사 분한테 부탁한 겁니다. 자, 다음 장면을 보세요. 이건 당신이 서류를 놓고 왔다면서 일단 엘리베이터로 돌아갔다가 회사를 나간 뒤에 촬영한 겁니다."

해치에서 권총의 그림자가 사라진 상태였다.

"자, 보세요. 권총이 사라져버렸습니다. 마치 마술처럼… 하지만 이 마술은 쉽게 설명할 수 있지요. 당신이 권총을 빼내어 배수구에 버렸기 때문입니다." 콜롬보는 증거물인 권총을 가리키며 말을 이었다. "아까도 말했지만, 이건 당신이 살인에 사용한 권총과 모양은 같지만 다른 권총입니다."

"그렇군요." 케이는 들리지 않을 만큼 작은 소리로 대답했다.

"네, 이것으로 내 이야기는 전부 끝났습니다."

콜롬보는 마술사처럼 두 팔을 활짝 벌리고는 증거물을 하나씩 주머니에 도로 집어넣기 시작했다. 그 모습을 멍하니 바라보면서 케이는 중얼거리듯 말했다.

"사건을 멋지게 해결하셔서 어깨의 짐이 가벼워졌겠군요. 그런데 이상해요."

"이상하다고요? 뭐가 말입니까?"

"범죄를 저지른 사람은 일단 붙잡혀버리면 오히려 마음이 편해진다고 들었는데, 나는 왠지 거꾸로인 것 같아요. 오히려 의욕이 솟아난다고나 할까요. 자, 갑시다."

"좋습니다."

"형사님, 나는 무슨 일이 있어도 맥이 빠지거나 하지 않아요. 내 방식으로 어떻게든 헤쳐나오고야 말겠어요."

케이는 코트와 핸드백을 집어들고 콜롬보를 재촉했다.

"프리스턴 씨, 당신은 정말 대단한 사람입니다."

"형사님이야말로 대단한 분이세요."

앞장서서 영상차량을 내려가는 케이의 등에다 대고 콜롬보가 말을 걸었다.

"프리스턴 씨, 크리스마스 선물이 있는데요…"

콜롬보는 오른손을 주머니 속에 집어넣어 뭔가를 꺼냈다. 펼친 손바닥에는 은빛으로 빛나는 것이 놓여 있었다. 자동차 열쇠였다.

"앤드루스 씨가 보낸 선물입니다. 열쇠와 똑같은 은빛 메르세데스-벤츠 450SL. 번호판은 K1. K는 당신 이름의 머리글자지요. 정말 멋진 선물이에요."

그 열쇠는 헤어지던 날 아침 마크가 연극적인 몸짓으로 케이에게 건네주려 했던 열쇠였다. 현기증이 날 만큼 바쁘게 지나온 일주일 동안 케이는 그 열쇠를 거의 잊고 있었다.

"그런 건 받을 수 없어요."

"왜요?"

"마치 위자료를 받는 것 같아서요."

"그건 오해예요. 이 자동차는 앤드루스 씨가 돌아가시기 한 달 전에 당신 명의로 사둔 겁니다. 진심에서 우러나온 크리스마스 선물이었지요. 자, 어서 열쇠를 받으세요."

케이는 말없이 그 열쇠를 바라보고 있었다. 콜롬보는 사근사근한 웃음을 띠며 열쇠를 내밀었다.

"이건 당신 겁니다. 자, 받으세요."

케이는 순순히 열쇠를 받아들고, 열쇠를 받는 것에 아무 망설임도 느끼지 않는 자신을 깨닫고 조금 놀랐다.

"앤드루스 씨는 그 자동차를 오늘 크리스마스이브에 배달해달라고 자동차 대리점에 부탁해두었지요. 자동차는 당신 회사의 전용 주차장에 오늘 저녁 무렵 배달되어, 경비원이 그 열쇠를 맡아놓고 있었습니다."

"전 몰랐어요."

"당신 자동차 바로 옆에 있었는데…"

"그 차가요? 그걸 형사님이 대리점 대신 일부러 여기까지 배달해주셨군요."

"네, 그렇습니다. 기분 나쁘세요? 나도 솔직히 말하면 단 한 번이라도 좋으니까 신형 벤츠를 운전해보고 싶었거든요."

"괜찮아요, 형사님. 고맙습니다."

"그럼 슬슬 가실까요. 크리스마스이브니까 길도 한가할 겁니다. 쾌적한 드라이브를 즐길 수 있을 거예요."

케이는 영상차량에서 밖으로 나오자 등을 꼿꼿이 펴고 걷기 시작했다. 은빛 메르세데스-벤츠가 회전목마 건물 옆에 우아한 빛을 내며 서 있었다. 화려하게 쏘아 올린 피날레의 불꽃이 은빛 지붕에 눈부시게 비치며 흩어져갔다.

케이의 눈은 벤츠의 번호판에 못박혔다. K1… 죽은 사람이 보낸 멋진 크리스마스 선물이었다.

"나도 함께 타도 괜찮겠습니까? 내 차를 가지러 가야 하니까, 길을 좀 돌아서 가주면 고맙겠습니다만…"

"물론이죠. 어서 타세요." 케이는 아직 비닐 커버도 벗기지 않은 새 시트에 앉아 핸들을 잡고 콜롬보에게 말을 걸었다. "자, 드라이브를 즐깁시다, 산타클로스 할아버지."

희미한 웃음이 케이의 얼굴에 떠올라 있었다. 콜롬보 앞에서 처음 보인 편안한 웃음이었다.

여자는 누구나 세 개의 얼굴을 가지고 있다고 한다.
하나는 남들 앞에서 보이는 꾸민 얼굴.
또 하나는 사랑하는 남자에게만 보이는 여인의 얼굴.
그리고 혼자 있을 때 가면을 벗어버린 고독한 얼굴.
그때 케이의 얼굴은 그 어느 것에도 들어맞지 않았다.

형사 콜롬보 1

초판 제쇄 발행 2022년 7월 1일

지은이 리처드 레빈슨, 윌리엄 링크

옮긴이 김석희

펴낸이 김현주

주 간 함윤수
편 집 한예솔
디자인 노병권
마케팅 한희덕
펴낸곳 섬앤섬

출판신고 2008년 12월 1일 제396-2008-000090호
주 소 경기도 고양시 일산동구 백석로 119, 210-1003호
주문전화 070-7763-7200 팩스 031-907-9420
전자우편 somensum@naver.com
인 쇄 성광인쇄

ISBN 978-89-97454-51-8 03840

이 책의 출판권은 섬앤섬 출판사가 소유합니다. 저작권법에 따라 보호를 받는 저작물이므로 무단 전재와 복제를 금합니다.